Amrûn
PHANTASTIK

Krieg und Kröten

Die FROST-Chroniken 1

Juri Susanne Pavlovic

Umschlaggestaltung:
Agentur Guter Punkt, München

ISBN Taschenbuch – 978-3-95869-135-3

Besuchen Sie unsere Webseite:
https://amrun-verlag.de

Bibliografische Information der Deutschen Nationalbibliothek:
Die Deutsche Nationalbibliothek verzeichnet diese Publikation in der Deutschen Nationalbibliografie; detaillierte bibliografische Daten sind im Internet unter http://dnb.d-nb.de abrufbar

v2/23

Der Frosch im Brunnen ahnt nichts
von der Weite des Meeres.

Japanisches Sprichwort

Kapitel 1
Ein rätselhaftes Siegel

Yuriko Mandorak Doragon Frost, Meister der Siegel, Krötenflüsterer, Feuerbeschwörer, Windreiter, Bezwinger der Schicksalsschlange und größtes Geschenk der Götter an die Frauen, hatte sich das Willkommen in seiner Heimatstadt ein wenig glorreicher vorgestellt.

»Frost«, sagte er. »Wie im Winter. Das kann doch nicht so schwer sein.«

Die beiden jungen Soldaten am Stadttor wechselten einen Blick.

»Nie gehört«, sagte der eine.

»Ohne Eure Bürgerpapiere können wir da wenig machen«, sagte der andere. »Außer natürlich, wie erwähnt, Euch Besucherpapiere auszustellen, für eine Verwaltungsgebühr von sieben Silberfedern.«

»Wie erwähnt, spendete ich all mein restliches Geld einer Jungfer in Not. Ein paar Wegstunden südlich. Und ich brauche keine Gästepapiere, weil ich ein Bürger dieser Stadt bin!«

Der Soldat mit dem schütteren Kinnbärtchen seufzte. »Wie war nochmal der Name?«

»Meister der Siegel bin ich, Feuerbeschwörer und Freund der Kröten, Absolvent des …«

»Nur der Name!«

»So schon mal gar nicht, junger Freund!«

Yuriko verschränkte die Arme vor der Brust und machte sich breiter und größer, als er ohnehin schon war, doch es nützte nichts. Das Kinnbärtchen ging an ihm vorbei, um den Stadtbesucher abzufertigen, der hinter Yuriko wartete. Der Kollege des Kinnbärtchens, ein schmächtiger Bursche, der in seiner Uniform geradezu versank, blieb im Durchgang stehen, die Hellebarde aufgepflanzt. Yuriko war versucht, ihn einfach aus dem Weg zu schnipsen. Er ließ es bleiben – die halbe Stadtgarde am Hals zu haben, war nicht die Form von Zuneigung, die er bevorzugte.

»Was ist das da eigentlich auf Eurer Schulter?«, fragte der Schmächtige.

»Nicht was«, korrigierte Yuriko. »Wer. Das ist Meister Padda. Eine Grünfleck-Erdspringkröte. Er ist mein Gefährte seit vielen Jahren.«

»Es gibt eine Regelung für die Einfuhr fremder Arten«, sagte der Schmächtige stirnrunzelnd. »Muss ich nachlesen. Nicht dass die uns Krankheiten einschleppt.«

»Er ist keine fremde Art! Er ist von hier, genau wie ich!«

Das Kinnbärtchen kam zurück und postierte sich neben seinem Kollegen. Yuriko setzte Padda zu Boden, streifte sich das schwere Gepäck von den Schultern, legte es auf einen Haufen am Torhaus und setzte sich daneben. Padda kletterte seinen Arm hinauf und machte es sich leise quakend in seiner Halsbeuge bequem.

»Du hast völlig recht«, murmelte Yuriko. »Schnelllebige, undankbare Zeiten sind das.«

»Ihr wollt doch nicht etwa hierbleiben?«, fragte das Kinnbärtchen stirnrunzelnd.

»Nur solange, bis Ihr Euer Problem gelöst habt«, sagte Yuriko.

»Euer Problem, nicht unseres«, sagte der Schnurrbart. Yuriko streckte demonstrativ die Beine aus, faltete die Hände über der Brust und schloss die Augen.

Die Kälte des Steins kroch durch seine Kleider. Die Uniformierten berieten leise. Von jenseits des Torhauses drangen die Geräusche der Stadt zu ihm. Pferdehufe und eisenbeschlagene Reifen auf dem Straßenpflaster, Händler, die ihre Waren anpriesen – Oliven, Fladenbrot, gegrillten Fisch, gekühlte

Melone. Eine frische salzige Brise wehte vom Meer und ließ das blau-weiße zentallinische Banner über dem Tor flattern.

Jemand räusperte sich über ihm. Yuriko öffnete ein Auge.

»Vielleicht, wenn Ihr jemanden hättet, der für Euch bürgt«, sagte der Schmächtige. »Und der die Verwaltungsgebühr für Eure Besucherpapiere übernimmt. Dann könntet Ihr in die Stadt und Euch auf dem Einwohneramt um alles Nötige kümmern.«

»Seht Ihr«, sagte Yuriko. »Man muss nur wollen.«

»Wen sollen wir holen lassen?«

»Schickt einfach jemanden zur Arkania. Jeder dort kennt mich, und es wird ihnen eine Freude sein, für mich zu bürgen.«

Ein missgelaunter Wachmann, der aus dem Torhaus geholt wurde, trabte los. Zwölf Passanten, vier Fuhrwerke und eine Rotte Wollschweine später kam er zurück, ohne Geld und ohne Begleitung.

»Dauert noch einen Augenblick«, beschied er Yuriko, dann stellte er sich zu seinen Kollegen und begann, leise mit ihnen zu sprechen. Unterdrücktes Gelächter drang zu Yuriko. Blicke streiften ihn. Er lächelte freundlich zurück. Es war schön, wenn junge Menschen fröhlich waren.

Die Sonne senkte sich auf die Dächer. Padda schlief auf Yurikos Schulter. Yuriko meditierte ausgiebig über die Dehnbarkeit eines Augenblicks. Er kam zu sich, weil Padda ihm eine kühle Krötenhand ins Gesicht presste. Die Torwachen verhandelten gerade mit einer jungen Frau, die ihm entfernt bekannt vorkam. Ein hübsches Ding mit unbestreitbaren Vorzügen, die sie züchtig in Mieder und Schultertuch verpackt hatte.

Jetzt kam sie zu ihm herüber, und er wusste immer noch nicht, woher …

Sie stemmte die Fäuste in die Hüften und starrte düster auf ihn hinunter.

»Meister Yuriko«, sagte sie. »Kaum wartet man fünf Jahre auf dich, schon bist du wieder zurück.«

Diese Stimme. Vorwurfsvoll mit einer Beimischung von Blecheimer. Ein wenig zu laut. Wie früher.

»Galina?«

»Gut erkannt.«

Er rappelte sich vom Boden auf. »Meine Güte, Mädchen. Du bist aber … hrm … gewachsen.« Er machte mit beiden Händen eine Geste, um anzudeuten, wo sie besonders gewachsen war, und handelte sich eine unsanfte Backpfeife ein. »Blick nach oben, Meister. Du schuldest mir sieben Silberfedern, im Übrigen. Und fünf Jahre Unterricht.«

»Jetzt lass mich doch erst mal ankommen.«

Er nahm sein Gepäck auf. Galina betrachtete ungnädig Meister Padda, der es sich auf Yurikos Schulter bequem machte und leise quakte.

»Den hast du immer noch?«

Padda fuhr die Zunge aus und leckte sich übers Auge. Yuriko fand, dem sei nichts hinzuzufügen.

Galina setzte sich in Bewegung. Ihr Rocksaum wippte bei jedem energischen Schritt. Er folgte ihr, immer noch damit beschäftigt, die wunderbaren, üppigen weiblichen Formen zu würdigen, die wie durch Zauberhand an dem ehemals dürren Mädchen gewachsen waren.

»Und?«, fragte er leichthin. »Was macht das Leben? Hast du einen Freund?«

Sie warf ihm über die Schulter einen Blick zu, der einen weniger unerschrockenen Mann zu Stein hätte erstarren lassen.

»Mein Leben war ziemlich mühsam die letzten Jahre, weil mir nämlich mein Lehrmeister abhandenkam. Deshalb konnte ich mich nicht zur Prüfung anmelden.«

»Bist du noch an der Arkania?«

»Ja. Als Hausmeisterin, und auch das nur, weil Onkel Danilo ein paar Beziehungen hat spielen lassen. Ich suche Schriften raus für die Herren Studenten, kümmere mich um die Beleuchtung, fege die Gänge.«

»Das ist eine ehrenwerte Beschäftigung, die jemand erfüllen muss«, sagte Yuriko und stoppte auf seinen Hacken, als sie zu ihm herumwirbelte und den Zeigefinger in seine Brust bohrte. Was war sie bezaubernd, wenn sie wütend war.

»Jemand, aber nicht ich! Ich habe mir nicht meinen Weg an die Arkania erkämpft, um dort die Hausmeisterin zu spielen! Wir hatten eine Verabredung, Meister Yuriko. Du hast ein Versprechen gegeben, und du hast es auf die abscheulichste Art und Weise gebrochen.«

Er rieb sich verlegen über den Nacken.

»Ja, weißt du, ich verstehe, dass es nicht einfach war für dich die letzten Jahre.«

»Ach! Da bin ich aber froh! Sag mir eins – wie kann man nur mal eben schnell Tabak holen gehen und fünf Jahre wegbleiben?!«

»Ich wurde vom Strom des Lebens hinweggeschwemmt.«

Sie setzte zu einer Erwiderung an, warf dann die Hände in die Luft, schnaubte wie ein Pferd, drehte sich auf dem Absatz um und stürmte davon.

»He«, rief er ihr hinterher. »Wohin willst du? Ich dachte, du kommst mit mir nach Hause und hilfst mir …«

»Das kannst du vergessen!«

»… mich einzurichten? Lüften, fegen, Staub wischen?«

»Frag doch deine hässliche Kröte!«, schrie sie über die Schulter, bog in eine Seitengasse ein und war verschwunden. Yuriko ließ die irritierten Blicke der Passanten an sich abperlen.

»Hör nicht auf sie, Padda. Du bist nicht hässlich. Im Gegenteil. Die Kleine ist nur außer sich vor Wiedersehensfreude.«

Er ließ sich Zeit mit dem Heimweg. Er war vollauf damit beschäftigt, die Eindrücke seiner Heimatstadt auf sich einströmen zu lassen. Viel geändert hatte sich nicht, aber es gab so viel, woran er jahrelang nicht gedacht hatte: wie man das Meer von hier oben sehen konnte, die schwere Abendsonne wie flüssiges Gold darüber ausgeschüttet, der Horizont nebelverhangen, Schiffe mit weißen Segeln darauf wie ruhende Möwen. Wie die Quartiersfarben gleich einem Baldachin die Straßen überspannten, zusammen mit Wäsche, die quer über die Straße von Dach zu Dach aufgehängt war. Die kleinen Tavernen an den Häuserecken mit ihren einladend zur Straße geöffneten Gasträumen. Der Duft von Knoblauch und gegrilltem Fisch. Die heimische Tracht. Die Hauben der Frauen, unter denen sie ihr Haar versteckten. Die langen, raschelnden Röcke. Das Klappern ihrer Holzschuhe auf dem hellen Straßenpflaster. Nichts davon hatte er wirklich vermisst, aber jetzt war er froh, wieder hier zu sein.

Er hielt sich bergab und Richtung Stadtmitte. Er fragte sich, ob jemand in der Zwischenzeit sein Haus in Ordnung gehalten hatte. Galina vielleicht? Unwahrscheinlich. Florine?

Ach, Florine.

Er fragte sich, wie es ihr ergangen war. Für einen Augenblick hing er der Vorstellung nach, sie hätte inzwischen ihren Fehler erkannt und eine unstillbare Sehnsucht nach ihm entwickelt, dann schalt er sich einen Narren. Das Kapitel seines Lebens war abgeschlossen seit dem Tag, an dem sie sich zu diesem Langweiler Danilo bekannt hatte. Nur weil Yuriko zurück war, musste er nicht gleich wieder dem alten Wahn verfallen.

Die Bäckerei an der Straßenecke war verschwunden. Eine Buch- und Schriftenhandlung belegte stattdessen die Räumlichkeiten. Die Straße war grüner, als er sie in Erinnerung hatte – mehr Efeu an den Mauern, die Büsche hinter den weißen Mauern höher und üppiger.

Sein Haus am Ende der Straße machte nicht den Eindruck, als hätte jemand sich darum gekümmert. Das Dach hatte dunkle Flecken, die sich beim Näherkommen als zerbrochene Ziegel entpuppten. Der einst gepflegte Vorgarten war zur Wildnis emporgeschossen. Das Gartentor hing schief in den Angeln. Vor der Haustür wuchs ein Busch.

Der Blumentopf, unter dem er den Zweitschlüssel aufbewahrt hatte, war verschwunden, zusammen mit dem

Zweitschlüssel. Die Haustür stand dafür einen Spalt offen und knarrte schauerlich, als er sie aufstieß.

Vorsichtig nahm er Padda von seiner Schulter und setzte ihn ab. Er stellte seinen Rucksack auf die Schwelle, und dann blieb er lange und unschlüssig stehen und beäugte das, was einmal sein Heim gewesen war.

Modriger Geruch schlug ihm aus dem Halbdunkel entgegen. Die schönen, hellen Bodenfliesen waren verfärbt und gesprungen. Irgendwie waren seine Möbel abhandengekommen; lediglich einige zerbrochene Stühle waren übrig. Die Treppe ins Obergeschoss sah nicht aus, als würde sie einen Mann von seinem Gewicht tragen.

Padda kroch in einen Sonnenfleck, ließ blitzschnell seine lange, bewegliche Zunge aus dem Maul hervorschnellen und angelte eine Assel zwischen den zersprungenen Fliesen hervor. Er schluckte das Insekt am Stück und blieb dann sitzen, zufrieden seinen Kehlsack aufblähend. Yuriko machte einen Schritt über ihn drüber und sah sich ratlos um.

Nein, so hatte er sich seine Rückkunft nicht im Geringsten vorgestellt.

Er durchquerte den Raum und verließ die kümmerlichen Reste seines Heims durch die Hintertür. Die hölzerne Veranda knarrte unter seinem Gewicht. Disteln streckten ihre Köpfe zwischen den Holzbalken hindurch. Er schob sich an einer mannshohen Birke vorbei, die mitten im Weg wurzelte, und betrat den Steg. Ließ den Blick schweifen. Atmete tief durch.

War endlich zu Hause.

Die Kröten gaben ein Begrüßungskonzert. Libellen, funkelnd wie Smaragde, schwebten über dem Wasser. Zarter Wind raschelte im Schilf und schickte einen Atemhauch über die stille Wasseroberfläche. Die Trauerweide, eine mächtige, knorrige Persönlichkeit, die er mit Zähnen, Klauen und Siegelzauberei gegen die Nachbarn verteidigt hatte, tauchte sachte die Blattspitzen ins Wasser und filterte die tiefe Abendsonne zu goldgrünem Flirren. Seerosen lagen still auf der Wasseroberfläche, kleine gelbe Sonnen im grün-goldenen Himmel.

Yuriko stieg aus den Stiefeln. Streifte den Mantel ab, die lange Weste, Hemd, Hosen. Ließ sich vorsichtig über den Rand des Stegs in den Teich gleiten.

Das Wasser umschloss ihn zärtlich und wusch ihm die Beschwernis der Reise ab. Er bewegte sachte die Finger und ließ das Gold des Sonnenuntergangs von seinen Fingerspitzen tropfen. Dann eine Berührung an der Schulter, er fasste vorsichtig hin und hob ein kleines Krötenmädchen aus dem Wasser, das sich mit winzigen Händen an seinen Daumen klammerte. Ihre Augen hatten die Farbe von dunklem Honig.

»Hallo, Liebchen. Wie wunderhübsch du bist.«

Sie sah ihn unverwandt an, ihr kleiner Kehlsack arbeitete. Er brachte die Hand vorsichtig auf die Wasseroberfläche, und sie blieb noch ein Weilchen auf seinem Daumen sitzen, ehe sie mit winzigem Plätschern ins Wasser hüpfte und davonschwamm.

Er bemühte sich, über seine nächsten Schritte nachzudenken. Die Arkania … sein alter Posten. Galina. Sollte er wirklich ihre Ausbildung weiterführen? Sie hatte zwei sehr überzeugende Argumente, und es war praktisch, einen Lehrling zu haben. Aber es war auch anstrengend. Sie konnte nicht einfach seinen Tee kochen und seine Stube fegen, sie erwartete Dinge von ihm. Verpflichtungen waren lästig.

Frakis. Er hatte es nicht eilig, sich ihm zu stellen. Er konnte sich ausmalen, was Frakis ihm vorhalten würde – einfach zu verschwinden und jahrelang wegzubleiben – und recht hatte er. Yuriko würde sich wappnen müssen, ehe er das aushielt.

Er aktivierte das Siegel auf seiner Brust, machte sich schwer, ließ sich auf den schlammigen Grund sinken. Saß dort, umgeben von grüngoldener Dämmerung. Keine Notwendigkeit mehr, die Lungen zum Atmen zu benutzen. Das Wasser gab ihm alles, was er brauchte. Er stellte sich vor, wie sein Körper sich an die Temperatur des Wassers anpasste. Wie

Moos und zarte Fadenalgen zwischen seinen Fingern wuchsen. Wie Sonne und Mond über ihn hinwegzogen und ihn abwechselnd in Gold und Silber badeten. Er hatte nicht das Gefühl, jemals mehr Abwechslung zu benötigen als das.

Padda kam angeschwommen und setzte sich auf sein Gesicht. Das brachte ihn wieder zu sich. Der Kröter hatte recht – Yuriko hatte keine Zeit, sich drei Wochen lang auf den Grund seines Teichs zurückzuziehen. Aber da war noch etwas. Eine Anmutung von Dringlichkeit.

Yuriko stieß sich vom Grund ab und tauchte auf. Er nahm sich Padda vom Gesicht und setzte ihn auf den Steg, wo dieser sich auf seinen dünnen Krötenbeinen nach oben stelzte, als wolle er eine Grasnatter in die Flucht schlagen. Yuriko füllte seine Lungen mit Luft. Der erste Atemzug war immer der unangenehmste. Er nahm sich die Zeit, einen kleinen Molch zu befreien, der sich in der wilden Masse seiner Haare verfangen hatte. Dann stemmte er sich auf den Steg und stieg aus dem Wasser, überwand das Gefühl der Schwere und folgte Padda, der schon auf dem Weg zurück ins Haus war.

Leises Schaben und Rumoren drang zu ihm. Es kam aus dem dunklen Winkel unter der Treppe. Laub hatte sich dort angesammelt, Fetzen von Sackleinen, eine schmutzige Pferdedecke, unter der sich jetzt plötzlich etwas bewegte. Padda ging rückwärts. Yuriko zog sich eine Flammenkugel auf die Hand und ging vorwärts.

Was immer da rumorte, war zu groß, um eine Streunerkatze zu sein.

»Komm raus da, Eindringling!«, donnerte er.

Ein Gesicht erschien – helle Haut unter einer Schicht von Schmutz, graublaue Augen, ein Tuch, das die Stirn bedeckte und struppiges rötliches Haar zurückhielt. Fassungsloses Entsetzen auf dem Gesicht, möglicherweise darauf zurückzuführen, dass Yuriko mit nichts bekleidet war als Teichwasser und einer Handvoll Feuer. Er ließ das Feuer verlöschen und machte einen Schritt rückwärts.

»Hätte ich mit Besuch gerechnet, hätte ich mich passend angezogen«, sagte er. »Oder überhaupt. Aber das hier ist mein Haus, und ich habe niemanden eingeladen.«

Der ungebetene Besucher kroch unter seiner Decke hervor. Es war kaum mehr als ein Jüngling, oder ein sehr mageres Mädchen, das war unter all dem Schmutz nicht zu unterscheiden.

Yuriko streckte eine Hand aus, und der Eindringling schnellte zur Seite, rollte sich ab, kam auf die Beine, stürzte zur Vordertür und war mit einem Satz im Freien.

»Warte!«, rief Yuriko ihm hinterher, aber der ungebetene Besucher wartete nicht, sondern hechtete mit einem Sprung über das angelehnte Gartentor und verschwand in den Abendschatten zwischen den Häusern.

»Und dafür unterbreche ich mein Bad«, murmelte Yuriko. Er überlegte, ob er in den Teich zurückkehren sollte, aber die Lust war ihm vergangen, und so holte er nur seine Kleider und zog sich wieder an. Unschlüssig über seine nächsten Schritte ging er in die Hocke und untersuchte das Lager unter der Treppe. Einige Schichten aus Laub und Gras verrieten, dass der ungebetene Besucher mehr als eine Nacht hier verbracht hatte. Bei seiner plötzlichen Flucht hatte er eine Tasche zurückgelassen, schmutzig und von Mäusen angefressen. Mit spitzen Fingern zog Yuriko sie ans Licht und schüttete sie aus. Ein zahnlückiger Holzkamm, ein Säckchen mit einem Rest Salz und eines, das leer war, aber nach Seife roch. Krümelige Reste getrockneter Pflanzen, Tee vielleicht oder Heilkräuter. Kleine Münzen, schwarz vom Alter, die in der Mitte ein Loch hatten. Yuriko kannte solche Münzen. Er hatte auf der anderen Seite der Welt in einer sehr fremden Stadt damit bezahlt. Seltsam.

Ein paar Dinge des täglichen Gebrauchs. Kleidungsstücke, mürbe und durchlöchert. Mehr hatte der Fund nicht zu bieten. Yuriko räumte alles zurück in die Tasche und stellte sie unter die Treppe.

Die Sonne war untergegangen, kühle Schatten flossen ins Haus. Yuriko wurde bewusst, dass der Grund des Teiches derzeit die beste Übernachtungsmöglichkeit war, wenn er nicht das Lager unter der Treppe mit seinem ungebetenen Besucher teilen wollte. Etwas mühsam kam er vom Boden in die Höhe. Er würde alte Beziehungen spielen lassen müssen, ehe er sich heute zur Ruhe betten konnte. Oder zu Besserem.

Padda war auf dem Weg zum Teich. Yuriko ließ ihn. Der Kröter hatte sich ein bisschen Entspannung genauso verdient wie sein Meister.

In seinem Gepäck fand Yuriko ein letztes Blatt Papier, zerknittert und fleckig, aber auf die Schönheit kam es nicht an. Mit einem Rest Kohlestift malte er ein Siegel darauf, und darunter die Erklärung für zauberunkundige Neugierige: *Ich bin zurück. Betritt mein Haus, und du wirst bis ans Ende deiner Tage eine Kröte statt deiner Nase im Gesicht haben.*

Er sammelte Arkanum und lud das Siegel auf. Kleine goldene Funken verschmolzen mit dem Papier, dann war der Zauber vollendet. In Ermangelung anderer Möglichkeiten nahm Yuriko sein Essmesser und spießte den Zettel gut sichtbar an der Vordertür auf. Dann machte er sich auf den Weg.

Die Stadt hatte sich ihr glitzerndes Nachtgewand übergeworfen. Yuriko blieb am Saum, streifte das Blumenviertel mit seinen gelben Fahnen und roten Laternen, nahm die Abkürzung durch den Hafen, wo die Schiffe schliefen wie dunkle Drachen, und von dort aus durch stille Straßen bis in die ruhige Wohngegend am westlichen Stadtrand. Dort bezog er Posten in der alten Eiche auf der gegenüberliegenden Straßenseite.

Nichts hatte sich verändert. Warum auch. Wilder Wein an der Fassade, die Drillingsbirke im Garten, die leise ihre Zweige aneinander rieb, ein zarter Duft nach weißen Blumen. Goldenes Licht hinter den Fenstern im Obergeschoss. Unten war alles dunkel.

Yuriko stellte sich vor, wie er am Spalier hinaufkletterte bis auf das Vordach, sich dort hinkauerte und ans Fenster klopfte. Sie würde ihm öffnen – es gab nur einen in ihrem Leben, der durchs Fenster kam. Sie würde lachen und weinen gleichzeitig, ihn vielleicht beschimpfen, weil er so lange verschwunden gewesen war, und ihn durchs Fenster wieder in ihr Leben lassen. Er würde ihr vorsichtig die Freudentränen von den Wangen pflücken, diese süßen Lippen küssen, seine Fingerspitzen in ihr weiches Haar tauchen. Ihren Duft atmen. Und lange nichts anderes tun als das. Er würde fühlen, wie sie in seine Arme passte, wunderbar weich und rund, und er würde ihr versprechen, bei ihr zu bleiben, aufrichtig vom tiefsten Grund seiner Seele.

Aber natürlich würde nichts davon passieren. Ihr langweiliger Ehemann würde das Fenster öffnen und ihn wie einen liebeskranken Kater mit dem Besenstiel vom Vordach schubsen. Vielleicht könnte er einen Blick auf sie erhaschen, bevor er sich geschlagen gab, und es wäre bestenfalls Bedauern darin zu lesen, schlimmstenfalls Mitleid, und wenn er eines von ihr nicht wollte, dann das.

Er blieb noch eine Weile in seiner Astgabel sitzen, die Wange gegen den rauen Stamm gedrückt. Er wusste nicht mehr, was ihn zurück nach Hause gebracht hatte. Mangel an Alternativen vermutlich.

Ein nagender Schmerz saß in seiner Brust. Er rief sich selbst zur Ordnung. Yuriko Mandorak Doragon Frost, Freund der Kröten und Meister der Siegel, saß nicht in einem Baum und heulte wegen einer Frau.

Unten auf der Straße schlurfte ein Passant vorbei. Yuriko wartete, bis er außer Sichtweite war, dann verließ er sein Versteck im Baum und machte sich auf den Weg.

Bei Galina brannte noch Licht. Er klopfte, doch niemand öffnete. Er klopfte wieder. Mit der Faust. Rief ihren Namen. So lange, bis die Nachbarn sich aus dem Fenster lehnten und unhöfliche Dinge schrien. Das verlieh der Geräuschkulisse genügend Nachdruck, und endlich öffnete sich die Tür.

»Ich brauche Geld«, sagte Yuriko statt einer Begrüßung.

»Hast du den Verstand verloren?«, schimpfte Galina. »Hier so einen Lärm zu machen! Du hast es vielleicht vergessen während deiner langen Reise, aber hierzulande klopft man nach Einbruch der Dunkelheit nicht mehr bei alleinstehenden Frauen!«

»Du bist also alleinstehend«, sagte Yuriko. »Das tut mir aber leid. Woran liegt es? Du bist so hübsch geworden.«

»Als ob ich mein Liebesleben mit dir diskutieren würde! Auf der Türschwelle! Nach Einbruch der Dunkelheit!«

»Du kannst mich auch reinlassen.«

»Ganz bestimmt nicht!«

»Galina, ich brauche wirklich Geld. Mein Haus ist nicht bewohnbar. Ich habe nichts zu essen und kein Bett zum Schlafen. Ich bin einsam. Morgen kann ich zur Bank und auf mein Vermögen zugreifen. Ich zahle dir alles zurück.«

»Als ob!«

Sie warf die Tür zu, und nur ein schneller Schritt rückwärts bewahrte seine Nase vor einem unsanften Aufprall. Er stand und starrte die Tür an, klopfte dann erneut und rief ihren Namen. Beschimpfte die Nachbarn, die ihn beschimpften. Klopfte noch ein bisschen mehr, bis die Tür sich tatsächlich wieder öffnete. Einen Spaltbreit nur, aber Galinas Hand erschien, darin ein Beutel, der erfreulich prall gefüllt war.

»Morgen bekomme ich das zurück, und die sieben Silberfedern obendrein, oder ich nehme eine Schere und verpasse dir einen Bürstenschnitt.«

Yuriko widerstand dem Impuls, schützend nach seinem Zopf zu greifen, und schnappte sich stattdessen den Beutel.

»Ich danke dir, Galina. Du rettest mir das Leben.«

»Morgen«, sagte sie durch den Spalt. »Ich mein's ernst.«

Die Tür schloss sich. Yuriko hörte, wie Riegel vorgeschoben wurden. Das Konzert der Nachbarn verebbte. Im Schein einer Laterne zählte Yuriko das Geld. Es würde für das Nötigste reichen.

Er erwachte, weil er sehr unbequem lag. Unter ihm war kalter, harter Boden. Seine Finger ertasteten Staub und Dreck und kleine Steinchen. Trübes Tageslicht sickerte durch seine geschlossenen Augen. Er drehte den Kopf und bereute es sofort. Gütiger Krötengeist, waren das Schmerzen. Er wälzte sich herum und presste stöhnend die Hand gegen die Stirn. Übelkeit wallte in ihm auf. Er würgte, und hinter seiner Stirn explodierte ein Feuerball. Am Rande seiner Wahrnehmung drang ein schabendes Geräusch zu ihm, dann wurde er mit einem harten Gegenstand angeschubst. Er blinzelte. Ein Eimer. Bevor er Fragen stellen oder die Situation zur Gänze erfassen konnte, nutzte sein Magen die Gelegenheit und drehte sich um. Yuriko erbrach sich, bis nichts mehr kam, sank dann zurück und war sicher, dass diese Kopfschmerzen ihn umbringen würden.

Geraume Zeit später lebte er immer noch. Schmerzen und Übelkeit ebbten weit genug ab, um eine gewisse Neugier bezüglich seines Verbleibs zuzulassen.

Er erinnerte sich an Violetta und Anemone. An Wein. Viel davon. An die ungeheuer verdorbenen Dinge, die Anemone getan hatte, ohne ihr graziöses Lächeln zu verlieren. Diese Kleine, die auf den ersten Blick dahergekommen war wie die Unschuld vom Lande.

Violettas erstaunliche Zungenfertigkeit. Hm.

Die Erinnerung weckte ein müdes Echo seiner Lebensgeister.

Yuriko beschloss, sich dem Tag zu stellen wie der Held, der er war. Er öffnete ein Auge.

Zerbrochene Bodenfliesen und Dreck und altes Laub und ein schmutziger, durchgelaufener Schuh und löcherige Hosenbeine und blasse Arme, die sich um knochige Knie schlangen und ein schmutziges Gesicht mit sehr wachen, sehr klugen Augen, die nachdenklich auf ihn hinunterschauten.

Seine Nase fühlte sich seltsam an. Er schielte. Eine Kröte. Das durfte doch nicht wahr sein. In seinem Zustand einen Zauber zu wirken, war nicht ganz ohne Risiko, aber da hockte sein ungebetener Gast ihm gegenüber, und er hatte sich vielleicht schon genug zum Narren gemacht. Er konzentrierte sich, so gut es ging, und löste den Siegelzauber. Die Kröte verschwand, dem Gefühl nach zusammen mit seinem halben Gesicht, aber dann war doch glücklicherweise alles beim Alten. Yuriko atmete auf und versuchte, einen Rest Würde zusammenzukratzen.

»Du bist also immer noch hier. Oder sollte ich sagen, schon wieder? Sag, hat mein Siegelspruch an der Haustür dich nicht abgeschreckt?«

Das Wesen – ein sehr mädchenhafter junger Mann oder ein sehr burschikoses Mädchen – zeigte auf die Hintertür.

»Das leuchtet ein«, sagte Yuriko seufzend. »Aber vielleicht verrätst du mir deinen Namen, wenn du schon hier eingezogen bist.«

Der ungeladene Gast schüttelte den Kopf und zeigte auf seinen Mund.

»Du kannst nicht sprechen?«

Ein Nicken war die Antwort.

»Schreiben?«, versuchte Yuriko es weiter. »Kannst du mir deinen Namen aufschreiben?«

Der Gast hob die Schultern. Yuriko kam auf die Knie und zog sich am Treppengeländer in die Höhe, das unter der Beanspruchung bedrohlich knarrte. Sein Kopf schepperte. Er hatte keine Ahnung, wie er nach Hause gefunden hatte. Vermutlich der gleiche Instinkt, der die Kröten im Frühjahr immer zum richtigen Teich brachte. In seinen Kleidern hing der Duft nach Puder und Blütenöl.

Mit wackeligen Schritten ging er zur Tür und holte das Siegelpapier. In seiner Tasche fand er den abgebrochenen Rest eines Kohlestifts und reichte dem Mädchenjungen beides hinüber.

Das Jungenmädchen fasste den Stift wie jemand, der geübt im Schreiben war. Die Buchstaben waren angenehm regelmäßig – eindeutig die Handschrift einer gelehrten Person.

»Arkadis«, las Yuriko vor. »Das ist dein Name?«

Der Gast nickte, schüttelte dann den Kopf und zuckte mit den Schultern. Ein kleines Lächeln verlieh ihm einen Hauch von Liebreiz, und Yuriko beschloss, bis auf weiteres von einem weiblichen Wesen auszugehen. Der Name, von dem er sich zumindest darüber Aufschluss erhofft hatte, war ja sagenhaft nichtssagend.

»Gut«, sagte er. »Arkadis. Warum bist du hier? Kannst du mir das aufschreiben?«

Er zeigte auf das Papier. Gleichzeitig öffnete Arkadis den Mund und streckte die Zunge heraus.

»Oi«, sagte Yuriko verblüfft. Das Mädchen trug ein tintenschwarzes Siegel auf der Zunge. Darüber hinweg sah sie ihn ernst an. Er zwinkerte, um die Unschärfe des Weins aus dem Blick zu bekommen. Im Zentrum des Siegels befand sich die stark vereinfachte Darstellung einer Blume mit vier Blütenblättern. Umgeben und überlagert war die Blume von einer Menge wirrer Schnörkel und Striche, auf die Yuriko sich keinen Reim machen konnte.

Yuriko hatte noch nie ein solches Siegel gesehen – und noch nie jemanden, der eines, egal welches, auf der Zunge trug. Das plötzliche Bedürfnis überfiel ihn, ungehindert vom Restalkohol auf seinen Verstand zugreifen zu können.

»Warte«, sagte er. »Dauert nur einen Augenblick!«

Noch im Laufen entledigte er sich seiner Kleidung. Während er mit dem Kopf im Hemd feststeckte, kollidierte er unsanft mit der Birke, die auf dem Weg zum Teich wuchs. Er fluchte, befreite sich vom Hemd, wand sich aus den Hosen und ließ sich in den Teich fallen.

Das Wasser war noch kalt von der Nacht und presste ihm die Nebelschwaden aus dem Kopf. Die Übelkeit verging. Friede kehrte ein. Sonnenstrahlen wehten wie zarte Goldfäden zwischen den Seerosenblättern in die Tiefe. Das Siegel auf Yurikos Brust nahm die Arbeit auf. Eine dicke Krötendame paddelte nur eine Handbreit vor seinem Gesicht vorbei.

Siegel. Eine Schnörkelblume mit seltsamen Zeichen drum herum. Ach ja.

Yuriko stieß sich vom Grund ab, tauchte auf und kämpfte

sich durch den ersten Atemzug. Er wischte sich Wasser aus dem Gesicht und blinzelte. Auf dem Steg kniete Arkadis und hielt ihm seine Kleider hin.

»Hetz mich nicht«, murrte Yuriko. »Man wird doch erst mal wachwerden dürfen.«

Er stemmte sich auf den Steg und rieb sich in Ermangelung eines Handtuches mit seinem Hemd trocken. Arkadis kniete vor ihm, sah ihn unverwandt an und streckte ihm die Zunge heraus. Yuriko betrachtete das Siegel genauer. Es war tätowiert oder mit arkaner Tinte angebracht – im Interesse des Mädchens hoffte Yuriko auf Letzteres. Die Blume im Zentrum konnte womöglich auch zweimal die Zahl Acht darstellen, einmal stehend, einmal liegend. Sechzehn war ein beliebter arkaner Koeffizient. Die Schnörkel gaben ihm Rätsel auf. Sie waren zu unregelmäßig, um eine Arkanschleife oder nur Zierde zu sein, zerstörten die Symmetrie und widersprachen völlig den Ordnungsregeln der Siegelkunst.

»Wo hast du das machen lassen, und warum? Was tut es? Wie soll ich dir damit helfen?«

Arkadis schloss den Mund, presste die Lippen fest aufeinander und hob die Schultern.

»Du kannst nicht sprechen«, sagte Yuriko. »Natürlich nicht. Warst du immer schon stumm oder bist du es erst, seit du das Siegel trägst?«

Kopfschütteln, Nicken.

»Erst seit dem Siegel?«

Nicken.

»Ich bleibe wohl besser bei Ja-Nein-Fragen, was?«

Flüchtiges Lächeln, Nicken. Yuriko stemmte sich in die Höhe und angelte nach seiner Hose.

»Wir brauchen Papier und Tinte für dich und Tee für mich. Ohne Tee kann ich nicht denken, und eine Antwort kann ich dir erst liefern, wenn ich die Frage kenne. Komm mit.«

Die Sonne stand viel zu hoch und schien viel zu hell. Die Stadt war viel zu laut und der Weg zur Arkania viel zu weit.

Yuriko dachte an seine kühlen, schattigen Arbeitsräume, an einen Becher Tee und das Plätschern des Springbrunnens, das durch die offenen Fenster hereindrang. Galina hatte genug Zeit gehabt, die Unordnung zu beseitigen, die er womöglich bei seiner Abreise hinterlassen hatte. Er erinnerte sich nicht. Er würde in sein altes Leben steigen wie in ein Paar geschmeidige, gut eingelaufene Stiefel, und vielleicht eines Tages an Florines Tür klopfen.

Das Tor der ehrwürdigen zentallinischen Arkania zu Letis war verschlossen, wie immer. Er steckte seine Hand in das schmiedeeiserne Löwenmaul, wie immer, damit der Zauber ihn einließ, aber nichts passierte. Yuriko zog die Hand raus und steckte sie erneut zwischen die schmiedeeisernen Raubtierzähne. Ein gelbliches Flackern überlief die gläsernen, geschlitzten Raubtieraugen. Das Tor blieb verschlossen.

»Seltsam«, murmelte Yuriko. Arkadis betätigte einstweilen den schweren Klopfer in der Mitte des Schwanenwappens und löste damit den Gong in der Eingangshalle aus. Yuriko gab dem Löwenkopf eine letzte Chance und zog gerade noch die Finger heraus, als das Gebiss zuschnappte. Die Glasaugen leuchteten in bösartigem Rot.

»Lass mich rein!«, schimpfte Yuriko. »Ich bin Yuriko Mandorak Doragon Frost, Zirkelmeister für Siegelkunde an dieser Arkania! Außerdem Inhaber des siebten Arkanen Gradienten, Freund der Kröten und Geißel der Schicksalsschlange, Jungfrauenbeschützer, Windreiter und Feuerbeschwörer! Mich hier auf der Straße stehenzulassen wie einen Bittsteller ist unerhört!«

Arkadis zog ihn am Ärmel und deutete zwischen den Gitterstäben hindurch. Den Weg entlang kam ein junger Skolar, an dessen Gürtel Schlüssel klingelten. Er schob sich seine Augengläser auf dem dünnen Nasenrücken nach oben und musterte Yuriko neugierig.

»Wie kann ich Euch zu Diensten sein?«

»Du kannst mir das Tor öffnen, ist das so schwer zu erkennen? Der blöde Löwenkopf hat offenbar vergessen, wer ich bin.«

»Und das wäre …?«

»Was wäre was?«

»Ihr seid wer?«

Arkadis verdrehte die Augen und ließ den Kopf gegen die Gitterstäbe sinken.

»Yuriko Mandorak Doragon Frost bin ich, Feuerbändiger, Krötenfreund, Bezwinger der Schicksalsschlange, Reisender auf den Sieben Meeren, vom zarten Geschlecht verehrt und … au!«

Arkadis hatte ihm einen unsanften Stoß gegen die Schulter versetzt.

»Zirkelmeister für Siegelkunde«, kürzte Yuriko ab. Die Stimmung verging ihm ohnehin gerade.

»An welcher Arkania?«, erkundigte sich der Skolar.

»An dieser hier!«, polterte Yuriko. »Was ist das denn für eine Frage!«

»Das kann nicht sein. Siegelmeister ist Ksantho Malrandir Kraka. Seit Jahren schon. Seit der vorherige …« Der Skolar unterbrach sich, als die Erkenntnis ihn traf. »Ihr seid der Vorgänger, der sich in Luft aufgelöst hat! Yuriko Frost!«

»Yuriko Mandorak Doragon Frost«, sagte Yuriko würdevoll. »Und ich habe mich nicht in Luft aufgelöst. Die Wellen des Schicksals haben mich hinweggeschwemmt.«

Arkadis machte eine ungeduldige Geste, und endlich fuddelte der Skolar den passenden Schlüssel vom Ring und öffnete das Tor.

»Ksantho Kraka«, murmelte Yuriko, während er dem Skolar durch den weitläufigen Garten zum Haus folgte. »Der miese kleine Emporkömmling. Na, das werden wir gleich haben.«

Gleich war, wie sich herausstellte, ein dehnbarer Begriff. Yurikos erster Weg führte ihn in seine Arbeitsräume – seine ehemaligen, wie nicht zu übersehen war. Das Mobiliar war vollständig erneuert. Es herrschte makellose Ordnung. Der Siegelmeister unterrichtete gerade, wie Yuriko im Vorzimmer beschieden wurde. Sogar die Assistentin hatte man ausgetauscht. Wo einst eine füllige Rothaarige gewusst hatte, wie das männliche Auge zu erfreuen war, führte nun eine reiz- und alterslose Schreiberin das Regiment. Ihre Stimme bohrte sich unangenehm in Yurikos Ohren, während er noch unter der Tür stand und sein ehemaliges Büro betrachtete. Alles, was an früher erinnerte, war der Blick aus dem Fenster.

»Was erdreistet Ihr Euch, hier einzudringen?«, schimpfte die Vorzimmerfrau. »Wer seid Ihr überhaupt?« Arkadis schüttete den Kopf und streckte beschwörend die Hände aus.

»Yuriko Frost«, sagte Yuriko in einer seltenen Anwandlung, sich kurz zu fassen. »Dein neuer Dienstherr. Und du bist bis morgen entweder jung und hübsch oder entlassen.«

Der Schreiberin blieb der Mund offenstehen. Yuriko drehte sich auf dem Absatz um und rauschte davon. Dieses Problem musste er an höchster Stelle lösen.

Eine Stunde später hatte sich gar nichts gelöst. Arkadis immer noch im Schlepptau, hatte Yuriko es immerhin bewerkstelligt, zum Arkanen Großmeister vorgelassen zu werden – oder sich selbst vorzulassen, er war da nicht kleinlich. Seine alte Stellung hatte er deshalb noch lange nicht zurück – nur die glaubwürdige Versicherung, die Welt hätte sich ohne ihn weitergedreht und man sei allgemein sehr zufrieden mit Meister Kraka. Man würde Yuriko aber immerhin gestatten, die Bibliothek und den Lesesaal zu nutzen. Aus Verbundenheit und der alten Zeiten wegen.

Yuriko schritt von dannen. Er brauchte all seine Kraft, um sich die Aura des stolzen Schwans zu geben und nicht die des gerupften Hahns, der er war. Im Säulengang, am Rande des Innenhofes, ließ er sich auf eine steinerne Bank sinken. Arkadis, die ihm folgte wie ein Schatten, setzte sich neben ihn. Dass sie nicht sprach, hatte auch seine Vorteile.

Yuriko schloss die Augen. Die Blätter der tausendjährigen Prantane im Innenhof raschelten im Wind. Aus den umliegenden Räumen waren gedämpfte Stimmen zu hören. Es war unfassbar, dass er ab sofort kein Teil mehr von alledem sein sollte.

Und wie es schien, war er Teil von überhaupt nichts. Wie sollte er seinen Lebensunterhalt decken? Yuriko Mandorak Doragon Frost der Legendäre konnte sich ja wohl kaum als einfacher Siegelschreiber verdingen. Er musste dringend zur Bank und nach seinem Vermögen schauen. Sein Haus instand setzen, vielleicht Schülerinnen zur Ausbildung bei sich aufnehmen. Aus gutem Hause, mit reichen Eltern, die sich die intensive Einzelbetreuung etwas kosten lassen würden. Blond vielleicht.

Oder er schrieb seine Reiseerinnerungen nieder und wurde als Schriftsteller reich und berühmt.

Er seufzte schwer. So reizvoll beide Lebensentwürfe waren, so ließ sich doch bei keinem davon Arbeit gänzlich vermeiden. Und Arbeit verdarb den Charakter.

Er kramte in seinen Manteltaschen und förderte einige wenige Eiserne zutage, die er Arkadis in die Hand drückte.

»Mach dich nützlich und geh Tee holen. Den Säulengang bis zum Ende, Treppe runter, dann links.«

Sie – oder er – das Licht nahm ihr gerade jeden weiblichen Liebreiz – sah ihn befremdet an. Er schob sie – oder ihn – von der Bank und wedelte mit den Händen, als wolle er Tauben verscheuchen.

»Nun mach schon!«

Ein spöttisches Lächeln zupfte an ihren – oder seinen – Mundwinkeln, dann drehte Arkadis sich um und ging in die angewiesene Richtung davon. Er sah ihr nach. Das Bewegungsmuster war weiblich – die Art, die Füße schmal zu setzen, der Hüftschwung – gleichzeitig war da kaum etwas, das man als Hüfte bezeichnen konnte. Lange muskulöse Beine wie die eines Jünglings und eine Art, die schmalen Schultern zu straffen, die nicht zu einer Frau passte.

Vielleicht würde er ihr – oder ihm – erlauben, in seinem Teich zu baden, und sich auf die Lauer legen. Jeder war doch das eine oder das andere.

Schritte näherten sich. Jemand blieb hinter ihm stehen. Ein energischer Griff nach seiner Schulter. Blecheimerstimme.

»Meister Yuri. Wie schön. Du kommst vorbei, um mir mein Geld zu geben.«

»Ich kam vorbei, um mein Wirken an dieser ehrwürdigen Stätte wiederaufzunehmen«, sagte Yuriko. »Nur um zu erfahren, dass man mich vollständig aus dem Bildungsbetrieb entfernt hat. Ich bin noch dabei, diese Schmach zu verarbeiten.«

Er wagte einen Blick über die Schulter. Galina stützte sich auf einen Besen. Um die Mitte hatte sie eine fleckige Schürze gewickelt. Ihr Gesicht war gerötet, verschwitzte Haarsträhnen hingen ihr in die Stirn.

»Du hast nicht ernsthaft damit gerechnet, dass deine alte Anstellung noch frei ist«, sagte sie. »Ksantho Malrandir Kraka hat übernommen, sobald du weg warst. Erst vertretungsweise, aber dann sehr schnell dauerhaft.«

»Er hat nur drauf gewartet, die kleine Aaskrähe.«

Galina nickte düster. »Seine erste Amtshandlung war, mein Lehrverhältnis zu kündigen. Sagte, eine so untalentierte Schülerin sei unter seiner Würde.«

»Na ja, hätte damals nicht deine Tante ein gutes Wort für dich eingelegt, oder fünf …«

»Sag es nicht!«

»Ich habe tatsächlich noch nie eine so untalentierte Zauberin gesehen wie dich. Und ich habe viele gesehen.«

Galina umklammerte den Besen. »Du hast es gesagt.«

»Weil's wahr ist.«

»Weißt du, was noch wahr ist? Du bist ein lüsterner, fauler, alter Sack ohne jedes Verantwortungsgefühl! Du denkst den ganzen Tag an nichts anderes als ans Vö-«

»Oi!«

»Du bist der schlechteste Lehrmeister, den man sich vorstellen kann!«

»Du bist die schlechteste Schülerin, die man sich vorstellen kann!«

Galina ließ sich neben Yuriko auf die Bank fallen.

»Und jetzt«, sagte sie leise.

»Keine Ahnung«, sagte Yuriko. »Mir fällt schon was ein. Hast du Geld? Ich brauche ein Frühstück, das aus mehr besteht als nur Tee.«

»Das ist nicht dein Ernst. Ich habe dir gestern mein ganzes Erspartes gegeben! Wo hast du es?«

»Das war dein ganzes Erspartes?«

»Ich bin Hausmeisterin! Was zahlen die mir wohl, hm?«

Yuriko seufzte schwer. »Du bekommst es zurück, sobald ich auf der Bank war. Und ich nehme deine Ausbildung wieder auf, wenn du es wünschst. Deiner Tante zuliebe. Wie geht es ihr im Übrigen?«

»Du warst noch nicht bei ihr?«

»Hrm … nein.«

»Du warst vor ihrem Haus, aber du hast dich nicht getraut zu klopfen.«

»Es steht einer jungen Frau gar nicht gut zu Gesicht, so neunmalklug zu sein.«

»Um dich zu durchschauen, reicht es, wenn man nicht komplett dämlich ist. Geh sie besuchen. Ich bin sicher, sie freut sich.«

Arkadis kam zurück und erlöste Yuriko von dem Thema. Sie trug einen Teebecher vor sich her, aus dem es dampfte. Sehnsüchtig streckte Yuriko die Hand danach aus. Arkadis setzte sich, zog die Augenbrauen hoch und führte den Becher zum Mund. Yuriko ließ die Hand sinken.

»Und wer ist das?«, erkundigte sich Galina und beugte sich vor, um Arkadis zu mustern. »Du hast nicht etwa einen neuen Lehrling in Dienst genommen?«

»Nein. Ich habe sie unter meiner Treppe gefunden. Ihr Name ist Arkadis, und sie spricht nicht.«

»Oh.« Galina streckte Arkadis an Yuriko vorbei die Hand hin. »Hallo, ich bin Galina. Meister Yuris Schülerin.«

Arkadis legte ein wenig Wärme in ihr Lächeln und ergriff die dargebotene Hand. Yuriko wollte einstweilen den Teebecher an sich bringen, aber Arkadis hielt ihn außerhalb seiner

Reichweite. Yuriko zog ein Gesicht, aber es blieb unbeachtet.

Arkadis sah Galina an, zeigte zwischen sich und Yuriko hin und her und streckte dann Galina die Zunge heraus. Galinas Augen wurden groß. »Das ist ja höchst spannend«, sagte sie. »So etwas hab ich ja noch nie gesehen. Gibt es schon eine Theorie? Woher, weshalb, wie? Hängt die Stummheit mit dem Siegel zusammen?«

Arkadis nickte.

»Woher kommst du, Arkadis?«

Arkadis machte eine weite Bewegung mit beiden Armen, deutete dann Wellenbewegungen an und hielt sich die Hand über die Augen, als würde sie einen Horizont absuchen.

»Von weither?«, vermutete Galina. »Abrantes?« Arkadis zögerte, schüttelte dann den Kopf und deutete auf ihre Füße.

»Du bist zu Fuß …? Nein. Übers Meer? Aus dem Süden?«

Arkadis nickte.

»Wie schön, dass ihr euch so gut versteht«, sagte Yuriko. »Weißt du was, Galina, nimm sie doch mit in die Bibliothek. Zeichne das Siegel ab, sei sorgfältig dabei! Achte auf die Details! Und such schon mal Literatur raus. Alistis Ryu hat ein Kapitel über fernländische Siegelkunst, wenn ich mich recht erinnere. Wir brauchen jedenfalls das Formenregister. In Osses Siegelkunde kannst du auch nachsehen.«

»Während du in der Zwischenzeit die Füße hochlegst?«

»Während ich zur Bank gehe und meine Finanzen regele.«

»Damit kann ich leben. Kommst du mit, Arkadis?«

Arkadis folgte Galina bereitwillig. Den Tee nahm sie mit, dafür ließ Galina den Besen da. Ohne Tee und ohne Frühstück saß Yuriko noch eine Weile in der Sonne, bis Padda auf seiner Schulter unruhig wurde. Ohne genau zu wissen, was der Kröter wollte, setzte Yuriko sich in Bewegung.

Ob sich seine Rückkunft schon bis in den Keller der Arkania herumgesprochen hatte? Und wenn ja, war das gut oder schlecht? Yuriko fühlte sich zart besaitet. Schon die Vorstellung, von Frakis kühl abgewiesen zu werden, schnürte ihm die Luft ab. Vielleicht konnte Galina vorfühlen gehen. Es musste doch irgendjemanden in dieser Stadt geben, der sich freute, dass er wieder da war.

Durch die sonnigen Straßen schlenderte er hinüber zur zentallinischen Königsbank, einem imposanten mehrstöckigen Gebäude, errichtet aus riesigen hellen Steinquadern. Über dem säulengestützten Eingang breitete der Königsschwan seine Flügel aus. Im Inneren herrschte andächtige Stille. Yurikos Schritte verhallten in dem hohen Gewölbe.

Ein blasser Glatzkopf in einer Robe, die schlichte Eleganz verriet, nahm ihn in Empfang und erinnerte sich tatsächlich an ihn.

»Ich lasse die Bücher heraussuchen«, bot er an. »Einen Becher Tee für die Wartezeit?«

Yuriko akzeptierte eine Spur zu dankbar. Padda turnte ihm zwischen Kragen und Haaransatz herum, und er nahm den Kröter auf die Hand und stellte sich mit ihm in einen Sonnenfleck. Padda sah ihn unverwandt an, und Yuriko versenkte sich in der reglosen Tiefe seiner bernsteinfarbenen Augen und zuckte zusammen, als der Angestellte ihm den Tee hinhielt.

Er hatte den Becher noch nicht geleert, als der Glatzkopf zurückkam und verkündete, es sei nun alles bereit. Er schielte auf Yurikos Hände, aber der war nicht bereit, sich von Padda oder dem Teebecher zu trennen und nahm stoisch beides mit in den kleinen Besprechungsraum, wo der Kollege des Glatzkopfes bereits wartete. Man begrüßte sich mit einer förmlichen kleinen Verbeugung, dann nahm Yuriko am Tisch Platz und bekam ein mächtiges Buch vorgelegt, in dem mit säuberlicher Schrift sein Name vermerkt war, darunter einige Zahlen. Die sich summierten zu einem Betrag, der klein war. Sehr klein. So klein, dass man sich einen netten Abend davon machen konnte, mehr nicht.

»Es muss ein Irrtum vorliegen«, sagte Yuriko. »Als ich zuletzt diese Bücher studiert habe, war ich ein vermögender Mann.«

»Ihr könnt ganz beruhigt sein dahingehend, dass ein Irrtum

vollständig ausgeschlossen ist«, sagte der Angestellte. »Ihr wurdet vorigen Sommer nach Ablauf der üblichen Fristen offiziell für tot erklärt. Das restliche Vermögen wurde eingezogen und, wie üblich, zum einen Teil dem Königreich zur Verfügung gestellt, für wohltätige Zwecke, zum anderen Teil für den Aufrechterhalt der Bank und ihrer Liegenschaften verwendet. Es blieben lediglich die Zinsen der vergangenen Jahre stehen. Wie das Gesetz es bestimmt, und abzüglich einer Verwaltungsgebühr.«

»Ich bin aber nicht tot«, sagte Yuriko verblüfft. »Sehe ich für Euch etwa tot aus? Das ist sehr wohl ein Irrtum, ein gewaltiger!«

»Niemand bestreitet, dass Ihr am Leben seid«, sagte der Angestellte. »Aber die Frist von fünfzig Monden verstrich, ohne dass uns ein Beweis Eurer Lebendigkeit erbracht werden konnte.«

»Ich bin hier! Ich bin lebendig! Ich will mein Geld zurück!«

»Lautstärke ändert nichts an den Tatsachen«, sagte der Angestellte ungerührt. »Ich kann Euch die fünf Silberfedern, drei Eiserne auszahlen lassen, wenn Ihr wünscht. Und Ihr seid herzlich eingeladen, ein neues Konto zu eröffnen, sobald Ihr wieder zu Geld gekommen seid.«

»Zuerst will ich mein altes zurück!«

»Auch die wiederholte Bekanntgabe von Forderungen ändert nichts an den Tatsachen.«

Yuriko sprang auf. Padda strampelte in seiner Hand, und er mühte sich, den Griff zu lockern und den Kröter sanft auf seiner Schulter abzusetzen.

»Und was sieht das Gesetz für Fälle vor, in denen jemand von den Toten wiederkehrt«, knirschte er.

»Ihr seid ja nicht von den Toten wiedergekehrt, sondern Eurer eigenen Aussage nach nie tot gewesen«, sagte der Bankangestellte kühl. »Allein richten sich die Regularien nicht um Euren tatsächlichen Leibeszustand, sondern um die eindeutige, nachweisliche Definition desselben.«

»Mein Leibeszustand ist wütend, und deiner ist gleich Kopfschmerz, mein Freund!«

Der Angestellte glitt mit einer geschmeidigen Bewegung zur Tür und öffnete sie. Durch den Türspalt sah Yuriko Bewegung. Rüstungsteile schimmerten matt.

»Meister Frost möchte gehen«, sagte der Angestellte.

»Meister Frost möchte sein Geld!«, röhrte Yuriko. »Und den Leuten mal ordentlich die Meinung sagen, die sich so eine Bullenscheiße ausdenken!«

Er holte sich einen faustgroßen Feuerball auf die Hand und machte einen Schritt in Richtung Tür. Weiter kam er nicht. Ein unsichtbares, tonnenschweres Gewicht hielt seine Füße auf den polierten Bodenplatten fest. Er ruderte um sein Gleichgewicht. Der Feuerball verlosch. Er sah auf und in das Gesicht eines jungen Zauberers, der zwischen den beiden Bewaffneten stand und gerade die Handzeichen des Mühlsteinzaubers abschloss.

»Das ist nicht dein Ernst«, sagte Yuriko. »Du wagst es, mich zu verzaubern? Weißt du denn nicht, wer ich bin?«

»Ihr seid Yuriko Mandorak Frost, Salamander und Meister der Siegel«, sagte der junge Zauberer mit schwankender Stimme.

»Ich kann dich eindampfen, dass nichts mehr an dich erinnert als ein verschmorter Fleck auf dem Boden!«

»Und ich hoffe sehr, dass Ihr das nicht tun werdet, aus unbedachter Wut heraus«, flehte der Zauberer. »Nur des Geldes wegen.«

»Mein Geld! Meine Existenz! Meine Zukunft!«

»Ich komme hier nur meinen Verpflichtungen nach, Meister. Ich habe eine Familie zu ernähren.«

Mit arkanen Fingern betastete Yuriko das Spruchgewebe. Es war ganz ordentlich. Der arme Junge konnte ja nichts dafür, dass er es mit Yuriko dem Legendären zu tun hatte. Yuriko war kurz davor, das Spruchgewebe zu zerreißen und einfach zu gehen, doch er besann sich eines anderen. Wenn er das tat, würde man den Jungen für unfähig halten und hinauswerfen.

Yuriko seufzte.

»Löse den Mühlstein, Herr Kollege. Ich verspreche, mich zu benehmen.«

Der junge Zauberer zögerte, kam dann aber der Aufforderung nach. Das Gewicht an Yurikos Füßen verschwand. Der Zauberer sah aus, als würde er ganz ohne Yurikos Zutun allein vor Angst in seinen Stiefeln sterben. Yuriko trank seinen Teebecher leer und rückte sich Padda auf der Schulter zurecht.

»Besitz macht ohnehin unfrei«, verkündete er würdevoll und schritt von dannen.

Auf dem Weg zurück zur Arkania versuchte er, einen Plan zu fassen, doch der Weg war zu kurz und seine Lage zu verzwickt. Zumindest ließ der Löwenkopf ihn ein. Er wanderte durch den weitläufigen Garten, immer noch auf der Suche nach einer rettenden Idee. Es war Mittagspause; Gruppen von Schülern schwärmten über das Gelände, fachsimpelten, steckten im Gehen die Nase in Bücher oder saßen auf der Wiese und aßen zu Mittag. Sie grüßten ihn ehrerbietig, wo er auf sie traf, mit der höflichen Distanz, die man einem Fremden entgegenbrachte. Er kannte keines der Gesichter.

Kein Geld, kein Zuhause, keine Anstellung. Sein Ruf war in Vergessenheit geraten, und nicht mal Violetta war noch die Gleiche.

Er versuchte, nicht an Violetta zu denken. Eine wie sie konnte er sich auf absehbare Zeit nicht mehr leisten. Sofort rammte ihn die Sehnsucht. Ihr Duft. Oh. Blütenöl und Puder. Ihr weicher, runder Körper. Der unschuldige Schalk in ihrem schönen Gesicht, während ihre Finger die unanständigsten Dinge taten.

Kein Geld, kein Zuhause, keine Anstellung, keine Liebe, keine Frauen. Alle Krötengeister, er war so einsam. Er verfluchte den Tag, an dem er beschlossen hatte, heimzukehren. Er hätte bei Mio bleiben sollen, falls das ihr Name gewesen war, der schwarzhaarigen Schönheit aus dem Land hinter den Mandelbäumen. Auf eine Art hatten sie sich sehr gut verstanden.

Der Gedanke an Florine hatte den Ausschlag gegeben. Doch Florine war so unerreichbar wie eh und je. Dass kein Kontinent mehr zwischen ihnen lag, änderte nichts.

Keine Liebe. Das war vermutlich das Schlimmste von allem.

Er fand Galina und Arkadis in der Bibliothek, verschanzt hinter einem Stapel von Büchern. Galina war noch mit der Reinzeichnung des Siegels beschäftigt, während Arkadis sich in eine abgegriffene Abschrift von *Das siebte Siegel* vertieft hatte. Yuriko zog sich einen Stuhl heran und ließ sich darauf fallen, dass das Holz krachte. Galina streckte die flache Hand nach ihm aus, ohne aufzusehen.

»Nichts«, sagte er. »Vergiss es. Die Bank hat mich für tot erklären lassen. Mein gesamtes Vermögen beläuft sich auf fünf Silberfedern, drei Eiserne, und die hab ich mir nicht auszahlen lassen, weil ich sonst vielleicht doch noch jemanden dort eingeäschert hätte.«

»Guter Scherz«, sagte Galina. »Jetzt rück das Geld raus.«

»Dazu müsste ich erst die Bank überfallen. Der Gedanke ist verlockend, aber ich würde doch gerne zuerst deine Tante sehen, bevor ich Hals über Kopf aus der Stadt fliehe.«

Galina sah von ihrer Zeichnung auf. Ihre Augen waren riesig und rund wie Seerosenblätter.

»Kein Scherz?«, sagte sie.

»Kein Scherz«, sagte Yuriko.

»Du bist ein toter Mann«, sagte Galina.

»Meine Leiche an die Forschung zu verkaufen bringt dir nicht mehr als ein paar Silberfedern.«

»Aber warum?«

»Weil ich nicht mehr jung und nicht vollständig gut erhalten bin und um die Leibesmitte herum nicht mehr ganz stromlinienförmig. Das mindert den Wert.«

»Warum ist mein Geld weg?«, schrie sie ihn an. »Warum bin ich so blöd und springe immer wieder für dich ein? Warum glaube ich immer noch, dass du zu irgendetwas gut bist?«

»Hör auf, dich anzuhören, als wären wir ein Ehepaar! Das ist ja gruselig!«

»Leise!«, rief jemand zwischen den Regalen. »Dies ist ein Ort der Gelehrsamkeit, kein Fischmarkt!«

Galina sprang auf, griff sich Yuriko und zerrte ihn in die Höhe.

»Haare«, ächzte der. »Au! Haare!«

»Du kannst froh sein, dass ich dich nicht packe, wo's noch mehr wehtut«, knurrte Galina, ließ aber immerhin seinen Zopf los und stieß ihn vor sich her zur Tür. Yuriko streckte hilfesuchend eine Hand nach Arkadis aus, aber die sah ihm nur erstaunt hinterher.

Mit forschem Schritt und eisernem Griff um sein Handgelenk brachte Galina Yuriko in die zentrale Eingangshalle und vor ein Anschlagsbrett, das dicht an dicht mit Zetteln bestückt war.

»Geh arbeiten«, sagte sie.

»Huh«, sagte Yuriko, noch immer damit beschäftigt, seine empfindlichen Haarwurzeln zu massieren. »Was …?«

»Such dir was aus, nimm den Zettel mit, erledige, was draufsteht und lass dich in der Poststelle auszahlen. Oder, nein. Ich sage der Poststelle Bescheid, dass sie mir direkt das Geld geben.«

Weniger aus Interesse, sondern eher, weil er nicht nicht lesen konnte, überflog Yuriko die Angebote.

Eine entlaufene Katze finden und nach Hause bringen.

Ein Dutzend sehr seltene, sehr giftige Heideröhrlinge pflücken.

Eine Rattenplage beheben – Ratten, so groß wie Wollschweine

Eine Hochzeitsgesellschaft mit verblüffenden Zaubereien unterhalten.

Die Entlohnung, die man für diese entbehrungsreiche Arbeit zu erwarten hatte, war lächerlich gering.

»Das ist ja Sklaverei«, sagte Yuriko. »Zu meiner Zeit gab's das aber nicht.«

»O doch«, sagte Galina. »Das Brett gab es schon immer. Es ist dir nur nie aufgefallen, weil es ja mit Arbeit zu tun hat.«

»Galina, ich werde sicher nicht wie ein Jungstudent irgendwelche entlaufenen Katzen suchen. Es muss einen anderen Weg geben.«

»Bitte sehr«, sagte sie und stemmte kämpferisch die Fäuste in die Seiten. »Nur zu.«

»Was ist denn mit Arkadis' Siegel? Hast du schon etwas herausgefunden?«

»Ist das der Versuch eines Themawechsels, oder willst du sie zu Geld machen?«

»Es ist der Versuch, in alle Richtungen zu denken.«

»Ich hab's abgezeichnet, aber es sagt mir nichts. Du musst es dir selbst ansehen.«

Yuriko nickte. Im Gehen nahm er noch den Zettel von der Hochzeit mit und den von der entlaufenen Katze. Der Tee in der Bank war das Einzige, was er heute in den Magen bekommen hatte, und er fühlte sich schon ganz schwach.

Galinas Zeichnung war beinahe fertig. Sorgfältig mit Tinte auf hellem Papier aufgetragen, sah das Siegel sehr viel arkaner aus als in der irritierenden Umgebung von Arkadis' Gesicht. Yuriko fügte letzte Kleinigkeiten hinzu und vertiefte sich dann in den Anblick. Die doppelte Acht war das Hauptelement. Sie kanalisierte das Arkanum, da war er ziemlich sicher. Aber diese seltsamen, unsymmetrischen, wirren Schnörkel?

Konnte das Schrift sein?

Er nahm ein neues Stück Papier und malte das Siegel ab, ließ aber die Doppelacht weg. Die Zeichen sahen immer noch aus, als wäre ein betrunkenes Huhn übers Papier geeiert.

Er hob den Blick. Arkadis und Galina sahen ihn erwartungsvoll an.

»Hetzt mich nicht«, sagte er. »Arkadis – du musst mir alles aufschreiben, was du darüber weißt. Wer es angebracht hat, und wo, und warum. Was sich bei dir verändert hat, seit du es trägst.«

Er schob ihr Papier und Stift hinüber. Sie setzte an, doch ehe sie das erste Wort niedergeschrieben hatte, wurde sie von einer unsichtbaren Kraft nach vorne gedrückt. Sie krümmte sich über dem Tisch, atmete gepresst, ballte die Hände zu Fäusten. Der Stift zerbrach zwischen ihren Fingern. Yuriko und Galina sprangen erschrocken auf. Galina war schneller bei Arkadis, fasste sie um die Schultern und sprach erschrocken auf sie ein. Arkadis kippte steif wie eine Puppe vom Stuhl. Blut lief ihr aus dem Mundwinkel. Yuriko stand hilflos und schaute auf die krampfende Arkadis hinunter. Rund um ihn wurden Studenten aufmerksam und näherten sich neugierig.

»Fallsucht«, murmelte einer schaudernd.

»Götterfluch«, vermutete ein anderer.

»Verzieht euch«, knurrte Yuriko. »Hier gibt's nichts zu sehen. Einer von euch kann rennen und einen Arzt holen. Na los!«

Einer der Studenten trabte davon. Yuriko steckte die Zeichnungen ein, bückte sich dann zu Arkadis und hob sie hoch. Sie zitterte und krampfte in seinen Armen weiter, während er sie nach draußen in die Sonne trug und sie ins Gras legte. Galina folgte.

Es dauerte, bis Arkadis langsam ruhiger wurde. Ihr Atem ging mühsam, aber immerhin atmete sie. Inzwischen war sie ohnmächtig.

»Was war das denn«, flüsterte Galina erschüttert. »Fallsucht? Wirklich?«

»Nein«, sagte Yuriko düster. »Ich fürchte, ich bin schuld. Ich habe den Siegelfluch ausgelöst, indem ich sie bat, mir aufzuschreiben, was sie weiß. Der gleiche Zauber, der sie am Sprechen hindert, hindert sie auch am Schreiben.«

»Aber hat er dir nicht seinen Namen aufgeschrieben?«

»Vielleicht war der Name harmlos genug.«

Galina ließ sich neben Arkadis ins Gras plumpsen und tupfte ihr – ihm – mit dem Ärmel die Stirn ab.

»Wir werden alles selbst herausfinden müssen«, sagte Yuriko. »Fangen wir doch damit an, zu klären, ob wir Mann oder Weib vor uns haben.« Er streckte die Hand nach Arkadis'

Hosenbund aus und bekam von Galina empfindlich auf die Finger.

»Eine ohnmächtige Person befingern, so weit kommt's noch!«, schimpfte sie. »Du schreckst doch vor nichts zurück!«

»Wär's ein Kerl, wäre ich schnell fertig mit Befingern«, sagte Yuriko ungnädig. »Und wär's ein Weib, würde sie sich vielleicht nicht mal beschweren.«

»Du bist widerlich.«

»So harte Worte aus so einem hübschen Mund. Pass auf. Du versuchst, etwas über das Blumensymbol in der Mitte herauszufinden. Ich kümmere mich um die seltsamen Zeichen. Ich halte sie für Schrift, aber ich weiß nicht, welche. Immerhin habe ich jemanden, den ich fragen kann. Wenn er mich nicht in die sieben verfluchten Abgründe jagt. Sei so gut und mach eine zweite Reinzeichnung, ja?«

»Warum?«

»Na, damit jeder von uns eine bei sich tragen kann.«

»Ich meinte, warum hilfst du ihm? Er wird dich kaum bezahlen können.«

Yuriko sah auf Arkadis hinunter.

»Sie war unter meiner Treppe. Sie hat dort wer weiß wie lange auf mich gewartet. Ich meine, sie hätte zu Kraka gehen können, oder? Hat sie aber nicht getan. Sie hat ein Problem, und sie kann nicht mal drüber sprechen, und ich bin der Mensch, den sie sich als ihren Retter ausgesucht hat. Reicht das nicht?«

»Bei jedem anderen schon, aber bei dir habe ich Zweifel.«

Yuriko holte die Zeichnung aus der Tasche und hielt sie Galina hin. »Mach dich an die Arbeit.«

Galina zog widerstrebend ab. Bis der Arzt eintraf, war Arkadis wieder wach, wenn auch sehr benommen, und Yuriko hatte sich eine Geschichte rund um eine arkane Entladung zurechtgelegt. Glücklicherweise sah der Arzt keine Notwendigkeit, sich die Zunge zeigen zu lassen, sondern beschränkte sich darauf, Puls und Herzschlag zu kontrollieren und mit einem kleinen arkanen Licht in Arkadis' Augen zu leuchten. Was auch immer er dort zu sehen bekam, stellte ihn wohl zufrieden, denn er empfahl nicht mehr als einige Tage Bettruhe für die Patientin und mehr Achtsamkeit beim Zaubern. Dann hielt er Yuriko die offene Hand hin, doch der schickte ihn nachdrücklich zur Poststelle weiter.

Arkadis hatte sich während der kurzen Diskussion ums Geld in den Schatten der Prantane zurückgezogen. Dort saß sie an den Stamm gelehnt, neugierig beäugt von den Studenten ringsum, reichlich fremdartig in ihren ärmlichen Gewändern, und massierte sich die Waden.

Yuriko ging neben ihr in die Hocke. Sie sah auf, den Tränen nahe.

»Gütiger Krötengeist, Mädchen«, sagte er erschrocken. »Es ist doch noch viel zu früh, um zu verzweifeln. Ich finde dir eine Lösung, versprochen. Du musst nur ein bisschen Geduld haben.«

Sie nickte, zog die Schultern gerade und wischte sich mit dem Ärmel über die Augen. Wie sie so die Zähne aufeinanderpresste, sah sie doch wieder nicht aus wie ein Mädchen.

»Wollen wir es mit Ja-Nein-Fragen versuchen?«, schlug Yuriko vor, doch Arkadis streckte die Hände aus und schüttelte heftig den Kopf.

»Nein? Zu schmerzhaft? Kann ich verstehen. Und wenn das Siegel etwas taugt, lässt es sich auch nicht so leicht überlisten. Aber mach dir keine Sorgen, ja? Ich habe noch nicht mal richtig angefangen, daran zu arbeiten.«

»Was hauptsächlich daran liegt, dass du nicht weißt, was Arbeit ist.« Ah. Galina, der wandelnde Liebreiz. Sie hielt ihm die Abschrift des Siegels hin und beugte sich dann zu Arkadis.

»Geht es dir wieder besser?«

Arkadis zog ein Gesicht und kippte die Hand hin und her.

»Du Ärmster«, sagte Galina mitfühlend. »Brauchst du etwas? Tee?«

Arkadis schüttelte den Kopf. Yuriko stemmte sich vom Boden in die Höhe.

»Ich gehe etwas ausforschen«, sagte er. »Kann dauern. Galina, du bleibst an dem Symbol in der Mitte dran. Später könnt ihr dann in meinem Haus ein wenig Ordnung machen. Soweit möglich. Ich erwarte keine Wunder.«

»Dir ist aber klar, dass ich meine Verpflichtungen an der Arkania habe?«, murrte Galina, und er schlug ihr ermunternd auf die Schulter.

»Jemand, der so fleißig ist wie du, kann das schaffen.«

Die Abteilung »Geschichte der Zauberei« war immer noch im Keller. Aus alter Gewohnheit zog Yuriko den Kopf ein, als er von der letzten Treppenstufe durch den niedrigen Torbogen trat. Arkane Lichter schwebten unter der Decke und erhellten den Gang. Niemand war hier unterwegs. Zaubereigeschichte war mit Abstand das unbeliebteste Fach bei den Studenten, und Frakis tat anscheinend immer noch alles dafür, damit das so blieb. An den Türen zu den Archiven vorbei ging Yuriko nach hinten durch und klopfte an der letzten Tür.

»Das wurde aber auch Zeit.«

Die vertraute Stimme, raschelnd wie altes Pergament. Keine spürbare Tötungsabsicht, aber dann wiederum war Frakis ja immer sehr beherrscht – bis auf, wenn er es nicht war, und dann konnte man sich warm anziehen.

Yuroko schob die Tür auf und trat ein.

»Nichts anfassen«, kam die Stimme wieder zu ihm. »Keine Feuerzauber. Und wehe, du lässt deinen Kröter frei herumlaufen.«

»Frakis Winterkind Fyr. Ich freue mich auch, dich zu sehen.« Yuriko pflückte den schmalen Mann zwischen zwei Regalen voller Schriftrollen und schloss ihn in eine innige Bärenumarmung, die der Andere nach kurzer Starre und im Rahmen seiner eingeschränkten Kräfte erwiderte. Erleichterung rauschte durch Yuriko wie eine Feuersbrunst.

»Wie geht es dir? Was hast du gemacht all die Jahre?«, fragte er begeistert. Frakis hüstelte leise, was Yuriko vermutlich daran gemahnen sollte, dass Rippen auch brechen konnten. Yuriko entließ ihn aus seinen Armen.

»Das sollte ich eher dich fragen«, sagte Frakis. »Wo warst du?«

»Nur ein Spielball zwischen den Göttern und der geheimen Kraft, die sich Zufall nennt.«

Frakis schob sich die Augengläser den Nasenrücken hinauf. Das schneeweiße Haar fiel ihm immer noch wie ein Vorhang ums Gesicht, und wie immer war er so blass, dass er geradezu durchscheinend wirkte.

»Im Land hinter den Mandelbäumen«, sagte Yuriko. »Auf der südlichen Landmasse. In Ländern, für die wir keine Namen haben. Es ist eine Geschichte für viele lange Abende, falls du sie hören willst.«

»Ich bin nicht sicher. Das meiste davon werden Frauengeschichten sein.«

»Die dich nach wie vor nicht interessieren.«

Frakis verzog den Mund, was sich mit viel gutem Willen als Lächeln deuten ließ. »Keiner von uns hat sich wesentlich geändert, wie mir scheint.«

»Du – du bist nicht böse, dass ich mich einfach so in Luft aufgelöst habe? Ich wollte das nicht. Ich habe nur einer jungen Dame mit einem schweren Handkarren geholfen, und dann ergab eines das Andere und plötzlich war ich auf einem Schiff.«

»Ich bin nicht böse. Nicht mehr. Ich bin froh, dass du noch am Leben bist. Und dass du nicht auf zauberische Weise an den Ort zurückgebracht wurdest, von dem du vor Jahren kamst. Wie ein Elf, dessen Zeit unter den Sterblichen abgelaufen ist.«

»Kein Elf. Obwohl ich womöglich sogar welche gesehen habe. Großartige Geschichte, muss ich dir erzählen. Fast keine Frauen drin. Also, schon, aber alle zu mager. Aber zuerst brauche ich deine Hilfe.« Yuriko holte die Zeichnung aus der Tasche und hielt sie ihm hin. Frakis nahm sie entgegen, warf einen Blick darauf, nahm den Zettel dann mit unter eine arkane Lichtinsel und beugte sich darüber.

»Hast du das von deiner Reise mitgebracht?«

»Nein. Tatsächlich hat es in meinem Haus auf mich gewartet. Es ist auf der Zunge einer jungen Frau tätowiert. Zumindest gehe ich davon aus, dass es eine Frau ist.«

Frakis warf Yuriko einen verwunderten Blick über die Schulter zu, versenkte sich aber gleich wieder in die Betrachtung des Siegels.

»Dieses ganze wirre Zeug«, sagte Yuriko. »Ist das Schrift? Wenn ja, was für eine und was sagt sie?«

»Wenn ja, dann eine alte«, murmelte Frakis. »Eine Wortzeichenschrift vielleicht. Aber es gibt unüberschaubar viele Wortzeichenschriften und ihre Vorläufer und Mischformen. Es wird dauern, bis ich die Probe richtig zugeordnet habe. Wenn es mir überhaupt gelingt. Was weißt du noch über dieses Siegel?«

»Nichts. Die Trägerin unterliegt einem Bann. Sie kann keine Informationen darüber weitergeben. Aber von Form und Aufbau her würde ich meinen, es soll etwas einsperren, nicht etwas aussperren.«

»Keine Information über Zweck und Wirkung?«

»Nein. Aber sie wird wohl darunter leiden, sonst hätte sie mich nicht aufgesucht.«

Frakis drehte den Zettel und fuhr mit den Fingerspitzen den Rand des Siegels nach.

»Wenn es wirklich Schrift ist, muss ich das Original sehen«, sagte er. »Jeder kleine Winkel, jeder Haken kann von Bedeutung sein. Sofern man solche Kleinigkeiten überhaupt auf eine Zunge tätowieren kann. Wenn das Original schon unsauber ist, wird es schwer.«

»Wäre es unsauber, würde es nicht tun, was es soll«, gab Yuriko zu bedenken.

»Und woher weißt du, ob es tut, was es soll, wenn du mit dem Siegelträger nicht sprechen kannst?«

»Da hast du recht«, sagte Yuriko betroffen. »Da gibt es nur eines. Ich brauche diese Katze.«

»Wie bitte?«

»Idee!«, rief Yuriko über die Schulter und war schon unter der Tür. »Muss los! Wende dich an Galina, sie weiß Bescheid! Und lass uns heute Abend einen trinken gehen, oder fünf!«

Als Galina sich wieder bei ihm blicken ließ, war ihm alles andere als nach Feiern zumute. Seine Hände und Unterarme waren blutig verkratzt, und seine Haare hatten genug Katzenfell absorbiert, um ihn in drei Wochen noch zum Niesen zu bringen. Einigermaßen fassungslos starrte Galina auf die Katze hinunter, die mittels eines Körperklammer-Siegels auf der Bank fixiert war. Die Sonne ging bereits unter, das Licht wurde schlecht. Padda saß nahebei und ließ sich sein Missfallen deutlich anmerken.

»Mein Lehrmeister läuft über den Campus und sucht Studenten, die ihm eine Katze rasieren«, sagte Galina. »Ist dir klar, was das bedeutet?«

»Die Hilfsbereitschaft der Jugend lässt schlagartig nach, wenn man sie nicht bezahlen kann«, sagte Yuriko finster und verglich ein letztes Mal seine Zeichnung mit dem Siegel, das er auf den rasierten Bauch der Katze aufgetragen hatte.

»Es bedeutet, dass sie dich spätestens jetzt für irre halten! Und was ist überhaupt mit der armen Katze?«

»Keine Sorge, die gebe ich zurück, sobald ich fertig bin.«

Yuriko sammelte Arkanum in den Fingerspitzen. Es fühlte sich seltsam an, ein Siegel zu aktivieren, ohne seinen Sinn und Zweck zu kennen zu haben. Er wusste nicht einmal, ob es funktionierte. Es war wie Worte in einer fremden Sprache nachzuplappern, ohne die Bedeutung zu kennen.

Er ließ Arkanum auf das Siegel tropfen. Die körpergeklammerte Katze rührte sich nicht. Das Arkanum wurde sofort in die Mitte gezogen und verschwand im Zentrum der Blüte. Yuriko ließ Arkanum nachfließen, und es nahm den gleichen Weg.

»Interessant«, sagte er nachdenklich.

Er sah die Katze an. Die Katze sah ihn an. Er kontrollierte den Arkanfluss. Die Katze war dicht.

»Willst du mich eigentlich absichtlich dumm halten?«, beschwerte sich Galina. Yuriko seufzte.

»Ich habe die Katze mit Arkanum aufgeladen. Was passiert, wenn natürliche Wesen mit Arkanum in Berührung kommen?«

»Äh – nichts?«

»Genauer!«

»Es fließt einfach durch sie hindurch. Wie durch jede Materie. Sie bemerken es nicht mal.«

»Richtig. Dieses Siegel – dessen Wirkweise ich immer noch nur zum Teil verstehe, wohlgemerkt – hat aus der Katze einen Arkanspeicher gemacht. Ich habe sie aufgeladen, und sie hat nichts davon wieder verloren.«

Vorsichtig beäugte Galina die Katze. »Das heißt ... Arkadis ist ein menschlicher Arkanspeicher? Ist so etwas möglich?«

Grübelnd wickelte Yuriko sich seinen Zopf um die Hand. »Alle Zauberer sind Arkanspeicher«, sagte er. »Nur keine sonderlich ergiebigen. Wenn ich zaubere, ziehe ich Arkanum aus der Umgebung, und dann gibt es diesen winzigen Augenblick, wenn es schon in mir ist, kurz bevor ich den Zauber werfe. Eigentlich ist es eins. Ziehen – werfen. Vielleicht ermöglicht das Siegel das Ziehen, verhindert aber das Werfen.«

»Dann wäre Arkadis ein verhinderter Zauberer«, überlegte Galina. »Ein mächtiger Zauberer, vermutlich, mit mächtigen Feinden.«

»Wenn das Schule macht, können wir alle einpacken«, sagte Yuriko schaudernd. »Du darfst niemandem etwas erzählen, hörst du?«

Galina nickte. Yuriko nahm die bereitgelegte Wasserflasche und entkorkte sie.

»Bevor du fragst«, sagte er. »Ich wasche das Siegel ab, dann lasse ich die Katze frei. Die Vorführung ist hiermit beendet.«

Vorsichtig tröpfelte er Wasser auf das Siegel. Die Tinte verlief, dicke dunkle Tropfen rannen den rasierten Bauch der Katze hinunter.

Die Katze erzitterte. Krämpfe durchliefen sie, und sie fuhr die Krallen aus.

»Huch«, sagte Yuriko erstaunt. Die Körperklammer verlor ihre Wirkung, und er wusste nicht, warum. Er wollte das geklebte Klammersiegel schon abziehen, ließ es dann aber an

Ort und Stelle und machte einen großen Schritt rückwärts. Die Katze hatte Risse bekommen, aus denen es blau leuchtete.

»Nicht gut«, sagte Yuriko. »Nicht gut!«

Er packte Galina, die erschrocken quiekte, und stieß sie beiseite. Dann traf ihn die arkane Entladung.

Die arkane Kraft riss ihn beinahe auseinander. Blitze zuckten vor seinen Augen. Es roch verschmort. Er blies eine Feuerlohe in den Himmel, um das Arkanum loszuwerden, ehe es ihn umbrachte, es war zu viel auf einmal, scharfkantig und bitter und auf eine erschreckende Art lebendig.

Dann war es vorbei. Er lag auf dem Boden, keuchend und benommen, und jemand rüttelte ihn an der Schulter.

»Meister Yuri?«

»Ich sterbe«, murmelte er. »Lass mich zurück.«

»Nicht, solange du Schulden bei mir hast«, sagte Galina pragmatisch und half ihm zum Sitzen. Die Schmerzen ließen nach. Arkane Irrlichter geisterten durch seine Haare.

Er blinzelte.

Galina und Padda waren unversehrt, was man von der Katze nicht behaupten konnte.

»Was für eine Sauerei.«

»Das arme Tier«, jammerte Galina. »Du Unmensch!«

»Danke, dass du mich gerettet hast, Yuri«, murmelte Yuriko. »Du bist ein Held, Yuri. Hättest du nicht all das Arkanum gezogen, wäre ich jetzt ein menschliches Grillhähnchen.«

»Danke, dass du – was auch immer getan hast«, sagte Galina. »Was ist eigentlich passiert?«

»Die Katze hat sich schlagartig entladen. Das habe ich nicht kommen sehen – ich dachte, das Arkanum versickert einfach. Wie bei jeder normalen Katze. Und das Arkanum, was rauskam, war anders als das, was ich eingefüllt habe. Irgendwie … wütend.«

»Arkanum hat keine Gefühle.«

»Ich weiß. Ich kann's nicht anders beschreiben.«

Yuriko rappelte sich auf und kam schwankend zum Stehen.

Er fühlte sich, als wäre eine Horde Wollschweine über ihn hinweggetrampelt.

Die Fäuste in die Hüften gestemmt, umrundete Galina die Bank, auf der wohl geraume Zeit niemand mehr sitzen würde.

»Wir werden jedenfalls nicht versuchen, Arkadis' Siegel zu lösen«, sagte Yuriko. »Wenn schon das bisschen Arkanum in der Katze eine solche Entladung verursacht, kann man vermutlich mit Arkadis ganz Letis in die Luft jagen. Wo ist sie eigentlich?«

»Ich habe ihn in der Bibliothek zurückgelassen«, sagte Galina. »Als ich hörte, du würdest jemanden suchen, der dir eine Katze rasiert. Ich denke, er wird irgendwann im Laufe des Abends unter deine Treppe zurückkehren. Er hat für ein paar Studenten Abschriften angefertigt und dafür ein paar Eiserne bekommen, aber um bei dir auszuziehen, wird es wohl nicht reichen.«

»Für mich ist sie immer noch ein Weib. Nur damit du's weißt.«

»So verzweifelt, dass du in hübschen jungen Männern Frauen siehst? Oder einfach nur altersblind?«

»Weder das eine noch das andere. Hast du etwas zu essen zu Hause? Ich bin kurz vor dem Hungertod.«

Galina klopfte ihm höchst unbotmäßig auf den Bauch. »Das glaube ich nicht, Meister. Aber von mir aus. Weil du mich so heldenhaft vor der Entladung gerettet hast.«

»Mein Heldenmut ist erst vergolten, wenn du mir nach dem Essen noch ein Bad richtest.«

»Wenn man dir den kleinen Finger gibt.«

»Wie groß ist dein Zuber? Baden mit Gesellschaft würde meinem Heldenmut angemessen schmeicheln.«

»Nicht mal, wenn du mich vor einer Herde Drachen gerettet hättest.«

Yuriko seufzte. Was für eine Verschwendung zweier wunderbarer Vorzüge, aber mit nichts anderem hatte er gerechnet. Er wandte sich gerade zum Gehen, als Galina ihn beim Ärmel nahm.

»Wer beseitigt die Sauerei?«

»Mach dir keine Sorgen«, sagte er großzügig. »Ich höre, die haben hier eine sehr fähige Hausmeisterin.«

Am gleichen Abend kauerte er in seinen besten Kleidern und frisch rasiert auf einem Vordach. Dachziegel knirschten unter seinen Stiefelsohlen. Eine Nachtigall sang im Flieder. Er sah hinunter auf das schmale Büchlein in seinen Händen. Allein die Geste verlieh dem langweiligen Danilo das Recht, ihn zum Zweikampf zu fordern. Was er sich natürlich niemals trauen würde, der blasse Schreiberling.

Yuriko ließ den Kopf nach hinten gegen die Fassade sinken. Er schielte auf seine Schulter, aber Padda war viel zu interessiert an den Nachtfaltern, die vor dem erleuchteten Fenster schwirrten, um der Seelenpein seines menschlichen Gefährten Beachtung zu schenken. Yuriko fand, die Kröten hatten das gut geregelt. Sie hüpften einmal im Jahr in ihren angestammten Teich, klammerten sich an das erstbeste Weibchen, hatten ihren Spaß und vergaßen einander wieder. Sie saßen nicht am späten Abend auf Vordächern und starben schier vor Angst.

Er fuhr die Hand aus, zog sie wieder ein. Lauschte der Nachtigall. Versuchte, sich zu entscheiden – klopfen oder nicht, aber jedenfalls musste er runter von diesem Dach, seine Knie gaben gerade den Geist auf.

Er versuchte, sein hämmerndes Herz zu beruhigen. Atmete in seine Mitte, stellte sich Sonnenstrahlen auf glitzerndem Wasser vor, raschelndes Schilf, glatte, sattgrüne Seerosenblätter. Wurde langsam ruhiger.

Fiel fast vom Dach vor Schreck, als plötzlich neben ihm das Fenster aufging.

»Jetzt komm schon rein, ehe die Nachbarn dich sehen.«

Ihre Stimme. Er räusperte an seiner herum, fand keine Worte, gehorchte stumm. Kletterte durch das Fenster in ihre Stube, kam ungeschickt auf die Füße. Merkte selbst, dass er sie anstarrte wie der alte Trottel, der er war, aber sie war so schön, seine Erinnerung war ihr nicht gerecht geworden, er hatte den zarten Schwung ihrer Lippen vergessen und den warmen Schimmer in ihren Augen. Sie trug das Haar unbedeckt und zu einem lockeren Zopf geflochten, und seine Fingerspitzen kribbelten, weil er so dringend die welligen Strähnen berühren wollte, die sich um ihre Ohren ringelten.

Sie stand, die Arme vor der Brust verschränkt, und musterte ihn wie er sie.

»Du weißt also immer noch nicht, wie man eine Tür benutzt«, sagte sie.

Er nickte. Sie machte einen Schritt an ihm vorbei und schloss das Fenster. Er fing einen Hauch ihres Duftes auf und ertrank in einer Flut von Erinnerungen.

»Fünf Jahre«, sagte sie. »Du hättest dich wenigstens verabschieden können. Oder von unterwegs mal schreiben.«

»Hab ich«, krächzte er. »Nur nie abgeschickt.«

»So. Und wo warst du?«

»Überall dort, wohin die wilden Schicksalswinde mich geblasen haben.«

Er war froh, dass seine Stimme ihm wieder gehorchte, auch wenn seine Worte ihr nicht mehr als ein spöttisches Lächeln entlockten. Er hielt ihr das Buch hin. Sie nahm es entgegen, blätterte hinein, ihr Lächeln verlor den Spott.

»Was ist das?«, fragte sie erstaunt.

»Poesie aus dem Land hinter den Mandelbäumen.«

»Du warst wirklich weit weg.«

»Und in Gedanken immer bei dir.«

»Das glaube ich dir nicht.«

»Meistens. Sehr, sehr oft. Häufiger, als meinem Seelenheil zuträglich war.«

Ihre Fingerspitzen strichen über das feine weiße Papier, die spinnenhaften fremden Schriftzeichen auf der linken Buchseite, seine eigene regelmäßige Schrift auf der rechten.

»Ich dachte schon, ich hätte dich verloren.«

»Wäre es das denn gewesen? Ein Verlust?«

»Ach, Yuri.«

Er klemmte die Daumen in den Gürtel. Er war so kurz davor, ihr Gesicht zu umfassen, sich zu ihr hinunter zu beugen, sie einzuhüllen und zu umschlingen und zu küssen, diese weichen Wangen, die zarten Lippen, die winzigen Fältchen rund um ihre strahlenden Augen. Seine Hände in ihrem Haar zu vergraben. Er tat nichts davon. Er hielt Abstand, mehr als eine Armlänge.

»Wie waren deine Jahre, Florine? Wie geht es Danilo und den Kindern?«

Sie drückte das Büchlein an sich, sah an ihm vorbei.

»Elspe hat sich letztes Jahr bekannt. Zu einem sehr netten jungen Mann. Ein Kräutermischer mit eigenem Laden in der Altstadt.«

»Tatsächlich«, sagte Yuriko erstaunt. »Wie schnell die erwachsen werden. Und? Bist du schon Großmutter?«

»Noch nicht. Aber bald, nehme ich an. Tiril ist Küchenmeister in der Blauen Traube, seit drei Jahren. Er hat sich schnell hochgearbeitet. Wo er doch immer so träge war.«

»Essen müssen die Leute immer«, sagte Yuriko. Etwas stimmte nicht mit Florine. Sie wirkte traurig.

»Und du?«, fragte er behutsam. »Was ist mit dir?«

»Was soll sein?« Ihre Stimme zitterte kaum merklich. »Ich lebe das Leben, das mir bestimmt ist. So gut ich kann.« Sie stockte. »Danilo hat mich verlassen«, sagte sie dann. »Letztes Jahr. Er hat eine Jüngere, drüben in Castra.«

Die Kunde sank in ihn, gemächlich, entfaltete Wirkung, riss ihm Bilder vor das innere Auge.

»Ich bringe ihn um«, sagte Yuriko. »Ich verkohle ihn, wo er steht, und aus seiner Asche presse ich einen Diamanten und schenke ihn dir.«

»Das ist lieb«, sagte Florine und lächelte schwach. »Und sehr merkwürdig. Aber nein. Es würde nichts ändern – ich wäre danach immer noch die Frau, die von ihrem Mann verlassen wurde.«

Er schwieg. In seinem Inneren erhob sich ein Jubelgesang, und er liebte sie genug, um sich dafür zu schämen.

»Er war sehr rücksichtsvoll«, sagte Florine mit schmaler Stimme. »Ich durfte das Haus behalten. Ich habe überlegt, wegzugehen, aber wohin, ohne Mann? Und die Kinder brauchen mich hier. Und Galina. Verliert ihre Eltern, verliert ihren Lehrmeister, das arme Mädchen, sie sollte nicht auch noch ihre Tante verlieren.«

Yuriko beschloss, den Vorwurf zu überhören, er konnte sich nicht um alles gleichzeitig kümmern.

»Aber warum? Der kleine, blasse Wurm! Warum hat er dir das angetan?«

»In den Papieren steht, ich sei meinen ehelichen Pflichten nicht nachgekommen. Ich sei widerborstig gewesen und ihm nicht zu Willen. Aber ich glaube, ich habe ihm einfach nur nicht den Gefallen getan, für immer jung zu bleiben.«

»Was für ein dummer, hohler, ahnungsloser, grausamer, gemeiner Mensch. Und ich dachte immer, dass er so ein Langweiler war, sei das Schlimmste an ihm.«

»Sprich nicht so über ihn. Ich habe ihm fast dreißig Jahre meines Lebens gewidmet. Das soll nicht völlig umsonst gewesen sein.«

»Ich habe dir damals schon gesagt …«

Sie sah ihn scharf an.

Sein Mund schnappte zu.

»Du warst gerade fünf Jahre wie vom Erdboden verschluckt, Yuri. Du bist mir nicht gerade ein leuchtendes Vorbild männlicher Zuverlässigkeit.«

Er starrte auf seine staubigen Stiefelspitzen. Erschauerte, als er ihre leichte Hand auf der Schulter spürte.

»Es war meine Entscheidung, ihn zu wählen«, sagte sie. »Ich hätte mit dir durchbrennen können. Du hast es mir oft genug angeboten. Und wir wissen nicht, was passiert wäre, wenn wir's getan hätten. Aber ich habe entschieden und muss nun mit den Konsequenzen leben.«

»Ich bin noch immer frei, falls du diesen Punkt überdenken möchtest.«

Sie stemmte die Fäuste in die Hüften. »Das ist nicht dein Ernst.«

»Na ja. Doch. Mutmaßlich. Also, es gibt diese junge Schönheit im Land hinter den Mandelbäumen, zu der ich mich vielleicht versehentlich bekannt habe, aber das ist so weit weg und …«

»Yuriko Mandorak Frost!«

»Ich verstand die Landessprache nicht! Sie hielten ein feierliches Ritual, und dann war ich plötzlich allein mit ihr und dann hat sie sich ausgezogen und, na, egal, jedenfalls bin ich sicher, dass, was auch immer es war, nach zentallinischem Recht nicht als Ehe gilt!«

»Ist das deine Vorstellung davon, wie man sich einer Frau zu nähern hat? Du steigst zum Fenster ein und überfällst sie mit unsittlichen Anträgen?«

»Zum unsittlichen Teil wäre ich erst noch gekommen.«

Sie warf die Hände in die Luft. »Du hast dich wirklich überhaupt nicht verändert.«

»Ich kann«, sagte er und hörte selbst die verzweifelte Hoffnung in seiner Stimme. »Flori, ich kann genau der Mann sein, den du dir wünschst.«

»Yuri. Ach, Yuri.«

»Sag das nicht immer, ich bitte dich.«

Sie wandte sich ab. Das Büchlein hielt sie gegen die Brust gedrückt. Das Kerzenlicht ließ feine silbrige Strähnen in ihrem rotbraunen Haar glitzern wie Raureif auf Herbstlaub. Keine Zwanzigjährige konnte so schön sein.

»Ich gebe zu, ich bin mit der Tür ins Haus gefallen«, sagte Yuriko. »Mit dem Fenster, aber egal. Ich dachte, ich sehe dich kurz, wechsele zwei Worte mit dir, tu dann so, als hätte ich Angst vor deinem Ehemann, und lasse mich rausschmeißen. Ich hatte ja keine Ahnung.

Und – du weißt, ich rede nach dem Herzen, wenn ich

so überrascht bin. Es tut mir leid. Ich wollte dich nicht überfallen.«

»Es braucht dir nicht leidzutun«, sagte sie mit der Andeutung eines Lächelns. »Das war mehr menschliche Wärme, als ich in den letzten fünf Jahren erfahren habe.«

»Geh mit mir aus«, bat er. »Nicht hier, wo sich alle das Maul zerreißen. Wir fahren rüber nach Ferrandina. Niemand kennt uns dort. Essen, Musik, ein bisschen Tanzen, nur du und ich. Wie damals, als wir jung waren.«

»Und dann?«

»Dann sehen wir weiter.«

»Waren wir jemals jung, Yuri? Ich fühle mich, als wäre ich schon alt auf die Welt gekommen.«

Seine Arme waren so schmerzhaft leer ohne sie. Er streckte die Hand nach ihr aus, aber sie wich unmerklich zurück, und er ließ die Hand wieder sinken.

»Du musst jetzt gehen«, sagte sie.

»Ja«, sagte er. »Gut. Also, nicht gut, aber … ja.«

Sie öffnete ihm das Fenster, und er setzte sich aufs Fensterbrett und schwang die Beine nach draußen.

»Pass auf, dass die Nachbarn dich nicht sehen«, sagte sie.

»Du hast im Übrigen nicht nein gesagt. Heißt das, du gehst mit mir aus?«

Sie schob ihn vom Fensterbrett. Ihre Berührung lief ihm als heißer Schauer den ganzen Rücken hinunter. Dachziegel wackelten, als er sein Gewicht drauf brachte. Er hielt sich am Fensterkreuz und warf einen Blick über die Schulter. Sie lächelte.

»Ich überleg's mir.«

Kapitel 2
Das Herz des Krötenmeisters

Dort, wo die Katze geplatzt war, hielt sich ein merkwürdiger Geruch im Garten. Studenten mieden den Bereich, was ihn zum idealen Übungsplatz für Galina machte. Entweder hatte sie inzwischen etwas gelernt, dann konnte sie hier niemanden verletzen, oder nicht, dann gab es hier keine Zuschauer, deretwegen er sich für seine unfähige Schülerin schämen musste.

Kritisch beäugte Yuriko die Bank und setzte sich dann doch lieber daneben ins Gras.

»Na, dann zeig mal, was du kannst.«

Galina nahm Aufstellung, atmete durch und schloss in tiefer Konzentration die Augen.

»*Eldingr*!«

Sie riss die Hände nach vorne. Anstrengung verzerrte ihr Gesicht. Dann leuchteten ihre Fingerspitzen zart auf. Ein Flämmchen hüpfte in die Luft und verging.

»*Eldingr*!«

Ihre Arme zitterten, sie sah aus, als wolle sie eine unsichtbare Wand wegschieben. Nichts passierte.

»Das war's schon?«, sagte Yuriko. »Was hast du gemacht, fünf Jahre lang?«

»Nicht viel, ohne meinen Lehrmeister!« Sie ließ die Hände sinken, lockerte die Finger, nahm erneut Aufstellung.

»*Eldingr*, verdammt noch eins!«

Ein Flämmchen, kaum spannenlang und so schnell weg, dass Yuriko sich fragte, ob er es wirklich gesehen hatte.

»Lächerlich!«, polterte Yuriko. »Und hör auf, den Zauberspruch herumzukrähen! Das ist unelegant und völlig unnötig!«

»Es hilft mir! Ich kann mir dann das Feuer besser vorstellen! Du hast doch immer gesagt, ich soll es fisa – fisali …«

»Visualisieren!«

»Genau!«

»Das Arkanum, das in deine Hände fließt, sollst du visualisieren. Wie es sich aufheizt und sich schließlich entzündet. Wie du es von deinem Körper trennst und es wirfst. Oder spuckst. Zeig mir das doch mal. Vielleicht bist du mit dem Mund besser als mit den Händen. Was bei einer Frau nie ein Schaden ist, im Übrigen.«

»*Eldingr*, du alter Sack!«

Immerhin diesmal eine kräftige Flamme, die aus Galinas Handfläche schlug und Padda so heftig zurückzucken ließ, dass er von Yurikos Schulter fiel.

»Aha«, sagte Yuriko ungerührt. »Wut hilft also. Das Ergebnis ist allerdings immer noch unterirdisch, und ich kann dich nicht jedes Mal reizen, wenn du einen Feuerzauber werfen willst.« Er kramte in seiner Tasche, bis er sein Fässchen mit Arkantinte und den Federkiel gefunden hatte. »Hand.«

»Wie bitte?«

Yuriko winkte ungeduldig, und Galina hielt ihm zögernd die Hand hin. Er tunkte die Feder ein und malte ihr einen Fokus auf die Handfläche, wiederholte den Vorgang mit Galinas anderer Hand und lud beide Siegel dann mit Arkanum auf.

»Versuch's nochmal.«

Während Galina Aufstellung nahm, klaubte Yuriko Padda aus dem Gras und behielt ihn in der Hand. Mit dem Zeigefinger strich er ihm beruhigend über den Kopf. Padda quakte ungnädig.

»Ich weiß«, murmelte Yuriko. »Ich kann auch nichts dafür.«

»*Eldingr*!«

Die Flamme, die Galina zustande brachte, war immerhin so lang wie ihr Unterarm und hielt sich für die Länge eines

Atemzuges. Als sie vergangen war, krümmte Galina sich und rieb sich die Arme.

»Muss sich das so anfühlen?«, fragte sie. »Als würden einem alle Blutgefäße zu den Fingern rausgezogen?«

»Lässt gleich nach. Das ist der arkane Unterdruck, den du spürst.«

Galina schüttelte die Arme aus und machte sich erneut bereit.

»Warte«, sagte Yuriko. »Lass uns sehen, wie es um die Siegelzauberei steht. Vielleicht fällt dir die leichter.«

Wie gut, dass er vorhin in der Bibliothek ein paar Bögen Papier hatte mitgehen lassen. Er holte sie heraus, faltete sie zurecht und hielt sie Galina hin. Die ließ sich neben ihm im Gras nieder und nahm das Papier ohne rechte Begeisterung entgegen.

»Siegel des Endlosen Raumes«, sagte Yuriko. »Kennst du noch?«

Galina nickte, tunkte die Feder ein und begann zu malen. Es geriet ihr ein wenig krakelig, aber alle Elemente waren vorhanden. Dann machte sie ein mühsames Geschäft daraus, das Siegel mit Arkanum aufzuladen. Yuriko pflückte ein Gänseblümchen und gab es ihr. Sie legte es auf das Siegel. Die Tintenlinien leuchteten auf, das Gänseblümchen erzitterte. Für einen Augenblick sah es so aus, als würde es in den Endlosen Raum gezogen, doch dann wich jeglicher Saft aus der kleinen Pflanze, sie blieb schlaff und bräunlich verfärbt auf dem Siegel liegen.

Galina ließ sich nach hinten umfallen und rieb sich mit beiden Händen übers Gesicht.

»Mach dir nichts draus«, tröstete Yuriko. »Du musst dir dein Geld nicht als Zauberin verdienen. So hübsch, wie du bist, findest du bestimmt einen netten Mann.«

»Darum geht's doch nicht«, sagte Galina hinter ihren Händen. »Ich will die Zauberei beherrschen! Ich gehöre zu den Begabten, das sieht man doch!«

»Du gehörst nicht nicht zu den Begabten«, sagte Yuriko vorsichtig. »Aber es ist schwer, die Zauberei zu erlernen, wenn man so wenig Arkanum kanalisieren kann wie du. Dir fehlt es schon an den Grundlagen.«

»Dann bring mir bei, es zu kanalisieren. Für irgendetwas musst du doch gut sein.«

»Ich habe im Land hinter den Mandelbäumen einige Meditationstechniken gelernt, die dir vielleicht helfen. Und ich könnte den Fokus weiterentwickeln. Verstärken. Ein wenig zumindest. Ich will nicht riskieren, dass ein harmloser Zauber dir die Hand abreißt.«

»Das klingt doch gut. Also, bis auf die abgerissene Hand.«

Yuriko betrachtete seine Schülerin. Das Fünkchen Begabung war kaum mehr als ein übler Scherz der Götter. Es war nicht viel damit anzufangen, gleichzeitig ließ es sie nicht zur Ruhe kommen.

Er bewunderte ihren Ehrgeiz, es als Erste in einer durch und durch unbegabten Familie zur Zauberin zu bringen, fragte sich aber gleichzeitig, ob der Zeitpunkt nicht gekommen war, an dem sie diesen Traum besser begrub.

»Starrst du mir auf die Brüste?«, sagte Galina, immer noch die Hände vor dem Gesicht.

»Du hast sie nun mal, da kann ich sie auch ansehen«, sagte Yuriko. »Geh doch einstweilen und kümmere dich um deine Hausmeister-Pflichten. Ich probiere ein bisschen mit dem Fokus herum. Heute Mittag kannst du mich zum Essen einladen und ich zeige dir meine Ergebnisse.«

Galina brummte, rappelte sich aber auf und klopfte sich Gras vom Kleid. Sie hatte gerade zwei Schritte auf dem Weg in Richtung Haupthaus gemacht, als Arkadis ihr entgegenkam, in Begleitung von jemandem, der nach Yurikos Einschätzung selten genug aus seinem Keller kroch.

»Hier bist du«, sagte Frakis, Galina völlig ignorierend. »Ich habe dich schon überall gesucht.«

»Hast du Neuigkeiten zum Siegel?«

Frakis holte einen Zettel aus der Tasche und hielt ihn Yuriko hin. Der nahm ihn entgegen und las.

»Wissen, Ursprung, Sprache, Fragezeichen, Fragezeichen, Wurzel, Tod. Ja, alles klar. Ergibt Sinn.«

»Unter Vorbehalt«, sagte Frakis. »Es handelt sich um Wortschriftzeichen, aber für genau diese habe ich keine Quelle gefunden. Es gibt ein paar Handvoll, die von alten Kulturen auf dem Südlichen Kontinent für arkane Zwecke verwendet wurden. Gebräuchlich sind die alle nicht mehr. Deshalb habe ich die Bedeutung aus Ähnlichkeiten abgeleitet. Aber in dem Prozess sind so viele Unschärfen, dass du dich auf das Ergebnis kaum verlassen kannst.«

Ratlos sah Yuriko auf den Zettel.

»Was hattest du erwartet?«, fragte Frakis. »Wer das liest, ist doof?«

»Das Siegel ist ein Arkanspeicher, aber nicht so, wie wir ihn kennen. Ich hatte gehofft, etwas über den Zweck zu erfahren.«

»Der Zweck eines Arkanspeichers ist ziemlich selbsterklärend.«

Yuriko seufzte. »Du hast die Katze nicht gesehen.«

Frakis machte ein fragendes Gesicht. Yuriko winkte ab. »Keine Sorge. Sie ist an einem besseren Ort.«

»Warum klemmst du dich so hinter diesen Fall?«, fragte Frakis. »Arbeiten ist doch sonst nicht dein bevorzugter Zeitvertreib.«

»Jemand muss dem Mädchen doch helfen«, versuchte Yuriko es, doch Frakis schüttelte den Kopf. »Du hilfst dir in erster Linie selbst. So sehr kann eine Reise dich nicht verändert haben.«

Yuriko zögerte. »Ich will ihr wirklich helfen«, sagte er schließlich. »Aber wenn meine Reputation an dieser Arkania sich verbessern würde, indem ich die Siegelkunde voranbringe – etwas entdecke, ein Rätsel löse – und wenn man mir daraufhin wieder eine Anstellung gäbe … ein regelmäßiges Einkommen … dann … du weißt, dass Florine ihren dusseligen Ehemann los ist?«

»Dass sie ihn lieber behalten hätte, weiß ich. Gute Güte, du machst dir doch nicht etwa immer noch Hoffnungen? Hat deine lange Reise dich nicht kuriert?«

»Getröstet, mannigfaltig. Aber nicht kuriert. Florine jedenfalls hat durchblicken lassen, dass sie möglicherweise doch mehr als nur freundschaftliche Gefühle für mich hegt.«

»Nachdem sie dir einen Korb nach dem anderen verabreicht hat, seit wir Kinder waren?«

»Späte Erkenntnis.«

Frakis sah erheitert aus, im Rahmen seiner Möglichkeiten.

»Sie muss ja sehr verzweifelt sein.«

»Warum sie mich nimmt, ist mir egal, solange sie mich nur nimmt. Aber ich brauche ein regelmäßiges Einkommen, damit ich ihr den Hof machen kann.«

»Kraka wird seinen Stuhl nie wieder räumen«, sagte Frakis. »Der bleibt, bis sie ihn tot aus seiner Schreibstube tragen. Da kannst du erfinden, was du willst.«

»Meinen Stuhl. Aber du bringst mich auf eine Idee – es steht nicht zufällig in einem deiner Bücher etwas darüber, wie man sein Ableben vorzeitig herbeiführen kann?«

Frakis sah Yuriko über den Rand seiner Augengläser hinweg an.

»Du beliebst zu scherzen.«

»Ja, natürlich.«

»Gut. Du planst keine Dummheit, oder?«

»Ich? Nein! Niemals!«

»Gib mir dein Wort.«

»Frakis, was denkst du? Ich müsste der größte Dummkopf sein, wenn ich versuchen wollte, gegen Kraka vorzugehen.«

Mit leichter Hand klopfte Frakis auf Yurikos Brust.

»Dein Kopf ist es nicht, der mir Sorgen macht, mein Freund. Aber dein Herz hat noch nie gewusst, was gut für dich ist.«

Frakis ging davon, und Yuriko sah sich mit seiner erwartungsvollen Schülerin konfrontiert.

»Verschwinde«, sagte er ungnädig. »Such dir eine Beschäftigung. Ich muss nachdenken.«

Galina seufzte schwer und schlurfte davon. Yuriko wartete, bis sie außer Sichtweite war, dann ließ er sich ins Gras fallen, setzte sich Padda auf den Bauch und starrte in den Himmel.

Eine Lösung für Galinas Zaubereiproblem. Ein Siegel, das Arkadis' Stummheit kurierte. Eine Festanstellung, egal, wo. Sein Haus, das er dringend instand setzen musste. Und alles, woran er denken konnte, war Florine.

Von hier oben sah das Dach erschreckend aus: zerbrochene Dachziegel überall, Moos und Moder, und erstaunlich, was so alles in einer Dachrinne wachsen konnte. An einer Stelle lag der Dachbalken bloß. Yuriko kratzte mit einem Fingernagel daran und löste lange, schwammige Holzspäne. Das konnte nicht gut sein. Ob sich das reparieren ließ, oder musste das Dach komplett neu gedeckt werden? Für das eine wie das andere fehlte ihm das Geld, aber klar war: Den nächsten Regen konnte er auf dem Grund seines Teichs abwarten und würde auch nicht nasser werden. Kein Wunder, dass Arkadis sich unter die Treppe verkrochen hatte. Das war im Zweifelsfall der einzige trockene Platz im Haus.

Er blinzelte in den Himmel. Durchsichtiges Blau, kaum ein Schleierwölkchen. Es wurde Abend. Heute Nacht würden sie mutmaßlich trocken bleiben, und das Wetter war stabil um diese Jahreszeit. Und bis der regnerische Herbst kam, geschah vielleicht noch ein Wunder.

Vorsichtig ließ Yuriko sich auf dem Dachfirst nieder und begann, sich eine Pfeife zu stopfen. Der Rest im Beutel reichte gerade so. Morgen würde er Frakis um Geld bitten müssen. Oder tatsächlich einen Auftrag vom Anschlagsbrett durchführen. Ob die Hochzeit noch zu haben war? Da gab es Essen, Musik und schöne Frauen.

Padda krabbelte auf seiner Schulter herum, presste sich gegen seinen Hals und machte sich steif. Yuriko schnipste sich eine Flamme an den Daumen und zündete seine Pfeife an.

»Tut mir leid, Padda. Ich hätte dich unten lassen sollen. Aber dir passiert nichts. Versprochen.«

Der Kröter stemmte sich, so hoch er konnte, und prallte gegen Yurikos Wange. Er nahm in von der Schulter und behielt ihn in der Hand, doch Padda wollte sich nicht beruhigen. Yuriko klemmte sich die Pfeife zwischen die Zähne und legte beide Hände um den Kröter, damit der ihm nicht auskam. Padda zappelte und werkelte herum und reckte den Hals, was ulkig aussah, da er ja praktisch keinen hatte.

»Schau«, sagte Yuriko leise. »Man kann das Meer sehen. Weißt du, dass ich es vermissen werde? Das Reisen. Wenn ich mich einmal zu Florine bekannt habe, komme ich dazu nicht mehr. Aber vielleicht hat sie irgendwann die Nase voll von Letis. Dann nehme ich sie mit und zeige ihr die Welt. Nur sie und ich. Und du natürlich, aber das mit uns beiden ist ja etwas völlig Anderes. Wusstest du übrigens, dass Kröten im Land hinter den Mandelbäumen als Symbol für Reichtum gelten? Was das betrifft, könntest du noch über dich hinauswachsen.«

Erst als unten der Lärm begann, begriff Yuriko, dass Paddas Unruhe womöglich nicht allein von der Höhe kam. Es klang, als würde jemand mit einem Panzerhandschuh gegen seine Tür klopfen, und derjenige wollte gar nicht mehr damit aufhören. Die Nachbarin lehnte sich über den Zaun und starrte hinüber zu seinem Haus.

Auf der anderen Straßenseite gingen auch schon die Fenster auf. Yuriko seufzte schwer, klopfte seine Pfeife aus und krabbelte hinunter bis zur Dachrinne, sich mit einer Hand abstützend, mit der anderen hielt er Padda umfasst. Er bemaß die Entfernung nach unten mit einem Blick, lenkte Arkanum in seine Beine und sprang. Er kam hart auf, federte tief in die Knie, ignorierte heldenhaft das Knirschen seiner Gelenke und kam in die Höhe wie ein Junger.

»Schönen guten Abend«, sagte er heiter. »Besuch. Das ist aber nett.«

Arkadis stand in der offenen Tür, weiß wie ein Leintuch. In der Hand hielt sie einen Stein, mit dem sie soeben noch gegen seine arme Tür gehämmert hatte. Ihr gegenüber standen zwei fremde Personen. Die drehten sich nun zu Yuriko, und Arkadis verschwand mit einem Satz im Haus.

Und wie fremd die waren. Die linke war eigentlich ganz hübsch – groß, schlank, weizenblond – doch dass sie ein Schwert trug, dessen Spitze sie jetzt auf Yuriko richtete, zerstörte den positiven Eindruck. Das Schwert nahm seine Aufmerksamkeit so gefangen, dass er der zweiten Besucherin kaum Aufmerksamkeit schenken konnte. Sie war nicht sichtbar bewaffnet und verbarg die Vorzüge, die sie womöglich zu bieten hatte, unter einer formlosen Kutte.

Yuriko machte einen Schritt zurück. Die Schwertkämpferin rückte nach.

»Wir nehmen sie«, sagte sie. »Niemand muss sterben.«

Sie griff auf einen Sprachverständnis-Zauber zurück, der vermutlich in dem schmalen Silberring verankert war, den sie am Finger trug.

»Ich hatte nicht vor zu sterben«, sagte Yuriko. »Heute nicht. Und eine so junge, hübsche Dame wie du sollte sich schon gar nicht mit dem Tod beschäftigen. Also steck das Schwert weg und lass uns reden.«

»Wir nehmen die gefiederte Schlange«, sagte die Blonde. »Du bleibst uns aus dem Weg.«

»Wie bitte? Hier gibt es keine Schlangen, Mädchen, und schon gar keine gefiederten.«

Der Griff ihres Schwerts war mit Leder umwickelt. Das war blöd, Leder isolierte zu gut. Yuriko konzentrierte sich auf den Sprachenring – das einzige Stück Metall, das sie auf der Haut trug. Er schlug eine arkane Brücke, überwand den Sprachenzauber – ein sehr merkwürdiges, fremdes Spruchgewebe – und schickte Arkanum über die Brücke. Die Schwertkämpferin schrie und schüttelte ihre Hand. Mit einem Krötensprung brachte Yuriko sich außer Reichweite der Waffe.

»Ich lasse mich nicht gerne bedrohen«, sagte er laut. »Also steck die Waffe weg, oder wir geraten in eine sehr hitzige Auseinandersetzung. Und die wird nicht gut für dich ausgehen, Kleine.«

Die Blonde hatte ihr Schwert fallenlassen und riss sich nun den Ring vom Finger. Dann bückte sie sich nach dem Schwert. Yuriko sah sich um. Die Nachbarsfrau hing noch immer staunend über dem Zaun.

»Halt mal meine Kröte.«

»Wie bitte?!« Die Nachbarin sah schockiert drein, doch Yuriko drückte ihr ohne weitere Umstände Padda in die Hand.

»Gut auf ihn aufpassen, ja? Ich hole ihn gleich wieder.«

Beide Hände frei zu haben, fühlte sich besser an. Yuriko richtete sich zu seiner vollen, beeindruckenden Größe auf.

»Hast du dich entschieden, Blondchen? Noch können wir die Angelegenheit friedlich regeln.«

Die Blonde hatte ihr Schwert wieder von sich. Dort, wo sie den Ring getragen hatte, war ihr Finger schwarz verschmort, die Haut warf Blasen. Wenn sie Schmerzen hatte, ließ sie es sich nicht anmerken. Sie war ein halbes Dutzend Schritte von ihm entfernt und kam nun lauernd auf ihn zu. Ihre Schwertspitze zuckte wie der Kopf einer Schlange in Richtung seines Gesichts. Ein Krötensprung brachte Yuriko über sie hinweg und auf die Schwelle seiner Haustür. Eiliger Blick über die Schulter – Arkadis war nirgends zu sehen. Yuriko zog sich einen Feuerball auf die Hand, aus dessen Größe hervorgehen musste, dass mit ihm nicht zu spaßen war. Die Blonde drang auf ihn ein. Ein weiterer Krötensprung brachte ihn außer Reichweite. Er ließ den Feuerball anschwellen und bedrohlich wabern, zögerte aber, ihn zu werfen. Er machte sich bestimmt nicht beliebt in seiner Heimatstadt, wenn er gleich ein ganzes Viertel abbrannte. Er brauchte eine gute Gelegenheit.

Er ließ die Schwertkämpferin an sich vorbei, sprang über den Zaun in den Garten der Nachbarin und ein paar Schritte weiter wieder hinaus auf die Straße. Er sah sich um. Die Blonde kam auf ihn zu. Er bewegte sich in die Mitte der Straße, um das Risiko für die Häuser so gering wie möglich zu halten, und holte aus.

Plötzliche arkane Spannung brachte ihn aus dem Konzept. Seine Haare schlugen Funken. Staub wirbelte neben ihm auf, Asche, Fetzen einer farblosen Substanz, alles zog sich in rasender Geschwindigkeit nach oben und zu einer festen Masse zusammen – die Kuttenfrau. Ein Geruch nach Stein und Moos und Feuchtigkeit ging von ihr aus. Angeekelt machte Yuriko einen Schritt zurück. Sie öffnete den Mund und zeigte seltsam spitze Zähne, dann schnellte ihr Kopf nach vorne und sie spuckte ihm ins Gesicht.

Yuriko war zu verblüfft, um erschrocken zu sein. Sein Feuerball erlosch. Er wollte sich die Wange abwischen, doch seine Hand blieb auf halber Strecke in der Luft hängen. Eine Körperklammer hinderte seine Bewegungen. Er ließ Arkanum daran entlang fließen, um die Schwachstelle zu suchen, die jede Körperklammer hatte – diese jedoch nicht.

Der Mund der Kuttenfrau verzog sich zu einem abstoßenden Lächeln. Yurikos Hände hoben sich ganz ohne sein Zutun – es war, als hinge er an Fäden. Panik wallte in ihm auf. Das war keine Körperklammer, das war schlimmer.

Seine Hände legten sich auf sein Gesicht. Seine Daumen suchten seine Augen und drückten zu. Yuriko warf seinen Willen gegen den der Kuttenfrau, aber er hatte vollständig die Kontrolle über seinen Körper verloren. Seine Daumen bohrten sich in seine Augen, dass ihm die Tränen über die Wangen liefen. Vermutlich war das erst der Anfang. Wenn die Kuttenfrau es wollte, würde er sich in das Schwert der Blonden stürzen. Das konnte doch nicht sein Ende sein – eine entstellte Leiche vor seiner eigenen Haustür. Dafür war er nicht zurückgekommen.

Er ließ ein unsichtbares arkanes Band hervorschnellen wie eine Krötenzunge, verankerte sich in Padda und wechselte.

Sofort befiel ihn beklemmende Atemnot. Die Nachbarin hielt den plumpen Krötenkörper viel zu fest umfasst, da half auch die höchst interessante Nähe zu ihren Brüsten nichts. Aber er war wieder Herr seines eigenen Willens. Yuriko strampelte so vergeblich wie Padda zuvor. Immerhin gelang es ihm, den Krötenkopf so weit zu drehen, um Padda ins Blickfeld zu bekommen. Der, plötzlich in den Körper seines Meisters versetzt, war auf allen Vieren und augenscheinlich auf der Flucht zum Teich. Yuriko fing ihn mit der arkanen Krötenzunge ein, ehe er außer Reichweite war, und wechselte zurück.

Über ihm tauchte die verblüffte Kuttenfrau auf. Er wischte sich ihren Speichel von der Wange, ehe sie den mentalen Zugriff wiederherstellen konnte, dann schnellte er mit aller Kraft aus den Knien in die Höhe.

Knochen knirschten unter seiner Faust. Die Kuttenfrau wurde von der Wucht seines Schlags von den Füßen gehoben, segelte durch die Luft und landete leblos wie ein Getreidesack auf der Straße. Yuriko wirbelte herum und hielt Ausschau nach der Schwertkämpferin. Die war nirgends zu sehen.

Nicht gut. Yuriko stürmte durch die offene Tür ins Haus, bremste schlitternd auf den modrigen Fliesen und sah sich um.

»Arkadis? Arkadis!«

Der Raum war leer, der Staub auf der Treppe unberührt. Er machte zwei vorsichtige Schritte, beugte sich vor, damit er um die Treppe herum zur Hintertür sehen konnte, und tatsächlich, das leise Knirschen von Lederstiefeln, der Zipfel eines Schattens. Er klaubte ein Stuhlbein aus dem Haufen zerbrochener Möbel, die sein ganzer Besitz waren, und schlich zur Hintertür. Der Dielenboden knarrte unter seinem Gewicht, es gelang ihm nicht, die Füße lautlos zu setzen. Vielleicht war Blondchen ja abgelenkt, und er konnte von hinten –

War sie nicht. Sie schnellte durch den Türrahmen, als hätte sie auf ihn gewartet. Ihr Schwert züngelte in Richtung seines Kopfes. Der Stich verpasste ihn knapp. Sofort setzte sie nach. Er riss das Stuhlbein hoch und parierte ihren nächsten Schlag. Splitter flogen, sie hatte seine Behelfswaffe sauber halbiert, aber immerhin riss der verbliebene Schwung ihren Schwertarm zur

Seite, und Yuriko erkannte diese Ahnung einer Blöße. Er warf sich nach vorne, seine Faust kollidierte mit ihrem Kinn. Sie stürzte hart, überschlug sich und blieb im Türrahmen liegen, ihr Schwert immer noch umklammert. Während sie noch Sterne sah, setzte er nach und trat ihr mit vollem Gewicht auf die Schwerthand. Sie wand sich vor Schmerz, gab aber keinen Laut von sich.

»Lass es gut sein«, sagte er, in der Hoffnung, sie könne den Sinn seiner Worte aus dem Tonfall entnehmen. »Ich mag kein Blutvergießen. Wir reden wie vernünftige Leute, einverstanden?«

Sie rollte sich zur Seite, auf ihn zu, holte aus und hieb ihm ein Messer bis zum Heft in die Wade. Er schrie auf und stolperte rückwärts, gab damit ihre Schwerthand frei, und da war sie auch schon wieder auf den Füßen, das Schwert in der Rechten, das Messer in der Linken, von dessen Klinge sein Blut tropfte.

Er bemühte sich, den Schmerz auszublenden, der sich sein Bein hinauffraß. Es gelang ihm schlecht. Immerhin hatte sich der Kampf nun ins Freie verlagert, und er konnte tätig werden, ohne sich sein Dach über dem Kopf anzuzünden. Oder was davon übrig war.

Sie kam auf ihn zu, aber ihr Angriff ließ Entschlossenheit vermissen. Vermutlich hatte sie sich auch frischer gefühlt, bevor seine Faust ihr eine mittlere Gehirnerschütterung verpasst hatte. Er wich zurück. Eine ausholende Bewegung, und eine Flammenwand erhob sich zwischen ihm und seiner Gegnerin – mannshoch und nicht allzu heiß, um das Haus zu schonen. Durch die Flammen sah er, wie Blondchen zurückwich. Gleich darauf hatte er sie in einem Feuerzirkel eingeschlossen. Sie drehte sich um sich selbst, festgenagelt an dem einen Punkt, den er ihr zugestand.

Yuriko stöhnte theatralisch und bückte sich zu seiner Stichverletzung. Jede Bewegung schmerzte höllisch. Blut lief ihm in den Stiefel. Verflucht, und einiges an Blut.

»Das war nicht nötig, Kleine!«

Statt einer Antwort steckte sie sich zwei Finger zwischen die Lippen und stieß einen schrillen Pfiff aus.

»Deine Freundin liegt vorne auf der Straße und hat Kopfschmerzen«, beschied Yuriko sie. »Wir zwei sind ganz allein miteinander.«

Eine arkane Druckwelle, typisch für eine Beschwörung. Ein sehr tiefes Knurren.

»Oder auch nicht.«

Yuriko sah von seiner Verletzung auf. Stellte das Atmen ein, erstarrte vollständig. Der Hund ihm gegenüber war groß genug, um einen Krötenmeister am Stück zu schlucken.

Das Ungeheuer kauerte sich nieder und starrte ihn aus blutunterlaufenen Augen an. Zeigte sein Gebiss, von dem der Sabber troff. Reißzähne, so lang wie Yurikos Hand.

Yuriko schluckte trocken. »Guter Hund«, flüsterte er.

Jetzt nur nicht nervös werden. Hunde witterten Nervosität, und dann griffen sie an. Keine plötzlichen Bewegungen. Der Hund duckte sich, Muskeln zuckten unter seinem dünnen Fell. Yuriko übersprang die Nervosität und verfiel direkt in Panik. Im nächsten Augenblick bruchlandete er auf dem Dach, das schauerliche Schnappen der Kiefer noch im Ohr, hemdsärmelig, während das Monster unten seine Jacke totschüttelte.

Er kauerte sich gegen die brüchigen Dachschindeln und spähte vorsichtig nach unten. Der Hund trampelte gerade die Fetzen seiner Jacke in den Staub. Das Feuergefängnis um die Schwertkämpferin war erloschen, sie selbst verschwand gerade unter ihm im Haus. Nicht gut. Gar nicht gut.

Das Bedürfnis, sich im Teich in Sicherheit zu bringen, wurde übermächtig. Er klammerte sich an die Dachschindeln und bekämpfte den Impuls mit aller Macht. Arkadis und Padda hingen von ihm ab. Wenn Arkadis schlau war, hatte sie sich über den Zaun und die Böschung hinab zur Straße abgesetzt. Was allerdings hieß, dass er hier allein mit den beiden Furien festsaß.

Rumpeln und Krachen drangen aus dem Inneren des Hauses, begleitet von einem Schrei. Staub wölkte durch die Dachsparren. So musste es sich anhören, wenn eine Treppe zusammenbrach.

Vorsichtig erklomm er den Dachfirst, um einen Blick auf die Straße werfen zu können. Wenn die Kuttenfrau noch im Traumland war, konnte er nach vorne auf die Straße, Padda von der Nachbarin retten und vielleicht Arkadis irgendwo aufspüren.

Die Kuttenfrau war weg. Verflucht. Von der Hintertür drang wüstes Gebell zu ihm. Die Jacke hatte wohl nicht ausreichend gesättigt.

Er bemaß die Entfernung zum Dach der Nachbarin. Im Normalfall hätte er sich den Sprung zugetraut, allerdings nicht jetzt, wo sein verletztes Bein ihn nicht richtig tragen wollte.

Blick nach unten. Wie schnell konnte er mit der Verletzung rennen? Schneller, als der Riesenköter den Weg nach vorne auf die Straße fand? Ob der sich wohl vor Feuer fürchtete?

Oh, anderes Problem. Die Kuttenfrau war in seinem Blickfeld aufgetaucht. Sie sah mit ihren eigentümlich toten Augen zu ihm hinauf, dann öffnete sie den Mund und fasste sich hinein, als hätte sie einen Essensrest zwischen den Zähnen stecken und wüsste nicht sich zu benehmen. Sie förderte etwas zutage – etwas Kleines, Weißes – ein Steinchen? Wieso hatte sie …?

Mit Grauen begriff Yuriko, dass die Kuttenfrau sich soeben einen Zahn aus dem Kiefer gezogen hatte und ihn jetzt von sich warf. Dort, wo der Zahn seinen Vorgarten berührte, wölbte sich die Erde, brach auf und entließ eine Gestalt ans Tageslicht, die sich mit jeder Bewegung weiter zusammensetzte: ein kahler, brauner Totenschädel, Halswirbel, ein verfaulter Brustkorb, Knochenarme, gekrümmte Klauen. Das tote Ding richtete sich auf und schlurfte zum Haus. Seine Knochenfüße verursachten ein Geräusch auf dem Kiesweg, das Yuriko alle Haare aufstellte.

Dass er möglicherweise ein größeres Problem hatte als seine Frisur, begriff er, als das tote Ding begann, sich am Efeu in die Höhe zu ziehen. Und da, wo es herkam, wuchsen neue nach. Eins ums andere entstiegen sie dem Erdreich und gesellten sich zu ihrem kletterfreudigen Anführer. Eine knochige, klapprige Masse schob sich da seine schöne Fassade hoch. Manchen fehlte ein Arm oder ein Unterkiefer, aber das bremste ihren Tatendrang nicht.

Und flink waren sie. Yuriko hatte sich kaum von seinem Schreck erholt, da krallten sich die ersten Knochenfinger in die Dachrinne. Yuriko schnellte in die Höhe, machte einen Schritt rückwärts das Dach hinauf und holte tief Luft.

Eine gewaltige Flammenwolke empfing die ersten Toten, die ihre kahlen Schädel über die Dachrinne erhoben. Rauch stieg auf. Yuriko atmete Feuer aus, bis nichts mehr kam. In der Dachrinne brannte ein Vogelnest. Die toten Dinger brannten nicht. Sie schoben sich unbeirrt aufs Dach, hielten sich aneinander fest, kletterten übereinander hinweg und verursachen mit ihren toten Knochen ein grauenvolles Scharren auf den Dachschindeln. Yuriko rettete sich auf den Dachfirst. Unter ihm im Haus rumorte es. In seinem Garten bellte der Höllenhund. Vielleicht brannte der ja besser?

Yuriko rutschte auf der Gartenseite das Dach hinunter, das dürre Kratzen der toten Dinger im Nacken. Unter seinem Gewicht wackelten die Dachschindeln. Er stemmte einen Fuß in die Dachrinne und beugte sich vor, um nach unten zu sehen. Da war das Hinterteil des Monsterhundes. Scheinbar versuchte er, sich unter dem Haus durchzugraben. Warum waren Hunde angeblich die besten Freunde des Menschen? Vermutlich, weil der Mensch gerne jemanden um sich hatte, der dümmer war als er selbst.

Yuriko zog sich einen Feuerball auf die Hand, erhitzte ihn bis zur Weißglut und ließ ihn auf den Hund fallen. Der jaulte fürchterlich auf und begann, seinen brennenden Schwanz zu jagen. Yuriko warf einen zweiten Feuerball, verfehlte den Hund aber und setzte stattdessen Gestrüpp in Brand. Funken stoben in den Abendhimmel, doch Yuriko blieb keine Zeit, um sich Sorgen zu machen. Die toten Dinger quollen über den Dachfirst und wälzten sich auf ihn zu, klappernd, raschelnd, knirschend und knackend. Das Dach gab ein hölzernes Stöhnen von sich. Ohne nachzudenken, holte Yuriko Luft und blies eine gewaltige Flammenwolke gegen seine Angreifer, größer und viel heißer als die erste. Reste von Haut, Haaren und Organen fingen Feuer. Es stank fürchterlich. Doch dass sie brannten, machte ihnen ebenso wenig zu schaffen wie die Tatsache, dass sie tot waren.

Der erste verlor den Halt und stürzte dachabwärts auf Yuriko zu. Der passte ihn mit einem Faustschlag ab und beförderte ihn über die Dachrinne nach unten. Ein zweiter folgte, den Yuriko einfach an sich vorbei in die Tiefe schlittern ließ. Doch es waren zu viele. Knochenfinger griffen in Augenhöhlen, Schienbeine verhakten sich mit Rippen, Knochenfüße benutzten Wirbel als Steighilfe, Beckenschaufeln dienten als Stütze für Schlüsselbeine.

Blick über die Schulter nach unten. Der brennende Hund raste durch den Garten. Beinahe war Yuriko versucht, das Wagnis einzugehen und zu springen. Er blies eine weitere riesige Flammenlohe über die toten Dinger und trieb sie damit zumindest eine Armlänge zurück. Von der anderen Seite des Daches jedoch drängten neue nach. Beide Wogen trafen sich über dem Dachfirst, türmten sich zu einem grausigen Mahnmal der Sterblichkeit, reglos für den Bruchteil eines Augenblicks, dann sich langsam nach vorne neigend.

Yuriko suchte Halt am Dach. Der Hund war immer noch da und sah schrecklich wütend aus. Der Firstbalken gab ein hässliches Knirschen von sich. Plötzlich hing das Dach durch. Ziegel verabschiedeten sich klappernd und klirrend nach unten. Löcher taten sich auf, dann gab es einen Knall wie von gespaltenem Holz und eine gewaltige Staubwolke.

Das Mahnmal der Toten stürzte ein. Nein, das ganze Dach

stürzte ein. Fassungslos sah Yuriko zu, wie es vor ihm einfach versank – Sparren und Schindeln und Strohdämmung und alles. Der große Firstbalken, schwarz verkohlt und in der Mitte gebrochen, streckte seine beiden Enden anklagend in den Abendhimmel, bevor er mit gewaltigem Lärm im Haus verschwand. Plötzlich hatte Yuriko freie Sicht zum Horizont. Er beugte sich vor und spähte in das Loch, das sich vor seinen Füßen auftat.

»Glück geh… hups!«

Ein Ruck unter seinen Füßen, dann sackte das restliche Dach unter ihm weg.

Durch reines Glück wurde er im Fall nicht von den Resten des Firstbalkens aufgespießt. Er landete auf allen Vieren, richtete sich auf und sah sich um. Es war ungewöhnlich hell in dem, was einmal sein Wohnzimmer gewesen war. Unter seinen Füßen befand sich ein Berg von Schutt – der gesamte Dachstuhl, Teile der Treppe sowie der gesamte Zwischenboden, der einmal das Obergeschoss getragen hatte. Im Schutt war Bewegung – was tot war, ließ sich offenbar von einer Kleinigkeit wie einem eingestürzten Dach nicht aufhalten. Grell glühender Zorn packte Yuriko.

»Mein Haus! Mein schönes Haus!«

Mit aller Wucht kickte er einen Totenschädel gegen die Wand. Der Totenschädel zerbrach. Die Wand ebenfalls. Fassungslos starrte Yuriko auf den Riss, der durch den aufgeplatzten Putz zickzackte. Dann umklammerte plötzlich eine Knochenhand seinen Fuß und zog heftig, und Yurikos Geduld war aufgebraucht.

Kurz darauf brannten die Reste seines Hauses wie eine Fackel. Alles, was sich in den Trümmern noch regte, zerfiel zu Asche. Glühend heißer Wind brannte ihm die Kleider vom Leib und ließ seine Haare flattern, er selbst brannte lichterloh, atmete, schluckte und spie Feuer gleichermaßen, bestand aus nichts anderem mehr, bis seine Wut sich aufgebraucht hatte.

Der Schmerz im Bein kehrte zurück. Yuriko schwankte, hielt sich an einem brennenden Dachbalken. Unter seinen Füßen glühten die Trümmer. Aschewolken aufwirbelnd, rutschte er von den Resten des Schuttberges und tastete sich durch die Türöffnung ins Freie. Über Trümmer hinweg stolperte er auf die Straße. Stimmen drangen zu ihm – hektisches Geschrei und das wilde Bimmeln einer Alarmglocke. Er wrang sich Feuer aus den Haaren und sah sich um.

Sein Haus war eine schwarz verkohlte Ruine. Feuer zwinkerte durch die leeren Fensterhöhlen ins Freie. Hitze strich ihm übers Gesicht. Der Birnbaum der Nachbarin stand in Flammen, sie selbst war nirgends zu sehen. Immerhin hatte sie vorhin Wäsche aufgehängt, und die war durch all das Feuer auch schon beinahe trocken. Eilig stieg er über den Zaun und pflückte Hemd und Hose von der Leine. Beides war ein wenig zu kurz und zu eng, aber immerhin besser, als wieder einmal die Sitte im Genick zu haben.

Ein etwas mühsamer Krötensprung brachte ihn auf das Nachbardach. Die steinernen Wände seines Hauses hielten den Funkenflug in Schach, aber die schiere Hitze hatte das Dach des zweiten Nachbarn die Straße runter in Brand gesetzt. Er konzentrierte sich, so gut es ging, und nahm die arkane Energie des Feuers in sich auf, bis es in sich zusammenfiel. Zuletzt löschte er noch den Birnbaum. Ein letzter Funken arkaner Energie bremste seinen Sturz vom Dach. Auf allen Vieren schleppte er sich zum Teich. Auf dem Steg brach er zusammen. Um ihn drehte sich alles. Stechender Kopfschmerz quälte ihn, und seine arkanen Bahnen im ganzen Körper fühlten sich an, als hätte er sie mit der Stahlbürste durchgekehrt.

Das Feuer war nicht bis hier vorgedrungen. Der Schatten vom Haus fehlte, und scharfer Brandgeruch lag über allem. Abgesehen davon war hier die Welt noch völlig in Ordnung. Libellen schwirrten durch die Abendsonne, eine Kröte quakte, im Schilf verborgen. Zarte Wellen liefen über die Wasseroberfläche. Yuriko blinzelte. Vor ihm hob Arkadis den Kopf aus dem Wasser und sah sich vorsichtig nach allen Seiten um.

»Schlaues Mädchen, gut gemacht«, murmelte Yuriko. Sie sah ihn abwartend an, und er winkte schlapp. »Kannst rauskommen.«

Plätschernd stemmte Arkadis sich auf den Steg. Sie legte die Hand über den Mund und zeigte auf das Haus.

»Ich weiß«, sagte Yuriko müde. »Ich könnte heulen.«

Arkadis kauerte sich neben ihn und berührte ihn tröstend an der Schulter.

»Danke für das Mitgefühl«, sagte Yuriko. »Einigermaßen gern geschehen. Könntest du mir doch bloß sagen, was sie von dir wollten.«

Arkadis hielt ihm die Hand vors Gesicht und spreizte nacheinander drei Finger ab. Dazu machte sie ein fragendes Gesicht.

»Zwei«, sagte Yuriko. »Eine Trulla mit einem Schwert und eine mit sehr schlechten Zähnen. Zauberin. Sie hat mir lebende Leichen aufs Dach gehetzt.«

Drei Finger.

»Nur wenn du den Hund mitzählst.« Großer Krötengeist, der Hund. Yuriko richtete sich auf und sah sich um. Aber nein. Die Schwertfrau hatte ihn beschworen, damit er ihr im Kampf beistand. Die Beschwörung war mit ihrem Tod abgerissen, das Vieh also mutmaßlich zurück in dem Ewigen Raum der Dämonen, aus dem er gekrochen war.

Vorne rief jemand seinen Namen. Yuriko ließ sich auf den Rücken fallen.

»Wenn sie was wollen, sollen sie kommen.«

Arkadis erhob sich und lief davon. Der direkte Weg zur Straße war durch die Ruine abgeschnitten, von der gewaltige Hitze ausging. Vereinzelt schlugen noch die Flammen aus den Fensterhöhlen. So dauerte es geraume Zeit, bis sie zurückkehrte, gefolgt von einer sichtlich schockierten Galina.

»Meister Yuri! Was hast du gemacht!«

»Ich habe unseren Gast gerettet. Und einen ganzen Straßenzug davor bewahrt, bis auf die Grundmauern abzubrennen.«

»Nachdem du ihn zuerst angezündet hast!«

»Wir wollen mal nicht kleinlich sein, oder?«

Galina hockte sich neben ihn und betrachtete besorgt sein

Bein, die blutdurchtränkte Hose und den dunklen Blutfleck, der sich langsam auf den Brettern unter ihm ausbreitete.

»Du brauchst einen Arzt.«

Sie beugte sich über ihn und befühlte seine Stirn. Yuriko simulierte Schwäche, um den Ausblick auf den zarten Ansatz ihrer Brüste länger genießen zu können.

»Kannst du mir sagen, was passiert ist?«, fragte Galina. Yuriko berichtete und verfolgte, wie sie immer ungläubiger dreinsah, je weiter er mit seiner Erzählung kam.

»Lebende Tote«, sagte sie schließlich und sah zweifelnd zu Arkadis. Die nickte und hob gleichzeitig die Hände zur Seite.

»Sie hat's nicht gesehen«, übersetzte Yuriko. »Sie war im Teich. Aber wenn du Zeugen brauchst, damit du deinem Meister Glauben schenkst, dann frag doch die Nachbarn. Oh, und wenn du schon dabei bist, hol Meister Padda von der Nachbarin mit dem Birnbaum, ja? Und schick mir einen Arzt.«

»Sonst noch was?«

»Ein neues Haus, ein Sack voll Gold und ganz viel Liebe.«

Galina verdrehte die Augen, stand aber gehorsam auf und trabte davon. Yuriko kratzte seine letzte Kraft zusammen, wälzte sich zur Seite und ließ sich in den Teich fallen.

»Lebende Tote«, sagte Frakis und schob sich die Augengläser nach oben, bis sie an der Nasenwurzel anstießen.

»Glaub es oder nicht«, sagte Yuriko müde. Seine Wade schmerzte, obwohl Frakis extra einen Arzt hatte kommen lassen, der die Wunde genäht und eine betäubende Salbe aufgetragen hatte. Der Arzt hatte ihn ermahnt, Ruhe zu halten, aber Yuriko dachte immer nur an das Anschlagsbrett in der Arkania und daran, wie viele Aufträge er erledigen musste, bis er wieder zu einem Dach über dem Kopf kam. Florine zu freien war immer ein fernes Ziel gewesen, doch jetzt war es am Horizont hinter den Sieben Meeren verschwunden.

»Ich glaube dir«, sagte Frakis. »Es wäre nicht das erste Mal, dass ich Nekromantie wirken sehe. Und wenn es wirklich so viele waren, wie du sagst …«

»Bezichtigst du mich der Lüge?«

»Der Hochstapelei. Also, wenn es wirklich so viele waren, lässt das auf eine außerordentlich kompetente Nekromantin schließen. Das wirft die Frage auf, warum dein Schützling so mächtige Feinde hat, findest du nicht?«

»Ich habe noch eine andere Frage für dich.«

»Hm?«

»Hast du Bier? Wein? Etwas, worin ich mein Leid ertränken kann?«

Frakis seufzte und erhob sich. »Dir mein Gästezimmer anzubieten, hat also nicht gereicht. Du nimmst gleich den Weinkeller und die Speisekammer dazu.«

»Danke, Frakis, mein liebster, bester, ältester Freund.«

»Der letzte, der dir in dieser Stadt geblieben ist.«

Frakis ging nach draußen, und Yuriko lagerte sein Bein um und rückte Padda auf seiner Schulter zurecht. Der Kröter schien Yurikos Stimmung zu spüren und lehnte sich gegen seinen Hals. Die kleine Berührung gab Yuriko Trost. Zumindest war niemand zu Schaden gekommen. Niemand außer ihm selbst und all seinen Zukunftsplänen.

Yuriko ließ den Kopf nach hinten auf die Sofalehne fallen. Das Leben kehrte erst in ihm zurück, als er Frakis' Schritte hörte und das leise Klingeln von Glas.

Frakis gab ihm einen seiner kostbaren Glaskelche in die Hand, bis zum Rand gefüllt mit dunkelrotem Wein, schenkte sich selbst ein und prostete Yuriko zu.

Sie tranken schweigend. Der Wein war dick und süß.

»Du hast mir gefehlt«, sagte Frakis irgendwann. »Ich hatte plötzlich niemanden mehr, der mich ab und zu aus meinem Keller holt. Warum hast du dich nicht zumindest verabschiedet?«

»Ich wollte nicht so lange wegbleiben. Ursprünglich dachte ich, ich bin zurück, ehe du meine Abreise überhaupt bemerkst. Und dann ergab eines das andere.«

Frakis setzte den Weinkelch ab, wich Yurikos Blick aus und drehte sich eine lange Haarsträhne um den Finger. Dass er mit diesen schneeweißen Haaren schon zur Welt gekommen war, in einer kalten Nacht, während draußen ein Schneesturm tobte, hatte nun zur Folge, dass er immer noch aussah wie früher: seltsam alterslos, blass und mager, aber im Gesicht von einer beinahe weiblichen Schönheit, mit diesen irritierend hellen, eisblauen Augen hinter den Gläsern, ohne die er praktisch blind war.

Yuriko erinnerte sich an unzählige Prügeleien, die er ausgetragen hatte, damit die Anderen Frakis in Ruhe ließen. Schneemann hatten sie ihn genannt, Made, Abschaum. Immerhin war Yuriko so schon früh zu einem tauglichen Faustkämpfer geworden.

»Hatte deine Reise denn ein Ergebnis?«, fragte Frakis schließlich. »Du hast die halbe Welt gesehen. Konntest du etwas über deine Eltern in Erfahrung bringen?«

»Das hab ich nicht versucht«, sagte Yuriko erstaunt. »Das wäre ja inzwischen auch schwierig. Die Wahrscheinlichkeit, dass sie gar nicht mehr leben, ist ziemlich hoch.«

»Und sie steigt mit jedem Jahr. Meinst du nicht, du wirst es irgendwann bereuen, wenn du diese Gelegenheit verstreichen lässt?«

»Und immer noch bist du besessener von meinem Familiengeheimnis, als ich es jemals war.«

Frakis ließ den Wein im Glas kreisen.

»Ich beobachte, dass die Herkunft in den frühen und in den späten Jahren von besonderer Bedeutung ist. In den frühen, um zu wissen, woher man kommt, und in den späten, um zu wissen, wohin man geht.«

»Ich bin nicht in meinen späten Jahren! Ich habe alles noch vor mir! Fast alles! Na, jedenfalls noch genug!«

Frakis lächelte und schwieg.

»Du kannst die Hoffnung begraben«, sagte Yuriko. »Ich bin kein heimlicher Königssohn oder Alleinerbe eines Erzzauberers. Obwohl ein Erbe egal welcher Art gerade wirklich gelegen käme. Und ich weiß, der Gedanke ist für einen Geschichtswissenschaftler schwer zu ertragen, aber es gibt Leute, die leben ganz gut damit, ohne ständig in der Vergangenheit herumzustochern.«

»Du stocherst nicht nur nicht, du tust so, als hättest du nicht keine.«

»Ich habe eine Vergangenheit«, sagte Yuriko. »Sie ist eng verknüpft mit dir und deiner wunderbaren, großzügigen Familie. Mehr hätte ich mir doch damals gar nicht wünschen können.«

Frakis sah zweifelnd drein. Yuriko bekämpfte einen Anflug von schlechtem Gewissen. Nicht zum ersten Mal kam ihm der Gedanke, dass er allein Frakis zuliebe mehr Interesse an seiner Herkunft hätte zeigen können.

Zu seiner Erleichterung ließ Frakis das Thema fallen.

»Arkadis«, sagte er. »Was passiert nun mit ihm? Er kann ja nicht für immer bei Galina bleiben.«

»Für immer nicht, aber vorerst, bis unsere Forschung irgendein Ergebnis bringt.«

»Was, wenn – wer auch immer – noch einmal versucht, ihn zu holen?«

»Zum einen, wie ich bereits erwähnte, sind die beiden Grazien in meinem Haus verbrannt, zusammen mit dreihundert lebenden Leichen. Zum anderen, wie ich bereits erwähnte, habe ich Galinas Haus komplett versiegelt. Da kommt niemand rein oder raus, der dort nichts zu suchen hat.«

»Da kannst du dir nicht sicher sein. Wir wissen überhaupt nicht, mit wem wir es hier zu tun haben.«

»Hör mal! Der Zauberer, der eines meiner Siegel brechen kann, muss erst noch geboren werden!«

Frakis seufzte und schenkte sich nach. Yuriko hielt ihm sein Glas entgegen, und Frakis kam der Aufforderung nach und füllte es bis zum Rand.

»Ich glaube, deine Schülerin geht ein schwer kalkulierbares Risiko ein, indem sie Arkadis bei sich aufnimmt. Wir sollten Arkadis an einen besser geschützten Ort bringen. Vielleicht aus der Stadt. Rüber nach Gaanth. Einer meiner Vettern dritten Grades arbeitet dort in einer Schreibstube. Wir könnten ihn dort unter falscher Identität verstecken.«

»Erstens. Er ist eine Sie.«

»Hast du das überprüft?«

»Man hat mich nicht gelassen. Zweitens. Sie wurde verfolgt, von wo auch immer sie herkommt, und das ist ganz schön weit weg. Halber Erdball, wenn ich schätzen soll. Die haben sie hier aufgestöbert. Wenn noch jemand hinter ihr her ist, meinst du, der lässt sich von einer Perücke und einem falschen Namen in die Irre führen?«

»Hm«, machte Frakis und trank einen Schluck Wein.

»Siehst du«, sagte Yuriko. »Glaub mir. Sie ist dort am sichersten, wo wir sie im Blick haben.«

»Ist die Arkania informiert?«

»Nein, warum?«

»Na, weil wir dort auf ganz andere Sicherheitsmaßnahmen zurückgreifen könnten.«

»Die werden von mir ohnehin eine Erklärung haben wollen, warum eine Abteilung Najaden ausrücken musste, um einen Stadtbrand zu verhindern. Obwohl das gar nicht so war. Ich hatte alles im Griff.«

Frakis lächelte in sein Glas. »Immerhin der Beweis dafür, dass die Abteilung Katastrophenschutz immer noch gut funktioniert, obwohl sie die letzten Jahre so wenig zu tun hatte.«

»Hast du mich gerade Katastrophe genannt, sag mal?«

Jetzt lachte Frakis, was selten genug vorkam, und hob sein Glas.

»Auf dich, mein Chaoszauberer.«

Der Wein hatte seine Schleier noch nicht ganz aus seinem Kopf zurückgezogen, als Yuriko am nächsten Tag inmitten der Trümmer seines Hauses stand. Frakis hatte ihn beschworen, zumindest nach Beweisen zu suchen, dass die beiden Angreiferinnen wirklich umgekommen waren. Der Schwertkämpferin war ein halbes Haus auf den Kopf gefallen. Der Verbleib der Kuttenfrau hingegen war nicht ganz geklärt – Yuriko ging davon aus, dass sie eines der Gerippe auf diesem Berg von Knochen war, konnte aber nicht völlig sicher sein. Was er Frakis nicht gesagt hatte. Frakis neigte zum Grübeln und dazu, sich unnötige Sorgen zu machen.

Yuriko packte einen verkohlten Dachbalken, spannte alle Muskeln an und bewegte das schwere Ding ein Stück zur Seite. Wenn er Glück hatte, fand er das Schwert der Angreiferin. Das ließ sich für ein paar Goldschwäne verkaufen. Knochen, spröde vom Feuer, knirschten unter seinen Stiefeln. Verkohlte Reste seiner Treppe kamen zum Vorschein, noch mehr Knochen, Rippen, Totenschädel. Yuriko fragte sich, woher die alle stammten. Die Siedlungsgeschichte der Stadt reichte zehntausend Jahre zurück, das wusste er von Frakis. Sicher waren in dieser langen Zeit eine Menge Leute gestorben. Hatte die Kuttenfrau die alle von den Toten geholt? Oder hatte sie sie erschaffen?

Er durfte sich hier nicht zu lange aufhalten. Er musste an die Arkania, das Anschlagsbrett nach zumutbaren Aufträgen kontrollieren. So war das also, wenn man wieder ganz von vorne anfing.

Er nahm sich ein Brett und stocherte damit zwischen den Knochen herum. Kein Schwert, keine Gürtelschnalle, nur Asche und Ruß und beißender Gestank. Dann gab Padda auf seiner Schulter ein tiefes Quaken von sich. Yuriko sah auf. In den Resten des Türrahmens stand Florine.

»Hast du Pläne, von denen ich nichts weiß?«

»Flori! Was machst du denn hier?«

Er stolperte von seinem Schuttberg und auf sie zu. Auf ihrer ausgestreckten Hand ruhte der Zauberring, den er der Schwertkämpferin vom Finger geglüht hatte. Er war voller Ruß und hatte schon einen schwarzen Abdruck auf Florines Handschuh hinterlassen. Sie lächelte zu ihm auf.

»Hab ich gerade auf deiner Schwelle gefunden. Gehst du auf Freiersfüßen, Herr Krötenmeister?«

»Nur für dich, meine Sonne, das weißt du doch. Nein. Ich

hatte gestern ungebetenen Besuch, und eine der Beiden hat ihn verloren. Es liegt ein Sprachenzauber darauf.«

Sie ließ den Ring in seine Hand gleiten, und er steckte ihn ein.

»Galina hat mir erzählt, was vorgefallen ist«, sagte Florine. »Geht es dir gut?«

»Blendend, seit ich dich sehe.«

»Schmeichler. Ich mache mir Sorgen. Da kommen irgendwelche Frauen aus einem fernen Land und wollen dir ans Leben.«

»Aber ich habe nur Augen für dich, das weißt du doch.«

Florine presste sich ein Taschentuch gegen ihre Nase. Es war so blütenweiß wie ihr Handschuh. Beides wirkte seltsam fehl am Platz in der schwarz verbrannten Ruine.

Yuriko räusperte sich.

»Ich würde dich ja reinbitten, aber seit das Dach runtergekommen ist, macht das nicht mehr viel Unterschied.«

»Die Trümmer sind auch immer noch ziemlich heiß. Du spürst das vielleicht nicht, aber wir Normalsterbliche halten das schlecht aus.«

»Warte. Ich habe eine Idee.«

Ohne sie zu berühren, geleitete er sie aus dem Haus und um die Ruine herum, über verbranntes Gras hinüber zum Teich.

»Bitte, nimm doch Platz.«

Er machte eine einladende Geste auf den Steg, und sie ließ sich nieder und zog die zierlichen Füße unter ihre Gewänder. Er setzte sich ihr gegenüber und fühlte sich unbeholfen wie ein Klotz. Padda hüpfte von seiner Schulter und verschwand platschend im Teich.

»Wenn ich könnte, würde ich dir Tee anbieten, und Likör, und Marzipan. Und mein Herz. Aber wie du siehst, kann ich nicht. Ich bin wahrscheinlich der ärmste Mann der ganzen Stadt.«

»Dein Herz ist nicht verbrannt in diesem Haus.«

»Nein, aber …«

Sie griff nach seiner Hand. Die Worte erstarben auf seinen Lippen. Sie hielt seine Hand umfasst, mit zarten, leichten Fingern, der Ruß von seiner Haut rieb auf das feine Leder ihrer Handschuhe ab, es schien sie nicht zu stören.

»Ich bin gekommen, um deine Einladung anzunehmen. Ich möchte sehr gerne mit dir ausgehen. Wenn du allerdings dafür gerade keinen Sinn hast, nach allem, was war, bin ich dir nicht böse.«

»Keinen Sinn? Ich ließe mich von den Toten zurückholen, um mit dir auszugehen!«

Sie warf einen unbehaglichen Blick zum Haus, und ohne nachzudenken, fasste er ihr Kinn und drehte ihr Gesicht zum Teich.

»Verzeih mir. Dumme Bemerkung.«

Seine Finger hinterließen einen Schatten aus Ruß auf ihrer weißen Haut.

Er überlegte, das Missgeschick mit dem Ärmel zu beseitigen, aber der war mindestens so schmutzig wie seine Hände, und dann vergaß er ohnehin alles, weil sie lächelte.

»Ich nehme das als Zustimmung«, sagte sie. »Wir könnten am Tag der Götter durch den Stadtgarten spazieren und danach irgendwo einkehren. Ich möchte so gerne wieder einmal auswärts essen. Und mach dir keine Sorgen um das Geld. Ich bin keine ganz arme Frau.«

»Aber das ziemt sich doch nicht«, sagte er niedergeschlagen. »Ich kann mir bestimmt etwas von Frakis leihen.«

»Hör auf, die Leute anzupumpen«, sagte sie. »Und hör auf, dir Gedanken zu machen, was sich ziemt und was nicht. Das ist doch sowieso nicht deine Art.«

»Ich will einfach alles richtig machen, verstehst du. Der Mann sein, den du dir wünschst.«

»Dazu musst du mich doch nur weiterhin so ansehen.«

Vorsichtig strich sie ihm eine Haarsträhne hinters Ohr. Er wagte nicht zu atmen.

»Ich habe dich vermisst«, sagte sie. »Und ich kam mir

schrecklich selbstsüchtig dabei vor. Dich zu vermissen, obwohl meine Nähe dich leiden ließ. Und das schlechte Gewissen, dass du womöglich wegen mir alles hingeworfen hast.«

»Ich wollte nicht so lange wegbleiben. Aber als ich einmal unterwegs war, wollte ich so schnell nicht zurück. Der Abstand tat mir gut. Und als ich dann wollte, konnte ich nicht mehr. Die Welt ist wirklich ganz erstaunlich groß.«

Vorsichtig umschloss er ihre Hände mit den seinen. Die Sehnsucht, ihre Haut zu spüren, wurde übermächtig, und er begann, an den Fingerspitzen ihres Handschuhs zu zupfen, halb darauf vorbereitet, dass sie ihn zur Ordnung rufen oder sich ihm entziehen würde, doch sie tat nichts dergleichen.

»Vielleicht habe ich einen Fehler gemacht«, sagte sie leise. »Vielleicht hätte ich mich damals schon für dich entscheiden sollen.«

»Danilo hatte Geld und Umgangsformen und eine gute Familie. Er lag dir zu Füßen. Ich war ein riesiger, peinlicher Trottel mit einem erfundenen Namen und einer schlecht bezahlten Hilfslehrerstellung. Er war eindeutig die bessere Wahl.«

»Damals schien es so.«

Der Handschuh löste sich von ihren Fingern, ein bisschen widerstrebend, was Yuriko gut verstehen konnte. Er spürte ihre warme, weiche Haut an seiner und verging beinahe in der Berührung.

»Du musst denken, ich nähere mich dir aus Verzweiflung«, sagte sie, ohne ihn anzusehen. »Nur um wieder an einen Mann zu kommen. Aber dem ist nicht so. Ich konnte damals wirklich nicht. Ich war nicht stark genug für dich.«

»Und ich war nicht gut genug für dich. Bin ich heute immer noch nicht.«

»Ach, sei still, du riesiger Trottel.«

Ihre Finger auf seinen Lippen. Sein gesamtes Fühlen zog sich um diesen einen Punkt zusammen. Er lehnte sich ein wenig in die Berührung, dann war der Moment vergangen, und sie hielt ihm die Hand hin, damit er ihr hoch half. Er kam der unausgesprochenen Bitte nach und sah zu, wie sie sich den Handschuh überstreifte.

»Ich muss los«, sagte sie. »Ich treffe mich mit dem Komitee zur Unterstützung des städtischen Waisenhauses. Ich darf ja froh sein, dass sie mich nicht ausgeschlossen haben, als Danilo fort war. Eine der wenigen Gelegenheiten für mich, unter Leute zu kommen.«

»Ist das immer noch das gleiche Waisenhaus?«

»Das, aus dem du ein Dutzendmal abgehauen bist, ja. Nur inzwischen mit besseren Lebensbedingungen für die Kinder.«

Die Spur seiner Berührung war immer noch in ihrem Gesicht zu sehen. Er suchte in seinen Taschen nach einem Taschentuch, fand aber keines.

»Du hast Ruß am Kinn«, sagte er befangen. »Tut mir leid.«

Sie lächelte ihr sanftes Sonnenaufgangslächeln.

»Damit muss ich rechnen, wenn ich mich mit einem Salamander einlasse. Holst du mich am Tag der Götter mittags ab?«

»Mit dem größten Vergnügen.«

Sie raffte ihre Röcke um sich und deutete einen Knicks an. Er erwiderte den Gruß mit einer leichten Verbeugung, sah ihr dann hinterher, wie sie mit wiegenden Hüften davonging, und konnte sein Glück kaum fassen.

Das Mittagsläuten war längst verklungen, als Yuriko durch die Eingangshalle der Arkania schlenderte. Am Anschlagsbrett hielt er kurz inne. Die Hochzeit war weg, dafür bat der Gastwirt der Goldenen Schlange um die Beseitigung von gepanzerten Riesenspinnen, die seinen Keller besiedelt hatten. Yuriko nahm den Zettel mit. Der gegrillte Fisch in der Goldenen Schlange war vorzüglich.

Ein wenig mühsam, das verletzte Bein nachziehend, arbeitete er sich die Treppe hinauf, humpelte dann die obere Galerie entlang, widerstand der Versuchung, sich auf eine der steinernen Bänke in die Sonne zu setzen – der Arkane Rat hatte seine Zeit sicher auch nicht gestohlen – querte dann über den Laubengang hinüber in den Altbau, nickte unterwegs freundlich einigen Schülern zu, die ihn vor lauter Ehrfurcht gar nicht grüßten, sondern nur anstarrten, und machte sich dann schließlich an den Aufstieg den Weißen Turm hinauf. Manche Dinge änderten sich nie, und dazu gehörte, dass der Arkane Rat im ältesten, kältesten, höchsten Turmzimmer zum Gespräch bat.

Sein verletztes Bein schmerzte höllisch, als er die Treppen endlich hinter sich gebracht hatte. Am Treppenaufgang erwartete ihn ein junger Hilfszauberer.

»Meister Frost? Ihr seid reichlich spät dran. Der Rat hat bereits mehrfach nach Euch gefragt.«

»Ich weiß. Tut mir leid. Ich bin nicht sehr gut zu Fuß, seit ich die Stadt vor größerem Unheil bewahren musste.«

Er zeigte auf sein Bein, wo tatsächlich gerade Blut durch den Verband sickerte.

»Darüber möchten die hochverehrten Ratsmitglieder mit Euch sprechen«, sagte der Hilfszauberer. »Also – über das Unheil, das Ihr beinahe heraufbeschworen habt.«

»Das ist eine Verwechslung, Junge, aber mach dir keine Sorgen. Ich kläre das.«

Er zog sich ein freundliches Lächeln aufs Gesicht, marschierte an dem Hilfszauberer vorbei, der noch den Mund öffnete und eine Hand nach ihm ausstreckte, riss die Tür zum Besprechungsraum auf und trat ein.

»Bin ich hier richtig? Anhörung zum Zwecke, keine Ahnung, das sagt Ihr mir bestimmt gleich?«

Drei Personen hinter einem mächtigen Tisch musterten ihn. Zwei davon waren Yuriko von früher vage bekannt: ein sauertöpfisch dreinblickender Zauberer mit faserigem braunem Haar und ein Greis mit spiegelnder Glatze, der in seinen Roben schier versank und ihm kurzsichtig entgegenblinzelte. Der dritte war Ksantho Malrandir Kraka.

Yuriko wusste nicht, was ihn mehr anfasste – die Tatsache, dass man sich wegen ihm nicht einmal die Mühe gemacht hatte, den kompletten Rat einzuberufen, oder dass der schmucke Speichellecker sich nicht nur Yurikos Posten, sondern auch gleich noch einen Ratssitz gekrallt hatte.

»Schön, dass Ihr es einrichten konntet, Meister Frost«, sagte Flusenhaar ohne spürbare Wärme. »Seid so gut und schließt die Tür hinter Euch.«

Einen Stuhl hatten sie ihm nicht hingestellt. Sie wollten, dass er vor diesem Gremium stand und seine Finger knetete wie ein Lehrling, der seinen ersten Auftrag versaut hatte.

»Momentchen«, sagte Yuriko heiter. Er ging raus in den Vorraum, schnappte sich den Stuhl des Jungzauberers ungeachtet dessen Protests, nahm den Stuhl mit in den Besprechungsraum, schubste die Tür hinter sich ins Schloss wie gewünscht, schob den Stuhl über den polierten Fliesenboden an den Riesentisch und ließ sich darauf fallen, dass das Holz krachte. Er faltete die Hände auf der Tischplatte und strahlte die versammelte Mannschaft an.

»Bin ganz Ohr«, sagte er.

Thronräuber Kraka räusperte sich und raschelte in ein paar Papieren. Vermutlich nur, um ihn jetzt seinerseits warten zu lassen, aber er hatte ja Zeit.

»Yuriko Mandorak Frost, Geburtsdatum und -ort unbekannt, ehemaliger Zirkelmeister für Siegelkunde, Inhaber des siebten Arkanen Gradienten … wie immer Ihr den erworben habt …«

»Durch angeborene Genialität und unermüdlichen Fleiß«, sagte Yuriko. »Aber versucht ruhig, es mir nachzutun. Vielleicht reicht Fleiß allein ja auch.«

»Wie auch immer«, sagte Kraka. »Euretwegen ist gestern eine Abteilung Wasserelementaristen vom Katastrophenschutz ausgerückt. Ihr habt im Dritten Quartier, Südlicher Hang, ein Anwesen niedergebrannt …«

»Mein eigenes.«

»… sowie erheblichen Schaden an den umliegenden Häusern angerichtet.«

»Wenn Ihr einen Birnbaum und ein Dach als erheblichen Schaden bezeichnen wollt. Und alles war gelöscht, bevor auch nur ein Elementarist vor Ort war. Die hätten sich das Ausrücken sparen können.«

»Sie wurden von besorgten Anwohnern verständigt.«

»Dafür kann ich nichts.«

»Eine kleine Frage, Meister Frost, wenn Ihr gestattet«, ließ sich der Greis mit papierdünner Stimme vernehmen. »Was ist das da auf Eurer Schulter?«

»Das ist Meister Padda, mein Tiergefährte. Eine Grünblatt-Erdspringkröte.«

»Aha, interessant. Kommt näher, kommt näher.« Eine knöchrige Greisenhand unterstrich die Aufforderung, und Yuriko erhob sich, beugte sich zu dem Alten und setzte Padda vor ihn auf den Tisch.

Kraka wich angewidert zurück.

»Die Frage sollte eher lauten, was Euch bewogen hat, Euer eigenes Anwesen niederzubrennen«, sagte er.

»Ganz einfach«, sagte Yuriko freundlich. »Sorge ums Gemeinwohl. Ich hatte dreihundert Untote auf meinem Dach. Wenn die sich im Quartier verteilt hätten – nicht auszudenken.«

»Prachtvolles Tier«, murmelte der Greis, der sich inzwischen Aug in Aug mit Padda befand. »Aber ungewöhnliche Wahl. Nimmt man sich heutzutage nicht mehr Hunde, Hirsche oder Falken zum Begleiter?«

»Wo die Liebe hinfällt«, sagte Yuriko. »Und so ein Hirsch ist ja auch schrecklich unhandlich.«

»Da habt Ihr recht«, sagte der Greis und kitzelte Padda mit einem dünnen Finger am Kehlsack, was dieser ungerührt über sich ergehen ließ.

»Können wir bitte beim Thema bleiben«, sagte Kraka ungeduldig. »Dreihundert Untote?«

»Schätzwert.«

»Und woher sollen die gekommen sein?«

»Die hat eine Zauberin beschworen, die unangemeldet auf meiner Schwelle auftauchte. Aus sehr fremden Landen, wenn ich ihr Äußeres richtig deute.«

»Abrantes?«, warf der Greis ein. »War dort nicht auch einmal eine Frau Vorsitzende des Arkanen Rates? Unfassbar. Wie war noch ihr Name? Mathilda ... Mechthild ... von ...«

»Minna von Leuenstein«, half Kraka aus. »Aber zurück zu der Zauberin auf Eurer Türschwelle, Meister Frost.«

»Die kam jedenfalls nicht aus Abrantes. Dafür waren die beide viel zu fremd. Ihre Kleidung, ihre Art zu zaubern. Und sie bedienten sich eines Sprachenzaubers. Den hätten Abrantiner auch nicht gebraucht.«

»Also eine Feindschaft, die Ihr Euch auf Eurer Reise zugezogen habt«, sagte Kraka zufrieden und lehnte sich zurück. »Und die Ihr jetzt als dunkle Gefahr über Eure Heimatstadt bringt – diese Stadt, der Ihr so viel zu verdanken habt. Findet Ihr das nicht fahrlässig, geradezu verwerflich?«

»Moment mal«, sagte Yuriko ungehalten. »Ich hatte mit den beiden Grazien überhaupt nichts zu schaffen! Hab die nie zuvor gesehen! Sie wollten im Übrigen auch gar nicht zu mir, sondern zu einer jungen Frau, der ich Unterschlupf gewährte und die ... oi.«

Die Art, wie sie ihn plötzlich alle anstarrten, verriet ihm, dass er sich gerade um Kopf und Kragen redete.

»Es ist nicht, was Ihr denkt«, beeilte er sich zu versichern. »Sie ist ein Studienobjekt, nichts weiter.«

»Die Studien, die Ihr an jungen Frauen vornehmt, sind hinlänglich bekannt«, sagte Kraka.

»Und keine der Damen hat sich je über meine Methoden beschwert«, hielt Yuriko dagegen.

»Ihr lebt also in kupplerischen Verhältnissen mit einer Frau unter einem Dach?«, setzte der Flusenhaarige nach.

Eine unsichtbare Schlinge legte sich um Yurikos Hals und

zog sich zu. Es hielt ihn nicht länger auf seinem Stuhl. Er stand auf, brachte Padda an sich und maß mit einem Blick die Entfernung zum Fenster ab. Der Turm war höher als die umliegenden Gebäude. Drei, vier Mannslängen mochte es zum nächsten Dach hinuntergehen. Das war bei bester Gesundheit riskant, mit einem verletzten Bein halsbrecherisch.

»Hätte ich nur ein Dach«, sagte er bemüht ruhig. »Aber das habe ich ja dem Gemeinwohl geopfert. Es sind im Übrigen genug Knochenreste übrig, falls Ihr einen Beweis für meine Worte braucht. Arkadis – die, äh, Person, die ich bei meiner Rückkehr in meinem Haus vorfand - die im Übrigen genauso gut ein junger Mann sein könnte, das ist nicht ganz eindeutig …«

»Schwacher Versuch«, sagte Flusenhaar. »Ganz schwach.«

»Sie trägt ein Siegel, das zu untersuchen sie mich bat. Unsere Beziehung ist rein geschäftlich.«

»Siegel?«, fragte Kraka interessiert. »Was für ein Siegel?«

»Ein fremdartiges. Keine Ahnung, was es bewirkt.«

Kraka bohrte seinen Blick in den von Yuriko. Yuriko machte ein unschuldiges Gesicht.

»Meister Frost, Ihr habt nicht die Verpflichtung gespürt, der Arkania Meldung zu machen?«

»Wem? Ach, Ihr meint, dem Laden, der mir den Stuhl vor die Tür gesetzt hat, nur weil ich eine Weile weg war? Nein, da hab ich gar nichts gespürt.«

»Natürlich nicht. Stattdessen beschwört Ihr Unheil über einen ganzen Straßenzug herauf, was sag ich, über eine ganze Stadt!«

»So war das doch überhaupt nicht!«

»Dreihundert Untote!«

»Mit denen ich spielend fertiggeworden bin, und das ist nur einer von vielen Beweisen für meine Größe!«

»Wo ist die Frau mit dem Siegel jetzt?«, unterbrach Flusenhaar.

»Sag ich nicht«, sagte Yuriko trotzig.

»Ihr seid dem Rat Rechenschaft schuldig, das wisst Ihr.«

»Gar nichts bin ich.«

Flusenhaar hob beschwichtigend die Hände.

»Verehrte Anwesende, lasst uns nicht streiten. Seht, Meister Frost, was Ihr uns über diese Siegelträgerin berichtet, ist höchst interessant, und umso bedauerlicher, dass Ihr damit so lange zurückgehalten habt. Und wenn tatsächlich sie es ist, die Gesindel in unsere schöne Stadt lockt – und nicht etwa Ihr selbst – dann ist es Euch nicht zuzumuten, ganz alleine und jederzeit für ihre Sicherheit einzustehen.«

Frakis' Worte geisterten durch Yurikos Kopf. Wenn es nach ihm ginge, hätte Yuriko schon längst Meldung gemacht. Andererseits – wer wusste schon, was mit Arkadis passierte, wenn die Arkania sie einmal verschlungen hatte. Frakis war vielleicht zu nah dran, um die Gefahr zu erkennen.

»Die junge Dame steht unter meinem Schutz und hat die Arkania überhaupt nicht zu interessieren«, sagte er. »Wen ich unter meinem Dach aufnehme, ist mein Privatvergnügen.«

»Die junge Dame trägt ein Siegel und wird von machtvollen fremdländischen Zauberern verfolgt«, sagte Flusenhaar und betonte jedes Wort. »Zauberinnen zu allem Überfluss. Selbstverständlich sind ihre Belange von höchstem Interesse für uns.«

»Ich kann gelegentlich Bericht erstatten, wenn's Euch so interessiert.«

Kraka legte die Fingerspitzen aneinander.

»Das wird nicht genügen, Herr Kollege. Aber ich will Euch eine Brücke bauen. Ihr verratet uns den Aufenthaltsort dieser Siegelträgerin, und wir werten das als Zeichen Eures guten Willens und verzichten darauf, die Sittenkommission von den näheren Umständen Eures … Zusammenlebens mit dieser Person … zu informieren. Wie es eigentlich unsere Pflicht wäre.«

»W… was?« Yuriko stand wie mit kaltem Wasser übergossen. »Die Sitte? Euer Ernst? Für ein paar Nächte unter einem Dach mit jemandem, von dem ich nicht mal sicher weiß, ob's eine Frau ist?«

»Das könnt Ihr dann ja dem Sittenkommissar erklären.«

In Yurikos Kopf wirbelten die Gedanken, zerstoben dann wie Funken und ließen einen Namen zurück, mit Feuerschrift in sein Herz gebrannt.

Florine.

»Sie ist bei meiner Schülerin. Ich habe das Haus versiegelt, sie sollte dort wirklich sicher sein. Wenn … wenn es Euch beliebt, kann ich ein Treffen in die Wege leiten.«

Kraka wechselte einen Blick mit Flusenhaar, und Yuriko hatte das Gefühl, in eine Falle getappt zu sein, aus der es kein Entrinnen gibt.

»Habt Dank für Eure Zeit«, sagte Flusenhaar. »Wir werden Euch benachrichtigen, welche Vorgehensweise wir wünschen.«

Die Audienz war beendet. Kraka erhob sich. Flusenhaar tat es ihm gleich und half dem Greis in die Höhe, der sich noch irritiert umsah und mit brüchiger Stimme nach der Kröte fragte. Yuriko schluckte hitzige Wut und brennende Hilflosigkeit. Er drehte sich auf dem Absatz um und stürmte grußlos nach draußen, die Schmerzen im Bein missachtend. Die Treppe hinunter, einmal quer durch die Arkania wie im Nebel, ins Vordergebäude, Säulengang, Kellertreppe, Torbogen, letzte Tür ganz hinten im Gang.

Auf Frakis´ Besucherstuhl brach er zusammen, presste die Hände gegen das Gesicht und stöhnte durch die Finger.

»Keine Feuerzauber. Keine freilaufenden Tiere. Kein Blut auf meine kostbaren Dokumente. Was ist eigentlich los?«

»Sie haben mir mit der Sitte gedroht, und ich habe ihnen verraten, wo Arkadis ist. Ich bin ihnen auf den Leim gegangen. Das ist los.«

Frakis´ leichter Schritt, dann das Rascheln seiner Gewänder direkt neben Yuriko.

»Hast du denn etwas getan, was die Sitte verärgern könnte?«

»Du meinst, außer zu existieren?«

»Guter Punkt.«

»Ich kann mir keinen Zwischenfall mit der Sitte erlauben,

Frakis. Florine will, dass ich mit ihr ausgehe. Am Tag der Götter im Stadtgarten. Sie kann sich doch nicht mit einem Mann sehen lassen, dem die Sitte in den Nacken atmet!«

Er hörte Frakis leise seufzen. Spürte die Hand seines Freundes auf seiner Brust.

»Dein Herz, Yuri. Immer dein Herz.«

Yuriko nahm die Hände vom Gesicht und ließ sie hilflos in den Schoß fallen.

»Wie haben sie denn überhaupt von Arkadis erfahren?«, erkundigte Frakis sich.

»Ich habe mich verplappert«, sagte Yuriko dumpf.

Frakis schüttelte den Kopf. »Du Trottel. Aber vielleicht ist es nicht zum Schlechtesten. Wenn mehr Zauberer sich für das Siegel interessieren, kommt die Entschlüsselung vielleicht schneller voran. Und ich denke immer noch, dass wir sie hier in der Arkania besser vor Angriffen schützen können als in Galinas Dachkammer.«

»Ich hoffe so sehr, dass du recht hast.«

»Das habe ich meistens, mein Freund.«

Die Spinnen im Keller der Goldenen Schlange erwiesen sich als gleichermaßen wütend wie widerstandsfähig. Dass sie am Ende einer hitzigen Schlacht außen knusprig und innen zart waren, tröstete den Wirt wenig. Der lamentierte lieber, weil Feuer und Rauch den Großteil seiner Vorräte unbrauchbar gemacht hatten.

Yurikos Frage, wer denn schon Dinge essen wolle, auf denen eine katzengroße, haarige Spinne draufgesessen habe, ließ der Wirt unbeantwortet. Stattdessen leerte sich der Gastraum sehr plötzlich.

Die Entlohnung für all die Plackerei fiel mehr als spärlich aus. Yuriko versenkte die paar Eisernen in seiner Tasche und zog von dannen, der festen Überzeugung, dass er einfach nicht geschaffen sei für niedere Arbeiten.

Tragisches Unglück nur, dass er für Florine geschaffen war, und sie für ihn, auch wenn sie ein halbes Leben Jahre gebraucht hatte, um das einzusehen.

Erfolgversprechender schien ihm der Auftrag, das Wasser im öffentlichen Badehaus auf die richtige Temperatur zu bringen, solange dort die Heizrohre erneuert wurden. Ein wenig zu spät wurde ihm klar, dass seine Aufgabe ihn nicht dazu berechtigte, das Frauenbad zu betreten, solange es benutzt wurde. Ein Eimer hinterließ bleibenden Eindruck auf seiner Stirn, und er beschloss, seinem angeborenen Zartgefühl zu folgen und sich zurückzuziehen. Vermutlich reichte die hitzige Entrüstung der Damen ohnehin, um das Wasser in ihrem Bottich zum Kochen zu bringen.

Eine Tümpelfee, die sich an die Steinerne Brücke gekettet hatte und nun Brückenzoll von jedem verlangte, der vorbeikam, bot endlich die passende Herausforderung. Sie war ganz ansehnlich, und ihre boshaften Zauber prallten dank einiger klug angebrachter Siegel von ihm ab. Er diskutierte einen ausgedehnten Nachmittag mit ihr darüber, ob sie sich nun an die Brücke gekettet hätte oder die Brücke sich an sie, und genoss dabei den Anblick ihrer üppigen Brüste, die von ihrem Blätterkleid kaum bedeckt wurden. Schließlich, entnervt genug, hexte sie sich von dannen. Leider gab es kein Geld für die Heldentat, nur einen herzlichen Händedruck vom Brückenwächter.

Die nächsten Tage brachten nichts Besseres. Den Auftrag, eine junge Adelige zu bewachen, vergab man an jemanden, der angeblich kein stadtbekannter Schwerenöter war. Die Nachforschungen um einen mysteriösen Nebel, der nächtens die Bewohner des Bergquartiers ängstigte, verliefen im Sande, weil es einfach nicht nebelte. Und um verlorene Katzen zu finden, war er sich dann doch zu schade.

Frakis hatte sich bereiterklärt, Yuriko sein Gästezimmer auf unbestimmte Zeit zu überlassen. Am Abend nach dem Spinnendesaster, der Geruch nach Angebranntem hing noch penetrant in Yurikos Haaren, kam Galina zu ihm. Frakis holte

Yuriko, dem nach nichts weniger war als nach Bewegung, aber Galina konnte schließlich nicht ohne Begleitung das Haus zweier Junggesellen betreten, und so stellte sich Yuriko schließlich zu ihr auf die Straße. Galina wirkte aufgelöst. Ein paar störrische blonde Strähnen widersetzten sich ihrer Haube, und sie sah aus, als hätte sie geweint.

»Wo warst du?«, fuhr sie ihn an. »Du hast dich den ganzen Tag nicht blicken lassen! Einmal, wenn man dich braucht!«

»Ich war arbeiten«, sagte Yuriko erstaunt. »Ich dachte, das wäre in deinem Sinne. Was ist denn passiert?«

»Sie haben Arkadis abgeholt«, sagte Galina und hatte schon wieder Tränen in den Augen.

»Wer?«, fragte Yuriko. »Der Arkane Rat?«

»Woher weißt du das?«

»Ich. Äh.«

»Ich war nicht zu Hause«, schluchzte Galina. »Ich war arbeiten. Und als ich zurückkam, war dein Siegel gebrochen und …«

»Was?!«

»… und Arkadis war weg und ich hatte einen Schrieb auf dem Küchentisch. Die sind bei mir eingedrungen und haben ihn rausgeholt.«

»Die haben mein Siegel überwunden?!«

»Das ist alles, was dich interessiert?«

»Nein, aber …«

»Warum hast du es gewusst? Wer hat es dir gesagt?«

»Galina, hör auf, so herumzuschreien, ich bitte dich.«

Sie schluchzte laut auf und rieb sich mit dem Ärmel übers Gesicht. Dann sah er, wie die Erkenntnis sie traf wie ein Faustschlag.

»Du hast ihn verpfiffen«, sagte sie. »Du hast dem Arkanen Rat von ihm erzählt. Du hast denen gesagt, wo sie ihn finden können. Du gewissenloses, kaltherziges Monster.«

»Also hör mal, so war das doch überhaupt nicht!«

»Was hast du für ihn bekommen? Geld? Haben sie dir einen guten Preis gemacht?«

»Galina! Jetzt reicht's!«

Er hatte die Stimme erhoben und die Fäuste in die Seiten gestemmt. Sie wich zurück, und er machte einen Schritt auf sie zu und streckte beschwörend die Hände nach ihr aus.

»Ich wollte das nicht. Sie hatten mich in der Mangel wegen der siebenhundert Untoten, und da ist es mir so herausgerutscht. Meister Fyr ist aber der Ansicht, es sei am besten so. Falls noch jemand hinter ihr her ist, ist sie in der Arkania gut aufgehoben.«

»Wir hatten unsere Gründe, ihn bei mir einzuquartieren und nicht in der Arkania«, sagte Galina mit zitternder Stimme. »Falls du dich erinnerst. Wir wollten sicherstellen, dass niemand ihn als Forschungsobjekt missbraucht. Und es hat im Übrigen schon angefangen. Sie lassen mich nicht zu ihm. Warum lassen sie mich nicht zu ihm? Er muss solche Ängste ausstehen! Wenn ich nur daran denke, er könnte glauben, dass ich …«

Ihre Stimme versagte. Sie kramte ein Taschentuch hervor und putzte sich geräuschvoll die Nase. Yuriko räusperte an seiner Stimme herum.

»Bist du sicher, dass Arkadis ein Mann ist? Also, hast du … nachgesehen? Habt ihr …?«

»Ich hasse dich«, sagte Galina zitternd. »Diesmal wirklich. Komm mir einfach nie wieder unter die Augen.«

Sie drehte sich um und ließ Yuriko stehen.

»Warte!«, rief Yuriko ihr hinterher. »Wo haben sie Arkadis untergebracht? Ich kümmere mich! Versprochen!«

Doch Galina blieb nicht stehen und gab auch keine Antwort. Bedrückt kehrte Yuriko zum Haus zurück, wo Frakis unter der Tür auf ihn wartete.

»Du dachtest nicht wirklich, du seist besser als Ksantho Kraka«, sagte er, nahm Yuriko bei der Schulter und schob ihn ins Innere.

»Tatsächlich dachte ich das«, sagte Yuriko geknickt. »Immerhin hab ich den Siebten, und er nur den Fünften.«

»Den Sechsten inzwischen. Aber du weißt selbst, dass alles jenseits des Vierten nur noch akademische Spielerei ist. Ihr seid euch ebenbürtig. Du hast mehr Talent, aber er ist fleißig und genau.«

»Ich muss los«, sagte Yuriko. »Mich wird man ja wohl zu Arkadis vorlassen.«

»Du musst nirgendwohin«, sagte Frakis. »Die haben doch alle schon Feierabend. Du musst morgen in die Verwaltung und einen Antrag ausfüllen. Ein paar Beziehungen spielen lassen. Da wird doch noch irgendjemand sein, mit dem du es dir nicht verdorben hast?«

»Ich weiß nicht. Ich glaube, der Meister für Zaubereigeschichte mag mich ganz gerne.«

Frakis verzog das Gesicht.

»Das Einzige, was du mit dem spielen kannst, ist Schach im Garten. Weiter reicht sein Einfluss nicht. Aber komm. Trinken wir ein Glas Wein und gehen die Möglichkeiten durch. Etwas wird sich finden.«

Schweren Herzens folgte Yuriko seinem Freund ins Haus.

Trotz ihres Schwurs, ihn nie wieder sehen zu wollen, wich Galina ihm nicht aus. Sie hörte auf zu kehren, klammerte sich an ihren Besen und starrte ihm kämpferisch entgegen.

»Ich weiß, wo sie ist«, sagte er ohne Umschweife. »Aber sie lassen mich auch nicht zu ihr. Ich habe versucht, einen Besucherpass zu beantragen, an drei verschiedenen Stellen, aber die in der Verwaltung sind offenbar alle auf Linie gebracht.«

»Und wo ist er?«

»In der Ana.«

»Was? Als wäre er ein Störfall? Ein misslungenes Experiment?«

»Du hast jetzt im Übrigen keine Zeit, dich aufzuregen. Du hast dort unten dringend etwas zu putzen.«

»Hab ich?«, fragte Galina verwirrt. Yuriko nahm sie beim Ärmel und zog sie mitsamt dem Besen mit sich.

»Wir müssen uns beeilen. Ich habe sicher ein paar Leute misstrauisch gemacht mit meinem auffälligen Interesse.«

Die Abteilung für arkane Nachsorge war ein flacher steinerner Bau mit kleinen Fenstern, abseits auf dem Gelände, noch hinter den Stallungen der Abteilung für arkane Mischwesen. Padda wurde zu einem harten Klumpen ängstlicher Anspannung, als sie die Stallungen passierten. Der Geruch, der von dort kam, war auch wirklich merkwürdig.

In Sichtweite des Gebäudes, unter ein paar Bäumen, blieb Yuriko stehen.

»Geh rein und sieh dich um«, sagte er. »Zähl vor allem die Wachen. Halte Ausschau nach Siegeln.«

»Aber wenn sie dich nicht zu ihm lassen, dann doch mich erst recht nicht«, widersprach Galina. Yuriko verdrehte die Augen.

»Du willst ja auch gar nicht zu ihr. Du willst doch nur Papierkörbe ausleeren oder was auch immer. Jetzt geh.«

Endlich begriff Galina, packte ihren Besen und marschierte davon. Im Sichtschutz der Bäume sah Yuriko ihr nach. Das Gelände um die Abteilung war verlassen. Niemand war an den Fenstern. Ungehindert verschwand Galina durch die Tür nach drinnen.

Es dauerte nicht lange, bis sie zurückkam.

»Ich wurde sofort weggeschickt«, berichtete sie. »Bis auf weiteres soll ich in der Ana nicht saubermachen, hieß es.«

»Was hast du gesehen?«

»Es ist auffällig leer. Die Ärztezimmer sind abgeschlossen. Wenn man reingeht, rechts den Gang hinter, steht ein Wachmann. Der hat mich auch weggeschickt. Im Übrigen kannte ich ihn nicht, und ich kenne eigentlich jeden in der Arkania, zumindest vom Sehen.«

»Bewaffnung?«

»Schwert, aber er hat es abgegürtet. Er sieht ziemlich gelangweilt aus.«

»Perfekt. Warte hier.«

Yuriko ließ die protestierende Galina unter den Bäumen zurück. Beschwingt marschierte er hinüber zum Haus, stieß die Tür auf und ließ sie lärmend hinter sich ins Schloss fallen. Rein und rechts, hatte Galina gesagt. Durch einen gemauerten Bogen betrat er einen langen Gang, von dem zur Linken lauter gleichförmige Türen abgingen. Krankenzimmer, vermutete Yuriko, und dann sprang auch schon der Wachmann von seinem Stuhl auf. Yuriko zauberte sich das breiteste Grinsen aufs Gesicht.

»Ah! Inthisira Alistis! Ein Glück, dass ich Euch hier antreffe! Ich soll Euch von Eurer Frau ausrichten – bezauberndes Wesen im Übrigen, ganz ungemein reizvoll …«

Während er sprach, hielt er Padda seine Handfläche hin. Padda fuhr die Zunge aus und beleckte das, was sich darin befand. Dann war Yuriko an dem überraschten Wachmann dran.

»Das muss eine Verwechslung sein«, sagte der Wachmann. »Ich bin nicht …«

»Macht nichts«, sagte Yuriko strahlend und hielt dem Wachmann die Hand hin. »Freut mich sehr, Eure Bekanntschaft zu machen.«

Unwillkürlich ergriff der Wachmann die dargebotene Hand. Das mit Krötenspucke versehene Siegel klebte sofort an ihm fest. Die Körperklammer wirkte so plötzlich, dass Yuriko Mühe hatte, sich aus dem Zugriff zu befreien.

An dem erstarrten Wachmann vorbei betrat er den Gang. Die Türen zu seiner Linken waren aus dicken Holzbohlen gefertigt und mit schweren Schlössern versehen. Im oberen Bereich hatten sie Klappen, die vom Gang aus einen Blick in den Raum ermöglichten.

»Arkadis?«, sagte Yuriko laut. »Bist du hier?«

Ein rasches, leichtes Klopfen war die Antwort. Es kam von einer Tür weiter hinten.

Yuriko öffnete die Klappe. Hinter der Klappe waren Gitterstäbe, und hinter den Gitterstäben war Arkadis, blass und mit großen, angsterfüllten Augen. Sie klammerte sich ans Gitter und starrte Yuriko beschwörend an.

»Geht es dir gut?«

Sie schüttelte den Kopf und rüttelte demonstrativ am Gitter.

»Ich kann dich nicht rauslassen. Ich müsste die Tür abbrennen, und dann kämen wir niemals vom Gelände runter, am helllichten Tag. Ich bin nur gekommen, um …«

Ja, warum eigentlich?

»Galina macht sich Sorgen. Sie hat Angst, du würdest denken, sie hätte dich verpfiffen. Aber sie ist unschuldig. Ich war's. Unabsichtlich, das schwöre ich. Und wir arbeiten daran, dich hier rauszuholen. Haben sie dir etwas getan? Haben sie an dem Siegel herumgespielt?«

Arkadis schüttelte den Kopf. Eine steile Falte hatte sich über ihrer Nasenwurzel gebildet. Sie streckte die Zunge heraus, das Siegel war unverändert.

»Gut. Brauchst du etwas? Soll ich dir etwas bringen lassen?«

Arkadis machte eine ausholende Geste, von der Yuri durch die Klappe nur einen Teil sehen konnte, die sich aber offenbar auf die Gesamtheit ihrer kleinen Zelle bezog.

»Ja, Freiheit. Ich verstehe. Mir tut das schrecklich leid, Arkadis.«

Ihrem Gesichtsausdruck nach zu urteilen, tröstete sie das wenig.

»Ich kümmere mich«, versprach Yuriko. »Ich kriege dich hier raus. Es kann nur noch ein paar Tage dauern. Und ich glaube nicht, dass ich dich nochmal besuchen kann – der Trick funktioniert bestimmt kein zweites Mal. Aber wir finden einen Weg. Wir lassen dich nicht hängen.«

Arkadis nickte zögernd. Yuriko machte einen Schritt rückwärts und wollte schon die Klappe schließen, als ihr dünner Arm zwischen den Gitterstäben hindurchfuhr. Sie packte ihn am Schopf und zog ihn näher.

»Aua«, presste Yuriko hervor. »Haare! Was habt ihr nur immer!«

Arkadis ließ ihn los, hielt sich die flache Hand vors Gesicht und bewegte leicht den Kopf hin und her. Eine zweite Geste – sie wischte – nein, sie blätterte ein unsichtbares Buch um.

»Lesen? Ich soll dir Bücher bringen lassen?«

Heftiges Nicken, flehender Blick.

»Das lässt sich bestimmt einrichten. Heute noch. Ich kümmere mich darum.«

Nachdrückliches Nicken. Dann entfernte Arkadis sich vom Gitter, und Yuriko schloss die Klappe.

Der Wachmann stand noch am gleichen Fleck, die Hand zum Gruß nach vorne ausgestreckt. Yuriko fischte ein zweites Siegel aus der Tasche, ließ Padda es anlecken und klebte es über das Körperklammersiegel. Dann verließ er die Abteilung für arkane Nachsorge und schloss zu Galina auf, die ihn ungeduldig erwartete.

»Und?«

»Es geht ihr gut. Sie ist körperlich unversehrt, nur sehr gelangweilt. Sie wünscht sich Bücher. Kümmer dich drum, ja?«

Galina nickte. »Was hast du mit dem Wachmann gemacht?«

»Körperklammersiegel. Und einen Auflöser, der inzwischen anfangen sollte zu wirken, also stehen wir hier besser nicht unnötig herum.«

»Aber was, wenn er Bericht erstattet? Er hat uns beide gesehen und kann uns sicher beschreiben.«

Yuriko grinste und setzte sich in Bewegung. »Und dabei zugeben, dass er sich von einem alten Mann hat übertölpeln lassen? Ich wette, dafür hat er seine Arbeit viel zu gern. Nein. Wenn er schlau ist, schmeißt er die Siegel weg und verrät niemandem ein Sterbenswörtchen.«

»Ich hoffe, du hast recht«, brummte Galina. »Sonst bin ich meine Anstellung los. Dir kann das ja egal sein, du hast ja sowieso keine.«

»Macht es dir eigentlich Spaß, mir ständig Salz in offene Wunden zu reiben?«

»Das ist der einzige Spaß, der mir geblieben ist, Meister Yuri.«

Einigermaßen einträchtig kehrten sie zurück zum Hauptgebäude. Ehe sich ihre Wege im Innenhof trennten, deutete Yuriko auf Galinas Besen.

»Weißt du, wo du dringend saubermachen solltest? Und so oft wie möglich?«

»Als würde ich von dir Anweisungen entgegennehmen!«

»In Krakas Schreibstube«, sagte Yuriko ungerührt. »Ich will wissen, was er mit Arkadis vorhat. Er hat mehr als akademisches Interesse an ihr. Aus Forschungsgründen sperre ich niemanden ein und lasse ihn bewachen. Wir brauchen Informationen.«

»Kommt aus deinem Mund, ist aber trotzdem sinnvoll«, sagte Galina. »Ich sehe, was ich tun kann.«

Kapitel 3
Mondschein über dem Teich

Florine stand schon unter der Tür und schaute ihm entgegen, als er mit dem Mittagsläuten in ihre Straße einbog. Ein Fingerbreit eines blütenweißen Unterrockes blitzte unter ihrem Gewand hervor.

Die Haube ließ ihre süßen kleinen Ohren und den Haaransatz frei, und im Näherkommen bemerkte Yuriko, dass ihr Schultertuch von Spitze durchbrochen war, durch die eine Ahnung ihrer hellen Haut schimmerte. Jede andere Frau, hätte sie ihm solche Signale geschickt, hätte ihn zur Höchstform auflaufen lassen, aber das hier war Florine und er konnte immer noch nicht richtig glauben, dass sich das Glück für ihn gewendet haben sollte.

»Grüß dich, Yuri«, sagte sie sanft. »Wie schön, dass du kommst.«

»Jemand hätte mal versuchen sollen, mich fernzuhalten«, sagte er. »Ich denke doch seit Tagen an nichts anderes.«

Sie lächelte und deutete einen Knicks an, und er verbeugte sich zittrig. Dann fiel ihm das Päckchen in seiner Hand auf, und er hielt es ihr ziemlich unzeremoniell entgegen.

»Kandierte Melone«, sagte er. »Falls du die immer noch magst.«

»O ja. Danke.« In ihr Lächeln schlich sich der Schalk. »Ich hoffe, du hast sie nicht gestohlen, nur um der alten Zeiten willen.«

»Nein. Bezahlt, mit Geld aus ehrlicher Arbeit.«

Sie zog die Tür hinter sich zu und legte eine leichte Hand auf seinen Arm.

»Ja, von dieser Arbeit hab ich schon gehört. Du hast die Goldene Schlange abgefackelt, erzählt man sich.«

»Die Leute übertreiben mal wieder maßlos.«

»Versuch bitte, heute nichts abzubrennen, solange wir zusammen unterwegs sind.«

»Versprochen. Heute brenne ich nur für dich.«

Sie verdrehte die Augen, aber er sah ihr an, dass seine Schmeicheleien ihr gefielen.

Auf dem Weg zum Stadtgarten teilten sie sich die kandierten Melonenstücke. Ein wenig von dem pudrigen Zucker blieb auf ihren Lippen, und er träumte mit offenen Augen davon, ihr die Spuren wegzuküssen, bis sie ihn spielerisch anstieß und ihm verbot, sie so unziemlich anzustarren.

Das Wetter war mild und sonnig. Ein sanfter Wind strich vom Meer herauf. Halb Letis vertrat sich im Stadtgarten die Beine – genug Leute jedenfalls, dass morgen jemand, der jemanden kannte, der jemanden kannte, einem interessierten Gegenüber erzählen würde, er habe den wunderlichen Krötenmeister mit der ehemaligen Frau des Gerichtsschreibers flanieren sehen. Und wenn sie nur »wunderlich« sagten, das war Yuriko klar, kam er noch gut dabei weg.

»Dir ist bewusst, dass die sich alle das Maul zerreißen werden«, sagte er vorsichtig. »Ich habe nicht den besten Ruf in dieser Stadt.«

»Ja«, sagte sie und hielt blinzelnd ihr Gesicht in die Sonne. »Sollen sie.«

Er sah sie an, und sie umfasste seinen Arm fester.

»Ich habe lange genug nach ihren Regeln gespielt, und schau, was es mir gebracht hat«, sagte sie. »Ich bin eine Verlassene. Mein Bruder ist mein Vormund, und ich kann von Glück reden, dass ich alleine wohnen bleiben darf und nicht in seine Dachkammer ziehen muss. Ich war die Frau des Gerichtsschreibers, und jetzt bin ich ihnen nicht den Dreck unter den Fingernägeln wert.«

»Flori …«

»Entschuldige. Ich will nicht bitter sein. Es hat ja a Gutes. Jetzt bin ich endlich frei genug, mir den Mann au chen, der mir wirklich gefällt. Gehst du mit mir zu den Tieren Die Nachbarin hat erzählt, sie haben neuerdings ein Einhorn.«

»Keine Ahnung, was du meinst, aber ich gehe mit dir überallhin, also ja.«

Sie lachte und zog ihn mit sich. Zur Linken erstreckten sich weiche dunkelgrüne Wiesen, gesäumt von kunstvoll bepflanzten Beeten. Überall führten Menschen ihre feinen Kleider aus und saßen in der Sonne. Kinder spielten Fangen zwischen den Bäumen.

Zur Rechten erstreckte sich ein kunstvoll beschnittener Laubengang. Sie tauchten in den kühlen Schatten, folgten ihm eine Weile und bogen dann ab in Richtung Orangerie. Auf einer zierlichen Brücke überquerten sie einen kleinen Wasserlauf und hielten inne, um eine Schwanenfamilie zu beobachten. Yurikos Herz schlug ihm immer noch bis zum Hals, und er fragte sich, wie viele Jahre der glücksbetrunkenen Fassungslosigkeit auf fast vierzig Jahre der Zurückweisung folgen mussten.

Die Tiere, die Florine sehen wollte, befanden sich in einer langen Reihe von Käfigen, überschattet von Bäumen und angekündigt von strengem Geruch. Florine hielt sich ihr Taschentuch vor die Nase. Padda machte sich steif, und Yuriko hob ihn von der Schulter und behielt ihn in der Hand. Florine beugte sich zu dem Kröter und streichelte ihn mit einem Finger.

»Hat er Angst?«

»Vermutlich riecht er den Bären.« Yuriko wies mit dem Kinn auf einen Käfig, in dem ein Braunbär trübsinnig vor sich hinstarrte. Dann ließ ein Brüllen die Luft erzittern, das nicht von dem Bären kam, und Yuriko musste eilig zupacken, um Paddas Flucht zu verhindern.

»Löwen«, sagte Florine fasziniert. »Schau doch. Wie groß sie sind! Hast du Löwen getroffen auf deiner Reise?«

»Zum Glück nicht. Aber solche hab ich gesehen.« Er zeigte auf einen Käfig etwas abseits, in dem große, kunterbunte Vögel auf Ästen saßen. Er lotste Florine hinüber und unterhielt sie mit einer Geschichte über sprechende Vögel, denen er das Geheimnis um den Tempel einer vergessene Krötengottheit entlockt haben wollte, und Padda beruhigte sich ein wenig.

Das Einhorn erwies sich schließlich als Hirsch mit seltsam verwachsenem Geweih. Florine pflückte eine Handvoll Löwenzahn und fütterte das Einhorn durch die Gitterstäbe, und das Tier nahm die Gabe vorsichtig aus ihren Fingern. Yuriko sah zu und war völlig bezaubert.

Der Weg endete an einem Zaun, hinter dem sich Stallungen und Wirtschaftsgebäude befanden. Schattig war es hier, und still bis auf das gelegentliche Krakeelen aus der Vogelvoliere. Yuriko spürte überdeutlich, wie allein sie hier gerade waren. Allein und unbeobachtet.

Florine hatte ihren Löwenzahn verfüttert, sie tat ein, zwei unschlüssige Schrittchen, drehte sich um sich selbst, dass ihre Röcke raschelten, verschlang die Hände miteinander. Sah ihn von unten herauf an, schelmisch, zu Unsinn aufgelegt, wie früher, als sie zusammen Kirschen stehlen waren, Frakis hatte Schmiere stehen müssen, und Yuriko hatte versucht, Florine im Kirschbaum zu küssen, zehn oder elf Jahre alt mochten sie gewesen sein, und sie hatte gelacht und ihn trotzdem geohrfeigt.

Sachte legte er die Hand an ihre Wange. Er hatte ein Gefühl, dass sie ihn nicht ohrfeigen würde. Sie sah zu ihm auf, sie war so schön, dass es wehtat. Er holte zitternd Luft, überwältigt, er beugte sich zu ihr und legte seine Lippen auf ihre und küsste sie.

Und plötzlich war er wieder zehn Jahre alt und stahl sich einen Kuss im Kirschbaum, fünfzehn und wahrhaftig mit ihr durchgebrannt, für einen wilden, glorreichen Nachmittag, er war zwanzig und betrank sich auf ihrer Hochzeit, er war fünfunddreißig und hilflos, weil sie so unglücklich war mit Danilo und trotzdem bei ihm blieb. Er war fünfundvierzig, reiste ans andere Ende der Welt und entging ihr dennoch nicht. Er war jedes Alter und immer gezogen zu ihr, wie es die Kröten an den Teich ihrer Geburt zog.

Er küsste sie, während ihm Tränen über die Wangen liefen, strich über ihr Gesicht, umfing sie und hielt sie fest, völlig hingerissen davon, wie perfekt sie in seine Arme passte, sie war eine zierliche Person, bis auf an manchen Stellen, und er wollte nie wieder aufhören, sie zu küssen.

Sie lächelte auf seinen Lippen und schob ihn sanft von sich. Er wischte sich mit dem Ärmel übers Gesicht und versuchte, seine Fassung zurückzugewinnen.

»Das war schön«, flüsterte sie. »Ich möchte bitte mehr davon.«

»Solange du noch artig bittest, ist das hier noch nicht weit genug gegangen«, murmelte er und war erleichtert, dass seine Stimme ihm gehorchte.

Der zweite Kuss erfuhr eine rüde Unterbrechung durch eine Schar Kinder, die mit Holzschwertern und Geschrei den Weg entlang gestürmt kam. Yuriko und Florine fuhren auseinander. Florines Wangen waren gerötet, und sie betupfte mit einem Spitzentaschentuch ihren Mundwinkel, ehe sie seinen Arm ergriff und sich sittsam unter den neugierigen Blicken der Nachwuchsritter nach vorne in die Sonne führen ließ.

Gemächlich spazierten sie über die weiche Wiese. Florines Schulter streifte im Gehen seinen Arm, und manchmal spürte er ihre Hüfte an seiner Seite. Alles war sehr wirklich auf eine unwirkliche Art.

Am Ufer des großen künstlichen Sees räkelten sich Steinfiguren in der Sonne. Ein Zauber bewirkte, dass sie glitzernde Fontänen ins Wasser spien. Boote waren auf dem See verteilt. Gelächter schallte von dort herüber. Yuriko steuerte auf den Teepavillon zu, aber Florine hielt ihn am Ärmel.

»Lass uns ein Boot nehmen«, sagte sie und hatte wieder dieses schalkhafte Blitzen in den Augen. »Du weißt, wie man rudert, oder? Du bist um die ganze Welt gereist.«

»Aber sicher«, sagte Yuriko, der im Leben noch kein Boot gesteuert hatte. »Kleinigkeit.«

Er zahlte zwei Eiserne an den Verleiher und bekam die Ruder ausgehändigt. Trotz ihrer hinderlichen Kleidung kletterte

Florine leichtfüßig ins Boot. Er folgte ihr unbeholfen. Er hatte einen flüchtigen Blick auf ihre schmalen Fesseln unter all den Röcken erhaschen können und war entsprechend abgelenkt.

Er stieß das Boot vom Steg ab, ließ es auf den See treiben und hantierte mit den Rudern. Sah sich verstohlen um, wie die anderen Ausflügler das machten, versuchte, so kompetent wie möglich zu wirken und brachte das Boot immerhin in Bewegung. Florine hielt Padda auf dem Schoß, und Yuriko war in ernsthafter Versuchung, mit ihm zu tauschen, aber dann wiederum war Paddas Rudertalent noch weniger zu trauen als seinem eigenen, und er wollte nicht, dass die Leute sich morgen das Maul darüber zerrissen, wie der Krötenmeister ein Boot samt der ehemaligen Frau des Gerichtsschreibers versenkt hatte.

Mehr durch Zufall brachte er das Boot in die Mitte des Sees. Zwei Krötensprünge entfernt erhob sich die Schwaneninsel mit ihren alten Trauerweiden aus dem Wasser. Darunter war es schattig, ein wunderbarer, geschützter Platz, um sich näherzukommen, der aber schon von einer vielköpfigen Familie besetzt wurde. Yuriko zog die Ruder ein und legte sie ins Boot. Florine neigte sich ihm entgegen, und er nahm ihre Hände in seine und zupfte ihr sachte die Handschuhe von den Fingern.

»Wo waren wir stehengeblieben?«, murmelte er.

»Daran erinnere ich dich, sobald wir ein weniger öffentliches Bild abgeben«, sagte sie und rollte die Augen in Richtung der vielen Bootsfahrer rundum. Er strich mit dem Daumen über ihre Handfläche, spürte Schwielen von der Hausarbeit, und das, obwohl sie Bedienstete hatte, aber sie hatte noch nie lange stillsitzen können.

»Dann statte ich also deinem Bruder gelegentlich einen Besuch ab«, sagte er. »Sobald ich ein regelmäßiges Einkommen vorweisen kann. Und, hm, halte um deine Hand an. Also. Wenn es das ist, was du willst.«

Sie streckte ihre Beine aus und schob sie zwischen seine. Das Boot schaukelte sachte.

»Willst du nicht erst mal mich fragen, bevor du meinen Bruder fragst?«

Der Wind hatte eine wellige Haarsträhne gelöst und trieb sie ihr über die Stirn. Sie lächelte dieses Lächeln, um das seine Welt sich drehte, so sanft, so liebevoll, es war immer noch ganz unvorstellbar, dass dieses Gefühl ihm gelten sollte. Wenn dies ein Traum war, so wollte er nicht aufwachen.

»Florine, du schönste aller Seerosen, willst du dich zu mir bekennen?«

Sie tat einen tiefen Atemzug und drückte seine Hände.

»Das will ich.«

»Du kriegst einen schrulligen Kröter dazu, das weißt du.«

»Du meinst, einen zweiten von der Sorte? Das macht nichts. Ich liebe euch beide.«

»Und ich liebe dich, Flori. Immer schon. Seit dem Kirschbaum und noch viel länger.«

Sie sah auf ihre Hände hinunter, die mit den seinen verschlungen waren.

»Eines muss ich dich dennoch fragen«, sagte sie, und ihre Stimme klang plötzlich ernst. »Was ist mit den anderen Frauen? Du bist leicht entflammbar, das weiß ich, aber ich will die Einzige sein, für die du brennst.«

»Es gibt andere Frauen? Ist mir gar nicht aufgefallen. Ich sehe keine außer dir.«

»Gib mir bitte eine ernsthafte Antwort, Yuri.«

Er drückte ihre Hände. »Ich brenne nur für dich, Flori. Die Anderen waren nur Zeitvertreib. Ich meine, du warst die Frau von Danilo, und ich war oft einsam. Aber jetzt nicht mehr.«

»Versprich es mir.«

Er dachte an Anemone und Violetta. An Mio, falls das ihr Name gewesen war, aus dem Land hinter den Mandelbäumen. An all die anderen. Florine hob den Blick, und er verlor sich in ihren dunklen Augen. Er brannte für sie mit jeder Faser, aber Feuer war tückisch. Manchmal griff es über. Manchmal war er kein guter Feuerbändiger.

»Ich verspreche es«, sagte er. Solange sie ihn so ansah, konnte er der Mann sein, den sie sich wünschte.

Sie presste seine Hände beinahe schmerzhaft zwischen den ihren. »Ich will dich so gerne küssen, Yuri.«

Er drückte ihr einen Kuss auf die Hände und legte sie dann in ihren Schoß.

»Lass mich mal um diese Insel herumrudern. Vielleicht ist auf der anderen Seite weniger los.«

Er tauchte die Ruder ins Wasser und wendete ungeschickt das Boot. Sie sah ihm zu, die Hände um Padda gefaltet, der die Berührung sichtlich genoss.

»Mein Bruder wird dir zu Füßen liegen«, sagte sie. »Er hat sich ja schon damit abgefunden, die Sammelstelle für alle ledigen Frauen in der Familie zu werden. Wobei er ja bei Galina die Hoffnung noch nicht aufgegeben hat, dass sie bald einen Mann findet. Dass sie arbeitet, gefällt ihm gar nicht. Er war ein paarmal kurz davor, es ihr zu verbieten, aber ich hab's ihm ausgeredet. Er befürchtet, es hält die Männer fern, wenn sie ihr eigenes Geld verdient.«

»Da könnte er recht haben«, sagte Yuriko. »Es ist im Übrigen auch ganz überflüssig. Aus ihr wird keine Zauberin mehr, und wenn ich sie bis an mein Lebensende unterrichte. Die Natur hat ihr ein Tröpflein der Gabe verabreicht, aber lange nicht genug, um wirklich etwas damit anzufangen. Tragisch. Sie wäre besser dran, wenn sie einfach unbegabt wäre.«

»Gib sie noch nicht auf«, bat Florine. »Du bist gerade erst zurück. Versuch es mit ihr. Vielleicht kann sie durch Fleiß ausgleichen, was ihr an Talent fehlt.«

Yuriko seufzte. »Du hast mich schon beim ersten Mal beschwatzt.«

»Funktioniert es denn ein zweites Mal?«

»Es funktioniert immer, das weißt du doch.«

Die Schwaneninsel zu umrunden, war gar nicht so einfach. Das Boot war widerspenstig, und statt sich abzukämpfen, hätte Yuriko am liebsten die ganze Zeit nur Florine angesehen.

Aber ein Mann kam nicht ans Ziel, wenn er die Hände in den Schoß legte, und so mühte Yuriko sich tapfer weiter. Tatsächlich erspähte er schließlich einen sandigen Uferstreifen, an dem anzulanden er sich zutraute, und weiches Gras unter tiefhängenden Zweigen. Die Stelle war wie gemacht, um …

Seine Ruder bewegten sich durch die Luft. Er hatte das seltsame Gefühl, mitsamt dem Boot angehoben zu werden.

»Hoppla«, sagte Yuriko erstaunt.

»Was zum …«, sagte Florine gleichzeitig.

Sie klammerten sich an den Bootsrand und sahen ins Wasser. Unter ihnen befand sich eine Wasserblase, vielleicht drei Schritte im Durchmesser, die sich immer noch weiter aufwölbte und das Boot nach oben beförderte. Das Boot schwankte.

»Nicht gut«, sagte Yuriko. »Halt dich fest.« Er griff nach den Rudern und tauchte sie ins Wasser, den Blick fest auf die Schwaneninsel gerichtet. Vor dem Bug war nichts als dünne Luft, es fühlte sich an, als würde er direkt in den Himmel rudern. Dann neigte sich das Boot und nahm Fahrt auf. Die Ruder wurden Yuriko aus der Hand gerissen. Es krachte, Holzsplitter flogen. Die Schwaneninsel kam rasend schnell näher. Yuriko griff nach Florine und warf sie sich kurzerhand über die Schulter.

Ein brachialer Krötensprung brachte ihn mit seiner kostbaren Last an Land, nur einen Augenblick, bevor das Boot auf dem Uferstreifen zerschellte. Er setzte Florine ab und wirbelte herum. Der See war in Aufruhr. Etwa einen Steinwurf vom Ufer entfernt zog sich das Wasser zusammen, türmte sich auf zu einer einzelnen, haushohen Welle, die langsam der Schwaneninsel entgegenkippte. Yuriko riss sich Feuer auf die Hände und zimmerte einen gigantischen Feuerball in die Neigung der Welle, spürte das fremde Arkanum, wie es gegen sein eigenes prallte, hielt dagegen, bis dicke Dampfschwaden in den Himmel stiegen. Die Welle wurde niedriger und fiel in sich zusammen. Kleine, wütende Nachkömmlinge klatschten gegen den Uferstreifen.

Arkadis, wie sie ihm drei Finger vors Gesicht hielt. Er in seiner Überheblichkeit, der einfach den Hund dazuzählte und die Sache dann vergaß.

»Was war das?«, fragte Florine zu Tode erschrocken.

»Das war Nummer Drei«, sagte Yuriko düster. »Und ich wette, es ist noch nicht vorüber.«

Geschrei drang über den See. Boote kenterten ohne sichtbaren Anlass. Yuriko fluchte, schob Florine zwischen die Bäume und drückte ihr Padda in die Hand.

»Halt mal den Kröter«, sagte er. »Und bleib vom Ufer weg. Ich komme dich holen, sobald ich kann.«

»Erklärst du mir vielleicht, was los ist?«, fragte Florine.

»Diese Bande, die mich in meinem Haus angegriffen hat – scheinbar ist von denen noch einer übrig. Aber er hat sich mit dem Falschen angelegt.«

»Bleib bei mir«, bat Florine. »Jemand wird bestimmt die Stadtgarde verständigen.«

»Wo ich bin, ist es nicht sicher. Die haben es auf mich abgesehen.« Er warf einen Blick über die Schulter. Schon wieder schlugen heftige Wellen gegen das Ufer, obwohl es windstill war. Eilig streifte er Jacke und Hemd ab und stieg aus den Stiefeln. Trotz der angespannten Situation spürte er Florines Blicke auf der Haut. Er umfasste ihr Gesicht und küsste sie, kurz und heftig und völlig ungeachtet möglicher Zuschauer.

»Bin gleich zurück«, sagte er und stieg ins Wasser.

Der Grund war weich und schlammig unter seinen Füßen. Er watete ins Tiefe, wagte einen Blick über die Schulter – da stand seine Herzensfrau unter den Zweigen der Trauerweide, Padda an sich gedrückt. Heißer Zorn entflammte in ihm. Der Mistkerl, der ihm sein Stelldichein versaut hatte, würde dafür zahlen.

Er schwamm hinaus. Irgendwo trötete ein Signalhorn. In einiger Entfernung klammerten sich Ausflügler an ein gekentertes Boot. Nirgends war jemand zu sehen, der seltsam gekleidet war oder sich eigenartig verhielt.

Eigentlich logisch. Elementaristen pflegten allgemein ein inniges Verhältnis zu ihrem Element. Und der nervtötende Kollege war ein Najade, wenn er je einen gesehen hatte.

Yuriko aktivierte das Siegel auf seiner Brust und tauchte unter.

Er ließ sich auf den Grund sinken. Die Sicht war schlecht. Wolken von Mulm und feinem Schlamm trieben vom Boden auf. Wälder von Seerosen erstreckten sich zu seiner Rechten. Zu seiner Linken stob ein Schwarm winziger Fische davon. Yuriko hielt sich dicht über dem Grund, schwamm an dem Seerosenwald entlang. Trüb kamen die Sonnenstrahlen zu ihm hinunter und ließen schemenhaft Boote über ihm erkennen.

Dann fiel ihm auf, dass der Fischschwarm ihm folgte. Ihn einholte. Es blieb ihm keine Zeit, sich zu wundern. Der Schwarm riss auf und wehte davon und enthüllte den Blick auf etwas Großes, das mehrheitlich aus Zähnen bestand und direkten Kurs auf Yuriko nahm.

Der Monsterfisch riss das Maul auf. Yuriko zog die Beine an den Körper, trat kräftig aus, erwischte den Fisch mittig auf der Stirn und stieß sich von ihm ab.

Obwohl der Riesenfisch keine erkennbaren Augen hatte, wendete er sofort und kam Yuriko hinterher. Yuriko spürte das arkane Feld, das ihn umgab, wie ein Prickeln von Ameisen auf der Haut. Unangenehm, und es hatte auch keinen Zweck, dem Monsterfisch davonzuschwimmen – dafür war er nicht schnell genug.

Er drehte sich im Wasser, ließ den Fisch herankommen, stieß sich dann vom Grund ab und gelangte um Haaresbreite über seinen Gegner. Landete auf ihm, packte ihn bei den Kiemen, hielt sich fest, sammelte Krötengift auf den Handflächen und ließ es durch die Kiemen in den Fisch strömen.

Der Fisch begann sich zu schütteln. Yuriko hielt sich fest, bis er glaubte, dass der Fisch genug hatte – umbringen konnte er ihn mit einem billigen Krötentrick ohnehin nicht – dann löste er die Verbindung.

Der Riesenfisch zuckte davon. Yuriko folgte ihm aufs Geratewohl. Das Wasser wurde tiefer. Grünes Zwielicht umgab ihn. Der Fisch hielt auf den Seerosenwald zu, schlüpfte zwischen die biegsamen Stängel und war mit wenigen Flossenschlägen verschwunden.

Vorsichtig bog Yuriko die Seerosenstängel beiseite und tauchte in den Wald. Nach zwei, drei Schwimmzügen drang ein zartes grünes Leuchten zu ihm – es kam von unten, sonst hätte er es womöglich für Sonnenstrahlen gehalten. Yuriko schwamm auf das Leuchten zu.

Im Näherkommen entpuppte sich die Lichtquelle als viele: eine Wolke kleiner Fische, von denen ein zartes fluoreszierendes Leuchten ausging. Sie drehten sich träge in einem Wirbel um eine unsichtbare Mitte.

Yuriko schwamm auf der Stelle. Er ging davon aus, dass Nummer Drei sich im Inneren des Wirbels befand, wollte aber lieber sicher sein, als mit einem Angriff gegen niemanden seine Position zu verraten.

Etwas war jedenfalls im Inneren des Wirbels. Er sammelte ein wenig Arkanum in der Handfläche und ließ es ins Wasser strömen. Sofort änderten die Leuchtfische ihren Tanz, flossen aus dem Wirbel ab, auf Yuriko zu. Er ließ den Arkanstrom abreißen und sank tiefer.

Die Fische schwärmten aus. Ihre Bewegungen wirkten unnatürlich – als würden sie ein Suchmuster abbilden. Da, wo sie abflossen, wurde eine Gestalt sichtbar. Sie stand auf einer Anhöhe, auf dem Grund des Sees – nein, keine Anhöhe, ein Haufen aus sich windenden Röhrenwürmern, oder was immer das sein sollte, jeder davon so dick wie Yurikos Arm. Augen hatten sie keine, dafür aber mehr als genug Zähne. Die Gestalt selbst war kaum mehr als ein Schatten, ein helles Gesicht inmitten einer Wolke aus dunklen Haaren, weiße Hände, die mit fließenden Gesten den Fischschwarm steuern.

Yuriko machte sich bereit. Wenn er schnell war und die Lücke in Nummer Dreis Verteidigung ausnutzte, konnte er den Zirkus hier beenden, ohne dass jemand zu Schaden kam.

Dann hatten die Fische ihn gefunden. Er hielt sie mit einem arkanen Feld auf Abstand wie lästige Fliegen. Bewegte sich auf Nummer Drei zu – keine Zeit jetzt für Bedenken.

Nummer Drei sah ihm entgegen – oder knapp an ihm vorbei. Seine Augen waren von einem milchweißen Film überzogen, und er trug ein Lächeln im Gesicht wie eine Schnittwunde.

Plötzlich wurde Yuriko von einer Strömung erfasst – Wasser, so kalt, als käme es direkt aus einem Gletscher. Seine Haut fühlte sich an, als würden Eiskristalle auf ihr wachsen. Yuriko wurde träge. Gemächlich trieb er auf den Schwarm aus Leuchtfischen zu, von denen auf einmal ein hässliches Arkanum ausging. Ihm war klar, dass er sich bewegen musste, sich aus der Strömung befreien, dass er keinesfalls in diesen Schwarm geraten durfte, aber eigentlich wollte er nur fallen wie ein Stein, auf dem Grund liegen und zur Ruhe kommen. Vier Monate lang nicht bewegen, nichts fressen, sauerstoffreiches Wasser über die Haut atmen, und dann hinauf in die Frühlingssonne, ein Weibchen rufen und …

Nein. Falsch. Yuriko Frost war er, Meister der Sieben Kröte … legendärer Windreiter … vom ewigen … Berg deswegen … Yuri, ich will dich so gerne küssen.

Florine. Ihr hatte er ein Versprechen gegeben.

Mit gefühllosen Gliedmaßen befreite er sich aus dem Strom und schwamm nach oben. Er orientierte sich an den Sonnenstrahlen, geriet in wärmeres Wasser und gewann etwas von seiner Beweglichkeit zurück. Er durchbrach den Wasserspiegel und kämpfte sich durch einen Moment der Panik, weil Lungenatmung völlig widernatürlich war und ihn nicht ausreichend mit Sauerstoff versorgte. Die Sonne wärmte und weckte ihn. Er trat Wasser und sah sich um. Rund um ihn befanden sich Ausflügler in Seenot, klammerten sich an gekenterte Boote oder ruderten hektisch in Richtung Ufer. Einer kam so nah an Yuriko vorbei, dass er ihn beinahe mit dem Ruder erwischt hätte. Das Ufer mit dem Bootssteg war näher als die Schwaneninsel.

Mit kräftigen Schwimmzügen, die letzten Reste der Kältestarre abschüttelnd, hielt Yuriko auf den Steg zu. Vielleicht gelang es ihm, den Najaden an Land zu locken. Jedenfalls hatte er von dort aus besseren Überblick, und …

Jemand packte sein Bein. Ein Ruck, der sein Knie schmerzhaft knacken ließ, dann ging es abwärts. Das Wasser schlug über Yuriko zusammen. Im ersten Reflex strampelte er, aktivierte dann sein Siegel und trat nach dem Angreifer.

Der war nicht jemand, sondern etwas – eine elastische, helle Masse, ein Tentakel oder eine Schlange – in unerbittlichem Zugriff um seinen Knöchel, und es zog ihn tiefer, so schnell, dass das Wasser ihm in den Ohren rauschte. Yuriko hatte schon beinahe Krötengift auf den Händen, überlegte es sich aber anders. Vielleicht ließ der Najade sich übertölpeln.

Yuriko strampelte hektisch, reckte theatralisch wie ein Ertrinkender die Hände zur Wasseroberfläche, trat nach seiner Fessel, während es immer weiter abwärts ging. Dann fiel ihm ein, dass sein schauspielerisches Können gar nicht gefragt war, weil er es mutmaßlich mit einem blinden Gegner zu tun hatte. Der musste andere Sinne entwickelt haben, um sich unter Wasser zurechtzufinden. Yuriko zappelte aus Leibeskräften, ließ dann seinen Widerstand zu einem kraftlosen Paddeln abflauen. Zog sein Arkanum in die Leibesmitte zurück und hielt gerade genug davon aktiv, um sein Siegel zu versorgen. Gab schließlich jede Gegenwehr auf und ließ sich einholen wie einen Fisch, der den Köder geschluckt hatte.

Er blinzelte. Es ging immer noch nach unten, langsamer inzwischen.

Der Najade kam in Sicht und damit die Erkenntnis, dass die Wasserschlange um seinen Knöchel gar keine war, sondern der grotesk verlängerte rechte Arm seines Gegners, den er jetzt einholte wie eine Angelschnur. Yuriko zuckte ein letztes Mal schwach und ließ sich dann leblos sinken.

Durch halb geschlossene Augenlider beobachtete er seinen Gegner. Tatsächlich, der musste blind sein, er wendete den Kopf hierhin und dorthin, ohne Yuriko direkt anzusehen, tastete um sich und erwischte Yuriko schließlich am Arm.

Das grausige Lächeln erschien im Gesicht des Najaden. Er hatte kaum Lippen und einen seltsam überbreiten Mund, der sein Gesicht beinahe von Ohr zu Ohr spaltete.

Yuriko tat so leblos, wie er konnte, gab jede Körperspannung auf und wagte es sogar, seinen Herzschlag um einen Takt zu vermindern.

Sofort wurde er schläfrig. Was wollte der Fischmensch von ihm, der sein weißes Gesicht jetzt so nah vor seines brachte, als wolle er ihn küssen?

Küssen. Florine. Ach, Florine. Er und sie in einem Boot. Was für ein schöner Traum.

Der Mund des Najaden öffnete sich. Kleine weiße Zähne, dahinter eine blasse Zunge wie ein Höhlenfisch. Yuriko hob die Hand, streckte zwei Finger aus und rammte sie dem Najaden zwischen die Zähne. Schob sie ihm in den Rachen, so weit er konnte, riss sich Arkanum in die Fingerspitzen und entzündete es.

Er brauchte all seine Konzentration, um die Flamme am Leben zu halten. Was über Wasser einen ganzen Landstrich verwüstet hätte, reichte hier immerhin für eine solide Flamme. Der Najade, der ihm im ersten Reflex herzhaft in die Finger gebissen hatte, riss nun den Mund auf und ruderte rückwärts. Yuriko packte ihn mit der freien Hand um den Hals und ließ sich mit ihm treiben. Das Wasser im Mund seines Gegners begann zu kochen. Yuriko dachte an Florine, wie sie ihn angesehen hatte, seit Kindertagen hatte er darauf gewartet, und dann kam dieser kleine Pisser und verdarb alles. Das Leuchten, das dem Najaden aus der Mundhöhle drang, verstärkte sich. Er zuckte frenetisch unter Yurikos Griff, doch der ließ nicht los. Der Najade blies die Backen auf, sein gerade noch so eingefallenes Gesicht sah plötzlich aus wie der volle Mond. Seine Augen traten vollends aus den Höhlen, dann bekam seine Haut Risse. Milchige Flüssigkeit trat daraus hervor und verteilte sich im Wasser.

Dann platzte ihm der Kopf.

Yuriko ließ los und ruderte rückwärts. Der Hals des Najaden endete in einem armdicken Bündel schlaffer Würmer, die, umgeben von Hautfetzen, leblos im Wasser hingen. Der Najade sank zum Grund es Sees, eine milchige Trübung hinter sich herziehend wie eine Rauchfahne.

Ein paar eilige Schwimmzüge brachten Yuriko aus der Reichweite der Trübung. Er schwamm auf der Stelle und sah seinem ramponierten Gegner nach. Dass der keinen Kopf mehr hatte, hieß nicht, dass er tot war, aber Yuriko wollte keinesfalls in das Zeug geraten, das der Najade von sich gab und das in immer dickeren Wolken zu ihm aufstieg.

Er schwamm nach oben und machte, dass er ans Ufer kam.

Der beschauliche Nachmittag war aufs Empfindlichste gestört. Ausflügler standen am Ufer und diskutierten erregt. Boote landeten an und entließen verstörte Menschen. Schiffbrüchige wurden mit Rudern und langen Stangen aus dem Wasser gefischt. Ein herrenloser Hund lief orientierungslos umher. Ein Kind brüllte zum Steinerweichen.

Yuriko zog sich auf den Steg und sah sich um. Der See lag als völlig ungetrübtes Wässerchen vor ihm. Yuriko nahm Maß und beförderte sich mit einem Krötensprung auf den nächsten steinernen Wasserspeier – einen Löwen, der den höchstgelegenen Aussichtspunkt darstellte.

Konnte es das schon gewesen sein? Er glaubte nicht dran.

Er spähte hinüber zur Schwaneninsel. Der Najade war etwa zwei Krötensprünge vom Ufer entfernt versunken. War dort nicht sogar eine leichte Trübung des Wassers erkennbar?

Das Signalhorn ertönte erneut, viel näher diesmal. Der arkane Katastrophenschutz rückte an. Yuri war versucht, in den See zu springen und sich tot zu stellen, bis sie wieder weg waren, aber gleichzeitig hatte er das dringende Bedürfnis, etwas Episches zu tun. Etwas, das ihm Florines Anbetung bis ans Ende aller Zeiten sicherte. »Du bist mein Held«, würde sie sagen. »Wie du all die unschuldigen Kinder gerettet hast! Niemand außer dir hätte das geschafft!« Und er würde bescheiden lächeln und ihr erklären, dass aus großer Macht schließlich große Verantwortung entstünde – diese Weisheit hatte er auf seiner Reise aufgeschnappt – und dann würde er sich zu ihr beugen und …

Jemand oder etwas zog von unten den See glatt. Eine spiegelnde Fläche entstand, straff wie eine Perle aus Quecksilber. Dann wölbte sich die Wasseroberfläche nach oben, kaum einen Krötensprung vom Ufer entfernt. Eine Wasserblase erhob sich aus dem See, so groß, dass man bequem ein Fuhrwerk darin hätte abstellen können. Im Inneren der Blase wirbelte weißer Nebel.

»Weg!«, brüllte Yuriko über die Schulter zu den faszinierten Umstehenden. Er zog eine Feuerwand hoch und versuchte, das Ding, was immer es war, auf den See hinauszuschieben, doch beim ersten Kontakt mit der Flammenwand gab die Blase ein nasses Schmatzen von sich und platzte.

Yuriko duckte sich hinter das steinerne Löwenhaupt. Hinter ihm schrien die Leute. Der Nebel im Inneren der Blase wurde schlagartig freigesetzt und breitete sich aus. Yuriko wurde voll davon erwischt. Er hielt die Luft an und wollte gerade von seinem steinernen Reittier springen, als es sich unter ihm aufbäumte und ihn kurzerhand abwarf.

Yuriko landete auf dem Rücken. Der Aufprall nahm ihm die Luft zum Atmen. Über ihm ragte der steinerne Löwe auf, drei- oder viermal so groß wie sein lebendes Vorbild. Dann hob das Tier eine gewaltige, steinerne Pranke.

Yuriko rollte zur Seite. Sand und Kies spritzten um ihn herum, Staub wölkte durch die Luft. Ein Brüllen ließ den Boden erzittern. Yuriko sprang auf die Füße und stolperte rückwärts. Wo er gerade noch gelegen hatte, war der Boden aufgerissen. Ein Teil seines Verstandes bewunderte die überzeugende Sprucharbeit, die jemand hier geleistet hatte, ein anderer Teil beschäftigte sich hektisch mit der Frage, wie man ein steinernes Wesen am besten grillte.

Der Löwe sprang. Yuriko auch. Er rettete sich auf den Steg, den Löwen im Nacken. Der Nebel hatte sich verzogen, und so sah Yuriko sehr klar, dass auch in die anderen Wasserspeier Leben gefahren war: Ein pferdeköpfiges Wesen mit Krallen und Fischschwanz wälzte sich unbeholfen aus dem Wasser, ein geflügelter Hund von der Größe eines Ochsen vollführte erste Flugversuche und ein überlebensgroßer Meeresgott mit Fischnetz und Dreizack machte sich grimmigen Schrittes auf den Weg irgendwohin. Vielleicht war es doch nicht verkehrt, dass der Katastrophenschutz im Anmarsch war. Yuriko konnte schließlich, bei aller Genialität, nicht überall zugleich sein.

Zunächst hielt der steinerne Löwe ihn gut beschäftigt. Er schüttelte die steinerne Mähne und riss brüllend das Maul so weit auf, dass Yuriko freie Sicht seinen ganzen Rachen hinunter hatte. Yuriko wich rückwärts und überschlug seine Möglichkeiten. Steintiere konnten sicher nicht gut schwimmen, aber gleichzeitig ertranken sie auch nicht.

Blick über die Schulter. Noch zwei, drei Schritte, bevor der Steg endete. Yuriko machte sich bereit zum Sprung. Der Steinlöwe holte mit der Pranke aus und donnerte sie vor sich auf den Steg. Holz splitterte. Verdutzt betrachtete der Löwe seine Pranke, die im zersplitterten Steg feststeckte. Yuriko zögerte nicht lange und setzte dem Tier einen weißglühenden Flammenstrahl auf die Stirn. Es knackte hörbar. Wasserdampf stieg von dem nassen Stein auf. Yuriko erhitzte weiter, suchte nach Rissen oder Fugen, fand welche und grub sein Feuer tiefer. Er spürte in den Fingerspitzen, wie es im Stein zu arbeiten begann.

Der Löwe brüllte fürchterlich. Yuriko brüllte fürchterlicher, legte brachiale Wucht in seinen Zauber, bis er förmlich selbst in Flammen stand. Ein Zittern durchlief den Löwen, Stein knirschte, dann, mit einem ohrenbetäubenden Knall, brach der Löwe auseinander. Kopf und Schultern kippten nach vorne weg. Da lag er nun und schnappte mit steinernen Zähnen ins Leere, während sein kopfloses Hinterteil auf drei Pfoten orientierungslos herumtappte, bevor er an den Rand des Stegs geriet und gewaltig platschend im See versank.

Yuriko klopfte sich Flammen von den Händen und löschte seine Hose. Dann sah er sich um. Er war ein bisschen außer Atem, aber den drei Dutzend Augenpaaren zuliebe, die ihn vom Ufer her anstarrten – mindestens die Hälfte davon weiblich – zog er heldenhaft den Bauch ein, umrundete den immer noch hilflos vor sich hin schnappenden Löwenkopf und spazierte zum Ufer, als wäre nichts gewesen.

Der Katastrophenschutz hatte sich inzwischen des Meermannes angenommen. Sie hatten ihm arkane Fesseln angelegt und versuchten, das Arkanum aus ihm zu bannen, während er mit seinem Dreizack fuchtelte und sich gegen die Fesseln sträubte.

»Frost. Das hätte ich mir ja denken können.«

Yuriko fuhr herum.

»Ksantho Kraka«, sagte er erstaunt. »Was macht Ihr denn hier?«

Kraka zog eine einzelne Augenbraue hoch. »Man hilft, wo man gebraucht wird«, sagte er.

»Indem Ihr nicht im Weg rumsteht«, versetzte Yuriko. »Ja, damit ist allen geholfen.«

Kraka ließ abfällig Luft durch die Zähne strömen, wandte sich dann ab und schritt würdevoll zu dem Meermann hinüber, der, umgeben von arkanem Fußvolk, sich immer noch mächtig gegen die Fesseln sträubte. Es entging Yuriko nicht, wie die Blicke der Umstehenden – der weiblichen vor allem – ihm folgten. Er machte auch etwas her mit seinen ausladenden Roben und dem seidigen schwarzen Haar, das der Wind liebkoste. Dass er Stiefel mit drei Fingerbreit Absatz trug, um größer zu wirken, fand anscheinend nur Yuriko ziemlich lächerlich.

Die Zauberer, die sich mit dem Meermann abkämpften, machten halb ehrerbietig, halb erleichtert Platz für Kraka. Der öffnete mit bühnenreifer Geste seine Robe, holte eine armlange Spruchrolle heraus und öffnete sie. Das königlich zentallinische Siegel baumelte und drehte sich im Wind. Kirschrote Bänder flatterten von dem Schriftstück. Das Siegel war in grüner und goldfarbener Tinte gezeichnet, wie Yuriko feststellte, der Kraka auf dem Fuß folgte, und es war unnötig groß und verschnörkelt.

Kraka entblödete sich gar, einige klangvolle und völlig sinnfreie Sprüche auf Orda zu deklamieren, dann patschte er das Siegel dem Meermann aufs Knie. Augenblicklich erstarrte dieser. Die Zuschauer applaudierten.

»Körperklammer«, sagte Yuriko. »Na, immerhin die Grundlagen beherrscht Ihr ganz souverän.«

Kraka zirkelte eine gekonnte Drehung. »Neidisch, Frost? Seht lieber zu, dass Ihr Euch etwas anzieht. Wie könnt Ihr Euch nur so schamlos zur Schau stellen. Wirklich.«

Yuriko grinste und verschränkte die Arme vor der nackten Brust. »Neidisch, Kraka? Versteh ich gut. Ich könnte mich manchmal glatt selbst beneiden.«

Gelöst spazierte er davon, beförderte sich dann mit einem beiläufigen Krötensprung auf das Vordach der Orangerie und von dort aus auf die Kuppel und sah sich um.

Der steinerne Pferdefisch galoppierte gerade mit schlagendem Fischschwanz hügelauf über die große Wiese, zog eine Spur der Verwüstung hinter sich her und sprang dann über eine Hecke und aus Yurikos Sichtbereich. Der geflügelte Hund saß nahebei in den niedrigen Zweigen einer alten Eiche, die er beim Aufstieg gewaltig ramponiert hatte. Um den gerupften Baum standen Zauberer und versuchten, das Tier mit allerlei arkanen Netzen und Schlingen herunterzuholen, doch es riss sich mit schierer Gewalt immer wieder los. Yuriko hatte gerade beschlossen, dort einzugreifen, ehe Schlimmes passierte, als es plötzlich sehr kalt wurde. Yuriko fiel fast vom Dach, während er sich noch einer plötzlichen Winterstarre erwehrte. Er rief das Feuer in sich wach, leitete es durch seinen Körper und stützte sich mit brennenden Händen an dem gehämmerten kupfernen Dach ab.

Die Oberfläche des Sees hatte sich verändert. Die Wellen wurden träger, das Licht brach sich auf andere Weise. Eine Haut bildete sich – Eis. Der See gefror. Einige der Schiffbrüchigen, die sich noch im Wasser befunden hatten, fingen an zu schreien. Das Eis umklammerte sie, dann wurden sie einer nach dem anderen nach unten gezogen, und das Eis schloss sich über ihnen.

Ohne nachzudenken, sprang Yuriko vom Dach.

»Hier bin ich!«, brüllte er. »Zeig dich, Nummer Drei! Und lass gefälligst die Unbeteiligten hier aus dem Spiel!«

Er rannte hinaus auf den Steg, wo immer noch der abgetrennte Kopf des steinernen Löwen lag und gelegentlich brüllte. Das Eis sah dick aus. Wenn Nummer Drei es geschafft hatte, den ganzen See herunterzukühlen, dann war ihm vermutlich mit ein paar Feuertricks nicht beizukommen.

Zum ersten Mal war Yuriko ganz froh, den Katastrophenschutz hinter sich zu haben.

Blick über die Schulter. Weit hinter sich. Rat- und tatenlos am Ufer. Großartig.

Yuriko schürte sein Feuer und entließ eine gewaltige Feuerwolke über die Seeoberfläche. Eis krachte und zersprang. Hier und da tauchten japsende und zappelnde Schiffbrüchige auf. Ein angekokelter Schwan startete mit klatschenden Flügelschlägen knapp über der Wasseroberfläche. Dann schoss ein durchsichtiger, sehr beweglicher Wassertentakel zwischen den Eisschollen hervor, pflückte den Schwan aus der Luft und zog ihn nach unten.

Yuriko starrte auf die paar weißen Federn, die auf die Wasseroberfläche sanken. Reagierte Nummer Drei etwa auf Bewegung? Erschütterung? Vielleicht wie eine Fledermaus?

Hektischer Blick über die Schulter. Nichts greifbar, bis auf … gütiger Krötengeist, er würde wochenlang Rückenschmerzen haben.

Er bückte sich zu dem geifernden Löwenkopf, packte zu, bemühte sich gleichzeitig, zu vermeiden, dass die steinernen Kiefer ihm Lebenswichtiges abbissen, und wuchtete mit einem Urschrei das schwere Ding in die Höhe. Taumelte einige Schritte zum vorderen Ende des Stegs. Stemmte den Löwenkopf nach oben, der schrecklich brüllte und mit den Augen rollte. Stieß ihn von sich, so weit er konnte.

Was nicht sonderlich weit war, aber immerhin ein gewaltiges Platschen erzeugte. Mit einem letzten empörten Blick versank der Löwe. Yuriko sah ihm nach, rieb sich die Arme, versuchte, bereit zu sein für was auch immer, war es dann doch nicht, denn wer hätte schon mit einem riesigen, baumdicken Wasserstrahl gerechnet, der direkt vor seiner Nase aus dem See brach und ihn mit eiskalten Tropfen überschüttete.

Die Wassersäule schraubte sich in den Himmel, schien für einen Augenblick den Himmel zu tragen, neigte dann das obere Ende, pendelte, auf der Suche nach ihrem Gegner. Ein dunkler Schatten entstand in ihrem Inneren, kam ins Freie und entpuppte sich als Nummer Drei. Die Wassersäule hatte inzwischen schlangenhafte Züge angenommen, ein augenloser Kopf, ein aufgerissenes Maul, sogar die Andeutung einer langen, dünnen Schlangenzunge. Nummer Drei nahm auf dem Schlangenkopf Platz, sein Unterkörper verschmolz auf widernatürliche Art mit der Wasserschlange unter ihm. Einigermaßen beeindruckt betrachtete Yuriko die wortlose Sprucharbeit, die sich da vor ihm entfaltete. Dann hatte die Schlange ihn entdeckt.

Der riesige Kopf schnellte auf ihn zu. Yuriko sprang und brachte sich auf dem Dach des Bootshauses in Sicherheit. Dachziegel knirschten unter seinen Füßen. Prompt wandte Nummer Drei ihm das Gesicht zu. Eine ausholende, werfende Bewegung, und aus dem Nichts schossen armdicke, silbrige Lanzen auf ihn zu. Er riss eine Feuerwand hoch. Es zischte gewaltig. Dampf stieg auf. Splitter regneten um ihn herum nieder und schmolzen zu seinen Füßen. Yuriko holte tief Luft und blies der Wasserschlange eine Feuerwolke entgegen, so groß, dass man sie vermutlich in Abrantes noch sehen konnte. Es dampfte und blubberte. Jenseits seiner Feuerinsel tobte ein Eissturm. Er spie Feuer, bis er nicht mehr konnte, dachte an Florine und spie noch mehr Feuer. Als wirklich nichts mehr kam, ließ er sich fallen und rutschte das abschüssige Dach des Bootshauses hinunter bis zur Dachrinne. Die Luft um ihn war voller Schnee. Hinter ihm gab es einen ohrenbetäubenden Knall. Dachziegel flogen durch die Luft. Er warf einen Blick über die Schulter. Das halbe Dach des Bootshauses fehlte. Kurz entschlossen sprang er durch das Loch ins Innere.

Das Bootshaus war nicht mehr als ein überdachtes Stück See mit einem Steg in der Mitte und Anlegestellen für die Boote zu beiden Seiten. Yuriko hatte Glück und landete auf dem Steg. Er sprang beiseite und riss die Hände hoch. Gleich darauf erschien der Schlangenkopf zwischen den Dachsparren, Nummer Drei auf seiner Stirn wie eine seltsame Warze. Der Kopf fuhr hinunter, einen Schwall eiskalter Luft vor sich herschiebend. Yuriko entließ zwei lange, weißglühende Flammenstrahlen aus seinen Händen, lenkte sie um den Schlangenleib, oben, wo der Kopf saß, und zog sie mit Macht enger. Heißer Wasserdampf stieg auf. Yurikos Flammen fraßen sich in die Wasserhaut der Schlange, wurden gelöscht und neu entzündet, während das Riesentier heftig zuckte und mit dem Kopf schlug.

Heißer. Yuriko entließ Arkanum und zerrte gleichzeitig mit aller arkanen Kraft an der Wasserschlange, zwang ihren Kopf tiefer, um an den Schlangenreiter heranzukommen, der gleichzeitig immer weiter in seinem Reittier versank. Dann plötzlich verlor er den Halt und stürzte rückwärts. Seine Flammenstrahlen peitschten ziellos durch die Luft. Der Schlangenkopf – der abgerissene Schlangenkopf – fiel auf ihn drauf und überspülte ihn mit eiskaltem Wasser. Er schlug mit der Seite heftig gegen ein Boot, wollte sich festhalten, doch seine kältestarren Finger gehorchten ihm nicht. Er glitt vom Bootsrand ab und stürzte ins Wasser.

Der Kälteschock hielt ihm fast das Herz an. Mit letzter Kraft aktivierte er das Siegel auf seiner Brust, ließ sich sinken, bis er wieder wusste, wo oben und unten war und schwamm dann mit sparsamen Bewegungen nach oben.

Über ihm war Eis. Er drückte dagegen und schob sich nur selbst weg. Hier unten war es vollständig still. Von der Seite, wo der offene See lag, drang grünes Licht zu ihm.

Er durfte nicht zu lange warten. Er wurde schon wieder schläfrig. Nummer Drei zählte sicher darauf, dass er hier unten erfror. Was gar nicht so unwahrscheinlich war.

Eine Weile dachte er darüber nach. Er hatte trotz seines riskanten Lebenswandels eine stattliche Zahl an Jahren erreicht. Sein Todeswunsch war allerdings gering ausgeprägt. Er war nicht gemacht für den Heldentod. Er wollte im hohen Alter sterben. Im Bett, mit Florine im Arm. Gehen, während er kam. Heldentod war überbewertet.

Schatten bewegten sich über dem Eis. Yuriko blinzelte. Er musste gar nicht erst versuchen, mit seinem jämmerlichen Unterwasserflämmchen den Eispanzer zu schmelzen. Ein langsamer Schwimmzug brachte ihn unter das Boot, das seinen Sturz nicht hatte aufhalten können. Der Rumpf war vom Eis umschlossen, aber der untere Teil lag frei.

Das einfachste aller Siegel. Yuriko leitete Arkanum in seine Fingerspitze, entzündete es, mühte sich, das Flämmchen am Leben zu halten, und brannte ein Verstärkersiegel in das schwammige Holz des Bootsrumpfes. Es dauerte viel zu lang. Er spürte seinen Körper kaum mehr und war kurz davor, einfach die Augen zu schließen und sich in die Tiefe sinken zu lassen.

Als das Siegel fertig war – das hässlichste, schlampigste Siegel, das er jemals irgendwo angebracht hatte – starrte er lange darauf und wusste nicht mehr, was er damit anfangen sollte. Dann begann das Boot über ihm leicht zu schaukeln. Holz kratzte über den Eispanzer, der es umschloss. Yuriko kam zu sich.

Er ballte die Faust.

Der kleine Pisser, der ihm sein Stelldichein versaut hatte. Kraka, der seinen Posten besetzte. Sein Haus, in Trümmern. Die Arschgesichter von der königlich zentallinischen Bank. Es war genug. Es reichte.

Seine Faust traf das Siegel mittig. Arkanum wurde ihm aus dem Arm gerissen. Holz knallte und splitterte. Er hatte sauber den Bootsrumpf durchschlagen. Das Boot schaukelte, jemand versuchte darin, auf den Beinen zu bleiben. Aufs Geratewohl ließ Yuriko eine Flammenlohe aus der Hand strömen. Schreie kamen gedämpft zu ihm. Wasser strömte an seiner Faust vorbei ins Boot. Er hielt sich an der Öffnung, die er geschaffen hatte, brachte die Füße nach oben und trat mit aller Kraft gegen den Schiffsrumpf. Das Boot riss aus seiner eisigen Verankerung, schaukelte heftig und kam ihm plätschernd und gurgelnd nach unten entgegen. Bevor Nummer Drei die Lücke im Eis wieder schließen konnte, zwängte Yuriko sich an dem Boot vorbei, stieß sich davon ab und kam mit einem unbeholfenen Krötensprung aus dem Wasser. Er landete auf dem Steg. Um ihn waren Geschrei und Bewegung, doch seine Aufmerksamkeit galt alleine Nummer Drei, der auf dem gekenterten Boot balancierte und mit ihm in den aufgewühlten Fluten versank. Yuriko schnellte nach vorne und packte Nummer Drei am Kragen, riss ihn rückwärts, schleuderte ihn auf den Steg und setzte sich kurzerhand auf ihn drauf.

»Was willst du von mir!«, brüllte er. »Sprich, oder ich gebe dir deine Zähne zu fressen!«

Nummer Drei starrte mit seinen milchigen Augen knapp an ihm vorbei.

»Quetzalcoatl nekui«, sagte er. »Uexcaiota Frost.«

Ein kalter Schauer überlief Yuriko. Dann, schneller, als er reagieren konnte, wuchs dem Najaden ein Tentakel aus der Schulter – nein – eine Schlange, dünn und blass und blitzschnell. Nadelfeine Fänge bohrten sich in Yurikos Schulter. Er schrie auf und schlug nach dem Vieh. Es gab ein nasses, platzendes Geräusch, als ließe man eine Wassermelone fallen, und plötzlich war Nummer Drei verschwunden. Ein Schwall eiskaltes Wasser umspülte Yurikos Beine, die er gerade noch um seinen Gegner geklammert hatte, und rann plätschernd in den See. Die blasse Schlange fiel zu Boden. Geistesgegenwärtig griff

Yuriko zu, aber sie wand sich durch seine Finger, fiel auf den Steg und rutschte ins Wasser. Yuriko warf sich auf den Bauch, aber da war sie schon weg.

Fluchend kniete er auf dem Steg und starrte ins Wasser.

Flackerndes Licht umgab ihn und der scharfe Geruch von Rauch. Jemand fasste ihn bei der Schulter. Katastrophenschutz. Nein. Die Katastrophe höchstselbst – Kraka.

»Was ist passiert?«, fragte er mit beinahe authentischer Anteilnahme.

»Keine Ahnung«, sagte Yuriko erschöpft. »Wahrscheinlich habe ich einen Fluch abgekriegt.«

»Besser Ihr als ich«, beschied Kraka ihn. »Übrigens, das Dach kommt gleich runter.«

Yuriko blinzelte nach oben. Das Dach brannte. Er konnte sich gar nicht erinnern, wann er es angezündet hatte. Kraka hielt ihm eine Hand hin. Widerstandslos ließ er sich auf die Füße ziehen. Kraka schob ihn vor sich her ins Freie. Dort hatte sich eine Menschenmenge versammelt, die jetzt in begeisterten Jubel und Applaus ausbrach.

Yuriko wollte schon zu einer bescheidenen Dankesrede ansetzen, da begriff er, dass die Huldigung nicht ihm galt. Kraka verbeugte sich graziös nach allen Seiten und lächelte gewinnend. Yuriko stand wie bestellt und nicht abgeholt. Jetzt riefen sie auch noch Krakas Namen. Yuriko fasste es nicht. Ein paar der jüngeren Damen sahen aus, als wären sie kurz davor, sich von Kraka ein Kind machen zu lassen.

Da trat die Schönste von allen auf ihn zu, seine Kleider und Stiefel in einem Arm, seinen Kröter im anderen. Jede Anspannung fiel von ihm ab. Er riss sie an sich, verging beinahe, als er ihre Wange an seiner Brust spürte, ihren zitternden Atem auf seiner Haut.

»Ich hab dir doch gesagt, du sollst nichts anzünden«, flüsterte sie. Er umfasste ihren schmalen Nacken, suchte mit den Fingerspitzen ihren Haaransatz unter der Haube.

»Tut mir leid«, murmelte er. »Ging nicht anders.«

»Du lässt mich besser los, sonst holen sie noch die Sitte.«

Er gehorchte mit Mühe und trat einen Schritt rückwärts.

»Padda geht es gut«, sagte sie. »Er wollte dir nach, aber ich habe ihn in dein Hemd gewickelt, damit er mir nicht auskommt. Sie haben uns gerade erst von der Insel geholt.«

Er nickte und nahm seine Kleidung entgegen. Seine Hose war nass und voller Brandlöcher. Er streifte sich Hemd und Jacke über. Seine Schulter schmerzte wie nach einem Wespenstich.

Padda ruderte in Florines Händen. Er nahm ihn an sich und setzte ihn sich auf die Schulter, wo er mit flatterndem Kehlsack sitzenblieb und sich an Yurikos Hals presste. Eine Abteilung Najaden trabte an ihnen vorbei und begann, das Bootshaus zu löschen.

»Ich hatte Angst um dich«, sagte Florine. »Wer war dieser andere Zauberer? Was wollte er von dir?«

»Ich weiß es nicht«, sagte Yuriko. »Es muss mit Arkadis zu tun haben. Zumindest bin ich nie so angefeindet worden, bevor sie zu mir kam. Entweder wollen sie über mich an sie ran, oder sie wollen mich beseitigen, damit ich ihr nicht helfe. Na, zumindest Letzteres hat sich ja erledigt.«

»Arkadis – das ist der junge Mann, von dem Galina mir berichtet hat. Der jetzt in der Arkania eingesperrt ist, weil du etwas Dummes gesagt hast.«

»Die junge Frau, die in der Arkania vor ihren Verfolgern beschützt wird. Ja. Und ich habe nichts Dummes gesagt. Ich bin gar nicht in der Lage, etwas Dummes zu sagen.«

Sie lächelte milde. »Aber das weiß ich doch.«

»Meister Frost?« Das war einer vom Katastrophenschutz. »Würdet Ihr mir bitte folgen? Mein Vorgesetzter hat einige Fragen an Euch.«

»Aber gerne«, sagte Yuriko großzügig. »Wenn es nicht zu lange dauert. Ich bin in Begleitung einer Dame, der ich noch über ihren Schrecken hinweghelfen muss.«

Der Katastrophist warf Florine einen mitleidigen Blick zu.

»Ich komme am besten mit«, sagte Florine und legte besitzergreifend ihre Hand auf Yurikos Arm. »Nicht dass mir noch etwas geschieht, so ganz ohne Schutz.«

Die Einsatzleitung hatte die Orangerie als Befehlszentrale zweckentfremdet. Auf dem Weg dorthin sah Yuriko, dass das Problem mit dem geflügelten Hund noch immer nicht gelöst war. Inzwischen rückte man dem Baum mit Sägen und Äxten zu Leibe.

Der Einsatzleiter war ein rotgesichtiger Glatzkopf mit einer Schärpe, auf der das Stadtwappen prangte, außerdem noch der zentallinische Schwan und das Signum der Arkania – vermutlich, damit keinem Außenstehenden seine ungeheuerliche Wichtigkeit entging.

»Frost!«, bellte er. »Na endlich!«

»Meister Frost«, korrigierte Yuriko ihn würdevoll. »So viel Zeit muss sein. Und Ihr könnt von Glück reden, dass ich meinen hemdsärmeligen Tag habe und Euch nicht all meine Titel aufsagen lasse.«

»Wer ist die Dame? Hat sie etwas mit dem Fall zu tun?«

»Florine Luzia Soma, meine Versprochene. Und nein, sie hat nichts mit dem Fall zu tun, welchen Fall auch immer Ihr meint.«

Der Einsatzleiter nickte zackig. »Sie kann draußen warten.«

Florine löste sich von Yurikos Arm, zog sich einen Stuhl heran und nahm anmutig Platz. Der Einsatzleiter streckte eine Hand nach ihr aus.

»Versucht mich zu entfernen, und ich wende mich an die Sittenkommission wegen unziemlicher Näherung«, sagte Florine freundlich. Der Glatzkopf zog die Hand wieder ein. In seinem Gesicht zuckte es.

»Stellt Eure Fragen«, sagte Yuriko. »Oder soll ich frei berichten, wie ich es mit zwei Gegnern nacheinander aufnahm, siegreich, währen Eure Truppe sich immer noch mit dem Hund abmüht?«

Zu Yurikos Überraschung interessierte sich der Glatzkopf nicht wesentlich für Yurikos Heldentaten. Vielmehr ritt er kleingeistig auf dem zerstörten Bootshaus herum und auf den Kosten, die Yuriko der Stadt nun schon zum zweiten Mal verursacht hatte, und das in so kurzer Folge, und auf der Gefahr, die Yurikos Zauberei für die Allgemeinheit darstellte. Dass näher zu untersuchen sei, welches Gesindel er bei seiner Rückkehr in die Stadt eingeschleppt habe, und zu prüfen, ob er für den Schaden persönlich aufkommen müsse. An dieser Stelle antwortete Yuriko nur noch mit hilflosem Gelächter. Der Einsatzleiter ließ sich immerhin dazu herab, Yuriko nicht an Ort und Stelle einzukassieren – zumindest nicht, solange noch überprüft werde, ob die Kunde von seinen Heldentaten der Wahrheit entsprach. Er bestand allerdings darauf, Yuriko nur in die Hände eines Befugten der Arkania zu entlassen. Getragen von einer Welle aus Wichtigkeit entfernte er sich nach draußen und ließ Yuriko mit Florine und einem gelangweilten Protokollschreiber zurück.

Florine streckte einen Fuß nach ihm aus und berührte ihn sachte am Stiefel. Sie hakte ihren Blick in seinen und begann, an ihrer Haube zu nesteln, schob zwei Finger unter den Saum und neigte den Kopf, bis ihr Schultertuch eine Winzigkeit mehr von ihrem zarten Hals freigab. Yuriko konnte den Blick nicht abwenden. Trotz all des Ärgers war ihm warm ums Herz. Und weiter südlich.

Mit dem aufreizenden Schultertuch würde er beginnen. Es aufknoten, fallenlassen, ihre Halsbeuge küssen, ihr Kinn, ihr Ohrläppchen. Sich dann mit wachsender Ungeduld den Dutzenden von Haken, Ösen, Knöpfen und Schnüren widmen. Sie aus dem Mieder befreien, sich schon durch die Schichten von Ober- und Unterwäsche mit ihren weichen Brüsten bekannt machen. Ein Glück, dass er so große Hände hatte. Er würde dann ihre Schultern entblößen und mit Küssen bedecken. Vielleicht würde sie die Hände in seinem Haar vergraben, er wusste, sie hatte eine Schwäche für seine Haare. Sie würde tief Luft holen, wenn er ihr Hemd und Bluse über die Arme nach unten strich. Vielleicht ein wenig beschämt den Kopf wenden, wenn er diese wunderbaren, weichen, vollen Brüste liebkoste. Wenn seine Hände dann über ihren zarten Bauch tiefer wanderten, würde sie sich in seinen Armen versteifen und ängstlich zu ihm aufsehen, doch dann würde er sich mit kundigen Fingern den Einlass zwischen ihre Schenkel erschmeicheln, und oh, sie wäre so bereit …

Hups. Er raffte die Jacke über seiner Leibesmitte zusammen. Ksantho Kraka. Ärger mit dem Katastrophenschutz. Schleimige Schlangen und verkochter Rosenkohl. Florine erstickte ein Kichern hinter der vorgehaltenen Hand. Er grinste wie ein Schäfchen und spürte, wie seine Wangen heiß wurden.

»Zwei Eiserne für deine Gedanken, mein Herr Yuriko«, sagte sie und zwinkerte ihm zu.

»Pah«, sagte er. »Die sind mehr wert als zwei Eiserne. Lass uns gerne später über den Preis verhandeln.«

Der Schreiber warf einen missbilligenden Blick über die Schulter. Florine legte einen Finger an die Lippen. Er versuchte, streng und strafend dreinzuschauen, erntete aber nur noch mehr unterdrücktes Gelächter.

Der Gesandte von der Arkania, der schließlich eintraf, war Frakis.

»Wo immer du auftrittst, hinterlässt du ein Schlachtfeld«, sagte er. »Wie lange ich wohl noch ein Dach über dem Kopf habe?«

»Frakis«, sagte Yuriko höchst erleichtert. »Lassen sie uns gehen? Du hast ihnen gesagt, dass ich nichts dafürkann?«

»Egal wofür, aber ja«, sagte Frakis. »Florine, geht es dir gut? Den Nachmittag war ja offenbar abenteuerlich.«

»Ich bin wohlbehalten«, sagte sie und nickte ihm zu. »Und ja, es war abwechslungsreich.«

»Was ist eigentlich passiert?«

»Nummer Drei ist aufgetaucht«, erklärte Yuriko. »Also, zum Schluss. Die meiste Zeit über war er abgetaucht. Er ist ein Najade, aber ein ganz merkwürdiger. Und ich glaube, er hat mich verflucht.«

»Ich verfluche dich täglich. Wenn du den Honig unverschlossen herumstehen lässt, wenn ich deine Haare in meinem Kamm finde …«

»Ich meine einen echten Fluch.«

Frakis wurde still und ernst. Yuriko streifte die Jacke ab und zog sich das Hemd über die Schulter. »Da hat er mich gebissen. Also, nicht er, aber eine Schlange, die plötzlich aus ihm herauswuchs. Und nein, das ist keine Umschreibung verdorbener Dinge.«

Frakis beäugte Yurikos Schulter, auf der sich gut sichtbar zwei kleine rote Punkte abzeichneten.

»Hat er eine Formel gesprochen?«

»Ich hab's nicht verstanden. Katzenköttel-Irgendwas-Ex-Frost.«

»Das hilft enorm.«

»Tatsächlich?«

»Nein. Zieh dich an. Ich kenne einen Fluchbrecher. Florine, ich bedaure, aber euer romantischer Nachmittag hat hier ein Ende. Flüche behandelt man am besten, solange sie noch frisch sind.«

Trotz Frakis' Dringlichkeitswarnung ließ Yuriko es sich nicht nehmen, Florine bis auf ihre Türschwelle zu begleiten. Als sie ihren Arm schließlich aus seinem löste, empfand er die Trennung beinahe als körperlichen Schmerz.

»Jetzt mach nicht so ein Gesicht«, sagte sie. »Ich hatte einen unvergesslichen Nachmittag.«

»Ich bin nicht sicher, ob das ein Kompliment ist«, sagte er unglücklich.

»Beim nächsten Mal mehr Küsse und weniger Todesangst. Das wäre perfekt.«

»Ich bemühe mich.« Sie streckte die Hand nach ihm aus. Er beugte sich zu ihr, und dann war es doch nur Padda, der ihre Liebkosung entgegennehmen durfte.

»Besuch mich bald«, sagte sie. »Und jetzt kümmere dich bitte um diesen Fluch. Nicht dass der dich noch in einen farblosen Gerichtsschreiber verwandelt.«

Sie verschwand im Haus und schloss die Tür hinter sich, und er stand noch eine Weile auf der Schwelle, die Fingerspitzen auf das warme Holz der Tür gelegt, wie der verliebte Trottel, der er war.

Frakis empfing ihn bei sich zu Hause, ließ ihn aber gar nicht reinkommen, sondern schob ihn sofort wieder auf die Straße.

»Fluchbrecher«, sagte er. »Jetzt. Wollen wir hoffen, dass er zu sprechen ist.«

Auf dem Weg war Frakis selbst für seine Verhältnisse tief in Gedanken versunken.

»Du erinnerst dich nicht genau an die Formel, die er gesprochen hat?«, fragte er schließlich.

»Wenn es überhaupt eine Formel war«, sagte Yuriko. »Vielleicht hat er nur gesagt, dass er meine Frisur mag.«

»Unwahrscheinlich«, sagte Frakis. »Du hast doch nichts, was man Frisur nennen könnte.«

»Oi.«

»Katzenköttel.« Frakis blieb stehen. »Quetzalcoatl. Hat er das gesagt? Quetzalcoatl?«

»Kann sein. Klingt wie etwas, womit ich mich nicht anstecken möchte.«

»Das bedeutet Gefiederte Schlange. Ich bin drauf gestoßen, als ich deine Schriftzeichen nachgeschlagen habe. Der Hinweis auf eine Gottheit oder ein sehr mächtiges Wesen. Ergibt das Sinn für dich?«

»Die Schwertfrau sagte etwas von einer gefiederten Schlange«, sagte Yuriko nachdenklich.

»Und das sagst du mir erst jetzt?!«

»Wie hätte ich denn wissen sollen, dass es wichtig ist?«

»Man weiß vorher nie, was wichtig ist. Aber hier haben wir den Beweis, dass der Najade etwas mit Arkadis zu tun hat. Fragt sich nur, ob im Guten oder im Schlechten.«

»Im Schlechten«, sagte Yuriko. »Sie war panisch, als die beiden fremden Furien auf meiner Schwelle standen.«

»Hm«, sagte Frakis nachdenklich. »Es ist naheliegend, aber können wir wirklich davon ausgehen, dass der Najade zu deinen beiden Furien gehört? Womöglich stehen sie gegeneinander, nicht vereint.«

»Immerhin eint sie der Wunsch, mich tot zu sehen.«

Frakis nickte grüblerisch und riss sich dann sichtlich selbst aus den Gedanken. »Wie auch immer. Zum Spekulieren haben wir noch Zeit, wenn wir bei dem Fluchbrecher waren.«

Selbiger war ein altes Männlein, das in einem gerümpeligen Haus am Stadtrand lebte und wenig erfreut war, am Tag der Götter Arbeitsbesuch zu bekommen. Frakis beschwatzte und bezahlte ihn, bis er sie schließlich mürrisch hereinbat.

Schließlich dauerte Frakis´ Überzeugungsarbeit länger als die eigentliche Untersuchung.

»Fluch ist es keiner«, wurde Yuriko beschieden, nachdem das Männlein mit Spinnenfingern an Yurikos Schulter herumgewerkelt und einige Zauber geworfen hatte.

»Aber …?«, sagte Yuriko beunruhigt.

»Eine arkane Signatur ist spürbar. Weder Fluch noch Bann. Sie tut nichts. Sie ist nur da.«

Yuriko nahm Padda vorsichtshalber auf die andere Schulter.

»Das ist alles?«, sagte Frakis und sah aus, als wolle er sein Geld zurück.

»Was hattet Ihr erwartet«, knöterte das Männlein. »Er hat sich von einem fremdartigen arkanen Wesen beißen lassen. Vielleicht hatte das einfach nur die Zähne nicht geputzt. Fluch ist es keiner, weil es nicht nach innen wirkt.«

»Sicher?«

»Wollt Ihr meine Befähigung infrage stellen?«

»Nein, nein«, beeilte Frakis sich zu versichern. »Vielen Dank für Eure Bemühungen.«

Sie atmeten beide auf, als sie wieder draußen waren, und machten sich auf den Weg zurück in die Innenstadt.

»Fühlst du dich irgendwie anders als sonst?«, fragte Frakis besorgt.

»Florine hat mich geküsst«, sagte Yuriko beschwingt. »Natürlich fühle ich mich anders als sonst. Wir werden uns zueinander bekennen, übrigens. Sobald ich eine Anstellung habe.«

»Tatsächlich? Meinen Glückwunsch. Was ist aus dem Yuri geworden, der seine Vorzüge möglichst gerecht an möglichst viele Frauen verteilen wollte?«

»Den gibt es nicht mehr. Dieser neue Yuri wird nie wieder eine andere Frau ansehen, geschweige denn anfassen.«

Frakis machte ein zweifelndes Gesicht, sagte aber nichts.

Zwei Tage später waren die winzigen Bissspuren auf Yurikos Schulter verheilt, und er vergaß die Sache. Er machte es sich zur Gewohnheit, abends nach Einbruch der Dunkelheit auf Florines Vordach zu landen und ihr eine Blume durchs Fenster zu reichen. Dann bat sie ihn herein, lange genug für einige stürmische Küsse und geflüsterte Liebesbezeugungen, immer auf der Hut vor neugierigen Bediensteten. Tagsüber drückte er sich auf dem Markt herum und in der Nähe des Waisenhauses, in der Hoffnung, ihr durch Zufall zu begegnen. Er schrieb Briefe und schmuggelte sie in ihre Post. Er saß in Frakis´ Garten und dachte an sie. Wie sie sich bewegte. Wie sie duftete. Diese Art, wie sie ihre sanften Augen zu ihm aufschlug. Er fühlte sich ihr vollständig ausgeliefert, und das Gefühl beunruhigte und beglückte ihn gleichermaßen.

Für Galina, die ihn aus seiner Seligkeit riss, hatte er naturgemäß wenig Geduld.

»Geh weg«, sagte er, ohne die Augen zu öffnen. »Ich habe zu tun.«

»Stundenlang reglos in der Sonne zu sitzen, ist keine Arbeit, sondern Arbeitsverweigerung«, trompetete sie. »Ich habe Neuigkeiten, Nichtsnutz.«

Er öffnete die Augen. Er hätte schwören können, dass Frakis' Nachbarn hinter den Bäumen, die seinen Garten begrenzten, schon wieder aus den Fenstern hingen, um nur ja nichts zu verpassen. Er seufzte klaftertief und kam in die Höhe.

»Also. Was.«

Sie drückte ihm ein Papier gegen die Brust. Er nahm es und entfaltete es.

»Das Original hab ich in Krakas Schreibstube gefunden«, sagte sie gedämpft. »Beim Putzen. Ich habe eine Abschrift davon gemacht. Es hatte das abrantinische Siegel!«

»Ankunft des abrantinischen Gesandten am Vierzehnten des Erntemondes zur elften Glocke«, las Yuriko vor. »Er hat die Handlungsvollmacht des Arkanen Rates von Abrantes. Experte für arkane Speichertechnik. Luft – was soll das heißen? Deine Sauklaue!«

»Luftschiffe«, sagte Galina. »Die Abrantiner haben doch neuerdings so etwas. Also, nicht sie, aber Verbündete von ihnen. Und die fliegen mittels Zaubern, wie auch sonst, und um zu fliegen, müssen sie Arkanum speichern.«

»Aha«, sagte Yuriko erstaunt. »Luftschiffe. Wer hätte das gedacht. Und sie schicken einen Zauberer …«

»… namens Sturm von Starkenfels. Um das gemeinsame weitere Vorgehen zu besprechen. Begreifst du, was das bedeutet?«

»Dass ich in einer Welt, in der es Luftschiffe gibt, viel zu häufig zu Fuß gegangen bin?«

»Sie planen etwas mit Arkadis! Etwas Großes! So groß, dass sie sogar mit Abrantes zusammenarbeiten wollen!«

»Hm«, sagte Yuriko und drehte das Papier zwischen den Fingern. »Aber woher wissen sie denn, dass Arkadis' Siegel etwas mit einem Arkanspeicher zu tun hat?«

»Vielleicht, weil du nicht der einzige Siegelmeister der Welt bist und Kraka sein Handwerk genauso versteht wie du?«

»Du überschreitest eine Grenze, junge Frau! Von mir aus nenn mich Nichtsnutz, aber mich mit Kraka auf eine Stufe zu stellen, geht eindeutig zu weit!«

Sie zeigte auf das Papier. »Arkadis ist in Gefahr. Ich will wissen, was die planen. Und was dieser Starkenfels für einer ist.«

Yuriko nickte. »Also gut. Was hast du am Vierzehnten abends so vor?«

»Wir müssen näher ran«, flüsterte Yuriko. »Ich brauche sonst bis morgen früh für den Weg.«

Galina bog die tiefhängenden Zweige der Prantane beiseite und spähte hinüber zum Haupthaus. In Krakas Studierzimmer war Licht. Schatten bewegten sich dort. Aus ihrem Versteck hatten sie Krakas Ankunft beobachtet. Kurz nach ihm waren Linrandir Nuin, der Arkane Großmeister, und der Vorsitzende des Arkanen Rates Farandir Fakur eingetroffen. Es war bemerkenswert und gar kein gutes Zeichen, dass die akademische Elite sich so spät abends und so unauffällig in der Stube des Siegelmeisters versammelte.

»Wenn wir näher rangehen, fallen wir auf«, gab Galina leise zurück. »Da muss nur mal einer das Fenster öffnen, um zu lüften. Du vergisst, dass ich mit Padda zurückbleibe.«

»Geht doch in den Garten, Richtung Teich. Das gefällt ihm.«

»Er ist unhandlich, wenn er in dir steckt.«

»Meine Rede. Aber mutige Frauen lassen sich dadurch nicht abschrecken.«

Galina gab ein leises Würgen von sich. Yuriko grinste.

Zwischen ihrem Versteck und dem Haus erstreckte sich eine sanft abfallende Wiese, gesäumt von Blumenrabatten. Den nächsten Sichtschutz bot der Säulengang, allerdings nur, wenn man von der Haupthalle kam. Yuriko, der keine Lust hatte, sich auf kurzen Krötenbeinen durchs Gras zu arbeiten, beschloss, auf sein Glück zu vertrauen. Er nahm Galina am Ärmel und zog sie mit sich, sah sie scharf von der Seite an, als sie protestieren wollte.

Ungesehen erreichten sie den Säulengang und kauerten sich hinter einen der steinernen Sockel.

»Teich«, schärfte Yuriko Galina ein. »Und die Körperklammer nur im Notfall! Er ist sonst wieder wochenlang beleidigt.«

»Ja, ja«, sagte Galina und verdrehte die Augen.

Yuriko nahm Padda auf die Hand, strich ihm beruhigend über die Stirn und wechselte.

Mit einem Mal war die Welt riesig. Die Säulen ragten um ihn auf wie gigantische Bäume. Galinas Gesicht war so groß wie der Mond, als sie auf ihn hinuntersah, und ihre Brüste …

Yuriko rief sich zur Ordnung. Er hatte nicht gewechselt, damit er sie ungestört beäugen konnte. Ohnehin ließ Padda in Yurikos Körper ihn gerade fallen. Yuriko sprang ab und landete auf allen Vieren. Padda kauerte sich in die Hocke und sah sich um. Hoffentlich ließ Galina ihn keine Motten fressen.

Yuriko machte sich auf den Weg. Was im Menschenkörper kaum ein Dutzend Schritte waren, erwies sich für den Krötenkörper als sportliche Herausforderung. Zumindest kam er auf dem glatten Steinboden gut voran.

Die laue Nachtluft strich über seine Haut. In einiger Entfernung quakten Frösche. Der Teich auf dem Gelände der Arkania war nicht zu vergleichen mit seinem eigenen, aber besser als nichts und … Moment. Yuriko korrigierte seine Richtung. Krakas Studierstube. Zum Teich konnte er später.

Da näherte sich einer mit einer Laterne. Motten umflatterten die Lichtquelle und sahen wirklich lecker aus. Yuriko hopste von Schatteninsel zu Schatteninsel und schaffte es, knapp vor dem Neuankömmling an der Tür zu sein. Er kauerte sich hinter den Stiefelabstreifer. Einmal erwies sich Krakas übertriebene Reinlichkeit als nützlich.

Der Neuankömmling trug die abrantinische Tracht: Tunika, Kotta, Hosen, Stiefel. Er war schlank und hochgewachsen und bewegte sich mit der geschmeidigen Selbstsicherheit eines geübten Kämpfers, obwohl er keine erkennbare Waffe bei sich führte. Als er sich die Kapuze abstreifte, konnte Yuriko einen flüchtigen Blick auf sein Gesicht werfen: ein Jungspund, Mitte zwanzig vielleicht, halblanges dunkles Haar und ein sorgfältig gestutzter Bart. Gefällige Züge, wache, intelligente Augen. Er steuerte zielsicher auf Krakas Tür zu – die einzige, unter der Licht hervorschimmerte – und klopfte.

Es dauerte nicht lange, bis er eingelassen wurde. Stimmen wurden laut, man begrüßte sich. Yuriko überlegte nicht lange. Ehe die Tür ins Schloss fiel, warf er sich mit einem heldenhaften Krötensprung durch den Türspalt und duckte sich auf der anderen Seite sofort in den Schatten.

Zu seinem Glück war das Vorzimmer schlecht beleuchtet. In Krakas Arbeitsraum brannten Kerzen, und dorthin nahm der Zirkelmeister höchstselbst den Besucher mit. Keiner warf einen Blick zurück, und die Tür zum Vorzimmer ließen sie auch offenstehen. Sehr gut. Yuriko kroch näher.

»Herr von Starkenfels«, ließ der Ratsvorsitzende Fakur sich vernehmen. »Im Namen der zentallinischen Arkanen Gemeinschaft möchte ich Euch zunächst meinen innigen Dank ausdrücken. Eure Bereitschaft, die Forschung voranzubringen, ganz unabhängig von Ländergrenzen und Vorurteilen, ist wahrhaft lobenswert.«

Yuriko unterdrückte ein Gähnen. Wenn Fakur einmal in Fahrt kam, konnte das länger dauern.

Tatsächlich sprach Fakur eine Menge weitere salbungsvolle Worte. Der Abrantiner nickte höflich und deutete gelegentlich eine Verbeugung an. Es dauerte geraume Zeit, bis er einen Dank und ein paar Höflichkeitsfloskeln dazwischenquetschen konnte. Seine Stimme war tief und angenehm. Er sprach mit dem typischen abrantinischen Singsang, aber immerhin konnte man ihn vernünftig verstehen.

Nun erkannte auch Großmeister Nuin die günstige Gelegenheit und würgte seinen Kollegen ab.

»Ich bin nicht sicher, was der abrantinische Arkane Rat Euch schon gesagt hat«, wandte er sich an Starkenfels. »Wo wollen wir beginnen?«

»Ich weiß nicht viel«, sagte der Abrantiner. »Es eilt, wurde mir gesagt. Ihr habt eine ungewöhnlich große Menge arkaner Energie zu speichern, und ich soll mein Wissen um Speichertechniken einbringen.«

Nuin nickte, holte ein Stück Papier aus der Tasche und hielt es Starkenfels hin.

»Ein Siegel«, sagte Starkenfels erstaunt. »Ein solches habe ich nie gesehen. Es ist doch eines, oder?«

»Ganz richtig«, sagte Nuin. »Es befindet sich auf einem ... menschlichen Wesen ... das bei uns Schutz suchte. In ihr – oder ihm – um ehrlich zu sein, sind wir nicht ganz sicher – ist eine übergroße Menge arkaner Energie gespeichert, und wir würden sie – oder ihn – gerne davon befreien.«

»Was ist das für ein Wesen, bei dem Ihr Euch nicht zwischen Mann und Weib entscheiden könnt«, sagte Starkenfels belustigt.

»Ihr werdet sie beizeiten sehen«, sagte Nuin. »Oder ihn. Jedenfalls verursacht dieses Übermaß an gefesseltem Arkanum eine Menge Probleme. Quälende Schmerzen. Unruhe. Geistige Umnachtung bis hin zum Wahnsinn. Es ist schwierig, sich mit ihm zu verständigen – oder ihr – denn es spricht nicht. Wir haben einen Arzt hinzugezogen. Seiner Ansicht nach ist das Wesen der Sprache mächtig, sie wird nur durch das Siegel unterdrückt.«

»Und Ihr sucht nun einen Weg, das Arkanum kontrolliert abzuleiten«, vermutete der Abrantiner. »Ihr vermutet, das Wesen könnte Schaden nehmen, wenn man das Arkanum ungebremst abfließen lässt.«

Der Ratsvorsitzende Fakur kratzte sich das schüttere weiße Haupthaar.

»Nicht nur das Wesen«, warf er ein. »Wir reden von einer Zerstörungskraft, die unsere ganze schöne Stadt auslöschen könnte. Womöglich den ganzen Landstrich.«

Starkenfels sah angemessen beeindruckt aus.

»Gleichzeitig muss ich Euch die Möglichkeiten wohl nicht ausmalen, die sich uns erschließen würden, wenn wir über eine solche Menge an Arkanum verfügen könnten«, ergänzte Nuin, und seine Augen glitzerten gierig.

»Ihr werdet verstehen, dass dieser Punkt mir Sorgen macht«, sagte Starkenfels. »Abrantes und Zentallo haben eine kriegerische gemeinsame Vergangenheit. Wie kann ich sicher sein, dass Ihr diese Macht nicht gegen meine Heimat richtet?«

»Ihr seid der Gesandte des guten Willens«, salbaderte Fakur. »Ihr werdet während der Prozedur eine Schlüsselstellung innehaben. Ich höchstpersönlich bürge für Euer Wohlergehen. Das habe ich der abrantinischen Ratsvorsitzenden schriftlich zugesichert. Würdet Ihr Schaden nehmen, wäre das ein Kriegsgrund. Und niemand will Krieg.«

Starkenfels nickte, sah aber nicht sonderlich überzeugt aus, was Yuriko gut verstehen konnte. Die neue abrantinische Königin hatte sich zwar gesprächsbereit und versöhnlich gezeigt und auch den Stellvertreterkrieg auf den Südlichen Inseln beendet, aber die kriegerische Geschichte der beiden Königreiche wog schwer und reichte lange zurück.

Hm. Was fürs Auge sollte sie sein, die junge Königin. Ein heißes Weib, nach dem die Verehrer Schlange standen, aber sie zeigte allen die kalte Schulter.

Yuriko fing seine davonflatternden Gedanken ein und konzentrierte sich. Der Abrantiner hatte inzwischen seinerseits ein Papier aus seiner Tasche geholt, das er nun entfaltete und auf Krakas Schreibtisch ausbreitete. Der Hausherr, der sich bisher vornehm zurückgehalten hatte, beugte sich als Erster darüber und hielt die Lampe hoch. Yuriko reckte seinen nicht vorhandenen Hals, konnte aber nichts erkennen. Dafür begann der Abrantiner zu erklären und auf verschiedene Einzelheiten der Zeichnung zu zeigen. Arkanes Feld, verstand Yuriko, und Bannkreis, Siegelrune, Gefäß, Kanal. Dazwischen eine Menge technisches Gebrabbel, das wichtig, aber rätselhaft klang.

Den drei restlichen Zuhörern ging es nicht wesentlich anders. Als der Abrantiner seinen Vortrag beendet hatte, waren sie in verschiedene Formen der wissenschaftlichen Starre gefallen. Kraka nickte immerzu und strich sich über den Bart. Fakur beugte sich tief über die Zeichnung und blinzelte kurzsichtig. Nuin richtete sich auf und verschränkte die Arme vor der Brust.

»Und Ihr könnt so etwas bauen?«

»Wenn ich die nötigen Materialien und Räumlichkeiten zur Verfügung habe, selbstverständlich.«

»Wie groß ist so ein Ding?«

»Vielleicht eine halbe Mannslänge hoch und eine halbe breit. Aber, hohe Herren, eines muss ich betonen. Ein Arkanspeicher ist dazu gemacht, kontrolliert und langsam gewisse Mengen an Arkanum aufzunehmen. Entweder aus der Umgebung, wie es auf dem Südlichen Kontinent praktiziert wird, wo es einige recht lebhafte arkane Strömungen gibt – oder aus einem Zauberer, der Arkanum aus der Umgebung aufnimmt, im selben Maße, wie er es an den Speicher abgibt. Wir sprechen nicht von großen Mengen auf einmal, und wir sprechen auch nicht von einem unkundigen Anwender.«

Nuin und Fakur wechselten einen Blick.

»Was würde mit dem Speicher denn schlimmstenfalls geschehen?«, erkundigte sich Nuin.

»Mit dem Speicher vermutlich nichts«, sagte Starkenfels. »Aber der Anwender – das versiegelte Wesen – könnte einen Körperschock erleiden und sterben. Das ist sogar recht wahrscheinlich. Ich hatte eine längere Unterhaltung mit einem Luftschiffkapitän, der einen schlecht ausgebildeten Wettermacher an Bord hatte, und …«

»Das Wesen lasst unsere Sorge sein«, unterbrach Kraka ihn. »Ich bin zum Glück der fähigste und kundigste Siegelmeister, der je an dieser Arkania … was war das?«

Yuriko presste sich eine Krötenhand vor das Krötenmaul und verschmolz mit den Schatten. Hatte er seinen Protest etwa laut herausgequakt?

»Die Frösche drüben am Teich«, sagte Fakur. Die können erstaunlich laut sein manchmal.«

»Hm.« Krakas Blick glitt durch die dunklen Winkel seiner Studierstube.

»Ihr wolltet andeuten, dass Ihr mittels einiger Siegel die Sicherheit des Anwenders sicherstellen könnt?«, nahm Starkenfels den Faden wieder auf.

»Eben das«, sagte Kraka. »Seid da ganz unbesorgt. Aber ich weiß nicht ... Findet Ihr nicht, dass es klang, als hätten wir einen Frosch hier in der Stube? Oder eine ... Kröte.«

Yuriko wurde kalt vor Schreck, soweit sein aktueller wechselwarmer Körper das hergab.

»Ich bin sehr interessiert an dieser Siegeltechnik«, sagte Starkenfels. »Sie könnte womöglich bei den Wettermachern zum Einsatz kommen, um weitere Unfälle zu vermeiden. Nur verstehe ich persönlich leider nichts von Siegeln.«

Kraka entfernte sich vom Schreibtisch. Sein Blick glitt über den Boden. Vergeblich hielt Yuriko nach einer Fluchtmöglichkeit Ausschau. Der dunkle, staubige Spalt unter dem Schrank war die einzige Möglichkeit, aber der halbe Raum lag zwischen ihm und der Zuflucht.

»Ich bin sicher, Meister Kraka wird zu gegebener Zeit einem Arbeitstreffen mit seinem abrantinischen Kollegen zustimmen«, knödelte Fakur. »Ihr betreibt doch die Siegelzauberei in Abrantes, oder nicht?«

»Natürlich«, sagte Starkenfels. »Wobei sich unsere Methoden etwas von den Euren unterscheiden, wie auch in den anderen Disziplinen.«

Kraka stürzte nach vorne. Er stieß wie ein Raubvogel auf Yuriko nieder, packte ihn und riss ihn in die Höhe.

»Hab ich's mir doch gedacht!«

Yuriko tat das Einzige, wozu er in der Lage war. Er schleimte Krakas Hand ein. Krötengift drang ihm aus den Poren und überzog Krakas Haut mit einer ätzenden, klebrigen Schicht. Kraka fluchte unfein und ließ Yuriko fallen. Die Hand weit von sich gestreckt, riss er die Tür auf. Dann kollidierte sein Stiefel mit Yurikos Rippenbogen. Er flog durch die Luft, Licht und Schatten wirbelten um ihn, dann ein harter Aufprall, eine schmerzhafte Rutschpartie über den rauen Boden bis hin zum Sockel einer Säule, der ihn unsanft bremste. Irgendwo in der Schwärze über ihm waren Stimmen. Yuriko spreizte alle Viere ab und stellte sich tot.

»Ich bin gleich zurück!«, hörte er Kraka rufen. »Ich muss mir die Hände waschen! Das verfluchte Krötenvieh hat mich vergiftet!«

Schatten bewegten sich.

»Was denn für ein Krötenvieh«, kam die Stimme des Abrantiners zu ihm.

»Das Haustier von Frost«, sagte Nuin. »Aber warum ist es hier? Hat Frost es hier vergessen?«

»Kann nicht sein«, sagte Fakur. »Der hat hier doch nichts mehr zu schaffen.«

»Was für ein Frost«, erkundigte sich Starkenfels, erhielt aber keine Antwort.

Schritte näherten sich. Yuriko sah so tot aus, wie es ihm möglich war. Riesige Gesichter beugten sich über ihn.

»Keine Ahnung«, sagte Nuin. »Die sehen alle gleich aus, die Viecher.«

»Gleich ekelhaft«, bestätigte Fakur. »Wie kann man nur. Wir können froh sein, dass wir Frost so elegant losgeworden sind. Er hatte keine Größe.«

Yuriko versuchte krampfhaft, tot auszusehen, auch wenn der Versuch ihn beinahe umbrachte.

Nuin und Fakur richteten sich auf.

Nuin warf einen Blick über die Schulter in Richtung des Studierzimmers, in dem der Abrantiner auf sein entlaufenes Publikum wartete.

»Hat er's geschluckt?«, fragte Nuin gedämpft.

Fakur nickte. »Er ist ein Fachidiot. Sehr nützlich. Dem können wir alles erzählen.«

»Dann mache ich morgen den Brief an die Leuensteinerin fertig«, sagte Nuin. »Ich halte immer noch Sturmwacht für den geeigneten Ort. Sie soll ihren Aberglauben im Zaum halten. Geister der Verstorbenen, dass ich nicht lache.«

»Und ich lasse dem Starkenfelser einen Arbeitsplatz einrichten«, ergänzte Fakur. »Endlich kommt Bewegung in die Sache.«

»Halte die Hausmeisterin raus«, riet Nuin. »Sie ist dicke mit dem Siegelmädchen. Und sie hängt immer noch an Frost. Nicht dass der Trottel uns in die Quere kommt.«

»Gehen wir wieder rein«, sagte Nuin. »Wir wollen doch nicht, dass unser Gast noch misstrauisch wird.«

Sie entfernten sich. Yuriko ruderte mit seinen Krötenfüßen, versetzte sich in eine schwerfällige Schaukelbewegung und kippte endlich auf den Bauch. So schnell es seine kurzen Beine zuließen, marschierte er los.

Er fand Galina unter den Bäumen am Teich. Ein paar Schritte entfernt hockte Padda im seichten Wasser und rührte sich nicht. Auf seiner Stirn klebte das Körperklammersiegel, das Yuriko für Notfälle vorbereitet hatte. Yuriko hopste ins Wasser, paddelte hinüber zu seinem angestammten Körper und wechselte.

Zum Glück hatte Galina seine Ankunft bemerkt und befreite ihn zügig von der Körperklammer. Yuriko fing Padda ein, der sich verwirrt und gekränkt davonmachen wollte, und wirbelte zu Galina herum. Die wich erschrocken zurück.

»Keine Größe!«, schnaubte er. »Ich hab mehr Größe im kleinen Finger als dieser Idiot in seinem ganzen mickrigen Schw…«

»Meister!«

»Arm! Keine Größe! Dass ich nicht lache! Der erkennt doch Größe nicht mal, wenn sie sich ihm aufs Gesicht setzt!«

»Reg dich gefälligst leiser auf, oder gar nicht!«

Yuriko nahm Padda auf die Schulter, stapfte aus dem Teich und stürmte davon. Das Wasser plätscherte in seinen Stiefeln.

»Warum hast du ihn in den Teich gelassen, Mädchen!«

»Wie hätte ich das verhindern sollen? Du wiegst einen Zentner! Sei froh, dass du keine Tausendfüßler gefressen hast!« Ihre Stimme wehte von hinten zu ihm. Im Laufschritt schloss sie zu ihm auf. Ohne Zwischenfälle erreichten sie das rückwärtige Tor und traten auf die Straße. Yuriko schäumte noch immer.

»Kraka, dieser aufgeblasene Hohlbeutel, dieser Intelligenzverweigerer, dieser Heckensepp, dieser Schleimscheißer, dieser Schmierfink!«

»Hast du's dann langsam, Meister!«

»Dauert noch!«

Sie warf die Hände in die Luft und marschierte davon. Er folgte ihr eilig.

»Keiner von diesen Einfaltspinseln hat auch nur ansatzweise eine Vorstellung davon, welch gleißendes Licht ich auf den Forschungsbetrieb geworfen habe!«

»Wahrscheinlich sind sie alle noch geblendet von deiner Bescheidenheit«, sagte Galina. »Hast du sonst noch etwas erfahren?«

»Ja, in der Tat. Du musst morgen einen Brief abfangen, vom Großmeister an die Vorsitzende des Arkanen Rates in Abrantes. Und wir müssen Arkadis schützen. Sie haben etwas mit ihr vor, das sie wahrscheinlich umbringen wird.«

»Was«, sagte Galina fassungslos. Yuriko fügte seinem Bericht die Einzelheiten hinzu. Als er fertig war, sah Galina ganz blass und verzweifelt drein.

»Aber was machen wir denn«, sagte sie mit kleiner Stimme.

»Ich weiß es nicht«, sagte Yuriko. »Ich muss darüber nachdenken. Galina …« Sie hatte sich abgewandt, ihre Schultern zuckten. Hilflos streckte er die Arme nach ihr aus.

»Ich lasse mir etwas einfallen«, sagte er. »Versprochen.«

»Ich höre, in der Poststelle hat es gebrannt«, sagte Frakis.

»Böse Sache, das«, bestätigte Yuriko, der an der Wand neben Frakis' Büro lehnte und geduldig wartete, bis sein Freund den Schlüssel aus den zahlreichen Taschen seiner Robe gefingert hatte. »Vermutlich hat jemand eine Kerze oder eine Lampe umgestoßen.«

»Am helllichten Tag?«

»Papier brennt auch tagsüber.«

»Was du nicht sagst.« Frakis hatte die Tür offen und betrat vor Yuriko seine Schreibstube. »Die Poststelle hat Fenster. Niemand braucht dort tagsüber zusätzliches Licht.«

Wie um seine Worte zu bekräftigen, hielt er Yuriko eine Lampe hin. Der blies ein Flämmchen über den Docht. Frakis entzündete daran einige weitere Lampen und Talglichter, bis es in dem fensterlosen Raum ausreichend hell war.

»Dass du es immer noch im Keller aushältst«, sagte Yuriko kopfschüttelnd.

»Solange ich keinen Gehilfen bewilligt bekomme, der mir zehnmal am Tag Schriften von hier unten holt, ist das die beste Lösung«, sagte Frakis. »Außerdem habe ich hier meine Ruhe. Hatte. Bevor du wieder aufgetaucht bist. Aber zurück zur Poststelle.«

»Ich war's nicht.«

Frakis sah ihn scharf an. Yuriko grinste.

»Also, würde ich einen Brief aus der Poststelle stehlen wollen, ich würde ein vergängliches Feuersiegel zwischen die ganzen Papiere schmuggeln. Und dann, wenn es sich selbst entzündet und das Chaos ausbricht, den fraglichen Brief geschwind in meinen Ärmel schieben. Oder unter mein Mieder. Oder wo immer sie ihn hatte.«

»Galina. Wo ist sie?«

»Sie hilft beim Aufräumen.« Yuriko holte den Brief aus der Tasche und wedelte damit unter Frakis' Nase herum. Der machte einen ungeduldigen Schritt rückwärts.

»Sie haben den ganzen Südflügel evakuieren müssen. Die Poststelle ist praktisch ausgebrannt. Sie behandeln immer noch Leute, die zu viel Rauch eingeatmet haben.«

»Es war ein potentes Siegel. Man nennt mich nicht umsonst den kundigsten Siegelmeister in ganz Zentallo.«

»Niemand nennt dich so. Und du kannst von Glück reden, wenn sie dir nicht auf die Schliche kommen. Vor allem, wenn sie merken, dass wichtige Post fehlt. Und wenn jemand sich daran erinnert, dass deine Schülerin vor Ort war, kurz bevor es brannte.«

»Niemand wird bemerken, dass der Brief fehlt. Dafür ist der Raum viel zu ausgebrannt.«

Frakis nickte, seufzte und beäugte den Brief.

»Willst du nicht wissen, was drinsteht?«, fragte Yuriko.

»Ich koste noch die letzten ruhigen Augenblicke meines Lebens aus. Ich fürchte, die sind gezählt.«

»Ach was«, sagte Yuriko und brach das Siegel. »Bisschen Aufregung hat noch niemandem geschadet.«

Sie steckten die Köpfe zusammen und lasen. Sie waren schnell fertig; der Brief war nicht lang. Sie sahen sich an. Die Stille zog sich.

»Ich wusste doch, ich hätte es nicht wissen wollen dürfen«, sagte Frakis schließlich.

»Vergessen wir einfach, dass wir's wissen«, schlug Yuriko vor und handelte sich einen entrüsteten Blick ein.

»Wenn wir das tun, begehen wir Hochverrat! Die Nachricht muss zum König.«

»Zum König? Drunter machst du's nicht, oder wie?«

»Drunter gibt's nichts, Yuri. Ich würde ja zu Großmeister Nuin gehen, aber aus naheliegenden Gründen lieber nicht.«

»Man lädt den König aber nicht einfach so auf einen Tee ein.«

Ein Klopfen an der Tür unterbrach die Beratung. Während Yuriko den Brief verschwinden ließ, ging Frakis zur Tür und öffnete. Es war Galina. Sie war rußverschmiert von der Haube bis zum Rocksaum, ihre Wangen waren erhitzt.

»Wie schön, dass du's gemütlich hast, Meister«, sagte sie. »Und? Hast du schon reingeschaut?«

»Psst«, machte Frakis, zog sie in die Stube und schloss die Tür hinter ihr.

»Haben wir«, sagte Yuriko. »Und was darin beschrieben ist, ist nicht mehr und nicht weniger als eine Verschwörung zur

Errichtung eines arkanen Weltreiches.«

»Bitte was«, sagte Galina verständnislos.

»Von Weltreich steht da nichts«, korrigierte Frakis. »Eher davon, ein vereinigtes arkanes Königreich zu schaffen. Zentrantes, wenn du so willst. Die Zauberer von den ihnen auferlegten Beschränkungen zu befreien und ihnen zu ermöglichen, Arkanum aus Quellen zu ziehen, die der Arkankodex bisher verbietet. Freiheit für die Zauberer.«

»So, wie du das sagst, hat die Idee etwas für sich«, sagte Yuriko.

»Hat sie nicht«, sagte Frakis scharf. »Es gibt den Kodex nicht ohne Grund. Wer sich mit der Geschichte der Zauberei befasst, weiß das. Er darf unter keinen Umständen aufgegeben werden. Nicht mal gelockert. Hast du nicht mitverfolgt, was passiert ist, als das zuletzt einer versucht hat? Dieser abrantinische Spinner, der eine der sieben dämonischen Ebenen anzapfen wollte?«

»Was?«, sagte Yuriko. »Nein. Nie gehört.«

»Er hat den abrantinischen König umgebracht und sich selbst auf den Thron gesetzt. Wo in aller Welt warst du, dass du davon nichts mitbekommen hast? Es gab einen schlimmen Bürgerkrieg, bevor sie endlich diese neue Königin ins Amt bringen konnten.«

»Aber die muss wirklich was fürs Auge sein. Soviel hab ich mitbekommen.«

»Prioritäten, Yuri!«

Frakis erhob selten die Stimme, und so zuckte Yuriko angemessen zurück.

»Und Arkadis soll die Waffe sein, mit der das möglich wird«, sagte Galina. »All das Arkanum, das in ihm versiegelt ist.«

»Genau«, sagte Frakis.

»Weiß der abrantinische Zauberer davon?«, fragte sie. »Wenn ich es recht verstehe, brauchen sie sein Wissen, um den Plan umzusetzen.«

»Nein«, sagte Yuriko. »Sie lügen ihn an. Und er ist ein Fachidiot, der's nicht merkt.«

»Dann müssen wir mit ihm sprechen. Wenn er die Mitarbeit

verweigert, ist der Plan gekippt. Oder zumindest verlangsamt.«

Yuriko sah zwischen seinem Freund und seiner Schülerin hin und her. Er fühlte sich, als stiege ihm Wasser bis zum Hals, und kein Siegel, das ihn schützte.

»Du hattest mich an meine Prioritäten gemahnt«, unterbrach er die Diskussion der Beiden. »Ich sage dir, welches meine Prioritäten sind, Frakis. Es gibt genau eine, und die heißt Florine. Ich verstricke mich nicht in Dinge, die größer sind, als ich überblicken kann. Mir ist es völlig egal, wie das Königreich heißt, in dem ich lebe, und von wem es regiert wird. Ich will nichts als diese Frau und ein Häuschen im Grünen und meine Ruhe.«

»Das ist nicht dein Ernst«, sagte Frakis.

»Mein voller Ernst. Versuch zu verstehen. Wenn du jemanden hättest, den du so sehr lieben würdest ...«

»Du weißt, das ist mir nicht möglich«, sagte Frakis.

»Ja! Genau!« Yuriko packte seinen Freund bei den Schultern. »Stell dir vor, du würdest in einem Land leben, in dem es den Leuten egal wäre, wen du liebst. Oder du, Galina. Stell dir vor, du dürftest jeden Beruf ergreifen, der dir gefällt. Wenn ich so darüber nachdenke, verstehe ich immer weniger, dass ihr überhaupt einen Finger krumm machen wollt für dieses Land, das euch so schlecht behandelt!«

»Ich will nicht, dass Leute sterben«, sagte Frakis schlicht.

»Niemand sagt, dass es hinterher besser ist«, ergänzte Galina. »Und indem du nur an dich denkst, wie üblich, vergisst du eines. Arkadis wird sterben, wenn wir nichts unternehmen.«

Yuriko ließ Frakis los. »Ja, das ist blöd«, sagte er zögernd.

»Blöd?«, schrie Galina. »Blöd?! Dein verdammter Ernst?«

»Leise!«, zischte Frakis. »Die Tür ist nicht aus Stein!«

»Das lässt sich ändern«, sagte Yuriko. Er nahm ein leeres Blatt Papier von Frakis' Schreibtisch und kritzelte ein Stillesiegel darauf. Dann befeuchtete er es mit Krötenspucke und klatschte es auf die Tür.

»Ich helfe euch, wenn es nötig wird. Ich liebe euch beide

und würde jederzeit eine Stadt für euch niederbrennen. Aber ich will nichts von euren Plänen wissen. Und einen Brief habe ich niemals gelesen. Ich bin raus.«

Damit trat er auf den Gang und schloss die Tür hinter sich.

Es regnete den ganzen Abend.

Frakis kam spät und hängte mit müden Bewegungen seinen nassen Mantel auf. Yuriko, der seit einer halben Flasche Wein grübelnd in der dunklen Küche saß, sprang auf und ging ihm entgegen.

»Ich habe etwas gekocht«, sagte er. »Möchtest du? Es ist nicht mehr ganz warm, aber na ja, du weißt ja, das ist das geringste Problem. Warum hast du eigentlich keine Bediensteten? Padda hat sich erboten, die Teller abzulecken, aber ich wusste nicht, ob dir das recht wäre. Und du willst auch sicher keine Kröte hier, die dir auf den Teppich kotzt.«

»Es ist gut, Yuri«, sagte Frakis und lächelte schmal. »Ich bin dir nicht böse. Im Gegenteil, ich kann dich verstehen. Wäre ich in deiner Lage, ich würde genauso handeln.«

Er machte einen Schritt und lehnte sich gegen Yuriko, und Yuriko legte die Arme um ihn.

»Zum ersten Mal überhaupt verschafft mir meine Natur einen Vorteil«, sagte Frakis leise. »Keine Bindung, keine Verpflichtung. Keine Sorge. Obwohl. Um dich sorge ich mich ein wenig. Halte dich von deiner Schülerin fern, sie hegt einen innigen Groll gegen dich.«

»Ach, das tut sie ständig.«

»Dieser ist speziell. Sie tut die Dinge aus dem gleichen Grund, aus dem du sie unterlässt. Aus Liebe.«

»Huh?«

»Sie ist in Arkadis verliebt. War ja klar, dass du das nicht merkst, Trottel.«

»Aber Arkadis ist ein Mädchen!«

»Erstens kannst du dir da nicht sicher sein. Und zweitens …«

Frakis machte sich los und verschränkte die Arme vor der Brust. »Yuri. Ernsthaft. Das war das Dümmste, was ich dich jemals habe sagen hören. Wie lange sind wir befreundet?«

»Mein ganzes Leben lang.«

»Genau. Und du wirst mutmaßlich ein zweites Leben brauchen, bis du begriffen hast, dass nicht jeder Mann eine Frau liebt und nicht jede Frau einen Mann.«

»Ich hätte nachschauen sollen, als ich die Gelegenheit hatte«, murrte Yuriko.

»Was?«, sagte Frakis.

»Nichts«, sagte Yuriko. »Lass uns essen.«

Am nächsten Morgen fing Galina ihn ab, kaum dass er das Gelände der Arkania betreten hatte. Sie sah sich um, bevor sie ihn ansprach, aber die Vorlesungen hatten bereits begonnen und der Weg zum Hauptgebäude war leer.

»Du hast nochmal drüber geschlafen«, sagte sie. »Und? Hast du dich anders entschieden?«

»Ich hatte eine wunderbare Geschäftsidee«, sagte Yuriko aufgeräumt. »Feuersiegel für den Hausgebrauch, von jedermann ganz einfach anzuwenden, auch von den Unbegabten. Spart das lästige Hantieren mit Feuerstein und Zunder. Vergängliche Tinte macht's möglich. Sobald sich das Siegel genügend zersetzt hat, wird der Feuerzauber frei.«

»Du wirst den Fehler in deinem Plan bemerken, wenn die ersten deiner Kunden aus der Tasche heraus anfangen zu brennen«, sagte Galina. »Was ich aber wissen wollte …«

»Daran habe ich natürlich gedacht, was glaubst du denn? Deshalb trägt jedes Feuersiegel ein Erhaltungssiegel. Der Anwender muss es abziehen, um den Prozess in Gang zu bringen.«

»Ein Siegel auf einem Siegel?«

»Genial, nicht«, sagte Yuriko glücklich.

»Nicht«, sagte Galina. »Aber egal. Denn heute Nacht hat

dich dein Gewissen gequält, und du bist zu dem Schluss gekommen, dass du uns helfen musst. Ganz uneigennützig. Weil es das Richtige ist.«

»Heute Nacht hat mich gar nichts gequält. Aber ich habe gestern schon gesagt, dass ich euch helfe. Wenn ihr Siegel braucht, mache ich sie euch – ich will nur nicht wissen, wofür.«

»Wir müssen Arkadis wegbringen. Wir dachten …«

»Ich will's nicht wissen!«

Padda quakte erschrocken. Yuriko entkrampfte seine Fäuste und atmete durch. Galina tat ihm leid, so verletzt und enttäuscht, wie sie aussah, aber sie musste begreifen, dass dies nicht seine Angelegenheit war.

»Ich rede vielleicht mal mit diesem Sturm von Sonstwo«, bot er an. »Wenn der sein Wissen zurückhält, passiert erst mal gar nichts. Das verschafft euch Zeit, wofür auch immer.«

»Bemüh dich nicht«, sagte Galina kühl. »Das haben wir bereits getan. Wir kommen nämlich ganz gut ohne dich aus. Du kannst einfach lospoltern und das Leben meiner armen Tante verwüsten. Viel Spaß dabei.«

»Ich habe niemals …« Er brach ab. Galina hatte ihm den Rücken zugedreht und marschierte nun davon. Ihre Schritte waren hart und kantig, die Fäuste geballt. Yuriko hob die Hände und ließ sie wieder fallen. Er verstand sie ja, er konnte nur nicht … er konnte einfach nicht.

»Ich hab Angst, Padda«, sagte er leise. »Das ist es. Ich bin ein Feigling. Ich hab Angst vor dem Katastrophenschutz, der Sitte, dem Großmeister. Davor, dass ich Florine ins Gerede bringe, jetzt, wo die Leute sie gerade in Ruhe lassen. Ich will doch nur mit dieser Frau zusammensein. Aber das Eis ist so dünn unter meinen Füßen. Ich kann jeden Augenblick einbrechen.«

Padda blähte anteilnehmend seinen Kehlsack.

»Im nächsten Leben werde ich eine Kröte«, sagte Yuriko seufzend und setzte seinen Weg fort.

Wenn er doch nur helfen könnte, ohne sich zu weit aus dem Fenster zu lehnen. Wenn es gelänge, Arkadis für die Zwecke der

Verschwörer unbrauchbar zu machen, ohne selbst in Erscheinung zu treten … das Siegel, das verdammte Siegel, das sich seiner Kunstfertigkeit entzog.

Aus dem Seitengebäude, in dem die Poststelle lag, roch es verschmort. Die Fenster waren geplatzt, die Fassade rauchgeschwärzt. Hämmern war zu hören. Arbeiter luden Karren voll Schutt auf einen Haufen.

Am Empfang in der Eingangshalle erfragte er den Ort, an dem man den Abrantiner untergebracht hatte, und machte sich auf den Weg dorthin.

Auf halber Strecke hörte er jemanden seinen Namen rufen. Ein junger Skolar kam auf ihn zugeeilt und schwenkte einen Brief.

»Für Euch«, schnaufte er. »Die Postfächer sind ja gerade nicht zugänglich.«

Yuriko nahm den Brief entgegen. Das Schriftstück trug das Siegel der Arkania. Der Skolar sah ihn erwartungsvoll an.

»Danke und Wiedersehen«, sagte Yuriko ungnädig.

»Ich kann gleich Eure Antwort übermitteln«, sagte der Skolar. »Spart mir einen Haufen Zeit. Wir haben alle Hände voll zu tun unter den gegebenen Umständen.«

Yuriko brach das Siegel und entfaltete den Brief. Las und brach in ungläubiges Gelächter aus.

»Wollen die mich jetzt jedes Mal antreten lassen, wenn es irgendwo brennt? Die haben wohl nichts Besseres zu tun!«

»Das ist Eure Antwort?«, fragte der Skolar.

Yuriko riss sich zusammen.

»Selbstverständlich nicht. Richte der Verwaltung aus, dass ich selbstverständlich dieser Vorladung folgen werde, auch wenn ich rein gar nichts über den Brand in der Poststelle weiß. Im Übrigen bin ich nicht der einzige Salamander an dieser Arkania, und manchmal brennt es sogar ganz ohne Zauberei.«

Der Skolar nickte und trabte davon. Yuriko starrte auf den Schrieb in seinen Händen. Wie konnte es diesen Sesselfurzern einfallen, ihn zu verdächtigen? Nur weil er kürzlich ein, zwei

Häuser angezündet hatte? Lächerlich!

Tief in seiner Ehre gekränkt, knüllte er den Brief zusammen und warf ihn in den nächsten Mülleimer – nur um ihn dann wieder herauszufischen, zu glätten und sich nochmals Datum und Uhrzeit einzuprägen. Er würde sich dort einfinden und sie alle mit Freundlichkeit einschleimen, bis sie um Gnade winselten.

Ein ungenutzter Übungsraum war zum Labor des Abrantiners umfunktioniert worden. Derzeit enthielt es wenig mehr als ein paar Tische, alle an die Wand geschoben, und einen etwas ratlosen abrantinischen Zauberer.

»Einen wunderschönen guten Morgen«, sagte Yuriko aufgeräumt. Starkenfels fuhr herum, aus seinen Gedanken gerissen.

»Guten Morgen. Es ist doch in Ordnung, wenn ich diesen Raum nutze, oder? Er wurde mir zugewiesen. Von der Verwaltung.«

»Und wie könnten wir es wagen, gegen die allmächtige Verwaltung aufzubegehren«, sagte Yuriko. »Alles ist gut. Nutzt den Raum ruhig. Ich bin lediglich aus Neugier hier. Man trifft nicht alle Tage Kollegen aus Abrantes.«

»In der Tat. Ich, äh – müsste ich Euren Namen kennen?«

»Das müsstet Ihr, aber ich verzeihe Euch. Yuriko Mandorak Doragon Frost bin ich, Bezwinger der Schicksalsschlange, Windreiter, Feuerbändiger, Meister der Siegel, Besitzer des Schlüssels zu den Herzen der holden Weiblichkeit, der Weise aus dem Reich der Kröten, der Unbezwingbare!«

Yuriko warf sich in Pose. Der Abrantiner blinzelte.

»Ach«, sagte er dann. »Der mit der Kröte.«

»Ja«, sagte Yuriko frustriert. »Der mit der Kröte. Sag Hallo, Padda.«

Padda fuhr die Zunge aus und leckte sich übers Auge.

»Ist das die Kröte aus dem Studierzimmer?«, fragte Starkenfels und machte einen neugierigen langen Hals.

»Ich weiß nicht, wovon Ihr sprecht«, sagte Yuriko. Dann fielen dem Abrantiner seine Manieren ein, er machte einen Schritt rückwärts und deutete eine Verbeugung an.

»Sturm von Starkenfels, erster Sohn des Reinmar von Starkenfels, abstämmig von Burg Starkenfels auf der Insel Lichtenau. Die Burg befindet sich seit dreihundert Jahren in Familienbesitz.«

»Das ist schön für Euch«, sagte Yuriko freundlich. »Und doch habt Ihr die Mauern Eurer Burg verlassen, um Euch die Welt anzusehen.«

»Ich wurde gebeten«, sagte Starkenfels. Ein Lächeln huschte über seine Züge und nahm ihnen die Strenge. »Allerdings hat man mich nicht lange bitten müssen.«

»Gut so«, sagte Yuriko. »Junge Leute müssen raus und sich den Wind um die Nase wehen lassen. Man erzählt sich, Ihr wärt in der Lage, einen Arkanspeicher zu bauen, der gewaltige Mengen an Arkanum aufnehmen könne?«

»Ich ging davon aus, der Auftrag sei geheim.«

»Ist er auch. Nur nicht vor mir.«

»Ihr seid Meister Krakas Vorgänger, wenn ich das richtig verstanden habe?«

»Ich bin Galinas Lehrmeister. Ich weiß, dass Ihr gestern mit ihr und Meister Fyr eine Unterredung hattet.«

»Äh. Oh.«

Yuriko schloss die Tür hinter sich.

»Ich nehme an, Galina hat Euch die ganze Geschichte erzählt. Was werdet Ihr unternehmen? Oder, nein, sagt es mir nicht. Je weniger ich weiß, desto besser. Ihr dürft nur unter keinen Umständen etwas tun, das Arkadis schadet. Egal, was Kraka und seine Schergen Euch erzählen. Sie werden versuchen, Eure Unerfahrenheit auszunutzen.«

»Meister Frost, bei allem Respekt, ich habe immerhin den dritten Gradienten, als Jüngster in den Aufzeichnungen meiner Arkania.«

»Und Ihr habt keine Ahnung von Siegelkunde.«

»Woher wollt Ihr das wissen?«

»Äh. Nur so ein Gefühl.«

Starkenfels maß Yuriko mit Blicken.

»Eure Schülerin hat gesagt, Ihr hättet Arkadis überhaupt erst in diese Lage gebracht. Und Euch sei nicht zu trauen. Ihr wäret faul und unzuverlässig.«

»Ja, sie ist gerade nicht sonderlich gut auf mich zu sprechen.«

»Ihr habt Eure Hilfe verweigert. Ich frage mich, warum Ihr mich aufgesucht habt.«

»Weil ich nicht will, dass Arkadis etwas zustößt.«

»Dann setzt Euch für sie ein! Als Absolvent des siebten Gradienten müsst Ihr über gewaltige Kräfte verfügen! Macht es uns doch leichter, etwas für sie zu tun!«

»So einfach ist das nicht«, sagte Yuriko und drehte unbehaglich das Ende seines Zopfes zwischen den Fingern. »Ich habe Verpflichtungen. Ich kann nicht einfach … Moment. Uns? Ihr sprecht von Galina und Euch selbst?«

»Ich bin nicht nach Zentallo gekommen, um mir das Leben eines unschuldigen Wesens auf das Gewissen zu laden«, sagte Starkenfels. »Ich hatte meine Bedenken. Meister Fyr und Eure Schülerin haben sie bekräftigt. Ich weiß noch nicht, was ich tun kann – ich habe sehr klare Anweisungen vom abrantinischen Arkanen Rat. Aber ich werde nicht Teil von etwas sein, das Leben kostet und meine Heimat womöglich in einen neuen Krieg stürzt. Wir haben uns ja noch nicht vom letzten erholt.«

»Sie haben Euch also den Brief gezeigt.«

»Welchen Brief?«

»Welchen Brief?«

»Denjenigen, den Ihr gerade erwähntet?«

»Hab ich einen Brief erwähnt? Ich muss weg.«

Yuriko öffnete die Tür, aber Starkenfels war schneller und fasste ihn beim Ärmel.

»Du lässt mich besser los, Junge«, sagte Yuriko, »oder ich verschmore dich an Ort und Stelle zu etwas, das einem Grillhähnchen ähnlicher sieht als einem schmucken abrantinischen Adeligen.«

»Was für ein Brief«, wiederholte Starkenfels, ließ aber immerhin Yurikos Ärmel los.

»Frag das Galina«, sagte Yuriko. »Aber sag nicht, dass du es von mir hast.«

Spät am Abend, Yuriko hatte sich gerade niedergelegt, klopfte Frakis an seine Tür.

»Bist du wach?«, fragte er gedämpft.

»Nicht wach genug, um Schach gegen deine Schlaflosigkeit zu spielen«, sagte Yuriko und gähnte. Frakis öffnete die Tür einen Spalt und sah hindurch.

»Keine Notwendigkeit dafür. Ich würde ja schlafen, aber da steht Florine auf der Straße und wirft Steinchen gegen mein Fenster. Ich gehe davon aus, sie meint eigentlich dich.«

Yuriko saß bolzengerade im Bett.

»Florine? Aber … bist du sicher?«

»Ich kenne sie so lange wie du, und ich sehe vielleicht schlecht, aber mein Gehör ist hervorragend.«

»Was? Ja, äh, natürlich. Sag ihr, ich komme gleich. Ich muss nur eben …«

»Ich sage ihr gar nichts. In dieser Nachbarschaft haben die Wände Ohren. Beweg deinen hübschen Hintern auf die Straße, ehe deine Holde zur Vernunft kommt.«

Yuriko war schon aus dem Bett und auf halbem Weg in seine Kleider. Er griff nach Padda und stopfte sich den verschlafenen Kröter in die Tasche. Frakis hielt ihm die Tür auf.

»Glücklicher Narr«, sagte er. »Seid leise da draußen, was immer ihr tut.«

»Meinst du, sie will …? Aber wir haben uns noch nicht zueinander bekannt!«

Frakis gab ihm einen Schubs Richtung Treppe. »Wann hat dich das je abgehalten? Geh und schnapp sie dir.«

Auf halber Treppe hielt Yuriko noch einmal inne.

»Danke, Frakis. Was täte ich nur ohne dich.«

Frakis lächelte sanft, beinahe ein bisschen traurig.

»Pass auf dich auf«, sagte er. »Mir liegt viel an dir. Vergiss das nicht.«

»Das tu ich«, sagte Yuriko erstaunt, aber nicht in der geistigen Verfassung, nachzufragen. Er brachte die letzten Stufen hinter sich, riss die Haustür auf und trat hinaus in die laue Nacht. Die Tür schloss er so leise wie möglich hinter sich, und da kam auch schon Florine aus dem Schatten der alten Eibe. Sie hatte einen Korb an der Seite und die Kapuze ihres Umhanges in die Stirn gezogen. Yurikos Inneres löste sich in eine Unzahl tanzender Flämmchen.

»Da bist du ja«, sagte sie. »Ich dachte schon, ich kriege dich nie wach.«

»Du warst am falschen Fenster«, sagte er atemlos und fasste ihre Hände. »Frakis musste mich erst holen.«

»Huch«, sagte sie und lächelte ihn an, und er konnte nicht anders, als seine Hände an ihre Wangen zu legen und sie zu küssen. Frakis´ Garten war gut zugewachsen und Küssen machte keinen Lärm.

Sie erwiderte seinen Kuss mit der Zielstrebigkeit einer Frau, die wusste, was sie wollte. Er wagte es, seine Hände über ihre verführerischen Rundungen gleiten zu lassen, aber sie fing seine Handgelenke und unterbrach den Kuss.

»Nicht hier«, sagte sie leise. »Komm mit. Ich habe mir etwas überlegt.«

Sie zog ihn mit sich, und er folgte ihr verwirrt und hoffnungsvoll zugleich. Sie trat auf die Straße und ließ seine Hand nicht los, hielt sich nah an den Häusern, wo das Mondlicht nicht hinfiel. Den Weg, den sie einschlug, hätte er im Schlaf gefunden – an seinem Ende wartete eine schwarz verkohlte Ruine.

»Du weißt, dass es mein Haus nicht mehr gibt«, erinnerte er sie.

»Ich brauch kein Haus«, sagte sie unbeschwert. »Ich habe hier alles, was ich brauche.«

Tatsächlich war die Ruine ihr Ziel. Das Gartentor gab sein leises, vertrautes Quietschen von sich, als sie es aufstieß. Er folgte ihr um die Ruine herum nach hinten in den Garten, er begann zu begreifen, was sie vorhatte.

Der Mond saß im Teich wie ein dicker weißer Frosch. Die Kröten schliefen schon, nur eine späte Grille zirpte ein Nachtlied. Die Trauerweide rieb sachte ihre Blätter aneinander. Yuriko sah zu, wie Florine eine Decke aus ihrem Korb holte und sie auf dem Steg ausbreitete. Ganz offensichtlich hatte sie so einiges geplant, und der Gedanke beglückte und verunsicherte ihn zugleich.

Sie trat auf ihn zu und küsste ihn zart.

»Niemand vermutet uns hier«, flüsterte sie. »Richtig? Niemand findet uns hier. Es ist, als gäbe es nur uns zwei auf der Welt.«

Er nahm sie bei den Armen und wollte sie näher ziehen, aber sie lächelte schelmisch und machte sich los. Zwei Tanzschritte brachten sie hinaus auf den Steg. Sie schlug die Kapuze zurück und streifte den Mantel ab. Löste die Bänder ihrer Haube, entblößte ihr Haar, das sich in weichen Wellen um ihr Gesicht schmiegte. Zog sich die Schuhe von den Füßen und begann, noch während er auf ihre winzigen, süßen Zehen starrte, sich auszuziehen.

Er schluckte trocken. Ihre Finger flogen über die Haken und Ösen, und im Nu hatte sie das Mieder abgestreift. Schürze, Überrock, erster Unterrock, zweiter Unterrock. Bluse. Das lange weiße Hemd darunter behielt sie an, aber … gütiger Krötengeist.

Sie lachte. Er hatte sie noch nie so befreit lachen hören.

»Mach den Mund zu, Herr Krötenmeister. Du tust ja gerade so, als hätte sich noch nie eine Frau vor dir ausgezogen.«

Er dachte an die vielen Gelegenheiten, bei denen er Geld dafür bezahlt hatte, dass Frauen sich vor ihm auszogen, und schwieg.

Sie streifte den untersten Unterrock ab und zog sich das Hemd nach unten, die schamloseste Simulation von Scham, die Yuriko je gesehen hatte. Ihre Beine schimmerten im Mondlicht wie kostbare Seide. Sie ging in die Hocke, schob mit sittsam geschlossenen Knien die Beine über den Rand des Stegs und glitt ins Wasser.

Es plätscherte kaum. Es war, als würde der Teich sie willkommen heißen. Sie japste und lachte. »Kalt!« Das Wasser blähte ihr Hemd um sie. Sie schloss die Augen und tauchte unter, und als sie wieder an die Oberfläche kam, Hals und Schultern und weiße Arme, hielt sie das Hemd in der Hand und winkte ihm spielerisch damit zu.

»Kommst du?«

Er rieb sich mit beiden Händen übers Gesicht. Das musste ein Traum sein. Einer, der nun im Wasser plätscherte und ihn nassspritzte.

»Jetzt steh nicht wie angewachsen.«

Er zog Jacke und Hemd aus, spürte ihre Blicke auf seiner Haut wie Berührungen. Er ließ sich Zeit mit den Stiefeln, nestelte dann eine Weile an seinem Gürtel herum, während sie ihn mit schräg gelegtem Kopf betrachtete und Wasser durch die Finger rinnen ließ. Er streifte die Hose ab und behielt die Leibwäsche an, machte Anstalten, zu ihr in den Teich zu steigen, doch ein mahnender Finger, auf ihn gerichtet, hielt ihn zurück.

»Das hab ich ja schon im Stadtgarten gesehen. Jetzt zeig mir den Rest.«

Plötzlich fühlte Yuriko sich befangen. Er war es nicht gewohnt, lüstern betrachtet zu werden, und gleichzeitig hatte er sich viel zu sehr daran gewöhnt, dass sein Geld das ausglich, was die Jahre ihm an Attraktivität genommen hatten.

Er legte sich sein übliches selbstsicheres Grinsen aufs Gesicht und stieg in den Teich. Unter Wasser zog er sich das letzte Kleidungsstück aus und zeigte es ihr.

»Wie du mir, so ich dir, Teuerste.«

Sie lachte und glitt durch das Wasser auf ihn zu, hielt sich an seinen Schultern, ihre Hände waren kalt. »Ich habe es wohl nicht anders verdient.«

Sie stützte sich auf ihn und kam ein wenig aus dem Wasser. Gebannt starrte er auf die zwei wunderbaren weißen Inseln, die vor ihm auftauchten, und trotz des kalten Wassers reagierte sein Körper auf ihre Nähe mit beinahe jugendlichem Ungestüm.

Sie legte ihre nassen Arme um seinen Hals und küsste ihn, schlang ihre Beine um ihn, streifte dabei das Zentrum seiner Erregung, er stöhnte hilflos in ihren Mund und packte sie fester, er wollte sie so dringend, er musste aufpassen, dass dies hier nicht in zwei Augenblicken vorbei war. Er nahm sie und tauchte mit ihr unter. Das Mondlicht wob einen sanften Schimmer ins Wasser, genug für seinen empfindsamen Krötenblick, genug, um sie zu sehen in ihrer ganzen prachtvollen, sanften Schönheit. Er aktivierte sein Siegel und blieb unten, während sie zum Luftholen auftauchte, und nutzte die Gelegenheit, sie dort zu küssen, wo sich ihre Beine im Geheimen trafen, und er spürte, wie sie ihre Hände in seine Haare grub und sich ihm entgegenwand.

Er liebkoste sie, bis ihre Bewegungen dringend und hektisch wurden. Dann tauchte er auf. Seine eigene Erregung erfuhr einen Knick, während er sich durch den ersten Atemzug zwang, aber ein Blick genügte – wie sie den Kopf nach hinten hatte sinken lassen, wie ihr das wirre nasse Haar ums Gesicht lag, wie ihre Brust sich hob und senkte – und er nahm wieder Fahrt auf. Er presste sie gegen einen der Pfosten, auf denen der Steg ruhte, hob sie an, vorsichtig, brachte sich gegen sie, und dann machte sie etwas mit ihren Hüften und er war in ihr.

Und wie sie sich anhörte. Ihr Keuchen. Die kleinen Laute, die von ihren Lippen tropften. Und wie sie aussah, so um ihn gewunden wie Efeu am Baumstamm, schön wie eine Nymphe, glitzernde Tropfen wie Diamanten auf der Haut. Niemals würde er das vergessen, seinen letzten Atemzug würde er mit dieser Erinnerung füllen. Er hielt sie umschlungen und hielt sich mit einer Hand am Steg, und dann waren es doch kaum zwei Augenblicke, bis er den Halt verlor und sich vollends in ihr auflöste, und sie sich in ihm.

Sie trieben schwerelos. Ihr Kopf ruhte an seiner Brust. Gelegentlich bewegten sie sich träge, um nicht unterzugehen. Ihre Beine strichen sachte aneinander vorbei, verflochten und trennten und fanden sich wieder. Sie schwiegen und küssten sich. Er tauchte die Fingerspitzen in ihr Haar, streichelte ihren Nacken. Irgendwann spürte er, dass sie weinte, mehr als er es hörte.

»Was ist los?«, fragte er erschrocken. »Hab ich dir wehgetan?«

Sie schüttelte den Kopf und küsste seine Brust. »Es ist nichts. Nur … all die verlorene Zeit.«

Er umschlang sie fester. »Die holen wir nicht zurück. Aber wir haben noch viele Jahre vor uns. Viele wunderbare Jahre.«

»Vergiss nicht, dass ich dich liebe, ja? Was auch passiert.«

»Ist gut«, sagte er erstaunt. »Was habt ihr nur alle? Frakis hat sich vorhin auch schon so seltsam angehört. Hab ich eine tödliche Krankheit und bin der Einzige, der es nicht weiß?«

Sie wischte sich mit dem Handrücken die Tränen ab. »Ich hoffe nicht. Lass uns aus dem Wasser gehen, ja? Mir wird kalt.«

Er zog sich auf den Steg und half ihr hoch. Die Nachtluft war sanft und warm auf seiner Haut. Er geleitete Florine zu der Decke und legte ihr seine Jacke um die Schultern. Sie kramte im Korb und förderte zwei Gläser und einen verkorkten Weinkrug zutage.

»Ein Picknick«, sagte er erheitert. »Du willst wohl, dass ich schnell wieder zu Kräften komme.«

Sie lächelte. Immer noch war da eine unerklärliche Trauer in ihrem Gesicht. »Alles, was hilft«, sagte sie und füllte die Gläser, der Wein war nachtschwarz und brachte einen betörend süßen Duft mit sich. Er trank durstig. Eine kleine Pause noch, und er wäre bereit für eine zweite Runde, an Land diesmal und vielleicht ein bisschen weniger akrobatisch, man war ja keine zwanzig mehr. Er stahl sich einen Kuss über den Rand ihres Glases hinweg. Sie rückte näher und legte sich in seine Arme, atmete gegen seine Brust, spielte mit seinen Haaren, und plötzlich wurde er schrecklich müde, nein, nicht müde – benommen – etwas zog die Wirklichkeit vor seinen Augen weg.

»Flori«, murmelte er. »Ich weiß nicht … was …«

»Vergiss mich nicht, Yuri«, sagte sie. »Vergiss mich nicht.« Er sah zu, wie ihre Lippen sich bewegten, streichelte mühsam ihre Wange, dann glitt ihm das Bewusstsein davon und er versank in einer weichen, dunklen Tiefe.

Kapitel 4
Das böse Erwachen

Sein Mund fühlte sich an, als wäre ein Pelztier darin gestorben. Mit geschlossenen Augen tastete er um sich. Holzbohlen, kühl und feucht. Er wälzte sich zur Seite und spuckte aus. Frischer Wind zupfte an seinen Haaren. Schritte, Stimmen, das Knarren von Holz. Ein rhythmisches Schlagen, als würde die Nachbarin Teppiche ausklopfen. Geschrei von Möwen.

Gütiger Krötengeist.

Yuriko öffnete die Augen und setzte sich auf.

Er war auf einem Schiff, und er hatte keine Ahnung, wie er hierhergekommen war.

»Padda?« Seine Stimme war kaum mehr als ein Krächzen, aber er bekam Antwort – ein jämmerliches Quaken. Er griff blindlings zu, erwischte den Kröter und drückte ihn an sich. Die gewohnte kühle Krötenhaut unter seinen Fingern nahm der aufkeimenden Panik die Spitze.

Die Holzbohlen unter ihm hoben und senkten sich. Langsam sickerte in Yurikos schwerfälliges Gehirn, was das zu bedeuten hatte: Er befand sich nicht nur auf einem Schiff, er befand sich auf einem Schiff auf hoher See.

Er schoss hoch und stolperte zur Reling. Die Sonne ging gerade auf und badete die Bucht von Letis in Gold. Die Stadt lag unter zarten Nebelschwaden, und sie lag weit entfernt. Über ihm gab es Seemannsgeschrei, dann rauschte ein riesiges Segel nach unten.

Da kam Galina auf ihn zu, ein bisschen unsicher auf den Beinen, immerhin befand sie sich zum ersten Mal in ihrem Leben auf einem Schiff. Yuriko starrte sie an und blinzelte.

»Du bist ja schon wach«, begrüßte sie ihn. »Erstaunlich. Wir dachten eigentlich, du schläfst bis mittags. Die Dosis hätte einen Ochsen umgehauen.«

Yuriko zeigte auf die Stadt, die hinter ihm am Horizont versank.

»Was?«

Galina lächelte milde. »Du hattest angeboten zu helfen, weißt du noch? Du wolltest nur die Einzelheiten nicht wissen.«

»Aber!«

»Keine Sorge. Wir haben an alles gedacht. Du kannst dich zurücklehnen und die Reise genießen.«

»Aaaaaah!«

Yuriko schwang ein Bein über die Reling. Es ging tief hinunter, und das Meer war dunkel und gruselig, aber da versank gerade Florine am Horizont und …

»Warte! Meister Yuri!« Galina hängte sich an seinen Arm. Er schlug fahrig um sich. Er fühlte sich schwach. »Willst du Padda umbringen?«

Yuriko hielt inne, das Bein noch über der Reling. Salzwasser und Kröten – eine tödliche Kombination, und nicht für das Wasser. Er schauderte und zog das Bein ein. Umklammerte Padda, starrte ans Ufer, das sich immer weiter und weiter entfernte.

»Boot!«, schrie er. »Ich brauche ein Boot! Ich muss runter von diesem Schiff! Florine!«

»Keine Sorge«, sagte Galina. »Sie weiß Bescheid. Sie hatte doch die Aufgabe, dich abzufüllen. Jetzt hör auf, herumzuschreien.«

»Zu Hilfe! Ich werde entführt!«

Galina rollte mit den Augen, holte einen Zettel aus der Tasche und klatschte ihm den vor die Stirn. Die Körperklammer zeigte sofort Wirkung.

»Jetzt beruhigen wir uns alle erst mal«, sagte sie. »Willst du denn überhaupt nicht wissen, wohin die Reise geht?«

Yuriko hätte gerne mit dem Kopf geschüttelt, doch solange Galina das Siegel an Ort und Stelle hielt, war ihm nicht der kleinste Wimpernschlag möglich. Er konzentrierte sich. Das

Spruchgewebe hatte Löcher, so groß wie Scheunentore. Normalerweise hätte er den Bann mit einem Fingerschnipsen gebrochen, aber selbst dafür fühlte er sich zu verwirrt und benommen. Also wartete er, bis Galina das Siegel entfernte.

»Nein«, sagte er.

»Was?«, fragte Galina.

»Ich will nicht wissen, wohin die Reise geht. Ich will diese Reise nicht mal antreten! Ihr seid doch alle irre! Das ist ein Alptraum! Florine! Florine!«

Galina wollte ihm wieder das Siegel verpassen, aber er wehrte ihre Hand ab. »Und geh mir weg mit diesem dilettantischen Siegel! Das ist kein Siegel, das ist ein Armutszeugnis!«

»Weil du es mir nie besser beigebracht hast, du Totalausfall von einem Lehrer!«

»Der beste Lehrer kann einem Stück Holz nicht das Zaubern beibringen!«

»Ach, geh doch weg, alter Sack!«

»Würde ich ja gerne, aber rate, wer gegen seinen Willen auf diesen beschissenen Kahn verschleppt wurde!«

»Wenn hier nicht sofort Ruhe ist, geht ihr beide über Bord!« Das war einer der Seeleute, dem Auftreten nach womöglich der Kapitän. Er trug eine Augenklappe und eine von der Seeluft verblichene Schärpe und düstere Entschlossenheit im Blick, die allerdings Risse bekam, als Galina zu ihm herumwirbelte.

»Ihr haltet Euch raus! Das ist eine Familienangelegenheit!«

Der mutmaßliche Kapitän zögerte einen halben Atemzug, und Yuriko war schneller.

»Ihr seid der Kapitän? Ich verlange von Euch, dass man mich unverzüglich zurück an Land bringt! Ich wurde gegen meinen Willen auf dieses Schiff verschleppt! Das könnt Ihr nicht zulassen!«

Der Kapitän musterte Yuriko. Er musste dazu den Kopf in den Nacken legen, aber das schien ihn wenig zu verunsichern.

»Eure Passage wurde bezahlt«, sagte er. »Und man hat mich vorgewarnt, dass Ihr womöglich ungehalten sein könntet.«

»Ungehalten? Ungehalten? Soll ich Euch mal zeigen, was mit einem Schiff passiert, das einen ungehaltenen Salamander transportiert?«

Für den Fall, dass der Kapitän nicht wusste, was ein Salamander war, riss Yuriko sich einen Feuerball auf die Hand und hielt ihn dem Kapitän unter die Nase. Der machte einen Schritt rückwärts.

»Ihr könnte jederzeit gehen, wenn es Euch beliebt«, sagte er. »Noch sieht man das Land.«

»Ich brauche ein Boot.«

»Es gibt keine Boote.«

»Was? Wieso? Welches Schiff hat denn keine Boote?«

Der Kapitän grinste humorlos. »Dieses hier. Keine Boote und keine Seeleute, die schwimmen können. Willkommen auf der Almira.«

Er ging davon. Yuriko klammerte sich an die Reling und sah zu, wie das Land im Nebel versank. Er presste Padda an sich, starrte ins feindliche Wasser und schrie nach Florine, bis er heiser war. Der salzige Wind trieb ihm Tränen in die Augen. Er wischte sie weg. Das Land war längst hinter dem Horizont verschwunden.

»Er hat Euch angeflunkert«, sagte jemand neben ihm. Wohltönende Männerstimme, abrantinischer Singsang. Sturm von Starkenfels.

»Wer hat was«, sagte Yuriko elend.

»Der Kapitän. Natürlich hat das Schiff Boote. Man käme ja sonst außerhalb von Hafenanlagen nicht an Land.«

»Ihr seid doch alles Halunken«, jammerte Yuriko. »Halunken und Verbrecher. Ich will nach Hause zu meiner Versprochenen. Bitte, wie könnt ihr nur so grausam sein, zwei liebende Herzen auseinanderzureißen.«

»Es ist ja nicht für immer. Drei, vier Wochen, wenn alles gut geht.«

»Drei, vier Wochen?! Seid ihr des Wahnsinns Beute! Wohin fahren wir?«

»Die Südlichen Inseln.«

»Die Südlichen Inseln?!«

»Wenn Ihr weiterhin alles wiederholt, was ich sage, wird diese Unterredung sich sehr in die Länge ziehen.«

Yuriko stöhnte auf. Er ging in die Knie, kauerte sich gegen die Reling, drückte Padda an sich und wischte sich mit dem Ärmel die Tränen ab, die der verdammte Seewind ihm immer wieder in die Augen trieb.

»Ich will sterben«, jammerte er. »Lasst mich zurück. Ach, warte, geht ja nicht.«

Ein Paar dünner Beine in zerrissenen Hosen tauchte in seinem Blickfeld auf. Dann setzte sich jemand neben ihn, schlang die Arme um ihn und drückte ihm einen Kuss auf die Wange.

»Arkadis«, murmelte er erstickt. »Du bist auch hier? Wen habt ihr denn noch alles mitgebracht? Moment – Arkadis! Aber du warst doch eingesperrt!«

Sie lächelte ihn an, ein bisschen schief, und hob die Schultern.

»Dann seid Ihr jetzt bereit, die ganze Geschichte zu hören?«, fragte Sturm.

»Nein«, stöhnte Yuriko. »Aber erzählt sie dennoch.«

Sturm holte Galina heran, die immer noch ein Gesicht wie drei Tage Regenwetter machte.

»Wie Ihr vielleicht wisst«, begann er dann, »bekam ich vor einigen Abenden, kurz nach meiner Ankunft in Letis, Besuch von Eurer Schülerin und Eurem Freund, Zirkelmeister Fyr. Sie berichteten mir von Arkadis, den heimlichen Plänen des Arkanen Rates und einigen haarsträubenden Intrigen. Das Gespräch machte mich nachdenklich. Meine Entscheidung fiel schließlich, als ich tags darauf den Brief zu sehen bekam, den Ihr erwähntet.«

»Ich habe niemals einen Brief erwähnt«, murmelte Yuriko.

»Den Ihr also nicht erwähntet. Es schien, als sollte mein Wissen von meinen Vorgesetzten zu etwas missbraucht werden, das ich nicht gutheißen konnte.«

»Genau«, sagte Galina. »Weil er nämlich ein mitfühlendes Wesen ist, im Gegensatz zu anderen hier, und nicht wollte, dass sie mit Arkadis das machen, was du mit der Katze gemacht hast.«

»Was für eine Katze?«, fragte Sturm.

»Erzähl ich dir lieber nicht«, sagte Galina finster.

»Ihr seid ja schon ganz vertraut miteinander«, sagte Yuriko. »Hab ich was verpasst?«

»Eine ganze Menge«, sagte Galina. »Zum Beispiel, wie wir Arkadis aus der Ana geholt haben.«

»Ja, wie eigentlich?«

»Es hat seine Vorteile, wenn man die Schlüssel zu allem hat.«

»Du stellst dein Licht unter den Scheffel«, warf Sturm ein. »Du hast viel mehr getan als nur Türen aufgesperrt. Ich wusste nicht, dass es im rückständigen Zentallo Frauen mit so viel Mut und Entschlusskraft gibt.«

»Oi«, sagte Yuriko. »Lernt erst mal, wie man Straßen pflastert, dann reden wir über rückständig.«

Sturm bedachte ihn mit einem milden Blick. »Wir hatten im Vorfeld, eilig und geheim, alles in die Wege geleitet. Eine Fluchtstrecke, das Schiff, ein paar Vorräte. Doch uns war klar, dass wir unser Vorhaben viel einfacher würden umsetzen können, wenn Ihr uns begleiten würdet. Also beschlossen wir, Euch beim Wort zu nehmen.«

Yuriko blinzelte. Galina zuckte mit den Schultern.

»Du hast gesagt, du hilfst uns, wo wir es brauchen, du willst nur nicht wissen, worum es geht. Und wir brauchen deine Anwesenheit auf dieser Reise. Niemand bedauert das mehr als ich.«

»Das ist nicht euer Ernst«, ächzte Yuriko. »Und deshalb habt ihr … Moment. Florine hat mir was in den Wein getan? Florine? Ihr habt sie eingeweiht?«

»Hätte ich sowieso«, sagte Galina. »Sie hat einen Narren an dir gefressen, verstehe das, wer will. Ich hätte nicht zugelassen, dass sie denkt, du wärst schon wieder einfach verschwunden.«

Yuriko schluchzte auf. »Und Frakis.«

»Streng genommen war Padda der Einzige, der nichts wusste«, sagte Galina. »Ich wollte ihn ja bei Tante Florine lassen, aber sie meinte, dir sei zuzutrauen, dass du einfach ins Wasser springst und zurückschwimmst, wenn du ihn nicht dabeihast. Und wie man sieht, hatte sie recht.«

Yuriko kam auf die Beine, hängte sich über die Reling und starrte in die Richtung, in der er Land vermutete. Natürlich war da längst nichts mehr. Selbst die Möwen hatten sie hinter sich gelassen. Rund um ihn war nichts als graues, welliges, salziges Meer. Er stöhnte gequält. Was für ein Alptraum.

»Jetzt stell dich nicht an«, sagte Galina hinter ihm beinahe begütigend. »Sie wird auf dich warten. Sie hat fünf Jahre gewartet, da kommt's auf ein paar Wochen nicht an.«

Eine leichte Hand auf seinem Arm, die Arkadis gehörte, nicht Galina. Sie sah ihn mit wehem Blick an.

»Lass gut sein«, murmelte er. »Du kannst ja nichts dafür. Du am allerwenigsten.«

Arkadis tat einen tiefen Atemzug, einem Seufzen gleich. Yuriko drehte sich zu seinen Entführern.

»Dann verratet mir noch, warum wir ausgerechnet auf die Südlichen Inseln fahren.«

»Weil wir jemanden brauchen, der sich wirklich gut mit Siegeln auskennt. Einen Siegelmeister, nicht nur dem Namen nach.«

»Aber dazu müsst ihr mich doch nicht auf die Südlichen Inseln verschleppen.«

»Wir reden nicht von dir«, sagte Galina. »Du hattest deine Gelegenheit. Nein, wir reden von …«

In Yurikos schwerfälligem Verstand rastete etwas ein.

»Nein«, sagte er.

»… Gimmstein Skjoll«, sagte Galina.

»Nein«, sagte Yuriko. »O nein. Nein, nein, nein, nein, nein. Und nein.«

»Er wird seinem ehemaligen Schüler gegenüber hilfsbereiter sein als irgendwelchen dahergelaufenen Reisenden«, erklärte Galina.

»Weil der ihm auch so am Herzen liegt, der ehemalige Schüler«, sagte Yuriko düster. »Deshalb hat er ihn damals auch einfach im Stich gelassen.«

»Das ist so lange her! Du musst ihm endlich verzeihen. Schau, ich verzeihe dir auch jeden Tag.«

»Tust du nicht.«

»Nein. Tu ich nicht. Aber in dreißig oder vierzig Jahren vielleicht.«

»Er ist alt. Vielleicht lebt er gar nicht mehr. Oder er ist umgezogen. Es war Krieg auf den Südlichen Inseln. Vielleicht ist er verschollen.«

»Wenn er lebt, werden wir ihn auftreiben«, sagte Sturm. »Nach Galinas Einschätzung ist er der beste Siegelzauberer der Welt. Und ich vertraue ihr. Mehr als ich Euch vertraue.«

»Und das kann ich Euch nicht mal verübeln«, murmelte Yuriko.

Sie ließen ihn an der Reling zurück und gingen, sich um Dinge zu kümmern, die ihn nicht interessierten. Er starrte ins Wasser und dachte darüber nach, wie wenig er Schiffsreisen vermisst hatte – so wenig, dass er die letzte Etappe seiner Rückkunft zu Fuß durch das Landesinnere zurückgelegt hatte, statt auf einem Schiff durch die Küstengewässer. Und keine zwei Wochen war ihm das Glück der Heimat vergönnt gewesen.

Florine. Ach.

Verführt und unter Drogen gesetzt hatte sie ihn. Donnerwetter, wer hätte das gedacht. Interessanterweise machte sie das nur noch begehrenswerter. Auch wenn er ihr gründlich die Meinung geigen musste, wenn er sie wiedersah. Er war kein Anhänger weiblicher Züchtigung, aber in diesem Fall würde er eine Ausnahme machen und es für nötig erachten, diese vielen Röcke zu heben, diesen prachtvollen runden Hintern freizulegen und …

Er stöhnte auf und vergrub das Gesicht in den Händen. Vier Wochen. Vier verdammte Wochen, und das nur, wenn alles gutging. Vielleicht tat Gimmstein ihm ja den Gefallen und war tot, ganz ordnungsgemäß mit Grabstein und betrübten Angehörigen. Aber wie er seinen alten Lehrmeister kannte, war sein Verbleib ungeklärt, kursierten Dutzende Legenden über ihn und würde man eine endlose, beschwerliche Suche auf sich nehmen müssen, ehe man zu der Erkenntnis kam, dass man sich die ganze Mühe auch hätte sparen können.

Gimmstein Tilberi Skjoll. Der Lehrmeister, den niemand wollte, weil er peinlich war mit seinen Glöckchen am Fußgelenk und den Federn im Haar, weil er wunderlich roch und schon morgens einen in der Krone hatte, weil er immer viel zu laut lachte und nicht nur in seiner eigenen Studierstube die schmutzigen, nackten Füße auf den Tisch legte.

Yuriko Frost, der Schüler, den niemand wollte, weil niemand die wollte, die aus dem Läuseloch kamen. Am Aufnahmetag an der Arkania, in den abgelegten Kleidern von Frakis' älterem Bruder, barfuß mangels Schuhen und alleine mangels Eltern. In seiner Wut, dass niemand ihn unterrichten wollte – dass Frakis ein großer Zauberer werden würde und er, Yuriko, nicht – hatte er gerade eine hölzerne Bank und einen Gloranienbusch abgefackelt.

»Nicht so hastig, kleiner Salamander«, hatte Gimmstein gesagt und sich zu Yuriko gebeugt. Er war so groß gewesen, ein Hüne, und Yuriko zu wütend, um Angst zu haben.

»Ich habe kein Feuer in mir, aber ich kann dir die schöne Kunst der Siegelzauberei beibringen«, hatte Gimmstein gesagt. Yuriko hatte keine Ahnung gehabt, was Siegelzauberei war, aber er hatte die Gelegenheit erkannt, die sich ihm bot – die einzige für einen wie ihn. Er hatte genickt, das Feuer an seinen Fingern ausgepustet und Gimmstein die Hand hingestreckt.

Und Gimmstein hatte dröhnend gelacht und eingeschlagen.

Es musste Galinas Idee gewesen sein. Ihr gegenüber hatte er mehr als einmal erwähnt, dass er die Kunst des Siegelschreibens vom legendären Großmeister Gimmstein erlernt hatte – dem einen, der in allen Fachbüchern erwähnt wurde, auch wenn die nichts von schmutzigen Füßen und wunderlichen

Körpergerüchen schrieben. Vielleicht hatte sie Florine befragt. Die hatte Gimmstein noch gekannt und auch gewusst, dass er sich auf die Südlichen Inseln abgesetzt hatte.

So hatte Yuriko sich durch Eitelkeit und Prahlerei sein eigenes nasses Grab geschaufelt. Und er würde zehn lange Schiffsreisetage Zeit haben, das zu bedauern.

Immerhin hatte Galina umsichtig gepackt und sogar an Proviant für Padda gedacht. In einem Topf mit Deckel wand sich ein Klumpen Regenwürmer, ein kleiner Beutel enthielt eine Handvoll Spinnen, die allerdings inzwischen begonnen hatten, sich gegenseitig zu fressen. Padda fand schnell heraus, wo Galina das Futter aufbewahrte, und verbrachte fortan die meiste Zeit mit hungrigem Gesicht auf dem Würmertopf. Für die Passagiere gab es Hängematten unter Deck, wo es allerdings so niedrig, eng und dunkel war, dass Yuriko den Aufenthalt an Deck bevorzugte. Die Almira war ein Handelsschiff, vom Bug bis zum Heck vollgepackt mit Fässern und Kisten, und hatte eigentlich keinen Platz für Passagiere. Es war dem Wohlstand des Abrantiners zu verdanken – oder anzulasten, in Yurikos Fall – dass man sie überhaupt an Bord gelassen hatte.

Die Langeweile war am schlimmsten. Nicht einmal Yuriko konnte zehn Tage mit Selbstmitleid füllen. Der Kapitän, der auf den klangvollen Namen Eldan Wellenbrecher hörte oder nicht hörte, erwies sich als zu beschäftigt, um mit Yuriko Geschichten über ferne Länder auszutauschen. Gespräche mit Arkadis verliefen naturgemäß einseitig, und Galina beschäftigte sich hauptsächlich mit Sturm. Für einen Wilden hatte der Abrantiner verblüffend gute Manieren und er war auf diese nervtötende Art gutaussehend. Am dritten Tag allerdings traute Yuriko seinen Augen kaum, als Sturm Galina auf dem Oberdeck zu sich rief, ihr einen abgebrochenen Besenstiel gab und begann, ihr den Unterschied zwischen Ober- und Unterhau zu erklären.

»Was soll das werden?«, fragte er misstrauisch.

»Unterricht in den Grundlagen der Kampfkunst«, sagte Sturm heiter. »Immerhin wissen wir nicht, was uns auf den Südlichen Inseln erwartet. Grundstellung, Galina. Wie ich es dir gezeigt habe. Setz die Füße nicht so schmal, du brauchst einen festen Stand. Wir werden dir eine kleine, leichte Klinge besorgen, sobald wir an Land sind.«

Galina ging in Position und umklammerte grimmig ihren Besenstiel.

»Oberhau links – Oberhau rechts. Schritt – Schnitt – Deckung.«

»Das ist doch lächerlich«, sagte Yuriko. »Eine Frau mit einer Waffe! Wo gibt es denn so etwas.«

»Bei mir zu Hause«, sagte Sturm. »Es ist nicht an der Tagesordnung, aber unser oberster Heermeister ist eine Frau, stell dir vor.«

»Lieber nicht«, sagte Yuriko schaudernd. »Wohin soll das führen? Streit und Sittenverfall!«

»Du hast selbst gesagt, ich sei so zauberbegabt wie ein Stück Holz«, sagte Galina. Sturm hielt einen mit Stroh gefüllten Sack hoch, und sie traktierte das arme Ding mit Schlägen. »Also – muss – ich – mich – anders – wehren!«

»Du musst dich überhaupt nicht wehren«, sagte Yuriko und wich Sturm aus, der seinerseits seiner überbegeisterten Schülerin auswich. »Du musst dich ruhig halten, wenn es gefährlich wird, und mich machen lassen.«

»Genau. Weil du auch immer so zuverlässig an meiner Seite bist, wenn ich dich brauche.«

»Kannst du endlich aufhören, mir das vorzuwerfen!«

Galina ließ den Besenstiel sinken.

»Du hast recht. Zumindest eine wertvolle Lektion hast du mir beigebracht: Wenn du etwas willst, kümmere dich selbst darum. Warte nicht darauf, dass jemand dir hilft.«

»Mach doch, was du willst«, sagte Yuriko. »Lass dich verderben. Ich bin schließlich nicht dein Vater.«

»Zum Glück!«, schrie Galina. Er drehte sich auf dem Absatz um und marschierte davon, kam nicht weit auf dem verfluchten Kahn, bemühte sich immerhin, seine renitente Schülerin nicht länger sehen zu müssen. Ohnehin konnten sie ihm alle den Buckel runterrutschen. Er hatte schließlich nicht darum gebeten, entführt zu werden.

Padda war wie gewohnt beim Wurmtopf – nur dass er offenbar inzwischen gelernt hatte, den Deckel zu heben, denn die Würmer waren weg und der Kröter im Fresskoma. Yuriko nahm ihn und verzog sich mit ihm in seine Hängematte, legte sich den Kröter auf den Bauch, schaukelte sachte und starrte an die grob gezimmerte Decke.

Der Tag von Gimmsteins Aufbruch, fünfunddreißig Jahre war das jetzt her. Gimmsteins Gepäck mitten im Raum. Die freudige Aufbruchsstimmung, die er verbreitet hatte, während er durch sein Haus eilte und lärmend die Fensterläden schloss, obwohl es heller Vormittag war. Yuriko auf der Schwelle zwischen Unglauben und Angststarre.

»Nimm mich mit, Meister Gimm.«

»Das geht nicht, Yuriko. Ich weiß ja nicht einmal, ob ich jemals zurückkehren werde.«

Der Schwung, mit dem Meister Gimm seinen Rucksack geschultert hatte. Befreit hatte er gewirkt wie einer, der aus einem Gefängnis entkommen war. Die schwere Hand, die ein letztes Mal sein Haar zerzauste.

»Du musst lernen, allein zurechtzukommen. Kopf hoch, kleiner Salamander. Du schaffst das.«

Wie er davongegangen war, leichtfüßig, seiner Last ledig. Und Yuriko war auf der Schwelle zurückgeblieben, den Mund voll ungesagter Worte, sechzehn Jahre alt, unvermittelt am Ende seiner Lehrzeit.

So lange war das her. Und ein Teil von ihm stand immer noch auf der Schwelle und starrte Meister Gimm hinterher.

Padda ruderte erschreckt mit den Beinen, als Yuri aus der Hängematte sprang. Auf dem Weg nach oben an Deck kam ihm Galina entgegen. Sie öffnete den Mund und setzte an, doch er schnitt ihr das Wort ab.

»Es tut mir leid«, sagte er. »Aufrichtig. Du hast recht mit allem. Ich bin ein schlechter, schwacher Mensch. Ein Totalausfall als Lehrmeister. Ich habe dich im Stich gelassen. Mich zu schnell und einfach mit dem Gedanken beruhigt, dass du Flori hast und Danilo und deinen Onkel. Ich hätte meiner Verantwortung besser gerecht werden müssen. Oder überhaupt.«

In ihrem Gesicht arbeitete es. Sie presste die Faust vor den Mund, und dann, zu seinem maßlosen Entsetzen, quollen ihr Tränen aus den Augen. Ohne nachzudenken, griff er nach ihr, zog sie an sich und legte die Arme um sie.

»Ausgerechnet du«, schluchzte sie. »Wo du doch weißt, wie es ist.«

»Es tut mir leid«, versicherte er ihr verzweifelt. »Ich wollte wirklich nicht lange … ein paar Wochen …«

Sie holte aus, so gut sie in ihrer beengten Lage konnte, und versetzte ihm einen Schlag gegen die Schulter.

»Verstehe«, murmelte er. »Keine Rechtfertigungen. Der Wille zählt nicht, nur Taten zählen.«

Sie nickte an seiner Brust und zog die Nase hoch.

»Ich hätte dich wirklich gebraucht, du dummer Ochse.«

»Ich weiß.«

»Fünf Jahre. Fünf verfluchte Jahre!«

»Wir holen es nach.«

»Wie willst du das denn nachholen?!«

»Ich bringe dir alles bei, was du lernen willst. Ich verstärke den Verstärker, damit du deine Kräfte noch besser nutzen kannst. Und wenn du Schwertkampf lernen willst, dann mach das.«

»Immerhin sagt Sturm, ich sei ein Naturtalent.«

»Siehst du. Jeder kann irgendwas besonders gut. Du wirst eben Zentallos erste Schwertkämpferin.«

Er kramte ein immerhin mittelsauberes Taschentuch hervor und gab es ihr. Sie putzte sich die Nase, ihr Blick verlor sich.

»Das könnte mir gefallen. Aber glaub bloß nicht, dass du mich deshalb als Schülerin los bist. Ich kann in der einen Hand ein Schwert schwingen und in der anderen einen Feuerball.«

»Ist gut.«

»Du darfst mich jetzt im Übrigen loslassen, oder ich muss dir lüsterne Absichten unterstellen.«

Er tat wie geheißen und machte einen Schritt rückwärts.

»Eigentlich bin ich nach unten gekommen, um dir noch mehr Vorwürfe zu machen«, sagte sie. »Aber du hast mir den Wind aus den Segeln genommen. Ich glaube, alles in allem bin ich ganz froh, dich entführt zu haben.«

Von oben rief Sturm nach ihr. Sie sah über die Schulter nach oben.

»Geh«, sagte Yuriko. »Und wenn du fertig bist mit deinem Kampfunterricht, schauen wir uns das Verstärkersiegel an.«

Galina hatte im Vorfeld seiner Entführung offenbar nicht nur Regenwürmer ausgegraben, sondern auch die Bestände der Arkania geplündert. Es gab normale Tinte, rote und grüne Tinte, beständige und flüchtige Tinte, unsichtbare und selbstentzündende Tinte, Kohlestifte und dicke Rollen des besten Papiers. Yuriko verbrachte den Nachmittag an Deck, Papier auf den Knien, und entwickelte verschiedene Varianten des Verstärkersiegels. Gleichzeitig hielt er ein wachsames Auge auf Padda. Er hatte noch nie eine Kröte kotzen sehen, aber es gab für alles ein erstes Mal.

Die Kunst war, Arkanum zu verdichten und den arkanen Druck zu erhöhen, ohne einen Sog zu erzeugen, der Galina den Arm abreißen würde. Das ursprüngliche Problem jedoch blieb – sie musste lächerlich viel Anstrengung aufbringen, um lächerlich wenig Arkanum zu sammeln. Sie war nicht arkantaub wie die meisten Menschen, aber zumindest sehr schwerhörig, und einmal mehr dachte Yuriko, dass die Natur sich mit ihr einen schlechten Scherz erlaubt hatte – ihr gerade so viel Begabung verpasst hatte, um sie auf den Geschmack zu bringen, aber lange nicht genug, um jemals ihren Hunger zu stillen.

Wenn es gelänge, einen Speicher zu entwickeln, der Arkanum aus der Umgebung zog, ganz nebenbei, während Galina ihrer Arbeit nachging, wäre sie zumindest alle paar Tage in der Lage, einen ansehnlichen Zauber abzusetzen.

Padda auf seinem Schoß begann, kraftlos zu rudern. Yuriko nahm ihn auf die Hand, legte ihn auf den Rücken und massierte ihm mit einem Finger den Bauch. Der Kröter rülpste. Vor Yurikos innerem Auge formte sich ein Siegel. Er barg Padda in der Armbeuge und begann zu zeichnen.

Etwa eine Glocke später war er bereit für den Selbstversuch. Padda hatte nicht gekotzt und hielt sich wacker auf Yurikos Schulter. Mit wasserlöslicher Tinte malte Yuriko sich das Siegel auf die Handfläche und begab sich zur Reling. Galina hatte ihre Schwertkampfübungen beendet. Er rief sie zu sich und zeigte ihr das Siegel.

»Ein Verstärker?«, fragte sie stirnrunzelnd. »Er sieht irgendwie anders aus.«

»Weil er nicht nur verstärkt, sondern auch aufnimmt«, erklärte Yuriko. »Du kannst ihn über ein paar Tage volllaufen lassen. Dadurch hast du nicht mehr Arkanum, aber mehr auf einmal.«

Seine eigene Arkanempfänglichkeit war durch all das Wasser ziemlich beeinträchtigt. Er ließ Arkanum in die gesiegelte Hand fließen und spürte, wie es sich sammelte, sich verdichtete, heißer wurde. Angenehm war anders – es fühlte sich vielmehr an wie morgendliche Probleme beim Wasserlassen. Er hielt das Arkanum versiegelt, bis er es nicht mehr aushielt, dann ließ er es frei.

Eine zweite Sonne verschlang brüllend den Horizont. Hitze knisterte auf den Planken der Almira. Das Meer dampfte. Yuriko hielt das Feuer, bis der Druck abgeflossen war, dann ließ er es verlöschen und schüttelte sich die Hand aus. Galina starrte ihn mit genau der richtigen Mischung aus Furcht und Bewunderung an.

»Der war wirklich riesig«, sagte sie.

»Das höre ich häufig von den Frauen«, sagte Yuriko bescheiden. »Wenn sie wieder sprechen können, soll das heißen.«

Galina machte ein Würgegeräusch, kam aber nicht mehr zu einer boshaften Bemerkung, denn Kapitän Augenklappe näherte sich mit fliegenden Schritten.

»Habt Ihr den Verstand verloren?!«, brüllte er schon von Weitem. »Wollt Ihr uns auf den Meeresgrund schicken?«

»Nicht so laut bitte«, sagte Yuriko ungnädig. »Meinem Kröter ist nicht wohl.«

»Ich sorge gleich dafür, dass es Euch nicht wohl ist!«

Yuriko drehte sich zu dem Kapitän und ließ ein Flämmchen durch seine Finger laufen.

»Wollt Ihr mir drohen? Das halte ich für unnötig. Wir sitzen doch alle im gleichen Boot. Höhö.«

»Und so Ihr nicht über Wasser laufen könnt, werdet Ihr damit genauso untergehen wie wir, also passt ein bisschen auf, wohin ihr Eure Zauberei richtet!«

»Gütiger Krötengeist, regt Euch ab. Ist ja nichts passiert.«

»Durch reines Glück!«

Yuriko holte tief Luft, aber Galina schnitt ihm das Wort ab.

»Er wird nichts anzünden, ich verspreche es«, sagte sie. »Wir haben alle nicht das geringste Interesse daran, unterzugehen.«

»Euer Wort im Ohr der Wellengeister«, sagte der Kapitän finster. »Wenn das nochmal passiert, setze ich euch aus, und ihr könnt nach Sileen schwimmen.«

»Kabis«, korrigierte Galina ihn. »Das ist unser Zielhafen.«

»Ja, natürlich«, sagte der Kapitän. »Kabis. Wie auch immer.«

Der Kapitän ging seiner Wege, und Yuriko machte sich daran, das Siegel auf Galinas Handfläche aufzutragen.

»Hätte der uns doch glatt am falschen Hafen rausgelassen«, murrte Galina. »Einmal mit Profis arbeiten!«

»Wir wissen nicht, ob der richtige der richtige ist«, sagte Yuriko. »Dass er sich in Kabis niedergelassen hat, ist kaum mehr als ein Gerücht, und ein dreißig Jahre altes dazu. Ziemlich wahrscheinlich, dass er da nicht mehr wohnt. Wenn er überhaupt noch lebt.«

»Nach dem, was Tante Florine erzählt hat, ist er eine eindrucksvolle Gestalt. Jemand wird sich an ihn erinnern, da bin ich sicher.«

Sie sah zu ihm hinauf. Er wich ihrem Blick aus und beugte sich über das Siegel.

»Freust du dich darauf, ihn wiederzusehen?«, fragte sie.

»Das nun nicht gerade«, brummte er.

»Aber du kannst ihm zeigen, wie weit du es gebracht hast. Du hast den siebten Gradienten. Du bist der größte Salamander, den das Land je gesehen hat. Deine Siegel sind ganz neu und anders.«

»Du klingst ja beinahe, als wärst du stolz auf mich.«

»Das nun nicht gerade. Aber man nimmt, was man kriegen kann.«

Er vollendete das Siegel. Galina öffnete und schloss die Hand.

»Fühlt sich an wie vorher«, sagte sie.

»Hab ein paar Tage Geduld. Dann treffen wir uns wieder hier und machen einen Feuerball.«

Galina schwankte zwischen Hoffnung und Unglauben, doch er schnitt ihre Bedenken ab und nahm sie mit, um auf diesem Kahn etwas Essbares aufzutreiben. Wenn ihr ein vernünftiger Zauber zu entlocken war, würde das Siegel es richten, und wenn nicht, nützte es auch nichts, sich jetzt den Kopf darüber zu zerbrechen.

Galina und Arkadis teilten sich einen winzigen Verschlag unter Deck. Jedes Mal, wenn sie abends gemeinsam dorthin verschwanden, nahm Yurikos lebhafte Vorstellungskraft Fahrt auf. War es wirklich, wie Frakis gesagt hatte? War Galina verliebt in Arkadis? Tagsüber konnte er bei ihr kein verändertes Verhalten feststellen – sie war ja immer schon freundlicher zu Arkadis gewesen, als sie sich ihm gegenüber je gezeigt hatte.

Überhaupt war er schon wieder der einsamste Mensch auf der Welt. Nachts träumte er von sanften Küssen, von weißen Armen, die ihn liebevoll umschlangen und abwechselnd zu Florine, Violetta oder – irritierend genug – zu Mio aus dem Land hinter den Mandelbäumen gehörten, von warmen, weichen Körpern, die sich an ihn pressten, und wenn er dann erwachte, war er unruhig und unzufrieden und allein mit sich und seinen Händen.

Am fünften Abend beschloss er, zumindest seine Neugier zu befriedigen. Er wartete, bis Galina und Arkadis sich zur Nacht verabschiedeten, gab vor, sich in seiner Hängematte mit seinen Siegeln zu beschäftigen, und wartete noch ein bisschen länger. Dann, als es still wurde, ließ er Padda mit den Papieren in der Hängematte zurück und schlich auf leisen Sohlen hinüber zu dem Verschlag.

Ein paar der Seeleute, die keinen Dienst hatten, schnarchten in ihren Hängematten. Aus der Kajüte von Kapitän Augenklappe drang Licht. Yuriko hielt den Atem an und legte das Ohr an Galinas Tür.

Nichts. Kein Rascheln von Bettzeug, keine geflüsterten Liebesschwüre, kein unterdrücktes Stöhnen. Yuriko biss sich auf die Faust. Man gönnte ihm aber auch gar nichts.

Dafür Gemurmel aus der Kajüte des Kapitäns.

»… Risiko zu hoch«, sagte jemand. Dem Vernehmen nach der Erste Maat, dessen quäkendes Organ Yuriko von Anfang an auf die Nerven gegangen war. »Der ist richtig gefährlich, und wer wird ihn schon kaufen wollen?«

»Ich bekomme für alle zusammen einen guten Preis.« Das war Augenklappe, man konnte hören, wie er beim Sprechen spuckte. »Und ich habe vorgesorgt.«

Ein Schaben, als würde jemand eine Schublade aufziehen. »Das unterdrückt alles.«

»Sicher, dass es tut, was es soll? Wir können es ja kaum vorher ausprobieren.« Das war wieder der Erste Maat.

»Natürlich bin ich sicher. Das Zeug von diesem Händler ist erste Wahl. Und er weiß, dass er den Kopf verliert, wenn er mich auch nur einmal betrügt.«

Pause. Leises Klirren und Gluckern.

»Ich denke immer noch, wir sollten die Finger davon lassen, Geld hin oder her.«

»Feigling. Willst du bis ans Ende deiner Tage Oliven und gesalzenen Fisch verschiffen? Immer für ein paar Silberfedern? Nein. Einmal mit den richtigen Leuten Geschäfte machen, und wir können uns zur Ruhe setzen.«

»Du bist der Kapitän.«

»Verdammt richtig.«

Ein Scharren von Stuhlbeinen, dann Schritte. Yuriko sah sich hektisch um. Die Tür zur Kapitänskajüte öffnete sich. Yuriko seinerseits öffnete die Tür, die direkt vor ihm war, und brachte sich dahinter in Sicherheit. Sofort stieß er mit dem Knie gegen etwas Hartes – einen Pfosten – und danach gegen etwas Weiches – Galina. Sie schoss erschrocken hoch, und er dämpfte ihren Schrei hinter seiner Hand.

»Pssst. Ich bin's.«

Seltsamerweise beruhigte sie das nicht im Geringsten. Sie klammerte sich an seinen Arm, zappelte, schrie erstickt weiter und biss ihn schließlich in die Hand.

»Au! Biest! Sei leise!«

Jemand klopfte an die Tür.

»Ist bei den Damen alles in Ordnung?« Der lästige Erste Maat schon wieder.

Galina schüttelte wild den Kopf. »Ja«, sagte Yuriko laut. »Keine Sorge. Ich habe alles im Griff.«

»Aha. Na dann.« Der Erste Maat klang sehr verwundert, aber nach einer Weile entfernten sich seine Schritte. Yuriko ließ los.

»Aaaaaah!«, schrie Galina. »Was machst du hier! Er wird denken, ich lasse dich in mein Bett!«

»Er wird denken, ihr beide lasst mich in eure Betten«, sagte Yuriko und grinste sehr breit. Er schnippte sich ein Flämmchen auf die Hand und betrachtete die Zimmergenossinnen, die ihre Begeisterung sehr gut hinter Schattierungen von Entrüstung und Ekel versteckten.

»Regt euch nicht auf«, sagte er. »Ich bleibe nicht. Es sei denn, ihr würdet darauf bestehen.«

»Raus!«, schrie Galina, während Arkadis grimmig mit dem Finger zur Tür zeigte.

Yuriko öffnete die Tür und warf einen Blick hinaus. Von dem Ersten Maat war nichts zu sehen. Er schloss die Tür wieder.

»Ich habe gerade ein sehr interessantes Gespräch belauscht«, sagte er gedämpft. »Ich glaube, das hier sind nicht nur Händler, das sind vor allem Schmuggler. Vielleicht hat der Kapitän deshalb kürzlich Sileen erwähnt. Sileen hat einen Markt, auf dem man buchstäblich alles kaufen und verkaufen kann.«

»Und was schmuggeln sie?«, fragte Galina stirnrunzelnd.

»Hat er nicht gesagt. Verbotene Ware, die viel mehr einbringt als Oliven und Fisch. Schnaps vielleicht. Auf Schnaps liegen Zölle. Wenn er den Zoll umgeht, bleibt ihm mehr in der Kasse.«

»Und wie betrifft uns das?«

Yuriko hob die Schultern. »Gar nicht, im Idealfall. Wir sollten nur weg sein, ehe die Grenzbehörde den Kahn durchsucht. Sonst verlieren wir Zeit und haben vielleicht Scherereien. Wir können schließlich nicht beweisen, dass wir nicht zur Mannschaft gehören.«

»Und warum bist du eigentlich unterwegs und belauschst Gespräche?«

»Ich war auf dem Weg, um, äh. Die Sterne zu betrachten.«

»Vor meiner Tür? Du siehst gleich Sterne, Meister!«

»Weißt du, ich finde, die Kampfübungen tun dir nicht gut«, sagte Yuriko verletzt. »Sie fördern deine streitlustige Seite. Als hätte die es nötig, gefördert zu werden.«

»Raus jetzt!«

Yuriko seufzte und trat den Rückzug an. Er drückte sich noch ein wenig vor der Kapitänskajüte herum, aber Augenklappe war offenbar allein und es gab nichts mehr zu belauschen. So kehrte Yuriko in seine Hängematte zurück, streichelte Padda und fühlte sich einsam, bis er einschlief.

Am siebten Tag ihrer Reise produzierte Galina eine armlange Stichflamme, die immerhin zwei, drei Augenblicke anhielt. Dass sie danach bis zum Abend den Arm nicht mehr bewegen konnte, gab Anlass zur Sorge und hinderte ihre Schwertübungen – wenigstens ein Gutes, wie Yuriko dachte, aber sich hütete, auszusprechen.

Das Abendessen fiel wieder einmal so aus, dass die Spinnen in Paddas Notvorrat beinahe eine Alternative darstellten. Nachdem sie den ärgsten Hunger gestillt hatten, rief Yuriko Galina zu sich.

»Was macht der Arm?«

Sie zuckte missmutig die Schultern und hob den rechten Arm mithilfe des linken.

»Na, das sieht ja vielversprechend aus«, sagte Yuriko heiter.

»Tut es nicht«, murrte Galina.

»Tut es nicht«, räumte Yuriko ein. »Lass uns klein anfangen. Zauber, die wenig Arkanum benötigen. In etwa so.« Er ließ einen lustigen kleinen Pfiff aus dem Nichts ertönen. Galina sah sich verwirrt um. »Das war ich«, erklärte er ihr. »Mein Arkanum, um genau zu sein.«

»Du hast einen Zauber entwickelt, um Frauen hinterherzupfeifen, ohne Frauen hinterherzupfeifen?«

»Nach all den Ohrfeigen war das die logische Konsequenz. Aber darum geht's nicht. Mach ein Licht, wenn dir das lieber ist.«

Er erzeugte ein Licht auf seiner Handfläche, das sofort zu brennen anfing. Er versuchte, die Flammen zu ersticken, ohne das Arkanum abreißen zu lassen, scheiterte und löschte das Feuer in der Faust. »So oder so ähnlich. Versuch's.«

Galina streckte die Hand aus, die sie noch gebrauchen konnte, und konzentrierte sich.

»*Eldingr.*«

Die Luft über ihrer Handfläche begann zu flimmern. Sonst geschah nichts. Sie ließ die Hand sinken.

»Ich hab Angst, dass ich mir auch noch den zweiten Arm lahmlege«, sagte sie zaghaft.

»Das passiert nicht ohne Verstärkersiegel«, versprach er ihr. Sie mühte sich, bis die Sonne untergegangen war. Danach mühte sie sich, mittels Arkankraft einen Holzlöffel von der Reling zu schubsen, und danach, Yurikos Pfiff nachzuahmen.

Yuriko musste eingeschlafen sein, denn als er zu sich kam, saß er an der Reling, fror und hatte Galina im Arm, die in seine Schulter heulte. Der Mond stand blass zwischen den Segeln.

»Huch«, sagte er überrascht.

»Das wird nichts«, schluchzte sie. »Gib's zu. Aus mir wird nichts. Los, sag es mir.«

»Aus dir wird mit hoher Wahrscheinlichkeit keine überragende Zauberin«, sagte er und strich ihr vorsichtig übers Haar.

»Aber was soll denn sonst aus mir werden«, weinte Galina. »Ich will keinen Ehemann! Meister Yuri, was soll ich denn nur machen.«

»Ich weiß es nicht«, sagte er hilflos. »Vielleicht, wenn der Richtige kommt … Das Eheleben ist nicht so schlimm.«

»Ich will mein Leben nicht mit Haushalt und Kindern verbringen!«

»Nein? Aber … das ist doch die Natur der Frau.«

»Es ist die Natur der Männer, zu arbeiten, und schau dich an.«

Er seufzte, schloss die Arme um sie und wiegte sie sachte.

»Ich weiß nicht, Galina«, sagte er. »Ich denke, es ist nicht vorgesehen, dass man sich einfach so seinen Lebensweg aussucht.«

»Und wer macht denn diese Regeln«, trotzte sie. Er schwieg. Er wusste die Antwort nicht.

Galina musste sich zu einem Mann bekennen und Kinder bekommen. Yuriko musste eine feste Anstellung und

Ersparnisse haben, um Florine zur Frau nehmen zu dürfen. Und Frakis durfte gar nichts, weil das, was er wollte, sonderbar war. So war die Welt, oder nicht? Immer schon gewesen.

Er ließ den Kopf nach hinten gegen die Reling sinken. In anderen Teilen der Welt galten ganz andere Regeln. Frauen, die Schwerter führten. Männer, die Männer liebten. Warum auch immer jemand das wollen sollte.

Er hatte ruhiger gelebt, bevor er durch die Welt gereist war und seinen Horizont erweitert hatte. Und er war nicht sicher, ob er sich damit einen Gefallen getan hatte.

Am zehnten Tag ihrer Reise gegen Nachmittag sahen sie die ersten Möwen. Einzig Padda, der ein tiefes Misstrauen gegen Vögel hegte, konnte die allgemeine Erleichterung nicht teilen. Unter der Mannschaft machte sich Anspannung bemerkbar. Befehle gewannen an Schärfe. Der Erste Maat nahm den Kapitän beiseite und sprach lange und eindringlich auf ihn ein. Yuriko war ein bisschen verwundert; das Einlaufen in den Zielhafen gehörte für ein Handelsschiff doch sicher zur Routine, doch dann erinnerte er sich an das Gespräch, das er belauscht hatte. Die Mannschaft war bestimmt wegen der Schmuggelware so nervös. Sollten sie ruhig eine Lehre daraus ziehen: Auf Silberfedern schlief es sich schlecht, wenn einen das Gewissen plagte.

Nebel und Nieselregen nahmen ihnen die Sicht. Die kleine Reisegruppe versammelte sich im Bug, um den frühestmöglichen Blick auf das Land zu erhaschen. Vorhin schon hatte Galina das Gepäck nach oben gebracht und am Mast auf einen Haufen gestellt.

»Was uns wohl erwartet«, sagte sie sichtlich nervös. »Ich meine – verstehen wir überhaupt deren Sprache?«

»Zentallinisch ist Amtssprache seit etwa zwanzig Jahren«, sagte Yuriko. »Wir werden schon durchkommen. Außerdem habe ich noch diesen hier.« Er zeigte ihr den schmalen

Silberring. »Sprachenzauber«, erklärte er auf Galinas fragenden Blick hin. »Gastgeschenk der zwei Grazien, die mein Haus kaputtgemacht haben.«

»Hast du den überprüfen lassen?«

»Natürlich habe ich ihn überprüfen lassen! Glaubst du, ich stecke mir einfach irgendeinen Ring an?«

Sie nickte halbherzig und suchte mit Blicken den Horizont ab. Sturm legte ihr eine Hand auf die Schulter.

»Du musst dich nicht fürchten«, sagte er. »Du kannst dich sehr gut wehren. Du hast wirklich schnell gelernt. Und die wilden Zeiten sind vorbei auf den Südlichen Inseln. Es ist nicht so, als würden wir den Fuß in Kriegsgebiet setzen, auch wenn vermutlich die Auswirkungen noch zu spüren sind.«

Plötzlich krallte Arkadis sich schmerzhaft an Yurikos Arm.

»Was …«, sagte er verwirrt. Sie zerrte an seinem Ärmel, und er sah sich um.

»Oi.«

Ein Dutzend Seeleute hatte Position bezogen und sie im schmalen Schiffsbug festgesetzt. Kapitän Augenklappe stand in der Mitte. Allerlei Waffen – Säbel, Spieße, Sägen, Äxte – waren auf sie gerichtet. Galina gab einen Schreckenslaut von sich. Arkadis ging hinter Yuriko in Deckung. Yuriko ließ Padda in der Jackentasche verschwinden, dann machte er einen Schritt nach vorne.

»Wenn Ihr mich ausrauben wollt, muss ich Euch enttäuschen«, sagte er freundlich. »Die zentallinische Verwaltung war vor Euch da.«

»Euer Geld interessiert uns nicht«, sagte Augenklappe. »Am besten, Ihr haltet Euch einfach raus, alter Mann.«

Aus dem Augenwinkel sah Yuriko, wie Sturm zu ihm aufschloss, die Hand auf dem Schwert. Eilig, um nicht dazustehen wie ein Zauderer, zog Yuriko sich eine Flamme auf die Hand.

»Solltet Ihr Euch an den Damen vergehen wollen, so kann ich davon nur abraten«, sagte Sturm ruhig. »Ich werde beide mit meinem Leben verteidigen, wenn es nötig ist.«

»Vielleicht lässt du den Herrn Kapitän erst mal sein Anliegen schildern, ehe du hier den Helden markierst«, sagte Yuriko verstimmt. »Also, Freund, worum geht's?«

Statt einer Antwort holte Augenklappe aus und warf etwas, das er zuvor in der Faust verborgen gehalten hatte. Instinktiv zog Yuriko den Kopf ein und riss die Arme hoch, um das Wurfgeschoss abzuwehren. Es war lang und dunkel wie eine Schlange, klatschte ihm gegen die Arme, Yuriko stolperte rückwärts, doch das Ding fiel nicht zu Boden. Stattdessen spürte er mächtigen Druck um die Handgelenke. Das Ding hatte sich festgezogen. Fassungslos starrte Yuriko auf die Fessel, zerrte daran, doch der dicke Lederriemen bewegte sich keinen Deut. Eine schockartige Empfindung, Hitze oder Kälte oder beides gleichzeitig, überflutete ihn. Seine Flamme erlosch.

Und er konnte sie nicht aufs Neue entzünden.

Panik befiel ihn. Arkanfessel. Er war abgeschnitten vom Arkanum. Er konnte nicht … Er atmete gegen die Panik, rollte im Geiste seine empfindliche Krötenzunge aus, um die Barriere zu befühlen. Sie war kalt und gnadenlos und undurchdringlich wie ein Gletscher.

Neben ihm zog Sturm sein Schwert.

»Ergib dich«, sagte der Kapitän. »Ihr könnt alle am Leben bleiben. Lieber unfrei als tot, oder nicht?«

»Was immer Ihr mit uns vorhabt«, sagte Sturm, »geschieht nur über meine Leiche.«

Sturm machte einen Schritt. Augenklappe hob die Hand. Das Surren einer Sehne, ein dumpfer Einschlag. Finger, die sich öffneten, ein Schwert, das klirrend auf die Planken fiel. Galina schrie. Sturm ging in die Knie, sackte dann zur Seite. Der Kapitän ließ die Hand sinken. Sturm schlug hart mit dem Hinterkopf auf. In seiner Brust steckte ein Armbrustbolzen. Seine Finger zuckten. Dann lag er still.

»Du Tölpel!«, schrie der Kapitän hinauf in die Takelage. »Anschießen hab ich gesagt, nicht abschießen!«

»Dann sprich deutlicher!«, brüllte der Seemann in der Takelage zurück. Er hatte eine Handarmbrust dabei, an der er gerade wieder kurbelte.

Galina schrie immer noch, die Hände vor den Mund gepresst. Arkadis stand reglos und leichenblass. Yuriko starrte auf den reglosen Sturm. Das konnte nicht passiert sein. Wieso war er tot? Er war doch gerade noch jung und sehr am Leben gewesen.

Der Bolzen in seiner Brust sprach eine deutliche Sprache.

»Sehr bedauerlich«, sagte der Kapitän. »Aber vermutlich hätte ihn sowieso niemand kaufen wollen. Zu gefährlich. Wir werden also sehen, dass wir für die beiden Mädchen einen guten Preis bekommen.«

»Was machen wir mit dem Alten?«, fragte der Erste Maat. »Brauchen wir den? Er ist mindestens so gefährlich, wenn er die Fesseln nicht trägt.«

»Lasst ihn in Ruhe!«, schrie Galina tränenüberströmt. »Oder ihr könnt mich gleich mit erschießen!«

Yuriko zwang seine Aufmerksamkeit weg von dem plötzlich so toten Sturm, zurück zu dem sehr lebendigen Kapitän.

»Niemand wird mehr erschossen«, sagte er. »Ich verspreche, keine Schwierigkeiten zu machen. Und die beiden Mädchen versprechen das auch.«

»Sie haben Sturm getötet!«, schrie Galina.

»Und ich verhindere gerade, dass du die Nächste bist«, sagte Yuriko. »Und Arkadis. Aber ihr müsst euch fügen.«

»Wie kannst du nur«, schluchzte Galina.

»Das ist das Problem«, sagte Yuriko leise. »Ich kann gerade nicht viel. Und ich will dich nicht dort liegen sehen mit einem Bolzen in der Brust. Bitte tu mir das nicht an.«

Galina atmete stockend und zog die Nase hoch.

Die Seeleute rückten auf. Arkadis ballte die Fäuste, aber Yuriko sah sie eindringlich an und schüttelte den Kopf.

Galina und Arkadis wurden in Ketten gelegt. Dann schob man sie vorwärts. Yuriko musste über Sturm drübersteigen, der mit leerem Blick in den Himmel starrte. Rund um den Bolzen hatte seine Tunika sich rot gefärbt, und er lag so still und schlaff, wie keiner es tat, der nur schlief.

Man brachte sie unter Deck und sperrte sie in den Verschlag, den Arkadis und Galina bewohnt hatten. Yuriko lauschte, wie draußen Ketten klapperten. Als es ruhig wurde, ging er zur Tür und legte die Wange an einen Spalt. Viel war nicht zu sehen, aber ein Schatten an der gegenüberliegenden Wand, und wenn er sich konzentrierte, konnte er Atem hören. Seufzend kehrte er zu seinen Mitgefangenen zurück und ließ sich auf eine der Pritschen fallen.

»Wachmann«, sagte er leise. »Ausbruch zwecklos, solange wir danach nicht von diesem Kahn runterkommen.«

Arkadis deutete eine Schwimmbewegung an, so gut es mit gefesselten Händen ging.

»Du vergisst Padda«, sagte Galina schniefend.

»An Padda liegt's nicht«, widersprach Yuriko. »Ich würde sicher nicht zulassen, dass ihr beide wegen meiner Kröte in Gefangenschaft geht. Aber ich bringe uns nicht raus hier, und schon gar nicht bis zu den Booten. Diese Fesseln unterbrechen den Arkanfluss. Ich könnte gerade nicht mal eine Kerze anzünden.«

»Kannst du mit Padda tauschen?«

»Wozu sollte das gut sein?«

»Ich weiß nicht.« Galina war ganz klar kurz vor einer Panikattacke. »Du musst doch irgendetwas machen können.«

Yuriko nickte. Schloss die Augen, atmete sich ruhig. Bemühte sich wirklich, klares Teichwasser zu sehen, Seerosen und blau schillernde Libellen, statt Sturms regloser Leiche. Spürte mit den Händen nach Padda, der wie ein Stein in seiner Jackentasche verharrte. Versuchte, ihn über das arkane Band zu erreichen, das zwischen ihnen war.

Wurde mit brachialer Gewalt gegen die Gletschermauer geschleudert. Eisige Kälte verbrannte seine Haut. Es gab keine Luft zum Atmen. Galinas ängstliche Stimme kam zu ihm. Er klammerte sich an die letzte Scherbe Bewusstsein, setzte sich vorsichtig auf. Er hatte keine Ahnung, wie er auf den schmutzigen Boden gekommen war. Jemand griff nach ihm und half ihm auf die Pritsche. Arkadis und Galina. Da war er nun, mit zwei blutjungen Dingern, eine davon bildhübsch, die andere zumindest freundlich, und hatte die Hände nicht frei.

»Was passiert denn jetzt«, schluchzte Galina. »Was wird denn aus uns?«

Yuriko wusste sehr genau, was mit ihnen passieren würde. Der Hafen, den sie ansteuerten, war nicht Kabis. Der Hafen war Sileen, und in Sileen ließ sich alles verkaufen. Auch Menschen. Junge Frauen insbesondere. Einen Krötenmeister bekam man vermutlich nicht mal in Sileen verkauft.

Arkadis kauerte sich neben ihn und begann, an seinen Fesseln zu arbeiten. Versuchte, den Knoten zu lösen, einen Finger zwischen Leder und Haut zu zwängen, so verbissen wie vergeblich. Er ließ sie gewähren - sie musste selbst erfahren, wie aussichtslos ihr Unterfangen war, und währenddessen fühlte er sich durch ihre Nähe getröstet.

»Ihr müsst freundlich sein«, sagte er. »Tut mir den Gefallen. Wenn ihr freundlich seid zu euren … zu den Männern, behandeln sie euch gut. Gebt ihnen das Gefühl, etwas Besonderes zu sein. Nicht nur Kundschaft. Vielleicht verliebt sich einer in euch und kauft euch frei.«

»Gibst du uns gerade Empfehlungen für eine Laufbahn als Gewerbliche?« Galina war so entrüstet, dass sie sogar aufhörte zu weinen.

»Das ist nicht das schlimmste Schicksal«, beteuerte er. »Es gibt anständige Männer, die ihre Gespielinnen mit Respekt behandeln.«

»Ich will kein Wort mehr hören!«, schrie sie. »Götter! Dein Glück, dass ich die Hände nicht frei habe, ekliger alter Mann!«

Arkadis rüttelte ein letztes Mal an Yurikos Fesseln, machte dann eine resignierte Geste und ließ sich nach hinten auf die

Pritsche fallen. Galina wischte sich mit dem Ärmel die Tränen ab.

»Ich bringe uns hier raus«, sagte sie finster. »Ich bin eine Zauberin. Ich kann das. Mit mir rechnet keiner. Ich bin unsere Geheimwaffe.«

Arkadis machte ein fragendes Gesicht.

»Ich brenne ein Loch in die Außenwand«, erklärte Galina. »Wir warten, bis das Schiff vollgelaufen ist, dann schwimmen wir durch das Loch nach draußen, schnappen uns eines der Boote und rudern an Land.«

Arkadis hob die gefesselten Hände und ließ die Kette klirren.

»Vergiss das Rudern«, sagte Galina. »Wir klammern uns an irgendwas, das herumschwimmt, und lassen uns retten. Es schwimmt immer irgendetwas herum, wenn ein Schiff untergeht.«

Arkadis hob die Schultern und nickte. Galina stellte sich vor die Schiffswand und streckte die Hände aus.

»*Eldingr.*«

Immerhin produzierte Galina eine Flamme, die länger war als alles, was sie je ohne Verstärker bewerkstelligt hatte. Ein schwarz verschmorter Fleck blieb an der Wand zurück. Sonst passierte nichts.

»Vielleicht wenn du einen Fokus anbringst«, überlegte Yuriko. »An der Wand natürlich, nicht an deinen Händen. Weißt du noch, wie man den macht?«

»Ich denke schon«, sagte Galina und pustete sich eine Haarsträhne aus der Stirn. Ihre Haube saß schief und entblößte viel zu viel von ihrem goldblonden Haar. Sie würde sich daran gewöhnen müssen, ihr Haar unbedeckt zu tragen. Rote Farbe auf den Lippen und klimpernden Schmuck an den nackten Armen. Er rief sich zur Ordnung.

»Ich habe einen Kohlestift in der Tasche«, sagte er. »Ich komme nur nicht dran.«

Sie beugte sich über ihn und steckte ihm die gefesselten Hände in die Tasche – die falsche, denn dort war nur der Kröter.

»Padda«, sagte sie erschrocken. »Was passiert mit ihm, wenn wir das Schiff fluten?«

»Ich schätze, er wird es nicht überleben«, sagte Yuriko. »Salzwasser ist tödlich für Kröten.«

»Und was ist mit dir … wenn er …?«

»Ich weiß es nicht«, sagte Yuriko wahrheitsgemäß. »Im Normalfall erleidet der Zauberer einen Arkanschock, wenn sein Gefährte stirbt. Viele Zauberer sterben dann ihren Tieren gleich hinterher. Ich habe keine Ahnung, ob diese Fesseln das genauso unterbinden wie jede andere Zauberei. Aber wenn wir mal ehrlich sind – niemals im Leben wirst du ein Loch in diese Wand brennen können, das groß genug für mich ist. Wir bleiben einfach hier, Padda und ich.«

»Das ist nicht dein Ernst«, sagte Galina.

»Aber sicher«, sagte Yuriko und war alles andere als das. Er war nicht einmal sicher, ob er Galina versehentlich oder absichtlich die Seite mit dem Kröter hingedreht hatte.

»Ich lasse dich nicht hier sterben«, sagte Galina finster. »Weder ertrinken noch sonstwie.«

Sie verfielen in dumpfes Grübeln. Galina versuchte sich an einem Fokussiegel, bekam es aber nicht richtig aufgeladen. Dann verrieten Geräusche von oben, dass die Segel gerefft wurden. Getrampel über ihren Köpfen, Kapitän Augenklappe brüllte Befehle.

Es dauerte noch geraume Zeit, ehe die Kette an ihrem Verschlag klirrte. Yuriko sprang auf. Galina und Arkadis hielten sich bei den gefesselten Händen. Dann öffnete sich die Tür, die Spitze eines Armbrustbolzens erschien.

»Wer Blödsinn macht, stirbt«, ertönte die Stimme des Ersten Maats. Die Tür öffnete sich, der Mann mit der Armbrust wurde sichtbar.

»Mitkommen«, sagte er.

»Wo wir gerade von Blödsinn reden«, sagte Yuriko. »Ich wüsste gerne, wer sich diesen hier ausgedacht hat. Wir sind zentallinische Bürger. Wir haben für unsere Überfahrt bezahlt.

Glaubt Ihr allen Ernstes, Ihr könnt uns in die Sklaverei verkaufen und einfach so damit davonkommen?«

Der Erste Maat zeigte die Zähne. »Wer redet denn von Sklaverei«, sagte er. »Neuer Wirkungskreis höchstens.«

»Ich war mit meinem alten sehr zufrieden, vielen Dank! He! Fass sie nicht an, Drecksack!«

Ein Seemann hatte sich an dem Armbrustschützen vorbei geschoben und Galina gepackt, die sich wehrte und panisch um Hilfe schrie. Yurikos Denken setzte aus. Seine gefesselten Fäuste hoben sich wie von selbst und sausten auf den Kopf des Seemannes nieder. Der fiel um wie ein Baum, halb auf Yuriko drauf, der sich in dem engen Verschlag kaum bewegen konnte. Arkadis hing reglos im Griff eines anderen Seemannes und ließ den Blick nicht von der Armbrust. Die Waffe wiederum konnte Yuriko gerade aus nächster Nähe betrachten, denn der Bolzen berührte ihn kalt und hart am Hals. Er war so nah dran, dass er sah, wie der Finger des Schützen am Abzug zitterte.

»Tötet ihn nicht«, wimmerte Galina. »Bitte tötet ihn nicht.«

Yuriko atmete aus und ließ die Fäuste sinken.

»Euch wird Eure Gier teuer zu stehen kommen«, sagte er. »Man wird uns vermissen und Nachforschungen anstellen.«

»Und wir werden zu Protokoll geben, dass Ihr wie geplant von Bord gegangen seid«, sagte der Erste Maat. »Was danach mit Euch geschehen ist, wissen wir nicht. Spurlos verschwunden, wie tragisch.«

»Ihr habt keine Ahnung, mit wem Ihr Euch anlegt! Yuriko Mandorak Doragon Frost bin ich, Meister der Sie…«

Der Bolzen bohrte sich schmerzhaft in seinen Hals.

»Ist vielleicht nicht so wichtig«, sagte Yuriko mit gefühllosen Lippen.

Man brachte sie nach oben. Sturm lag noch im Bug, Möwen hatten sich auf ihm niedergelassen. Galina starrte zu ihm hinüber, aber Yuriko schob sich dazwischen, um ihr den Anblick zu ersparen.

Das Schiff lag an einer Kaimauer. Eine Rampe führte an

Land. Der Wind war lau, die Sonne glitzerte auf den Wellen. Sileen lag Yuriko zu Füßen: eine Masse von ineinander verschachtelten würfelförmigen Häusern, deren begrünte Dächer verrieten, dass sie kaum jemals eine Schneelast zu tragen hatten. Hier und dort erhoben sich schlanke, hohe Türme über das Häusermeer, Tempel vielleicht. Schatten flossen durch die tiefen, schmalen Gassen, und ein Summen von unzähligen Stimmen lag über der Stadt. Die Häuser schmiegten sich an einen sanften Hang, auf dem ein Palast thronte: weiße Fassaden und Arkaden und goldene Dächer und alte Bäume, die ihre Zweige über die Mauern hängen ließen. Für einen Atemzug packte Yuriko die Abenteuerlust, dann schnitten ihm die Fesseln in die Haut und die Gedanken an Florine in die Seele, und die Anwandlung verpuffte.

Er gab dem Druck der Armbrust nach und stieg über die Reling auf die Rampe und von dort aus auf die Kaimauer. Die ersten Schritte an Land fühlten sich wie immer seltsam an – als sei sein Schwerpunkt zu tief gerutscht. Er sah sich nach Arkadis und Galina um, die ihm hinterher stolperten.

Ein Seemann fesselte sie alle aneinander, Yuriko in der Mitte, dann wurden sie abgeführt. Galina hinter ihm schluchzte leise. Arkadis vor ihm hielt sich sehr gerade, ihre Schultern waren starr, aber ihr Blick huschte nach allen Seiten.

Niemand nahm Notiz von dem kleinen Gefangenentransport. Alle möglichen Sprachen flogen durch die Luft, und dass Yuriko nur das Zentallinische verstand, bewies ihm, dass die Fesseln auch die Wirksamkeit des Sprachenringes unterbanden. Zusammen mit seiner Blutversorgung. Er öffnete und schloss die Finger, die schon unangenehm kribbelten. Sofort zuckte die Waffe des Armbrustschützen hinauf in sein Gesicht. Yuriko lächelte entschuldigend.

»Keine Dummheiten, versprochen.«

Sie verließen den Kai, auf dem es zuging wie auf dem Jahrmarkt. Der Kapitän höchstpersönlich führte den Trupp mitten hinein ins Straßengewirr. Die Frauen hier im Süden trugen ihr

Haar unbedeckt, und Yuriko fiel fast auf die Nase, weil er nicht aufhören konnte, all den dunkelhaarigen und blonden Schönheiten hinterherzusehen. Es gab große öffentliche Badehäuser und Fischbratereien und Zuckerbäcker und Händler, die kleine, rundliche Pelztiere in Käfigen verkauften, Musikantinnen und Tänzer auf den kleinen Plätzen, zu denen die Straßen sich überraschend öffneten, von großen Fenstern durchbrochene Fassaden und farbenfrohe Fahnen, die im Wind flatterten, der vom Meer hereinkam. Yuriko begann zu bedauern, dass er nie als freier Mann hier gewesen war.

Er sah hinunter auf seine Fesseln. Die Ereignisse fühlten sich immer noch an wie ein schlechter Scherz, doch dann fehlte Sturm und Yuriko verging das Lachen.

Durch einen Torbogen brachte man sie in den Hinterhof eines weitläufigen Hauses. Weißer Kies bedeckte die Wege. Inmitten eines winzigen, aber idyllischen Gartens sprudelte ein Springbrunnen.

Ein Diener trat ihnen entgegen, sprach kurz mit dem Kapitän und eilte dann davon. Sie warteten. Yuriko ließ den Armbrustschützen nicht aus den Augen, der wiederum ihn nicht aus den Augen ließ. Blöderweise hatte er sich zwischen seinen Gefangenen und der Hofeinfahrt postiert. Wenn sie jetzt flohen, würde der Schütze mindestens einen Schuss setzen können, und dass er auch auf größere Entfernung präzise traf, hatte er auf dem Schiff unter Beweis gestellt. Yuriko verwarf seine Fluchtgedanken. Wer hier lebte, hatte Sinn für Schönes und Geld und vermutlich ein offenes Ohr für einen gebildeten Mann aus dem Norden. Diese Notlage musste sich mit Worten lösen lassen, nicht mit Gewalt.

Er hielt sich noch an dieser Hoffnung fest, als man ihn schon nötigte, sich durch eine sehr niedrige Tür zu bücken und steile Stufen in einen modrigen, kalten Keller hinunterzusteigen.

Dort unten roch es nach Schimmel, nassen Mauern und ungewaschenen Menschen. Letztere wurden von Talglampen beleuchtet, die mehr schlecht als recht brannten. Die meisten

Gefangenen saßen, einige wanderten unruhig auf und ab. Einige wichen zurück, als die Bewaffneten auf der Treppe erschienen.

»Ich hätte gerne den Hausherrn gesprochen«, sagte Yuriko laut. »Hier liegt ein Missverständnis vor.« Er verrenkte sich den Hals nach dem Kapitän, doch der stieg nicht mit in den Keller. Einer der Bewaffneten sagte etwas, das für Yuriko gleichermaßen rüde wie unverständlich klang, und schubste ihn voran. Yuriko stolperte auf der untersten Stufe und hatte zu tun, nicht auf Arkadis draufzufallen. Während der eine immer noch die Armbrust auf Yuriko gerichtet hatte, löste der andere die Ketten. Ohne viel Hoffnung streckte Yuriko ihm die Hände entgegen, um die sich immer noch die Arkanfessel schlang, doch der Kerkermeister lachte nur. Dann verschwanden die Bewaffneten nach oben und warfen die Tür zu.

Stille kehrte ein, bedeckt von einem faserigen Teppich aus Rascheln, Atemgeräuschen und dem Knacken von Gelenken.

»Spricht jemand meine Sprache?«, sagte Yuriko laut. Er machte ein paar Schritte in den Raum hinein – ein niedriges, grob gemauertes Tonnengewölbe – und sah sich um. Zwei oder drei Dutzend Menschen waren hier eingesperrt – Männer und Frauen jeden Alters. Niemand antwortete. Manche sahen aus wie Bettler, mit verfilzten Haaren und zerrissenen Kleidern, aber manche waren offenbar wohlhabend gewesen, ehe man sie verschleppt hatte.

Hinter ihm schluchzte Galina jämmerlich. Er drehte sich zu ihr. Sie kauerte auf den Stufen, Arkadis neben sich, die fürsorglich die Arme um Galinas Schultern gelegt hatte. Yuriko setzte sich neben sie.

»Verzweifle nicht«, murmelte er. »Es gibt immer einen Ausweg.«

»Ich muss pinkeln«, schluchzte Galina. »So dringend. Ich muss die ganze Zeit schon. Weißt du, wie das ist, wenn man in die Sklaverei verschleppt wird und die ganze Zeit nur daran denkt, wie dringend man pinkeln muss?«

»Na, immerhin denkst du dann nicht die ganze Zeit an Sturm«, sagte Yuriko, und Galinas Weinen steigerte sich. Arkadis warf Yuriko über Galinas Kopf hinweg einen vernichtenden Blick zu. Dann zeigte sie ihm, hier bei Galina zu bleiben, stand auf und begann, unter den Gefangenen umherzugehen und sich mit Gebärden zu verständigen.

Die Lösung für Galinas unmittelbares Problem bestand in einem Eimer unter der Treppe, der ihnen von einer Mitgefangenen gezeigt wurde. Lösung für das übergeordnete Problem gab es keine. Es war dunkel und muffig, Verzweiflung lag zum Schneiden dick in der Luft. Yurikos Fesseln ließen sich keinen Deut lockern. Er fühlte sich, als hätte man ihm ein Bein amputiert: gänzlich aus dem Gleichgewicht gebracht.

Er ging die Treppe hinauf und hämmerte mit den Fäusten gegen die Tür, bis Blut kam. Schrie um Hilfe, stieß Drohungen aus, bis schließlich einer der Mitgefangenen ihn bei der Schulter packte und ihm zu verstehen gab, dass er besser damit aufhörte.

Yuriko sackte auf der obersten Stufe zusammen und ließ den Kopf nach hinten gegen die Tür sinken. Langsam, ganz langsam sickerte in ihn ein, dass die Lage womöglich ernst war. Und dass er nicht das Geringste tun konnte.

Irgendwann ertönte das Geräusch von Riegeln, die zurückgeschoben wurden. Ein Schlüssel drehte sich im Schloss. Steifbeinig kam Yuriko in die Höhe. Die Tür öffnete sich. Männer mit langen Spießen erschienen, und Yuriko wich zurück, damit sie ihn nicht von der Treppe räumten. Die Männer brachten zwei staubige Brotlaibe und einen Trog mit einer pappigen, farblosen Masse darin. Leider schien der Brei auch ihre Ohren zu verschließen, denn sie zeigten sich gänzlich unbeeindruckt von Yurikos lautstark geäußerten Forderungen. Einer warf noch ein paar frische Talglichter von der Treppe, dann gingen sie und sperrten wieder ab.

Und Yuriko fand sich zwischen dem Essen und einer ausgehungerten Meute.

Die nächsten Augenblicke überstand er nur dank seiner imposanten Gestalt. Obwohl er die Hände nicht frei hatte, gelang es ihm, einen der Brotlaibe zu retten. Galina half, die Beute in Stücke zu teilen. Während noch die Rauferei am Breitrog stattfand, sah Yuriko sich um. Nicht alle Gefangenen beteiligten sich an den Verteilungskämpfen. Er ging hinüber zu einer jungen Frau, die eingeschüchtert an der Wand kauerte. Sie zuckte zusammen und hob die Hände vors Gesicht, als er sich näherte. Er ging vor ihr in die Hocke und hielt ihr ein Stück Brot hin, sah dann, dass sie schwanger war, und gab ihr ein zweites Stück. Sie schnappte sich die Mahlzeit und begann hastig zu essen, und er blieb in ihrer Nähe, um sicherzustellen, dass niemand ihr etwas wegnahm. Den Rest seines Anteils gab er einem mageren Alten, der sich mit einer angedeuteten Verbeugung bedankte.

»Zentallo?«, fragte der Alte mit vollem Mund.

»Du sprichst meine Sprache?«, sagte Yuriko überrascht. »Ja, Zentallo. Mit dem falschen Schiff gefahren, wie sich herausstellt.«

Der Alte zeigte auf Yurikos Fesseln.

»Ich bin ein Zauberer«, erklärte Yuriko. »Die Fesseln unterdrücken meinen Arkanfluss. Hätte ich die nicht, hätte ich schon längst alles hier in Schutt und Asche gelegt.«

»Dummer Zauberer«, sagte der Alte zwinkernd.

»Ja«, sagte Yuriko seufzend. »Ein dummer Zauberer. Und du?«

Der Alte sprach kaum mehr als ein paar Brocken zentallinisch. Yuriko reimte sich zusammen, dass der Alte sich selbst in die Sklaverei verkauft hatte, um Schulden zu tilgen, die sonst sein Sohn hätte bezahlen müssen. Oder so ähnlich. Die Geschichte war so deprimierend, dass Yuriko um jedes Stück froh war, das er nicht verstand.

Die Zeit verging. Jemand wechselte die abgebrannten Talglichter gegen neue aus. Hier und da legten Leute sich zum Schlafen auf dem nackten Boden nieder. Galina und Arkadis hielten einander im Arm und dösten. Yuriko setzte sich zu ihnen. Er war müde, aber weit entfernt von Schlaf.

Vorsichtig schubste er Galina an. Die gab einen kleinen Schrecklaut von sich und riss die Augen auf.

»Fass mir mal in die Tasche«, sagte er leise und drehte ihr die richtige Seite zu.

»Was?«

»Ich muss sehen, ob es Padda gutgeht. Er hat sich seit einiger Zeit nicht mehr bewegt.«

Galina seufzte und tat ihm den Gefallen. Der Kröter, den sie aus Yurikos Tasche holte, war wohlauf, aber tödlich beleidigt. Sie setzte ihn auf Yurikos Knie, wo er sich mit seinen kleinen Füßen festhielt und unverzüglich begann, seinen Herrn niederzustarren.

»Ich weiß«, murmelte Yuriko. »Du magst es nicht in meiner Tasche. Aber ich kann nichts dafür. Du sitzt in meiner Tasche fest, und ich sitze in diesem Keller fest.«

Unbeeindruckt blähte Padda den Kehlsack. Vorsichtig kratzte Yuriko den Kröter dort, wo andere Tiere ihre Ohren hatten, und nach geraumer Weile ließ Padda sich dazu herab, die Augen zu schließen und sich in Yurikos Berührung zu lehnen.

Einer der Gefangenen rückte näher, betrachtete Padda und führte die Hand zum Mund.

»Versuch, ihn zu essen, und ich versuche, dich zu essen«, sagte Yuriko unfreundlich. Er wusste nicht, ob der Mann zentallinisch sprach, aber der Tonfall war offenbar unmissverständlich. Der Mann entfernte sich und rollte sich murmelnd zum Schlafen zusammen.

Als die Tür sich wieder öffnete, drang grelles Tageslicht herein. Yuriko blinzelte. Er fand sich mit dem Kopf an Galinas Schulter, Padda im Arm. Obwohl er geschlafen haben musste, fühlte er sich alles andere als ausgeruht.

Bewaffnete kamen die Stufen herunter und verteilten sich im Raum, Schwerter und Spieße bedrohlich auf die Gefangenen gerichtet. Die drängten sich gegen die Wände. Manche weinten vor Angst. Yuriko, dem die Feuchtigkeit des Kellers in die Gelenke gekrochen war, wurde von Galina und Arkadis auf die Füße gezogen. Er hatte gerade noch genug Zeit, Padda auf seine Schulter zu setzen und ihn unter seine Haare zu schubsen.

Am Treppenaufgang wurden fein geschnürte Lederschuhe sichtbar, gefolgt vom Saum einer Robe, in dem Goldfäden glitzerten. Ein protziges Schwert, eine Hand, schwer von goldenen Ringen, ein Überwurf aus feinem Tuch, ein Gesicht mit wachen Augen und einem sorgfältig gestutzten Bart. Das musste der Hausherr sein. Er war von zwei Fackelträgern flankiert und schritt nun die Reihe der Gefangenen ab.

»Endlich bekommen wir jemanden zu sehen, der hier etwas zu melden hat«, sagte Yuriko erleichtert. »Hört, mein Herr – sprecht Ihr meine Sprache?«

Er machte einen Schritt aus der Reihe. Sofort war einer der Bewaffneten bei ihm und stieß ihn unsanft mit dem Schwertknauf rückwärts. Immerhin hielt der Bärtige inne und wandte sich zu Yuriko, musterte ihn von oben bis unten und sagte dann etwas, das Yuriko nicht verstand.

Yuriko hob die Hände. Der Bewaffnete vor ihm hob sein Schwert.

»Ihr müsst nur diese Fesseln lösen, dann können wir uns verständigen«, sagte Yuriko. Er wackelte mit dem Finger, an dem der Ring saß. »Sprachenzauber, versteht Ihr? Nein, natürlich nicht. Wir bräuchten einen Sprachenzauber, damit Ihr begreift, dass ich einen Sprachenzauber habe. Jedenfalls müsst Ihr uns sofort freilassen. Wir sind Bürger Zentallos, und wenn Ihr nicht für einen weiteren Krieg verantwortlich sein wollt, oder zumindest für einen diplomatischen Zwischenfall, dann müsst Ihr … hrrch.«

Die Schwertspitze bohrte sich in seine Kehle. Warmes

Blut tröpfelte ihm in den Kragen. Galina klammerte sich an seinen Arm und flehte ihn an, still zu sein.

Die Aufmerksamkeit des Hausherrn glitt von Yuriko ab und heftete sich an Galina. Mit einem raschen Griff zog er ihr die Haube vom Kopf und befühlte ihr Haar. Galina versuchte, ihm in die Hand zu beißen, und er zog rasch die Finger weg, nur um ihr gleich darauf eine schallende Ohrfeige zu versetzen.

Von da an ging es steil bergab. Yuriko stürzte sich auf den Bewaffneten, der überrumpelt genug war, sich das Schwert aus der Hand schlagen zu lassen. Ein doppelhändiger Faustschlag beförderte ihn ins Traumland. Yuriko hechtete nach dem Schwert, doch jemand trat ihm von hinten brutal in die Knie. Er stürzte um wie ein Baum und verlor Padda. Seine Sicht verschwamm. Schläge prasselten auf ihn ein. Er blinzelte – das Schwert lag kaum eine Handbreit außerhalb seiner Reichweite. Er streckte sich danach, berührte mit den Fingerspitzen den kühlen Knauf, wurde gleichzeitig gepackt und hochgezerrt. Hörte Galina in höchster Not schreien. Wurde von drei Bewaffneten rückwärts geschleift und gegen die Wand geschleudert. Er stieß sich den Kopf und sah Sterne. Eine schmutzige Stiefelsohle senkte sich auf seine Wange und presste ihn gegen den Boden. Er spürte schmerzhaft, wie sein Kiefergelenk knackte, brachte die gefesselten Hände nach vorne, packte den Knöchel des Bewaffneten und stemmte ihn in einer brachialen Kraftanstrengung nach oben weg. Tatsächlich verlor der Bewaffnete das Gleichgewicht und stolperte rückwärts. Yuriko ließ ihn nicht los, versetzte ihm einen letzten Stoß, und der Bewaffnete ging zu Boden. Yuriko kam hoch und sah nach Galina, doch sie stand nicht mehr in der Reihe. Sie wurde, zusammen mit einigen anderen Frauen, die Treppe hinauf geschleppt.

»Yuri!«, schrie sie. »Yuri! Hilfe!«

Er wollte ihr hinterher und lief direkt in eine Phalanx aus Speerspitzen. Der Kampf war zu Ende.

»Galina!«, schrie er. »Mach dir keine Sorgen! Ich finde dich! Bleib einfach am Leben!«

Hilflos sah Yuriko zu, wie ihre zappelnden Beine nach oben verschwanden. Die Bewaffneten eskortierten ihren Dienstherren aus der Gefahrenzone und sammelten ihren Kameraden ein, den Yuriko außer Gefecht gesetzt hatte. Bis zum Schluss hielten die Speerträger Yuriko in Schach, dann zogen sie sich die Treppe hinauf zurück. Die Tür schloss sich. Riegel fanden ihren Platz, und die Verzweiflung schlug über Yuriko zusammen. Er stand und starrte die Treppe an. Alles tat ihm weh, und er konnte nicht glauben, was soeben passiert war.

Jemand trat hinter ihn und fasste ihn an der Schulter. Er zuckte zusammen.

»Arkadis.«

Doch sie war es nicht. Es war die schwangere Frau, die er mit Brot versorgt hatte, und sie hielt ihm Padda entgegen. Der Kröter schien unversehrt, wenn auch schreckgefärbt und eingeschüchtert, wie er sich auf der Hand der jungen Frau zusammenkauerte.

»Alle großen Krötengeister«, sagte Yuriko erleichtert. »Ich danke dir vielmals.«

Er nahm Padda und setzte ihn sich auf die Schulter, dann ging er Arkadis suchen.

Und musste nach geraumer Zeit einsehen, dass er sie nicht finden konnte. Arkadis war verschwunden. Alles, woran er sich erinnerte, waren Schmerz, Lärm, Handgemenge und Galinas Hilfeschreie. Er suchte den Alten, der ein bisschen zentallinisch verstand, und befragte ihn nach Arkadis' Verbleib, doch der hatte nichts gesehen. Immerhin war er der Landessprache mächtig und begleitete Yuriko als Übersetzer auf seiner Fragerunde. Doch niemand hatte Arkadis gesehen.

Hatten die Häscher sie mitgenommen? Oder war ihr gar die Flucht gelungen? Yuriko wagte nicht zu hoffen. Er wagte auch nicht, an Galina zu denken und das Schicksal, das ihr drohte, und er wagte es nicht, an Florine zu denken, in deren Armen er jetzt liegen könnte, hätten sich nicht alle in den Kopf gesetzt gehabt, mit seiner Hilfe die Welt zu retten.

Als die Talglichter getauscht wurden, war er tränenüberströmt und völlig erschöpft, und der Alte wusste bis ins Detail Bescheid über alles, was in Yurikos Leben bisher schiefgelaufen war - oder vielleicht wusste er es auch nicht, denn er hatte wenig Mitgefühl gezeigt und war irgendwann neben Yuriko eingeschlafen. Yuriko ließ ihn. Er fühlte sich leer, hoffnungslos und im Wortsinn ausgebrannt wie noch nie in seinem Leben. Als die einzige Mahlzeit des Tages hereingebracht wurde, ließ er das Schauspiel gleichgültig an sich vorbeiziehen, bis die schwangere Frau auftauchte und ihm flehend die Hände entgegenstreckte. Dann rappelte er sich auf, nahm einem, der das ganze Brot gehortet hatte, kurzerhand einen Laib weg und verteilte ihn an die Schwangere, den Alten und ein paar andere, die aussahen, als kämen sie immer zu kurz. Dann ließ er sich wieder in seine Ecke sinken, streckte die Beine von sich und schloss die Augen.

Zwei weitere Mahlzeiten und eine Musterung der Gefangenen verstrichen. Yuriko war inzwischen sicher, nie wieder das Tageslicht zu sehen. Es gab keinen Markt für gefährliche alte Zauberer – wenn er überhaupt noch einer war. Vielleicht war sein Arkanum für immer vertrocknet. Der Höhepunkt seiner Tage bestand darin, zuzusehen, wie Padda eine Motte oder eine Assel verschlang.

Und dann kam der Tag, an dem er abgeholt wurde. Seine totgeglaubte Hoffnung erhob sich, denn sie nahmen nur ihn mit, keinen anderen, das musste doch bedeuten, dass die zentallinische Regierung Wind von der Sache bekommen hatte und nun drohte, das Land erneut mit Krieg zu überziehen, so man nicht sofort den kostbaren Siegelmeister überhändigte. So beschwingt es die vielen Ketten zuließen, mit denen man ihn verschnürt hatte, stieg Yuriko die Treppe hinauf, blinzelte, bis er sich an das Tageslicht gewöhnt hatte, würdigte den Springbrunnen nach Gehör und folgte seinen Kerkermeistern ins Haus. Er hatte immer noch zu tun mit dem grellen Sonnenlicht, das durch die riesigen, offenen Fenster ins Innere strömte. Schemenhaft nahm er bunte Mosaiken auf dem Fußboden wahr, zart gebauschte Vorhänge, den Duft von Rosen, Schritte und das Rascheln von Gewändern. Eine Männerstimme fragte etwas, eine Frau antwortete.

Moment. Die Stimme kannte er doch irgendwoher. Er verstand die Worte nicht, aber der Tonfall. Dieses süße Zwitschern, das sich dort bewegte, wo Sprache und Gesang sich trafen.

»Mio.« Wenn das ihr Name gewesen war. Er zwinkerte sich die Tränen weg. »Was – was machst du denn hier?«

Sie bemaß ihn mit kühlen Blicken, die Arme vor der Brust verschränkt. Ihre dunklen Zöpfe waren verschwunden, ihr Haar schmiegte sich kurz und fedrig um ihr Gesicht. Sie trug Hosen – Yuriko versuchte wirklich, nicht auf ihre wohlgeformten Beine zu starren – und hohe Stiefel, an denen der Straßenstaub klebte. Sie sagte etwas über die Schulter, und da erst bemerkte Yuriko den Hausherrn, der an einem Tischchen stand und Wein in goldverzierte Becher goss. Eine Unterhaltung entspann sich, an der Yuriko keinen Anteil hatte – wenngleich man ganz offenbar über ihn sprach. Oder um ihn feilschte. Mio ging um ihn herum, befühlte seine Rückseite und seinen Bizeps, roch an ihm und verzog das Gesicht, und Yuriko ließ völlig überrumpelt alles über sich ergehen – nicht zuletzt, weil wieder welche von den lästigen Speerstechern anwesend waren und mordlustig aussahen. Der Hausherr und Mio sprachen lange miteinander. Yuriko stand herum wie bestellt und nicht abgeholt. Mit wachsender Sorge verfolgte er, wie man sich offenbar über seinen Preis nicht einigen konnte. Irgendwann stellte Mio ihren Becher ab und ging mit klappernden Absätzen zur Tür. Yuriko stöhnte auf. Er hatte sich doch wohl nicht versehentlich zu ihr bekannt, damit sie ihn jetzt im Stich ließ?

Auch dem Hausherrn schien daran gelegen, dass sie blieb. Er kam ihr nach, sprach begütigend auf sie ein und rechnete etwas an seinen Händen aus. Sie blieb unter der Tür stehen und drehte sich zu Yuriko. Lächelte kühl, sog seine Verzweiflung in sich auf. Wirkte ein bisschen selbstzufrieden. Dann zog sie einen Beutel aus der Tasche, in dem es klimperte, und zählte dem Hausherrn Goldmünzen auf die Hand. Yuriko machte einen langen Hals. Viele waren es nicht. Sie erwarb ihn doch nicht etwa zum Sonderpreis? Der Hausherr schien Yurikos Einschätzung zu teilen, er machte ein enttäuschtes Gesicht. Ein kurzer Wortwechsel entspann sich über dem Häuflein Gold, dann seufzte der Hausherr und steckte das Geld ein. Sie gaben sich die Hand, und damit hatte Yuriko offiziell den Besitzer gewechselt.

Mio trat an ihn heran, deutete auf seine Fesseln und sagte etwas, das wie eine Frage klang.

»Bitte«, sagte Yuriko. »Unbedingt. Ich tu dir nichts, warum sollte ich?«

Man befreite ihn schließlich von den Ketten, ließ aber die arkanen Fesseln an Ort und Stelle, auch wenn er sich wortreich beschwerte. Mio und der Hausherr verabschiedeten sich, dann nahm Mio Yuriko am Arm und führte ihn nach draußen. Yuriko war, im Rahmen seiner Möglichkeiten, erheitert. Diese winzige Person tat tatsächlich so, als würde er ihr gehören.

Vor dem Haus wartete ein geschlossenes Fuhrwerk mit zwei Pferden davor. Mio drängte ihn eilig ins Innere, kletterte hinterher und zog die Tür zu. Rumpelnd setzte sich das Gefährt in Bewegung.

»Da wären wir also«, sagte Yuriko. »Danke für die, äh, Rettung. Was machst du in diesem Teil der Welt? Und verstehst du ein Wort von dem, was ich sage?«

Sie nickte und hielt ihre Hand hoch, an der ein schmaler Silberring steckte. Dann hob sie zu etwas an, das eine Erklärung sein mochte, für ihn aber völlig fremd klang.

»Kein Wort«, sagte er entschuldigend und zeigte ihr seinen Sprachenring. »Diese Fesseln unterbrechen die Wirkung. Würdest du sie mir abnehmen, könnten wir uns verständigen.«

Sie lachte, eine Spur zu herablassend für sein angekratztes Seelenleben, und schüttelte den Kopf.

»Du hast dir aber sagen lassen, wie du sie abnehmen kannst?«, vergewisserte sich Yuriko. Mio nickte und zeigte auf ihre Stirn.

»Du hast es dir gemerkt. Sehr gut. Dann ziehe in Erwägung, dieses Wissen einzusetzen. Wofür auch immer du mich freigekauft hast, ich werde meine Hände brauchen.«

Sie grinste humorlos und winkte ab.

Die Fahrt dauerte nicht lange. Bis sie ihr Ziel erreichten, hatte Yuriko es mit Komplimenten und Rechtfertigungen versucht und mit ziemlich entwürdigender Bettelei, doch Mio war unzugänglich geblieben. Sie hatte auch nicht mehr versucht, mit ihm zu kommunizieren, und so blieb Yuriko nichts, als abzuwarten, was sie mit ihm vorhatte.

Als er aus dem Fuhrwerk stieg, etwas ungeschickt mit den gefesselten Händen, fand er sich in einer schmalen Gasse vor einem kleinen, aber schmucken Haus wieder.

»Deins?«, fragte er erstaunt. Mio schüttelte den Kopf und zog ihn ins Innere. Plötzliche Hoffnung wehte ihn an. Sie hatte es offenbar eilig, mit ihm allein zu sein. Wenn sie ihre einzige gemeinsame Nacht in genauso guter Erinnerung behalten hatte wie er, fielen ihr vielleicht ein paar Gründe ein, seine Hände zu befreien.

Das Haus war zweckmäßig eingerichtet. Unten befand sich ein Wohnraum mit einer Kochstelle. Eine Treppe führte ins Obergeschoss. Verwundert verfolgte Yuriko, wie Mio alle Fenster kontrollierte und dann, am helllichten Tag, die Läden schloss. Sie erklärte ihm etwas und gestikulierte dabei, und er nickte.

»Versteh ich voll und ganz. Was immer wir zwei Hübschen vorhaben, wir brauchen keine Zuschauer.«

Sie verdrehte die Augen und überschüttete ihn mit einem Wortschwall. War noch ganz hingerissen vor Wiedersehensfreude, die Kleine. Er überlegte, wie er ihr am besten beibringen konnte, dass er sich einer anderen versprochen hatte, beschloss aber, das Thema zurückzustellen, bis er die Hände frei hatte.

Sie ging nach nebenan und ließ die Tür offen. Yuriko folgte ihr neugierig. In dem kleinen Nebenraum befand sich ein großer, beheizbarer Badezuber, unter dem auch schon Feuerholz gestapelt war. Durch eine weitere Tür ging es in einen kleinen Innenhof. Mio sah sich sorgfältig um, bevor sie nach draußen ging und begann, an einer Wasserpumpe Eimer zu füllen. Yuriko bekam den Eindruck, dass sie sich nicht ganz sicher fühlte.

»Ich kann dich viel besser beschützen, wenn ich die Hände frei habe«, versuchte er es, und sie sagte etwas Unfreundliches und wischte sich eine Haarsträhne aus der Stirn.

Er half ihr schließlich mit den Eimern, so gut er konnte. Dann sah er zu, wie sie mit Eisen und Zunder hantierte.

»Du weißt, wie schnell ich dieses Wasser aufheizen kann«, sagte er. »Im Handumdrehen. Ach, könnte ich nur meine Hand umdrehen.«

Sie sah zu ihm auf, zögernd. Er hielt ihr die Hände hin, doch sie schüttelte den Kopf und machte sich wieder an dem Holzstapel zu schaffen.

Während das Wasser heiß wurde, versorgte sie ihn mit verdünntem Wein und Brot, das im Inneren erstaunlich gelb war und nach fremdartigen Gewürzen schmeckte. Im Gegenzug versorgte Yuriko sie mit launigen Geschichten von seinen Reisen. Irgendwann war er entspannt genug, dass Padda es wagte, aus seiner Tasche ins Freie zu klettern. Angesichts des Kröters sprang Mio von ihrem Stuhl, machte einen großen Schritt rückwärts und verzog das Gesicht.

»Siehst du«, sagte Yuriko. »Deshalb hätte das mit uns nie etwas werden können. Eine Frau, die meine Kröte nicht liebt, kommt mir nicht ins Haus. Also, nicht dass ich noch ein Haus hätte. Du weißt, was ich meine.«

Sie zeigte mit schmaler Geste auf den Baderaum. Yuriko erhob sich und hielt ihr einmal mehr die Hände hin.

»Wenn du willst, dass ich mich ausziehe, brauche ich wirklich, wirklich die Hände frei. Ich komme sonst nicht aus den Kleidern.«

Sie gab ihm einen Schubs. Gehorsam ging er nach nebenan und arbeitete sich aus den Stiefeln. Er setzte Padda ab, richtete sich kreuzlahm auf und zuckte zurück. Da war Mio, und sie hielt ihm einen langen, doppelt geschliffenen, gefährlich aussehenden Dolch unter die Nase.

»Langsam, Schönheit«, sagte er überrumpelt. »Wir können doch über alles vögeln. Reden. Ich meine, reden.«

Sie setzte den Dolch an, und er verzog gequält das Gesicht. Das konnte nicht das Ende sein.

Es war das Ende – zumindest das seiner Kleidung. Mit jagendem Herzen und etwas schwach in den Knien verfolgte er, wie sie ihm Hemd und Jacke vom Leib schnitt. Das Messer war geradezu unwirklich scharf, es glitt durch den Stoff wie durch Wasser und verursachte dabei kaum ein Geräusch. Als sie tiefer kam, zog er verzweifelt den Bauch ein und begann stumm zu beten, doch sie schien noch Verwendung zu haben für alles, was sich südlich seines Gürtels befand, und ließ seine Hosen und edelsten Körperteile intakt. Sie betrachtete ihn nachdenklich, dann tippte sie ihm mit der Spitze des Dolches auf die Brust, drehte sich um und ging hinaus.

Yuriko ließ Luft ausströmen. Seine Beine fühlten sich an wie Brei. Womöglich hatte seine Fähigkeit, den Bauch einzuziehen, gerade den Unterschied zwischen Leben und Tod gemacht.

Er streifte sich die Hosen ab und stieg in das heiße Wasser.

Gütiger Krötengeist. Entspannung. So nötig. Die Wärme sickerte in ihn ein und machte ihn schläfrig. Mio hatte Seife am Rand des Zubers bereitgelegt, und er brauchte eine ganze Weile, bis er genug Energie aufbringen konnte, um davon Gebrauch zu machen.

Geraume Zeit verbrachte er damit, sich den modrigen Kellergeruch der Verzweiflung aus den Haaren zu waschen und die Knoten zu entwirren. Irgendwann nahm er aus dem Augenwinkel eine Bewegung wahr – die Tür hatte sich einen Spalt geöffnet. Mios weiße Hand war zu sehen, ein Ausschnitt ihres Gesichts, nachdenklich, eindeutig interessiert an dem Anblick, den er bot. Er setzte sich auf und machte eine einladende Geste, so gut es ging.

»Komm rein. Für eine süße Kleine wie dich ist hier genug Platz.«

Sie verzog das Gesicht und sagte etwas, das eindeutig eine Ablehnung war – und keine höfliche.

»Weißt du«, sagte er, »deine Lippen sagen nein, aber deine Augen sagen ja. Und dein Herz auch, wenn du ehrlich bist.«

Sie machte eine rüde Geste und verschwand von der Tür. Er ließ sich zurücksinken. Bei ihrer ersten Begegnung war sie nicht so schwer zu kriegen gewesen. Vielleicht trug sie ihm noch nach, dass ihn im frühen Morgengrauen nach ihrer gemeinsamen Nacht die plötzliche Reiselust überwältigt hatte. War ihr nicht zu verdenken. Einen wie ihn traf eine Frau schließlich nicht alle Tage.

Er blieb liegen, bis das Wasser abgekühlt war, dann kletterte er aus dem Zuber und begann das mühsame Geschäft, sich mit gefesselten Händen abzutrocknen. Er hatte keine Lust, in seine schmutzigen Hosen zu steigen, also entwickelte er eine umständliche Technik, sich mit gefesselten Händen das Handtuch um die Hüften zu schlingen. Solchermaßen unbekleidet schlenderte er nach nebenan.

Seine Hoffnung, Mio hätte inzwischen eine Mahlzeit zubereitet, die aus mehr bestünde als Brot und verdünntem Wein, zerschlug sich. Immerhin hatte sie Tee gekocht. Sie stellte ihren Becher ab und kam ihm entgegen. Den Dolch trug sie, sehr zu seiner Erleichterung, nicht mehr bei sich. Sie fasste ihn am Handtuch, zog ihn näher und schnupperte an ihm, zeigte dann ihr zauberhaftes Lächeln und nickte. Er wagte es, die Hände an ihr Gesicht zu bringen und zart mit dem Daumen über ihre Wange zu streichen.

»Wo sind deine schönen Zöpfe?«, fragte er. Sie zog eine Grimasse, fasste in seine Haare und deutete mit zwei Fingern eine Schere an.

»Ich hab's mir anders überlegt«, sagte er schaudernd. »Ich will's nicht wissen.«

Sie seufzte. Legte eine federleichte Hand auf seiner Brust, sah ihn von unten herauf an. Sagte etwas, das sehr ernst klang.

»Es tut mir leid«, sagte er aufs Geratewohl. »Aber schau. Das mit uns hätte sowieso nicht gehalten. Und nicht nur wegen Padda. Auch wegen des Altersunterschiedes. Und ... egal, aus einer Vielzahl anderer Gründe. Weißt du, ich dachte, ich gehe, bevor wir uns unglücklich machen.«

Sie schüttelte den Kopf und murmelte etwas, das verdächtig nach »Denken ist nicht deine Stärke« klang. Er wusste, wie sich das anhörte. Frauen sagten das gelegentlich zu ihm.

Sie sprach weiter, sah hinunter auf seine Fesseln. Zögerte.

»Wenn du reden willst, musst du sie mir abnehmen«, sagte er. »Und für alles andere auch.«

Sie verdrehte dien und sagte etwas Finsteres, das allerdings seine Wirkung verfehlte, denn ihre Hand lag immer noch warm und leicht auf seiner Brust.

»Ich verspreche dir, ich tu dir nichts«, sagte er. »Nichts, was du nicht willst.«

Sie nickte, gab sich einen sichtlichen Ruck, tippte die Fesseln an und sprach ein Wort. Wie eine tote Schlange fielen die Lederriemen zu Boden. Eine gewaltige Welle Arkanum flutete Yuriko und holte ihn beinahe von den Beinen. Er taumelte rückwärts, völlig eingehüllt von arkanem Feuer, das unkontrolliert aus ihm herausströmte. Es fauchte, tobte und knisterte, seine Haare schlugen Funken, jede seiner Fasern füllte sich mit Leben, es fühlte sich so unglaublich gut an, dass er für einen Augenblick gar nicht wusste, warum Mio so erschrocken war. Dann ging ihm auf, dass es vermutlich die Stimmung nicht förderte, wenn er ihr Haus abbrannte. Er stolperte nach nebenan und warf sich mit einem gewaltigen Platschen in den Zuber. Es zischte und brodelte. Dampf füllte die kleine Kammer. Das Feuer erlosch. Zwischen den Schwaden wurde Mio sichtbar, die sich ihm näherte wie einem tollwütigen Hund, die Fessel in den Händen.

»Bleib mir weg damit«, sagte er. »Es ist schon gut. Ich hab's im Griff. Wasser ist übrigens wieder warm, willst du reinkommen?«

»Nein«, sagte sie. »Du kommst raus. Wir müssen reden.«

»Nennt man das so in deinem Kulturkreis?«

Der vernichtende Blick und die Grobheit, mit der sie ihm ein trockenes Handtuch ins Gesicht presste, übersetzte sich ganz ohne Sprachenzauber ins Zentallinische. Er seufzte und kletterte zum zweiten Mal an diesem Tag aus dem Zuber.

Mio wartete nebenan und bemaß ihn zum zweiten Mal mit einem so kritischen wie interessierten Blick, als er mit nichts als einem Handtuch hereinkam.

»Was ist falsch mit deinen Hosen?«, fragte sie.

»Da klebt Sklavenstaub dran«, sagte er. »Jemand müsste die mal waschen.« Er bedachte sie mit einem bedeutungsvollen Blick, den sie ungerührt erwiderte.

»Nimm das Wasser im Zuber«, sagte sie. »Das ist ja angeblich noch warm.«

Er setzte sich ihr gegenüber an den Tisch. »Kann warten. Also, worüber möchtest du, hrm, reden?«

Sie fasste unter den Tisch. Plötzlich war da der Dolch in ihrer Hand, das spärliche Licht lief an der Klinge entlang. Sie schnellte vorwärts, Yuriko gleichzeitig rückwärts, wobei er polternd seinen Stuhl umstieß.

»Oi! Können wir nochmal drüber reden, was du unter Reden verstehst?«

Der Dolch traf sein Ziel und blieb zitternd stecken. Einigermaßen fassungslos starrte Yuriko auf die Tischplatte. Mio hatte die Klinge mehr als zwei Fingerbreit darin versenkt.

»Ich will die Scheidung«, sagte Mio.

»Äh«, sagte Yuriko.

»Was«, fauchte sie. »Arbeitet dein Sprachenzauber nicht richtig, oder bist du von Natur aus beschränkt?«

»Jetzt hör mal! Wie soll ich denn wissen, dass wir Eheleute sind, wenn du weder für mich wäschst noch mir etwas kochst, noch zu mir in den Zuber kommst?«

Mit einem wütenden Aufschrei packte sie den Dolch und versuchte, ihn aus der Tischplatte zu ziehen, doch der Dolch war stärker. Sie zerrte am Griff und fluchte blumig und hielt erst inne, als er seine Hand auf ihre legte.

»Soll ich dir helfen?«

»Nein! Verzichte!«

»Setz dich, hm? Lass uns reden.«

Sie ließ von der Waffe ab, hochrot im Gesicht. Er stellte seinen Stuhl richtig hin, setzte sich und zog sie kurzerhand auf sein Knie.

»Du bekommst von mir, was du willst, Schönheit. Auch die Scheidung. Aber wollen wir nicht zuerst ein paar Wissenslücken schließen? Wie du mich gefunden hast, ist mir beispielsweise ein Rätsel.«

Sie seufzte und klopfte mit ihren Fersen gegen sein Bein.

»Du bist durchschaubarer, als du glaubst. Ich habe in deinem Gepäck ein Buch mit Liebesgedichten gefunden, das offenbar nicht für mich bestimmt war. So wusste ich, du würdest irgendwann in dein Land zurückkehren. Obwohl ich nicht damit gerechnet hätte, dass du dich in der gleichen Nacht noch auf den Weg machst.«

»Du hast mein Zeug durchsucht?«

»Ist das verwunderlich? Ich wollte wissen, mit wem ich es zu tun habe, und wir hatten keinen Sprachenzauber zur Verfügung.«

»Hm.«

»Es gibt in meinem Land nur zwei Hafenstädte, aus denen man nach Westen reisen kann. Ich war erst in Oyama, du bist aber von Ibaki aus abgereist. Als ich in Ibaki ankam, warst du längst weg. Aber man hat sich an dich erinnert. Ein riesiger Abendländer mit einer Kröte. Der Hafenmeister konnte mir sagen, wohin du gereist bist. So habe ich mich auf deine Spur gesetzt.«

»Über den Südlichen Kontinent … Aksum …«

»… die Schwarze See der Verdammnis, die ihren Namen nicht umsonst trägt …«

»O ja, ich erinnere mich mit Grausen. Bis nach Massa?«

»Nein. Mein Hafen hieß Salano, oder so ähnlich. Und dort hatte ich wieder Glück. Es gibt eine Schule für Zauberer dort. Ich fragte nach einem Doragon – einem Salamander, wie ihr euch nennt – mit einer Kröte, und man schickte mich nach Letis weiter. Und dann kam ich an und du warst gerade wieder weg.«

»Das tut mir schrecklich leid«, sagte Yuriko geknickt. »Es war nicht meine Absicht, dich durch die ganze Welt zu jagen.«

»Streng genommen habe ich dich gejagt«, sagte sie und tippte ihm mit spitzem Finger auf die Brust. »Und zur Strecke gebracht. Im Übrigen, weißt du, dass ich nicht die Einzige bin, die hinter dir her ist?«

»Huh? Du bist aber die Einzige, zu der ich mich versehentlich bekannt habe, versprochen.«

»Zwei Frauen und ein Mann. Eine Schwertkämpferin, ein Zauberer, und was die dritte ist, weiß ich nicht.«

»Keine Sorge«, sagte er. »Diese Drei hab ich erledigt, bevor ich aus Letis abgereist wurde.«

»Das glaub ich aber nicht«, sagte sie. »Ich habe sie gestern noch am Hafen herumlungern sehen.«

Die Neuigkeit brauchte einen Augenblick, um in ihn einzusickern, dann katapultierte sie ihn vom Stuhl ans Fenster, zur Vorder- und zur Hintertür, doch draußen war alles ruhig: fremd, aber friedlich.

»Kann nicht sein«, sagte er, als sie sich wieder im Wohnraum trafen. »Die Schwertfrau und die mit den schlechten Zähnen hab ich abgebrannt. Und den seltsamen Wasserschlangen-Najaden hab ich, na ja, zumindest ziemlich aufgemischt. Kann sein, dass von dem noch eine Pfütze irgendwo übrig ist.«

»Sie sind alle drei hier«, sagte Mio. »Und sie folgen dir wie an Fäden gezogen. Verrätst du mir, warum?«

»Ich habe keine Ah… gütiger Krötengeist.« Er fasste sich an die Schulter.

Eine arkane Signatur, weder Fluch noch Bann.

»Ich glaube, der Najade hat mich markiert, bevor er sich verplätschert hat«, sagte Yuriko dumpf. »Vermutlich ziehe ich so etwas wie eine arkane Blutspur hinter mir her.«

»Könnte sie durch die arkane Fessel unterbrochen worden sein? Ähnlich wie der Sprachenzauber?«

»Möglich, aber ich kann ja nicht bis ans Lebensende diese Fessel tragen.«

Sie verschränkte die Arme vor der Brust und betrachtete ihn nachdenklich.

»Nein«, sagte er. »Du hast keine Ahnung, wie schlimm das war. Ich war gewissermaßen entmannt.«

»Mein armer Doragon«, sagte sie, aber er kaufte ihr das Mitleid nicht recht ab.

»Ich versteh nicht, wie die noch am Leben sein sollen«, sagte er. »Ich war so sicher. Ich meine, von denen war nichts übrig!«

»Hast du ihre Leichen gesehen?«

»Nein, aber …«

Sie sah ihn an. Er seufzte. »Ich habe keine Erklärung.«

»Am sichersten ist es, die Leichen deiner Feinde zu enthaupten«, sagte sie. »Das macht auch eine Wiedererweckung schwierig.«

»Ich will nicht wissen, woher du das weißt«, sagte er schaudernd.

Sie ging zum Tisch, packte den Dolch und rüttelte so lange daran herum, bis die Waffe endlich freikam.

»Zurück zu unserer Scheidung«, sagte sie.

»Gut«, sagte er. »Wo muss ich unterschreiben?«

»Löst man eine Ehe in deinem Kulturkreis mit einer Unterschrift?« Sie trat nahe an ihn heran, den Dolch locker in der Hand. »Bei uns nicht. Wir schließen eine Ehe auf Lebenszeit. Das heißt …«

Sie stellte sich auf die Zehenspitzen und küsste seinen Mundwinkel. Er erwiderte den Kuss – Mio roch so gut und er wollte ja nicht unhöflich sein.

»Um dich von mir scheiden zu lassen, musst du sterben«, flüsterte sie auf seinen Lippen.

»Bitte was?«, sagte er überrumpelt. »Das ist ein rechter Stimmungsmörder, Kleine.«

Kaltes Metall berührte seinen Hals. Er erstarrte und wagte nicht zu atmen. Bilder flackerten durch seinen Kopf, wie sie ihn erst tötete und dann enthauptete, damit niemand ihn wiederbelebte – Galina vielleicht, für die der Tod sicher kein Grund war, ihn aus seiner Lehrverpflichtung zu entlassen – und das konnte was werden, wenn sie sich an einer Wiederbelebung versuchte …

»Was lachst du?«, fragte Mio ungehalten.

»Reine Verzweiflung«, beteuerte Yuriko. »Komm, leg das Messer weg, Schönheit. Lass uns, äh, reden.«

»Es gibt keine andere Möglichkeit«, sagte sie, ließ aber immerhin den Dolch sinken. »Ich muss dich töten, um meine Ehre wiederherzustellen. Und du hast es verdient.«

»Es tut mir leid, Mio, wirklich. Es war nicht meine Absicht, dir Schwierigkeiten zu machen. Ich war einfach gefangen in der Schönheit des Augenblicks. Deiner Schönheit. Bin ich immer noch, um ehrlich zu sein, und in einem anderen Leben – unter anderen Umständen – würde ich nicht daran denken, mich von dir scheiden zu lassen.«

Vorsichtig griff er nach ihrem Handgelenk und entwand ihr den Dolch. Ihre Augenlider flatterten. Er legte den Dolch weg und nahm sie in den Arm. Ließ sachte die Hände über sie gleiten, küsste ihren Scheitel. Die linke Tasche ihres Mantels war ausgebeult. Er tastete beiläufig, fühlte mit den Fingerspitzen das glatte Leder der Arkanfessel und schauderte.

»Wie wär's, du fährst einfach heim und erzählst allen, du hättest mich umgebracht? Niemand kann es nachprüfen, und ich schwöre dir, ich werde nie wieder das Land hinter den Mandelbäumen bereisen.«

»Ich will nicht mit einer Lüge leben«, sagte sie. »Ich will frei sein für eine neue Ehe. Das ist schwierig genug für mich.

Ich wurde verlassen. Das ist ein Makel, den ich nie wieder loswerde.«

»Versteh ich«, sagte Yuriko und seufzte tief. »Es tut mir so leid.«

»Du kannst es richten, indem du dich von mir töten lässt.«

»So leid nun auch wieder nicht.«

»Dann komm mit mir zurück und nimm deinen Platz an meiner Seite ein. Ich muss mich nicht von dir scheiden. Vielleicht könnte ich dir verzeihen. Wenn du lieb fragst.«

Er setzte zu einer weitschweifigen Erklärung an, aber sie brachte ihn zum Schweigen, indem sie ihm ihre Hand über den Mund legte.

»Ich brauche deine Einwilligung überhaupt nicht!«, sagte sie triumphierend. »Du gehörst mir ohnehin! Ich habe dich gekauft!«

Er küsste ihre Handfläche auf eine Art, die hoffentlich Erinnerungen in ihr wachrief, und tatsächlich verfing sich ihr Atem. Sie ließ die Hand sinken.

»Hör auf damit«, sagte sie, klang aber nicht sonderlich überzeugt.

»Du kannst nicht erwarten, dass ich mich kampflos abstechen lasse«, sagte Yuriko. »Selbst wenn du das übers Herz brächtest. Du bist eine Kriegerin, keine Mörderin. Deshalb mache ich dir einen Vorschlag. Ein ehrenhafter Zweikampf.«

»Er ist nicht ehrenhaft, wenn du einfach alles um dich herum abfackelst«, wandte sie ein.

»Keine Zauberei«, versprach er. »Nur wir beide, Messer gegen Messer.«

»Ich wusste nicht, dass du mit dem Messer umgehen kannst.«

»Ich komme herum und lerne so dies und das«, sagte er vage. »Also? Bist du einverstanden?«

Sie zögerte, bemaß ihn mit Blicken, vielleicht um seine Gefährlichkeit einzuschätzen.

»Na gut«, sagte sie schließlich. »Aber keine miesen Tricks.«

»Keine miesen Tricks. Ehrenwort. Andernfalls kannst du mir sofort wieder die Arkanfessel anlegen. Sie funktionieren mit einem Schlüsselwort, nehme ich an? Das man vor jedem Gebrauch neu festlegt?«

Sie nickte.

»Gut«, sagte er. »Doch zuerst hätte ich gerne, dass du zumindest eine deiner ehelichen Pflichten erfüllst.«

Sie lachte auf. »Wie bitte?«

Er zog sie an sich, mogelte ein Knie zwischen ihre Schenkel, umfasste ihren Nacken.

»Du kannst mir entweder etwas kochen«, murmelte er an ihren Lippen, »oder das bisschen Kleidung waschen, das du nicht zerstört hast … oder aber …«

Er drehte sie sachte zur Treppe.

»… du machst noch ein letztes Mal Gebrauch von dem, was dieser Ehemann dir zu bieten hat.«

Sie ließ zittrigen Atem ausströmen. Kam dem Druck seines Knies entgegen, grub ihre Finger in seine Schultern. Sachte verstärkte er den Druck seiner Hand auf ihrem Nacken. Er hatte sich gut gemerkt, was ihr gefiel. Ihre Lippen suchten seine. Er hob sie hoch, und sie schlang die Beine um ihn. Er trug sie die Treppe hinauf, ungeachtet seiner Knie, die sich unter ihrem zusätzlichen Gewicht anfühlten wie mit glühender Schlacke ausgegossen. Oben öffnete sich ein einziger Raum, ein hochbeiniges Bett unter der Dachschräge, Decken und Felle und geschnitzte Bettpfosten. Er trug sie bis dorthin und legte sie vorsichtig nieder, begann dann, sie auszuziehen, beginnend bei den Stiefeln, gemächlich voranschreitend bei den Hosen – so verwerflich es war, wenn Frauen Hosen trugen, so ungeheuer beflügelnd war es doch für die männliche Vorstellungskraft – sorgfältig bei den vielen kleinen Knöpfen, mit denen ihr Wams verschlossen war. Den langen, weiten Mantel legte er zuoberst auf den Kleiderhaufen neben dem Bett.

Und wie wunderschön sie aussah. Ihr schmaler, muskulöser Körper, die kleinen, rundlichen Apfelbrüste, ihre Haut, die wie Honig in der Sonne glänzte. Das dunkle Dreieck zwischen ihren Schenkeln. Die Art, wie sie hinsah und – gütiger Krötengeist – hinfasste. Wie sie sich seiner bemächtigte, als sei er aus keinem anderen Grund geschaffen als dem, ihr Lust zu bereiten. Sie zog ihn auf sich, und er brachte vorsichtig sein Gewicht auf sie, biss sie zart in die Halsbeuge, bis sie keuchte. Er nahm ihre Hände und führte sie nach hinten über ihren Kopf, hielt dort ihre schmalen Handgelenke umfasst, berauschte sich an dem Anblick, wie sie sich ihm entgegenwölbte, er hatte sie längst, wo er sie haben wollte, aber dann fing sie an, diese kleinen, zwitscherhellen Laute von sich zu geben und sich an ihm zu reiben, und er beschloss, seine Pläne noch etwas zu verschieben.

Einen wilden Ritt später war er froh, dass sein Herz unterwegs nicht aufgegeben hatte. Sie lag an ihn geklammert wie das Eichhörnchen am Baum, ihre Haut glänzte vor Schweiß, ihre Wangen waren hochrot, aber während er noch versuchte, den plötzlichen Herztod abzuwenden, war sie schon wieder ganz lebendig. Sie blinzelte zu ihm hinauf.

»Das hast du doch nur gemacht, damit es mir schwerfällt, dich zu töten.«

»Du hast mich durchschaut.« Er küsste ihre Stirn. »Und, hat es funktioniert?«

»Sag ich dir nicht.«

Er strich durch ihr kurzes, seidiges Haar. »Ich denke schon. Alle Anzeichen sprechen dafür.«

Sie seufzte gegen seine Brust. »Ein Jammer.«

Er drehte sie behutsam in seinen Armen, umfasste sie von hinten und beglückte seine Hände mit ihren zarten Brüsten.

»Eins sag mir noch, ehe wir uns scheiden«, murmelte er an ihrem Ohr. »Warum bist du mit mir die Ehe eingegangen? Wir konnten uns nicht verständigen, aber du hast doch gesehen, dass ich viel zu alt für dich bin.«

»Ich bin die stärkste Kriegerin meines Hauses«, sagte sie. »Du warst der stärkste Krieger. Du hattest mich vor der Schicksalsschlange gerettet. Du warst meiner würdig.«

»Mhm«, machte er, streckte den Arm und schüttelte die Hand aus, in der immer noch ein Rest des unangenehmen Kribbelns saß. »Wie kommt es, dass ausgerechnet ich, der Abendländer, die stärkste Kriegerin vor der Schicksalsschlange bewahren musste?«

Sie schlug ihn spielerisch. »Wie kommt es, dass ausgerechnet ich, die Fremde, den stärksten Krieger aus einem Sklavenkeller freikaufen musste?«

»Du hast recht. Ach, wir wären ein gutes Gespann gewesen.« Er rollte sich vorsichtig auf sie, fing ihre Hände und brachte sie nach oben. Küsste ihren Nacken, bis sie wohlig brummte.

»Nochmal?«, fragte er. Statt einer Antwort schob sie sich unter ihm in Position und presste ihre Rückseite gegen ihn. Er tastete vor dem Bett und fand, was er suchte.

»Bedaure«, sagte er. »Aber ich bin leider gar nicht gut mit dem Messer.«

Die Arkanfessel schlang sich wie von selbst um ihre Handgelenke und um den Bettpfosten. Sie hob den Kopf. Erregung wich, Erkenntnis keimte. Er gab ihr einen letzten Klaps auf den Hintern und stieg aus dem Bett.

»Mach mich los!«, schrie sie. »Mach mich sofort los!«

Mühsam wandte er den Blick von ihren verführerischen Formen und ging nach unten. Im Badezimmer klaubte er die wenigen Kleidungsstücke auf, die sie ihm gelassen hatte, und zog sich an. Padda hatte sich im Wasserdampf sichtbar erholt und kletterte zufrieden auf Yurikos Schulter.

Während Mio im Obergeschoss wütete, nahm Yuriko sich die Zeit, seine nächsten Schritte zu bedenken. Er wollte nicht, dass die Nachbarn sie so fanden – nackt und hilflos - und nackt …

Er rieb sich mit den flachen Händen übers Gesicht. Er musste sich konzentrieren. Es war an ihm, ihr zu Hilfe zu eilen – aber nicht, ehe er sich aus dem Radius ihres Zorns entfernt hatte.

In einer Schublade am Tisch fand Yuriko Papier und einen Kohlestift. Er zeichnete ein eindrucksvolles, aber völlig wirkungsloses Siegel, und dann noch eine Körperklammer, weil ihm gerade noch einfiel, dass sie seine Anweisungen nicht verstehen konnte, solange sie gefesselt war. Verdammte Sprachgrenze.

Mio war tränenüberströmt und schäumte vor Wut, als er wieder zu ihr kam. Der Anblick ließ ihn beinahe weich werden. Padda benetzte die Körperklammer mit Krötenspucke, und Yuriko klatschte es ihr auf ihre anbetungswürdige Rückseite. Dann löste er die Arkanfessel. Mio erstarrte.

»Hör mir zu«, sagte er und hielt ihr das frei erfundene Siegel vors Gesicht. »Dies hier ist ein explosives Siegel. Es verliert seine Wirkung morgen bei Sonnenaufgang. Dann, aber erst dann, kannst du gefahrlos die Fesseln lösen. Bitte versuch nicht, dich früher zu befreien. Das Siegel würde dich in Stücke reißen.«

Mio konnte nicht einmal mit den Augen rollen, aber er meinte zu spüren, wie sie versuchte, ihn mit ihren Gedanken umzubringen. Mit seiner arkanen Krötenzunge betastete er die Fessel. Die Berührung war unangenehm, verriet ihm aber, wie er das Schlüsselwort ändern musste.

»Du kannst dich selbst befreien, wenn du das Schlüsselwort kennst. Du musst es laut aussprechen – aber erst morgen früh, verstanden! Es lautet: Yuriko Mandorak Doragon Frost ist der beste Liebhaber, den ich je hatte.«

Ein Zittern durchlief ihren Körper. Für einen Augenblick schloss er nicht aus, dass sie die erste nicht arkane Person war, die durch reine Wut ein Körperklammersiegel brach. Eilig fesselte er sie erneut an den Bettpfosten, brachte das erfundene Siegel auf den Fesseln an und zog dann das Körperklammersiegel ab, nicht ohne ihr Hinterteil angemessen zu würdigen.

»Ich hasse dich«, spie Mio aus. »Ich töte dich!«

»Ich bin ja gerade dabei, das zu verhindern«, sagte Yuriko. Wenn sie seine Worte schon nicht mehr verstand, so vielleicht den begütigenden Tonfall. »Leben ist so kostbar. Meines, in diesem Fall. Also bitte, gib mir ein bisschen Vorsprung.«

Er zeigte auf das vermeintlich explosive Siegel und deutete mit großen Gesten Zerstörung an, untermalte seine Vorführung noch mit einigen Stichflammen aus den Handflächen und löschte dann eilig die Vorhänge. Mio schluchzte bitterlich und ballte die Fäuste in den Arkanfesseln.

Vorsichtig zog er die Decke über sie. Er hätte sie gerne zum Abschied geküsst, konnte sich aber vorstellen, dass sie das unangemessen fand. So riskierte er nur seine Finger, indem er ihr ein letztes Mal über die Wange strich.

»Du bist ein toter Mann«, sagte sie zwischen zwei stockenden Atemzügen.

»Ich hoffe nicht«, sagte er und machte sich davon.

Unten in der Stube fand er noch ihren Geldbeutel. Er war gut gefüllt – in der Tat hatte Yuriko schon lange nicht mehr so viel Gold auf einem Haufen gesehen. Er nahm sich die Hälfte davon – immerhin konnte es sein, dass er Galina und Arkadis zurückkaufen musste – und ließ den Rest in der Schublade am Tisch.

Dann trat er hinaus in die Nachmittagssonne – nicht ledig, aber frei.

Kapitel 5
Die Roten Höhen

Aufs Geratewohl hielt er sich dorthin, wo er Innenstadt und Handelszentrum vermutete. Die Luft waberte zwischen den Häuserwänden. Aus einem Fenster roch es nach Gebratenem und fremden Gewürzen, und für ein paar Schritte war ihm ganz schwach vor Hunger. Das bisschen Brot und Wein hatte all die Entbehrungen nicht aufwiegen können. Er riss sich zusammen. Er hatte zwei Sklavinnen zu befreien.

Er geriet in eine Straße, in der Laden sich an Laden reihte, und fand dort einen Altkleiderhändler. Viel Auswahl für einen Mann seiner Statur hatte der nicht, er kramte aber immerhin ein paar Hemden, ein scharlachrotes, kastenförmig geschnittenes Obergewand und einen Mantel aus derbem Wollstoff hervor. Letzterer hatte beim näheren Betrachten das abrantinische Wappen auf den Knöpfen, aber er war in gutem Zustand und roch fast gar nicht seltsam, und Padda fand die Taschen sehr bequem, deshalb erstand Yuriko den Mantel zusammen mit den übrigen Dingen.

Nur ein paar Häuser weiter war eine Schriftenhandlung. Dort deckte Yuriko sich mit Papier und verschiedenfarbiger Tinte ein und durchlebte eine heftige Anwandlung von Heimweh, weil es hier genauso roch wie in Frakis´ Studierzimmer. Der Händler legte ihm Karten der Inseln vor, und Yuriko war versucht, eine zu kaufen, schreckte aber vor dem Preis zurück. So suchte er nur Kabis und prägte sich die Lage der Hafenstadt gut ein, dann gab er die Karte bedauernd zurück.

Es schien in dieser Stadt keinen ruhigen Fleck zu geben. So setzte er sich auf eine sonnenbeschienene Mauer, ließ sich vom Stimmengewirr umfluten, ignorierte heldenhaft den Duft von allerlei Leckereien, breitete ein Stück Papier vor sich auf der Mauer aus und begann, ein Siegel des Endlosen Raumes zu malen.

Es fiel ihm schwer, sich zu konzentrieren. Die Landestracht ließ bei den Frauen Hals und Fußgelenke unbedeckt, und je nach persönlichem Geschmack noch so allerlei, von den Haaren ganz zu schweigen, und Yuriko konnte sich nicht sattsehen. Er stellte sich Florine vor, wie sie über den Markt ging und einkaufte, den Korb am nackten Unterarm, nichts als die Sonne auf ihren Haaren. Das hielt ihn eine ganze Weile von seiner Arbeit ab.

Ach, was hätte er darum gegeben, mit Florine über diesen Markt schlendern zu können. Ihre Hand in seiner zu spüren. Ihr Haar zu küssen, in aller Öffentlichkeit, wenn ihm danach war. Wie sehr er es hasste, dass in Zentallo selbst Ehepaare, die ein Dutzend gemeinsamer Kinder hatten, in der Öffentlichkeit so tun mussten, als würden sie einander nicht mit der Kneifzange anfassen.

Vielleicht ließ sie sich ja überreden, mit ihm auf Reisen zu gehen. Die Welt war so schön auf so mannigfaltige Weise.

Mit einem Mal fühlte er sich beobachtet. Er zwang sich zur Aufmerksamkeit und sah sich um. Hatte Mio seinen Schwindel bereits durchschaut? Ein Fuhrwerk, beladen mit Fässern, das in der belebten Gasse kaum vorankam. Handwerker mit Handkarren, eine schwitzende Frau, die an einem Strick etwas hinter sich herzerrte, das wie ein viel zu großes Schaf mit viel zu langem Hals aussah. Eine Horde Kinder – einige machten Lärm, während die anderen den Passanten in die Taschen fassten. Ja, für solche Tricks war es von Vorteil, klein zu sein. Ein Wurstverkäufer, der sich seine Waren in langen Schnüren um den Hals gehängt hatte. Keine Mio. Trotzdem dieses Gefühl.

Padda regte sich in Yurikos Manteltasche. Er spürte es also auch. Yuriko hob den Blick. Vielleicht hinter einem der Fenster …?

Da, auf der Brüstung einer Dachterrasse, drei oder vier Mannslängen über der Straße. In aller Ruhe nahm Yuriko das beinahe fertige Siegel an sich, rollte das Papier und steckte es sich in den Gürtel. Sah sich müßig um, streckte gähnend den Rücken gerade – und ließ sich dann blitzschnell auf der anderen Seite der Mauer zu Boden fallen.

Die Straße, auf der er landete, war abschüssig, und die Frau, vor der er landete, kreischte erschrocken auf und stolperte rückwärts. Yuriko machte eine besänftigende Geste und legte den Finger an die Lippen. Sie starrte ihn an wie einen Strauchdieb. Er riskierte einen Blick über die Mauer. Die Brüstung der Dachterrasse war leer. Vielleicht nur Einbil…

Aus dem Nichts landete die Kuttenfrau auf der Mauer, federte in die Hocke und riss die Arme nach vorne. Einen halben Augenblick später spürte Yuriko ihre kalten, knochigen Finger an seinem Hals. Sie hatte sich nicht von der Stelle bewegt, aber ihre Finger waren plötzlich so lang wie Yurikos Zopf.

Sie packte ihn um den Hals und drückte zu. Entsetzt und angewidert stolperte Yuriko rückwärts. Der Impuls riss die Kuttenfrau von der Mauer. Sie bremste den Sturz mit dem Kinn, aber sie ließ nicht los. Elastisch, kalt und unerbittlich lagen die überlangen Finger um Yurikos Hals. Sie rappelte sich auf und starrte Yuriko aus ihren seltsam leblosen Augen an. Panik ergriff ihn; er konnte spüren, wie sie ihm Stück für Stück die Luftröhre abdrückte. Padda ruderte heftig in seiner Manteltasche. Yuriko ging in die Knie und ließ sich vornüber fallen, um ungesehen den Kröter aus der Tasche befreien zu können.

Kaum hatte Padda die Straße unter den Füßen, wechselte Yuriko. Die Mauer zu seiner Linken wurde riesig. Padda in Yurikos Körper zuckte und strampelte. Yuriko sprang in den Schatten der Mauer und aus dem direkten Blickfeld der Angreiferin. Zwei weitere Sprünge brachten ihn in Reichweite. Er mobilisierte alle Kraft in seinen Krötenbeinen und sprang die Kuttenfrau an.

Er landete in ihrem Gesicht und drückte ihr eine volle Ladung Krötengift in die Augen. Sie kreischte auf, taumelte rückwärts. Plötzlich hatten ihre Finger wieder die richtige Länge, und sie wischte sich den Kröter aus dem Gesicht und schleuderte ihn in hohem Bogen von sich.

Yuriko wartete die Landung nicht ab. Er wechselte zurück, schnellte vorwärts und fing Padda aus der Luft. Das Gekreisch der Kuttenfrau füllte die Gasse, und ihm war schnell klar, dass sie damit nicht nur ihrer Wut Ausdruck verlieh, sondern vermutlich auch ihre Mitstreiter auf seine Spur setzte.

Er wusste, gegen alle drei gemeinsam hatte er schlechte Karten. Und wenn sie ihre Köpfe zu etwas anderem benutzten als nur dazu, spektakulär hässlich auszusehen, dann wussten sie das auch und stellten sich ihm das nächste Mal gemeinsam in den Weg.

Die Frau, die er beim Sprung von der Mauer schon so erschreckt hatte, stand immer noch wie angewurzelt. Ihre Tasche hatte sie fallenlassen. Yuriko klaubte die Tasche auf und drückte sie ihr in den Arm, machte ihr ein eiliges Kompliment und rannte davon, ohne sich umzusehen. Sein Hals schmerzte bei jedem Atemzug. Im Laufen ließ er Padda zurück in die Manteltasche fallen. Er schubste ein blökendes Langhalsschaf aus dem Weg und durchbrach wie ein Stier die Menschentraube, die sich rund um einen Ausrufer gebildet hatte. Schlug einen Haken um einen Verkaufsstand mit Mehl und Getreide und zwängte sich in einen schmalen Spalt zwischen einer Hauswand und einem Eselskarren, den jemand dort abgestellt hatte. Sich einigermaßen unsichtbar wähnend, lehnte er sich gegen die Hauswand und versuchte, zu Atem zu kommen.

Leider hatte just in dem Augenblick der Besitzer des Karrens seine Erledigungen beendet. Er schwang sich pfeifend auf den Bock und ließ die Zügel klatschen. Die Esel setzten sich gemächlich in Bewegung. Der Karren rollte davon und gab die Sicht auf die Schwertfrau frei. Neben ihr, so groß wie ein Kalb und erkennbar blutrünstig, ihr Hund.

Yuriko starrte den Hund an. Der Hund starrte ihn an. Geifer tropfte von seinen Fängen. Unter seinem Fell zuckten die Muskeln. Yuriko bewegte die Finger. Der Hund duckte sich und knurrte.

»Ein Funke, und er reißt dich in Stücke«, sagte die Schwertfrau, die sich nicht einmal die Mühe gemacht hatte, ihre Waffe zu ziehen. Der Teil von Yurikos Gehirn, der noch in der Lage war zu denken, fühlte sich nicht ausreichend wertgeschätzt.

»Gut«, sagte er heiser. »Kein Feuer. Du bist sowieso nicht mein Typ. Aber anhänglich wie meine Exfrau. Erklärst du mir, warum?«

Langsam bewegte er die Hand zum Gürtel. Der Hund verfolgte jede seiner Bewegungen. Keine Frage, jeder Fluchtversuch würde mit Yuriko zwischen diesen gewaltigen Fängen enden.

»Wir wollen die gefiederte Schlange«, sagte die Schwertfrau.

»Die was«, sagte Yuriko.

»Das Wesen, das du beherbergst und beschützt.«

»Arkadis? Aber warum?«

»Das geht dich nichts an«, sagte die Schwertfrau und legte die Rechte locker auf den Schwertgriff. »An dir haben wir kein Interesse. Du kommst uns nur ständig in die Quere.«

»Och, das tut mir aber leid«, sagte Yuriko. »Oder warte. Nein, eigentlich nicht.«

Das Papier knisterte unter seinen Fingern. Er riss es sich aus dem Gürtel, schüttelte die verknickte Papierrolle, dass sie sich öffnete, sah noch, wie der Hund sprang, spannte das Papier auf und brachte es vor sich wie einen Schild. Spürte den Aufprall, kniff die Augen zusammen, kein ekelhafter Hundeatem, keine Zähne in seinem Gesicht außer seinen eigenen. Nicht mal Gejaule. Er blinzelte. Der Kopf des Hundes war verschwunden. Das Siegel des Endlosen Raumes saß sauber auf den Hundeschultern auf. Der Hund stand wie eingefroren, den Schwanz zwischen die Hinterläufe geklemmt. Die Schwertfrau riss ihr Schwert aus der Scheide. Er hatte heute aber auch ein Talent, Frauen wütend zu machen.

Er setzte einen gezielten Feuerstrahl in einen der Mehlsäcke am Nachbarstand. Die Wucht zerriss ihn und produzierte eine riesige Staubwolke. Und wieder einmal drehte Yuriko sich auf dem Absatz um und rannte vor einer Frau davon.

Ein Gewirr von Gassen nahm ihn auf und gab ihn schließlich am Hafen wieder frei. Keuchend stolperte er in einen Hauseingang und stemmte die Hände auf die Knie. Hatte er sie abgehängt? Vielleicht versuchte sie noch, den Kopf ihres Köters aus dem Endlosen Raum zu befreien. Er richtete sich auf und sah sich um. Ein Stück weiter den Kai entlang hatte die Almira gelegen. Sie war weg – vielleicht besser so, sonst hätte er dem Kapitän seine eigene Augenklappe zu fressen geben müssen, und am Schluss hätte sicher wieder etwas gebrannt. Aber von hier aus konnte er das Haus des Sklavenhändlers finden.

Er brauchte mehrere Anläufe, bis ihm das Vorhaben gelang – seine Erinnerung an die Wegstrecke hatte doch Lücken, und ganz sicher fühlte er sich in den Straßen ohnehin nicht mehr.

Schließlich fand er das Haus durch Zufall und durch das Plätschern des Springbrunnens, das bis hinaus auf die Straße zu hören war. Das Glück spielte ihm in die Hände: Der Hausherr war nirgends zu sehen, dafür fegte ein Bediensteter den Hof, der eindeutig unzufrieden und unterbezahlt aussah.

Eine tränenrührige Geschichte und ein Bestechungsgeld später hatte Yuriko sich zwei Namen und zwei Wegbeschreibungen eingeprägt und war auf dem Weg.

Die erste Adresse gehörte zu einem gewöhnlichen Wohnhaus in einer gewöhnlichen Straße. Ein schlichtes schmiedeeisernes Tor in einer weiß gekalkten Mauer führte in einen kleinen Innenhof, der von einem großen, knorrigen Baum überschattet war. Das Haus selbst war flach und hatte Gras statt Ziegeln auf dem Dach. Ein dicker Hund erhob sich aus dem Schatten, bellte heiser und kam auf Yuriko zugewatschelt. Der erstarrte auf dem Fleck und steckte die Hand schützend zu Padda in die Tasche. Der Hund schnüffelte an Yurikos Knien, ließ sich dann auf die Hinterbacken fallen und blinzelte zu Yuriko hinauf.

»Guter Hund«, murmelte Yuriko, dem der Schweiß die Schläfen hinabrann.

Eine Tür schlug. Ein kleiner Junge tauchte auf und beäugte Yuriko interessiert.

»Hallo«, sagte der Junge.

»Hallo«, sagte Yuriko gequält. »Ist das dein Hund?«

»Die tut nichts«, sagte der Junge.

»Das sagen sie alle«, sagte Yuriko.

»Hast du Angst, dass sie dich beißt? Sie hat ja nicht mal mehr Zähne.«

Der Junge pfiff nach dem Hund. Der drehte sich immerhin um und wedelte mit dem Schwanz. Vorsichtig schob Yuriko sich an dem Tier vorbei.

»Ich suche Galina«, sagte er. »Die ist doch bei euch, oder? Hübsch, blond, große, äh. Augen.«

»Unsere neue Sklavin«, sagte der Junge stolz. »Sie kommt aus Zentallo. Das ist ganz weit weg. Und sie ist echt nett.«

»Zu dir vielleicht. Kann ich sie mal sprechen?«

Der Junge nickte. »Sie ist in der Küche. Ich zeige dir den Weg.«

Er hüpfte davon. Yuriko folgte ihm, den Hund immer im Blick.

Hinter dem Haus gab es einen offenen, überdachten Anbau mit einer gemauerten Kochstelle und einem großen Backofen, und da war Galina, die einen eisernen Kessel mit einer Bürste bearbeitete. Als Yuriko sich näherte, sah sie auf, ließ dann scheppernd alles fallen und stürzte sich in Yurikos Arme.

»Meister Yuri«, flüsterte sie.

»Geht's dir gut?«, fragte er, etwas erstickt, weil sie ihm die Luft abpresste. »Hat dir jemand was getan? Muss ich das Haus abfackeln?«

Sie schüttelte den Kopf. »Und du? Wie ist es dir gelungen, die Fesseln loszuwerden?«

»Das ist eine lange Geschichte. Lass uns zuerst hier verschwinden.«

»Aber du kannst sie nicht mitnehmen«, sagte der Junge. »Sie gehört uns!«

»Sie gehört niemandem«, sagte Yuriko. »Sie ist ein menschliches Wesen.«

»Aber«, sagte der Junge, dann rannte er davon und fing an zu schreien. »Papa! Mama! Papamama! Da ist ein Mann, der nimmt Lina mit!«

Yuriko legte sich Arkanum bereit, zögerte aber. Er wollte kein Haus anzünden, in dem ein Kind wohnte. Er sah sich um. Eine hohe Mauer schloss das Grundstück nach hinten ab. Von seiner Position aus sah er nicht, was dahinter war. Und dann war es ohnehin zu spät, denn ein hochgewachsener Mann in farbenfrohen Gewändern kam auf Yuriko zu, den Jungen an der Hand.

»Was ist hier los?«, fragte er auf zentallinisch.

»Das ist mein Vater«, sagte Galina und zeigte auf Yuriko. »Wir wurden getrennt. Er hat sich Sorgen gemacht.«

Der Hausherr musterte Yuriko.

»Wir behandeln deine Tochter gut«, sagte er. »Kein Anlass also, hier einzudringen und meinen Sohn einzuschüchtern.«

»Es war offen«, sagte Yuriko. »Entschuldigt trotzdem die Störung. Wir sind auch gleich weg.«

»Wir haben einen gültigen Kaufvertrag für deine Tochter.«

»Das glaube ich eher nicht. Sie hat sicher nicht eingewilligt, verkauft zu werden.«

Der Mann sah Yuriko an, als sei dieser nicht ganz bei Trost.

»Seit wann müssen Sklaven in ihren Verkauf einwilligen?«

»Sie ist keine Sklavin, sondern eine eingetragene Bürgerin Zentallos!«

»Gerade deswegen haben wir sie ja gekauft!«

Die Stimmen waren lauter geworden. Der Junge begann zu weinen und klammerte sich an seinen Vater. Yuriko griff in die Tasche und holte Mios Geldbeutel heraus.

»Machen wir's kurz. Was habt Ihr für sie gezahlt?«

»Ich möchte sie nicht verkaufen. Sie ist ein wertvolles

Mitglied in unserem Haushalt, und das schon nach wenigen Tagen.«

Yuriko machte einen Schritt und baute sich vor dem Anderen auf.

»Ich biete dir ein gutes Geschäft an«, sagte er ruhig. »Und ich empfehle dir wärmstens, es anzunehmen.« Er ließ ein Flämmchen über die Finger laufen. Der Hausherr bekam große Augen und schob das schluchzende Kind hinter sich.

»Vierzehn Goldschwäne«, sagte der Hausherr.

»Bitte was?!«, empörte sich Yuriko. »Das ist ja doppelt so viel wie ... ach, egal. Hier.«

Er zählte dem Hausherrn die Goldstücke auf die Hand. Galina kniete sich derweil zu dem kleinen Jungen, der herzzerreißend weinte, drückte ihn an sich und beschwor ihn, fleißig weiterzulernen.

Mit wehem Blick sah Yuriko seinem Gold nach, dann packte er Galina am Kragen und schob sie vor sich her, ums Haus herum und hinaus auf die Straße. Er ließ sie erst los, als das schmiedeeiserne Tor sich hinter ihnen geschlossen hatte.

»Gütiger Krötengeist! Für einen Augenblick dachte ich, du wolltest lieber bleiben.«

Galina wischte sich mit dem Ärmel eine Träne von der Wange.

»Das nicht. Aber ich hätte es schlechter treffen können. Die Leute waren freundlich. Sie wollten, dass ich dem Kleinen zentallinisch beibringe, damit er später bessere Arbeit findet. Sie haben zehn Jahre lang gespart, um sich eine Sklavin leisten zu können.«

»Nimmst du gerade Sklavenhalter in Schutz, sag mal? Leute, die dich gekauft haben wie eine Ziege?« Yuriko setzte sich in Bewegung, und Galina folgte ihm.

»Ich weiß nicht«, sagte sie. »Ich sehe gar nicht so viel Unterschied. Du zahlst einen Haufen Geld an Onkel Demjan, und dafür darfst du Tante Flori mitnehmen und zur Frau nehmen. Ob man es Kaufpreis nennt oder Brautgeld, ist doch wohl egal.«

»Ich habe doch nicht vor, Florine zu versklaven, hör mal! Sie ist ein freier Mensch und kann tun und lassen, was sie will.«

»Ja, aber nur, weil du es ihr erlaubst.«

»Es wird Zeit, dass ich dich nach Hause bringe«, knurrte Yuriko. »Das Reisen verdirbt deinen Charakter.«

Er hielt sich zum Hafen, die Sonne im Rücken, um wieder Orientierung zu bekommen. Arkadis war in einem Haushalt in der Nähe der südlichen Stadtmauer gelandet, und das verhieß nichts Gutes.

»Eins sag ich dir gleich«, murrte er. »Arkadis kann ich nicht freikaufen. Wir müssen sie stehlen. Du warst zu teuer, das Geld ist fast alle.«

»Und woher war das überhaupt?«, erkundigte sich Galina.

»Es stellte sich heraus, dass ich eine reiche Ehefrau habe«, sagte Yuriko.

»Was? Wann? Und wo ist sie jetzt?«

»Ich musste sie ans Bett fesseln und zurücklassen.«

»Du hast was getan?!«

»Schrei nicht so! Es war Notwehr! Sie wollte mich töten!«

»Das wiederum verstehe ich sehr gut«, sagte Galina düster. »Wer will das nicht, von Zeit zu Zeit.«

Die Sonne war bereits untergegangen, als sie das richtige Haus gefunden hatten. In einer Mischung aus Erleichterung und Bedauern stellte Yuriko fest, dass es eine heruntergekommene Kneipe beherbergte, kein Bordell. Im schwindenden Tageslicht sah er sich um. Nur eine Häuserzeile trennte die Gasse von der Stadtmauer – mit einem beherzten Sprung konnte man vom Dach auf die Mauer gelangen. Die war an dieser Stelle drei oder vier Mannslängen hoch – für ihn kein Problem, aber für die Mädchen zu hoch, um einfach auf der anderen Seite hinunterzuspringen. Der Weg durchs Stadttor war gleichermaßen ungünstig – Yuriko war nun mal eine auffällige Erscheinung, man würde sich an ihn erinnern und es war nur eine Frage der Zeit, bis Mio sich wieder auf seine Spur setzte. Und wenn er Glück hatte, nur sie.

Eine Idee formte sich. Er betrachtete Galina, versuchte, ihren Umfang abzuschätzen. Konnte knapp werden. Dies war doch nicht die völlig undenkbare Situation, in der die üppigen Formen einer Frau ihr zum Nachteil gereichten?

Galina schnipste mit zwei Fingern vor seinen Augen.

»Hörst du mal auf, mich anzustarren? Man sollte meinen, du hättest inzwischen alles gesehen!«

»Etwas Schönes sehe ich mir gerne öfter an«, sagte er. »Aber darum geht es gar nicht. Ich entwickle einen Fluchtplan, in dem dein Brustumfang eine gewisse Rolle spielt.«

»Ich ziehe mich nicht aus! Nie im Leben!«

Er zögerte. Galinas Plan hatte etwas für sich, selbst wenn es gar keiner war. Er schüttelte den Kopf und rief sich zur Ordnung. Hier ging es um Sicherheit, nicht ums Vergnügen.

Er nahm den größten Papierbogen, den er zur Verfügung hatte, und legte das Siegel so groß wie möglich an. Trotz der Eile und der denkbar ungünstigen Umstände – auf der Stufe eines Hauseinganges sitzend, im schwindenden Licht, das Papier auf den Knien – versuchte er, das Siegel so präzise und sauber wie möglich auszuführen.

»Ein Endloser Raum?«, sagte Galina erstaunt. »Wozu brauchst du den?«

»Wirst du schon sehen«, sagte er. »Bei dem Hund hat es sehr gut funktioniert.«

»Was?«

»Lenk mich nicht ab.«

Er vollendete die letzten Linien und füllte das Siegel mit Arkanum. Um es zu erproben, blieb keine Zeit. Er hatte eine Menge wütender Frauen abzuhängen, und dazu musste er die Stadt verlassen, solange die Tore noch offen waren. Er stand auf und überquerte die Gasse.

»Warte hier auf mich.«

Ohne eine Antwort abzuwarten, schob er die Tür auf und betrat die Kneipe.

Das letzte Tageslicht wurde von dem schmierigen Belag auf den Fenstern geschluckt. Talglichter erhellten die Gaststube mehr schlecht als recht. Es roch nach Schweiß und Vergorenem. Nur eine Handvoll Gäste war anwesend. Die meisten saßen am Tresen und würfelten, ein einzelner Gast hockte an einem Tisch und schlürfte geräuschvoll Suppe aus einer hölzernen Schale.

»Tag zusammen«, sagte Yuriko aufgeräumt. »Ich suche den Wirt!«

Einer der Würfelnden, ein übergewichtiger Mann mittleren Alters, drehte sich auf seinem Stuhl und musterte Yuriko.

»Der bin ich«, sagte er. »Was gibt's?«

»Ihr habt kürzlich eine neue Sklavin gekauft, richtig? Junges Ding, sehr burschikos, rötliche Haare?«

»Und wenn es so wäre?«

Yuriko näherte sich. Rechts von ihm führte eine schmale Stiege an der Wand entlang ins Obergeschoss. Hinter dem Tresen war eine Tür angelehnt, vermutlich der Zugang zur Küche.

»Die hat vorher mir gehört«, sagte Yuriko. »Keine Sorge, ich will sie nicht zurück. Ich muss nur etwas mit ihr klären.«

Der Wirt schob sich auf seinem Stuhl nach vorne.

»Sie gehört jetzt mir«, sagte der Wirt.

»Das hab ich schon verstanden«, sagte Yuriko. »Ich will nur kurz mit ihr sprechen.«

Gemächlich bewegte er sich in Richtung der vermuteten Küchentür.

»Warum hast du sie denn verkauft?«, fragte der Wirt misstrauisch.

»Och«, sagte Yuriko. »Ich habe meinen Hausstand verkleinert. Die Kinder sind aus dem Haus, weißt du, da brauch ich nicht mehr so viele Bedienstete. Sklaven. Ich meine Sklaven.«

Der Wirt rutschte vom Stuhl und brachte sich zwischen Yuriko und der Küchentür in Stellung.

»Und was hast du jetzt noch mit ihr zu schaffen?«

Yuriko verdrehte theatralisch die Augen. »Willst du das wirklich in aller Öffentlichkeit besprechen? Vor deinen geschätzten Gästen?«

Der Wirt verschränkte die Arme vor der Brust. Yuriko seufzte.

»Ich fürchte, sie hat etwas mitgehen lassen, als sie bei mir ausgezogen ist.«

»Sie ist eine Diebin? War sie deshalb so billig?«

»Lässt du mich jetzt endlich mit ihr reden?«

»Du bist nicht von hier. Du bist aus Zentallo, richtig? Zentalliner sehen wir hier nicht gerne.«

Kurzerhand schob Yuriko den Wirt beiseite und ging an ihm vorbei. Der Wirt schrie empört auf und packte Yuriko bei der Schulter. Der fuhr herum und hielt dem Wirt die Faust unter die Nase.

»Du lässt mich jetzt mit ihr sprechen, wenn du weißt, was gut für dich ist.«

In die Glücksspieler am Tresen kam Bewegung. Yuriko wartete nicht, bis sie sich zwischen Zuschauen und Eingreifen entschieden hatten. Er stürmte durch die Tür und schlug sie hinter sich zu.

Volltreffer. Küche. Ein Hinterausgang, und gerade kam Arkadis mit einem Korb voll Feuerholz von draußen rein. Ein Koch stand erstarrt am Herd. Bräunliches Zeug tropfte von seinem Löffel. Arkadis ließ den Holzkorb fallen und streckte die Hände nach Yuriko aus.

Hinter Yuriko versuchte jemand, die Tür zu öffnen, und rammte ihm dabei die Klinke voll ins Kreuz. Yuriko drückte die Tür zu und stemmte sich mit seinem ganzen Gewicht dagegen. Er zog das gerollte Siegel des Endlosen Raumes aus dem Gürtel und hielt es Arkadis entgegen.

»Auf den Boden legen und einsteigen. Schnell.«

Sie nahm ihm das Papier ab, entrollte es und warf einen verständnislosen Blick darauf.

Die Tür krachte. Mit seinen glatten Stiefelsohlen verlor Yuriko den Halt auf dem Steinboden. Er warf sich rückwärts und drückte die Tür wieder ins Schloss, aber der Wirt schien sich Verstärkung geholt zu haben. Sie polterten von draußen dagegen. Das Holz krachte, und schrittweise verlor Yuriko den Kampf um die Tür. Arkadis breitete das Siegel auf dem Boden aus, beugte darüber und betrachtete es prüfend.

»Füße voraus!«, befahl Yuriko. »Jetzt mach!«

Er warf sich zur Seite und gab die Tür frei. Von seinem eigenen Schwung getragen, stolperte der Wirt in die Küche und direkt in Yurikos Faust. Blut schoss ihm aus der Nase und sickerte in seinen flusigen Bart. Hinter ihm drängten einige der Würfelspieler in die Küche. Stimmen wurden laut. Der Wirt holte zum Gegenschlag aus. Yuriko wehrte seine Faust ab, drehte ihm den Arm auf den Rücken und ließ ihn zu Boden gehen.

Dann wurde es unübersichtlich. Zwei oder drei Gäste drangen gleichzeitig auf Yuriko ein, und dass der eine ein Messer führte, merkte Yuriko erst, als plötzlich die Klinge durch seinen Mantelärmel fuhr und seinen Arm nur knapp verfehlte.

Der Schreck weckte das Feuer. Mit einem Mal hatte er viel Platz um sich. Die Kutte des einen Würflers brannte, und der Koch schüttete geistesgegenwärtig den Inhalt seines Topfes über den Bedauernswerten.

Keuchend hielt Yuriko die brennenden Hände vor sich ausgestreckt. Blick über die Schulter – da lag das Siegel auf dem Boden, durch schieres Glück von der Eintopfüberschwemmung verschont. Arkadis war verschwunden. Yuriko beschloss, dass es Zeit war zu gehen. Er löschte das Feuer in seiner Rechten, bewegte sich rückwärts auf das Siegel zu und nahm es an sich, während er mit der brennenden Linken die Gäste auf Abstand hielt, die es allerdings plötzlich gar nicht mehr so ernst mit ihm meinten.

Ein schriller Pfiff tönte von der Straßenseite. Fußgetrappel, jemand schrie einen Befehl. Yuriko sprang zum Hinterausgang und hinaus in einen engen Hinterhof. Der einzige Weg von hier aus führte nach oben.

Mit einem gezielten Tritt brachte Yuriko den Feuerholzstapel neben der Tür zum Einsturz. Ein weißglühender Feuerstrahl, und das Holz brannte lichterloh. Yuriko nahm Maß, machte einen Krötensprung auf das eingesunkene Dach eines Geräteschuppens und von dort aus, bevor es unter ihm zusammenbrechen konnte, einen weiteren auf das Dach des Gasthauses. Auf allen Vieren krabbelte er hinauf zum Dachfirst, schwang die Beine darüber und rutschte auf der Straßenseite hinunter Richtung Dachrinne. Dort hielt er inne und hielt Ausschau nach Galina.

Da war sie – ihr hellblondes Haar schimmerte im Hauseingang gegenüber. In der Gasse war Bewegung. Eine Abordnung von Stadtwachen stürmte gerade das Wirtshaus. Als der letzte mit wippendem, schwarz-gelbem Wappenrock durch die Tür ins Innere verschwunden war, sprang Yuriko. Er landete unsanft, kam mit protestierenden Knochen in die Höhe und sah sich um. Im Wirtshaus wurde durcheinandergeredet.

»Kontrolliert die Gasse!«, befahl jemand. »Der Unruhestifter darf nicht entkommen!«

Yuriko streckte Galina das Siegel entgegen.

»Einsteigen, schnell!«

Sie breitete es aus und starrte fassungslos darauf.

»Das ist ein Endloser Raum! Der ist doch gar nicht dazu gemacht …«

»Arkadis ist schon drin! Los jetzt!«

»Du hast ihn nicht allen Ernstes dazu überredet, in einen Endlosen Raum zu steigen?«

Ein Stadtwächter erschien unter der Tür. Yuriko stellte sich so, dass er Galina verdeckte, und setzte sein freundlichstes Lächeln auf.

»Wachtmeister! Was für eine Aufregung hier. Sagt an, ist das üblich hier in der Gegend?«

»Vorsicht!«, schrie einer von hinten. »Er ist ein Zauberer!«

»Zauberer hab ich hier keinen gesehen«, sagte Yuriko unschuldig.

Er warf einen Blick über die Schulter. Galina kniete über dem Siegel und schien ausgiebig darüber zu meditieren. Er machte einen Schritt rückwärts, drehte sich rasch und gab ihr einen kräftigen Schubs. Ihr Schrei wurde vom Endlosen Raum verschluckt. Ein wildes Geflatter von Röcken, ein so unziemlicher wie anregender Blick auf ihre Waden, dann war sie verschwunden. Yuriko riss das Siegel an sich und wandte sich zur Gasse.

Er hatte sich zu tief in den Hauseingang manövriert. Die Wachleute schnitten ihm den Weg ab. Einer hatte einen langen Spieß, der andere ein Schwert.

»Ihr habt einen unschuldigen Bürger mit Feuer angegriffen«, tönte der Anführer des Haufens. »Und eine Sklavin gestohlen! Ergebt Euch!«

»Aber wie soll ich denn eine Sklavin gestohlen haben«, sagte Yuriko und breitete die Arme aus. »Meint Ihr, ich hätte sie mir in die Tasche gesetzt wie eine Kröte? Übrigens, Euer Hut brennt.«

Der Anführer riss sich den Hut vom Kopf. Gleichzeitig spuckte Yuriko einen gut gezielten Funkenschweif auf die ausgebeulte Kopfbedeckung, die augenblicklich in Flammen aufging. Der Anführer schrie auf und ließ den Hut fallen. Yuriko spie einen gewaltigen Funkenregen, um sich Platz zu verschaffen, nutzte eine Lücke, die seine Angreifer ihm ließen, und sprang aus dem Stand aufs Dach. Unter seinen Füßen knirschten und krachten die Ziegel. Er rannte, so schnell er konnte, ließ warnende Rufe und schrille Alarmpfiffe hinter sich, sprang über einen dunklen Spalt aufs nächste Dach, nutzte einen verwinkelten Anbau und ein Backhaus, das praktisch mit dem Rücken zur Mauer stand, war mit einem Satz auf der Mauerkrone und wagte einen Blick über die Schulter. Rotgoldenes Licht flackerte aus der Gasse. »Feurio!«, schrie jemand. Yuriko spürte leises Bedauern. Er hatte diesmal wirklich ohne einen Häuserbrand auskommen wollen.

Auf der anderen Seite der Mauer war ein Wassergraben. Yuriko fluchte. Daran hatte er nicht gedacht. Wenn das Siegel nass wurde, würde es schwer werden, Galina und Arkadis zurückzuholen.

Ein Pfeil schwirrte an ihm vorbei und machte ihm die Dringlichkeit seiner Situation klar. Er rannte los, aufs Geratewohl die Mauer entlang, bis er an einen Wehrturm kam. Der Wachtposten darin befand sich im Halbschlaf und schlief gleich weiter, nachdem Yuriko ihm die Faust ins Gesicht gezimmert hatte. Er nahm die Treppe nach unten und lief direkt in den Kollegen des Schläfrigen. Der fuhr hoch und griff zu seinem Schwert, aber Yuriko fasste ihn freundlich bei den Schultern und riet ihm, sich um seinen Gefährten im Turm zu kümmern. Dann nutzte er die Verwirrung des Wachmannes, um sich in den Schatten einer schmalen Gasse abzusetzen.

Er irrte noch eine Weile herum, bis er durch Zufall an ein Stadttor kam. Das allerdings wurde gerade zur Nacht geschlossen. Die Mauer war an dieser Stelle zu hoch selbst für seinen Krötensprung, und er hatte nicht die geringste Lust, sein kostbares Gold in Bestechungsgelder zu investieren. Ein Blick über die Schulter zeigte ihm, dass er seine Verfolger abgehängt hatte. Eilig zog er Tinte und Feder aus der Tasche und malte sich Verstärkersiegel auf die Fäuste. Mit der linken Hand stellte er sich ungeschickt an, er hatte das regelmäßige Üben vernachlässigt. Er konnte nur hoffen, dass das krakelige Siegel seinen Dienst tat.

Dann schritt er beschwingt auf die beiden Wachleute zu, die sich gerade in ihre erleuchtete Wachstube zurückziehen wollten.

»Tor schon zu?«, sagte er. »Hab ich mir schon gedacht. Na, macht nichts.«

Er marschierte an den Wachleuten vorbei, zog sich reichlich Arkanum in die Siegel, hielt auf die niedrige Tür neben dem Haupttor zu – schweres, verwittertes Eichenholz, mit eisernen Bändern besetzt. Er packte die Tür, setzte das Arkanum frei, riss die Tür kurzerhand aus den Angeln und schob sie dem Wachmann entgegen, der ihm hinterhergekommen war. Der Wachmann hielt die Tür reflexhaft fest und ging unter dem schweren Ding zu Boden. Yuriko machte einen Schritt auf die Brücke. Hinter ihm schlugen Flammen aus den Dächern. Signalhörner wurden geblasen. Die Nacht vor ihm war kühl und voller fremder Gerüche. Yuriko machte sich davon.

Kabis lag von Sileen aus betrachtet im Südwesten, drei oder vier Tagesreisen, wenn man zu Fuß war. Yuriko hatte keine Ahnung, wo Südwesten war. Der Einfachheit halber blieb er auf der Straße. Er ging zügig für etwa eine halbe Glocke, Padda auf der Schulter. Die Straße vor ihm war vom Mondlicht beschienen. Baumgruppen und Gebüsch lagen wie schlafende pelzige Ungeheuer zwischen den Feldern. Am Horizont zog sich ein dunkles Band aus Hügeln.

Als er einigermaßen sicher war, nicht verfolgt zu werden, hielt er an, entrollte das Siegel und breitete es vor sich auf der Straße aus. Für ein paar Atemzüge genoss er noch die friedliche Ruhe der Nacht, dann beugte er sich vornüber, streckte den Arm bis zur Schulter durch das Siegel in den Endlosen Raum und stellte sich Galina vor, so lebhaft er konnte.

Eine Hand umklammerte die seine mit der Kraft eines Schraubstocks. Er keuchte erschrocken, verlor den Halt und wurde nach vorne gezogen. Seine Stiefel scharrten über die Straße. Er riss die freie Hand zur Seite, erwischte Gebüsch und krallte sich fest, warf sich dann rückwärts und zog mit aller Kraft.

Das Verstärkersiegel hatte noch ein Restchen Wirkung zu bieten. Sein Arm erschien, seine Hand, die von einer anderen umklammert wurde, dann erschien Galinas Arm, ihre Schulter, ihr Kopf. Sie hatte Mordlust im Blick. Er widerstand der Versuchung, sie einfach in den Endlosen Raum zurückzustopfen, zog kräftig, dann kippte er hintenüber und Galina fiel auf ihn drauf. Er schob sie von sich, richtete sich auf und befreite auf die gleiche Weise Arkadis aus dem Endlosen Raum. Währenddessen kam Galina in Fahrt.

»Hast du eigentlich eine Ahnung, wie fürchterlich das da drin ist? Vor allem langweilig, aber auf eine gruselige Art! Wie konntest du uns das antun!«

»Ihr wart doch zu zweit«, sagte Yuriko ungerührt und half Arkadis zum Sitzen. Die sah sich verwirrt um, wie jemand, der aus einem tiefen Schlaf gerissen wird.

»Aber körperlos!«, schrie Galina. »Wie in einem Traum, in dem du nichts machen kannst! Ich war nicht mal sicher, ob ich überhaupt noch lebe!«

»Wärst du lieber zurückgegangen in die Sklaverei?«

Galina schwieg. »Ich hasse dich«, sagte sie schließlich zögernd.

»Das gibt sich«, sagte Yuriko. »Jetzt auf. Falls sie uns verfolgen, bringt dein Geschrei sie direkt zu uns, und dann wäre ich gerne weg.«

Drei Tage später erreichten sie Kabis. Arkadis hatte sich als überraschend geländetauglich erwiesen und war auch bei Nebel und Nieselregen in der Lage gewesen, die Himmelsrichtung zu bestimmen, und so hatten sie die eine oder andere Abkürzung genommen, nicht zuletzt um Begegnungen mit anderen Reisenden zu vermeiden. Yuriko hatte sich von dem Gedanken noch nicht erholt, wie einfach es gewesen sein musste, ihn aus dem Land hinter den Mandelbäumen bis praktisch auf seine Türschwelle zu verfolgen.

Im Vergleich zu Sileen war Kabis klein, adrett und aufgeräumt. Heller Sandstein wechselte mit weiß verputzten Fassaden, die Straßen waren sorgfältig gepflastert, sogar das Meer war hier eine Spur blauweißer. Die Stadttore standen offen. Die Stimmung trübte sich ein wenig, als Yuriko von den Wachen nach den Besitzpapieren für seine zwei Sklavinnen gefragt wurde, hellte sich aber zumindest seitens der Wachen wieder auf, nachdem ein paar Silbermünzen den Besitzer gewechselt hatten. Für das großzügige Bestechungsgeld gab es immerhin noch die Information, dass es in der Stadt zwar keine Arkania, aber immerhin einen kleinen Zauberzirkel gab. Dann fasste der Wachmann neugierig Galinas goldblondes Haar an und Yuriko zog seine Schülerin eilig mit sich, ehe sie dem Mann die Hand abbiss.

Sie betraten die Stadt am höchsten Punkt. In sanften Wellen flossen die Dächer hinunter bis zum Meer. Treppen und Terrassen überwanden das Gefälle. Eine große Lichtung in den Dächern weit unter ihnen ließ einen öffentlichen Platz vermuten. Da der Zauberzirkel angeblich in der Altstadt sesshaft war, machten sie sich auf den Weg dorthin.

Sie hielten sich bergab und suchten sich ihren Weg durch die labyrinthischen engen Gassen. Yuriko versuchte zu begreifen, dass irgendwo zwischen diesen Dächern, unter einem von ihnen, tatsächlich Gimmstein Skjoll lebte – wenn er noch lebte.

Wie alt mochte er genau sein? Siebzig? Achtzig? Damals, als er Yuriko unterrichtet hatte, war er einfach alt gewesen – also vermutlich jünger als Yuriko heute. Deprimierend.

Ob Meister Gimm seinen ehemaligen Schüler erkannte? Ob er sich überhaupt an ihn erinnerte? Vielleicht hatte er ihn über die Jahre vergessen. »Yuriko wer? Nie gehört.«

Interessanterweise war das die schlimmste Vorstellung überhaupt.

Sie erreichten den großen freien Platz, den sie schon von oben gesehen hatten, und es war kein Platz, sondern ein riesiger Trichter, in den steile Stufen hinunterführten. Rundum konnte man auf großen steinernen Bänken sitzen, und der Platz ganz unten war mit Sand aufgeschüttet. Auf hölzernen Anschlagstafeln war zu lesen, dass heute zum achten Glockenschlag ein Schauspiel dargeboten würde: Arndall der Edle und sein heroischer Kampf gegen die Schinderin von Abrantes, große Gefühle, Heldentum, Schwertkämpfe und Heimatliebe, alles für nur zwei Eiserne Eintritt, andere Währungen würden nach Absprache akzeptiert.

Yuriko sah sich nach seinen Begleiterinnen um. Die hatten ihn eiskalt am Schild stehenlassen, und er beeilte sich, aufzuschließen.

Der Zauberzirkel erwies sich als ziemlicher Reinfall. Er bestand aus einer Handvoll von Zauberern, und die beiden Jungzauberer vor Ort hatten den Namen Gimmstein Skjoll noch nie gehört. Immerhin gab es gekühlten Tee und seltsame kleine, gelbe, zuckersüße Früchte und ein ruhiges Hinterzimmer, in dem sie warten konnten, bis einer der Zauberer bei den Kollegen herumgefragt hatte.

»Ist dir das aufgefallen?«, murrte Galina zu Arkadis. »Wie sie uns übergehen? Sie schauen uns nicht mal an. Der Einzige, mit dem sie sich abgeben, ist der Alte. Ich bin ja von zu Hause viel gewöhnt, aber das schlägt wirklich alles.«

»Dir kann man's auch nicht recht machen«, sagte Yuriko und hielt Padda eine Frucht hin, die dieser misstrauisch beäugte. »Schaut man dich an, beklagst du dich, und tut man's nicht, dann auch.«

»Ich beklage mich, wenn du mich anschaust, weil du dabei schmutzige Gedanken hast.«

»Alle Männer haben schmutzige Gedanken«, sagte Yuriko. Galina wollte aufbegehren, aber Arkadis legte ihr eine Hand auf den Arm und schüttelte resigniert den Kopf. Padda ließ sich gnädig herbei, die Frucht zu probieren, schluckte sie dann am Stück und sperrte sofort wieder das Maul auf.

»Nur noch eine«, mahnte Yuriko. »Denk an die Regenwürmer.«

Ein halbes Dutzend Früchte später kam der Jungzauberer zurück, in der Hand ein Stück Papier.

»Ich habe hier die Adresse seiner Familie«, sagte er. »Gimmstein Skjoll ist vor Jahren aus Kabis abgereist. Keiner von uns weiß, wohin, aber vielleicht weiß es sein Sohn.«

Yuriko nahm den Zettel dankend entgegen. Also doch kein

Meister Gimm unter einem dieser Dächer. Er wusste nicht, ob er erleichtert oder enttäuscht sein sollte.

»Wir fragen den Sohn«, sagte er zu seinen beiden Begleiterinnen. »Aber wenn der uns keine eindeutige Antwort geben kann, drehen wir um und fahren heim. Sonst artet das nämlich in genau die anstrengende, blöde Sucherei aus, die ich befürchtet hatte.«

Arkadis deutete auf ihr Gesicht und streckte die Zunge heraus.

»Wir finden eine andere Lösung«, sagte Yuriko. »Vielleicht komme ich selber drauf. Ich hatte ja gar nicht die Zeit, mich ordentlich dahinterzuklemmen.«

»Als hättest du dich jemals ordentlich hinter irgendetwas geklemmt«, murrte Galina. Yuriko verpasste ihr eine Kopfnuss und schob sie unsanft zur Tür hinaus, vorbei an einem höchst befremdeten Jungzauberer.

Skantha Skjoll lebte in einem Haus mit blendend weiß getünchter Fassade, umgeben von einem Garten, in dem die Grashalme in Reih und Glied standen. Er selbst war ein akkurat gekleideter Mann in den Dreißigern mit wasserhellen Augen und schütterem Haupthaar, das sich eindeutig bereits auf dem Rückzug befand. Yuriko war so verblüfft, dass er den Namen auf dem Türschild mehrfach mit dem auf dem Zettel verglich. Einstweilen wartete der Besuchte geduldig unter der Tür.

»Was wünscht Ihr bitte?«

»Skantha Skjoll? Das seid Ihr?«

Der Mann nickte und wies auf das Türschild. »Und mit wem habe ich das Vergnügen?«

»Yuriko Mandorak Doragon Frost aus Zentallo bin ich, Meister der Siegel, Schüler des Gimmstein Skjoll, Feuerbeschwörer und Freund der Kröten. Meine beiden Reisebegleiterinnen, Galina Sione Soma und Arkadis. Wir möchten Euch nach dem Verbleib Eures Vaters befragen.«

Eine Gefühlsregung huschte über Skjolls Gesicht. Erstaunen? Verärgerung? Dann war seine Miene wieder glatt.

»Kommt herein«, sagte er und hielt die Tür auf. »Viel kann ich Euch nicht sagen, aber das Wenige muss nicht auf der Türschwelle geschehen.«

Hinter ihm betraten sie das makellos saubere und aufgeräumte Haus. Im Vorraum wurden sie gebeten, die Schuhe auszuziehen. Skjoll unterzog Padda einer kritischen Musterung, fing dann aber Yurikos finsteren Blick auf und sagte nichts. Er geleitete sie in ein lichtdurchflutetes Wohnzimmer, in dem es zart nach süßen Blüten duftete, und hieß sie an einem polierten Tisch Platz nehmen. Padda drückte sich gegen Yurikos Hals und rülpste leise. Besorgt schielte Yuriko zu ihm hinunter. Waren wohl doch zu viele Früchte gewesen.

»Ihr seid also der Schüler«, sagte Skjoll und kniff kurzsichtig die Augen zusammen. »Erstaunlich eigentlich, dass Ihr so lange gebraucht habt, um hier aufzutauchen. Laut den Erzählungen meines Vaters hattet Ihr eine besondere Verbindung miteinander.«

»Hatten wir das«, sagte Yuriko erstaunt. »Keine Ahnung. Ich hatte nie einen anderen Lehrmeister, also hab ich keinen Vergleich.«

»Und er hatte nach Euch keinen Schüler mehr. Er sagte immer, er habe einen Siegelmeister ausgebildet, das müsse genügen. Er habe Euch sein gesamtes Vermächtnis hinterlassen.«

»Das kann ja dann nicht so viel gewesen sein«, murmelte Galina und fing sich einen Schulterstoß von Yuriko ein, der sie fast vom Stuhl fegte.

»Du hast gerade den Punkt erreicht, an dem der Spaß aufhört«, sagte Yuriko finster, und Galina sah tatsächlich beeindruckt aus und hielt den Mund.

»Tatsache ist, mein Vater hätte sowohl Zeit als auch Befähigung gehabt, weitere Schüler auszubilden, allein fehlte es ihm am nötigen Antrieb«, sagte Skjoll. »Er saß lieber im Garten und schrieb Gedichte. Schlechte, übrigens.«

»Man kann nicht alles können«, sagte Yuriko. »Und es ist wichtig, das Leben zu genießen, solange man es hat. Die jungen Leute vergessen das oft.«

»Er hat gelegentlich von Euch erzählt«, fuhr Skjoll fort. »Ihr müsst ein merkwürdiges Kind gewesen sein. Angeblich wäret Ihr der Überzeugung gewesen, Ihr hättet keine leiblichen Eltern, sondern wäret aus einem Krötenei geschlüpft.«

»Und bis heute hat niemand mir das Gegenteil bewiesen.«

»Ja«, sagte Skjoll. »Ich bin sicher, es lebt sich leichter mit einer Lüge als mit der Erkenntnis, dass die eigenen Eltern sich nicht für einen interessieren. Meiner Schwester und mit hat leider die Vorstellungskraft für derlei Geschichten gefehlt. Zum Glück hatten wir eine fürsorgliche Mutter. Das Fieber hat sie geholt. Das ist jetzt zehn Jahre her, und kurz nach der Beerdigung packte mein Vater seine Sachen und machte sich davon. Wir seien schließlich erwachsen, meine Schwester und ich. Wir müssten lernen, auf eigenen Beinen zu stehen.«

»Kopf hoch, kleiner Salamander«, murmelte Yuriko. Padda auf seiner Schulter zitterte und rülpste vernehmlich.

»Wie bitte?«, sagte Skjoll.

»Nichts«, sagte Yuriko. »Zu viel Obst vermutlich. Habt Ihr einen Hinweis darauf, wohin Meister … also, Euer Vater, wohin er abgereist ist?«

Skjoll verzog das Gesicht. »Er ging ein Hirngespinst jagen. Es gibt hierzulande Geschichten über einen Ort, den Garten des Lichts, an dem sich Weisheit und innerer Frieden erlangen ließen. Verlockend für jemanden, der nichts lieber tut, als den ganzen Tag reglos in der Sonne zu sitzen. Jedenfalls machte er sich auf den Weg, um diesen Ort zu finden. Es sind Geschichten, wohlgemerkt. Irgendwo im Süden soll er liegen, auf einer der Drachenschwanzinseln.«

»Weshalb heißen die so?«, fragte Galina schaudernd.

»Wegen ihrer Form«, erklärte Yuriko und malte eine geschwungene Linie in die Luft. »Ich hab sie auf der Karte gesehen. Eine Inselkette, zwölf Handvoll winziger Inseln, zum Teil kaum mehr als Punkte auf der Karte.«

»Es gibt keine zuverlässigen Aufzeichnungen der Region«, sagte Skjoll. »Deshalb ist es ja auch Wahnsinn, sie zu bereisen. Es gibt dort nichts als Wald und Sumpf und Wildnis.«

»Ihr habt's gehört, Kinder«, sagte Yuriko und klatschte in die Hände. »Wir fahren heim.«

»Und Ihr habt nie wieder von Eurem Vater gehört?«, fragte Galina. Skjoll schüttelte den Kopf.

»Ich nehme an, er ist in der Wildnis umgekommen«, sagte er.

»Wie tragisch«, sagte Galina bestürzt. »Ich habe auch keine Eltern mehr, aber ich habe wenigstens ein Grab, das ich besuchen kann. Denkt Ihr nicht manchmal, er würde noch leben? Wüsstet Ihr das nicht gerne?«

»Nein«, sagte Yuriko. »Nein, nein, nein, nein, nein. Und nein.«

»Ich habe mit dem Schicksal meines Vaters abgeschlossen«, sagte Skjoll. »Es war seine Entscheidung, zu gehen, und mit den Folgen daraus hat er zu leben – oder zu sterben. Für mich ist er so oder so nicht mehr da.«

»Da hörst du es«, sagte Yuriko.

»Bestünde die Möglichkeit, dass mein Vater noch lebte, ich würde es wissen wollen«, sagte Galina. »Ich würde alles daransetzen. Allein schon, um ihn fragen zu können, warum er mich im Stich gelassen hat.«

»Ich bin kein Abenteurer«, sagte Skjoll und sah auf seine Hände hinunter, die er auf der Tischplatte gefaltet hatte. »Ich bin … anders als mein Vater. Anders, als er sich seinen Sohn gewünscht hat. Ich bin nicht zauberbegabt. Ich bin Buchhalter. Meine Welt sind Zahlen. Die einzige Reise, die ich gelegentlich unternehme, ist hinüber nach Elis. Dort lebt meine Schwester mit ihrer Familie. Und schon von dort aus bin ich froh, wenn ich wieder daheim bin.«

»Was wisst Ihr denn über diese Drachenschwanzinseln?«, erkundigte sich Galina. »Und wo können wir noch mehr erfahren? Eine Karte bekommen? Gibt es Schiffe, die dorthin fahren?«

Ein gewaltiges Zittern durchlief Padda. Yuriko riss ihn sich von der Schulter und hielt ihn von sich weg, und der Kröter erbrach gelben Schleim und halbverdaute Früchte auf den Mosaikboden. Skjoll sprang auf und machte ein Gesicht, als wolle er dem Beispiel des Kröters folgen.

»Dem ist nichts hinzuzufügen«, sagte Yuriko mit einer Stimme, die, so hoffte er, keinen Widerspruch duldete. »Drachenschwanzinseln. So ein Unfug. Wir fahren nach Hause.«

Seine Lippen schmeckten nach Salz. Ihm war schlecht. Zu viel Obst? Nein, das war Padda gewesen.

Er wälzte sich mühsam auf die Seite. Der Untergrund hob und senkte sich. Es platschte und gluckerte.

Das durfte nicht wahr sein. Nein. Einfach nein.

»Padda«, murmelte er und blinzelte. Der Kröter saß direkt vor seinem Gesicht und presste ihm eine kühle Krötenhand auf die Nase.

»Sag, dass das nicht wahr ist«, murmelte Yuriko.

»Er ist wach«, hörte er Galina. Der Untergrund schaukelte heftiger. Ein Umriss schob sich zwischen ihn und den Himmel.

»Wir fahren nicht nach Hause«, murmelte Yuriko.

»Nein«, sagte Galina. »Wir fahren nach Süden. Und bevor du einen Wutanfall hinlegst – ich hatte keine Wahl. Hättest du dich nur überzeugen lassen …«

»Du meinst, ich bin selbst schuld, dass du mich entführt hast – zum zweiten Mal! – weil ich ja freiwillig hätte mitgehen können?!« Die Empörung brachte Yuriko auf die Ellenbogen.

»Na ja«, sagte Galina. »So ungefähr.«

Stöhnend kam er zum Sitzen und lehnte sich an den Bootsrand. Es war ein wesentlich kleineres Boot diesmal, höchstens ein Dutzend Schritte von Bug zu Heck, ein Segel, das der Wind blähte, ein Mann am Ruder.

»Wir haben überlegt, dich in Kabis zu lassen«, sagte Galina. »Aber wir haben uns nicht getraut. Wer weiß, was uns erwartet.«

»Schande über dich, mich so zu übertölpeln«, murmelte Yuriko. »Schande über mich, dass ich zweimal auf den gleichen Trick reinfalle.«

»Ich hatte kaum damit gerechnet, dass es ein zweites Mal klappt«, sagte Galina.

»Es besteht im Übrigen jedes Mal die Gefahr, dass du mich umbringst. Mein Herz ist nicht mehr das jüngste.«

»Ich tu's nie wieder. Versprochen.«

»Solange ich brav gehe, wohin du willst. Was machst du, wenn ich ab sofort nichts mehr esse oder trinke, das von dir kommt? Ziehst du mir einen Knüppel drüber?«

»Das würde ich nie tun!«, protestierte Galina, verstummte aber unter Yurikos vernichtendem Blick.

»Was ist also der Plan«, knurrte er. »Außer, meine kostbare Lebenszeit zu verschwenden, die ich so viel lieber mit meiner Versprochenen verbringen würde.«

»Wir reisen auf die Drachenschwanzinseln und finden diesen Garten des Lichts«, sagte Galina. »Meister Gimmstein löst das Rätsel des Siegels. Wir geben seinem Sohn Bescheid, dass der Vater wohlauf ist, und dann fahren wir heim.«

»Na klar«, stöhnte Yuriko. »Ganz logisch. Wir bereisen eine Gegend, aus der nicht mal die Kartenmaler zurückgekommen sind, weshalb es keine zuverlässigen Karten gibt, um einen Spinner zu suchen, der schon vor fünfunddreißig Jahren zu nichts zu gebrauchen war, und dessen Knochen vermutlich längst von irgendwelchen wilden Tieren abgenagt wurden!«

»Wie redest du denn von deinem Lehrmeister, sag mal!«

»Warte, bis ich anfange, von meiner Schülerin zu reden!«

Arkadis erschien neben Galina, beugte sich zu Yuriko und lächelte entschuldigend.

»Ihr beide habt keinen guten Einfluss aufeinander«, sagte Yuriko düster. »Gar keinen guten Einfluss.«

Er brauchte noch einige Zeit, bis er auf die Beine kam. Die Übelkeit klebte an ihm, und jeder Geruch – nach Salz, nach nassem Segeltuch, nach Leder – ließ ihn sich über die Reling werfen und hilflos würgen. Das Geschaukel des kleinen Bootes gab ihm den Rest, und dass sie einer Küstenlinie folgten, tröstete ihn nur wenig, solange es nach Süden ging. Der Mann am Ruder war schweigsam, warf nur manchmal einen misstrauischen Blick in Yurikos Richtung. Zwischen zwei Magenkrämpfen begann der darüber nachzudenken, was den Schiffer bewogen hatte, den Transport zu übernehmen. Galinas Liebreiz allein konnte das nicht gewesen sein, zumal sie ja keinen hatte. Er fasste in die Tasche. Der Beutel mit den Goldmünzen war erschreckend leicht. Mit zitternden Fingern öffnete er ihn. Starrte auf das Häuflein Silberfedern. Zählte sie durch, aber es wollten nicht mehr werden. Die Knie wurden ihm weich. Er ließ sich zu Boden sinken. Er hatte keine Ahnung, was er den Göttern getan hatte, um dieses Schicksal zu verdienen.

Er verbrachte den Tag zwischen Erbrechen und Elend, an der Reling zusammengekauert, Padda im Arm. Gegen Abend veränderte sich plötzlich der Winkel der Sonneneinstrahlung. Das Boot begann heftig zu schaukeln. Der Schiffer befahl seine Passagiere an die Ruder. Yuriko ließ Galina und Arkadis den Vortritt. Das Segel wurde eingeholt, Brandung rauschte, dann knirschte der Kiel über Sand, das Boot neigte sich leicht zur Seite und lag dann still.

»Aussteigen«, sagte Galina.

»Trag mich doch«, trotzte Yuriko, aber dann war die Sehnsucht nach festem Boden unter den Füßen doch zu groß. Mühsam zog er sich hoch, setzte sich Padda auf die Schulter, wuchtete sich über die Reling und landete platschend im schenkeltiefen Wasser. Er watete an Land und sah sich um. Ein schmaler Sandstreifen, eine flache, steinige Böschung, dahinter ein lichter, trockener Nadelwald, der ihm die Sicht ins Landesinnere nahm. Kein Hafen, kein Dorf, keine Menschen.

»Überlegt's euch nochmal«, sagte der Schiffer. »Letzte Gelegenheit, von hier wieder wegzukommen.«

»Nein danke«, sagte Galina.

»Ja bitte«, sagte Yuriko gleichzeitig. »Drachenschwanzinseln! Was für eine Schnapsidee!«

»Meine Rede«, sagte der Schiffer. »Also, was ist? Ich muss los.«

Yuriko zögerte. Galina stand, als wären ihre Füße am Strand festgewachsen.

»Nur zu«, sagte sie. »Geh. Lass mich im Stich. Das hast du ja schon mal gemacht. Ich komme alleine zurecht.«

»Hast du mich nicht gerade deshalb entführt, weil du mich brauchst? Zweimal?«

»Wärest du nicht so ein lausiger Lehrmeister und hättest mir beizeiten etwas beigebracht, könnte ich auf dich verzichten!«

»Ich habe getan, was ich konnte, aber nicht mal ich kann einen Frosch das Fliegen lehren!«

Ein scharfes Klackern unterbrach sie beide. Arkadis schlug zwei Steine aufeinander und sah aufgebracht zwischen ihnen hin und her. Als sie die allgemeine Aufmerksamkeit hatte, ließ sie die Steine fallen, riss die Arme auseinander und machte eine sehr ungeduldige Geste.

»Du hast recht«, sagte Galina finster. »Lassen wir den alten Trottel hier. Wir schaffen es auch ohne ihn.«

Sie raffte ihre Röcke, stapfte durch den Sand zur Böschung, krabbelte wenig elegant hinauf und machte ein paar Schritte unter die Bäume. Arkadis folgte ihr, drehte sich aber immer wieder zu Yuriko um. Der Schiffer stemmte sich gegen das Boot und schob es von seinem Liegeplatz. Yuriko presste sich die Hände gegen die Stirn, hinter der immer noch der Schmerz hämmerte. Da schwand sie hin, seine letzte Gelegenheit, geschmeidig nach Hause zu kommen.

Aber was Florine wohl sagen würde, wenn er ohne Galina dort aufkreuzte? Sicher ging sie davon aus, dass er das Mädchen beschützte, egal welche irren Ideen sie ausbrütete.

Ohne Galina brauchte er ihr gar nicht unter die Augen zu treten.

»Ich habe keine Worte dafür, wie sehr ich mein Leben hasse«, murmelte er. Padda quakte und presste sich gegen Yurikos Hals. Einigermaßen getröstet schlurfte er seinen Entführerinnen hinterher.

Die Hitze des Tages stand noch unter den Bäumen. Ein dickes Bett aus gelben Kiefernnadeln knisterte unter Yurikos Schritten. Er trabte an und schloss zu seinen Begleiterinnen auf. Galina pustete im Gehen eine Haarsträhne aus der Stirn und sah ihn von der Seite an.

»Ein Frosch, ja«, sagte sie. »Ganz schön frech.«

»Ein sehr hübscher Frosch«, beschwichtigte er. »Und jetzt sag mir, wie du diesen Garten finden willst. Ich brauche eine Vorstellung davon, wie lange das hier dauert.«

»Keine Ahnung«, sagte sie. »Enron – das ist der Bootsbesitzer – meinte, wir müssten noch viel tiefer in den Süden.«

»Ist klar«, stöhnte Yuriko. »Und warum hat er uns nicht bis ans Ziel gefahren?«

»Er murmelte etwas von Seeschlangen und Strömung, aber ich denke, das Geld hat einfach nicht gereicht.«

»Deine Schuld. Wärst du mal nicht so teuer gewesen.«

»Ich war nicht teuer, ich war nützlich und wertvoll.«

»Meinetwegen.«

Yuriko rief sich die Karte ins Gedächtnis. Er hatte sich Form und Lage der Inseln besser gemerkt als den Maßstab, aber wenn es wirklich hinunterging bis in die Drachenschwanzspitze, war das ein wochenlanger Fußmarsch. Er bekämpfte den Impuls, zurück zum Strand zu rennen und nach dem Schiffer zu rufen.

»Habt ihr wenigstens ausreichend Ausrüstung besorgt? Decken, ein Holzbeil, Kochgeschirr, Seife, Salz?«

Arkadis tippte sich auf die Brust und nickte.

»Ist alles im Endlosen Raum«, erklärte Galina, und, mit einem Anflug von Bewunderung: »Arkadis kennt sich richtig gut aus. Er weiß, was man zum Überleben in der Wildnis braucht.«

»In eurem Fall vor allem einen angeblich so nutzlosen Krötenmeister«, knurrte Yuriko. »Damit euch nicht der erste Wegelagerer von der Straße putzt.«

»Davon soll es hier eine Menge geben, sagt Enron. Vom letzten Krieg übriggeblieben.«

»Ach, ja, großartig. Noch mehr so gute Nachrichten?«

»Vorerst nicht.«

Yuriko seufzte. »Ich bin sicher, wir werden hier von einer Überraschung zur nächsten stolpern. Und ich rede nicht von der Sorte Überraschung, die liebeshungrige Schönheiten beinhaltet.«

Das Gelände war hügelig. Sie gingen landeinwärts und ungefähr nach Süden, geleitet von Arkadis. Als das letzte Licht schwand, bedeutete Arkadis ihnen, anzuhalten. Sie deutete auf sich, dann auf einen Baum und legte die Hand über die Augen, als würde sie in die Ferne schauen. Yuriko nickte und ließ sich schwer zu Boden fallen. Das Betäubungsmittel machte ihm immer noch zu schaffen. Er fragte sich, wo Galina das nur immer herbekam und wie groß die Gefahr wirklich gewesen war, nicht mehr aufzuwachen.

Nun. Zumindest hatte er mit großer Wahrscheinlichkeit all die Frauen abgehängt, die sich an seine Fersen geheftet hatten. Mit denen im Gefolge nach Letis zurückzukehren, hätte Florine sicher auch nicht glücklich gemacht.

Einige Zeit später kam Arkadis wieder von ihrem Baum geturnt. Sie nickte und zeigte landeinwärts.

»Hört da der Wald auf?«, fragte Galina. Arkadis nickte und deutete mit zwei Fingern eine kurze Strecke an.

»Wir könnten auch einfach hierbleiben«, schlug Yuriko schwach vor. »Es ist windgeschützt und der Boden ist weich.«

»Ich will ein Lagerfeuer, ohne den Wald abzubrennen«, sagte Galina. »Der ist ja trocken wie Zunder.«

»Ich brauch kein Feuer«, stöhnte Yuriko gequält.

»Aber ich«, sagte Galina. »Komm. Wenn du erst deinen Tee hast, wirst du mir danken.«

»Du meinst, wenn ich damit fertig bin, dich zu verfluchen.«

Er ließ sich von ihr auf die Beine ziehen und setzte sich mühevoll in Bewegung. Zumindest behielt Arkadis recht, und kaum ein paar Steinwürfe weiter lichtete sich der Wald. Vor ihnen lagen weite Hügel, bedeckt von raschelndem, zottigem Gras. Am Horizont erhoben sich schroffe Berge gegen den Himmel, an dem ein letzter Streifen Sonnenlicht gerade erlosch. Arkadis machte eine Geste in Richtung der Berge.

»Süden?«, fragte Yuriko, und sie nickte.

»Morgen«, sagte er.

Galina und Arkadis gingen Feuerholz suchen, und Yuriko legte sich ins Gras, setzte sich Padda auf den Bauch und sah zu, wie der Mond sich erhob.

Sie verbrachten eine ungestörte Nacht am Waldrand. In frühen Morgengrauen wurde Yuriko von Padda geweckt, der sich gegen sein Gesicht presste und ihm, als er verschlafen gähnte, beinahe in den Mund kroch. Yuriko nahm sich den Kröter vom Gesicht und blinzelte. Ein Fuchs stand am Waldrand und witterte zu ihnen hinüber, vielleicht angelockt von den Resten ihres Abendessens. Yuriko warf ein angekohltes Stück Holz nach ihm, und der Fuchs verschwand raschelnd im Wald.

Er blinzelte nach Süden. Die Bergkette am Horizont sah steil aus. Es war nur zu hoffen, dass sie die nicht überqueren mussten. Kein Dorf war zu sehen, keine Straße, kein Bauernhof, nur Hügel mit hohem, zottigem Gras, gelegentlich ein knorriger Baum, ein Streifen Gebüsch.

Er hatte gestern Abend noch inspiziert, was Galina an Vorräten besorgt hatte. Sie war durchaus großzügig gewesen mit Yurikos Geld: Brot und Schmalz, ein Stück Käse, Geräuchertes, Trockenfrüchte, ein Säckchen Linsen, Salz und Majoran, Tee und sogar ein Körbchen mit Eiern, die im Endlosen Raum weder verderben noch zerbrechen konnten.

Yuriko entfachte neues Feuer, setzte Teewasser auf und kramte im Endlosen Raum, bis er die Eier zu fassen bekam. Er suchte einen flachen Stein, säuberte ihn mit dem Mantelärmel und schob ihn in die Glut. Als der Stein heiß genug war, schlug er die Eier darauf.

Inzwischen regten sich auch seine Begleiterinnen. Galina, von der unter ihrer Decke kaum mehr zu sehen war als ein Schopf Blondhaar, gähnte und blinzelte. Er goss ihr einen Becher Tee ein und hielt ihn ihr hin, und sie lächelte verschlafen und muckelte eine Hand aus der Decke, um den Becher entgegenzunehmen.

Er betrachtete sie, während sie in kleinen Schlucken trank. Vielleicht war es nicht das Schlimmste, dass er hier bei ihr war. Es war eine gefährliche Zeit – so viel jugendlicher Übermut, so wenig Lebenserfahrung. Er erinnerte sich lebhaft, was da alles schiefgehen konnte. Am Anfang schien es eine gute Idee, und am Ende brannte irgendetwas und alle waren wütend. Vielleicht konnte er Galina vor der einen oder anderen Dummheit bewahren – oder sie zumindest vor den schlimmsten Folgen schützen.

»Schmutzige Gedanken am frühen Morgen, oder warum starrst du mich so an?«

»Hm?« Yuriko fuhr hoch. »Nichts. Nur nachgedacht.«

»Und worüber, möchte ich lieber nicht wissen«, murrte Galina und befreite sich aus ihrer Decke. Arkadis war schon auf den Beinen.

Sie frühstückten, recht ausgiebig für Wildnis-Verhältnisse, und verstauten dann ihre Ausrüstung im Endlosen Raum. Yuriko klemmte sich das Siegel in den Gürtel und setzte sich Padda auf die Schulter. Ein rascher Wind trieb Wolkenfetzen über den Himmel.

Sie gingen los, Richtung Süden. Das Gras schlug ihnen gegen die Beine. Der Untergrund war uneben, voller Kaninchenlöcher und Stolperfallen. Rötlicher Staub legte sich auf Yurikos Stiefel. Der Wald versank hinter ihnen. Wolken ballten sich zusammen, und alsbald begann es zu regnen, ein feiner, schwerer Regen, der die Farbe aus der Umgebung zog.

Sie waren eine Glocke oder vielleicht etwas länger unterwegs, als Galina mit einem Mal anhielt und vor sich zeigte. Gleichzeitig machte Padda auf Yurikos Schulter sich steif. Vor ihnen, von Gras überwachsen und von der Witterung ausgebleicht, lag ein bleicher Pferdeschädel. Eine braun gefleckte Schlange verschwand gerade in einer seiner Augenhöhlen. Einige Schritte weiter stachen die Rippen durchs Gras.

Arkadis machte eine fragende Geste.

»Ich habe keine Ahnung«, sagte Galina. »Wenn ein Pferd stirbt, warum isst man es nicht?«

»Vielleicht ist es weggelaufen und dann hier gestorben«, sagte Yuriko. Galina machte ein zweifelndes Gesicht.

»Ich gehe besser voran«, sagte Yuriko. »Kommt, vor einem toten Pferd muss man sich wirklich nicht fürchten.«

Galina und Arkadis folgten ihm. Aus dem Augenwinkel sah er, wie Galina nach Arkadis´ Hand fasste. Er hatte sich seine Geschichte vom Pferd selbst nicht geglaubt. Im Gegenteil hatte er eine dunkle Vermutung, was für ein Ort das hier war. Er erwog, die Richtung zu wechseln, aber dann wiederum hatte er keine Ahnung, wie das Gelände westlich oder östlich aussah, und wo genau es am schlimmsten war. Der kürzeste Weg war immer noch der beste.

Er achtete auf seine Schritte. Es dauerte nicht lange, bis er die ersten menschlichen Überreste fand – ein bräunlicher Schädel, an dem verfilzte Haarsträhnen klebten. Unauffällig wich er zur Seite aus und zeigte in den Himmel. »Ich denke, es wird schon heller. Der Regen hört bestimmt bald auf.«

»Ich sehe nichts«, sagte Galina. Yuriko sah auch nichts, aber immerhin schaute sie nach oben und nicht nach unten.

Sie gingen weiter. Yuriko spürte, wie kleine Zweige unter seinen Stiefeln brachen – Zweige, die in der baumlosen Ebene sicher keine waren.

Ein dunkler Haufen, stumpfes Leder und fadenscheiniger Stoff, zerrupfte Pfeile, die im Wind bebten, als würde ihr Ziel noch atmen.

»Schaut mal da oben, was für ein merkwürdiger Vogel!«

Rostiges Metall, Reste von früherem Glanz, die beharrlich das Tageslicht einfingen, Schwerter und Helme und Teile von Helmen mit Teilen ihrer Träger darin. »Da vorne! Ist das ein Haus unter diesen Bäumen?«

Noch mehr tote Pferde. Fetzen eines rot-weißen Banners an einer abgebrochenen Standarte. Knochen, und man sah ihnen nicht an, ob hier ein Abrantiner oder ein Zentalliner lag. »Wo steht die Sonne? Gehen wir noch nach Süden?«

»Lass es gut sein, Yuri«, sagte Galina mit erstickter Stimme. »Ich kann gar nicht so viel nach oben schauen, wie ich müsste.«

Sie waren stehengeblieben. Arkadis sah sich um, blass, sehr ernst, eine steile Falte zwischen den Augenbrauen.

»Ich will es auch nicht sehen«, sagte Galina. »Aber ich weiß trotzdem, dass es da ist. Ein … Schlachtfeld.«

»Die Roten Höhen«, sagte Yuriko. »Ich habe sie auf der Karte gesehen, aber ich hatte gehofft, dass wir sie verpassen.«

»Die Roten Höhen«, wiederholte Galina schaudernd. »Ich habe davon gehört. Wir haben hier gegen die Abrantiner verloren.«

»Eine der verlustreichsten Schlachten der jüngeren Geschichte. Auf beiden Seiten.«

»Aber warum? Hier ist doch nichts. Warm kämpft man um ein paar Hügel am Ende der Welt?«

»Keine Ahnung. Irgendein strategischer Punkt. Vielleicht wollten unsere Leute die Abrantiner davon abhalten, noch weiter nach Süden vorzustoßen.«

Arkadis sah aus, als wolle sie dringend etwas sagen, sie öffnete sogar den Mund, blieb dann aber stumm wie immer, nur verzweifelter als sonst.

»Lasst uns weitergehen«, sagte Yuriko. »Wenn wir jetzt umkehren und versuchen, die Roten Höhen zu umrunden, sind wir vielleicht ewig unterwegs. Und wer weiß, vielleicht haben wir es ja gleich geschafft. Wie groß kann ein Schlachtfeld schon sein.«

Galina nickte beklommen. Er legte den Arm um sie, und sie drückte sich gegen ihn und hielt sich an seinem Mantel fest. Yuriko streckte die freie Hand nach Arkadis aus, aber die schüttelte den Kopf.

»Warum überhaupt?«, fragte Galina. »Warum haben wir hier Krieg gegen Abrantes geführt? Ich meine, sie haben ja nicht unser Land angegriffen.«

»In gewissem Sinne schon«, sagte Yuriko. »Die Südlichen Inseln sind unsere Verbündeten. Als die Abrantiner hier einfielen wie die Wilden, haben wir – au!«

Arkadis hatte ihm einen heftigen Schlag gegen die Schulter versetzt. Jetzt starrte sie ihn finster an und zeigte mit dem Finger auf Yuriko.

»Ich? Was ist mit mir? Ich habe in keinem Krieg gekämpft. Ich bin doch kein Soldat.«

Arkadis hob die Hände und ließ sie wieder fallen, sah aus, als würde sie an ihrer Zunge ersticken.

»Was wollten die Abrantiner hier?«, fragte Galina. »So weit weg von ihrem Zuhause?«

»Keine Ahnung. Vielleicht dachten sie, wenn sie einen Brückenkopf im Süden hätten, könnten sie uns von beiden Seiten angreifen. Die Abrantiner sind rechte Kriegstreiber. Die haben ständig – au! Arkadis! Es reicht!«

Sie zog die Faust ein und beschoss ihn mit vernichtenden Blicken.

»Arkadis stammt von dort«, sagte Galina. »Vergiss das mal nicht.«

»Ach was«, sagte Yuriko. »Sie ist ja nicht verantwortlich für die Kriegspolitik ihres Landes. Was kann man da schon machen, als Einzelner, wenn die Könige beschließen, Krieg zu führen.«

Vorsichtig gingen sie weiter. Yuriko musste feststellen, dass ein Schlachtfeld groß sein konnte. Sehr groß. Gar kein Ende nehmen wollte. Beklommen versuchte er abzuschätzen, wie viele Tote hier lagen. Hunderte? Tausende gar? Und man hatte sie einfach liegenlassen. Vielleicht waren nicht genügend Lebendige übriggeblieben, um die Toten zu begraben.

Sie passierten einen Hügel aus Knochen, Mensch, Pferd und Gerätschaften, ein umgestürzter Wagen, verrottetes Lederzeug. Yuriko legte Galina die Hand über die Augen, führte sie vorsichtig um eine verrostete Panzerrüstung herum – im Leben hatte sie ihren Träger nicht schützen können, das bewies der Armbrustbolzen, der die Brustplatte sauber durchschlagen hatte, aber nun, im Tod, hielten die schmiedeeisernen Platten die Gebeine beisammen. Nur der Topfhelm mit dem Totenschädel war nahebei in eine Senke gerollt.

Sie gingen sachte bergauf. Der Boden unter ihren Füßen war zerfurcht. Lilafarbene Disteln und gelbe Butterblumen nickten mit ihren Köpfchen über zerrissenen Militärmänteln, Kettenhemden, Wappenröcken. An manchen Stellen war der Boden eingesunken und hatte die Toten aufgenommen, an anderen lagen sie frei und ungeschützt unter dem Himmel. Und immer noch regnete es.

Entlang der Hügelkrone zog sich eine Aufschüttung, die sie erst als solche erkannten, als sie oben angekommen waren: ein mannshoher Erdwall, grasbewachsen, von Wind und Regen abgetragen. Sie gingen daran entlang, bis sich eine Senke auftat, die sie hindurchließ. Auf der anderen Seite des Walls erstreckte sich ein Graben, in dem Gebein an Gebein lag, bedeckt von Wappenröcken, schmutzig weiß, rötlich braun und fadenscheinig blau. In einiger Entfernung duckten sich eingefallene Hütten unter den Wolken, simpel zusammengezimmert, aber in Reih und Glied.

»Wir haben es geschafft«, sagte Yuriko. »Wir sind durch.«

Er warf einen Blick über die Schulter – er sah kein Schlachtfeld, sondern nur Hügel, bedeckt von Gras, das der Regen niederdrückte.

Er atmete, es roch nach nasser Erde, fuhr sich mit den Händen übers Gesicht, hörte seine Bartstoppeln rascheln, spürte sein Herz schlagen, sein Blut pulsieren, lebendig, er zog seine Mädchen in die Arme und drückte sie an sich, bis sie begannen, sich zu sträuben.

»So enden wir alle«, sagte er. »Vergesst das nicht. Aber nicht heute. Nicht heute.«

Sie wandten dem Totenacker den Rücken zu und gingen weiter, immer nach Süden.

Gegen Nachmittag hatte sich der Regen durch ihre Kleidung gearbeitet. Padda mochte nicht mehr in der Tasche sitzen und nicht mehr auf der Schulter, und schließlich stopfte Yuriko sich den Kröter vorne ins Hemd, wo er unablässig herumwerkelte und vor sich hin quengelte, aber zumindest nicht verlorengehen konnte.

Die Landschaft hatte sich wenig verändert. Immer noch überquerten sie einen grasigen Hügel nach dem anderen. Dann kamen sie überraschend an einen Zaun. Sein Zustand bezeugte, dass ihn jahrelang niemand mehr repariert hatte, aber dahinter verlief eine kaum sichtbare Karrenspur. Sie stiegen über den Zaun und folgten der Spur, in der Hoffnung auf ein Dorf oder zumindest eine Straße, die sie ins nächste Dorf bringen würde. Der Zaun bog nach rechts ab, und sie folgten weiter der Karrenspur geradeaus. Zu beiden Seiten waren inzwischen Parzellen abgeteilt, umgrenzt von Buschwerk und niedrigen, aus Feldsteinen geschichteten Mauern, doch falls das Felder gewesen waren, hatte niemand sie bestellt.

Einige Zeit später schwenkte der Feldweg Richtung Osten und führte stracks auf eine Baumgruppe zu. Im Näherkommen sahen sie, dass eine Ansammlung von Gebäuden sich unter die tiefhängenden Zweige duckte – Bauernhaus, Scheune, Stall, kein Blöken oder Muhen, kein Hundegebell, kein Licht. Sie hielten trotzdem darauf zu, allein schon, um ins Trockene zu kommen.

Die Tür zum Wohnhaus hing lose in den Angeln. Generationen von Herbststürmen hatten Laub durch den Spalt geweht.

Etwas mit kleinen Füßen verschwand trippelnd in den Schatten, als Yuriko die Tür aufschob. Er zog sich eine Handvoll Feuer aus dem Arkanum und leuchtete den Raum aus – leer, bis auf die vermoderten Reste von Möbeln, eine Truhe, deren eiserne Spangen die Bretter nicht mehr zusammenhielten, und ein Tisch, an dem Pilze wuchsen. Unter dem Dach war eine Schlafebene eingezogen. Die Leiter lehnte noch aufrecht daran, obwohl ihr Sprossen fehlten.

»Wartet, bis wir ein Lagerfeuer haben«, sagte er. »Dann wird's direkt behaglicher.«

Galina machte ein zweifelndes Gesicht, war aber zu müde, um Widerworte zu geben. Sie, die es nicht gewöhnt war, weite Strecken zu wandern, hatte sich ohnehin wacker gehalten. Er zog das Siegel des Endlosen Raumes aus dem Hemd, wo er es vor dem Regen bewahrt hatte. Das Papier war feucht und lappig geworden, aber die Tinte war nicht verlaufen. Er holte das Beil aus dem Endlosen Raum, dann ging er Feuerholz suchen.

Als er mit einem Armvoll leidlich trockenem Holz zurückkam, hatten Arkadis und Galina sich unter einer Decke zusammengekauert und steckten die Köpfe zusammen. Yuriko hielt im Türspalt inne. War das nur ein Schatten, oder hatte Arkadis tatsächlich unter der Decke den Arm um Galina gelegt? Yuriko reckte den Hals. Was machten die? Küssten sie sich etwa? Er beugte sich vor. Die Türschwelle knarrte unter seinem Gewicht, er fuhr zusammen und polterte in den Raum, als wäre nichts gewesen – und so unerschrocken, wie die beiden Deckenkuschlerinnen sich gaben, war vielleicht wirklich nichts gewesen. Sie hatten sich Stift und Papier aus dem Endlosen Raum geholt. Arkadis schrieb eilig, und Galina las mit. Schwankend zwischen Erleichterung und Enttäuschung, richtete Yuriko den Holzstoß und zündete ihn an. Es qualmte, doch das Dach war sowieso nicht dicht. Yuriko setzte Padda ab und zog sich die nassen Sachen aus. Nur mit einer Decke um die Hüften bekleidet, kramte er im Endlosen Raum nach seinen Ersatzkleidern.

»Bah«, sagte Galina. »Muss das sein? Hast du gar kein Schamgefühl?«

»Siehst du hier etwas, dessen ich mich schämen müsste?«, entgegnete Yuriko ungerührt, erwischte ein Stück Stoff und zog.

»Ich würde insgesamt lieber viel weniger sehen«, murrte Galina. Yuriko grinste und ließ die Decke fallen. Galina jaulte auf und riss den Arm vor die Augen.

»Was macht ihr da eigentlich?«, erkundigte sich Yuriko, während er in trockene Hosen stieg.

»Arkadis erklärt mir, wie das mit Abrantes und Zentallo und den Südlichen Inseln war«, sagte Galina hinter ihrem Arm. »Er hat eine etwas andere Sicht der Dinge als du.«

»Wundert mich nicht«, sagte Yuriko und zerrte sich das Hemd über den Kopf. Es saß etwas eng um die Schultern, war aber immerhin trocken. »Keiner von uns ist dabei gewesen.«

Galina hielt Yuriko das Papier hin. Er nahm es entgegen und las. Mühsam.

»Gütiger Krötengeist, das ist keine Schrift, das ist eine Zumutung! Das kannst du aber besser! Was soll das heißen? Z für Zentallo – hat die SI – was? Ausge…?«

»Ausgesaugt«, vervollständigte Galina. »Was du Verbündete genannt hast, war aus seiner Sicht eine Eroberung. Angeblich haben wir die ganzen Bodenschätze geraubt und die Regierung durch unsere Leute ersetzt. Die Exilregierung hat dann Abrantes zu Hilfe gerufen. Kannst du dir das vorstellen? Ich meine – dass wir … schuld sind?«

»Ich kann mir eine Menge vorstellen, und ich traue Politikern alles zu«, sagte Yuriko. »Aber wir sind nicht schuld. Du nicht, und ich nicht. Mach dir keinen Kopf.«

»Ich finde es beunruhigend, dass wir nicht eindeutig Gut und Böse benennen können.«

»Die Unterscheidung zwischen Gut und Böse wird gemeinhin überbewertet«, sagte Yuriko. »Es gibt keine guten und bösen Menschen. Es gibt nur Leute mit unterschiedlichen Plänen.«

»Und Leute, die über Leichen gehen«, sagte Galina und sah unbehaglich über die Schulter, als würde sie erwarten, dass die Toten vom Schlachtfeld zu ihr ans Feuer kämen. »Wer macht so etwas? Wer befiehlt so etwas?«

Arkadis winkte ungeduldig. Er gab ihr das Papier zurück, und sie begann eilig zu kritzeln.

»Ich weiß es nicht«, sagte Yuriko. »Zerbrich dir nicht den Kopf, Kleine. Du änderst nichts. Du kannst nur versuchen, es dir auf deinem Fleckchen Leben möglichst nett zu machen.«

»Ich weiß nicht, ob mir das genügt«, sagte Galina düster.

Arkadis war fertig mit Schreiben und hielt Yuriko den Zettel hin.

»Die Frau, die unseren Feldzug befohlen hat«, entzifferte er mühsam, »wird bei uns als Heldin gefeiert. Ernsthaft? Eine Frau? Und da wundert ihr euch noch, wenn ich der Meinung bin, dass Frauen an den Herd gehören?«

Arkadis grinste grimmig und holte sich den Zettel wieder, schrieb ein paar Worte und hielt ihn Yuriko hin.

»Sag ihr das, wenn du sie triffst«, entzifferte Yuriko. »Sie treffen? Wieso sollte ich? Eine Frau, die so ein Massaker anrichtet?«

Arkadis kritzelte eilig.

»Wisst ihr was«, sagte Yuriko. »Diskussionen über Politik sind böse. Abendessen ist gut. Können wir uns darauf einigen?«

»Wie kann man nur so oberflächlich sein«, schimpfte Galina, aber Yuriko winkte ab und kramte im Endlosen Raum nach Proviant.

Sie aßen schweigend. Yuriko beobachtete kritisch, wie eng Arkadis und Galina unter der gemeinsamen Decke zusammenrückten. Nach dem Essen malte er ein paar Siegel – Selbstanzünder, Kraftverstärker, Körperklammer – mehr, weil das Malen ihn ruhig machte, als aus Notwendigkeit. Anschließend schrieb er ein paar Zeilen an Florine, auch wenn er nicht wusste, wann und von wo er die würde abschicken können. Auf der anderen Seite des Lagerfeuers wurde währenddessen gekritzelt und geflüstert. Yuriko dachte an Florine, an Violetta und Anemone, an Mio. An … wie war noch ihr Name gewesen. Die heiße Rothaarige, die ihn immer so liebevoll getröstet hatte, wenn er wieder einmal bei Florine abgeblitzt war. Elis? Elira? Irgendwas mit E.

»Meister Yuri!«

»Huh? Was?« Er setzte sich auf. Galina kauerte vor seinem Lager.

»Ich hab dich was gefragt«, sagte Galina.

»Tut mir leid«, murmelte er. »Nicht gehört.«

»Ob das dein echter Ernst ist. Dass Frauen an den Herd gehören. Also, ob du das wirklich aus echter Überzeugung sagst und nicht nur, weil alle es sagen.«

»Bist du immer noch bei dem Thema«, stöhnte er. »Womit hab ich das verdient.«

»Stell dir vor, du nimmst Tante Flori zur Frau. Und dann möchte sie einen Beruf ergreifen. Sagen wir, sie will Gärtnerin werden.«

»Aber sie kann überhaupt nicht gärtnern.«

»Darum geht's nicht!«

»Warum sollte sie einen Beruf ergreifen wollen?«

»Das ist doch egal! Ob du es ihr verbieten würdest, will ich wissen!«

Yuriko ließ sich zurücksinken. Galina hatte sich festgebissen, das sah er ihr an. Sie würde keine Ruhe geben, bis sie eine Antwort bekam.

»Ich würde ihr nichts verbieten, was sie glücklich macht«, sagte er. »Aber das ist doch etwas anderes. Ich meine, das ist Florine … und ich … und …«

»Was ist daran anders?«

»Galina, hab Erbarmen. Du kennst mich. Ich bin ein bequemer Mensch und habe keine große Neigung, anderen etwas vorzuschreiben. Ich hab auch keine große Neigung, mir unnötig Gedanken zu machen. Für mich sind die Dinge, wie sie sind. Können wir's dabei belassen?«

Arkadis kam ihm zu Hilfe und streckte die Hand nach Galina aus. Widerstrebend erhob sie sich und kehrte an ihren Platz zurück. Yuriko ließ sich zurückfallen und unterdrückte ein Stöhnen. Früher, als Kind, war Galina nicht so anstrengend gewesen. Er fragte sich, ob sie all die aufwieglerischen Ideen während seiner Abwesenheit entwickelt hatte, oder ob Arkadis ihr die eingab. So oder so musste er seine Autorität als Lehrmeister einsetzen, um das Mädchen wieder auf den rechten Weg zu bringen. Gleich morgen.

Er sah nach Padda, der es sich auf einem warmen Stein bequem gemacht hatte. Auf der anderen Seite des Lagerfeuers richteten sich Galina und Arkadis zur Nacht. Sie kuschelten sich gemeinsam unter eine Decke und steckten die Köpfe zusammen. Galina flüsterte, Arkadis schrieb. Irgendwann, Yuriko war nur für einen Augenblick weggenickt, hatten sie sich die Decke über die Köpfe gezogen. Es war sehr still. Gelegentlich bewegte der Deckenberg sich sachte. Yuriko tastete um sich, fand ein Zweiglein und warf es hinüber. Keine Reaktion. Ein Ast, ein Steinchen. Nichts.

»Oi! Ihr beiden! Muss ich eine Abstandsregel einführen?«

Der Deckenberg wackelte, Galinas Kopf kam zum Vorschein. Ihre Wangen waren gerötet.

»Du hast doch sowieso nichts zu melden«, sagte sie. »Schlaf. Alles ist gut.«

Und schon war sie wieder unter der Decke verschwunden. Yuriko lag mit aufgerissenen Augen, fern von Schlaf, und starrte über das in sich zusammenfallende Feuer hinüber, stellte sich weiche Haut vor, junge, üppige Brüste, neugierige Finger. Wusste nicht recht, was er sich vorstellen sollte – was Frauen miteinander taten, wenn kein Mann dabei war - war dann nicht der ganze Zweck der Übung verfehlt? Das Gedankenspiel ließ ihn halb erregt, halb unzufrieden und sehr einsam zurück. Er kniff die Augen fest zusammen, drehte sich weg und dachte an Florine, bis der Schlaf ihn holte.

Sie hatten die Roten Höhen längst hinter sich gelassen, die Bergkette am Horizont war schon deutlich näher gerückt, als sie endlich auf Menschen trafen. Unglücklicherweise hatten diese Menschen nicht gerne Besuch. Im Nachhinein dachte Yuriko, dass der ungewöhnlich hohe, befestigte Zaun ein Warnsignal hätte sein können, womöglich auch Galinas nachdrücklich geäußertes Misstrauen, aber Galina ging immer vom Schlimmsten aus, wer konnte denn damit rechnen, dass sie einmal recht behalten würde? Die Erkenntnis stellte sich jedenfalls recht schnell ein, als er auf dem schlammigen Feldweg stand, seine Begleiterinnen hinter sich, eine gespannte Armbrust vor sich, die Hände erhoben.

»Abrantes?«, fragte der Mann, der die Armbrust hielt.

»Das kommt drauf an«, sagte Yuriko. »Wäre das eher gut oder eher schlecht?«

»Er trägt einen abrantinischen Mantel«, sagte der Zweite, der mit einer Mistgabel bewaffnet war. »Schieß ihn ab.«

»Den hab ich gebraucht gekauft«, beeilte sich Yuriko zu versichern. »In Sileen. Wir sind einfache Reisende. Wirklich.«

»Niemand reist so einfach in diesen Teil des Landes«, sagte die Dritte, die mit zwei gemein aussehenden Küchenmessern bewaffnet war.

»Wem sagt Ihr das«, sagte Yuriko. »Seit wir hier sind, will ich umkehren, aber ich habe Angst, dass meine Schülerin mir ein drittes Mal etwas in den Tee mischt und mich damit vielleicht endgültig umbringt.«

»Er redet wirr«, sagte der mit der Mistgabel. »Schieß ihn ab, Henno.«

Henno zog die Nase hoch.

»Es ist alles wahr«, beteuerte Yuriko. »Sie hat mich entführt, und sie wird mich immer weiter und weiter entführen, bis wir diesen Garten der Lust gefunden haben.«

»Licht«, korrigierte Galina von hinten. »Garten des Lichts.«

»Hab ich doch gesagt«, sagte Yuriko.

»Hast du nicht. Du hast Lust gesagt.«

»Hab ich nicht!«

»Hast du doch!«

»Ich habe Licht gesagt, aber wenn du mich so fragst, finde ich vielleicht lieber einen Garten der Lust. Das klingt spaßiger.«

Henno mit der Armbrust räusperte sich.

»Verzeihung«, sagte Yuriko. »Kleine Unstimmigkeit. Sagt an, kennt Ihr hier in der Gegend einen Garten des Lichts oder der Lust oder so ähnlich?«

»Garten der Erleuchtung«, sagte die Küchenmesserfrau. »Der ist aber eine Legende.«

»Ihr habt davon gehört? Tatsächlich? Gute Frau, Ihr seid meine Rettung! Habt Ihr eine Wegbeschreibung?«

»Es ist eine Legende, Wirrkopf«, sagte die Messerfrau.

»Und da fällt mir auf, dass ich mich noch gar nicht vorgestellt habe«, sagte Yuriko und ignorierte das wilde Aufstöhnen in seinem Rücken. »Mit Verlaub, Gnädigste, man nennt mich Yuriko Mandorak Doragon Frost, Meister der Siegel, Freund der Kröten, Feuerbeschwörer, Bezwinger der Schicksalsschlange, Zerschlager der Ketten der Knechtschaft, Stimme der Stummen, Betörer von Frauenherzen. Ihr habt womöglich schon von mir gehört?«

»Nein«, sagte die Messerfrau.

»Dann wird's Zeit«, sagte Yuriko.

Die Messerfrau wechselte einen Blick mit Armbrust-Henno.

»Nehmen wir sie mit rein«, sagte sie. »Das ist ein harmloser Spinner. Bringt etwas Abwechslung.«

Henno zögerte und ließ schließlich die Waffe sinken.

»Also gut. Aber wenn rauskommt, dass ihr von der abrantinischen Truppe seid, schieß ich euch ab.«

Mistgabel ging, um das aus dicken Holzbohlen gezimmerte Tor zu öffnen.

»Dann kommt mal rein«, sagte die Messerfrau. »Ich bin übrigens Saia, und das hier sind Henno und Jorig. Diese beiden«, sie wies mit dem Kinn auf Galina und Arkadis, »sind deine Töchter?«

»Meine Schülerin, Galina, und mein, äh, Schützling, Arkadis. Sie sprechen allerdings Eure Sprache nicht. Falls Ihr des Zentallinischen mächtig seid …«

»Ein paar Brocken«, sagte Saia auf zentallinisch. »Seid also willkommen, Galina, Arkadis, und, äh, Fremder mit dem langen Namen.«

Mistgabel ließ sie durchs Tor. Dahinter lagen Wirtschaftsgebäude, Stallungen und ein großes Bauernhaus. Ein Gemüsegarten zog sich entlang des Zaunes. Eine Frau in erdverschmierten Hosen zupfte dort Unkraut. Ziegen und Hühner liefen frei herum. Ein großer, gefährlich aussehender Hund begann zu bellen und wurde von Henno zurechtgewiesen. Yuriko sah sich um – sein einziger Fluchtweg wurde gerade verriegelt. Arkanum kribbelte ihm auf der Handfläche, als er sich an dem Hund vorbeischob. Der betrachtete ihn sehr verschlagen und irgendwie hungrig. Yuriko versuchte, unappetitlich auszusehen.

Er atmete erst auf, als die Haustür sich hinter ihm schloss und der Hund draußen blieb. Man brachte sie in eine große Stube. Am Tisch saßen zwei Männer, Brot und Speck vor sich. Sie unterbrachen ihre Mahlzeit und musterten verblüfft die Neuankömmlinge.

»Es ist in Ordnung«, sagte Saia. »Wir haben sie vor dem Tor aufgelesen.«

»Der Alte trägt einen abrantinischen Militärmantel«, sagte der eine. Über sein Gesicht lief eine rote Narbe, die davon zeugte, dass er kürzlich beinahe ein Auge verloren hätte.

»Hier ist niemand alt«, sagte Yuriko verletzt.

»Wenn jeder, der abrantinisches Zeug trägt, vom Militär wäre, hätten wir ein viel größeres Problem«, sagte Saia. »Sie bleiben außerdem nicht lang. Nicht wahr, Wirrkopf?«

»Nein, aber mein Name ist … au! Galina!«

Sie zog die Faust ein und bedachte ihn mit einem Blick, mindestens so grimmig wie der des Hofhundes.

»Wir wollen wirklich keine Umstände machen«, sagte sie.

»Wir benötigen nur alle Informationen über diesen Garten des Lichts, die wir bekommen können.«

Die beiden Frühstücker am Tisch sahen sich an und grinsten.

»Das ist doch nur eine Geschichte, Schätzchen«, sagte der ohne Narbe. »Den gibt's doch gar nicht. Jetzt bist du den ganzen weiten Weg umsonst gekommen.«

»Nenn mich noch einmal Schätzchen, und ich sorge dafür, dass du an deinem Speck erstickst«, sagte Galina.

Die Männer tauschten belustigte Blicke. Yuriko legte Galina eine Hand auf die Schulter, und sie beschränkte sich darauf, die Fäuste zu ballen und finster dreinzuschauen.

»Halt den Mund, Torre«, sagte Saia. »Hier, setzt euch. Etwas zu essen gibt's nicht für euch, aber Tee könnt ihr haben.«

Sie kamen der Aufforderung nach. Yuriko warf dem Speck so lange verliebte Blicke zu, bis Narbengesicht die Leckerei in ein Tuch wickelte und wegbrachte. Zumindest der Tee war heiß und mit einer Ahnung von Honig gesüßt.

»Was habt ihr eigentlich mit den Abrantinern?«, erkundigte Galina sich. »Der Krieg ist doch vorbei.«

Henno und Saia warfen sich Blicke zu.

»Mag sein, dass der Krieg vorbei ist«, sagte Henno, »aber die Abrantiner haben ihren ganzen Abschaum dagelassen, als sie abgezogen sind. Die Rauhberge sind voll von Abtrünnigen. Soldaten, die sich von der Truppe davongemacht haben. Die kommen immer mal ins Flachland und versuchen, bei uns Einheimischen was zu holen. Aber bei uns gibt's nichts. Nur aufs Maul gibt's bei uns.«

»Recht so«, sagte Yuriko. »Aber lasst uns doch über schöne Dinge sprechen, statt über Politik und Krieg. Über Gärten zum Beispiel.«

Arkadis zog ein gefaltetes Papier aus der Tasche und kritzelte emsig.

»Ist sie stumm, Euer Mündel?«, fragte Saia zwischen Neugier und Anteilnahme.

»Von Geburt an«, fabulierte Yuriko. »Keiner weiß, warum. Aber sonst ist sie wohlauf.«

Arkadis schob Galina den Zettel hin. Die las vor.

»Ob es ein Aus… Moment – Auslieferungsabkommen zwischen Abrantes und Zentallo gibt, will sie wissen.«

»Ich weiß nicht mal, was das ist«, sagte Saia. »Aber die Schinderin von Abrantes hat ihren Namen sicher nicht umsonst. Man erzählt sich, dass sie Soldaten, die sich von der Truppe entfernten, an die Wagen im Tross hat nageln lassen. Durch die Augen. Als warnendes Beispiel für die anderen.«

Arkadis schlug mit der flachen Hand auf den Tisch. Ihr Gesicht war zu einer finsteren Grimasse verzogen.

»Jeder erzählt die Geschichte anders«, sagte Yuriko heiter. »Was dem einen sein glorreicher Sieg, ist dem anderen seine unverdiente Niederlage.«

»Ich frage mich nur, warum sie sich ausgerechnet unser Land ausgesucht haben, um sich gegenseitig auszulöschen«, sagte Narbengesicht düster. »Die haben hier alle nichts verloren. Nur die Zentalliner haben weniger Dreck zurückgelassen.«

»Sie könnten sich im Norden dieser Insel ansiedeln«, schlug Galina vor. »Da ist jede Menge Land, das nicht bestellt wird. Offenbar wurde die Bevölkerung dort durch den Krieg vertrieben.«

»Da müssten sie ja was arbeiten, zum ersten Mal in ihrem Leben«, ätzte Torre. »Faules Gesocks, einer wie der andere.« Arkadis stand ruckartig auf.

»Setz dich, Arkadis«, sagte Yuriko mit aller Entschiedenheit, die er aufbrachte. »Diese freundlichen Leute wollten uns gerade etwas über den Garten der Lüste erzählen, und das willst du doch nicht verpassen.«

»Des Lichts«, sagte Galina.

»Selber Licht«, sagte Yuriko. »Also. Wir gehen Richtung Süden, und dann …?«

Arkadis setzte sich auf die Kante ihres Stuhls, die Fäuste im Schoß geballt.

»Ihr müsst auf die andere Seite der Berge«, erklärte Saia. »Also, wenn ihr das wirklich wollt. Die Berge sind nicht das Problem, es gibt Pässe, aber es wimmelt dort von Abtrünnigen. Und man kann zu den Abrantinern stehen, wie man will, aber diese Banden sind wirklich gefährlich. Drei hilflose Reisende, eine davon jung und weiblich – das Risiko würde ich nicht eingehen nur wegen einer Legende.«

»Wir sind nicht ganz so hilflos, wie es scheint«, sagte Yuriko. »Aber danke für die Warnung. Was erwartet uns denn auf der anderen Seite der Berge?«

»Ich bin nie dort gewesen«, sagte Saia. »Dem Hörensagen nach – kein Land, das einen Bauern ernähren könnte. Wildnis, Sumpf. Der Garten der Erleuchtung ist den Geschichten nach kein Ort, zu dem man einfach geht. Man wird gerufen, oder eingeladen, oder so ähnlich. Wen die dort nicht haben wollen, der verläuft sich in einem Irrgarten und verhungert.«

»Klingt einladend«, sagte Yuriko und schauderte.

»Ich denke ja, jemand hat die Geschichte erfunden, weil der Gedanke an einen schöneren Ort tröstlich ist«, sagte Saia. »Aber zu der Geschichte gehört eben auch, dass die Leute sich auf die Suche nach diesem Ort machen und nie wieder gesehen werden. Verschwunden, für immer.«

Yuriko warf seinen Begleiterinnen vielsagende Blicke zu.

»Und?«, sagte Galina ungerührt. »Vielleicht ist es dort so schön, dass einfach niemand Lust hat, zurückzukehren.«

»Das wird's sein«, sagte Yuriko. »Ganz bestimmt.«

»Die Rauhberge hatten Silbervorkommen«, warf Narbengesicht ein. »Die sind wohl durchlöchert wie ein Brot, in dem die Mäuse waren. Es gibt eine Passstraße, über die das Silber in den Süden gebracht wurde.«

»In den Sumpf?«, fragte Yuriko verwundert.

»In eine Hafenstadt auf der Südseite. Von dort hat man früher das Silber verschifft. Ziemlich ausgestorben, der Ort, seit die Mine erschöpft ist.«

»Können wir ein Schiff dorthin nehmen?«, erkundigte sich

Galina. »Wir würden dann Fußmarsch und Kletterei und Abtrünnige sparen.«

»Von Sileen aus«, sagte Torre. »Vielleicht. Früher wurde Malika von dort angefahren. Ob's heute noch einer macht, weiß ich nicht. Gibt ja nichts mehr zu handeln in Malika.«

»Wir gehen nicht zurück nach Sileen«, sagte Yuriko entschieden. »Lieber plage ich mich durchs Gebirge.«

»Was hast du angestellt in Sileen?«, fragte Galina misstrauisch.

»Och«, sagte Yuriko. »Zwei Sklavinnen befreit, ein paar Straßenzüge niedergebrannt, ein paar Frauen sehr wütend zurückgelassen, aus unterschiedlichen Gründen. Ach ja, ein Stadttor kaputtgemacht. Ein paar Wachen zusammengeschlagen …«

»Ist gut«, sagte Galina. »Hab's verstanden.«

Am Tisch kehrte Schweigen ein. Drei Augenpaare musterten Yuriko mit neuem Misstrauen.

»Was?«, sagte Yuriko unschuldig. »Ich sagte doch, wir sind nicht völlig hilflos. Also, ich.«

»Vielleicht geht ihr jetzt besser«, sagte Saia.

»Aber der Tee«, protestierte Yuriko.

Torre stand auf, Narbengesicht ebenso. Galina folgte und nahm Yuriko beim Ärmel.

»Los«, sagte sie. »Kochen wir uns unseren Tee eben unterwegs.«

Nur Augenblicke später waren sie draußen. Das Tor fiel hinter ihnen zu. Das Geräusch von schweren Riegeln erklang, die vorgeschoben wurden. Hundegebell drang zu ihnen wie eine Warnung.

»Kabis«, sagte Galina. »Dort bist du nicht negativ aufgefallen, oder?«

»Nicht dass ich wüsste«, sagte Yuriko. »Trotzdem nein. Wir gehen nicht den ganzen Weg zurück. Schau, diese Berge sind gar nicht so schlimm. Liegt ja nicht mal Schnee auf den Gipfeln. Und wenn die da Silbererz in Karren drübergefahren haben, gibt es bestimmt Straßen.«

»Du hast in Kabis etwas angestellt«, sagte Galina finster. »Ich rieche das. Aber wann? Ich hab doch die ganze Zeit auf dich aufgepasst!«

»Was ist?«, sagte Yuriko und setzte sich in Bewegung. »Willst du rumstehen, bis der Kerl seine Armbrust rausholt?«

Galina fragte noch ein Dutzendmal, doch Yuriko parierte ihre Fragen mit erfundenem Blödsinn, später mit Unwillen. Spätestens seit Kabis hatte er die drei Grazien abgeschüttelt, und Mio offensichtlich auch, aber wer wusste, ob sie nicht dort noch herumlungerten. Gleichzeitig gab es keinen Grund, Arkadis und Galina mit der Wahrheit zu beunruhigen. Sie schliefen besser, wenn sie nicht wussten, wie gefährlich die Welt war, und er war ja da, um sie zu beschützen.

Kapitel 6
In die Tiefe

Am nächsten Tag stießen sie auf eine Straße. Sie war in fürchterlichem Zustand, voller Schlaglöcher und überwuchert von Disteln und Brennnesseln, aber sie führte nach Süden und war einmal breit gewesen, deshalb entschlossen sie sich, ihr zu folgen. Die Nacht verbrachten sie in einem aufgegebenen abrantinischen Außenposten – zumindest schlossen sie aus der verblichenen Fahne über der Tür, dass es sich um einen solchen handeln musste. Durch die Fensteröffnungen pfiff der Wind und raschelte in den Blättern der Birke, die im Hauptraum wuchs. Arkadis schlief tief und ruhig, während Galina sich einfach nicht an die Nächte in der Wildnis gewöhnen konnte, sich umherwälzte und Yuriko Nacht für Nacht weckte, weil sie sicher war, dass jemand ums Lager schlich.

Als ihnen die Abtrünnigen tatsächlich begegneten, war Yuriko beinahe froh darum. Sie waren seit einigen Tagen mehr bergauf gegangen als bergab, immer durch lichten Nadelwald, der kein Ende nehmen wollte. Ihre Vorräte neigten sich dem Ende zu, und nirgends war ein Dorf gewesen oder auch nur ein Einsiedlerhof, in dem sie sich mit Nachschub hätten versorgen können. Yuriko begann zu zweifeln, ob seine Entscheidung klug gewesen war, auch wenn Arkadis geschrieben hatte, sie sei in der Lage, essbare Pilze und Beeren zu finden. Einmal mehr fragte er sich, woher das junge Ding sich so gut in der Wildnis auskannte.

Das Gelände war felsig geworden. Die Straße folgte einem tiefen Einschnitt immer bergauf. Felsen begrenzten zu beiden Seiten ihre Sicht. Hinter den Bäumen ging die Sonne unter.

Yuriko ging hinter seinen Begleiterinnen. Seit geraumer Zeit hatte er das Gefühl, beobachtet zu werden. Padda wirkte völlig entspannt, also machte er sich keine Sorgen wegen der drei Grazien. Vielleicht hatte Mio ihn aufgespürt. Zuzutrauen war es ihr. Dass sie versucht hatte, ihn zu töten, verzieh er ihr großzügig. Und wenn sie genauso wenig nachtragend war, konnte man sich vielleicht versöhnen. Mit viel Leidenschaft und wenig Kleidern.

Plötzlich hielt Arkadis, die vorne ging, inne. Gleichzeitig gab Galina einen Schrecklaut von sich. Yuriko riss seine Gedanken mühsam in die Wirklichkeit. Arkadis wich zurück, und er schob sie und Galina hinter sich.

Nicht Mio. Schade. Zwei Männer, bärtig beide und mit zottigen Haaren, einer trug einen Mantel, der Yurikos sehr ähnelte, der anderen einen militärisch aussehenden dreispitzigen Hut. Einer hielt ein langes, gefährlich aussehendes Schwert vor sich, der andere hatte einen Pfeil auf der gespannten Bogensehne. Yuriko sah sich um. Zu beiden Seiten des Hohlwegs, am oberen Rand, raschelte es. Den Bogenschützen zur Linken konnte er ausmachen, der andere war seinem Blick entzogen.

»Einen wunderschönen guten Tag«, sagte Yuriko aufgeräumt. »Was für ein Zufall! Man trifft ja nicht gerade viele Wanderer in diesem Teil des Landes.«

»Abrantes?«, fragte der Schwertkämpfer.

»Geboren und aufgewachsen«, bestätigte Yuriko.

»Von wo da«, sagte der Schwertkämpfer.

»Äh«, sagte Yuriko. »Dings. Lichte… Lauten… Lautebaum.«

»Sag ich dir doch«, knurrte der Bogenschütze. »Nur weil er den Mantel trägt, ist er noch lange kein Ehemaliger. Zu alt, außerdem.«

»Können wir die Beleidigungen bleibenlassen, die Waffen runternehmen und uns unterhalten wie vernünftige Leute«, schlug Yuriko vor.

»Ich weiß nicht, ob du das kannst«, sagte der Schwertkämpfer. »Ich sehe keine Waffen an dir. Aber deine Stiefel will ich haben.«

»Bedaure, die brauche ich selbst.«

»Du hast wohl deine Lage nicht ganz erfasst, Opa«, sagte der Schwertkämpfer.

»Na doch«, sagte Yuriko. »Ich fühle mich nur nicht sonderlich bedroht.«

Die Beiden auf der Straße wechselten einen Blick. Von hinten krallte Galina sich in Yurikos Mantel.

»Keine Sorge«, sagte er leise. »Lass mich machen.«

»Das schreibe ich dir auf deinen Grabstein«, ächzte sie.

Yuriko zog sich einen Feuerball auf die Hand. Die beiden Strauchdiebe erschraken sichtlich und wichen zurück.

»Ziemlich wahrscheinlich, dass ihr einen oder zwei von uns erwischt«, sagte Yuriko. »Aber ihr beiden sterbt zuerst. Und kein Paar Stiefel ist es wert, dafür das Leben zu lassen. Also. Wie sieht's aus? Frieden?«

Der Schwertkämpfer senkte die Klinge. »Erst die Wahrheit«, sagte er.

Yuriko ließ den Feuerball verlöschen.

»Wir sind zentallinische Reisende auf dem Weg nach Süden. Wir haben mit dem Krieg und seinen Nachwirkungen nichts zu tun.«

»Was ist Euer Ziel im Süden?«

»Ein, äh, Familienmitglied ist dort verlorengegangen. Ein paar Jahre vor dem Krieg. Er war auf der Suche nach dem Garten des Lichts, und wir wollen herausfinden, was aus ihm geworden ist.«

»Futter für die Wasserschlangen, was sonst«, sagte der Bogenschütze.

»Davon überzeuge ich mich gerne selbst«, sagte Yuriko. »Vielleicht hat er es ja nach Malika geschafft. Wisst Ihr etwas über diesen Garten des Lichts?«

»Nur das, was alle wissen«, sagte der Schwertkämpfer. »Ein paar Geschichten. Aber Ihr wisst Dinge über den Norden. Warum kommt Ihr nicht mit in unser Dorf und sprecht mit Kurik?«

»Wenn Kurik einen Becher Tee für erschöpfte Reisende übrig hat, bin ich nicht abgeneigt.«

Der Schwertkämpfer steckte seine Waffe weg und deutete eine Verbeugung an.

»So seid unsere Gäste.«

»Ob das schlau ist«, murmelte Galina.

»Schlauer allemal, als unnötig einen Kampf anzuzetteln«, gab Yuriko zurück. Galina schien nicht überzeugt, aber Yuriko schloss zu den Männern auf und streckte dem Schwertkämpfer die Hand hin.

»Yuriko Mandorak Doragon Frost, Meister der Siegel und Freund der Kröten, Weltreisender, Feuertänzer, Befreier der Unfreien und Entflammer von Frauenherzen. Meine Schülerin Galina Sione Soma. Mein Schützling Arkadis. Sie spricht nicht recht viel, also wundert Euch nicht. Und Ihr seid …?«

»Isenbard«, sagte der Schwertkämpfer und beäugte vorsichtig Yurikos Hand, bevor er einschlug. »Von Steinfeld. Na, dann kommt mal mit.«

Sie folgten der Straße einige Steinwürfe bergauf, erklommen dann an einer flachen Stelle die Böschung und gingen quer zum Hang durch den lichten Wald. Die Gruppe der Abtrünnigen bestand aus fünf Männern, alle mager. Ihre Kleidung befand sich in unterschiedlichen Stadien des Zerfalls, aber soweit Yuriko erkennen konnte, schienen ihre Waffen in gutem Zustand.

Das letzte Licht schwand, als sich hangaufwärts eine hohe Felswand in ihr Blickfeld schob, halb verborgen hinter Bäumen. Isenbard führte sie ein wenig hangabwärts an einem Gürtel von dornigem Gebüsch vorbei in eine Mulde. Einfache Laubhütten waren dort errichtet, kaum mehr als gegeneinandergestellte Äste, mit Farn und Tannenzweigen bedeckt. In der Mitte war mit Steinen eine Feuerstelle umgrenzt. Dort saß eine Handvoll weiterer Männer. Als sie die Neuankömmlinge bemerkten, kam Bewegung in sie. Waffen wurden gezogen. Einer, ein hochgewachsener Mann mittleren Alters mit langem Bart, trat auf sie zu.

»Die haben wir im Hohlweg aufgelesen«, erklärte Isenbard. »Sind auf dem Weg nach Süden. Ein Feuerzauberer.« Er warf dem Anderen einen bedeutsamen Blick zu. Der nickte.

»Fallen waren leer?«

Isenbard nickte. Der Andere seufzte. »Wieder einmal. Nun gut. Seid also willkommen, fremde Reisende. Zu essen gibt es nichts, aber an unser Feuer dürft Ihr Euch setzen. Ich bin Kurik.«

Yuriko deutete eine Verbeugung an. »Meinen Dank für Eure Gastfreundschaft. Man nennt mich …«

»Wenn ich's noch einmal hören muss, verliere ich den Verstand«, murrte Galina.

»Na, dann gibt's ja nicht recht viel zu verlieren«, sagte Yuriko. »Also. Mein Name ist …«

»Hast du mich gerade dumm genannt, alter Mann?«

»Nicht doch, du bist sogar sehr hübsch. Man nennt mich … au!«

»Yuriko Frost«, sagte Galina. »Ich bin Galina, und das ist Arkadis. Mehr müsst Ihr nicht wissen, und bitte, bitte fragt ihn nicht nach seinem vollen Namen.«

Yuriko hielt sich den Kopf und seufzte klaftertief. Alle setzten sich ans Feuer, und binnen Auge

nblicken stand Yuriko herum wie bestellt und nicht abgeholt. Dann rückte Galina zur Seite und klopfte neben sich auf den Boden. Yuriko rang mit sich, aber jemand begann, Tee auszuschenken, und so setzte er sich eilig, nicht ohne Galina mit einem vernichtenden Blick zu bedenken.

»Ihr seid also auf dem Weg nach Süden«, nahm Kurik den Gesprächsfaden wieder auf. Galina nickte und gab einen gekürzten Bericht der Geschehnisse. Sie ließ es so aussehen, als hätte der Sohn des Vermissten die Suche beauftragt, und verschwieg auch die schmähliche Art und Weise, wie sie Yuriko an dieses Ende der Welt verschleppt hatte – was vermutlich schlau war, wenn diese Leute weiterhin Respekt vor ihm haben sollten.

Während Galina erzählte, sah Yuriko sich um. Die Siedlung – wenn man sie so nennen wollte – wirkte neu. Der Boden zwischen den Hütten war niedergetrampelt, aber nicht völlig ausgetreten, und die Tannenzweige auf den improvisierten Dächern hatten noch alle Nadeln. Yuriko hatte keine Vorstellung, wie hart hierzulande die Winter waren, aber die vergangenen Nächte waren recht frisch gewesen, und der Herbst hatte erst begonnen. So, wie diese Leute lebten, wollte man nicht den Winter verbringen.

Er zählte ein gutes Dutzend Männer. Die meisten saßen am Feuer. Einige reparierten Ausrüstung oder bastelten an den Hütten herum. Einer schliff Schwerter mit einem Wetzstein und schaute immer wieder misstrauisch herüber.

Ein dünner Bursche, dem gerade der erste Flaum auf der Oberlippe stand, gab Yuriko einen angeschlagenen Becher mit Tee in die Hand. Yuriko bedankte sich freundlich und ließ sich geduldig mustern.

»Wie ist dein Name?«, fragte er schließlich.

»Bredelin«, sagte der Junge. »Warum habt Ihr eine Kröte auf der Schulter?«

»Das ist Meister Padda«, erklärte Yuriko. »Mein Freund und Vertrauter. Und er sitzt auf meiner Schulter, weil er nicht gerne zu Fuß geht.«

»Ihr kommt aus Zentallo?«

»Ja.«

»Zentallo ist der Feind.«

»Ich bin nicht dein Feind, Junge, und du nicht meiner.«

Bredelin nickte nachdenklich.

»Du bist ganz schön weit weg von zu Hause«, sagte Yuriko behutsam.

»Ich erinnere mich fast nicht«, sagte Bredelin. »Es ist so lange her. Drei … vier Jahre. Vielleicht fünf. Oder so.«

»Und wie lange bist du schon hier bei dieser Truppe?«

Bredelin schwieg und kaute auf seiner Unterlippe.

»Du fragst den Falschen«, sagte Kurik. »Er hat fast alles

vergessen. Das Beste, was ihm passieren konnte. Die meisten von uns beneiden ihn.«

»Ich verstehe nicht«, sagte Yuriko.

»Hast du mal in einem Krieg gekämpft?«

»Nein.«

»Kein Wunder, dass du's nicht verstehst«, sagte Kurik.

Schweigen kehrte am Lagerfeuer ein. Yuriko trank in kleinen Schlucken seinen Tee, der kaum mehr war als heißes Wasser, in dem ein paar bräunliche Blätter schwammen. Im Feuer knackte das Harz. Padda werkelte auf Yurikos Schulter herum. Bredelin beobachtete ihn immer noch mit gespannter Aufmerksamkeit.

»Hast du Essen?«, fragte der Junge schließlich.

»Irgendwas bestimmt«, sagte Yuriko. »Bisschen Brot, ein paar Äpfel. Arkadis hat heute Nachmittag ein paar Pilze von einem Baum abgemacht. Sie behauptet, man könne die essen, aber sie sehen wirklich nicht lecker aus. Soll ich mal nachsehen?«

Bredelin nickte. Yuriko zog das Siegel des Endlosen Raumes aus dem Gürtel und breitete es aus. Er zwinkerte Bredelin zu, machte eine pompöse Geste und griff hinein.

Wie immer stellte der Endlose Raum das zuerst zur Verfügung, woran Yuriko zuerst dachte. Es waren die Pilze, die sich mit ihrer faltigen, etwas seifigen Oberfläche nicht einmal angenehm anfassten. Unter Bredelins fassungslosem Blick – und den staunenden Blicken einiger anderer – holte Yuriko die Pilze aus dem Endlosen Raum, ein Fladenbrot, das Galina morgens in der Glut gebacken hatte, einen Rest Käse und drei kleine rotbackige Äpfel.

»Kannst du Kuchen zaubern?«, fragte Bredelin mit glänzenden Augen.

»Leider nicht«, sagte Yuriko. »Dieses Siegel bewahrt nur Dinge auf, die ich zuvor hineingetan habe. Und Kuchen ist keiner drin.«

»Schade«, sagte Bredelin, nahm aber gleich darauf dankbar ein Stück Brot entgegen.

»Deshalb habt ihr kein Gepäck«, sagte Kurik. »Ein gewaltiger Vorteil auf einer langen Reise.«

»Ich kann dir ein solches Siegel machen«, bot Yuriko an. »Man muss kein Zauberer sein, um damit umzugehen. Lebensmittel verderben nicht, wenn sie im Endlosen Raum sind. Man kann allerdings nur das hineintun, was durch die Öffnung passt.«

»Das ist sehr großzügig«, sagte Kurik.

Yuriko zuckte mit den Schultern. »Kostet mich nichts, und ist ein harmloser, nützlicher Zauber. Aber zuerst will ich deine Geschichte hören.«

»Da gibt es nicht viel zu erzählen«, sagte Kurik. »Wir sind heimatlos. Nach Hause können wir nicht, in der Ebene dulden die Leute uns nicht. Wir haben versucht, uns dort niederzulassen, als das Militär weg war. Zwei von uns sind gestorben, weil wir zu spät gemerkt haben, dass man uns den Brunnen vergiftet hat.«

»Zentallo«, sagte Yuriko. »Ihr könntet dort um Zuflucht bitten. Wenn ihr sagt, dass man euch in Abrantes hinrichten ließe …«

»Bei allem Respekt, aber wir vertrauen nicht auf die Gnade eines Königreiches, das wir jahrelang erbittert bekämpft haben. Was, wenn die zentallinischen Obrigen beschließen, uns nach Abrantes auszuliefern? Oder uns an Ort und Stelle als Kriegsverbrecher hinrichten lassen?«

»Seid ihr das denn? Kriegsverbrecher?«

Kurik rüttelte ein Holzscheit im Feuer, dass die Funken stoben.

»Jeder Soldat ist ein Kriegsverbrecher.«

Ein grober Stoß traf Yuriko von hinten. Er sah über die Schulter. Ein Bein, ein Stumpf, der über dem Knie endete, zwei Krücken, eine davon drohend erhoben. Zerlumpte Kleidung, schmutziges Gesicht. Der Waffenschleifer.

»Schmeiß sie raus, Kurik«, sagte der Waffenschleifer. »Die stellen zu viele Fragen. Das sind doch abrantinische Spione.

Der eine hat die ganze Zeit noch nichts gesagt! Das ist doch verdächtig!«

»Arkadis ist stumm«, sagte Yuriko ruhig. »Das ist sie immer. Und dass wir Zentalliner sind, solltet ihr an unserer Sprechweise erkennen. Sag was, Galina.«

»Wenn jemand Arkadis etwas tut, gibt's auf's Maul«, drohte sie finster. »Ich kann mit einem Schwert umgehen, auch wenn ich nicht so aussehe.«

Yuriko rollte mit den Augen. »Sag was Anderes. Etwas Nettes, falls das im Bereich deiner Möglichkeiten liegt.«

»Ich wurde soeben beschuldigt, für Abrantes zu spionieren! Du übrigens auch!«

»Ich wurde auch schon beschuldigt, die Regentin von Batiba verführt zu haben. Wobei. An dem Vorwurf war tatsächlich was dran.«

Yuriko nahm Padda von seiner Schulter und steckte ihn sich in die Tasche. Der Kröter hielt völlig still. Zwischen den Laubhütten kamen die übrigen Abtrünnigen heran. Schwerter blitzten im Feuerschein.

»Gibt's ein Problem?«, fragte einer, dem eine wulstige Narbe einen Scheitel durchs Haar zog.

»Nein«, sagte Kurik entschieden. »Kümmert euch um eure Angelegenheiten.«

»Wenn hier Fremde herumlungern und Fragen stellen, ist das meine Angelegenheit«, sagte der mit den Krücken. »Ich sage, wir murksen sie ab. Dann ist Ruhe.«

Galina sprang auf, riss einen Ast aus dem Feuer und baute sich zwischen Arkadis und dem Krückenträger auf.

»Versuch's ruhig«, fauchte sie. »Ein Bein hast du ja noch.«

Sie schwang drohend den Ast, und das Flämmchen an seinem Ende verlosch. Der Krückenträger fuhr seine Krücke aus und stieß Galina unsanft vor die Brust. Die stolperte rückwärts. Das brachte Yuriko auf die Beine.

»Es reicht«, sagte er sehr laut. Der Krückenträger zögerte. Yuriko ließ einen faustgroßen Feuerball auf seiner Handfläche entstehen und zündete Galinas Stecken an. Die fuchtelte wild vor dem Krückenträger herum. Der Narbige sprang ihm bei. Er hatte ein Messer in der Faust und stach nach Galina, die sich überraschend wendig zur Seite drehte und mit ihrem brennenden Ast ausholte.

»Genug!«, dröhnte Kurik. Er war aufgesprungen. Galina hielt im Schlag inne. Der Narbige senkte das Messer um eine Handbreit.

»Waffen weg«, befahl Kurik. »Alle. Das gilt auch für dich, Zauberer.«

Zögernd kamen die Männer Kuriks Befehl nach. Yuriko ließ den Feuerball verlöschen, vergaß aber absichtlich ein paar Flämmchen an den Fingerspitzen, als Gedächtnisstütze für die Raufbolde.

Kurik umrundete das Feuer und trat auf Yuriko und Galina zu.

»In einem hat Danno recht«, sagte er ruhig. »Ihr stellt zu viele Fragen. Selbst wenn das nur aus Anteilnahme geschieht, es bringt doch Unruhe ins Lager. Haltet euch zurück.«

»Wir können einfach weiterziehen«, schlug Yuriko vor. »Wie du gesehen hast, sind wir auf dein Feuer nicht angewiesen.«

Kurik und Isenbard wechselten einen Blick.

»Das würde ich euch nicht empfehlen«, sagte Kurik. »Es treibt sich zu viel Gesindel in diesen Wäldern herum.«

»Vor dem hab ich genauso wenig Angst wie vor dir und deiner Truppe«, sagte Yuriko gelassen.

»Irgendwann musst du schlafen«, wandte Kurik ein. »Und wer passt dann auf deine Mädchen auf?«

»Ich kann sehr gut auf mich selbst aufpassen«, sagte Galina finster.

»Geht nicht bei Dunkelheit durch den Wald«, sagte Kurik. »Tut es nicht. Glaubt mir. Es lauern vielerlei Gefahren. Wir sind bei weitem nicht die größte Bedrohung hier.«

Galina schaute sich unbehaglich um.

»Wir schützen euch diese Nacht«, sagte Isenbard. »Morgen nehme ich euch mit hinauf auf den Rauhberg. Es gibt eine direkte Verbindung auf die Südseite, durch die alte Silbermine. Ihr müsst nur den Schienen folgen. Ein Kinderspiel. Viel einfacher als über die Kuppe.«

»Ich finde eure Besorgnis rührend«, sagte Yuriko. »Aber gerade wolltet ihr uns noch abmurksen. Also kommt sie ein bisschen überraschend.«

»Bei Danno liegen manchmal die Nerven blank«, sagte Kurik. »Du darfst ihm das nicht übelnehmen. Ich verspreche dir, dass du heute Nacht in unserem Lager sicherer bist als irgendwo im Wald.«

Arkadis zog Yuriko am Ärmel und hielt ihm ihr Notizbuch hin.

Er hat Angst.

»Huh?«, sagte Yuriko. »Vor uns? Ja, aber …«

Sie schüttelte den Kopf und legte ihm den Finger auf die Lippen. Yuriko verstummte, und Arkadis schrieb eilig.

Vor dem im Wald.

»Hm«, machte Yuriko nachdenklich. Es war eindeutig, dass Kurik ihm nicht alles sagte, aber ihm vor versammelter Mannschaft ein Geständnis abzunötigen, war sicher keine schlaue Idee.

Er wechselte einen Blick mit Galina. Die nickte.

»Also gut«, sagte er. »Wir bleiben.«

»Unter einer Bedingung«, sagte Galina. »Ich bekomme ein Schwert. Ich muss mich doch verteidigen können.«

Ein Lächeln zuckte um Kuriks Mundwinkel. »Selbstverständlich, Frau Schwertkämpferin. Ich habe noch eine kurze, handliche Klinge übrig. Möchtest du sie ausprobieren?«

»Och ja, warum nicht«, sagte Galina betont gleichgültig, aber ihre Augen leuchteten.

Galina zog mit Kurik ab, und Yuriko setzte sich ans Feuer. Er war immer noch nicht sicher, ob er diesen Abrantinern trauen konnte, und es war besser, auf alles vorbereitet zu sein.

Er begann, Siegel zu malen.

Nach einer Weile kniete jemand sich neben ihn. Bredelin.

»Wo ist deine Kröte?«, fragte er.

»In meiner Tasche«, sagte Yuriko. »Ich glaube, er schläft schon.«

Bredelin nickte und deutete auf Yurikos Malerei.

»Wozu ist das?«

»Das sind Siegel. Wir werden damit den Lagerplatz nach außen absichern. Kannst du mir eine Schnur besorgen?«

Bredelin kramte in der Hosentasche und zog ein Stückchen Schnur hervor. Yuriko lächelte.

»Eine lange Schnur. So lang, dass wir sie einmal ums Lager spannen können.«

Bredelin blies die Backen auf. »Muss ich nachschauen.«

»Bitte«, sagte Yuriko. »Ist wichtig.«

Bredelin ging davon. Yuriko sah sich um. Die Stimmung im Lager hatte sich wieder beruhigt, die Leute saßen beieinander oder bereiteten sich auf die Nacht vor. Galina hatte ein Schwert in der Hand und zerschnitt unsichtbare Gegner, aufmerksam beobachtet von Arkadis und Kurik. Letzterer bremste sie immer wieder, richtete ihren Griff am Schwert, deutete auf ihre Füße und sprach auf sie ein.

Galinas Gesicht war voll finsterer Konzentration. Yuriko schüttelte den Kopf und wandte sich wieder seiner Malerei zu. Hatte er gerade für einen halben Augenblick gedacht, dass es vielleicht gar nicht schlecht war, wenn sie sich wehren konnte?

»Das gibt's nicht, Padda«, murmelte er. »Die verderben mich.«

Padda quakte im Schlaf, und Yuriko fasste in die Tasche und streichelte vorsichtig den Bauch des Kröters. Als er die Hand zurückziehen wollte, griff der Kröter zu und klammerte sich mit kleinen warmen Füßen an Yurikos Finger. Yuriko hielt still, bis Paddas Zugriff erschlaffte, dann nahm er seine Arbeit wieder auf. Es würde eine Menge Siegel brauchen, damit sie nicht nur vor dem Gesindel im Wald, sondern auch vor den launenhaften Abrantinern geschützt waren.

Irgendwann kam Bredelin zurück und brachte eine Rolle Schnur, die offenbar aus allem zusammengeknüpft war, was das Lager hergegeben hatte: Zeltschnüre, Lederbänder, Grasfasern und aufgedröseltes Seil.

»Sehr schön«, sagte Yuriko und kam etwas mühsam auf die Beine. »Die spannen wir jetzt ums Lager. Etwa zwei Handbreit über dem Boden.«

Die Schnur reichte nicht um das ganze Lager, deshalb ließen sie einige der Hütten außerhalb des Kreises. Yuriko setzte gerade den letzten Knoten, als Kurik zu ihm kam.

»Was wird das?«, fragte er.

»Eine Stolperfalle«, erklärte Yuriko. »Eine, die laut knallt, wenn sie gerissen wird.«

Kurik schaute verständnislos, und Yuriko zeigte ihm seine Siegel.

»Deine Männer müssen sich einprägen, wo die Schnur läuft«, sagte er. »Wenn einer nachts pinkeln geht und das Ding reißt, sind wir alle sehr wach.«

Er holte Padda aus der Tasche und weckte ihn sanft.

»Spucke, bitte.«

Der Kröter wälzte sich schlaff auf die Seite und ließ die Zunge aus dem Maul hängen. Vorsichtig betupfte Yuriko ein Siegel nach dem anderen mit Krötenspucke und befestigte es am Stolperseil. Als das letzte Siegel hing, lud er den Kreis mit Arkanum auf. Kurik instruierte inzwischen seine Männer.

»Was ist, wenn ein Reh über das Seil stolpert?«, fragte Bredelin.

»Das müsste ein sehr mutiges Reh sein, wenn es sich so nah an unser Lager traut«, sagte Yuriko.

Bredelin nickte und betrachtete die Stolperfalle ehrfürchtig.

Yuriko kratzte einen letzten Rest Konzentration zusammen und malte ein simples Feuersiegel. Er brachte es nicht übers Herz, Padda erneut zu stören, also befestigte er das Siegel mit etwas Baumharz und einem Zweiglein an einer der Laubhütten.

»Das ist unsere«, sagte er zu Kurik. »Deine Männer mögen anständig sein, aber du wirst verstehen, dass wir keine Lust auf eine nächtliche Prügelei haben, nur weil jemand etwas Schlechtes träumt.«

Die Soldaten, die ihre Hütte für die Besucher räumen mussten, sahen nicht sehr glücklich aus, gehorchten aber. Langsam legten alle sich schlafen. Kurik schürte noch einmal das Feuer und besprach eine Wachordnung mit seinen Männern. Yuriko kroch in die Hütte und streckte sich stöhnend auf dem weichen Waldboden aus. Nicht lange, und Galina steckte den Kopf durch den Eingang.

»Und wo ist unsere Hütte?«, fragte sie.

»Das hier ist unsere Hütte«, sagte Yuriko müde.

»Da ist doch niemals genug Platz für uns drei!«

»Wenn wir ein bisschen kuscheln, schon.«

»Da hab ich ja vor dem Gesindel im Wald weniger Angst«, murrte Galina, kam aber in den Unterschlupf gekrochen und werkelte sich eine Decke aus dem Endlosen Raum. Arkadis folgte kurze Zeit später und rollte sich sofort zum Schlafen zusammen. Galina brauchte länger, bis sie zur Ruhe kam, und Yuriko erduldete still all die versehentlichen Rippenstöße und Fußtritte und brachte Padda auf seinem Bauch in Sicherheit, damit Galina den armen Kröter nicht plattwalzte.

Er wusste nicht, ob er geschlafen hatte, und wenn ja, wie lange, aber plötzlich war das Dach weg, und Yuriko starrte völlig orientierungslos auf etwas, das wie ein riesiges, pelziges Gesicht aussah. Armlange, gefächerte Dinger – Fühler? – bewegten sich auf Yuriko zu. Irgendwo außerhalb knallte es sehr laut. Feuer flackerte. Männer schrien. Neben ihm kreischte Galina auf und schlug wild um sich. Yuriko streckte die Hand aus und presste dem Schreckensgesicht einen Feuerball zwischen die Augen. Es stank und schmurgelte. Am unteren Ende des Gesichts tat sich ein Loch auf – ein Maul – da waren unzählige winzige Zähne, die messerscharf aussahen. Haarige, baumdicke Arme – oder Beine – senkten sich aus dem Sternenhimmel – wo war eigentlich das Dach? Yuriko schob Arkanum nach, der Feuerball erblühte zur Wolke. Das Vieh zuckte zurück. Sein Pelz geriet in Brand. Yuriko sprang auf die Beine und drängte das Ding rückwärts, weg von Galina. Um ihn zuckten die Schatten, Leute rannten, jemand brüllte Befehle. Als das Ding in Flammen aufging, konnte er es besser sehen. Es hatte Beine – mehr Beine, als ein Lebewesen haben sollte – alle mit Klauen bewehrt, und einen plumpen, unförmigen Körper, in fahlblassen Pelz gehüllt, dazu Flügel, so groß wie Segel. Die spreizte es nun ab und schwang sich in den Nachthimmel, brennend wie ein Stück Papier, das vom heißen Sog des Feuers in die Höhe gezogen wurde.

Keuchend sah Yuriko ihm nach, wie es zwischen den Baumwipfeln davon torkelte, eine Funkenspur hinter sich herziehend.

»Das war eine Motte«, sagte er fassungslos. »Eine Motte! Was ist passiert? Wurden wir geschrumpft?«

Neben ihm tauchte Galina auf, das Schwert mit beiden Händen so fest gepackt, dass ihre Knöchel weiß hervortraten.

»Nein«, sagte sie. »Die war einfach nur sehr, sehr riesig.«

»Davor hatten die also solche Angst. Warum haben sie nichts gesagt?«

Alarmschreie schallten durchs Lager, und Galina riss ihr Schwert hoch. Yuriko brachte sich aus der Gefahrenzone. Arkadis kam gerade auf die Beine und hatte ein Messer gezogen. Kuriks Leute rannten durcheinander, von den Hütten stand höchstens noch die Hälfte. Die Nacht ballte sich unter den Bäumen und versteckte die Angreifer. Yuriko blies einen Feuerball in den Himmel, um den Kampfplatz besser auszuleuchten, und tatsächlich bewegte sich da etwas Riesenhaftes unter den Bäumen. Trotz seiner Größe war es ungeheuer schnell. Unterholz brach unter seinem Gewicht, Bäume erzitterten. Dann kreischte einer der Männer um sein Leben. Yuriko warf einen

Feuerball in die Richtung des Angreifers, traf aber nur dorniges Gestrüpp und eine Tanne, an deren Stamm sich die Funken wie Glühwürmchen festsetzten.

»Hinterher!«, schrie Isenbard und rannte los. Einige Männer folgten ihm. Galina wollte ihm nach, aber Yuriko erwischte sie am Arm und hielt sie fest. Sie sträubte sich kurz und hielt dann inne.

»Wo ist eigentlich Padda?«

»Huh? Er war bei mir in der Hütte …« Yuriko sah sich um. Die Hütte existierte nicht mehr.

»Padda? Padda!« Yuriko bekämpfte einen Schwall von Panik. Er fiel auf die Knie, durchstöberte die Tannenwedel und Zweige, die das Monster nicht gefressen hatte, folgte einem jämmerlichen Quaken und riss den Kröter erleichtert an sich. Padda war schreckensblass und blutete ein bisschen – der Zweig, unter dem er Schutz gesucht hatte, war voller Dornen gewesen. Yuriko drückte den Kröter an sich und drehte sich zu Galina um, doch die war weg. Yuriko fluchte blumig, steckte Padda in die Tasche und rannte los, in die Richtung, in die Isenbard mit seinem Trupp verschwunden war.

Er musste nur dem Lärm folgen. Vor ihm irgendwo im dunklen Wald war ein heftiger Kampf entbrannt. Schreie und das Krachen von Geäst drangen zu ihm, dazu ein hohes, schrilles Kreischen, das ihm die Zähne im Schädel lockerte. Er zog sich Feuer auf die Hände, sprang über einen umgestürzten Baum, rutschte in einer Kaskade von Sand und Geröll einen Abhang hinunter und stolperte dem Riesenvieh beinahe in die Arme. Einer seiner Flügel hing zur Seite weg. Ein langer Riss klaffte in der ledrigen Haut. In den vordersten beiden Klauen hielt das Vieh eine leblose Gestalt. Yuriko schauderte und befahl sich selbst, nicht so genau hinzusehen.

Isenbard und seine Truppe beharkten die Riesenmotte, hatten aber Schwierigkeiten, nah genug heranzukommen und gleichzeitig den Klauen auszuweichen, die das Vieh noch frei hatte. Yuriko holte tief Luft, kanalisierte und verdichtete das

Arkanum in seinem Inneren und spie einen Feuerstrahl über die Kämpfenden hinweg auf das Riesenvieh. Hielt ihn, bis ihm die Luft ausging, hielt ihn noch weiter, machte ihn heißer bis zur Weißglut.

Der Pelz der Riesenmotte geriet in Brand. Sie kreischte durchdringend, krabbelte rückwärts, sprang dann mit einem hilflos schlagenden Flügel auf einen Baum und rannte den Stamm hinauf. Das Holz ächzte, doch bevor der Baum brach, in drei, vier Mannslängen Höhe, wechselte die Motte zum nächsten Baum und dann zum nächsten. Yurikos Feuer riss ab.

»Hinterher«, schrie Isenbard.

»Nein«, sagte Yuriko keuchend. »Lass. Er war schon tot.«

»Bredelin!«, schrie Galina. »Wir müssen ihn retten!«

»Der ist nicht mehr zu retten«, sagte Yuriko. »Isenbard, sprich ein Machtwort. Schau dir deine Leute an.«

Isenbard zögerte. Seine eigene Kleidung war blutverschmiert. Einer der Männer hielt sich den Arm, ein anderer hinkte. Ein dritter hielt sein Schwert auf Leben und Tod umklammert, aber seine Zähne schlugen aufeinander, und in seinem Gesicht zuckte es.

»Der Zauberer hat recht«, sagte Isenbard schließlich. »Wir sind nicht in der Verfassung, noch etwas auszurichten.«

»Aber wir können doch nicht einfach zusehen, wie er gefressen wird«, schluchzte Galina.

»Ich bringe keine lebenden Männer in Gefahr, um einen Toten zu retten«, sagte Isenbard. »Rückzug ins Lager.«

Was sich kurze Zeit später um die Reste des Feuers sammelte, war ein jämmerlicher Haufen. Bredelin und ein weiterer Mann fehlten. Die meisten Überlebenden bluteten aus tiefen Schnittwunden, die von den Klauen der Biester stammten.

»Hättet ihr Intelligenzverweigerer mir mal gesagt, dass die Bedrohung von oben kommt«, sagte Yuriko. »Und ihr schaut noch in aller Gelassenheit zu, wie ich meine Stolperfalle in Bodennähe anbringe!«

»Du kennst nicht mal die Hälfte der Geschichte, also erlaube dir kein Urteil«, wies Kurik ihn zurecht.

»Und hättet ihr mir die andere Hälfte erzählt, würdet ihr jetzt vielleicht nicht so gerupft aussehen!«

»Vielleicht ist es ja jetzt Zeit für die zweite Hälfte«, sagte Galina. »Statt Streit. Wie wär's, Männer?«

Kurik musterte Yuriko finster, wandte dann den Blick ab und strich sich über den Bart.

»Das Silberbergwerk war unser Stützpunkt«, sagte Danno. »Der einzige Ort, an dem wir unsere Ruhe hatten – vor den Einheimischen, vor den Zentallinern. Vor der Schinderin.« Er schauderte. »Sie hat Suchtrupps losgeschickt nach den Fahnenflüchtigen. Und wenn sie welche gefunden hat, wurden die öffentlich hingerichtet. Wir hatten mehr Angst vor ihr als vor den Zentallinern. Was waren wir froh, als sie weg war.«

»Die Schinderin hat aber nicht die Ungeheuer geschickt?«, fragte Galina. Danno schüttelte den Kopf.

»Die kamen aus dem Nichts. Haben uns aus der Mine vertrieben, den Berg hinunter, immer weiter. Aber wir wollten nicht gehen. Wohin denn? Wohin sollen wir?« Er stampfte ärgerlich mit der Krücke auf. Galina seufzte mitfühlend.

»Manchmal nehmen sie einen von uns lebend mit«, sagte Isenbard. »Wir haben noch keinen Weg gefunden, unsere Kameraden zu retten, falls sie überhaupt noch leben, aber wir können nicht einfach abrücken und sie ihrem Schicksal überlassen.«

»Vielleicht hat der Weg uns gefunden«, sagte Danno. »Ich habe gewaltige Feuerzauberei gesehen. Ich habe die Mistviecher brennen sehen.«

»Haha«, sagte Yuriko. »Danke, aber nein danke. Ganz bestimmt nicht.«

»Du willst nach Süden«, sagte Kurik. »Der Weg nach Süden führt durch deren Territorium.«

»Wer behauptet denn, dass ich nach Süden will?«

»Ich behaupte das«, sagte Galina. »Wir gehen nach Süden,

und wir helfen diesen Leuten, ihre einzige Heimat zurückzuerobern. Weil es das Richtige ist.«

»Aber nein«, stöhnte Yuriko. »Aber warum?«

»Weil es das Richtige ist! Hörst du mir nicht zu?«

»Das tu ich doch nie.«

Galina stemmte die Fäuste in die Hüften. »Ich gehe mit, weil ein Schwert mehr vielleicht etwas ausrichten kann. Und du gehst mit, weil du mich nicht im Stich lässt. Nicht schon wieder und nicht diesmal, hörst du?«

Yuriko warf die Hände in die Luft. »Da macht man einmal einen kleinen Ausflug …«

»Fünf Jahre!«

»… und dann kriegt man's bis ans Ende aller Tage aufs Brot geschmiert!«

»Regelt eure Familienangelegenheiten bitte unter euch«, sagte Kurik. »Wir rücken im Morgengrauen aus. Tagsüber sind sie nicht unterwegs. Wir gehen mit oder ohne euch.«

Vor Yurikos Nase erschien ein Notizbüchlein, gehalten von einer schmutzigen Hand.

»Der Wald brennt«, las er vor. »Sauklaue – westlich von hier. Und? Ist das etwa meine Schuld?«

Alle sahen ihn an. Arkadis hob die Schultern und legte den Kopf schief. Danno leckte seinen Zeigefinger ab und hielt ihn hoch.

»Wir sollten einigermaßen sicher sein«, sagte er. »Der Wind kommt aus Osten. Aber lasst uns trotzdem jemanden als Beobachter einsetzen.«

Arkadis nickte und hob die Hand.

»Hilf uns, Yuri«, murrte Yuriko. »Alleine schaffen wir das nicht, Yuri. Aber zünde bloß nichts an dabei. Gütiger Krötengeist, sagt einfach Bescheid, wenn ich das Atmen einstellen soll.«

Schmollend zog er sich ans Feuer zurück, legte ein wenig Holz nach und spie einen Feuerstrahl darauf, einfach weil er es konnte. Er sah nach Padda, der ihn, um seine Nachtruhe gebracht, aus bernsteinfarbenen Augen vorwurfsvoll anblinzelte. Yuriko seufzte, verstaute den Kröter in der Tasche und begann, sich Zweiglein und Tannennadeln aus den Haaren zu klauben. Das hielt ihn geraume Zeit beschäftigt. Irgendwann kam Galina zu ihm. Ihr Gesicht war blass, auf den schmutzigen Wangen waren noch helle Tränenspuren zu sehen. Sie ließ sich neben ihn plumpsen und starrte ins Feuer. Er streckte den Arm nach ihr aus, und sie krabbelte näher, lehnte sich gegen ihn und zog mit einiger Mühe seinen Mantel um sich.

Eine Erinnerung flutete ihn: Galina, ein kleines, dünnes, blondes Ding, vielleicht sieben Jahre alt, wie sie unter seinen Mantel kroch, sie hatte ohne viel Mühe unter seinen Arm gepasst damals. Seit Ewigkeiten hatte er daran nicht mehr gedacht.

»Dafür bist du zu groß geworden«, sagte er leise.

»M-mh«, sagte sie finster und schüttelte den Kopf. Sie presste das Gesicht gegen seine Schulter, und er drückte sie an sich.

»Du hast recht. Gibt Dinge, für die wird man nie zu groß. Oder sollte es nicht.«

Sie seufzte in seine Schulter.

»Andere Mädchen in deinem Alter wollen schöne Kleider und Glitzerzeug und kandierte Melone«, sagte er. »Du wolltest ein Schwert und Abenteuer.«

»Ist das deine Art, mir zu sagen, ich sei selber schuld und soll mich jetzt nicht anstellen?«, brummte sie.

Er dachte ein bisschen nach, bevor er antwortete.

»Es ist meine Art, dir zu sagen, dass ich auf dich aufpasse und du dir keine Sorgen machen sollst«, sagte er schließlich. »Und – natürlich finde ich das blöd. Hosen, ein Schwert, eine eigene Meinung. Aber vielleicht kommt es nicht drauf an, was ich blöd finde. Ich bin alt, Galina. Die Welt ändert sich an mir vorbei. Alles, was ich tun kann, ist nicht im Weg herumzustehen.«

Er spürte, wie sie lächelte. Sie flüsterte etwas, kaum hörbar, in den rauen Stoff seines abrantinischen Mantels. Er küsste ihren Scheitel.

»Ich dich auch, Kleine.«

Das Tor war riesig. Einer Zwergenfestung würdig, nur vielleicht nicht ganz so alt und verwittert, saß es im Berg. Die Straße weitete sich davor zu einem Platz, der noch gut erkennbar war, obwohl Disteln und junge Birken sich bereits seiner bemächtigt hatten. Eingefallene Baracken säumten das Areal zu beiden Seiten. Ein Karren lag auf der Seite und streckte seine gebrochene Deichsel anklagend in den Himmel. Hoch oben über der Bergkante kreiste ein Raubvogel.

»Wir wissen nicht genau, wo sie sich eingenistet haben«, sagte Isenbard. »Weiter drin, nehmen wir an. Sie scheuen das Licht.«

»Unten am Fluss«, fügte Kurik hinzu. »So große Lebewesen brauchen sicher viel Wasser. Die trinken nicht aus einer Pfütze.«

»Habt ihr eine Vorstellung, wie viele es sind?«, fragte Yuriko und schaute unbehaglich an der Felswand in die Höhe. Die sah aus wie ein Brot, in dem die Mäuse gewesen waren: Zahlreiche Öffnungen taten sich im Fels auf, kreisrund, mannshoch oder größer. Yuriko rätselte, wie Menschen solche Tunnel erzeugt haben sollten, und warum.

»Keine Ahnung«, sagte Kurik nach einem Zögern. »Ein paar werden es schon sein.«

»Die Mindestanforderung für ein Paar sind zwei«, sagte Galina. »Zwei haben wir gestern Nacht schon plattgemacht.«

»Ein paar mehr«, sagte Kurik vage. »Sie sehen ja alle gleich aus.«

Ein Bärtiger, dessen Name Yuriko nicht geläufig war, machte sich am Tor zu schaffen. Drei andere mussten ihm beispringen, bis der gewaltige Türflügel sich langsam in Bewegung setzte. Fingerbreit für Fingerbreit öffnete er sich und entließ einen Schwall von Schwärze in den trüben Tag. Ringsum wurden Schwerter gezogen.

»Lasst mich einmal wiederholen, für wie dumm ich diese Idee halte«, sagte Yuriko. »Nein, wartet. Ich habe keine Worte dafür. Das Wort für diesen Grad an Dummheit muss erst noch erfunden werden.«

Das Tor knarrte fürchterlich. Die Männer hingen mit aller Kraft am Torflügel und zerrten. Endlich war der Spalt breit genug.

»Nie und nimmer«, sagte Yuriko. »Könnt ihr vergessen.«

Galina streckte die Hand aus. Einer der Abtrünnigen gab ihr eine Fackel. Beherzt marschierte sie auf das Tor zu und lugte vorsichtig durch den Spalt. Arkadis folgte ihr mit gezogenem Messer.

»Jetzt sind wir schon mal da, dann können wir auch einen Blick riskieren«, sagte Galina. Ihre Stimme fing sich im Türspalt und hallte eigentümlich nach.

»Lasst uns einfach die Passstraße nehmen«, sagte Yuriko elend. »Oder heimgehen. Heimgehen finde ich eine hervorragende Idee.«

»Wir haben das gestern Nacht besprochen«, sagte Galina.

»Von wegen! Du hattest Flausen im Kopf, und ich war zu erschöpft, um sie dir auszutreiben! Weil ich gerade zwei Riesenmotten besiegt hatte! Alleine! Jetzt warte! Galina! Du Wahnsinnige!«

Galina war durch den Spalt im Inneren verschwunden, Arkadis auf den Fersen. Die Männer warfen sich Blicke zu. Yurikos Füße trugen ihn, ohne dass er sie darum gebeten hatte, zum Tor. Feuer erblühte wie von selbst auf seinen Händen. Er zwängte sich durch den Spalt. Seine Schritte hallten in einem riesigen Raum. Die Luft war kalt und feucht. In einiger Entfernung leuchtete Galinas Fackel. Arkadis hielt sich dicht bei ihr, die Klinge ihres Messers glänzte im Feuerschein.

»Tagsüber schlafen sie, hat es geheißen«, sagte Galina.

»Und wer sagt, dass sie nicht zwischendurch mal an die Vorratskammer gehen?«, wandte Yuriko ein. »Ehrlich, Mädchen, ich mein's ernst. Ich bin mächtig, aber nicht allmächtig. Es ist viel zu riskant.«

Der schmale Streifen Tageslicht wurde unter seinen Füßen weggezogen. Ein Knarren, das den Fels erbeben ließ, dann ein Donnern. Dann Stille. Und Dunkelheit. Yuriko hob die brennenden Hände und starrte das Tor an, das sich soeben hinter ihm geschlossen hatte. Er rannte hin und warf sich dagegen, aber genauso hätte er sich auch gegen eine massive Felswand werfen können. Von draußen krachte und rumpelte es.

»Was ist passiert?«, fragte Galina hinter ihm erschrocken.

»Sie haben verspielt«, sagte Yuriko düster. »Wenn wir das hier überleben, komme ich zurück, sammele die alle ein und werfe sie der Schinderin persönlich zum Fraß vor.«

Arkadis trat neben ihn. Sie schob probeweise, brachte dann die Schulter ans Tor und stemmte sich mit aller Kraft dagegen.

»Das war deren Plan von Anfang an«, sagte Yuriko. »Sie hatten nie vor, mit uns zusammen gegen die Biester vorzurücken. Sie dachten, die Zentalliner sind dumm genug, und soll ich euch was verraten, sie hatten recht!«

Galina trommelte mit der Faust gegen das Tor. »Lasst uns raus!«, schrie sie. »Kurik! Hilfe!«

Arkadis legte ihr eine Hand über den Mund und deutete ins Dunkel. Galina verstummte.

Yuriko leuchtete das Tor hinauf.

»Kraftverstärker«, murmelte er. »Einen Versuch ist es wert. Galina, leuchte mir.«

»Was?«, sagte Galina verwirrt. »Warum?«

»Weil ich nicht gleichzeitig brennen und Siegel malen kann!«

Noch während er sprach, tat ihm sein harscher Tonfall leid. Galina war weiß im Gesicht und augenscheinlich völlig überfordert. Yuriko seufzte. Er nahm ihr die Fackel ab und reichte sie an Arkadis weiter, setzte sich mit dem Rücken zum Tor und holte Papier und Tinte aus dem Endlosen Raum.

»Hier«, sagte er und hielt ihr das Papier hin. »Mal mir einen Kraftverstärker. Schön ordentlich, hörst du?«

Galina nickte und ließ sich neben ihn sinken. Sie strich das Papier glatt und tauchte die Feder ein. Er holte die zweite Feder aus dem Endlosen Raum und begann, sich den Kraftverstärker direkt auf die Hände zu malen.

Während sie beschäftigt waren, hielt Arkadis Wache, das Messer in der einen, die Fackel in der anderen Hand. Ihre leichten Schritte und das gelegentliche Tröpfeln von Wasser waren die einzigen Geräusche.

Einige Zeit später schob Galina Yuriko das Papier hin. Sie nahm ihm die Feder ab und vollendete das Siegel auf seiner rechten Hand, das er ziemlich mühevoll mit links gemalt hatte.

Padda hatte entschieden etwas dagegen, aus der Tasche geholt zu werden. Yuriko musste ihm gut zureden, bis er sich dazu herabließ, das Siegelpapier mit Spucke zu befeuchten, dann vollführte er geradezu einen Hechtsprung, um zurück in seine Tasche zu kommen.

»Ich bin sowas von deiner Meinung«, murmelte Yuriko. »Aber uns fragt ja keiner.«

Er lud die Siegel auf. Dann stemmte er sich gegen die Tür. Arkanum floss und prickelte in seinen Händen. Sonst passierte nichts. Er spannte die Muskeln, mischte arkane und Körperkraft und schob, bis ihm schier der Kopf platzte. Das Tor knackte leise.

Keuchend machte er einen Schritt rückwärts. Er ballte die Faust, zog Arkanum zusammen, legte all seine Wut hinein und zimmerte die Faust auf das Kraftverstärker-Siegel.

Der Donnerschlag ließ den Fels erzittern. Steinchen rieselten von der Decke. Das Tor gab sich unbeeindruckt. Schmerz pulsierte in Yurikos Faust. Er untersuchte die Einschlagsstelle. Unter dem Siegel war mit viel gutem Willen eine Delle zu erkennen. Winzige Spreißel standen zu den Seiten ab. Das war alles. Er ballte die Faust und schlug erneut zu. Und wieder, und wieder, bis die Siegel von Blut verschmiert waren und ihre Wirkung verloren. Dann gab er auf. Er ging am Tor in die Knie und ließ sich schwer dagegen fallen, rang um Atem und umklammerte seine rechte Faust mit der linken. Schmerz wütete durch seine Finger, sein ganzer Arm fühlte sich an wie durch den Fleischwolf gedreht.

Galina fasste über ihn drüber, zog das Siegel vom Tor ab und beleuchtete den Schaden, den Yuriko verursacht hatte.

»Das sieht doch gar nicht so schlecht aus«, sagte sie zaghaft.

»Wenn du mir drei, vier Tage Zeit gibst«, keuchte Yuriko. »Und wenn ich inzwischen mein Arkanum nicht für andere Dinge verwende. Riesenmotten anzuzünden, zum Beispiel. Oder Licht machen.«

Arkadis schüttelte den Kopf und ließ zwei Finger durch die Luft laufen. Dann legte sie die Hand an die Wange und schloss die Augen.

»Wir müssen einen Ausgang finden, ehe es Nacht wird«, übersetzte Galina.

»Ich bleibe einfach so lange hier sitzen und bin dagegen, bis es aufhört zu passieren«, sagte Yuriko.

Arkadis schüttelte den Kopf, deutete nach oben und zeigte mit der anderen Hand etwas Rundes an.

»Die anderen Ausgänge …«, übersetzte Galina.

»Ich hab's verstanden!«, knurrte Yuriko. »Großer Krötengeist, ich kenne sie so lange wie du.«

»Und hättest du dich damals mal ernsthaft mit dem Siegel bef… au!«

Arkadis hatte ihr mit der flachen Hand auf den Oberarm geschlagen und machte jetzt eine abschneidende Geste. Dann zeigte sie ins Dunkel.

»Kommandier mich nicht rum!«, fauchte Galina.

»Ruhe, alle beide«, sagte Yuriko. »Wir sind alle ein bisschen angespannt. Benutzen wir unsere Energie, um einen Ausgang zu finden, nicht für sinnlose gegenseitige Vorwürfe.«

Galina verschränkte schmollend die Arme vor der Brust. Yuriko rappelte sich vom Boden auf und ließ probeweise etwas Arkanum durch seinen überlasteten rechten Arm laufen. Es fühlte sich an, als würden ihm die Blutbahnen durch die Fingerspitzen herausgezogen, aber auf seiner Hand erschien gehorsam eine Flamme.

»Gehen wir.«

Binnen kurzer Zeit hatte die Dunkelheit das Tor hinter ihnen verschluckt. Sie bewegten sich in der Lichtinsel von

Yurikos Feuer durch einen Raum unbestimmter Größe. Es roch nach nassem Stein. Irgendwo tröpfelte Wasser.

»Vielleicht löschst du deine Fackel«, sagte Yuriko. »Die sollten wir aufheben für den Fall, dass ich mal nicht leuchten kann.«

»Warum solltest du nicht leuchten können?«, fragte Galina mit belegter Stimme.

»Keine Ahnung«, sagte Yuriko. »Will ich mir nicht ausmalen. Mach einfach.«

Zögernd gehorchte sie.

Die Dunkelheit jenseits ihrer Lichtinsel war undurchdringlich. Yuriko holte tief Luft und spie einen Feuerstrahl, so hoch und weit er konnte.

Eine Halle trat aus dem Dunkel, zehn oder zwölf oder noch mehr Mannslänge hoch, nach oben spitz zulaufend, natürlich entstanden, der Anmutung nach. An den Wänden waren Gerüste angebracht und hölzerne Plattformen, die höher gelegene Öffnungen im Fels miteinander verbanden. Nach hinten stieg der Boden an, während sich die Decke ihm gleichzeitig entgegen senkte. Dort führte ein dunkler Riss tiefer in den Berg.

Yuriko ließ den Feuerstrahl verlöschen, behielt aber das Feuer auf der Hand.

»Bergauf«, sagte er und deutete in die ungefähre Richtung. Arkadis jedoch schüttelte den Kopf, deutete auf den Boden und zog mit den Fingern zwei imaginäre parallele Linien.

»Schienen«, sagte Galina. »Du hast recht. Isenbard sagte etwas von Schienen, die bis auf die andere Seite führen.«

»Nein«, sagte Yuriko. »Selbst wenn wir ihm das glauben könnten – wir schaffen es niemals binnen eines Tages auf die andere Seite, und übernachten will ich hier unten bestimmt nicht. Und ihr auch nicht, übrigens, denn wenn ich schlafe, sitzt ihr im Dunkeln.«

»Fackel«, sagte Galina und hielt selbige hoch.

»Und wie lange reicht die?«, hielt Yuriko dagegen. »Eine

Glocke? Zwei? Nichts da. Wir suchen einen Ausgang auf die Nordseite.«

Er setzte sich in Bewegung. Seine Begleiterinnen folgten ihm notgedrungen, um nicht im Dunkeln zu stehen.

Ihre Schritte hallten vom Stein wider. Yuriko vergrößerte die Flamme in seiner Hand, damit sie den Riss nicht verpassten. Der Boden unter ihnen stieg spürbar an. Lockeres Geröll löste sich unter ihren Stiefeln. Die Wände rückten näher, die Decke senkte sich, und dann standen sie in einer Sackgasse.

»So viel dazu«, sagte Galina. »Doch die Schienen?«

»Nur, bis es irgendwo nach oben geht«, sagte Yuriko. »Ich krieche garantiert nicht tiefer in den Bauch dieses Bergs.«

Sie drehten um und gingen den Weg zurück. In der Halle stießen sie nach einigem Suchen tatsächlich auf einen verrottenden Schienenstrang. Sie folgten ihm und standen kurz darauf vor einer Wand.

Yuriko beugte sich zu der Stelle, an der die Schienen vom Fels verschluckt wurden. Was auf den ersten Blick aussah wie ein Einsturz, bestand bei näherem Betrachten aus fest miteinander verbundenem Stein, ein wenig dunkler als der Fels drum herum und auf eine merkwürdige Art abgeschliffen, wie von Wasser oder sehr heißem Feuer.

Ratlos starrten sie auf das, was womöglich einmal ein Tunnel gewesen sein mochte.

»Vielleicht haben sie es zum Einsturz gebracht, bevor sie das Bergwerk aufgegeben haben«, riet Galina.

»Das sieht mir nicht aus wie ein Einsturz«, sagte Yuriko. »Eher wie Zauberei.«

»Kurik ist Soldat, kein Zauberer.«

Yuriko schüttelte den Kopf und streckte vorsichtig die arkane Krötenzunge aus. Betastete das Felsgebilde vor sich, spürte tatsächlich etwas wie ein Echo einer arkanen Vibration, so schwach, dass es kaum vorhanden war. So fremd, dass es ihm einen Schauer über den Rücken jagte.

Er zog die arkane Krötenzunge ein.

»Tatsächlich Zauberei«, sagte er. »Aber sehr fern. Nur Spuren. Wir sind besser trotzdem auf alles gefasst.«

Sie gingen die Wand ab, beginnend beim Tor und einmal rund um die Halle, und fanden einen weiteren auf diese Art versiegelten Durchgang. Und keinen weiteren Ausweg.

Arkadis seufzte lautlos und zeigte nach oben. Der niedrigste der oberen Tunneleingänge lag bei drei oder vier Mannslängen. Zu hoch für Yurikos Krötensprung, aber die hölzerne Plattform darunter konnte er erreichen. Ob das alte Seilwerk noch hielt? Nun, er würde es merken. Er löschte seine rechte Hand.

»Halt mal meine Kröte, Kleine.«

Er zog den widerstrebenden Padda aus seiner Tasche und überhändigte ihn Galina. Der Kröter streckte alle Viere von sich und legte den Kopf in den Nacken, soweit ihm das ohne Hals möglich war, aber Galina presste ihn energisch an ihre Brust. Für einen Augenblick erwog Yuriko, mit Padda zu tauschen, nur ganz kurz, dann riss er sich zusammen. Er ging in die tiefe Hocke, sammelte Arkanum in den Beinen, verdichtete es, setzte es dann schlagartig frei und sprang.

Die Plattform begrüßte ihn mit einem bedrohlichen Krachen und Knirschen. Sie geriet ins Schaukeln, und Yuriko packte die Aufhängung und klammerte sich fest, die brennende linke Hand von sich gestreckt. Etwas mehr als eine Mannslänge über ihm tat sich das Loch auf. Zur Seite hingen Seile.

»Fackel«, sagte er nach unten.

»Wollten wir die nicht sparen?«, rief Galina zurück.

»Was passiert wohl, wenn ich mich mit brennenden Händen an altem Holz und Seilen zu schaffen mache?«

Galina warf die Fackel, und Yuriko fing sie auf, ohne abzustürzen, obwohl die Plattform bedrohlich schwankte. Er entzündete die Fackel und steckte sie in eine Felsspalte.

Die Seile hingen gerade so in Reichweite. Er beugte sich gefährlich weit über den Abgrund, fischte nach einem davon und bekam es zu fassen. Erleichtert machte er einen Schritt vom Abgrund weg und zog an dem Seil. Über ihm in der Dunkelheit klapperte etwas. Er zog heftiger, hängte sich mit seinem ganzen Gewicht an das Seil und lag dann plötzlich auf der Nase, während das schwere Seil auf ihn drauf fiel.

»Au«, murmelte er.

»Alles in Ordnung?«, kam Galinas Stimme von unten.

»Großartig«, sagte er und stemmte sich mühsam hoch. »Nie besser.«

Das Seil wirkte einigermaßen belastbar. Er schlang das eine Ende um die Aufhängung der Plattform und ließ das andere Ende zu seinen Begleiterinnen hinunter.

»Bitte sehr, die Damen«, sagte er heiter, doch die Schwärze rundum zog ihm die Leichtigkeit aus der Stimme.

Arkadis kam zuerst. Flink wie ein Eichhörnchen kletterte sie das Seil hinauf und ließ sich weiter hinauf in den Tunneleingang helfen. Galina hingegen stand am unteren Ende des Seils herum und knetete ihre Hände. Yuriko beugte sich über den Rand der Plattform.

»Wird das heute noch was?«

Galina murmelte etwas und starrte hinunter auf ihre Schuhspitzen. Yuriko seufzte laut.

»Ich lasse dich nicht abstürzen. Jetzt komm.«

»Ich kann nicht«, sagte Galina gerade so hörbar.

»Was?«, sagte Yuriko. »Warum nicht? Tut dir was weh?«

»Ich kann kein verdammtes Seil hinaufklettern!«, schrie Galina. »Weil ich's nicht kann! Mir fehlt die Kraft!«

»Und das fällt dir jetzt ein?«

»Ich wurde nicht gefragt!«

»Seit wann wartest du, bis man dich fragt? Au! Arkadis! Hört endlich auf, mich zu misshandeln! Alle beide!«

Arkadis zog den Ellenbogen ein. Yuriko rieb sich die schmerzende Seite. »Mach einen Knoten in das Seil und stell dich drauf«, sagte er nach unten. »Ich ziehe dich hoch. Und gib mir bloß acht auf Padda.«

Das Vorhaben war leichter beschrieben als durchgeführt. Als er Galina endlich auf der Plattform hatte, fühlten seine Fäuste sich an wie mit pulsierender Lava gefüllt, und er war sicher, sich beide Schultern ausgekugelt und einen Herzanfall erlitten zu haben. Galina saß neben ihm und betrachtete ihn besorgt. Ihre Augen glänzten schon wieder verdächtig.

»Mach dir nichts draus«, murmelte er. »Es ist noch keine Abenteurerin vom Himmel gefallen.«

»Ich bin so nutzlos«, schniefte sie.

»Stimmt doch gar nicht«, sagte er und richtete sich mühsam auf. »Du kannst ganz anständig kochen. Und putzen. Und … au! Was hab ich euch gerade gesagt?«

»Eine Menge, aber niemand hat zugehört«, sagte Galina. »Tragik deines Lebens.«

Sie zogen sich aneinander in die Höhe und kletterten hinauf in den Tunneleingang, wo Arkadis schon ungeduldig wartete. Padda wechselte von Galina zurück in Yurikos Tasche. Yuriko holte die Fackel nach und erstickte die Flamme in den Händen. Für einen Moment lag die Schwärze undurchdringlich auf ihnen. Galinas Atem stockte. Yuriko zündete seine Hände an, und die Gesichter seiner Mitstreiterinnen traten blass aus der Dunkelheit hervor. Hinter ihnen gähnte der dunkle Schlund des Tunnels.

Sie gingen los. Der Tunnel war so niedrig, dass Yuriko den Kopf einziehen musste. Die Wände waren mit einem regelmäßigen Wellenmuster versehen, wie es auf einem stillen Teich entstand, wenn man einen Stein hineinwarf. Der Boden stieg zu beiden Seiten gleichmäßig an – der Tunnel war vielmehr eine Röhre, und Yuriko fragte sich, wer solche Wege durch den Berg grub. Den Zwergen sagte man nach, dass sie den Stein zu formen verstanden, aber warum sollte jemand sich solche Mühe machen, den Stein zu glätten, wenn es nur darum ging, Silbererz aufzuspüren?

Der Tunnel verlief nicht gerade, sondern wand sich sachte in den Berg hinein. Gleichzeitig führte er leicht bergab, was

Yuriko unbehaglich zur Kenntnis nahm. Er beschloss, die erste mögliche Abzweigung nach oben zu nehmen, und wenn es keine gab, es mit einem der höher gelegenen Tunnel aus der Haupthalle zu versuchen.

Der Klang ihrer Schritte und ihres Atems prallte hart an den Wänden ab. Dahinter lag die Stille äonenalten Gesteins. Und ein – Schleifen? Ein Knirschen, als würde Fels auf Fels reiben. Yuriko hielt inne.

»Hört ihr das?«

»Nö. Was?«

Arkadis nickte und rieb die Handflächen gegeneinander. Yuriko nickte.

»Genau das.«

Arkadis hob die Schultern und machte ein ratloses Gesicht.

»Gehen wir weiter«, sagte Yuriko. »Nichts wie raus hier.«

Bergauf ging es nirgends, dafür standen sie nach einiger Zeit an einer Gabelung. Beide Tunnel waren dunkel, seltsam gleichmäßig aus dem Fels gefräst und etwa gleich im Durchmesser. Aufs Geratewohl hielten sie sich links. Yuriko ging voraus, leuchtete mit der Linken und hatte die Rechte zu Padda in die Tasche gesteckt. Die kühle Krötenhaut an seinen Fingern spendete ein bisschen Trost. Arkadis und Galina tappten hinter Yuriko her und hielten sich dicht bei ihm. Niemand sprach. Yuriko leuchtete voraus und versuchte, in der Dunkelheit jenseits seiner Flamme etwas zu erkennen.

Plötzlich trat er in etwas Weiches. Er riss den Fuß hoch, machte einen großen Schritt rückwärts und prallte gegen Galina. Die schrie auf und zerrte an ihrem Schwert, das nicht aus der Scheide freikommen wollte. Arkadis brachte ihr Messer vor sich.

»Was?«, schrie Galina.

Yuriko leuchtete nach vorne. Der Stein war bedeckt von einer grauen, sich windenden Masse, Würmer, unzählige, verschlungene Leiber, die jetzt vor dem Licht flohen und etwas auf dem Boden zurückließen – jemanden, eine zerfressene Leiche, der Schädel war schon freigelegt, aber Yuriko war ziemlich sicher, dass hier der junge Bredelin seine letzte, düstere Ruhe gefunden hatte.

Galina hatte die Hand vor den Mund gepresst und würgte. Eine Berührung in den Haaren ließ Yuriko zurückzucken. Ein Wurm fiel ihm auf die Schulter und von dort aus in die Tasche. Panisch schnappte Yuriko Padda und hielt ihn sich vors Gesicht.

»Hast du ihn gefressen? Du hast ihn nicht gefressen, oder? Friss die nicht, hörst du?«

Padda sah ihn unverwandt an. Arkadis fasste in Yurikos Tasche und holte mit spitzen Fingern den Wurm heraus, zeigte ihn her und warf ihn dann von sich.

»Guter Gedanke«, sagte Yuriko, dem ganz schwach vor Erleichterung war. »Danke, Arkadis. Ich nehme an, ihr habt nichts dagegen, wenn wir den anderen Weg versuchen?«

Allgemeines Kopfschütteln.

Sie drehten um und gingen den Weg zurück.

»Das war«, sagte Galina mit wackeliger Stimme. »Das war …«

»Ich glaube auch«, sagte Yuriko. »Aber er hat bestimmt nicht gelitten. Er war ja schon tot, als sie ihn aus dem Lager geholt haben.«

»Das ist so ungerecht. Alles ist einfach schrecklich ungerecht.«

Er legte ihr im Gehen die Hand auf die Schulter. Er wusste nichts zu sagen. Sie hatte ja recht.

Sie erreichten die Gabelung und schlugen den anderen Weg ein. Der bog nach einiger Zeit deutlich nach rechts ab und führte bergauf. Yurikos Hoffnung erwachte. Dann änderte sich plötzlich der Widerhall ihrer Schritte. Eine Kante kam in Sicht, dahinter nichts als Schwärze. Yurikos Hoffnung starb. Vorsichtig näherte er sich dem Ende des Tunnels. Irgendwo tropfte Wasser. Das Geräusch hallte unnatürlich laut. Er beugte sich nach vorne und blies eine Feuerwolke in den leeren Raum vor sich, beleuchtete einen Riss im Gestein, höher, als er leuchten konnte, sich nach unten verbreiternd wie eine Schlucht zwischen überhängenden Felsen. Er leuchtete zu beiden Seiten, doch ein Ende kam nicht in Sicht. Der Boden war sieben oder acht Mannslängen unter ihnen, uneben, schräg und steinig, aber gangbar.

Er lehnte sich zurück und sah seine Begleiterinnen an.

»Ich geh nicht zurück zu den Würmern«, sagte Galina. Arkadis nickte. Sie zeigte in den Abgrund und tat so, als würde sie klettern.

»Seil«, sagte Yuriko. Arkadis nickte und zeigte über die Schulter.

»Oder wir versuchen, an eine der anderen Öffnungen heranzukommen«, warf Galina ein. »Wir wollten ja nach oben, nicht immer tiefer hinein.«

Ihre Stimme klang mühsam gefasst. Yuriko nickte. »Gute Idee. Gehen wir.«

Einmal mehr machten sie sich auf den Weg zur Gabelung. Dort angekommen, eilten sie an dem Würmertunnel vorbei und hielten sich in Richtung Eingangshalle. Hier war auch wieder das seltsame Schaben zu vernehmen. Yuriko dachte an die Würmer und schauderte.

An einer Kreuzung machten sie halt und sahen sich irritiert um.

»Auf die Gefahr hin, seltsam zu klingen«, sagte Yuriko, »aber war die vorhin auch schon da?«

Er leuchtete in die Seitengänge. Sie waren ebenso röhrenförmig wie der Hauptgang und wiesen das gleiche rätselhafte Wellenmuster an den Wänden auf.

Arkadis schüttelte den Kopf, deutete mit zwei Fingern einen Fußmarsch an und spreizte dann zwei Finger ab.

»Genau«, sagte Yuriko ratlos. »Immer geradeaus bis zur Gabelung. Links Würmer, rechts Felskante.«

Arkadis legte den Finger an die Lippen. Sie lauschten. Das Rascheln und Schaben war hier lauter. Galinas Atem wurde schnell und flach. Schweiß glitzerte auf ihrer Stirn.

»Wir haben uns verlaufen«, flüsterte sie.

»Unsinn«, sagte Yuriko mit mehr Überzeugung, als er tatsächlich empfand. »Wir haben eine Kreuzung übersehen. Los, weiter. Vielleicht versuchen wir es doch nochmal mit dem Tor.«

Er schob Galina voran. Schweigend gingen sie weiter. Mit jedem Schritt erwartete Yuriko, das Ende des Tunnels in den Lichtschein zu bekommen, doch es geschah nicht, und dann war der Weg versperrt.

Sie standen und starrten auf den Verschluss: verbackener, abgeschliffener Stein, der den Tunnel völlig ausfüllte.

»Das kann nicht sein«, sagte Yuriko. »Das gibt's nicht.«

Arkadis berührte vorsichtig die steinerne Masse. Yuriko leuchtete die Ränder ab, aber die Wände waren mit der Schüttung – oder was immer es war – fest verschmolzen.

»Ich bin wach«, sagte Yuriko. »Bin ich wach? Ist das hier ein Traum?«

Arkadis tippte erst sich, dann Yuriko gegen die Stirn.

»Wenn es ein Traum ist, träumen wir das Gleiche«, sagte Yuriko.

»Was machen wir denn jetzt?«, flüsterte Galina.

»Zurück zur Gabelung«, sagte Yuriko. »Nachsehen, ob sich der Riss auch ohne Seil klettern lässt.«

Arkadis legte zwei Finger übereinander.

»Kreuzung?«, sagte Yuriko. »Nein. Ich käme gerne aus diesen seltsamen Röhren heraus. Die verursachen mir ein arkanes Störgefühl. Etwas ist mit denen nicht richtig.«

Arkadis nickte. Galina schien in einem Zustand, in dem ihr ohnehin alles egal war. Er nahm sie bei den Schultern und rüttelte sie sachte.

»Reiß dich zusammen. Wir kommen hier schon raus, keine Sorge. Wir sind ja noch nicht mal sonderlich tief drin.«

Sie nickte, zerkaute ihre Unterlippe und umklammerte mit der Linken das Heft ihres Schwertes.

Wieder kehrten sie um. Yuriko achtete auf die Flamme in seiner Hand. Noch war der Arkanfluss stark und stetig, aber irgendwann würde selbst seine Kraft erlahmen. Es war lange her, seit er sich zuletzt arkan völlig erschöpft hatte, aber er erinnerte sich daran, wie lange er damals gebraucht hatte, bis er wieder ein Flämmchen hatte erzeugen können. Das durfte hier unten nicht passieren.

Die Kreuzung war immer noch da. Sie eilten weiter und erreichten zur allgemeinen Erleichterung die Gabelung. Sie folgten dem rechten Gang bis zum Ende. Galina schien wieder ein wenig gefasst.

An der Kante kauerten sie sich nieder. Yuriko leuchtete nach unten. Der Fels war voller Spalten und Vorsprünge.

»Was soll's«, sagte Yuriko und schwang die Beine über den Rand. »Runter kommen sie immer.«

Galina entzündete die Fackel. »Sei vorsichtig«, sagte sie blass.

»Kinderspiel«, sagte Yuriko. »Hör auf, dir Sorgen zu machen. Das gibt nur Falten in deinem hübschen Gesicht.«

Er rollte sich auf den Bauch, bekämpfte die Vorstellung, etwas könnte aus dem Abgrund zu ihm nach oben schnellen und ihm die Beine abbeißen, und tastete mit den Stiefelspitzen nach Halt. Fand einen schmalen Vorsprung, der sein Gewicht hielt, ließ sich vorsichtig nach unten und tastete mit dem anderen Fuß. Atmete ein bisschen Feuer, um besser zu sehen, und arbeitete sich so Stück für Stück nach unten.

Auf einem breiten Felsvorsprung zwei oder drei Mannslängen über dem Boden war Schluss. Unterhalb höhlte der Fels sich nach innen, und zu beiden Seiten war nichts, das einem ungeübten Kletterer Halt bieten konnte. Keuchend sah Yuriko nach unten. Er würde die Mädchen auffangen müssen, wenn sie kleinen schlaueren Weg nach unten fanden.

Er sicherte Padda in der Manteltasche und sprang.

Der Aufprall fühlte sich an, als würde jemand glühende Dolche durch seine Knie rammen. Geröll löste sich unter seinen Füßen, er verlor den Halt und landete unsanft auf dem Hintern. Das Feuer auf seinen Händen verlosch.

»Yuri?«, kam Galinas ängstliche Stimme zu ihm.

»Alles gut«, gab er zurück und zündete eilig seine linke Hand an. »Nur ausgerutscht. Ihr könnt nachkommen.«

Arkadis bewältigte die Kletterstrecke zügig und ohne große Anstrengung. Auf der Felsnase hielt sie inne und streckte die Hände nach Galina aus. Die wurstelte sich umständlich über den Rand.

»Wenn du mir unter den Rock schaust, töte ich dich«, sagte sie. »Und ich meine nicht dich, Arkadis.«

»Keine Sorge«, sagte Yuriko. »Da ist nichts, was ich nicht schon gesehen hätte.«

Galinas Verwünschungen schallten zu ihm hinunter, bis sie bei Arkadis auf der Felsnase war. Beide klammerten sich aneinander und sahen nach unten, dann wagte erst Arkadis, dann auch Galina den Sprung. Yuriko fing beide auf und gab damit seinen Knien den Rest.

Er leuchtete um sich. Ungefähr gegenüber des Tunnels, aus dem sie gekommen waren, führte ein ähnlicher in den Berg. Einige weitere unterschiedlicher Größe klafften in der Felswand. Einen Sinn konnte Yuriko in ihrer Anordnung nicht erkennen, aber sein Gefühl sagte ihm immer noch, sich lieber von diesen seltsamen Röhren fernzuhalten.

»Welche Richtung?«, fragte Galina. Arkadis sah sich um und deutete dann in eine.

Sie setzten sich in Bewegung. Das Vorankommen war schwierig, der Boden zerklüftet und von winzigen, spitzen Tropfsteinen bedeckt, so dass sie gingen wie über ein Nadelkissen. Von oben tröpfelte Wasser auf sie hinunter und brachte Yurikos Flamme zum Zischen. Nach einiger Zeit verengte sich die Schlucht zu einem Spalt. Boden und Decke strebten einander entgegen, und die Wände rückten so nah, dass Yuriko sich zur Seite drehen musste, um nicht steckenzubleiben.

»Sackgasse«, murmelte Galina schaudernd.

Arkadis schüttelte den Kopf und legte eine Hand ans Ohr.

Yuriko lauschte angestrengt, hörte aber nichts als seinen

eigenen Atem. Arkadis bewegte die Finger rasch und flatternd.

»Luftzug?«, fragte Galina hoffnungsvoll. Arkadis schüttelte den Kopf.

»Wasser«, sagte Yuriko, und sie nickte.

»Wasser ist gut«, sagte Yuriko. »Wenn es fließt, fließt es irgendwo nach draußen. Gehen wir weiter.«

Aus Gehen wurde rasch Kriechen. Auf allen Vieren schoben sie sich voran, bis auch das nicht mehr ging. Sie waren vom Fels umschlossen wie Finger in einem Handschuh. An einer besonders engen Stelle geriet Galina in Panik, und es dauerte lang, bis sie sie dazu bewegen konnten, weiterzukriechen.

Es war längst zu eng, um umzudrehen. Der nasse Stein durchfeuchtete Yurikos Kleider. Alle Geräusche wurden zu ihm zurückgeworfen, kaum dass sie entstanden waren. Er hatte Padda aus der Tasche genommen und schob den widerstrebenden Kröter vor sich her, um ihn nicht zu zerquetschen. Das Feuer in seiner Hand hatte er zu einem dunklen Glühen gedämpft, trotzdem schielte Padda immer wieder ängstlich, wenn Yuriko ihm damit zu nahe kam.

Er erwog, mit Padda zu tauschen und den Spalt zu erkunden, bevor sie alle darin feststeckten, aber er konnte in Paddas Gestalt kein Feuer machen, und Erkundungen in völliger Dunkelheit erschienen ihm wenig sinnvoll.

Warum nur hatte er nie gelernt, in Paddas Gestalt das Arkanum zu beherrschen? Er wehrte sich ein wenig gegen die Antwort, aber er kannte sie. Er war zu faul gewesen. Hatte lieber Frauen nachgestellt und das Leben genossen, statt sich hinter seine arkane Entwicklung zu klemmen. Und das war jetzt die Strafe.

Mühevoll schob er sich über eine steinerne Stufe, atmete aus, zog den Bauch ein, bis er Sterne sah, strampelte ein bisschen, kam endlich frei, verlor dabei einen Knopf vom Mantel, ein Büschel Haare und seine gesamte Würde, und kroch weiter.

Er hörte immer noch kein Wasser, aber er wollte über die Notwendigkeit des Umkehrens nicht nachdenken.

»Halt«, sagte Galina von hinten. Yuriko hielt inne.

»Psst«, sagte sie gepresst. »Hörst du das?«

»Wasser? Nein, immer noch nicht.«

»Kein Wasser. Dieses seltsame Schaben von vorhin.«

Yuriko hielt die Luft an und legte sein Ohr gegen den Stein. Tatsächlich. Ein Knirschen, kaum mehr als Vibrationen, die der Stein weitergab. Rhythmisch.

»Was ist das bloß«, murmelte er.

»Will ich nicht wissen«, sagte Galina. »Können wir bitte raus hier? Jetzt sofort?« Ihre Stimme bekam schon wieder den schrillen Beiklang von Panik, aber er konnte sich nicht einmal zu ihr umdrehen. Er atmete sich selber ruhig und schob Padda vor sich her in die Dunkelheit.

Er hatte keine Ahnung, welche Strecke sie zurückgelegt hatten, aber plötzlich veränderte sich der Klang. Das Echo war zurück und erzeugte den Eindruck von Weite, dann riss der Spalt nach unten auf, seltsame, kerzengerade, matt schimmernde Dinger kamen in Sicht und Yuriko brauchte einen Augenblick, bis er begriff, dass das Schienen waren.

Er quetschte sich durch den Spalt hinaus, kam zitternd auf die Beine und bückte sich, um Galina aufzuhelfen. Galinas Haar war zerzaust, ihr Gesicht schmutzig, ihre Kleider nass und vom Gestein dunkel verschmiert. Arkadis sah ähnlich aus, aber beide waren wohlbehalten. Yuriko verstaute Padda in der Manteltasche und wagte etwas mehr Licht.

Dieser Tunnel sah schon eher aus, wie er sich ein Bergwerk vorstellte: grob behauene Wände, Reste einer Holzverschalung an der Decke und hölzerne Pfeiler, die verhindern sollten, dass ihnen der Berg auf den Kopf fiel – und die dies hoffentlich noch eine Weile taten.

Sie markierten den Spalt, aus dem sie gekommen waren, mit einem Stück Papier, und folgten den Schienen, ohne eine Ahnung, in welche Himmelsrichtung sie sich bewegten. Zumindest der Anblick von Menschenwerk war tröstlich, und irgendwohin mussten die Schienen ja führen.

Sie führten zu einer Gabelung. Auch die Schienen teilten sich hier. Für eine Weile standen sie ratlos und sahen in die beiden Abzweigungen, dann deutete Arkadis nach unten, dorthin, wo die Weiche im Schienenstrang saß. Sie zeigte zwischen der Weiche und dem Stollen hin und her, in die sie gestellt war. Niemand hatte eine bessere Idee, und so folgten sie der Weichenstellung und gingen weiter.

Yuriko wechselte die Flamme von der linken in die rechte Hand. Langsam taten ihm die Arme weh. Noch nie hatte er über einen so langen Zeitraum andauernd Arkanum gezogen. Er schob den Gedanken weg. Das Bergwerk konnte nicht unendlich groß sein.

Der Stollen beschrieb eine leichte Linkskurve. Zu beiden Seiten zweigten Seitengänge ab, zum Teil sehr niedrig, zum Teil nur wenige Schritte tief. Yuriko leuchtete in jeden hinein, sie blieben aber getreulich auf den Schienen, in der Hoffnung, dass die zu einem Ausgang führten.

Mit einem Mal war da wieder das seltsame Schaben. Es wurde so laut, dass Yuriko die Haarwurzeln wehtaten. Sie blieben stehen und drängten sich mit dem Rücken zueinander. Galina hatte es geschafft, ihr Schwert zu ziehen, und klammerte sich daran, als gelte es ihr Leben. Yuriko vergrößerte die Flamme auf seiner Hand. Nur wenige Schritte vor ihm bekam die Felswand plötzlich eine Beule. Er drängte seine Begleiterinnen rückwärts. Steinstaub rieselte von der Decke, Felsbrocken lösten sich und polterten auf die Schienen. Galina wimmerte und zog den Kopf ein.

Dann platzte die Beule und zum Vorschein kam – noch mehr Stein? Yuriko blinzelte. Stein, der von einer unsichtbaren Kraft aus dem umgebenden Stein herausgepresst wurde, die Oberfläche glänzend, wie von Wasser überzogen – nein, Schleim, das Zeug zog Fäden – eine mannshohe, dicke, steinerne Wurst, und Yuriko fand das vermutlich nur deshalb unwiderstehlich komisch, weil er nicht wahrhaben wollte, dass er gleich sterben würde, an einem dunklen Ort in der Fremde, und was würde Florine sagen, wenn er Galina nicht unversehrt nach Hause brachte.

Galina warf sich herum und wollte fliehen. Einer Eingebung folgend streckte er den Arm aus und packte sie an der Schulter. Galina erstarrte. Die riesenhafte Steinwurst schwenkte ihr vorderes Ende in ihre Richtung. Yuriko ließ seine Flamme zu Glut zusammenfallen, Galina weiter fest im Griff. Er hielt die Luft an.

Die Steinwurst hatte ein Gesicht, nahm Yuriko zur Kenntnis, ohne sich noch groß zu wundern. Bedenklich nur, dass dieses Gesicht mehrheitlich aus Zähnen bestand, winzigen, steingrauen Zähnen, die um eine kreisrunde Öffnung angeordnet waren.

Der Stein ächzte, als das Wurstwesen sich in den Gang wälzte. Schienen zersprangen unter seinem Gewicht. Yuriko und seine Begleiterinnen standen wie erstarrt. Es bewegte sich, indem es Teile von sich mit Luft aufblies und die dann wieder entweichen ließ – zumindest sah es so aus, und es blieb keine Zeit für genauere Beobachtungen, denn selbstverständlich kam das Ding auf sie zu.

Schnell war es nicht. Sein vorderes Ende pendelte, soweit der Platz es zuließ, stieß aber nicht gegen die Wand. Yuriko schob seine Begleiterinnen rückwärts, leise, so wenig Erschütterung wie möglich verursachend. Schritt für Schritt.

Er spürte Arkadis' Hand an seinem Ärmel. Sie zeigte hinter sich in die Dunkelheit. Noch mehr von den Dingern? Sehr vorsichtig vergrößerte er die Flamme auf seiner Hand. Das Wurstwesen – der Riesenwurm – reagierte nicht. Kein Wunder, es hatte ja keine Augen.

Dann fühlte er sich von Arkadis zur Seite gezogen. Neben ihm schlüpfte Galina in einen schmalen Felsspalt und streckte die Hand nach ihm aus. Er schob Arkadis in ihre Richtung, sammelte Arkanum auf der Hand. Er hatte keine Ahnung, ob die Steinwurst sich grillen ließ, aber mit Messer und Gabel brauchte man es gar nicht erst zu versuchen.

Blick über die Schulter. Arkadis war in dem Spalt verschwunden. Er holte Padda aus der Tasche, hielt ihn blindlings nach hinten in den Spalt und spürte, wie er ihm abgenommen wurde.

Der Riesenwurm hatte ihn beinahe erreicht. Yuriko sah die Zähne aus der Nähe, und dann von sehr nah, weil das Vieh einfach den vorderen Teil seines Gesichts ausstülpte. Dicke Muskelstränge brachten das ganze Gebiss nach vorne wie eine zahnbewehrte Faust. Yuriko hörte Kiefer knacken. Womöglich seine eigenen. Hände packten ihn von hinten und zerrten an ihm. Er löste sich aus seiner Starre, duckte sich und versuchte, in den Spalt zu kriechen.

Das würde eng werden. Das wurde eng. Viel zu eng. Er passte nicht hinein.

Er drehte sich zu der Wurst. Die hatte sich zwei Haarbreit vor seinem Gesicht eingependelt. Er riss alles Arkanum an sich, das er greifen konnte, erhitzte es schlagartig bis zur Weißglut und gab der Wurst seine Faust zu fressen.

Das Ding bekam Risse, aus denen das Feuer leuchtete. Es stülpte sein Gesicht nach innen und zuckte zurück. Yuriko wurde nach vorne gerissen. Er hätte gerne losgelassen, aber sein Mantelärmel hatte sich in den Zähnen verhakt. Stein krachte. Stoff riss. Yuriko kam frei. Es war taghell und sehr laut. Der Riesenwurm zuckte. Schleim verdampfte zischend. Yuriko stürmte voran. Überall war Feuer. Etwas Großes zuckte in den Flammen, dann ein ohrenbetäubender Knall, ein Hagelschauer kleiner, glühend heißer Steine. Das Feuer fiel in sich zusammen. Yuriko saß zwischen den glühenden Resten eines Schienenstrangs und löschte seinen brennenden Mantel.

»Yuri?« Galinas dünne Stimme hinter ihm. »Geht es dir gut?«

Er stöhnte theatralisch, um anzuzeigen, dass es ihm alles andere als gut ging, stand auf und hielt sich schwankend an der Wand. Arkadis war bei ihm und nestelte an seinem Gürtel. Papier knisterte, und gleich darauf hielt sie ihm einen

Wasserschlauch an die Lippen. Er trank gierig und hustete die Hälfte wieder raus, blinzelte sich Tränen weg und sah sich um.

Der Stollen, aus dem sie gekommen waren, gleich einem Trümmerfeld. Es war nicht mehr zu erkennen, welche der glühenden Steinbrocken einmal zu dem Wurm und welche zur Wand gehört hatten. Einer der Holzpfeiler brannte. Beißender Qualm stieg auf und vergiftete die Luft.

»Wir gehen«, ächzte Yuriko. »Los.«

»Wir haben Glück gehabt«, sagte Galina und hielt das Siegel des Endlosen Raumes hoch. »Wenn das verbrannt wäre, stünden wir jetzt ohne Ausrüstung da.«

»Was du Glück nennst«, krächzte Yuriko. »Ein Spalt, in den ich auch hineinpasse, das wäre Glück gewesen.«

»Was bist du auch so fett.«

»Ich bin überhaupt nicht fett! Das sind alles Muskeln!«

Arkadis drehte sich zu ihnen und machte die rüde Geste, die sie inzwischen schon zur Genüge kannten. Dann marschierte sie einfach los. Yuriko kratzte ein bisschen Arkanum zusammen und zündete seine Hand an. Er mochte nicht darüber nachdenken, wie schwer ihm das fiel. Er brauchte eine Pause.

Yurikos Mantel hatte nur noch einen Ärmel. Sein Hemd hing in Fetzen, und jetzt, wo die Anspannung nachließ, bemerkte er auch einige tiefe, blutende Kratzer. Die rechte Manteltasche war aufgerissen und verschmort. Padda musste in die ungewohnte linke Tasche einziehen und war darüber alles andere als erfreut.

Sie gingen den Weg zurück, den sie gekommen waren. Das Licht der brennenden Holzverschalung versank hinter ihnen in der Dunkelheit. Der verbrannte Geruch wurde schwächer. Dann ein Rumpeln, ein Aufstöhnen des Berges. Der Boden erzitterte. Sie blieben stehen und klammerten sich aneinander.

»Der Minenschacht«, flüsterte Galina. »Du hast ihn abgebrannt, und jetzt ist ein eingestürzt. Ich hoffe, du bist stolz auf dich.«

»Wenn die Erschütterung alle Riesenwürmer von uns weglockt, dann ja, durchaus.«

Sie gingen weiter, eilig, aber immer wieder innehaltend, um nach dem verräterischen Schaben zu lauschen.

»Es tut mir leid«, sagte Galina irgendwann. »Wirklich. Der Spalt sah groß genug aus.«

»Schon gut«, sagte Yuriko. »Wer weiß. Vielleicht hätte es nicht geholfen, uns zu verkriechen. Vielleicht hätte das Ding uns einfach ausgegraben.«

»Ich hatte schreckliche Angst.«

»Verständlich. Wer nicht. Normalerweise essen wir die Wurst, nicht die Wurst uns.«

»Wie bitte?«

»Egal.«

Endlich erreichten sie die Gabelung mit der Weiche und schlugen den anderen Weg ein.

Yuriko hielt seine Flamme aufrecht, obwohl ihm inzwischen die ganze Seite wehtat.

»Nicht nur vor dem Wurm«, sagte Galina leise.

»Huh?«, machte Yuriko, der vor Schmerzen den Faden verloren hatte.

»Angst«, sagte Galina. »Auch vor dir. Ein bisschen. Du warst … ganz fremd. Ich hab noch nie solche Feuerzauber gesehen.«

»Aha«, sagte Yuriko verblüfft.

»Du hast keine Ahnung, wie du rüberkommst, wenn du richtig in Fahrt bist, oder?«

»Vielleicht lehrt dich das ein bisschen mehr Respekt, junge Frau.«

»Das nun doch nicht.« Sie rang sich ein dünnes Lächeln ab, und er streckte die Hand nach ihr aus, die nicht brannte, und zog sie im Gehen an sich.

»Wir kommen hier raus. Versprochen. Und wenn ich uns ins Freie schmelzen muss.«

So einfach ließ sich das Versprechen jedoch nicht einlösen. Der Tunnel wollte kein Ende nehmen. Yuriko fand es immer schwieriger, sich von dem Arkanschmerz abzulenken.

Muskelkrämpfe plagten ihn, und am schwierigsten war es, sich nichts anmerken zu lassen.

Nach einer Ewigkeit öffnete sich der Tunnel in eine niedrige Höhle. Halterungen an den Wänden bargen Reste von Talglichtern. Tische waren an die Wand gerückt, darauf Reste von Flechtwerk, Gerätschaften, hölzerne Schalen mit schwärzlichen Rückständen darin, zerfallendes Papier. In der Mitte des Raumes stand ein Schienenfahrzeug. Galina stieß es an, und es bewegte sich eine Handbreit, wobei es ein fürchterliches rostiges Kreischen von sich gab. Alle fuhren zusammen.

»Entschuldigung«, flüsterte Galina.

Zwei Wege führten aus der Höhle hinaus. Auf einem davon setzte der Schienenstrang sich fort. Yuriko machte einen Schritt, und sein linkes Bein gab unter ihm nach. Er zog scharf die Luft durch die Zähne und ging in die Knie.

»Yuri«, sagte Galina erschrocken.

»Ihr findet hier besser etwas Brennbares«, schob Yuriko mühsam zwischen den Zähnen hervor, »oder wir sitzen bald alle im Dunkeln.«

Er ließ sich zu Boden sinken, lehnte sich gegen die Seite des Fahrzeugs und schloss die Augen. Spürte, wie Galina ihre Fackel an seiner Hand entzündete. Ließ mit einem dankbaren Aufstöhnen sein Feuer verlöschen.

Galina und Arkadis durchsuchten die Kammer nach Brauchbarem. Arkadis fand eine Axt, deren Blatt kaum rostig war. Eine Rune am Schaft verriet die zwergische Werkstätte. Sie schwang sie probeweise, was Yuriko dazu veranlasste, sich flach auf den Boden zu werfen, dann machte sie sich daran, das hölzerne Schienenfahrzeug zu zerlegen.

Yuriko entnahm dem gewalttätigen Akt, dass seine Pause beendet war. Taumelnd kam er auf die Beine. Galina war dabei, Reste aus den Talgschalen zu kratzen und ein Seilende damit einzukleistern. Yuriko humpelte zum Tisch und besah sich das brüchige Papier.

»Galina. Leuchte mir mal.«

Sie trat zu ihm, und er strich das Papier vorsichtig glatt.

»Eine Karte«, sagte sie überrascht.

»Das muss das Nordtor sein«, sagte er und tippte auf den linken Rand. »Und das hier …«, er fuhr mit dem Finger eine Linie entlang, »ist die Bergkante.«

»Und wo sind wir?«

Ratlos starrte Yuriko auf das Gewirr der Linien. Erst allmählich erschloss sich der Sinn: die Hauptwege, die Verbindungstunnel, die Luftschächte, die Probegrabungen.

»Hier«, sagte er und zeigte auf eine blasenförmige Öffnung im gezeichneten Stein – viel zu tief unter dem Berg für seinen Geschmack. Er nahm die Karte und drehte sich um sich selbst, bemüht, Wirklichkeit und Zeichnung überein zu bringen.

»Das am unteren Rand ist ein Fluss«, sagte er und deutete mit dem Kinn. »Der, den Isenbard erwähnte. Er durchfließt diese große Höhle hier. Wenn wir die irgendwie erreichen können, können wir vielleicht nach draußen schwimmen.«

»Du bist der Einzige, der unter Wasser atmen kann«, gab Galina zu bedenken.

»Müssen wir nicht. Siehst du hier, das Boot? Hier unten, das kleine Ding. Ich deute das als Transportweg in den Süden. Und die Bergleute mit ihrem Erz konnten ja auch nicht unter Wasser atmen.«

Galina sah ihn zweifelnd an, schwieg aber.

Arkadis hatte ihr Zerstörungswerk beendet und den Wagen in handliche Holzscheite zerlegt. Galina half ihr, Fackeln zu improvisieren, während Yuriko sich weiter umsah.

Unter einer dicken Schicht von Gesteinsstaub kam ein Buch mit dicken hölzernen Deckeln zum Vorschein. Yuriko schlug es auf. Es war voller Tabellen und Zahlen und Notizen. Jemand hatte hier akribisch den täglichen Fortschritt festgehalten, Fördermengen und Lohnzahlungen. Yuriko blätterte nach hinten.

hat sich der Vorantrieb verdoppelt, seit wir nicht mehr mit Hacke und Schaufel graben. Gleichzeitig hat sich die Moral der Männer halbiert. Angst macht sich breit, und hinter vorgehaltener

Hand wird darüber gesprochen, was passiert, wenn der Zauberer seine Kreaturen einmal nicht mehr beherrschen sollte.

»Und warum wundert mich das nicht«, murmelte Yuriko.

»Was?«, sagte Galina über die Schulter.

»Nichts«, sagte Yuriko und blätterte.

Abod und Emercho sind verloren. Sie waren zurückgeblieben, um die Ausbeute des Tages zu retten. Wir haben sie noch schreien hören.

Anselm hat dem Zauberer den Schädel eingeschlagen. Seitdem können wir nichts mehr gegen die Biester ausrichten.

Wir rücken ab. Wir pfeifen auf den Befehl der Heeresleitung. Ich werde nicht noch mehr Männer an die Ungeheuer verlieren.

Behutsam ließ Yuriko das Buch in den Endlosen Raum gleiten. Es würde eine interessante Lektüre abgeben – später, wenn sie wieder unter der Sonne waren, weit weg von einem schwarzen Berg voller grausiger Ungeheuer, die ein irrer Kreaturist erschaffen hatte.

Galina ließ sich den Endlosen Raum geben und packte eine Menge Holz hinein.

»Kannst du wieder?«, fragte sie ihn.

Yuriko schnaubte. »Ich hab noch nie nicht gekonnt.«

»Dann weiter.«

Sie entschieden sich, den Schienen zu folgen. Wenn man die Karte ein wenig schräg hielt und die Augen zukniff, sah es so aus, als könnten sie in Richtung der Höhle mit dem Fluss führen.

Leider endeten die Schienen nach einem langen, ermüdenden Fußmarsch nur an einem weiteren Einsturz.

Yuriko betastete den ineinander verbackenen Stein.

»Diese Würmer«, sagte Galina schaudernd. »Diese Riesenwürmer – die fressen sich durch den Stein, wenn ich das richtig sehe. Könnte es sein, dass sie den Stein – also, dass sie am hinteren Ende den Stein wieder von sich geben, den sie vorne fressen?«

Eilig zog Yuriko die Hand zurück und wischte sie an den Resten seines Mantels ab.

»Das hast du jetzt nicht für dich behalten können?«

»Ich überlege«, sagte Galina. »Irgendwoher muss das ja kommen. Stollenverstopfung aufgrund von Wurmdurchfall.« Sie kicherte nervös. Arkadis verzog das Gesicht.

»So oder so drehen wir um«, sagte Yuriko. »Hoffen wir, dass der andere Gang frei ist.«

Sie gingen den ganzen langen Weg zurück bis in die zentrale Kammer und schlugen von dort den anderen Abzweig ein.

Yuriko fühlte sich zerschlagen und hungrig. Sie waren lange genug hier unten, um sich alle bereits mehrfach in dunklen Winkeln erleichtert zu haben. War der Tag vorbei? Oder fühlte sich hier unten alles an wie eine Ewigkeit?

Galina war still geworden. Sie klammerte sich an ihre improvisierte Fackel. Ihr Blick ging zwischen den Wänden des Stollens hin und her. Arkadis hatte an Körperspannung eingebüßt, sie bewegte sich langsamer als sonst und humpelte ein bisschen.

Irgendwann endete die hölzerne Verstärkung des Tunnels. Der Gang setzte sich fort, grob behauen für einige Schritte, dann endeten die Spuren menschlichen Wirkens. Ein niedriger, schmaler Spalt bog von hier aus steil nach rechts oben ab. Yuriko leuchtete hinein. Der Spalt führte in die Eingeweide des Bergs, so weit das Licht reichte. Die Flamme an seiner Fackel erbebte in einem feinen Luftstrom. Ratlos drehte er sich zu seinen Begleiterinnen um und erschrak, als Arkadis ihm in den Arm fiel und ihm die Fackel entriss. Sie hielt sie in den Spalt und deutete auf die Flamme.

»Luft«, sagte Galina. »Ein Luftzug! Alle gütigen Götter! Ein Ausgang!«

»Da hat sie recht«, sagte Yuriko erstaunt und äugte erneut in den Spalt. »Allerdings nehmen wir alle deutlich mehr Platz ein als Luft. Freuen wir uns also nicht zu früh.«

»Gehen wir nachsehen«, sagte Galina. Sie drängte sich an Yuriko vorbei und stemmte sich in den Spalt. Ihre Füße scharrten hektisch über den Stein, und um Haaresbreite hätte sie sich den Kopf an einer Felsnase angeschlagen.

»Licht«, sagte sie über die Schulter. Yuriko zögerte, dann gab er ihr die Fackel in die Hand. Sie schob sie vor sich in das Loch und strampelte sich selbst hinterher. Der Fels warf ihr Keuchen überlaut zurück.

»Warte«, sagte Yuriko. »Hast du gesehen, wie steil das hinauf geht? Wir sollten uns ausruhen, ehe wir diese Kletterpartie wagen.«

»Ich brauch keine Pause«, kam ihre Stimme dumpf aus dem Spalt. »Ich brauche einen Ausgang!«

»Du bist erschöpft! Du wirst eine Dummheit machen! Was sollen wir tun, wenn du dir ein Bein brichst? Oder Schlimmeres?«

Hilflos sah er zu, wie die Dunkelheit ihre strampelnden Füße schluckte.

»Galina«, sagte er laut. »Mein Ernst. Komm zurück. Wir gehen gemeinsam. Sobald ich mich genug erholt habe, dass ich wieder ein bisschen zaubern kann. Es ist viel zu gefährlich allein!«

Er wechselte einen Blick mit Arkadis. Die nickte.

»Arkadis sagt das auch«, rief er Galina hinterher. »Also, du weißt, was ich meine. Komm zurück.«

Das Scharren und Reiben im Stein erstarb. Dann kam Galinas klägliche Stimme.

»Ich glaube, ich kann nicht. Ich stecke fest.«

Yuriko stöhnte auf. Arkadis stemmte sich hoch und wand sich in den Spalt.

»Galina«, sagte Yuriko. »Arkadis kommt zu dir. Bleib, wo du bist.«

»Machst du Scherze, Meister?«

Es dauerte, bis der Fels beide wieder freigab. Arkadis kam zuerst, Füße voraus, keuchend und erschöpft, dann Galina, die nicht viel besser dran war und hässliche Schrammen auf Gesicht und Händen hatte. Beide plumpsten auf den Boden und blieben keuchend liegen. Yuriko setzte sich dazu. Sein Kopf schwamm, und jeder Muskel tat ihm weh. Er tastete nach dem Endlosen Raum und holte den Wasserschlauch hervor, der besorgniserregend leicht war. Er fragte sich, ob das Wasser trinkbar war, das hier von den Wänden tröpfelte. Mit ein wenig Pech würden sie das noch früh genug herausfinden.

»Wie eng ist das?«, fragte er und hielt Galina den Wasserschlauch hin, ohne selbst getrunken zu haben. »Passe ich durch?«

Arkadis wiegte den Kopf und kippte die Hand vor ihrem Gesicht.

»Gerade so?«, interpretierte Yuriko. Sie nickte und deutete auf Galinas umfangreiche Röcke.

»Sie ist hängengeblieben?«

Arkadis nickte.

»Mit Hosen wäre das nicht passiert«, murmelte Galina.

»Ich kenne keinen Schneider in dieser Gegend«, sagte Yuriko. »Schreib's auf die Einkaufsliste für die nächste Stadt.«

Arkadis legte den Kopf schief und beide Hände gegen die Wange.

»Gute Idee«, sagte Yuriko. »Aber einer muss immer aufpassen.«

Arkadis nickte, zeigte auf sich selbst und hob einen Finger.

»Großartig«, sagte Yuriko, dem schon die Augen zufielen. »Weck mich in einer Glocke oder so.«

Er saß im Baum vor Florines Haus. Unter ihm waren Planken, die sich hoben und senkten. Er ließ sich ins Wasser gleiten und schwamm los. Sie stand auf dem Dach ihres Hauses, die Arme nach ihm ausgestreckt, und plötzlich war das Wasser verschwunden, und er arbeitete sich durch zähen, klebrigen Fels. Padda hopste vor ihm her, leicht wie ein Seerosenblatt auf der Wasseroberfläche, und Yuriko arbeitete sich ab, um nicht den Anschluss zum Kröter zu verlieren. Er stemmte sich hoch, entkam dem Zugriff des Felsens und stieg auf die Wasseroberfläche. Um ihn waren Sterne, und Padda, der unbeirrt auf den Horizont zuhielt. Und Florine, umgeben von Seerosen, nackte weiße Schultern vor dem schwarzen Himmel, und plötzlich fing sie an zu schreien.

Yuriko fuhr in die Höhe, Florines Name auf den Lippen, Feuer auf den Händen, orientierungslos zwischen Felswänden, zu seinen Füßen eine Fackel, die jemand fallengelassen hatte. Galina war auf den Knien und hieb mit ihrem Schwert auf ein unförmiges dunkles Ding ein – Wurm, es war ein Felsenwurm. Arkadis lag auf dem Boden, den Mund zu einem stummen Schrei aufgerissen, und klammerte sich an Galina, wurde aber von einer gewaltigen Kraft rückwärts gezogen.

»Kopf einziehen!«, brüllte Yuriko. Ein Krötensprung brachte ihn über Galina und Arkadis hinweg direkt in das Gesicht des Wurms. Er schlug ihm Feuer um das vordere Ende, und der Wurm zuckte zurück. Seine Kiefer mahlten. Arkadis' linkes Bein steckte bis zum Knie darin. Dunkles Blut lief zwischen den Zähnen hervor.

Ein Schwert traf den Wurm und verfehlte Yuriko um Haaresbreite.

»Lass los!«, brüllte Galina. »Lass los!«

Yuriko wagte nicht, seinem Feuer alle Hitze zu geben, Arkadis war viel zu nah dran. Der Wurm wich rückwärts. Yuriko setzte nach und trat mit aller Kraft gegen den Kiefer des Ungeheuers. Etwas knirschte. Arkadis krümmte sich. Dann schnellte Galina an Yuriko vorbei und rammte ihr Schwert zwischen die Zahnreihen, hängte sich an den Griff und begann zu hebeln.

Ein tiefes Rumpeln drang aus dem Wurm. Zähne brachen mit durchdringendem Knacken. Yuriko trat erneut zu, und die Kiefer öffneten sich. Yuriko packte zu und zerrte Arkadis' Bein aus dem Maul, ließ dann los und brachte sich zwischen sie und das Ungeheuer. Aus dem Augenwinkel sah er, wie Galina Arkadis aus der Gefahrenzone zog. Dann ließ er das Feuer strömen, bis der Wurm sich nicht mehr rührte.

Keuchend hielt er inne. Die Arkanschmerzen waren zurück, aber immerhin brachte er wieder einen brauchbaren Zauber zustande.

Hinter ihm schluchzte Galina. Er drehte sich um. Arkadis' linkes Bein war vom Knie abwärts eine hässliche Mischung aus

Blut, Haut- und Hosenfetzen und Resten ihres Schuhs. Sie lag auf dem Rücken, kalkweiß im Gesicht, keuchend und mit riesigen Angstaugen.

»Wir müssen es verbinden«, schluchzte Galina. »Er verblutet ja.«

Yuriko ging in die Hocke und zwang sich, den Schaden genauer zu betrachten. Arkadis zuckte, und er hob beschwichtigend die Hände.

Er hatte noch nie ein Bein gesehen, das so übel zugerichtet war. Sie würde nicht laufen können. Keinen Schritt. Selbst wenn sie nicht verblutete.

Und beide sahen sie ihn an, als wüsste er, was zu tun sei, als wäre er nicht derjenige, der schuld an allem war, weil er unbedingt eine Pause hatte machen wollen.

Yuriko erhob sich. Stieg über die glühenden Trümmer des Steinwurms hinweg, ging ein paar Schritte. Starrte in die Dunkelheit, die dort lauerte, wo das Wabern der Trümmerteile endete.

Sie steckten in einer steinernen Faust, und die drückte langsam zu. Und alles hing an ihm.

Er konnte das nicht. Er war nicht gemacht für Verantwortung. Das hatte er Florine gesagt, damals am Teich. Er sah sie dort noch stehen, hinter sich das sanfte grüne Wasser, auf dem die Seerosen schwebten, an der Hand das Mädchen, ein dünnes blondes Ding, das ihn, halb hinter Florines Röcken versteckt, misstrauisch anstarrte.

»Ich bin nicht gemacht für Verantwortung«, hatte er ihr gesagt, und sie hatte ihn angelächelt und ihm eine Haarsträhne hinters Ohr gestrichen (diese Berührung, diese federleichte Liebkosung) und gesagt, »Du solltest es versuchen«, und noch am gleichen Abend hatte er einen Vertrag unterschrieben und durfte sich Lehrmeister nennen, und nur, weil er um jeden Preis der Mann sein wollte, den Florine in ihm sah.

Er drehte sich um und ging zurück zu seinen Schützlingen. Galina sah ihm entgegen, ängstlich und hoffnungsvoll zugleich.

Er setzte sich, schlug die Beine unter und suchte sich Papier und Tinte aus dem Endlosen Raum.

»Was machst du?«, fragte Galina.

»Das Einzige, was mir einfällt«, sagte er. »Ein Siegel malen.«

Er versuchte, den Umfang von Arkadis´ Wade möglichst genau abzuschätzen. Das Siegel durfte keinen Riss bekommen, es musste aber trotzdem an Ort und Stelle bleiben.

Er hielt Galina das Siegel des Endlosen Raumes hin. »Such schon mal Verbandszeug raus. Alles, was du finden kannst. Und eine robuste Verpackung. Da müsste doch noch der Lederbeutel sein, in dem die Nüsse waren.«

Galina gehorchte, ohne Fragen zu stellen. Yuriko konzentrierte sich auf das Siegel. Arkadis blutete. Er hatte nicht die Zeit, sich zu vermalen.

Er vollendete das Siegel und lud es mit Arkanum auf.

»So«, sagte er. »Arkadis, jetzt kommt der unangenehme Teil. Wir müssen den oberen Rand ein bisschen reinigen und alle, äh, Fetzen entfernen.«

»Ich mach das«, sagte Galina mit schwankender Stimme. »Du hältst ihn fest, ja?«

Arkadis nickte schwach. Sie zitterte so sehr, dass ihr die Zähne aufeinanderschlugen. Yuriko tauschte mit Galina Platz, zog Arkadis an sich und hielt sie umschlungen – tröstend, wärmend, was immer er beisteuern konnte. Galina machte sich an die Arbeit, und für geraume Zeit war nichts zu hören als Arkadis´ gequälte Atemzüge. Dann rollte ihr Kopf plötzlich gegen Yurikos Schulter. Sie war ohnmächtig geworden.

Galina schloss ihre Arbeit ab und reinigte mit einem Rest Wasser den oberen Rand der Wunde. Dann hob sie das Siegel auf.

»Meinst du wirklich …?«, fragte sie zaghaft.

»Ich hab keine bessere Idee«, sagte Yuriko. »Das ist eine schlimme Verletzung. Da ist haufenweise Dreck drin. Solange es im Endlosen Raum ist, blutet es nicht und fault auch nicht.«

»Aber er kann doch nicht für immer …«

»Wir haben keine Für-Immer-Lösung, Galina. Wir spielen auf Zeit, das ist alles.«

Galina nickte.

»Rauf bis zum Knie«, sagte Yuriko. »Schön vorsichtig. Die Tinte darf nicht verschmieren.«

Sehr behutsam schob Galina Arkadis´ Fuß durch das Siegel in den Endlosen Raum und zog das Siegel dann nach oben wie einen Strumpf. Das verletzte Bein verschwand, als hätte man es amputiert. Yuriko hielt einen Streifen Verbandsmaterial bereit. Gemeinsam klappten sie die Ränder des Siegelpapiers nach oben, falteten sie vorsichtig und fixierten das Siegel mit dem Verband. Dann zogen sie darüber, was sie finden konnten: einen abgeschnittenen Ärmel von Galinas Ersatzhemd, einige weitere Streifen Verbandszeug und zum Schluss den Lederbeutel. Yuriko zog sich sein Runenband aus dem Zopf und verschnürte den Lederbeutel am Stumpf, bis er fest und sicher saß.

»Ein milder arkaner Verstärker«, erklärte er. »Hilft nicht viel, aber ein bisschen.«

»Und ich dachte, du trägst das Band aus reiner Eitelkeit«, sagte Galina und zog die Nase hoch.

»Das auch«, sagte Yuriko. »Aber um mein Äußeres kann ich mich kümmern, sobald wir hier raus sind.«

»Aber wie …«

Yuriko sah zwischen Galina und Arkadis hin und her und dann hinauf zu dem Spalt, der in die Schwärze führte.

»Ich gehe einen Weg auskundschaften. Wenn ich den Ausgang gefunden habe, komme ich zurück und hole euch.«

»Aber hast du nicht gesagt, allein ist es viel zu gefährlich?«

»Das war, als wir noch eine Wahl hatten.« Yuriko rappelte sich auf. Er hörte noch, wie Galinas Atem schneller wurde, dann hatte er sie auch schon im Arm.

»Geh nicht«, weinte sie. »Lass mich nicht allein!«

»Ich bin nicht lange weg.«

»Als du das zuletzt gesagt hast, waren es fünf Jahre!«

»Galina, ich verspreche dir, ich bleibe keine fünf Jahre weg.«

Was als Scherz gemeint war, klang erschreckend unlustig. Galina schluchzte auf und zitterte am ganzen Leib. Er versuchte, sich loszumachen, aber sie hielt ihn fest, als gelte es das Leben.

»Bitte, bitte geh nicht.«

Er gab den Widerstand auf, hielt sie fest und wiegte sie sachte.

»Wir teilen uns die Arbeit«, sagte er. »Ja? Du bleibst hier und beschützt Arkadis. Ich suche den Ausgang. Ich bleibe nicht lang weg, versprochen. Wenn ich unterwegs einen sicheren Ort finde, hole ich euch nach.«

Er holte Padda aus der Tasche und hielt ihn Galina hin. Zögernd griff sie nach dem Kröter. Padda hatte die Augen aufgerissen und sah so elend aus, wie er nur konnte.

»Ich weiß nicht, ob ich das kann«, sagte sie zaghaft.

»Versuch's«, sagte er. »Du kannst viel mehr, als du glaubst.«

Er spähte in den Spalt. Ein zarter Luftzug strich ihm über das Gesicht. Florine und Seerosen und Mondlicht auf Wasser. Der Weg zu alldem führte da hinauf.

Er zog sich die Reste des Mantels von den Schultern und entledigte sich seiner Weste. Stemmte sich hoch, zog den Kopf ein und zündete sich die Hände an. Hielt inne, atmete sich ruhig. Nein, der Fels bewegte sich nicht auf ihn zu. Der Fels war hier seit Äonen.

»Ich hab Angst«, kam Galinas Stimme zu ihm.

»Ich weiß«, sagte er. »Ich auch.« Seine Stimme klang dumpf. Das Schaben seiner Kleider und Stiefel am Fels füllte ihm die Ohren. Ihm war kalt. Er machte mehr Feuer und schob sich voran.

Schnell kam er an die Stelle, an der Galina steckengeblieben war. Ein blassblaues Stückchen Stoff, aus ihrem Rock gerissen, hing an einer Felskante. Er schob sich vorsichtig daran vorbei, blieb trotzdem mit dem Zopf hängen und musste gegen die Panik atmen, ehe es ihm gelang, sich zu befreien.

Weiter ging es nach oben. Der Untergrund war schroff und zerriss ihm das Hemd. Sein eigenes Keuchen füllte ihm die Ohren. Er stemmte sich gegen den Fels, versuchte, die Knie unter sich zu bringen, aber es war zu wenig Platz. Handbreit um Handbreit schob er sich voran. Jenseits seines Lichtscheins war alles schwarz. Gelegentlich hielt er inne, um zu lauschen, aber da war nichts als das leise Knistern seiner Flammen und sein eigener gequälter Atem.

Weiter. An einem gähnenden, schwarzen Schacht zu seiner Linken vorbei, und dann weiter, so schnell es ging, weil er den Gedanken daran nicht loswurde, was womöglich aus dem Schacht gekrochen kam.

Ein Knick in der Felsspalte, um den er kaum herumkam. Panik, hier festzustecken für immer, die Mädchen im Stich zu lassen, länger wegzubleiben als fünf Jahre, hier zu sterben, mit einem Berg auf der Brust.

Mondlicht auf dem Teich. Schneeweiße Seerosenblüten, ihr Duft, so zart, dass man ihn nur wahrnehmen konnte, wenn man die Nase in die Blüte steckte. Florine, glitzerndes Wasser auf ihren nackten Schultern.

Yuriko atmete aus, zog den Bauch ein, drehte sich seitlich und wand sich aus der Engstelle.

Nach oben, immer weiter nach oben. Seine Arme erlahmten. Muskelkrämpfe bissen ihn in die Waden. Er hatte keine Ahnung, wie schnell er war, wie viel Strecke er zurückgelegt hatte, ob es überhaupt menschenmöglich war, auf diesem Weg an die Oberfläche zu gelangen. Und wie sie Arkadis auf diesem Weg transportieren wollten, war ihm ohnehin ein Rätsel.

Dann plötzlich ein Rauschen – sehr leise, mehr eine Vibration als ein Geräusch. Der kalte Luftzug wurde stärker. Yuriko weckte seine letzten Kräfte. Dann änderte sich der Widerhall, der Raum weitete sich auf, und dann waren da unverkennbar das Rauschen von Wasser und eine dünne Lichtspur.

Yuriko löschte das Feuer auf seinen Händen. Er setzte sich auf, wischte sich mit dem Rest seines Hemdsärmels den Schweiß vom Gesicht und sah sich um.

Das Licht war weit über ihm, blasser Himmel, Dutzende von Krötensprüngen entfernt, am oberen Ende eines Schachtes, in dessen Wand der Spalt ihn abgeliefert hatte. Vorsichtig beugte Yuriko sich über den Rand und schaute nach unten. Der Boden war sehr weit weg. Ein rascher Bach floss da, der schon von hier oben eiskalt aussah. An seinen Ufern hatte sich eine braune Schicht aus altem Laub angesammelt, und dort war tatsächlich eine Anlegestelle, an der ein Boot lag, Kiel nach oben.

»Gütiger Krötengeist«, flüsterte Yuriko. Hoffnung riss ihn auf die Beine. Irgendwie mussten die Bergleute da hinauf- und hinuntergekommen sein. Er hielt sich fest und beugte sich nach vorne.

Da verliefen Seile, schwarz und gekrümmt wie alte Baumwurzeln. Sie führten zu einem großen, stählernen Käfig, der an einer hölzernen Plattform angelandet war wie ein Boot. Der Aufbau befand sich schräg unter Yuriko, und da musste es wohl auch in den Berg hinein gehen. Er blies eine Feuerwolke in die Richtung, um besser zu sehen – ja, ein Bergwerkstunnel. Gegenüber gab es ähnliche Vorrichtungen und Seile, die von ganz oben in die Tiefe führten. Das war der Weg ins Freie. Sie hatten es geschafft.

Eine Bewegung erschreckte ihn, aber es war nur ein Blatt, das durch den Spalt nach unten segelte. Es leuchtete gelb in den schrägen Lichtstrahlen. Yuriko lehnte sich nach vorne und fing es aus der Luft. Es war feucht und roch nach Regen und Herbst. Er steckte es sich ins Hemd.

Er brauchte nur noch einen tauglichen Plan, wie er mit einer Verletzten und einer, die kein Seil klettern konnte, da hinunterkam.

Er betrachtete den Käfig. Soweit er erkennen konnte, lief der über eine Umlenkrolle und schien dazu gemacht, Menschen oder Dinge zu transportieren. Vielleicht ähnlich wie ein Flaschenzug. Weitere Seile verliefen an Yuriko vorbei nach oben. Er verrenkte den Hals. Eine weitere hölzerne Plattform mit einem großen, rechteckigen Loch, durch das vermutlich der Käfig passte. Aber was waren diese riesigen, steinfarbenen

Ausstülpungen über ihm an der Felswand? Wozu waren die gut? Säcke, die mit Erz gefüllt waren? Warum hängte man die in einen Schacht an die Wand? Yuriko zählte ein gutes Dutzend davon in unterschiedlichen Höhen. Wenn man an die herankam, konnte man vielleicht ein Seil draus drehen.

Er zog sich in den Spalt zurück. Dem Lichteinfall nach war es Spätnachmittag oder früher Morgen. Wie viel Wegstrecke hatten sie zurückgelegt? Wie lange hatte er geschlafen? Sein Zeitgefühl hatte ihn vollständig verlassen.

Egal. Er konnte nicht hier warten und zusehen, ob es dunkler oder heller wurde.

Er drehte sich, fädelte die Beine in den Spalt, schob sich in den schwarzen Schlund, bäuchlings, Füße voran. Er rutschte, kroch und krabbelte, keuchte und schürfte sich die Haut auf, fluchte unterdrückt, blieb hängen und befreite sich. Gelegentlich hielt er still und lauschte auf Würmer, doch die waren anderswo unterwegs. Vielleicht ging ja alles gut aus.

Dann stieß er mit den Füßen gegen einen Widerstand. Gleichzeitig veränderte sich das Echo – der Spalt weitete sich auf. Er verlor den Halt, rutschte ab, überschlug sich und stieß sich hart den Kopf. Das Feuer auf seinen Händen flackerte. Er richtete sich auf und blinzelte.

Eine Höhle, kaum mehr als eine Blase im Gestein, gerade so hoch, dass er gekrümmt sitzen konnte. In der Mitte hatten Tropfsteine eine Säule geformt. Vier Ausgänge, keiner davon mehr als ein schmaler Spalt im Fels.

Auf dem Weg nach oben war er hier nicht vorbeigekommen.

Er hielt sich an der Tropfsteinsäule fest und ließ die Erkenntnis einsinken. Er hatte es geschafft, sich zu verirren. In einem einzelnen Spalt ohne Abzweigungen. Das war entweder fortschrittliche Zauberei oder spektakulär dumm.

Er bekämpfte Panik. Er durfte nicht den Kopf verlieren. Er streckte die arkane Krötenzunge aus und spürte nach einer arkanen Signatur, die nicht seine eigene war. Nichts. Also. Irgendwo hatte er auf dem Weg nach oben eine Abzweigung übersehen und sie auf dem Weg nach unten versehentlich erwischt. Er würde den Fehler beheben und niemals ein Wort darüber verlieren.

Aber welchen Weg war er gekommen? Alles sah gleich aus.

Er leuchtete um sich, vollständig verwirrt, hörte selbst, wie sein Atem schnell und flach wurde. Brachte sich mühevoll zur Ruhe. Seerosen und Sonnenstrahlen und Teichwasser, sanft raschelndes Schilf, Libellen, die funkelten wie Edelsteine. Das kleine Krötenmädchen, wie es sich an seinen Daumen klammerte. Padda.

Wo war Padda?

Erneut streckte er die arkane Krötenzunge aus, tastete nach Paddas Signatur, als wolle er mit dem Kröter tauschen. Da war sie. Schwach, weit entfernt, aber vorhanden. Yuriko ließ sich ziehen, vorsichtig, wie am seidenen Faden, und landete an einem Spalt, durch den er garantiert nicht gekommen war. Er verlief knapp unter der Höhlendecke und erforderte heldenhaftes, geradezu übermenschliches Baucheinziehen.

Yuriko steckte Kopf und Schultern in den Spalt und blies Feuer. In kaum einer Armlänge Entfernung öffnete sich eine weitere Höhle, weitaus größer, ein Schienenfahrzeug darin, aufgehäufte Gesteinsbrocken zu beiden Seiten.

Schienenfahrzeug. Schienen. Anschluss an das Bergwerk. Yuriko zwängte sich in den Spalt. Hörte den Stoff seines Hemdes reißen, spürte, wie der Fels ihm den Brustkorb zusammenpresste, zog den Bauch ein, wie er noch nie den Bauch eingezogen hatte, verlor beinahe seine Hosen, geriet dann ins Rutschen und stürzte, brennende Hände voran, auf die Schienen.

»Au.«

Er zog sich die letzten Fetzen seines Hemdes vom Leib und wischte sich damit übers Gesicht. Es war kalt, und er schob ein bisschen Feuer nach, um nicht zu frieren. Er kam auf die Füße und sah sich um. Die Höhle war der anderen ganz ähnlich, in der sie die Karte und das Buch gefunden hatten, und hatte vermutlich den gleichen Zweck als Knotenpunkt erfüllt.

Er rief sich die Karte ins Gedächtnis. Wenn er Glück hatte – mehr Glück als Verstand – führten die Schienen zu dem Gitterkäfig am Flaschenzug, den er von oben gesehen hatte. Er rang kurz mit sich, ob er die Mädchen länger als zwingend nötig allein lassen sollte, aber schließlich war er aufgebrochen, um einen Ausgang zu finden, und es gab keine Möglichkeit, Arkadis durch den schmalen Spalt hinauf und dann an einem Seil hinunter zum Aufzug zu bekommen.

Er setzte sich in Bewegung. Verzichtete auf Stille und Heimlichkeit, rannte die Schienen entlang, so schnell er konnte, bog um eine Kurve, platzte aus dem Tunnel auf die Plattform und wurde vom eigenen Schwung beinahe über den Rand getragen. Keuchend hielt er sich am Gitterkäfig. Der hatte eine Tür und im Inneren eine kompliziert aufgehängte Seilwinde mit einem Kurbelrad. Hervorragend. Wie bestellt.

Yuriko machte auf dem Absatz kehrt und eilte zurück in die Kammer mit dem Schienenwagen. Jetzt nur noch von hier aus zurück zu den Mädchen finden.

Natürlich stimmte die Karte nur noch eingeschränkt, seit die Würmer sich durch den Stein fraßen, aber vielleicht hatte er noch einmal Glück. Probeweise schob er das Schienenfahrzeug an, aber die Räder gaben auf den Schienen ein fürchterliches Quietschen von sich. Er ließ das Schienenfahrzeug zurück – lieber das Glück nicht auf die Probe stellen.

Er spürte nach Padda und folgte der zarten arkanen Verbindung, blieb lange auf den Schienen, nahm dann eine Abkürzung durch einen schmalen Seitentunnel und musste ein paarmal umdrehen, weil der direkte Weg sich als Sackgasse erwies. Irgendwann kam er auf die Idee, die Abzweigungen zu markieren, und riss die Reste seines Hemdes vollends in Fetzen. Schließlich erreichte er einen weiteren Knotenpunkt. Tische an den Wänden, die Reste eines Schienenwagens in der Mitte und gedämpfter Feuerschein aus einem der Seitengänge.

»Galina? Arkadis?«

»Yuri!«

Sie kam ihm entgegengerannt und bremste auf den Hacken, als sie ihn sah. Padda saß auf ihrer Schulter und warf sich Yuriko todesmutig entgegen. Yuriko fing den Kröter aus der Luft und drückte ihn liebevoll an sich. Der Kröter grub seine Finger in Yurikos Brust und presste das Köpfchen gegen ihn. Sein Kehlsack flatterte.

»Alles wird gut«, murmelte Yuriko beruhigend. »Alles wird gut.«

»Wird es das?«, fragte Galina. »Hast du einen Ausgang gefunden?«

Yuriko grinste, holte das goldgelbe Blatt aus der Hosentasche und hielt es ihr hin. Galina fiel vor Erleichterung geradezu in sich zusammen, nahm das Blatt entgegen und drückte es an ihre Wange.

»Will ich wissen, warum du schon wieder halb nackt bist?«, fragte sie.

»Ich traf eine zauberhafte Bergfee, und sie entbrannte in Leidenschaft.« Yuriko setzte sich Padda auf die Schulter, wo der Kröter sich sofort in Yurikos Haaren eingrub.

»Aha. So, so. Nein, ernsthaft. Hattest du ... Schwierigkeiten?«

»Es war nur furchtbar unbequem. Aber keine Sorge. Der Rückweg ist viel einfacher.«

Arkadis war geisterhaft blass, aber bei Bewusstsein. Sichtlich erleichtert befühlte sie das Blatt und deutete dann auf ihren Beinstumpf, der in der Tat ein wenig gruselig aussah.

»Es ist ein Stück Wegstrecke«, sagte Yuriko, »aber keine Kletterei. Ich trage dich. Am Ende ist ein großer natürlicher Minenschacht. Es gibt eine Transportvorrichtung, mit der man nach oben kommt. Packt zusammen, Mädels. Wir gehen.«

Sie ließen sich nicht zweimal bitten. Yuriko zog sich die Reste seines Mantels an und nahm Arkadis auf den Rücken. Galina holte Holz aus dem Endlosen Raum und improvisierte eine weitere Fackel.

Dann marschierten sie los.

Yurikos Markierungen führten sie zuverlässig zurück zum großen Schacht. Dort angekommen, erwartete sie allerdings eine Überraschung.

»Was ist das?«, fragte Galina und hielt die Fackel näher.

»Keine Ahnung«, sagte Yuriko ratlos. »Vorhin war das noch nicht da.«

Ratlos starrten sie auf die seltsame Masse, die den Durchgang füllte – grau geflecktes, buckeliges Zeug, aus dem büschelweise dicke Borsten sprossen. Ein Zittern durchlief die Oberfläche, dann verschob sich die Masse. Galina machte einen Satz rückwärts. Ein baumdickes, haariges Bein mit viel zu vielen Gelenken wurde sichtbar.

»Motte von unten«, sagte Yuriko. »Die sitzt einfach vor unserem Fluchtweg.«

»Aber warum?«, wisperte Galina.

»Keine Ahnung«, sagte Yuriko. »Vielleicht, weil's bequem ist. Oder weil … oi. Ach du … großer Krötengeist. Ja, das ist jetzt Mist.«

»Was?!«

Vorsichtig ließ Yuriko Arkadis runter und half ihr, sich an die Wand zu setzen.

»Ich hab gerade ein paar Dinge begriffen«, sagte er. »Diese Würmer – das sind keine Würmer. Das sind Raupen. Und der Weg nach draußen, den ich gefunden habe – der führt direkt durch die Kinderstube. Sie sind verpuppt und hängen an den Wänden.«

»Und damit rückst du jetzt erst raus?«

Yuriko richtete sich auf. »Ich sehe die Zusammenhänge erst jetzt. Und es macht keinen Unterschied. Das ist unser Fluchtweg. Wir müssen raus aus dem Berg, bevor wir gefressen werden.«

Zwei Augenpaare starrten ihn entsetzt an, und er hob beschwichtigend die Hände. »Lasst mich nachdenken.«

Er betrachtete die Unterseite der Motte. Dass sie jetzt hier war, bewies, dass es draußen Morgen wurde, nicht Abend. Und vermutlich war sie nicht allein zurückgekommen.

Stille und Heimlichkeit erübrigten sich, sobald die erste Motte brannte. Sie mussten also kampfstark, schnell und zu allem entschlossen sein.

Sein Blick wanderte zu Galina. Zu allem entschlossen war sie immerhin.

Er ließ sich den Endlosen Raum geben und machte sich ans Siegelmalen.

Auf seinen eigenen und auf Galinas Fäusten brachte er Kraftverstärker an. Einen Arkanverstärker setzte er aufs Papier und brauchte dann geraume Zeit, bis er Padda dazu überredet hatte, die Sicherheit der Manteltasche lange genug zu verlassen, um das Siegel abzulecken. Padda verschwand mit einem Tauchsprung wieder in der Tasche, und Yuriko half Arkadis in die Höhe.

»Ich brenne die Motte am Eingang weg«, erklärte er. »Galina, du nimmst Arkadis. Ihr rennt raus, über die Plattform und in diesen Käfig rein, der da hängt. Schaut nicht rechts und nicht links! Überlasst mir den Rest.«

»Und du?«, fragte Galina wenig überzeugt.

»Ich bin direkt hinter euch«, sagte Yuriko. »Los.«

Er klatschte den Arkanverstärker auf den Bauch der Motte, sprang rückwärts und entließ einen weißglühenden, gebündelten Feuerstrahl direkt auf den Verstärker.

Die Motte zerplatzte spektakulär. Sie kippte nach hinten, aus dem aufgerissenen Leib quollen undefinierbare Innereien und klatschten in den Gang. Betäubender Gestank machte sich breit. Borsten verschmorten, während die Flügel noch zuckten. Klauen scharrten über den Stein.

Unglücklicherweise hatte der Feuerstoß nicht gereicht, um die Motte vom Podest zu fegen. Sie hing halb im Durchgang, halb über den Rand des Podests hinunter. Dann fing ein Flügel Feuer.

»Voran!«, schrie Yuriko. »Zügig!«

Er sprang auf den Bauch der Motte und warf einen Blick in den Schacht. Großfamilie Motte hatte sich vollständig um die Brut versammelt. Immerhin war der Käfig noch da.

Galina hatte Arkadis in die Höhe gezogen und hielt sie umschlungen. Arkadis hüpfte auf einem Bein, und beide rutschten und schlitterten in den schleimigen, stinkenden Eingeweiden. Yuriko streckte ihnen die Hände entgegen und übernahm Arkadis, zog sie zu sich auf die Motte und wuchtete sie mit Schwung auf die andere Seite. Galina kletterte ihr direkt hinterher. Rauch füllte die Luft. Feuerschein geisterte über die Wände, Schatten darin, die das spärliche Tageslicht schluckten. Yuriko schaute nach oben. Ganz offenbar wurden auch große Motten von Feuerschein angezogen.

Galina stützte Arkadis. Beide waren auf halbem Weg zum Käfig. Yuriko sprang von der Motte und rammte das Vieh mit aller Kraft. Er musste es nur über den Rand befördern, dann würde es brennend in die Tiefe stürzen und alle anderen Motten anlocken. Heldenhafte Flucht nach oben aus dem Minenschacht und …

Die Motte kippte über den Rand. Yuriko wurde nach vorne gerissen, verlor den Halt und fiel. Dann ein plötzlicher Ruck, der ihm schier den Arm auskugelte. Unter ihm war schwarze Tiefe. Über ihm war eine brennende Motte, die mit einem Flügel zwischen Plattform und Felswand feststeckte. Und Yurikos Leben hing an einem abrantinischen Mantel, dessen Ärmel sich in einem Widerhaken am Mottenbein verfangen hatte.

Yuriko hörte auf zu zappeln. Er spürte, wie er langsam aus dem Mantel rutschte. Ein Teil seines Verstandes fand es beruhigend, dass der Mantel mit Padda drin hier hängenbleiben würde, während er abstürzte. Der Rest von ihm wollte nicht sterben.

Er hörte Galina schreien, aber er konnte nicht antworten. Er musste auf die Haltbarkeit abrantinischer Nähte vertrauen. Er warf sich herum, bekam mit der freien Hand das Mottenbein zu fassen und zog sich hoch. Durch den Rauch drang bedrohliches hölzernes Knarren zu ihm. Kam jetzt die Plattform runter? Die Motte schwankte. Yuriko baumelte an ihrem Bein und wurde heftig gegen die Felswand geschleudert. Etwas riss mit hässlichem Geräusch – nicht der Mantel – und es ging ein ganzes Stück abwärts. Yuriko begann zu klettern. Er sah nichts nach oben, aber es fühlte sich an, als hinge die Motte nur noch am seidenen Faden.

Ein großer, dunkler Schatten verwirbelte den Rauch, senkte sich von oben auf ihn hinunter. Er holte tief Luft, riss Arkanum an sich.

»Yuri!«

Galinas Stimme. Der Schatten war keine Motte, sondern der Aufzugkäfig. Er zerbiss sich den Feuerball im letzten Augenblick auf der Zunge.

»Nach oben, Galina! Was willst du denn hier unten!«

»Spring!«

Der Aufzug sank an ihm vorbei. Auf seinem Weg nach unten riss er ein Stück von der brennenden Motte ab. Yuriko sprang.

Er landete bäuchlings auf dem Dach des Käfigs. Keuchend klammerte er sich fest, während um ihn brennende Mottenteile in die Tiefe stürzten. Der Käfig schaukelte. Galina im Inneren stolperte gegen das Gitter. Arkadis kauerte am Hebel.

»Nach oben!«, schrie Yuriko.

»Ich kann nicht bremsen!«, schrie Galina zurück. »Irgendwas ist kaputt!«

»Jetzt schieb es nicht auf den Aufzug! Sieh zu, dass du …«

Ein gewaltiger heißer Wind von oben. Flügelschlag, ausgefahrene Klauen, riesengroße Insektenaugen. Yuriko wälzte sich auf den Rücken und zimmerte der Motte einen Feuerstrahl aufs Maul. Sie wurde nach oben weggerissen und verschwand im Rauch, eine Funkenspur hinter sich herziehend, doch dann kamen sie von allen Seiten. Yuriko schrie und stieß eine Feuerlohe aus, die zwei von den Biestern einhüllte, und dann war die zurück, die er mit dem Feuerstrahl getroffen hatte, sie war offensichtlich tot, was sie nicht daran hinderte, einfach auf Yuriko draufzufallen.

Etwas krachte. Seine Rippen vielleicht. Im letzten Augenblick hatte er die Arme hochgerissen und sich und Padda einen

Fingerbreit Luft bewahrt, doch der riesige Kadaver drückte gnadenlos auf ihn herunter. Die Welt war plötzlich schief und sehr beschleunigt. Galina schrie. Yuriko brachte ein Knie hoch, sammelte all seine Kraft und wand sich unter der toten Motte hervor. Der Käfig schaukelte wild, prallte gegen die Felswand und schlug Funken. Yuriko krallte sich ans Gitter – irgendwas war mit dem Seilwerk nicht in Ordnung, es lief ungebremst durch die Rollen und brannte dabei. Die Motte rutschte über den Rand. Geistesgegenwärtig griff er zu, packte ein Mottenbein und zerrte die Motte rückwärts, spie einen Flammenstrahl, so heiß und heftig er konnte, trennte damit tatsächlich das Bein vom Kadaver, packte die hornige Klaue und rammte sie in die Seilführung.

Es rauchte und stank. Der Aufzug ächzte und wurde langsamer. Yuriko hing an der Mottenklaue, mit aller Kraft, die er aufbringen konnte. Der Aufzug kam zum Stehen. Yuriko schielte nach unten. Zwischen der Kante des Käfigs und dem felsigen Grund waren vielleicht zwei Handbreit Luft.

Er ließ die Mottenklaue los. Das Seil gewann Spiel. Der Käfig ruckte, setzte auf und kippte zur Seite. Mit wackeligen Knien richtete Yuriko sich auf. Über ihnen kreisten die Schatten.

Galina trat von innen gegen die verbogene Tür, bis sie aufsprang. Sie kletterte hinaus, Arkadis folgte kriechend.

»Boot«, keuchte Yuriko.

Galina half Arkadis auf. Der Untergrund fiel steil zum Flussufer ab und war bedeckt mit kantigen Felsbrocken und allerlei Unrat, der aus dem Mottennest gefallen war. Ein Stück abseits lag der brennende Kadaver der Motte und beleuchtete schaurig die Umgebung.

Der Bootsanleger war etwa einen Steinwurf entfernt. Yuriko erreichte ihn zuerst. Das Boot lag kieloben auf einem abgeflachten Uferstreifen. Yuriko wuchtete es herum und sah sich nach Rudern um – keine Ruder – was bei seinen Ruderkünsten vielleicht nicht viel Unterschied machte. Blick nach oben – dort flatterten immer noch die Motten, schemenhaft erkennbar zwischen all den Rauchschwaden.

Er rannte zurück und übernahm Arkadis. Galina schob das Boot ins Wasser und kämpfte mit der Strömung, die ihr das Boot zu entreißen drohte. Arkadis zog sich über die Reling und ließ sich fallen. Yuriko packte den Bootsrand und grub die Hacken in den steinigen Untergrund, bis Galina an Bord war. Dann gab er der Strömung nach und ließ sich von Galina ins Boot ziehen.

Nur wenige Atemzüge, und ein schwarzer Tunnel hatte das Boot geschluckt. Das Rauschen des Wassers brach sich hart an den Wänden.

Yuriko fühlte sich bis ins Innerste ausgebrannt. Er kratzte ein Flämmchen zusammen, setzte es sich auf die Hand und richtete sich auf.

»Fackel bitte«, sagte er. »Ich brauche eine Pause.«

»Du hast den Endlosen Raum«, sagte Galina, die im Bug kauerte.

»Nein, du«, sagte Yuriko.

»Nein, du«, sagte Galina.

Sie sahen sich an. Sie sahen Arkadis an. Arkadis hob die Hände.

»Unsere Ausrüstung«, jammerte Yuriko. »Die Fackeln! Das Essen! Das Schreibzeug! Großer Krötengeist, das Schreibzeug!«

»Du hattest ihn zuletzt«, sagte Galina. »Du hast die Siegel gemalt!«

»Und dann hab ich ihn dir zurückgegeben!«

»Hast du nicht!«

»Hab ich doch!«

Arkadis schlug mit der flachen Hand gegen den Bootsrand, riss beide Hände in die Luft und zeigte auf ihren Beinstumpf.

»Mach dir keine Sorgen«, sagte Yuriko. »Wir kriegen das alles hin. Da, wo wir aus dem Berg rauskommen, ist irgendwo eine Stadt, da gibt es Essen und Ärzte und alles, was wir brauchen.«

»Von welchem Geld?«, begehrte Galina auf.

»Überleg ich mir, wenn es so weit ist«, sagte Yuriko erschöpft. »Bitte immer eine Katastrophe nach der anderen.«

Er konzentrierte sich auf die Flamme in seiner Hand. Versuchte, sie ein bisschen zu vergrößern, gab auf, weil er Angst bekam, die Hand zu verlieren.

Der dunkle Fluss trug sie rasch dahin. Galina lehnte sich über den Rand, schöpfte Wasser mit der hohlen Hand und trank. Yuriko tastete nach Padda. Der schien alles gut überstanden zu haben, weigerte sich aber strikt, die Tasche zu verlassen.

Dann geriet etwas in den Lichtschein, es hing von der Tunneldecke, ein Hinweisschild mit – schon vorbei.

»Konntest du das lesen?«, rief Galina über das Rauschen hinweg, das stetig lauter wurde.

»Nein«, sagte Yuriko. »Es hatte ein Warnzeichen, aber wovor würde man …«

»Kopf einziehen!«, schrie Galina und duckte sich. Yuriko ließ sich zur Seite kippen. Gerade noch rechtzeitig, bevor ein dicker Tropfstein aus der Dunkelheit auftauchte und über ihn hinwegzog.

»Ergibt Sinn«, ächzte er und blieb vorsichtshalber gleich liegen.

Das Boot schaukelte immer heftiger. Wasser klatschte ins Boot. Das Rauschen steigerte sich zu einem Brüllen. Sie wurden gegen Fels geschleudert. Holz krachte. Dann war es plötzlich sehr hell, Himmel über ihnen, der sich schwindelerregend drehte, Bäume und hohes Schilf huschten durch Yurikos Blickfeld. Es war warm.

Er richtete sich auf. Die Strömung zog sie hinaus auf einen See. Sonne glitzerte auf den Wellen. Der Berg lag hinter ihnen.

Kapitel 7
Der geheime Garten

Ich sehe deine Stadt immer noch nicht«, sagte Galina.

»Ja«, sagte Yuriko erschöpft. »Ich weiß.«

Die Welt war ein Dampfbad. Sie waren seit Tagen umgeben von Wasser, Schilf und Insektenschwärmen. Gelegentlich erhoben sich kleine Inseln aus dem Wasser, ein Geflecht aus knorrigen Bäumen, die sich mit ihren Wurzeln aus dem Wasser stemmten, und undurchdringlichem Gestrüpp. Der Fluss, dem sie aus dem See und weiter Richtung Süden gefolgt waren, hatte sich längst in ein Gewirr aus Seitenarmen aufgelöst. Meist war das Wasser nicht mehr als hüfttief. Als die Strömung sie verlassen hatte, hatte Yuriko lange, kräftige Äste von einem Baum gebrannt, die sie seitdem als Staken verwendeten. Wohin die Reise ging, wussten sie alle nicht. Der Plan, nach Osten abzubiegen, um die Hafenstadt Malika zu erreichen, war jedenfalls grandios gescheitert. Es öffnete sich keine Wasserstraße nach Osten. Zweimal hatten sie versucht, sich den Weg durch das Schilf zu bahnen, doch beide Male waren sie mit dem Boot steckengeblieben und hatten sich bis zur Erschöpfung abplagen müssen, um es wieder freizubekommen.

Gleich am ersten Tag hatte Arkadis ihnen bedeutet, sie sollten unter keinen Umständen einfach das Wasser trinken. Sie hatten Rindengefäße improvisiert und begonnen, Trinkwasser abzukochen, indem Yuriko Feuer darüber blies, aber das meiste versickerte aus den undichten Behältnissen, ehe es ausreichend abgekühlt war. Andauernder Durst quälte Yuriko, und seit geraumer Zeit dachte er, wenn er nicht ans Trinken dachte, nur noch ans Essen. Es war zermürbend.

Padda war der Einzige, der in dieser Umgebung aufblühte. Seine Haut glänzte wie ein polierter Halbedelstein, er sonnte sich im Bug und quakte fröhlich, während Yuriko und Galina sich abmühten, das schwere Boot durch Schilf und Schlingpflanzen vom Fleck zu bekommen. Die Diät aus Käfern und Wasserläufern bekam ihm gut, er hatte sichtbar an Gewicht zugelegt und sah so prächtig aus wie nie.

»Wir stecken fest«, keuchte Galina. »Schon wieder.«

»Ich kümmere mich drum.«

Yuriko schob die Beine über den Bootsrand und ließ sich ins Wasser gleiten. Er aktivierte sein Siegel, tauchte unter und kämpfte kurz und heftig mit der Versuchung, einfach den Mund zu öffnen und die trübe Brühe zu trinken.

Das Boot hatte sich in einem versunkenen Ast verfangen. Er schob das Boot rückwärts und zur Seite, und es kam frei. Er hatte inzwischen Übung. Fehlte nur, dass ihm Schwimmhäute zwischen den Fingern wuchsen. Er tauchte auf und wurde im gleichen Augenblick von Padda angesprungen.

»Spaßvogel«, schimpfte er und pflückte sich den Kröter aus dem Gesicht. »Ich hab dir gesagt, du sollst nicht mehr ins Wasser gehen. Hast du die Schlange von gestern vergessen?«

»Ich erinnere mich an die Schlange«, kam Galinas Stimme aus dem Bug. »Ich hätte sie gebraten und gegessen, wenn du sie nur gekriegt hättest.«

»Bitte entschuldige, dass die Schlangenjagd nicht zu meinen zahlreichen wertvollen Fähigkeiten gehört!«

Arkadis′ Hand erschien über dem Bootsrand.

»Wir streiten nicht!«, begehrten Yuriko und Galina gleichzeitig auf. Arkadis ballte die Faust und ließ einen Finger stehen. Yuriko stöhnte wild. Er wollte Padda zurück ins Boot befördern, doch der ruderte in der Luft und gab erst Ruhe, als er auf Yurikos Schulter saß. Plötzliche Anspannung schwappte von ihm zu Yuriko. Der machte, dass er ins Boot kam, packte den angespitzten Stock, der ihm gestern schon als Waffe hätte dienen sollen, und starrte angestrengt ins Wasser.

»Was ist los?«, fragte Galina.

»Weiß ich nicht«, sagte Yuriko. »Schlange vielleicht. Padda hat etwas angezeigt.«

Im Nu hing auch Galina über dem Bootsrand und spähte ins Wasser.

Die schlammigen Wellen plätscherten gegen das Boot. Irgendwo krächzte ein Vogel. Insekten schwirrten. Die schwüle Luft presste Yuriko den Schweiß aus allen Poren. Er hielt den improvisierten Speer bereit. Er hatte keine Chance, aber die wollte er nutzen.

Da. Eine Bewegung, aber kein Fisch und auch keine Schlange. Wie Fettaugen auf der Suppe glitt das Ding – wenn es überhaupt eines war – auf das Boot zu und umrundete es. Kristallklares Wasser, das sich nicht mit der schlammigen Brühe rundum mischte.

Ein Prickeln entstand in Yurikos Schulter, dort, wo der Najade ihn markiert hatte, und lief ihm über den Arm. Konnte das …? Das konnte nicht. Nein, unmöglich. Er hatte die Grazien abgehängt. Er hatte sich von einem Berg verschlucken und wieder ausspeien lassen, um sie abzuhängen.

Er wischte sich über die Augen und zwinkerte. Da war nichts. Kein seltsames Wasser, kein Fisch, keine Schlange.

»Fahren wir weiter«, sagte er. »Wer weiß, was Padda gesehen hat.«

Unter Aufbietung aller Kräfte brachten sie das Boot voran. Sie sahen längst nicht mehr nach der Himmelsrichtung, sondern schlugen sich dort durch, wo die dichte Vegetation es zuließ. Das Schilf zu beiden Seiten war so hoch, dass es ihnen vollständig die Sicht nahm. Sie fuhren wie durch eine raschelnde, grüne Wand, die sich vor ihnen auftat und sich direkt hinter ihnen wieder schloss. Zu hören war nichts als das leise Plätschern des Wassers rund um das Boot und das endlose, nervtötende Summen und Zirpen von Insekten. Einmal störten sie einen großen, langbeinigen Vogel, der mit klatschendem Flügelschlag das Weite suchte, und Yuriko blieb beinahe das Herz stehen.

»Was bist du denn so angespannt«, sagte Galina. »Ist was?«

»Du meinst, abgesehen davon, dass wir völlig orientierungslos durch eine Wasserwüste irren?«

»Du wirkst, als würdest du dich verfolgt fühlen.«

»Ach was«, sagte Yuriko großspurig. »Wer sollte uns denn verfolgen.«

»Ich weiß auch nicht«, sagte Galina misstrauisch.

»Und wenn, würde ich als Erstes schauen, ob man ihn essen kann«, sagte Yuriko.

Die Sonne stand schon tief, als sie sich einer Insel näherten, die aus mehr bestand als einem Geflecht von stelzenartigen Baumwurzeln und Dornengestrüpp. Es gab sogar einen schmalen, sandigen Uferstreifen. Mit letzter Kraft schleppten sie das Boot aus dem Wasser. Unerträglicher Durst quälte sie, doch sie hatten Glück: Einer der Bäume trug riesige, tropfenförmige Früchte mit harter Schale. Das Innere war faserig und durchsetzt mit schwarzen Kernen, ließ sich aber leicht herausschaben. Das Wasser, das Yuriko darin erhitzte, schmeckte sandig und bitter und besser als der edelste Wein. Endlich vom Durst befreit, kehrten ihre Lebensgeister zurück.

»Lasst uns ein Lagerfeuer machen«, sagte Galina. »Wenn es ordentlich raucht, hält es vielleicht die Insekten fern.«

»Oder lockt andere an«, sagte Yuriko. »Motten zum Beispiel.«

»Wir haben keine gesehen, seit wir hier sind«, widersprach Galina. »Die entfernen sich nicht so weit von ihrem Berg, und wenn, dann nach Norden.«

»Hast du ihnen das gesagt? Sonst wissen sie es vielleicht nicht.«

Galina stemmte die Fäuste in die Seite. »Was hast du gegen ein Feuer? Ausgerechnet du?«

»Nichts«, sagte Yuriko schweren Herzens. »Also, mach dein Feuer.«

Er brachte die warnende Stimme in sich zum Schweigen. Es war die Hitze gewesen. Der Durst. Sein überreizter Geist. Sie hatten genug Probleme, ganz ohne eingebildete Najaden.

Er trug einen Armvoll der holzigen Schlingpflanzen zusammen, die es hier überall gab und die gut brannten. Arkadis und das Boot behielt er in Sichtweite, doch als er zurück zu ihr wollte, lag da plötzlich ein Baumstamm quer über dem Uferstreifen, dick und nass glänzend, bedeckt von schrundiger Borke. Sein hinteres Ende lief schmal zu und sah aus wie ein Schwanz, und vorne hatte der Baumstamm Zähne.

Yuriko legte sein Feuerholz ab.

Viele Zähne. Und kleine Stummelbeine, mit denen der Baumstamm sich erstaunlich flink über den Uferstreifen bewegte. Auf Arkadis zu, die, ans Boot gelehnt, im Schatten saß.

»Oi!«

Yuriko warf einen Feuerball und traf das Baumstammvieh an der Flanke. Der Aufprall warf es auf die Seite, doch ebenso schnell kippte es zurück auf seine Stummelbeine. Es rauchte und zischte, drehte sich zu Yuriko und riss das Maul auf.

Weit. Gütiger Krötengeist, das Ding riss sein Maul auf bis zum Schwanz. Yuriko versenkte einen Feuerball im Schlund des Ungeheuers. Das gab ein tiefes, rumpelndes Knurren von sich und wälzte sich in Richtung Wasser. Yuriko setzte nach und hüllte das Untier in eine Feuerlohe, bis es aufhörte zu zucken.

»Was machst du?«, kam Galinas entgeisterte Stimme von hinten.

»Abendessen« keuchte er. »Allerdings ist Kochen nicht meine Stärke.«

Galina erschien hinter ihm. Gemeinsam beugten sie sich über das reglose Tier, dessen Schuppenpanzer noch glühte.

»Riecht gar nicht so schlecht«, sagte Galina.

»Am besten schmeckt immer das zwischen dem Rohen und dem Verbrannten«, sagte Yuriko.

Galinas Hunger war groß genug, damit sie sich das Messer von Arkadis lieh und, ohne mit der Wimper zu zucken, den Schuppenpanzer aufbrach. Das Fleisch darunter war zartrosa und kaum verbrannt. Sie brieten es über dem Feuer und aßen, bis sie nicht mehr konnten. Yuriko säuberte einen flachen Stein, schob ihn ins Feuer und legte das restliche rohe Fleisch darauf, damit es fürs Frühstück garte. Arkadis döste am Feuer. Sie hielt sich wacker auf eineinhalb Beinen, aber die Verpackung um das Siegel sah inzwischen reichlich mitgenommen aus. Yuriko war nicht ganz sicher, was passierte, wenn das Siegel den Geist aufgab. Würde Arkadis′ Bein ohne den Rest von ihr drüben im Endlosen Raum bleiben, oder würde der Rest von Arkadis das Bein zurück in die Heimatdimension ziehen? Und was war besser?

Das Geräusch von reißendem Stoff holte ihn aus seinen Gedanken. Galina hatte sich an ihrer Kleidung zu schaffen gemacht. Beherzt setzte sie das Messer an und säbelte einen Schlitz in das verblichene Gewebe, der vom Saum bis weit hinauf in die Regionen reichte, die eine anständige Frau unter allen Umständen bedeckte.

»Was wird das denn, wenn's fertig ist?«, sagte Yuriko.

»Eine Hose«, sagte Galina und zerrte an ihrem Rock, um die Rückseite nach vorne zu holen.

»Oder vielleicht nur ein kaputter Rock«, sagte Yuriko.

Galina richtete sich auf, das Messer in der Faust, und zeigte mit der Klinge auf Yuriko.

»Ich hab's satt«, sagte sie. »Immer das Gewurstel mit den Röcken. Für euch ist alles doppelt so schnell und doppelt so einfach, nur ich habe ständig mit meinen Kleidern zu tun.«

»Aber Frauen tragen nun mal Röcke«, sagte Yuriko und schielte verunsichert auf das Messer.

»Ich nicht«, sagte Galina und säbelte weiter an ihrem Rock herum. »Ich lasse mich nicht länger einschränken.«

»Von mir aus«, sagte Yuriko. »Hauptsache, ich muss nicht spontan erblinden, sobald du ein wenig Knie zeigst.«

»Mach dir keine Hoffnung«, sagte Galina. »Langer Rock ergibt lange Hose.«

Ein wenig ratlos sah Yuriko zu, wie sie sich den Unterrock herunterzerrte, ihn abschüttelte und dann begann, ihn in lange Streifen zu schneiden. Damit improvisierte sie eine Schnürung und schneiderte sich ein Kleidungsstück zurecht, das schließlich tatsächlich einer Hose ähnelte. Zum Schluss zog sie sich die Haube vom Kopf und warf sie ins Feuer.

»Das war nicht schlau«, sagte Yuriko. »Morgen wird's wieder heiß.«

»Schlau nicht«, sagte Galina und schüttelte sich ihr Blondhaar über die Schultern, »aber sehr befreiend.«

Sie verbrachten eine unruhige Nacht. Yuriko war erst zu angespannt, um zu schlafen, und dann zu erschöpft, um es nicht zu tun. Er wurde das Gefühl nicht los, dass sie in dieser Wüste aus Wasser und Schilf nicht allein waren. Jede plätschernde Welle, jeder Vogelruf, jedes Knacken im Gestrüpp versetzte ihn in Alarmbereitschaft. Irgendwann dämmerte es, und sie brachen auf, um die vergleichsweise kühle Tageszeit zu nutzen. Als es hell wurde, waren am Horizont Berge zu sehen, und sie schöpften Hoffnung, doch mit der steigenden Sonne entpuppten die Berge sich als Trugbild aus Wolken und niedrigen Nebelschleiern.

Yuri konnte sich beim besten Willen nicht vorstellen, dass jemand hier einen Garten anlegte, und wenn doch, wie der zu finden sein sollte, ohne Straßen. Vermutlich war Meister Gimm hier gestrandet und untergegangen, und ihnen würde es womöglich ähnlich ergehen.

Er verlor kein Wort über seine Ängste. Wenn Galina Ähnliches äußerte, lachte er sie aus.

»Wir sind ja schon fast durch«, sagte er dann. »Wie groß soll so eine Pfütze schon sein?«

Nur an Padda prallte der Ernst der Lage nach wie vor völlig ab. Er, der sonst unauffällig braun gefleckt war, hatte sich am Bauch quittengelb ausgefärbt und brachte kleine kupferfarbene

Tupfer auf dem Rücken hervor, die Yuriko nie an ihm gesehen hatte. Er erschien außerdem größer und auf eine Art präsent, dass Yuriko sich nicht gewundert hätte, hätte er angefangen zu sprechen. Leider ließ er sich trotzdem nicht begreiflich machen, dass das Boot für ihn der sicherste Platz war. Mehrmals fing Yuriko ihn wieder ein, bevor er ins Wasser springen konnte. Einmal fiel er dabei selbst ins Wasser und fand sich Aug in Aug mit einem Fisch, der mehr Zähne hatte, als ein Fisch haben sollte. Eilig schubste Yuriko Padda zurück ins Boot und kletterte hinterher. Er setzte sich den Kröter auf die Hand und brachte ihn nahe vor sein Gesicht.

»Hör zu, Padda. Das hier ist nicht der Teich hinter dem Haus. Du musst bei mir bleiben, damit ich dich beschützen kann. Oder willst du als Schlangenfrühstück enden?«

Padda blies den Kehlsack auf.

»Du mich auch«, knurrte Yuriko und stopfte sich den Kröter in die Manteltasche.

Die Nachmittagssonne brannte gnadenlos auf sie herunter. Arkadis war auf der Ruderbank zusammengesunken, den starren Blick auf ihren Beinstumpf gerichtet. Galina stakte mit hochrotem Gesicht und Todesverachtung. Rund um das Boot war nichts als Schilf und schlammiges Wasser und Schwärme unsichtbarer Insekten, die Yuriko mit ihrem Summen, Zirpen und Schnarren um den Verstand brachten.

Er beugte sich über den Bootsrand und schöpfte Wasser in die hohle Frucht, die ihnen immer noch als Gefäß diente. Vorsichtig fischte er eine kleine Kaulquappe heraus und entließ sie ins Schilf, dann blies er Feuer über das Wasser, bis es kochte. Er nahm die zweite ausgehöhlte Frucht und goss das Wasser ein paarmal hin und her, damit es schneller abkühlte, dann hielt er Galina das Gefäß hin.

»Danke, aber mir ist schon schlecht«, murrte sie.

»Trink«, sagte er. »Du stehst kurz vor dem Kollaps.«

Galina murmelte etwas Unfreundliches und ließ ihren Ast fallen. Yuriko gab ihr das Gefäß und fischte eilig den Ast aus dem Wasser. Das Boot schaukelte, als er sich über den Rand lehnte. Arkadis griff nach dem Bootsrand, um die Bewegung auszugleichen, Ihr Beinstumpf rutschte von der Bank, und dann, mit einem leisen Rascheln, gab das Siegel den Geist auf.

Arkadis zog scharf die Luft durch die Zähne. Die Verpackung war abgefallen, Arkadis´ Bein war wieder an Ort und Stelle und sah genauso übel zugerichtet aus wie direkt nach dem Angriff. Aufgeweichte Papierfetzen waren alles, was vom Siegel übriggeblieben war.

»Verdammt«, sagte Yuriko. »Damit war zu rechnen, früher oder später, aber ... ja, verdammt.«

Arkadis machte eine hilflose Geste.

»Was machen wir denn jetzt«, sagte Galina bestürzt.

»Improvisieren«, sagte Yuriko. »Wie immer.«

An der nächsten geeigneten Stelle brachten sie das Boot an Land. Arkadis litt augenscheinlich schlimme Schmerzen, und schweren Herzens erklärte Yuriko ihr, sie müsse sich noch eine Weile gedulden. Von Galina ließ er sich die Reste des Unterrockes geben. Eine der Stoffbahnen war vor ihrer Zerstörungswut verschont geblieben.

»Sehr gut«, sagte Yuriko. »Fehlen nur noch Feder und Tinte. Galina, pass auf Padda auf, ja? Das hier kann ein bisschen dauern, und er hat immer noch diesen ungewöhnlichen Bewegungsdrang.«

Galina nickte und nahm den Kröter entgegen.

Yuriko opferte ein Stück des Unterrockes für seine Versuchsreihe. Rührte eine dicke Pampe aus Wasser und Asche und trug sie mit einem Hölzlein auf, doch die Asche verflog, sobald der Brei antrocknete, und färbte das Gewebe nicht ausreichend. Pflanzensaft klumpte und klebte. Das Hölzlein faserte auf. Die Sonne stieg. Galina brachte ihm Wasser zum Abkochen, und er blies einen Feuerstrahl hinein, ohne richtig aufzumerken.

Ein langer, gebogener Dorn von einem Busch erwies sich schließlich als taugliches Schreibgerät. Yuriko flachte die Spitze ein wenig ab, sah dann auf seine Hände hinunter, seufzte klaftertief und ließ sich das Messer geben. Besorgt sah Galina zu, wie er die Klinge mit Feuer säuberte und sich einen kleinen Schnitt am Unterarm setzte. Blut quoll hervor, und Yuriko begann zu malen.

Es war unendlich mühsam. Die Sonne hatte die letzten Schatten längst gefressen, als das Siegel fertig war. Yurikos Arm sah aus, als hätte er sich im Dornbusch gewälzt, und fühlte sich auch so an, aber er verbot sich zu jammern. Arkadis litt viel schlimmere Schmerzen. Sie saß am Boot, in sich zusammengesunken, schweißüberströmt, und biss die Zähne zusammen, dass es knirschte. Galina war bei ihr, konnte aber auch nicht mehr tun, als ihre Hände zu halten.

Yuriko testete das Siegel mit einem Zweig voll Laub und kleiner Blüten. Er verschwand im Siegel und ließ sich unversehrt wieder hervorholen. Das war zumindest ein gutes Zeichen.

Er nahm das Siegel mit zu Arkadis und kauerte sich vor sie.

»Das ist jetzt nicht ganz ohne Risiko«, sagte er. »Blut hat arkane Eigenschaften, die schwer zu beherrschen sind, und ich hab viel zu wenig Ahnung von Blutzauberei. Willst du es versuchen?«

Sie nickte heftig. Ihr Gesicht war schmerzverzerrt. Galina ging ihm zur Hand, und gemeinsam zogen sie das Siegel bis hinauf zu Arkadis' Knie und verpackten es, so gut sie konnten.

Immerhin war Arkadis sofort schmerzfrei. Sie drückte Yurikos Hände und nickte ihm zu.

»Keine Ursache«, sagte er. »Sei vorsichtig damit. Es muss halten, bis wir diesen Garten gefunden haben.«

»Wenn es ihn gibt«, murmelte Galina. »Wenn er nicht einfach nur eine Erfindung ist.«

»An Legenden ist immer etwas Wahres dran«, sagte Yuriko. »Nimm Yuriko den Legendären als Beispiel.«

»Als Beispiel für was«, murrte Galina. »Prahlerei und Eitelkeit?«

»Unfassbare Größe«, sagte Yuriko. »In jeder Hinsicht. So. Lasst uns über Nacht hierbleiben. Die Sonne geht ohnehin bald unter, und ich möchte nicht draußen auf dem Wasser sein, wenn es dunkel wird.«

Arkadis nickte. Sie wirkte erschöpft nach einem halben Tag voller Schmerzen, und er hob sie vorsichtig aus dem Boot und bettete sie auf dem schmalen Uferstreifen. Galina ging Feuerholz suchen, und Yuriko hielt Ausschau nach einem Baumstammtier oder wenigstens einer Schlange, aber kein lebendes Wesen ließ sich blicken.

Sie rückten am Feuer zusammen. Die Nacht war laut. Padda drehte sich ruhelos in seiner Tasche, bis Yuriko den Kröter herausnahm und ihn sich unter dem Hemd auf die Brust legte. Der Hautkontakt schien Padda zu beruhigen. Müdigkeit ergriff Yuriko, und er döste am Feuer ein.

»Da ist jemand.«

»Huh?«

Galina, die ihn an der Schulter rüttelte und besorgt auf ihn hinuntersah.

»Da ist jemand am Lager.«

Yuriko setzte sich kerzengerade auf. Padda fiel ihm in den Schoß und quakte ungnädig, und er klaubte den Kröter auf und drückte ihn schützend an sich.

»Bist du sicher?«

Galina starrte angestrengt in die Dunkelheit.

»Das werden wir gleich haben«, sagte Yuriko.

Das Buschwerk war zu nass, um anständig zu brennen, aber immerhin hatte Yuriko binnen kurzer Zeit jeden Winkel rund um das Lager ausgeleuchtet. Vergeblich.

»Dein Verfolgungswahn hat mich angesteckt«, sagte Galina missmutig. »Was für ein Unfug. Wer sollte auch hier ums Lager schleichen? Hier wohnt doch niemand.«

Während sie sprach, starrte Yuriko auf etwas, das unmöglich da sein konnte. Zuerst hatte er es für ein vertrocknetes Stück einer Schlingpflanze gehalten, aber es war ein schmales

Lederband, das da in Augenhöhe – ihrer, nicht seiner – im Geäst hing. Auf dem sandigen Boden meinte er einen Fußabdruck zu erkennen – klein, selbst für eine zierliche Frau.

Vor sich hin schimpfend ging Galina zum Lager zurück. Yuriko pflückte die Arkanfessel mit spitzen Fingern aus dem Busch, rollte sie zusammen und verstaute sie in der Manteltasche. Er ließ das Feuer auf seiner Hand verlöschen und starrte in die Dunkelheit. Lauschte auf einen anderen Atem. Auf das Knirschen leichter Schritte.

Immerhin hatte sie sich nicht angeschlichen und versucht, ihm im Schlaf die Kehle durchzuschneiden. Sie hatte ihm die Fessel zugespielt. Was war das? Eine Herausforderung? Ließ sie ihn wissen, er würde einen Vorteil benötigen, um gegen sie zu bestehen? Da hatte sie sich geschnitten.

Vielleicht war es eine Herausforderung der ganz anderen Art. Vielleicht wollte sie, dass er sie fand, sie an einen Baum fesselte und dort mit ihr weitermachte, wo er bei der letzten Begegnung aufgehört hatte. Hm.

»Wird das heute noch was?«, tönte Galinas liebliches Organ vom Lagerplatz. Yuriko riss sich zusammen.

»Komme.«

Der Schlaf blieb ihnen allen fern. Sie warteten auf das erste Licht, dann brachen sie auf.

Der neue Tag brachte die alte Mühsal: Hitze, Insekten, Orientierungslosigkeit. Schilf und Schlingpflanzen drangen von allen Seiten auf sie ein. Dann wurde das Wasser immer flacher. Es wurde schwierig zu staken, und immer wieder kam das Boot auf Grund. Schließlich stieg Yuriko aus und schob. Das Wasser reichte ihm kaum bis zum Oberschenkel. Schließlich stieg auch Galina aus, watete nach vorne und begann das Boot zu ziehen. Arkadis passte auf Padda auf und sah zum Herzzerreißen elend aus.

Kaum einen Steinwurf weiter schloss sich das Schilf vor ihnen. Sand knirschte unter dem Kiel, dann kam das Boot zum Stillstand.

Keuchend brach Yuriko über dem Bootsrand zusammen. Ihm war übel. Ein hämmernder Schmerz saß hinter seiner Stirn. Er reagierte kaum, als er eine Berührung am Arm spürte. Galina schubste ihn an und hielt ihm ein Gefäß mit Wasser unter die Nase. Er schüttelte den Kopf und bereute es sofort.

»Mach nicht schlapp«, sagte Galina und drückte ihm das Gefäß in die Hand. In ihrer Stimme war etwas, das er dort noch nie gehört hatte: tiefe Besorgnis.

»Ich doch nicht«, murmelte er und umklammerte mit zittrigen Fingern das Gefäß. »Yuriko der Legendäre macht nicht schlapp.«

»Gut«, sagte Galina. »Setz dich. Ruh dich ein bisschen aus. Ich gehe das Gelände erkunden.«

»Alleine? Aber …«

»Ich bin nicht allein. Ich habe Sturmflamme bei mir.«

»Wenn du anfängst, dir Begleiter einzubilden, sollte ich mir Sorgen machen.«

Sie kletterte ins Boot und hielt ihm die Hand hin, um ihm zu helfen. Yuriko ignorierte das Angebot, schob ein Bein über den Rand, rollte ungeschickt ab und plumpste mit der Grazie eines Mehlsackes ins Boot.

»Sturmflamme ist mein Schwert«, erklärte Galina. »Alle guten Schwerter haben Namen.«

»Du warst wohl zu lange in der Sonne«, ächzte Yuriko.

»Sturm nach meinem ersten Lehrer der Kampfkunst«, sagte Galina. »Und Flamme nach … ach, egal. Stirb einfach nicht, bis ich zurück bin, ja?«

Yuriko stöhnte gequält und schloss die Augen. Das Boot neigte sich ein bisschen, dann raschelte Schilf, als Galina sich entfernte. Er wurde sachte geschubst und blinzelte. Arkadis hielt ihm ein Wassergefäß hin. Ergeben trank Yuriko ein paar Schlucke. Die Sonne brannte auf ihn herunter. Etwas kratzte am Bootsrumpf. Yuriko schielte über die Reling, aber da war nichts zu sehen als Pfützen, Pflanzen, Schlamm und Knochen.

Yuriko blinzelte. Knochen?

Die Knochen fügten sich zu Fingern, die an einer Hand hingen, Elle und Speiche dahinter, dunkelbraun verfärbt und von schleimigem Moos überzogen. Yuriko ließ das Trinkgefäß fallen. Die Hand schnellte aus dem Wasser und klammerte sich am Bootsrand fest. Aus einem Reflex heraus schmetterte Yuriko die Faust auf die Knochenhand. Die zerbrach und rutschte ab.

»Galina!«, brüllte er. »Aufpassen!«

Gleichzeitig begann Galina zu schreien. Arkadis fuhr in die Höhe und riss ihr Messer aus dem Gürtel. Yuriko zog sich Feuer auf die Hände. Das Boot schwankte. Von überall kam plötzlich das Kratzen und Schaben, und dann stemmte sich die erste Knochengestalt über den Bootsrand. Der Kopf fehlte, aber sie schien dadurch nicht beeinträchtigt. Spröde Fingerknöchel, von denen tropfende Algen hingen, streckten sich nach Arkadis aus. Yurikos Faustschlag traf das Skelett am Brustbein und schleuderte es rückwärts. Das Boot schwankte heftig. Yuriko stolperte nach vorne und verpasste einem weiteren knöcherigen Angreifer versehentlich eine Kopfnuss, die ihn ins seichte Wasser zurückschickte. Arkadis drehte sich im Sitzen um sich selbst, so gut sie konnte, und streckte drohend das Messer vor sich aus. Im Schilf raschelte es gewaltig. Sonne blitzte auf Metall. Galinas Schreie wandelten sich von Schrecken zu Wut.

Dann ging plötzlich ein gewaltiger Ruck durch das Boot. Wasser platschte gegen den Rumpf. Yuriko schwankte und hielt sich am Rand. Das Wasser um das Boot strudelte, das Schilf rundum erzitterte, überall war Bewegung, Knochen, braun und verkrümmt wie Baumwurzeln, überwuchert von Moos und Schlingpflanzen, überkrustet von Muscheln, zerbrochen und von einem Zauber lose wieder zusammengefügt, klappernd, knirschend, aufgerissene Kiefer, Augenhöhlen, aus denen die Würmer baumelten, und dann wurde das Boot angehoben. Arkadis verlor den Halt und ging beinahe über Bord. Yuriko bekam sie gerade noch zu fassen, hielt und stützte sie mit einer Hand, setzte mit der anderen Feuerbälle ins Schilf, bis das Wasser dampfte, doch die Angreifer direkt unter dem Boot konnte er nicht erreichen. Sie hoben das Boot an, bis es sich etwa um Armeslänge über dem Wasserspiegel befand. Yuriko erhaschte einen flüchtigen Blick auf eine Masse von Knochen, die sich unter dem Bootsrumpf aufschwemmte wie eine Springflut. Dann begann das Boot zu schaukeln. Rhythmisch und immer stärker. Knochen schabten aneinander und gegen das Holz. Arkadis klammerte sich an Yuriko, und der fackelte nicht lange.

»Rücken«, keuchte er. Arkadis schlang ihm die Arme um den Hals und ihr gesundes Bein um seine Mitte. Er hielt und stützte ihren Beinstumpf, und dann bäumte sich das Boot unter ihm auf. Der Boden sackte unter ihm weg, der Bootsrand kam ihm entgegen. Yuriko packte zu, stieß sich ab und schwang sich aufs Boot, beschleunigte die Drehbewegung und landete auf allen Vieren auf dem Bootsrumpf, der jetzt zum Himmel zeigte. Das Holz war glitschig unter seinen Händen. Ruckartig ging es abwärts. Arkadis hing an ihm. Ihr gesunder Fuß scharrte haltsuchend über den abschüssigen Bootsrumpf. Ihr Gewicht drückte ihn nach unten. Das Boot bockte und warf Yuriko beinahe ab. Am Rand seines Sichtfelds sah er, wie nasse, dunkle Gebeine sich zu einer Welle türmten. Sie ragte hoch über ihnen in den blassblauen Himmel, und dann hatte sie ihren Zenit erreicht und kippte.

Arkadis presste von hinten ihre Wange gegen die seine. Sie legte ihm die flache Hand auf die Stirn, und plötzlich spürte er nichts als diese kühle, feste Berührung, und sein Geist fühlte sich an, als ginge darin eine Tür auf.

Er kam rittlings auf dem Boot zu sitzen, nahm kaum wahr, wie es sich unter ihm schüttelte. Arkanum erfasste ihn und löste die Ränder seiner eigenen Existenz auf. Feuer strömte aus seinen Fingerspitzen, er verwob es zu dünnen Fäden, unzerreißbar und in der Sonne glitzernd, winzige Flämmchen liefen an ihnen entlang. Große Ruhe überkam ihn. Er fügte die Feuerfäden zu einem Schutzsiegel, es schwebte vor ihm in der Luft wie eine filigrane Qualle in klarem Wasser, zart pulsierend.

Er lenkte Arkanum hinein, und das Siegel vergrößerte sich, spannte sich wie ein Schirm über dem Boot auf. Ein Ruck, und das Boot landete kieloben im flachen Wasser, umkränzt von einem Gestrüpp aus leblosen Knochen. Das Schutzsiegel umspannte es vollständig, eine flirrende Halbkugel aus Feuergeflecht, ein kompliziertes, verschlungenes Muster, das Yuriko so zum ersten Mal sah.

Rundum erhoben sich noch mehr Untote, Stückwerk zum guten Teil, das Arme, Beine oder den Brustkorb vermissen ließ, und schleppten sich platschend in Richtung des Bootes. Fasziniert sah Yuriko zu, wie sie gegen den Schutzschirm brandeten und in sich zusammenfielen. Mehr kamen nach, und dann war Galina unter ihnen, die höchst lebendig ihr Schwert schwang und hier einen Kopf, dort ein Bein abtrennte. Yuriko lenkte das Siegel in ihre Richtung, und es weitete sich aus und schloss sie ein. Rund um sie fielen ihre Gegner in sich zusammen.

Keuchend wischte Galina sich Haarsträhnen aus der Stirn und sah sich um. Sie streckte eine Hand aus und berührte das Feuernetz des Siegels. Kleine Flämmchen huschten über ihre Finger. Sie zog die Hand ein und sah Yuriko an, sagte etwas, doch er achtete nicht auf ihre Worte, er fühlte sich schwer und warm und reglos, völlig in sich ruhend, wie eine Kröte auf einem Seerosenblatt in der Sonne, er atmete, er ließ sich von Arkanum durchdringen, sein Kopf war leer.

Dann nahm Arkadis die Hand von seiner Stirn. Er verlor das Gleichgewicht auf dem Bootsrumpf, hießt sich fest und riss sich einen Spreißel in den Daumen. Die Sonne hämmerte auf ihn hinunter. Seine Knie taten weh. Die Ruhe war weg, und der Siegelschirm fiel in sich zusammen.

»Was bei allen Göttern war das«, sagte Galina.

Yuriko kam zu sich wie aus einem Traum.

»War das echt?«, fragte er. »Habt ihr das auch gesehen?«

Arkadis hielt sich an ihm fest. Er nahm ihre Hand und legte sie sich auf die Stirn. Nichts passierte.

»Arkadis. Was war das?«

Ihre Lippen bewegten sich. Sie zeigte zwischen sich und Yuriko hin und her, machte ein ratloses Gesicht und zog die Schultern hoch.

Einstweilen sicherte Galina die Umgebung, das Schwert zum Schlag erhoben, doch völlige Ruhe war in das Schilf eingekehrt. In einiger Entfernung, dort, wo das Schilf niedergetrampelt war, glitzerte eine freie Wasserfläche.

»Ein Feuersiegel«, sagte Galina. »Wie hast du das gemacht? Seit wann kannst du so etwas?«

»Ich habe keine Ahnung«, sagte Yuriko vollständig verwirrt.

Das Schwert immer noch kampfbereit, näherte Galina sich dem Boot.

»Woher kamen die?«, fragte sie und schob mit der Schuhspitze ein paar Knochen beiseite. Sie klapperten leise aneinander, und Yuriko schauderte.

»Erinnert mich an das, was du von deinem Haus erzählt hast«, sagte Galina. »Aber das kann nicht sein, oder? Die Zauberin ist tot. Oder? Yuri?«

»Hrm«, sagte Yuriko. »Also. Ich, äh. Bin mir da nicht vollständig sicher.«

»Was?! Und du hast uns in dem Glauben gelassen?«

»Ich wollte euch nicht beunruhigen«, murmelte Yuriko.

»Wie zartfühlend! Womöglich gehen wir alle drauf, aber Hauptsache, wir sind nicht beunruhigt!«

Arkadis griff nach Galina und erwischte sie am Arm. Gleichzeitig legte sie Yuriko die andere Hand auf die Schulter und sah bedeutsam zwischen ihnen beiden hin und her.

»Du hast recht«, sagte Galina. »Sie sind wahrscheinlich noch in der Nähe. Das Siegel hat nur den Totenzauber gebrochen, aber nicht die Zauberin vernichtet. Wir müssen weg hier. Es gibt dort drüben einen breiten Kanal, der hat sogar ein bisschen Strömung.«

Yuriko rutschte vom Boot und landete platschend. Unter seinem Gewicht brachen Knochen. Er schauderte.

»Dann mal los. Schnell weg hier. Padda?«

Linke Manteltasche. Rechte Manteltasche. Leer.

Ein kalter Schauer überlief Yuriko. Die Wirklichkeit machte einen Schritt aus ihm heraus.

»… Padda?«

Er sah sich um. Umgedrehtes Boot, Schilf, zertrampeltes Grünzeug, leblose Knochen. Insekten, Sonne, Wasser.

»Padda!«

Yuriko drehte sich um sich selbst. Er war bestimmt … er saß bestimmt auf dem Bootsrumpf. Auf dem kleinen Grashügel. Dort, im Schatten. In dieser tiefen Pfütze.

Linke Manteltasche. Rechte Manteltasche. Immer noch leer.

»Padda!«, rief inzwischen auch Galina. »Wo bist du?«

Kein Quaken. Nur das nervtötende Summen und Zirpen der Insekten.

»Hilf mir, das Boot umzudrehen«, hörte Yuriko sich sagen. »Er ist vermutlich runtergefallen und irgendwie drunter geraten.«

Arkadis rutschte vom Bootsrumpf und hielt sich an einem dünnen Baumstamm. Galina und Yuriko suchten sich festen Stand auf all den Knochen, packten den Bootsrand und wuchteten das Boot hoch, bis es auf die Seite fiel. Zum Vorschein kamen zerdrückte Pflanzen, schlammige Pfützen und massenhaft Knochen. Yuriko fiel auf die Knie und begann mit bloßen Händen zu graben. Kein Padda.

»Zumindest ist er offenbar nicht vom Boot erschlagen worden«, sagte Galina neben ihm. Yuriko setzte sich auf die Hacken und wischte sich mit dem Ärmel übers Gesicht.

»Wann hast du ihn zuletzt gesehen?«, fragte Galina.

»Vor dem Angriff«, sagte Yuriko elend. »Er war bei Arkadis. Ich hab das Boot geschoben. Dann bist du weg, um zu kundschaften.«

Arkadis streckte die Hand nach ihm aus, beinahe flehend, und sah todunglücklich drein.

»Mach dir keine Vorwürfe«, sagte Yuriko. »Ich mache dir keine. Er hat seinen eigenen Kopf, und du hattest alle Hände voll zu tun.«

»Wir müssen von hier verschwinden«, sagte Galina. »Wenn er sich irgendwo verkrochen hat und sich nun nicht raustraut …«

»Ich gehe nicht ohne ihn«, sagte Yuriko.

Linke Manteltasche. Rechte Manteltasche.

»Sollst du ja nicht«, beschwichtigte Galina. »Wenn er … also, wenn ihm etwas zugestoßen wäre, würdest du es spüren, oder?«

»Ich weiß es nicht«, sagte Yuriko. »Es ist ihm noch nie etwas zugestoßen.«

»Weil du immer gut für ihn gesorgt hast, und das wirst du auch weiterhin tun. Schau, du hast uns alle beschützt mit diesem … keine Ahnung, was das für ein Zauber war. Bestimmt war Padda mit im Kreis.«

Yuriko hatte weiche Knie. Er lehnte sich gegen das Boot und presste die Handballen gegen die Augen. Das hier musste aufhören zu passieren.

»Hör mal«, sagte Galina. Er spürte ihre Hände auf seinem Arm. »Kannst du versuchen, mit ihm Körper zu tauschen? Dann kannst du sehen, wo er ist.«

Yuriko nahm die Hände von den Augen.

»Das könnte die rettende Idee sein.«

Galina lächelte flüchtig. »Denken unter Druck konnte ich schon immer. Ist sicher von Vorteil für eine Kriegerin.«

Yuriko streckte die arkane Krötenzunge aus. Tastete um sich, doch da war nur leerer Raum.

Und eine dünne, kaum wahrnehmbare Arkanspur.

»Er ist da irgendwo. Aber ich kann nicht mit ihm tauschen. Er ist zu weit weg.«

»Welche Richtung?«

Yuriko zeigte mit dem Finger.

»Gut«, sagte Galina. »Auf. Machen wir das Boot flott.«

Sie trugen schließlich abwechselnd Arkadis und das Boot jeweils wenige Schritte, bis sie den Kanal erreicht hatten, was eine üble Plackerei war und viel zu lange dauerte. Yuriko kümmerte sich um neue Staken, während Galina ein wachsames Auge auf die Umgebung hielt. Dann waren sie endlich auf dem Wasser.

Eine zarte Strömung erleichterte ihnen das Vorankommen. Das arkane Band zog Yuriko abseits des Kanals in die Wildnis. Dort schien es tatsächlich Festland zu geben – soweit sie das unter dem undurchdringlichen Gestrüpp erkennen konnten. Das Gelände stieg leicht an, Bäume und hohes Gras verdrängten das Schilf. Weiter entfernt wurden die Bäume von einer hohen, klumpigen Struktur überragt – von Schlingpflanzen überwucherte Felsen mussten das sein, obwohl man von den Felsen selbst nichts sah.

»Auf die andere Seite«, sagte Yuriko. »Er ist irgendwie vom Wasser weg. Warum macht er das? Warum lässt er mich im Stich?«

Galina warf ihm über die Schulter einen langen Blick zu, sagte aber nichts.

Mit vereinten Kräften stakten sie das Boot hinüber zum anderen Ufer. Das Band zog Yuriko stromaufwärts und landeinwärts.

»Wir müssen an Land«, sagte er.

Und dann riss der arkane Faden.

Yuriko ließ die Stake fallen und hielt sich am Bootsrand. Für einen seltsamen Augenblick fühlte er sich wie in Watte gepackt. Die Welt war geräuschlos und grau. Er sah auf seine Hände hinunter, wie sie den Bootsrand umklammerten, nicht sicher, ob sie wirklich zu ihm gehörten.

Dann kam der Schmerz. Er rang nach Luft. Ein tonnenschweres Gewicht legte sich auf seine Brust. Atmen. Er konnte nicht …

Er lag im Boot, die Hände über der Brust verkrampft. Galinas schneeweißes, schockiertes Gesicht über sich. Er arbeitete sich durch einen Atemzug und den nächsten. Sein Brustkorb fühlte sich an, als würden Steinwürmer ihn Stück für Stück aushöhlen.

Er durfte nicht aufhören zu atmen. Er hatte versprochen …

»Flori«, flüsterte er.

»Nein«, schluchzte Galina. »Ich bin's. Bitte stirb nicht, Yuri. Bitte stirb nicht.«

Es gelang ihm, die Hand zu heben. Galina griff danach, legte die Wange in seine Handfläche und weinte haltlos.

Dann ließ der Druck auf seiner Brust plötzlich nach. Das Atmen wurde leichter. Er fühlte sich wieder wie er selbst – nach einem üblen Saufgelage, aber immerhin. Er nahm all seine Kraft zusammen und spürte nach dem arkanen Band. Da war es. Dünn, aber stark. Er wälzte sich mühsam auf die Seite, wuchtete sich hoch und sah über den Bootsrand.

Sie trieben gemächlich in die falsche Richtung. Arkadis hatte die Stake übernommen, konnte aber auf einem Bein nicht viel ausrichten und achtete ohnehin mehr auf Yuriko als auf das Wasser.

»Umdrehen«, krächzte Yuriko. »Padda.«

Galina sprang auf die Füße und übernahm die Stake von Arkadis.

»Was ist passiert?«, fragte sie noch unter Tränen. »Hattest du einen Herzanfall? Geht es dir jetzt besser?«

»Arkanschock«, flüsterte Yuriko. »Padda war weg.«

»Tot?«, fragte Galina entsetzt.

»Er ist wieder da. Ich weiß auch nicht.«

»Ein untoter Kröter?«, rief Galina, und Yuriko lächelte schwach.

»Unwahrscheinlich.«

Seine Kraft kehrte nur langsam zurück. Er war vollauf damit beschäftigt, zu sitzen und zu atmen und das arkane Band zu halten. Galina mühte sich, das Boot stromaufwärts zu staken, war alleine aber auf verlorenem Posten. Immerhin brachte sie das Boot bei der ersten Gelegenheit ans Ufer. Yuriko wälzte sich über den Bootsrand, fiel ins Wasser und kroch auf allen Vieren auf den grasigen Uferstreifen. Galina half Arkadis an Land und zog dann das Boot aufs Trockene, so weit sie es alleine schaffte.

Dann fiel sie neben Yuriko ins Gras.

»Du stirbst also tatsächlich, wenn Padda stirbt«, keuchte sie. »Wie alt werden Kröten so allgemein?«

»Ich bin nicht gestorben, und Padda auch nicht«, sagte Yuriko. »Ich weiß nicht, was passiert ist. Wir müssen ihn finden, dann erfahren wir's vielleicht.«

Er mühte sich in die Höhe, sobald er wieder konnte. Er fühlte sich immer noch wie nach schwerer Krankheit, aber die Sorge um Padda trieb ihn voran. Galina ging voraus und hackte mit dem Schwert Gebüsch und Ranken beiseite, damit Yuriko, der Arkadis auf dem Rücken trug, leichter vorankam. Arkadis hatte gestikuliert, beim Boot zu warten, aber er hatte sie sich einfach auf den Rücken gepackt. Er hatte keine Kraft für Diskussionen, nicht mal mit jemandem, der nicht sprach.

Nach wenigen Schritten schon war der Kanal ihren Blicken entzogen. Die Wildnis schloss sich um sie wie eine Faust. Yuriko konnte sich kaum auf den Beinen halten. Immerhin verstärkte das arkane Band sich stetig. Unter einer Schicht aus Gras, Moos und niedrigem Gestrüpp war der Boden fest – nicht nur Schwemmland, das sich in Baumwurzeln verfangen hatte, sondern echtes Festland. Der Gedanke tröstete Yuriko. Vielleicht war dies der Rand der Wasserwüste.

Es ging bergauf und weiter landeinwärts. Hier und da schaute dunkler Fels unter all dem Grünzeug hervor. An einem Steilhang scheiterten sie beinahe und brauchten, oben angekommen, lange, um sich zu erholen. Galinas Arme und Gesicht waren von Dornen zerkratzt, und Yurikos Brust schmerzte, als hätte er jeden Muskel darin gezerrt. Die größten Sorgen machte ihnen aber Arkadis. Das Siegel hing am letzten Faden. Galina besorgte große, ledrige Blätter von einer Staude und biegsames Gras und improvisierte eine neue Lage Verband über dem Siegel, aber allen war klar, dass die Grenzen der Siegelzauberei erreicht waren, wenn das Material den Geist aufgab.

Sie folgten weiter dem arkanen Band, das sich für Yuriko beruhigend stabil anfühlte. Mit der Zeit wurde das Gehen leichter. Die Vegetation war weniger feindlich, die Dornenbüsche und scharfkantigen Gräser wichen Teppichen aus weichem, grünem Moos und Sträuchern mit duftenden, zartrosa Blüten. Für eine Weile folgte ihnen ein Tierchen von Ast zu Ast, das wie eine Mischung aus Katze und Eichhörnchen aussah und neugierig zu ihnen hinunteräugte. Unsichtbare Vögel zwitscherten in den Baumkronen. Yuriko ertappte sich bei dem Gedanken, dass Padda für seine Flucht eine gute Wahl getroffen hatte – es war hier so viel schöner als im Schilf. Sein Atem ging frei. Arkadis' Gewicht behinderte ihn kaum. Das arkane Band spannte sich und zog ihn voran. Über felsige Stufen, die beinahe aussahen wie von Menschenhand erschaffen, ging es hinauf. Du Luft roch süß und kühl, etwas darin erinnerte Yuriko an Florines Duftwasser. Sehnsucht machte ihm das Herz weit. Alles würde gut. Er würde sein Versprechen halten und die Mädchen nach Hause bringen.

Galina ging immer noch voran. Sie hatte ihr Schwert weggesteckt. Ihr Blondhaar hatte sie zu einem Zopf gebunden, der bei jedem Schritt wippte. Sie bewegte sich mit der gelösten Selbstverständlichkeit einer Frau, die nichts fürchtete. Ihre ulkigen Hosen kamen ihm schon beinahe normal vor. Sie stemmte sich eine besonders hohe Stufe hinauf, drehte sich dann zu ihm und hielt ihm die Hand hin. Er ließ sich hochziehen, hielt sich dann an ihrer Schulter und kam zu Atem.

»Soll ich dich ablösen?«, fragte sie und deutete auf Arkadis.

»Nein«, sagte Yuriko atemlos. »Du solltest die Hände freihaben, wenn was ist. Ich glaube, ich bin noch arkangestört von vorhin.«

Ihre Linke ging zum Schwertgriff. Sie nickte ihm zu und sah sich um. Die Stufen hatten sie an eine steil aufragende Felswand gebracht, die vollständig bedeckt war von üppigem Grün: Wasserfälle von Rankengeflecht, besetzt mit kleinen rosa Blüten, quollen aus jedem Spalt. Dunkelgrünes Moos, auf dem Feuchtigkeit glitzerte, filigrane Farnbüschel mit zarten eingerollten Spitzen, herzförmiger glänzender Efeu, dazwischen ein goldgelbes Salamanderchen, das seinen großen Namensvetter ohne Scheu betrachtete.

Seltsam genug zog das arkane Band Yuriko ins Innere des Felsens. Ein Ersteigen war nicht möglich, also suchten sie sich ihren Weg drum herum. Ein schmaler grasiger Streifen am Fuß der Felswand gewährte ihnen Durchlass. Hangabwärts breitete sich der dichte Wald unter ihnen aus. Nebelschwaden stiegen daraus empor. In einiger Entfernung glitzerte Wasser. Es war, als stießen hier unterschiedliche Welten aneinander, aber Yuriko war zu begierig darauf, Padda zu finden, um über diese Beobachtung weiter nachzudenken.

Erst, als sie an eine Ecke kamen, wurde ihnen klar, dass sie nicht an einer Felswand entlanggingen, sondern an Mauerwerk. Sie folgten der Mauer weiter und gelangten schließlich zu einem bogenförmigen Durchgang. Ein Vorhang aus verflochtenem Efeu versperrte den Blick ins Innere. Galina zog ihr Schwert und schob den Vorhang beiseite, dann machte sie einen Schritt ins Innere. Yuriko folgte. Das arkane Band war jetzt so stark, als würde Padda auf seiner Schulter sitzen.

Weit über ihnen schaute der Himmel durch eine weite Öffnung von etwas, das einmal eine Kuppel gewesen sein musste. Ein Busch ergoss seine blütenschweren Zweige über den Rand. Der Wind spielte mit hohem Gras und ließ den Efeu rascheln. Wenn die Erbauer Hinweise über sich selbst hinterlassen hatten, so waren sie von der Natur vollständig geschluckt worden.

Auch das Innere des Raumes war vollständig bewachsen. Die Steine waren überzogen von weichem, dunklem Moos. Sträucher und junge Bäume wuchsen in den Mauerritzen. Direkt vor Yuriko seilte sich eine winzige, grasgrüne Spinne an einem glitzernden Faden ab. Er machte einen vorsichtigen Schritt um das Tierchen herum. Der Raum öffnete sich nach hinten zu einem Halbrund, getragen von schlanken Säulen, aus denen büschelweise der Farn spross. Eine stille Wasserfläche öffnete sich dort, ein Teich, goldgrün schimmernd, umkränzt von zartgelbem Frauenmantel, stolzen Schwertlilien und Korkenzieherbinsen, gekrönt von schneeweißen Seerosen.

Behutsam setzte Yuriko Arkadis ab.

Da war Padda, König der Kröten, auf einem besonders großen Seerosenblatt, Sonne fiel auf ihn und brachte seine bernsteinfarbenen Augen zum Leuchten. Reglos und würdevoll saß er und sah Yuriko entgegen.

Yuriko ließ den arg zerrupften abrantinischen Mantel von den Schultern gleiten, schob sich die Hosen von den Hüften, trat sich die Stiefel von den Füßen und stieg in den Teich.

Das Wasser empfing ihn kühl und weich. Der Boden unter seinen Füßen war schlammig. Schnell wurde es tief. Mit flachen Händen strich Yuriko über die Wasseroberfläche, ließ sich dann hineingleiten und schwamm einen Zug, und endlich bequemte sich auch Padda von seinem Seerosenblatt, hüpfte in den Teich und paddelte auf Yuriko zu. Yuriko streckte die Hände nach ihm aus, und Padda landete an und krabbelte in Yurikos Halsbeuge. Mit zitternden Fingern tastete Yuriko nach dem Kröter und seufzte sich eine Last von der Seele.

Doch Padda war offenbar nicht gekommen, um zu bleiben. Er drehte sich um sich selbst, verfing sich in Yurikos Haaren, strampelte sich frei und fiel halb, halb hüpfte er zurück ins Wasser. Yuriko griff ins Leere. Der Kröter schwamm davon und tauchte zügig unter. Yuriko aktivierte sein Siegel und schwamm ihm hinterher.

Der Boden fiel steil ab. Smaragdgrün lag die Tiefe unter ihm. Vorsichtig bog Yuriko die zarten Stängel der Seerosen beiseite und schob sich hindurch. Fedrige Wasserpflanzen wehten ihm entgegen. Ein Schleier zarter Fadenalgen legte sich über sein Gesicht. Er blinzelte und sah sich um. Padda war unter ihm und schwamm immer noch tiefer. Die goldenen Flecken auf seiner Haut leuchteten wie Bernstein.

Was wollte Padda so tief unten? Rekorde aufzustellen, war doch sonst nicht seine Art.

Ein Schwarm winziger silbriger Fischchen stob beiseite. Das Wasser wurde kühler. Der goldene Schimmer von oben wich einem tiefen türkisfarbenen Leuchten.

Yuriko hatte Padda beinahe eingeholt. Den Blick fest auf ihn geheftet, streckte er die Hand aus, stieß sich mit den Beinen voran – und prallte beinahe gegen Fels. Er schwamm rückwärts und sah sich um. Padda war verschwunden – vermutlich durch die Öffnung, die sich vor Yuriko auftat und an deren Rand er sich gefangen hatte. Zwei aus Stein gehauene Gestalten neigten sich einander zu und formten mit anmutiger Geste die Umfassung des Torbogens. Sie waren weiblich und mit nichts als zarten Wasserpflanzen bekleidet, die auch, einem Haarschopf gleich, ihre Gesichter umwehten. Ein friedliches Lächeln lag auf den steinernen Lippen. Im grüngoldenen Spiel von Wasser und Sonne sahen sie beinahe lebendig aus.

Yuri bestaunte den Anblick, dann besann er sich und tauchte Padda hinterher. Wo immer der Kröter hinwollte, Yuriko würde ihm nicht von der Seite weichen.

Goldenes Licht schimmerte im Durchgang. Zwei Schwimmzüge brachten Yuriko auf die andere Seite. Padda war über ihm und schwamm der Oberfläche entgegen. Yuriko kam aus kühlem Wasser in warmes und durchbrach die Wasseroberfläche. Padda wurde gegen ihn gespült und hielt sich an Yurikos Schulter.

Dieser Teich war größer als der, in den er gestiegen war, ein See beinahe. Helle Stufen führten ins Wasser. Am Ufer wuchsen Blumen, die Yuriko nie zuvor gesehen hatte, tellergroße himmelblaue Blüten und wollige weiße Bällchen auf hohen Stängeln inmitten von üppigem grünem Blattwerk. Das Licht war sanft und flirrend. Blätter, so groß wie Hängematten, auf baumdicken grünen Stängeln überschatteten den Teich. Padda auf Yurikos Schulter quakte zufrieden. Der trat immer noch Wasser und schaute sich fassungslos um.

»Willkommen, Reisender.«

Yuriko fuhr herum, soweit das Wasser es zuließ. Am Ufer kniete eine junge Frau, zierlich von Gestalt, mit langen, dunklen Haaren, die zu einem komplizierten Zopf geflochten waren. Ihr Gewand ließ eine Schulter frei und umspielte ihre Formen auf eine Art, dass Yuriko sich Wasser aus den Augen zwinkerte, um besser zu sehen.

»Danke«, sagte er überrascht. »Ich habe zwar keine Ahnung, wo ich bin, aber freut mich sehr, dich kennenzulernen.«

»Wer hat dich denn hergebracht, Freund?«

»Das wird wohl meine Kröte gewesen sein.«

»Was für eine kluge und besondere Kröte«, sagte die Frau. »Ich bin Akelei. Verrätst du mir deinen Namen?«

»Aber mit Vergnügen! Yuriko Mandorak Doragon Frost nennt man mich, Freund der Kröten, Feuerbändiger, Bezwinger der Schicksalsschlange, Streiter für die Entrechteten, Stimme der Stummen, Licht an dunklen Orten, Enträtsler des Wasserlabyrinths und Meister der Siegel. Und diese großartige Kröte ist Padda, mein Gefährte.«

Akelei lachte vergnügt. »Kann es sein, Doragon, dass du mehr Namen trägst als Kleidung?«

Yuriko sah an sich hinunter. Das Teichwasser war sehr klar.

»Ich reise mit leichtem Gepäck«, sagte er würdevoll.

»Zumindest hast du nichts zu verbergen«, sagte Akelei und erhob sich. »Warte hier, Doragon ohne Hosen. Ich besorge dir etwas zum Anziehen. Deine Ankunft wird so oder so genug Aufsehen erregen.«

»Warte. Das ist sehr freundlich, aber ich muss zurück. Ich habe noch zwei Reisegefährtinnen auf der anderen Seite. Also, wo immer das ist. Eine davon braucht dringend einen Heiler.«

»Was fehlt ihr denn?«

»Ein Bein.«

Akelei zog die Augenbrauen hoch.

»Ich gehe Bescheid sagen. Und später bin ich gespannt auf deine Geschichte, Doragon mit den vielen Namen.«

Akelei ging davon, und Yuriko aktivierte sein Siegel und tauchte unter. Padda stieß sich von seiner Schulter ab und schwamm neben ihm her. Er fand den Torbogen, der auch von dieser Seite mit zwei äußerst ansehnlichen steinernen Jungfern geschmückt war, und tauchte hindurch. Er suchte sich seinen Weg nach oben durch einen Wald von Wasserfarn, tauchte auf, bewältigte den ersten Atemzug und wurde standesgemäß begrüßt.

»Wo warst du so lange? Was fällt dir ein, uns hier einfach so stehen zu lassen? Was uns alles hätte zustoßen können!«

»Wieso?«, sagte er ungerührt. »Ich dachte, du hast jetzt deinen Feuersturm und bis eine große Kriegerin.«

»Sturmflamme«, sagte Galina und umfasste den Schwertgriff. »Trotzdem.«

»Ich habe den Garten gefunden.«

Das immerhin machte Eindruck.

»Den Garten der Erleuchtung? Sag bitte nicht, dass er unter Wasser liegt.«

»Nur der Durchgang. Ihr werdet eine Strecke tauchen müssen, aber das ist zu schaffen.« Yuriko schwamm zum Ufer und watete an Land. Galina schrie auf, wandte sich ab und hielt ihm über die Schulter seine Hosen hin. Er stieg hinein und schloss den Gürtel.

»Sie warten auf uns. Da war so ein hübsches junges Ding, die versprach mir, einen Heiler zu holen.«

Unschlüssig sahen sie auf Arkadis hinunter. Arkadis zuckte mit den Schultern und deutete Schwimmbewegungen an.

»Das wird's dann aber gewesen sein mit dem Siegel«, sagte Galina. Arkadis nickte.

»Gut«, sagte Yuriko. »Lasst uns hoffen, dass die Heiler auf der anderen Seite etwas taugen.«

Sie brachten Arkadis ins Wasser. Sobald das Siegel nass wurde, löste es sich und trieb wie eine tote Qualle auf der Wasseroberfläche. Arkadis verzog gequält das Gesicht. Ihr Atem ging stoßweise. Sie nahmen Arkadis zwischen sich und tauchten unter.

Arkadis tat, was sie konnte, aber das war nicht eben viel. Yuriko deutete nach unten in Richtung des Tors, dann nahm er

Arkadis um die Schultern und zog sie mit sich, so gut es ging. Mit einiger Mühe erreichte er den Durchgang und bugsierte seine Last rückwärts hindurch, schwamm dann nach oben und durchbrach die Wasseroberfläche. Arkadis holte tief Luft, dann zeigte sie das Weiße in den Augen und sackte in seinen Armen zusammen. Galina half ihm, sie ans Ufer zu bringen. Dort hatte sich tatsächlich eine ganze Gruppe zur Begrüßung versammelt. Akelei war da und hielt ein Bündel orangefarbener Stoffe im Arm. Zwei junge Männer standen bei einer Trage. Ein dritter, älterer, hatte einen großen Korb dabei, aus dem allerlei verkorkte Flachen und aufgerollte Tücher herausschauten.

»Wir haben es geschafft«, flüsterte Galina neben Yuriko und sah sich ehrfürchtig um. »Wir haben es tatsächlich geschafft.«

Arkadis wurde aus Yurikos Armen gehoben und auf die Trage gelegt. Der Mann mit dem Korb beugte sich über ihr Bein und untersuchte es vorsichtig.

»Wie ist das passiert?«, fragte er, ohne aufzusehen.

»Ein Angriff«, sagte Yuriko. »Ein Ungeheuer hat versucht, sie zu fressen.«

»Eine Riesenraupe«, ergänzte Galina. »Ein Schritt Durchmesser und keine Ahnung, wie lang.«

Plötzliche Unruhe machte sich breit. Der Heiler stolperte vom Ufer zurück. Einer der Tragenträger setzte seine Last ab und machten ein paar große Schritte landeinwärts. Eilig griff Yuriko zu, ehe Arkadis von der Trage rollte.

»Oi. Obacht. Wir haben sie nicht die ganze Zeit umsorgt, damit sie sich hier den Hals bricht.«

»Ein Ungeheuer im Teich?«, fragte ein älterer Heiler mit schwankender Stimme.

»Aber nein«, sagte Galina. »Weit entfernt von hier, in einem Berg. Wir sind eine Woche unterwegs seither, oder länger.«

Der Hilfstrupp wechselte Blicke.

»Aber die Verletzung ist frisch«, sagte der Heiler.

»Ich bin ein findiger Zauberer, wenn's drauf ankommt«, sagte Yuriko. »Weshalb wir im Übrigen auch hier sind. Es geht die Kunde, dass mein alter Lehrmeister bei euch untergekommen sei. Gimmstein Skjoll. Schon mal gehört?«

»Wer mit uns lebt, legt seinen Namen ab«, sagte Akelei. »Aber wenn er hier ist, wirst du ihn früher oder später treffen.«

»Früher wäre mir lieber.«

»Ich muss sie-ihn oben im Hain der Heilung behandeln«, sagte der Heiler und richtete sich auf. »Sie-er wird eine Weile brauchen, bis sie-er wieder auf den Beinen ist.«

»Aber er wird wieder gesund?«, fragte Galina ängstlich, die neben der Trage kauerte und Arkadis' Hand umklammert hielt.

»Der Knochen ist unversehrt, und der Blutverlust hält sich in Grenzen«, sagte der Heiler. »Mit Zeit und Ruhe kommt alles wieder ins Lot.«

»Sie-er«, murrte Yuriko. »Was ist das denn für ein Wort. Es ist doch wirklich nicht zu viel verlangt, sich für eines zu entscheiden.«

Akelei drückte ihm das Kleiderbündel in die Hand. »Du weißt recht wenig über die Natur deiner Begleitung, nicht wahr?«

»Ich hab mich ganz gut an ihre Gesellschaft gewöhnt«, sagte Yuriko und sah Arkadis hinterher, die davongetragen wurde. Galina ging nebenher. »Sie ist hart im Nehmen und schlau. Und hat Humor, soweit man das von jemandem sagen kann, der nicht spricht.«

»Ein Mann mit so vielen Namen ist sicher auch mehr als eines«, sagte Akelei. »Jetzt komm mit. Ich zeige dir das Dorf.«

Sie ging davon, einem schmalen Pfad zwischen mannshohen, zartgrünen Farnwedeln folgend, Ihre Hüften wiegten sich sachte hin und her. Yuriko riss mühsam den Blick los und sah nach Padda. Der saß am Ufer und verspeiste einen Käfer. Yuriko nahm ihn an sich und musste sich eine Menge ungnädiges Gequake anhören, aber er dachte nicht daran, Padda so schnell wieder aus den Augen zu lassen.

Der Weg führte in sanften Schwüngen bergan. Zu beiden Seiten wuchsen Büsche und Blumen, die Yuriko nie zuvor gesehen hatte, umschwirrt von Tierchen, die aussahen wie Vögel, aber viel zu klein war, um welche zu sein.

Dann mündete der Pfad auf einen breiten, sandigen Weg. Der Blick öffnete sich. Vor ihnen war der Heilertrupp mit der Trage, leuchtend wie Sonnenblumen. Der Weg führte zu niedrigen Häusern, die sich in den Hang schmiegten, und weiter nach oben, einen einzelnen, grünen Hügel hinauf. Ein freier, offener Platz war zwischen den Häusern erkennbar und in der Mitte der Siedlung ein hohes Haus mit geschwungenen, ineinander verschachtelten Dächern. Überall waren Leute unterwegs, Männer und Frauen jeden Alters. Alle trugen weite Gewänder in allen Farben des Sonnenaufgangs und waren mit täglichen Verrichtungen beschäftigt: Gärten wurden gejätet, Türschwellen gekehrt, Feuerholz wurde gestapelt, Mühlsteine mit Muskelkraft betrieben, es wurde in Kesseln gerührt und Wasser am Bach geschöpft. Im oberen Bereich war der Hügel steil, die sattgrünen Wiesen gingen in helle Sandsteinwände über. Öffnungen führten ins Innere und waren durch Simse und Balkone miteinander verbunden. Lange Reihen bunter Wimpel flatterten dort im Wind. Über allem spannte sich ein lichtblauer, milder Himmel.

Der Heilertrupp bog ab und hielt auf ein Wäldchen zu. Yuriko wollte hinterher, aber Akelei winkte ihn den anderen Weg entlang und hielt auf die Siedlung am Fuß des Hügels zu. Yuriko folgte ihr, in der einen Hand das Kleiderbündel, Padda in der anderen. Wo immer er sich näherte, hielten die Leute in ihrem Tagwerk inne, lächelten oder sprachen einen Gruß und legten dabei die Faust gegen die Handfläche, ein ritueller Gruß, den Yuriko, der keine Hand frei hatte, mit einer kleinen Verbeugung erwiderte.

Akelei brachte ihn zu einem niedrigen Haus. Jemand mit mehr Begeisterung als Talent hatte die hölzerne Fassade mit einem Blumenmuster bemalt. Das Haus bestand aus einem einzigen Raum, in dem es drei Betten mit je einer Kleidertruhe daneben gab, weiter nichts. Der Türrahmen war so niedrig, dass

Yuriko sich darunter hindurchbücken musste. Akelei zeigte auf das Bett unter dem Fenster.

»Hier kannst du schlafen. Später stelle ich dir deine Zimmergenossen vor. Bei der Namenszeremonie lernst du dann auch den Hüter kennen. Der wird dir dann auch deinen Vertrauten vorstellen.«

»Hör mal, Akelei, wir sind eigentlich nur hier, um meinen alten Meister zu treffen. Wir wollen uns hier nicht einbürgern.«

»Wir alle sind hier, um etwas zu lernen«, sagte sie. »Und wir bleiben, bis wir es gelernt haben.« Sie zeigte auf das Kleiderbündel in Yurikos Arm. »Möchtest du dich nicht umziehen?«

Yuriko setzte Padda ab und entfaltete die Kleider. Eine lange Kutte kam zum Vorschein, etwas, das aussah wie eine vorne offene Tunika, und ein breiter, langer Stoffstreifen. Er öffnete den Gürtel und wartete ein bisschen ab, doch Akelei betrachtete ihn mit mildem Interesse und machte keine Anstalten, ihn allein zu lassen. So streifte er die nassen Hosen ab und schlüpfte in die weichen Gewänder, die allesamt in Orange und Rot eingefärbt waren. Der Stoffstreifen entpuppte sich als Gürtel, der mit einem komplizierten Knoten geschlossen wurde. Yuriko stelle sich beim Binden ungeschickt an, und Akelei half ihm bereitwillig.

»Wenn der Gong ertönt, komm bitte zum Gemeinschaftshaus«, sagte sie. »Das ist das große am Versammlungsplatz. Deine Kröte ist ebenfalls herzlich willkommen. Ich habe jetzt noch einige Pflichten zu erledigen.«

»Gut«, sagte Yuriko. »Ja. Danke.«

Akelei ging davon, und Yuriko setzte sich Padda auf die Schulter und beschloss, sich ein wenig im Dorf umzusehen. Vielleicht begegnete er durch Zufall Meister Gimm.

Ob der ihn überhaupt erkannte? Er hatte damals einen Sechzehnjährigen auf seiner Türschwelle zurückgelassen.

Die Sonne hatte an diesem Ort ihr gnadenloses Brennen aufgegeben und schien mild und warm auf ihn hinunter. Ein seltsamer, beinahe zauberischer Glanz lag über allem, machte die Farben satter, die Gerüche intensiver, den Sand unter seinen nackten Füßen weicher.

Einem Impuls folgend, tastete er nach dem Arkanum. Es traf ihn wie eine sanfte, aber gewaltige Welle, überspülte ihn, drang in ihn ein, Funken knisterten in seinen Haaren, und er konnte sich gerade noch bremsen, bevor seine neue Kleidung abbrannte. Dies hier war wirklich ein wundersamer Ort – einer, an dem womöglich sogar Galina einen anständigen Zauber zustande brachte.

Er wanderte zwischen den Häusern herum, grüßte freundlich, wenn jemand ihm begegnete, Faust an Handfläche, und wurde freundlich zurückgegrüßt. Alle hatten zu tun, fiel ihm auf, aber niemand hatte es eilig oder schien schlecht gelaunt. Er brauchte eine Weile, bis ihm auffiel, was im Vergleich zu einem normalen Dorf fehlte: Es gab keine Kinder, und niemand schien Tiere zu halten. Das Fehlen der Kinder fand Yuriko seltsam. Dass es keine Hunde gab, begrüßte er sehr.

Der Zufall brachte ihn zwischen den Häusern hinaus auf eine Wiese. Hohe Rispen wiegten sich anmutig im Wind und überschatteten Teppiche von winzigen weißen und himmelblauen Blümchen. Der perfekte Ort, um sich ins Gras zu legen und in den Himmel zu schauen, doch hangabwärts, ein paar Steinwürfe entfernt, erkannte er das Wäldchen, in das man Arkadis getragen hatte. Die Wiese würde nicht weglaufen.

Er schlenderte hinunter, querte den Weg und nahm die Abkürzung durch noch mehr Grün bis unter den Schatten der Bäume. Er folgte dem Klang leiser Stimmen und gelangte schließlich auf eine Lichtung, auf der sich ein halbes Dutzend sonnenfarben gekleideter Menschen versammelt hatte. Sie umstanden etwas, das auf den ersten Blick aussah wie ein großer Baumstumpf – auf den zweiten bestand es aus verflochtenen Wurzeln, bewachsen mit Farn und kleinen goldgelben Pilzen. Dort lag Arkadis, ins Wurzelwerk geschmiegt, und sah aus, als würde sie friedlich schlafen. Einige gelb Gekleidete beugten sich über sie und summten eine einfache, kurze Melodie, die sich wiederholte. Einer strich mit den flachen Händen durch die Luft, immer hin und her über ihrem verletzten Bein. Das Arkanum war zum Greifen. Funken knisterten in Yurikos Haaren.

Leise trat er näher. Eine gelb und rot gekleidete Gestalt drehte sich zu ihm um – es war Galina. Sie trug schmale, knielange Hosen, darüber Überwurf und Gürtel und darüber ihren eigenen Schwertgürtel mit dem Schwert. Sie sah völlig verändert aus – und dann doch nicht, als sie ihren strafenden Blick aufsetzte und den Finger an die Lippen legte. Er nickte ihr zu, trat hinter sie und schaute ihr über die Schulter.

Die Verletzung hatte aufgehört zu bluten. Die aufgerissenen Stellen schienen geschrumpft, die Wundränder sauber. Stellenweise war neue, rosafarbene Haut zu erkennen. Der Heiler zog die Hände nach oben, und aus der tiefsten Bissspur entwichen einige Tropfen einer schwarzen, teerartigen Substanz, die in der Luft zitterten, gefangen zwischen Schwerkraft und arkaner Energie.

Eine Heilerin fing sie mit einem dicken Polster aus Moos und Blättern ein. Es zischte leise, ein dünner Rauchfaden stieg auf, und eilig ließ die Heilerin das Polster in einen Eimer fallen, den eine andere ihr hinhielt.

Der Heiler richtete sich auf. Es war der gleiche, der auch schon am Teich zu Hilfe gekommen war.

»Es wird heilen«, sagte er. »Aber es braucht Zeit. Das Gift konnte ich aus der Wunde ziehen, aber es liegt ein Zauberbann auf diesem Wesen, der die Kräfte der Natur schwächt. Ich kann sie-ihn nicht heilen, wie ich andere heilen könnte.«

»*Sie* trägt ein Siegel auf der Zunge«, warf Yuriko ein. »Deshalb sind wir hier.«

»Tatsächlich«, sagte der Heiler erstaunt. »Höchst interessant. Ich möchte das gerne näher erforschen, sobald *sie-er* wach und einverstanden ist.«

»Wie lange wird das dauern?«, erkundigte sich Galina. »Und er – also, sie-er – wird doch wieder gesund, oder?«

»Fängst du jetzt auch schon so an«, sagte Yuriko und verdrehte die Augen. Galina versetzte ihm einen unsanften Rippenstoß.

»Dazu gibt es berechtigte Hoffnung«, sagte der Heiler. »Das Gift hatte sich noch nicht im Körper verbreitet. Was immer ihr getan habt, hat ihr-ihm das Leben gerettet.«

»Einfallsreichtum und entschlossenes Handeln«, sagte Yuriko bescheiden. »Dafür bin ich berühmt.«

»Passt mal lieber auf deine Hände auf«, sagte Galina. »Du brennst.«

»Oh«, sagte Yuriko und löschte eilig das Feuer an seinen Händen. »'Schuldigung. Das ist wirklich ganz ungewöhnliches Arkanum an diesem Ort. Du solltest es hier vielleicht nochmal mit der Zauberei versuchen.«

»Nein danke. Kein Interesse.«

»Ich höre wohl nicht richtig?«

»Nicht so laut!« Galina nahm Yuriko beim Ärmel und zog ihn von den Heilern weg.

»Ich spüre es auch«, sagte sie leise. »Aber warum soll ich hier Geschmack an etwas finden, das mich draußen sofort wieder verlässt?«

»Hm.«

»Sie haben hier auch Lehrer, die Schwertkunst unterrichten. Nach dem Gong treffe ich einen, und wenn ich Glück habe, nimmt er mich als Schülerin an.«

»Das hast du alles schon in die Wege geleitet?«

»Seh ich aus, als hätte ich Zeit zu verlieren?«

Yuriko seufzte. »Nein. Natürlich nicht. Hoffentlich kommst du vor lauter Kampfkunst noch dazu, mir mit dem Siegel zu helfen.«

Galina sah gelinde überrascht aus.

»Ist dir meine Unterstützung wichtig? Oder willst du nur Arbeit auf mich abwälzen?«

Yuriko machte sein bestes Schäfchengesicht. »Hm. Beides, denke ich.«

Galina überlegte. »Ist in Ordnung«, sagte sie schließlich. »Das bin ich dir schuldig. Du warst vielleicht nicht der schlimmste Lehrmeister, den man sich vorstellen kann.«

Ein volltönender Gong erklang in der Siedlung. Ein Schwarm rundlicher brauner Vögel mit rubinroten Flügeln schreckte aus einem Busch auf und flatterte in den Himmel.

»Und du warst bei weitem nicht die schlimmste vorstellbare Schülerin«, sagte Yuriko.

Das Gemeinschaftshaus hatte etwas ganz Erstaunliches: ein Dach, das sich zum Himmel öffnete. Einer der Gartenbewohner kurbelte, und die einzelnen Teile des Daches schobern sich übereinander wie die Falten eines Gewandes, bis lange, schräge Sonnenstrahlen ins Innere fielen.

Der Hauptraum kam völlig ohne Möbel aus. Auf dem Boden waren Sitzkissen verteilt, die mit Blüten und Ranken aufwendig bestickt waren. An einer Wand gab es ein Podest, etwa zwei Schritte lang und einen tief, darauf hing in einem hölzernen Gestell der Gong. Yuriko und Galina wurden von einem Strom an gelb gekleideten Menschen in den Raum gespült. Niemand sprach, der Raum war einzig erfüllt von dem Rascheln der Gewänder und dem leisen Knarren des Holzbodens. Sie standen unschlüssig herum, während sich um sie herum alle mit untergeschlagenen Beinen auf die Kissen setzten, die Augen schlossen und auf eine komplizierte Art die Finger verschränkten.

Eine junge Frau trat auf sie zu und zeigte zur Tür. Gegen den Strom, der ins Innere drängte, folgten sie ihr wieder nach draußen.

»Haben wir etwas falsch gemacht?«, erkundigte sich Galina.

»Nein«, sagte eine tiefe Männerstimme. Sie gehörte zu einem kleinen Mann mittleren Alters, der seine beträchtliche Leibesfülle in rostrote Roben gehüllt hatte. Er hatte ein freundliches Gesicht, eine spiegelnde Halbglatze und dunkle Augen, mit denen er erst Galina, dann Yuriko eingehend musterte.

»Aus dem Teich kommt ihr also«, sagte er.

»Hätte es denn eine andere Möglichkeit gegeben?«, fragte Yuriko und dachte an Arkadis und die Schmerzen, die sie durchlitten hatte.

»Über die Berge, durch den Wald«, sagte der Beleibte. »Wer zu uns will, findet einen Weg.«

»Es war ein Portal, durch das wir geschwommen sind, richtig?«, sagte Yuriko. »Dieser Ort ist entrückt. Existiert er auf einer anderen Ebene? Wenn ja, auf welcher? Oder habt ihr mittels der Portale nur einen Raumkrümmer erschaffen? Was an und für sich schon großartig genug wäre.«

»Warum willst du das wissen?«

Yuriko hob die Schultern. »Es ist faszinierende Zauberei. Ich war lange Jahre im Forschungsbetrieb tätig …«

»Als hättest du jemals«, brummte Galina, aber er ignorierte sie.

»Ich mag es gern, mir Dinge erklären zu können.«

»Ich kann dir die Erklärung nicht geben«, sagte der Beleibte. »Ich bin kein Zauberer. Dieser Ort ist älter als wir alle. Er ist wach, solange Reisende von außen ihren Weg zu uns finden. Wenn wir einmal alle unsere Reise fortgesetzt haben, wird er in Schlummer fallen, bis er wiedergefunden wird.«

»Ergibt Sinn«, sagte Yuriko.

»Echt?«, murmelte Galina.

»Nö«, sagte Yuriko. »Aber wir sind ja gerade erst angekommen.«

»Ich bin der Hüter dieses Ortes«, sagte der Beleibte. »Mein Name ist Helio. Ihr mögt es vielleicht als unhöflich empfinden, dass ich euch ausfrage, aber ich trage die Verantwortung für alles Leben in diesem Tal. So berichtet mir, woher ihr seid und was ihr hier begehrt.«

Yuriko und Galina wechselten sich mit dem Bericht ab: Er holte zu den fabelhaften Einzelheiten aus, und sie fiel ihm ins Wort und nahm die Abkürzung. Immerhin verschwieg sie, dass sie ihn entführt hatte – zweimal – und so ließ er sie gewähren. Helio lauschte aufmerksam. Schließlich nickte er.

»Dass ihr durch den Teich gekommen seid, mag an eurer Liebe zu Gewässern liegen«, sagte er. »Und auch wenn eine solche Neigung ungewöhnlich ist für einen Feuerzauberer, so soll sie euch doch nicht zum Nachteil gereichen.«

»Warum hab ich den Eindruck, es wäre dir lieber, wir wären durch den Wald oder über den Berg gekommen?«, fragte Yuriko. Helio lächelte leicht. Der Mann hatte eine gute Ausstrahlung, fand Yuriko. Er hätte sich mit ihm zusammensetzen, Tee trinken und Dame spielen mögen. Falls man in diesem Teil der Welt Dame spielte. Falls man überhaupt etwas spielte und nicht den ganzen Tag mit Erleuchtung beschäftigt war.

»Nun geht hinein und setzt euch zu den anderen«, sagte Helio. »Ich komme auch gleich. Du, Reisende, lass dein Schwert am Eingang. Dies ist ein friedlicher Ort.«

Galina zog ein Gesicht, aber Yuriko nickte ihr entschieden zu, und so gürtete sie ihr Schwert ab und legte es in den Vorraum.

Drinnen saßen inzwischen alle. Einige Kissen waren frei geblieben, und Yuriko suchte sich eines in der Nähe der Tür und zog ein Kissen für Galina neben sich. Es brauchte ein bisschen, bis er seine Beine auf das Kissen gefaltet hatte. Er stieß dabei versehentlich seinen Nachbarn an, doch der schenkte ihm nur ein freundliches Lächeln. Erst als er saß, fiel ihm auf, dass Helio seine letzte Frage nicht beantwortet hatte.

Eine Weile passierte nichts. Alle saßen ganz ruhig und hielten die Augen geschlossen. Draußen sang ein Vogel. Yuriko spürte, wie das Arkanum in ihm kreiste, er musste es nicht an sich ziehen, es war einfach da und pulsierte sachte in seinem Inneren, wie ein zweiter Herzschlag. Er schielte zu Padda. Der war auf seiner Schulter eingeschlafen.

Dann näherten sich Schritte von draußen. Schatten fiel durch die offene Tür, und eine kleine Prozession kam herein und verteilte sich auf die letzten freien Plätze. Gleichzeitig begannen alle leise zu summen, einen einzigen Ton nur, der im Raum aufstieg und durch das offene Dach ins Freie strömte.

Die Neuankömmlinge waren alt, greisenhaft einige. Alle hatten Jüngere zur Seite, die sie liebevoll stützten und leiteten. Wer nicht mehr gehen konnte, wurde getragen. Yuriko sah in Gesichter, so verwittert wie alter Stein, umgeben von schütterem Haar, Hände wie Reisig und Papier, gebeugte Rücken, knotige Gelenke. Einige waren im Halbschlaf, aber alle machten einen rundum zufriedenen Eindruck.

Und dann fuhr er auf seinem Kissen in die Höhe, dass sein Nachbar sich erschrocken beim Summen verschluckte, und packte Galina bei der Schulter.

Unter den Alten war Gimmstein Skjoll. Er war kleiner, als Yuriko ihn in Erinnerung hatte, und trug keine Glöckchen mehr am Fußgelenk, aber in seinen langen, mittlerweile schlohweißen Haaren hingen immer noch Federn und Perlen. Er wirkte im Vergleich nicht besonders gebrechlich, hatte aber zwei Helferinnen bei sich, die ihn vorsichtig führten. Seine Augen waren von einem trüben, grauen Schleier überzogen.

»Meister Gimm«, flüsterte Yuri, dem die Kehle ganz eng war, und erntete einen tadelnden Blick von seinem Nachbarn, der sich zur Verstärkung seiner Botschaft noch den Finger an die Lippen hielt. Yuriko nickte und atmete stockend um das enge Gefühl herum. Verstohlen tupfte er sich mit dem Ärmel die Wangen ab. Er hatte da was im Auge.

Galina griff nach seiner Hand und behielt sie in ihrer. Ihr Händedruck war warm und fest, und Yurikos Atem ging etwas freier.

Als die letzten Alten saßen, erhob sich in der ersten Reihe ein kahlköpfiger junger Mann und schlug den Gong. Helio kam herein und schob seinen beträchtlichen Bauch gemächlich vor sich her, bis er das Podest erreicht hatte.

Wieder schlug der Kahlrasierte den Gong, und dann noch ein paarmal, erwidert von unverständlichen Gesängen. Manchmal beugten alle sich nach vorne und berührten mit der Stirn den Boden, dann erhoben sie die Hände zum Himmel. Galina und Yuriko versuchten, nachzuahmen und nicht negativ aufzufallen. Helio kniete auf dem Podest und sang am lautesten von allen, unüberhörbar mit mehr Begeisterung als Talent.

Dann verstummte der Gesang. Helio ergriff einen Korb, entnahm diesem etwas Kleines und legte es dem Kahlköpfigen in den Mund. Der kaute und schluckte, nahm dann den Korb entgegen und gab etwas von dem Inhalt einer Frau in der ersten Reihe zu essen. So ging der Korb einmal durch den Raum. Es war an Galina, Yuriko zu füttern. Sie hielt ihm etwas hin, das wie ein kleines, gebackenes Teigbällchen aussah. Yuriko machte den Mund auf, doch Padda, gerade noch im Tiefschlaf, war schneller. Er fuhr die Zunge aus und pflückte den Bissen aus Galinas Fingern. Yuriko beschloss, es gelten zu lassen, übernahm den Korb und versuchte, sich nicht blöd dabei vorzukommen, während er seinen Nachbarn fütterte.

Als der Korb einmal die Runde gemacht hatte, erhob sich Helio und strahlte freundlich in die Runde.

»Heute ist ein glücklicher Tag«, sagte er, »denn wir haben drei neue Freunde gewonnen. Zwei von ihnen sind hier, derdie dritte ist noch im Hain der Heilung. Bitte kommt zu mir, ihr beiden.«

Gehorsam entfaltete Yuriko sich vom Kissen. Galina folgte ihm, sah aber etwas verunsichert aus. Er legte ihr die Hand auf die Schulter, und sie straffte sich und hob das Kinn.

Helio empfing sie mit offenen Armen und breitem Lächeln. Yuriko fragte sich, ob er ihn jetzt umarmen würde, aber dann reichte es schon, dass sie sich alle zusammen aufs Podest knieten.

»Im Namen von uns allen heiße ich euch herzlich willkommen«, sagte er. »Niemand von uns kann auf eigene Faust Erleuchtung erlangen. Wir alle sind Lernende und Lehrende zugleich. Wir geben und nehmen. Wir sind Teil des großen Ganzen. Der Weg, der euch hergeführt hat, hat keine Bedeutung, solange ihr hier seid, ebenso wenig wie der Weg, der euch einmal von hier wegführen wird. Deshalb verleihe ich euch neue Namen, die ihr tragen sollt, bis ihr diesen Ort verlasst.«

Yuriko öffnete den Mund, aber der Hüter sah ihn mit so viel freundlicher Bestimmtheit an, dass Yuriko den Mund wieder zuklappte.

»Du, Suchende, wirst den Namen Goldstern tragen, weil du uns daran erinnerst, dass es nicht vergeblich ist, nach fernen Zielen zu streben. Und du, Suchender, wirst den Namen Zinnober tragen, damit wir von dir lernen, unserem Alltag ein wenig Zauberglanz zu verleihen.«

Der Kahlkopf schlug den Gong, und alle klatschten, jubelten und riefen die neuen Namen. Galina wirkte ein bisschen befangen. Yuriko verbeugte sich auf den Knien.

Als die Freudenbekundung verebbt war, winkte der Hüter eine junge Frau zu sich.

»Das ist Topas«, sagte er. Topas verbeugte sich. Sie hatte ein hübsches Puppengesicht und sehr angenehme Rundungen unter ihren Gewändern. »Topas ist deine Vertraute, Goldstern. Sie wird mit dir lernen, so wie du mit ihr.«

Während Yuriko noch darüber nachdachte, wie vertraut man mit so einer Vertrauten werden durfte, holte Helio den glatzköpfigen Gongschläger zu sich.

»Zinnober, dies ist Kobalt. Er wird dein Vertrauter sein.«

Yurikos Erwartungsfreude fiel in sich zusammen. Mit unbewegter Miene verbeugte Kobalt sich. Er war höchstens Ende zwanzig, sah aber aus, als hätte er seit dreißig Jahren keinen Spaß mehr gehabt.

Die Zeremonie war beendet. Die Dorfbewohner standen auf und räumten die Kissen weg, gingen nach draußen oder standen beieinander und plauderten. Topas nahm Galina beim Arm und zog sie mit sich. Kobalt stand unbewegt, die Hände vor der Brust gefaltet.

»Ja, dann«, sagte Yuriko. »Auf gute Zusammenarbeit. Oder so.«

»Ich bin mit dem Steingarten betraut«, sagte Kobalt. »Du wirst mir dort zur Hand gehen.«

»Ich bin nicht hier, um Steingärtnern zu lernen«, sagte Yuriko. »Ich bin hier, um mit Meister Gimm zu sprechen. Wie auch immer er hier heißt. Weißhaarig, und etwas ist mit seinen Augen.«

Er beugte sich an Kobalt vorbei und hielt Ausschau, aber Gimmstein war schon verschwunden.

»Nichts gegen dich, Kobalt, aber warum kann nicht mein alter Meister mein Vertrauter sein? Das wäre doch viel einfacher.«

Helio lächelte gütig. »Vertraust du ihm denn, Zinnober?«

Kopf hoch, kleiner Salamander.

»Na ja«, sagte er. »Damals hat er mich recht im Stich gelassen. Aber das ist lange her. Heute … nun, ich bin vielleicht die falsche Person, um darüber ein Urteil zu fällen.«

»Es ist lange her, aber nicht vergangen«, sagte Helio. »Deshalb wird Kobalt dir zur Seite stehen und nicht Faun.«

Yuriko nickte. An Meister Gimm kam er auch bei anderer Gelegenheit ran. Und dann war der Aufenthalt hier ohnehin schnell beendet.

»Komm mit«, sagte Kobalt. »Ich zeige dir, wo es Essen gibt.«

Das Küchenhaus und der große gemeinsame Speiseraum waren gleich nebenan. Aus großen Töpfen und Schüsseln duftete es verlockend. Yuriko bediente sich und suchte sich einen Platz. Galina saß mit Topas zusammen, und so setzte er sich zu einer kleinen Gruppe von Frauen, die mit ihren fließenden Gewändern sehr angenehm anzuschauen waren. Er wurde mit freundlichem Lächeln begrüßt, aber mit dem Zeigefinger ermahnt, als er ein Gespräch anfangen wollte.

Alle aßen schweigend. Die Mahlzeit bestand aus allerlei Gemüse und Saaten und hätte mit einem Stück Räucherspeck sicher noch besser geschmeckt. Während er aß, sah Yuriko sich unauffällig um und entdeckte tatsächlich Meister Gimm mit seinen Helferinnen ein paar Tische weiter, wie er dasaß und seinen Eintopf löffelte, gebeugt vom Alter, aber ganz stillvergnügt und zufrieden.

Wie oft Yuriko ihm Essen aus der Küche der Arkania geholt hatte. Meister Gimm hatte dann immer einen scharfen Blick in die Schüssel geworfen und dann einen ebenso scharfen auf seinen Schüler.

»War der Koch wieder sparsam«, hatte er gesagt, und Yuriko hatte genickt und unschuldig dreingeschaut, während ihm der Geschmack von Linsen, Oliven und Schweinebauch noch auf der Zunge lag.

»Na dann«, hatte Meister Gimm dann meistens gesagt und angefangen zu essen, die schmutzigen Füße bequem auf dem Schreibtisch abgelegt, die Schüssel auf den Beinen, und wenn es Yuriko gelang, lange genug hungrig genug zuzuschauen, hatte er ihm ein paar Eiserne zugeworfen, damit er sich seine eigene Schüssel holen konnte.

Yuriko rührte in seiner Gemüsesuppe. Es hatte Zeiten gegeben, da wäre er ohne Meister Gimms Zuwendungen elend dran gewesen. Ob Galina später einmal über ihn das Gleiche erzählen würde? Sie hatte immerhin ihre Familie gehabt. Florines Bruder Niall. Dessen Frau, die ganzen Kinder, unüberschaubar viele. Florine und Danilo. Er selbst hatte ein winziges Dachgeschosszimmer über einer Gastwirtschaft gehabt. Praktisch, wenn er Essen aus der Küche stehlen wollte. Unpraktisch, wenn er einsam war.

Wäre Frakis nicht gewesen und seine wunderbare, freundliche Familie.

Wenn er so darüber nachdachte, waren es eine ganze Menge Leute, die dafür gesorgt hatten, dass der kleine namenlose Junge am Leben geblieben war und seinen Weg gemacht hatte.

Padda kletterte von seiner Schulter und rutschte über seinen Arm auf den Tisch. Er hockte sich neben Yurikos Schüssel und sperrte das Maul auf.

»Keine Insekten drin, tut mir leid«, sagte Yuriko und fing sich strafende Blicke der Umsitzenden ein. Er suchte einen kleinen, braunen Bohnenkern heraus, der beinahe aussah wie ein Käfer, und hielt ihn Padda hin. Der nahm die Gabe gnädig an, bewegte den Bohnenkern von einer Backentasche zur anderen und spie ihn schließlich auf die Tischplatte. Interessanterweise störten Yurikos Tischgenossinnen sich am kotzenden Kröter deutlich weniger als am sprechenden Krötenmeister. Unter Paddas vorwurfsvollem Blick aß Yuriko auf und ließ sich dann zeigen, wohin man sein benutztes Geschirr brachte, denn offenbar konnte man es nicht einfach auf dem Tisch stehenlassen, ohne negativ aufzufallen.

In der Spülküche behielt man ihn gleich da und drückte ihm ein Tuch in die Hand. Er blieb also und trocknete mehr Teller, Schüsseln und Löffel ab als je zuvor in seinem Leben, während die nassen Stapel Geschirr schneller vor ihm wuchsen als Gras im Frühling.

»Keine Sorge«, sagte der Mann an der Spülschüssel freundlich. »Du kommst in Übung.«

Yuriko seufzte und nickte. Offenbar gingen alle davon aus, dass er für immer oder zumindest für sehr lange blieb, und er war es jetzt schon leid, diese Einschätzung ständig zu korrigieren.

Als man ihn endlich gehen ließ, stand die Sonne schon tief. Die Luft war kühl und süß. Im Gras versteckt sangen die Grillen ihr Abendlied, und Yuriko dachte an Florine und musste seine Füße fest auf die Erde pflanzen, um nicht einfach loszulaufen, den Teich zu durchschwimmen und sich seinen Weg durch Sumpf und Berg und übers Meer bis auf ihr Vordach zu suchen.

Er wollte so gerne dort sein. Seine Hände schmerzten, so sehr wollte er an ihr Fenster klopfen.

Eine Berührung am Arm. Kobalt.

»Huh?«

»Morgen bei Sonnenaufgang hole ich dich zur Meditation. Danach zeige ich dir deine Aufgaben im Steingarten.«

»Regelmäßig gießen, nehme ich an? Damit sie gut wachsen?«

Kobalt sah ihn an.

»War ein Scherz«, sagte Yuriko entnervt. »Gütiger Krötengeist. Verliert man mit der Erleuchtung den Humor? Dann verzichte ich dankend.«

Kobalt ging davon. Yuriko ließ ihn ziehen. Im schwindenden Licht machte er einen Spaziergang durchs Dorf, überlegte, hinunter in den Hain der Heilung zu gehen und nach Arkadis zu sehen, aber dann überwog doch das Bedürfnis, mit Meister Gimm zu sprechen.

Eine Dorfbewohnerin wies ihm den Weg: die Straße entlang, bergauf, um die Biegung, durch das Felsentor und dann gleich rechts.

Während er ging, bewegte Yuriko die unbeantworteten Fragen in seinem Geist. Hatten sie durch den Teich die Mittlere Ebene verlassen und waren auf einer der Äußeren gelandet? Bisher hatte er weder Geister noch Dämonen gesehen, aber das konnte ja noch werden. Oder war der Teich ein Portal, das zwei Orte der gleichen Mittleren Ebene miteinander verband? Passierte alles womöglich nur in seinem Kopf? Was würde Mio tun, wenn sie seinen reglosen Körper am Teich fand, während er im Geiste seinen alten Meister suchte? Wie wütend war sie noch? Vielleicht würde sie versuchen, ihn zu wecken. Er würde von den Toten aufstehen, wenn sie nur die richtigen Dinge tat. Wo hatte er eigentlich die Arkanfessel gelassen? Hm.

Oh, Felsentor.

Er war schon eine Weile bergauf gegangen. Jetzt führte der Weg zwischen großen Felsen hindurch, die sich gegen den Hang lehnten. Winzige Nebeltröpfchen hingen im Moos, Farn streckte seine zarten Finger nach Yuriko aus. Über ihm raschelte es. Ein schwarz-weißes pelziges Gesicht sah interessiert zu ihm hinunter, dann war es mit einem weiteren Rascheln verschwunden.

Hinter dem Felsentor zweigte ein bequemer Pfad vom Weg ab und führte in ein winziges Tal – kaum mehr als eine Mulde im Hang. Büsche mit rosafarbenen, trompetenförmigen Blüten säumten den Pfad, der an der Schwelle eines niedrigen, mit Gras gedeckten Hauses endete. Die Fassade war überwuchert mit Weinranken, und davor auf einer gepolsterten Bank saß Meister Gimm. Vor ihm kniete eine seiner Helferinnen und badete ihm die Füße in einem hölzernen Zuber. Die zweite kam Yuriko entgegen.

»Zinnober«, sagte sie. »Willkommen. Ich bin Indigo. Du hast dich hoffentlich nicht verlaufen?«

»Tatsächlich nicht«, sagte Yuriko. »Ich bin hier, um Meister … Faun zu sehen. Wir kennen uns von früher.«

»Tritt näher. Aber sei nicht enttäuscht, falls er sich nicht erinnert. Er ist der Erleuchtung nah, und viel aus seinem früheren Leben hat sich schon aufgelöst.«

»Er vergisst Dinge?«

»Er lässt Dinge hinter sich.«

Sie nahm ihn beim Arm und führte ihn näher. Die andere Betreuerin war gerade dabei, Meister Gimms Füße abzutrocknen.

»Das ist Lilie«, sagte Indigo. Lilie, offenbar schweigsam von Natur, nickte freundlich und trug den Zuber davon.

»Faun?«, sagte Indigo und fasste den alten Mann bei der Schulter. Der hatte sich offenbar im Halbschlaf befunden und zuckte zusammen. Seine Hand ging suchend durch die Luft, erwischte Indigos Arm und fasste zu. Er nickte und blinzelte mit seinen trüben Augen.

»Hier ist Besuch für dich«, sagte Indigo. »Du erinnerst dich an Zinnober, unseren Neuankömmling?«

»Natürlich«, sagte Meister Gimm. »Gute Ausstrahlung, der Junge.« Seine Stimme war überraschend kräftig für den gebrechlichen Mann.

»Hallo, Meister Gimm«, sagte Yuriko, dem das Herz bis zum Hals schlug. »Ich bin's. Yuri.«

»Wer?«, sagte Meister Gimm und kniff die Augen zusammen.

»Yuri«, wiederholte Yuriko befangen. »Dein Schüler. Ist schon ein paar Jahre her. Damals in Letis.«

»Ich hatte nie einen Schüler«, sagte Gimmstein und machte eine wegwerfende Geste. »Viel zu viel Arbeit.«

»Du hattest mich. Zehn Jahre lang. Von meinem sechsten bis zu meinem sechzehnten Lebensjahr«, sagte Yuriko bestürzt.

Gimmstein runzelte die Stirn.

»Wann kommt Lilli mit dem Wasser? Sie wollte mir doch die Füße baden.«

»Das hat sie gerade«, sagte Indigo liebevoll. »Schau. Hier liegt noch das Tuch.«

Sie führte Gimmsteins Hand darüber. Der betastete das Tuch nachdenklich.

»Du warst Zirkelmeister für Siegelkunde an der Arkania in Letis«, machte Yuriko einen neuen Versuch. »Du hattest diese hübsche Schreibstube mit den Fenstern zum Innenhof.«

»Wo soll das gewesen sein?«, sagte Gimmstein grübelnd.

»Letis«, sagte Yuriko. »Königreich Zentallo.«

Gimmstein grübelte ein bisschen, dann nickte er, zuckte die Schultern und grinste. Für einen Augenblick sah er beinahe aus wie früher.

»Setz dich, Zinnober. Erzähl mir. Du kommst von weither.«

»Vom anderen Ende der Welt.« Yuriko bemühte sich, nicht vorwurfsvoll oder verzweifelt zu klingen.

»Setz dich, setz dich schon!«

Yuriko gehorchte, im Ohr ein Echo: *Hast du schon die Post geholt, und bring das Tintenfass zum Auffüllen, nun lauf, lauf schon!*

Auf der Bank war nicht genug Platz, und so setzte Yuriko sich kurzerhand auf den Boden neben Gimmsteins ungewohnt saubere Füße. Gimmstein streckte die Hand nach ihm aus und begann ihn zu betasten – Gesicht, Haare, Schulter, Kröte.

»Fabelhaftes Tier!«

»Ja, tatsächlich«, sagte Yuriko. »Das ist Meister Padda. Mein Gefährte.«

»Hast du Kinder?«

»Nein. Also. Keine, von denen ich wüsste.«

»Ein Liebchen? Eine Frau?«

»Ja, aber sie ist weit weg. Zu Hause, in Letis.«

»Warum bist du nicht bei ihr?«

Yuriko seufzte. »Sie trug mir auf, dich zu finden und ein Rätsel zu lösen.«

Gimmstein schüttelte unwillig den Kopf. »Des Elends Wurzel liegt da, wo der Mann tut, was die Frau ihm befiehlt«, sagte er. »Wo ist eigentlich Lilli? Wollte sie mir nicht die Füße waschen?«

»Das hat sie schon gemacht«, sagte Indigo geduldig. »Aber wenn du möchtest, kannst du ein zweites Fußbad haben.«

Gimmstein dachte ein Weilchen darüber nach, dann schüttelte er den Kopf. »Sie soll sich nicht mit Wasserschleppen den Rücken krumm machen. Wenn ich baden will, kann ich zum Bach gehen.«

Indigo lächelte und tätschelte Gimmsteins Hand.

»Hast du Kinder, Zinnober?«, fragte Gimmstein.

»Nein«, sagte Yuriko. »Eine Verlobte hab ich, zu Hause in Letis. Die Schönste von allen.«

»Ich habe drei«, sagte Gimmstein. »Kinder, nicht Verlobte.« Er grinste schalkhaft. »Ein Mädchen und zwei Jungen. Tordis, du würdest sie mögen. Sie hat immer allerlei Getier mitgebracht. Schmetterlinge mit kaputten Flügeln, streunende Katzen. Skantha, der war immer gut mit Zahlen. Und Yuri, der älteste. Ein Nichtsnutz, aber talentiert. Talentiert. Ich wüsste gerne, was aus ihm geworden ist.«

»Er hat es gut«, sagte Yuriko, dessen Stimme einen seltsamen Knacks hatte. »Er ist ein angesehener Mann. Ein Meister der Siegelkunde und Feuerzauberer.«

»Tatsächlich«, sagte Meister Gimm und wiegte verwundert den Kopf. »Na, aus Kindern werden Leute, was. Hast du Kinder, Zinnober? Ich habe drei.«

»Ich weiß«, sagte Yuriko und wischte sich mit dem Ärmel übers Gesicht. »Tordis, Skantha und Yuri.«

»Du kennst sie?«, fragte Meister Gimm erstaunt.

»Deinen Ältesten«, sagte Yuriko. »Den kenne ich ganz gut.«

Meister Gimm nickte. »Du musst mir einmal von ihm erzählen. Wenn ich mehr Zeit habe. Jetzt muss ich ein Fußbad nehmen.«

Indigo nickte ihm zu. »Komm morgen wieder, wenn du möchtest, Zinnober. Er hat dich gern.«

»Ja«, sagte Yuriko heiser. »Danke. Das werde ich.«

Auf dem Weg zurück ins Dorf musste er immer wieder Tränen wegblinzeln. Sein Herz war ihm gleichzeitig eng und weit. Er wusste nicht recht, wohin mit sich, also ging er nach seinen Begleiterinnen sehen. Galina war im Gespräch mit Topas versunken. Sie saßen auf einer Mauer im letzten Sonnenlicht, steckten die Köpfe zusammen und kicherten wie alte Freundinnen. Yuriko wollte nicht stören und ging weiter zum Hain der Heilung. Arkadis schlief. Ihr Bein war von einem blütenweißen Verband umspannt. Immerhin war Yuriko hier ein kurzer Heldenmoment vergönnt, in dem er berichten durfte, wie er Arkadis gerettet hatte, und von den Heilerinnen angemessen bewundert wurde. Für ein Weilchen machte ihn das auch sehr zufrieden, dann trieb es ihn weiter. Er war müde, aber ruhelos, einsam, aber gesättigt mit fremden Menschen und neuen Namen.

Im Haus mit der Blumenmalerei brannte Licht. Er riss sich zusammen und trat über die Schwelle. Im Raum bereiteten sich zwei junge Männer auf die Nacht vor, beide dunkelhaarig, eine Familienähnlichkeit war unübersehbar.

»Guten Abend!«, trompetete der eine fröhlich. »Der Neue! Wir haben dich vorhin schon bei der Zeremonie gesehen! Zinnober, richtig? Ich bin Opal, und das ist mein Bruder Onyx. Wir sind schon im zweiten Jahr hier. Wenn du Fragen hast, frag ruhig. Wir wissen praktisch alles über diesen Ort. Übrigens, Goldstern – ist das deine Tochter?«

»Schülerin«, sagte Yuriko. »Ehemalige Schülerin. Schutzbefohlene.«

»Sie ist soooo hübsch«, schwärmte Opal. »Ob ich sie morgen mal zu einem Spaziergang einlade?«

»Sie ist vergeben.«

»Hm.« Eine steile Falte erschien über Opals Nasenwurzel. Dann war das Strahlen zurück auf seinem Gesicht. »Das muss kein Hindernis sein. Ich werde sie einfach fragen.«

»Weil du auch noch keine Sammlung von Körben hast, die Frauen dir verabreicht haben«, ließ sich sein Bruder Onyx vernehmen. »Du bist hier, um zu lernen, Opal. Nicht um den Frauen hinterherzugehen.«

»Das eine schließt das andere nicht aus«, sagte Opal und schüttelte seine Bettdecke auf. »Über Frauen gibt es so viel zu lernen, da wird ein Mann zu Lebzeiten nicht fertig damit.«

Onyx stieß ein Seufzen aus, das vermuten ließ, dass sie diese Diskussion nicht zum ersten Mal führten.

»Guter Junge«, sagte Yuriko. »Richtige Einstellung. Dich werde ich sehr gerne mögen, sobald ich wieder geradeaus denken kann.«

»War ein langer Tag für euch«, sagte Opal mitfühlend. »All die neuen Namen und Gebräuche. Kann ich verstehen. Aber du wirst dich schnell eingewöhnen. Bald wirst du dich fühlen, als wärest du nie woanders gewesen.«

»Ich habe tatsächlich noch eine Frage zu diesem Ort«, sagte Yuriko. »Wir kamen durch den Teich. Das schien Anlass für Unruhe zu geben. Kennst du den Grund?«

»Nein«, sagte Opal und schaute verwundert drein. »Ich weiß, dass ein paar von den Älteren nicht gerne zum Teich gehen. Ich dachte immer, vielleicht können die nicht schwimmen.«

»Ist auch egal«, sagte Yuri und ließ sich auf seine Schlafstatt fallen, dass der hölzerne Rahmen krachte. »Nun sind wir hier.«

Er streckte sich aus. Alles tat ihm weh. In seinem Kopf drehte sich ein Wirbelsturm aus Gedanken. Durch das offene Fenster sah er in den Nachthimmel, in dem noch lilafarbene Schleier des Sonnenuntergangs hingen. Opals Geplauder und Onyx' einsilbige Antworten strömten über ihn hinweg. Er drehte sich, konnte aber keine bequeme Schlafhaltung finden. Es war zu viel. Alles war zu viel. Er brauchte eine Pause.

»Bin gleich zurück«, sagte er. Er nahm Padda, stand auf und ging nach draußen. Hangabwärts lag der Wald wie ein dunkler Pelz. Eine schmale Mondsichel hing im Himmel. Yuriko folgte dem Pfad bergab, ließ den Hain der Heilung seitlich liegen und ging, bis der Teich ihn mit einem kühlen Atemhauch und sanftem Geplätscher begrüßte. Vorsichtig setzte er Padda ab, der sofort ins Wasser hüpfte. Er zog sich aus und stieg in den Teich, ließ das silbrige Wasser durch seine Finger rinnen, schwamm ein paar Züge, bis es tief wurde, dann aktivierte er sein Siegel, schloss die Augen und ließ sich auf den Grund sinken.

Kapitel 8
Das Ungeheuer aus dem Teich

Er erwachte, weil jemand ihn am Arm rüttelte. Er brummte, und das Rütteln hörte auf.

Yuriko rieb sich mit flachen Händen übers Gesicht. Kühle Luft strich über seine Haut. Wellen plätscherten leise. Vögel zwitscherten, der Wind raschelte im Gras.

Er wälzte sich zur Seite und blinzelte. Padda saß direkt vor seinem Gesicht und sah ihn aus unergründlichen goldenen Augen an. Mit dem Zeigefinger streichelte Yuriko ihm den Kehlsack, und der Kröter reckte zufrieden den nicht vorhandenen Hals.

Teich. Yuriko erinnerte sich nicht, zurück ans Ufer gekommen zu sein, aber hier war er, erfrischt und ausgeschlafen und wunderbar entspannt.

Ein Schatten fiel über ihn und wieder wurde er gerüttelt. Ach ja. Er drehte den Kopf. Kobalt stand über ihn gebeugt.

»Wir konnten dich nirgends finden«, sagte er.

»Ich war im Teich«, erklärte Yuriko. »Hab ich was verpasst?«

»Die Morgenmeditation. Und das Frühstück.«

»Oh.« Yuriko setzte sich auf und gähnte. »Zumindest das Frühstück würde ich gerne nachholen.«

»Wir essen hier zu festgelegten Zeiten und alle gemeinsam«, belehrte Kobalt ihn. Yuriko seufzte.

»Tee? Irgendwas?«

»Deine Pflichten warten«, sagte Kobalt. »Und zieh dich bitte an. Ich weiß nicht, wo du herkommst, aber wir hier finden öffentliche Nacktheit irritierend.«

»Wer kann, der kann«, sagte Yuriko ungerührt. Er stellte sich auf die Füße, gähnte und streckte sich und nestelte sich dann in aller Ruhe in die ungewohnten Gewänder. Padda musste mangels einer Tasche auf die Schulter, wo er es sich bequem machte und begann, mit seiner langen Zunge Wasserlinsen aus Yurikos Haaren zu pflücken.

Während Yuriko sich anzog, stand Kobalt reglos, die Hände in den weiten Ärmeln seiner Roben versteckt, und schaute aufs Wasser. Kaum hatte Yuriko den letzten Knoten festgezogen, setzte er sich wortlos in Bewegung. Yuriko, dem nicht nach Streit war, folgte.

Der Steingarten lag außerhalb des Dorfes auf der Nordseite des Hügels. Ein Felsabbruch hatte hier Felsbrocken und Geröll von den oberen Hängen nach unten befördert. Rund herum war die Fläche mit feinem Kies bedeckt, der sein erstes Leben sicher in einem Bachbett verbracht hatte. Die Geröllhalde war von Menschenhand nach vorne verlängert worden. Steine lagen dort aufgetürmt und zu seltsam harmonischen Gebilden zusammengeschoben. Obwohl hier auf einer Fläche von vielleicht zehn mal zehn Schritten nichts wuchs, wirkte der Garten angenehm belebend und beruhigend zugleich.

Kobalt hielt Yuriko einen Rechen mit großen hölzernen Zinken hin.

»Zieh das Kiesbett glatt«, sagte er. »Jäte Unkraut, wenn du welches findest. Wenn der Wind altes Laub hergeweht hat, entferne es. Entferne alles, was den Einklang stört.«

»Und dann gibt es Tee?«, fragte Yuriko hoffnungsvoll.

»Frag Akelei, ob sie Kräuter für dich hat«, sagte Kobalt. »Für Feuer und Wasser kannst du ja selbst sorgen.«

Yuriko umklammerte den Rechen und seufzte. Es blieb zu hoffen, dass hier zeitig zu Mittag gegessen wurde.

Kobalt ging davon. Yuriko setzte Padda auf einem der größeren Felsbrocken ab. Er sah sich um. Er hatte nicht die geringste Lust auf diese Arbeit. Das Kiesbett war sauber und eben. Unkraut gab es keins. Und niemand war hier, der sich an einem dahergewehten braunen Blatt stören konnte.

Er zog den Rechen durch den Kies, wo er kleine parallel verlaufende Spuren hinterließ. Verdammt. Kobalt würde sehen, wenn er die Arbeit nicht gemacht hatte. Yuriko stützte sich auf den Rechen und überlegte, ob er es darauf ankommen lassen sollte. Er war schließlich ein freier Mann und rechte, wann und wo es ihm beliebte.

Aber was, wenn man ihn daraufhin direkt wieder hinauswarf? Er hatte keine Lust auf Sumpf und Hitze. Der Rückweg kam noch früh genug.

Padda kletterte auf seinem Stein herum und wirkte unzufrieden. Vermutlich wollte er lieber in die Sonne. Also machte Yuriko sich an die Arbeit.

Er verteilte die Spuren des Rechens großzügig auf der Fläche, so dass es aussah, als sei er überall gewesen, und war schnell fertig. Padda war inzwischen von seinem Stein geklettert und hatte sich auf den Weg gemacht. Yuriko klaubte ihn auf, ließ den Rechen liegen und brachte den Kröter in die Sonne.

Im Küchenhaus herrschte reger Betrieb. Akelei war da und begrüßte ihn mit einem Strahlen und einem Schwall von Namen, die alle zu der Küchenmannschaft gehörten und die Yuriko sich unmöglich alle merken konnte. Dann drückte sie ihm ein Messer in die Hand und schob ihm einen Stuhl in die Kniekehlen. Ehe er sich versah, saß er mit ein paar Leuten um eine große Schüssel und schabte den Dreck von Rüben.

Der junge Mann neben ihm, Pflanze-Irgendwie, sah ihm belustigt zu.

»Du machst das nicht eben oft, nicht wahr?«, sagte er schließlich und nahm Yuriko das Messer ab. »Schau. Die Hand hier, das Messer hier. Du schneidest dir sonst noch in den Daumen.«

»Ich bin für Küchenarbeit eben nicht zu gebrauchen«, sagte Yuriko hoffnungsvoll, aber Pflanze-Irgendwie tätschelte ihm nur ermunternd die Schulter und gab ihm das Messer zurück.

Die Gelegenheit zur Flucht ergab sich ein paar Rüben später. Das Feuer unter dem großen Kessel wollte nicht in Gang kommen, und Yuriko kam der kleinen Rothaarigen gerne zu Hilfe und blies es an. Die Feuerlohe geriet ihm ein wenig zu euphorisch, sie schlug von der steinernen Umrandung zurück und setzte seine neue Robe in Brand, aber sobald er die gelöscht hatte, konnte er sich im bewundernden Blick der rothaarigen Köchin sonnen.

»Ich habe noch nie einen Feuerzauberer getroffen«, sagte sie. »Sind die häufig, da wo du herkommst?«

»Zauberer allgemein sind selten, und Salamander noch viel seltener«, erklärte Yuriko geschmeichelt. »Wir sind sehr respektiert in unserer Gemeinschaft. Sag, wie war noch dein Name?«

»Turmalin.«

»Turmalin. Werd ich mir merken.«

Sie sah zu ihm hinauf, die Arme vor der Brust verschränkt, und brachte auf ziemlich eindeutige Weise ihre Vorzüge zur Geltung, und was das für zwei Vorzüge waren, Yuriko hatte kaum noch Augen für ihr bezauberndes Lächeln.

»Ich habe da diesen Vertrauten zugeteilt bekommen«, sagte er. »Wir haben aber keine rechte Verbindung miteinander. Ich könnte gut jemanden brauchen, der mich ein bisschen herumführt und mir alles zeigt.«

»Das hat Kobalt nicht getan?«

»Nein. Ich lege auch keinen gesteigerten Wert darauf.«

Sie lachte und tippte ihm mit dem Zeigefinger auf die Brust. »Das ist ja gut zu wissen, Feuersalamander. Mal sehen. Vielleicht habe ich später Lust, dir alles zu zeigen.«

Sie gab ihm einen langstieligen Löffel und hieß ihn zu rühren, während sie allerlei Gemüse und Kräuter in den Kessel füllte, und er rührte und unterhielt sich selbst mit Gedankenspielen, was es zu entdecken gab, wenn Turmalin ihm alles zeigte, bis ihm nicht nur vom Feuer ganz warm war.

Nach dem Essen schlenderte er zum Hain der Heilung, um nach Arkadis zu sehen. Man hatte sie auf ein bequem aussehendes

Lager im Halbschatten unter einer gewaltigen Sommerlinde gebettet. Sie lächelte schläfrig, als er sich näherte. Er griff nach ihrer Hand und ging neben ihrem Lager in die Hocke.

»Ich habe Meister Gimm getroffen«, sagte er. »Gestern Abend. Er wird uns nicht helfen können. Er hat sein Augenlicht verloren und das Alter hat ihm den Geist verwirrt. Wie es also aussieht, bin ich mal wieder unsere einzige Hoffnung.«

Arkadis zwinkerte ihm zu und fuhr sich mit der Handkante quer über den Hals.

»Wir werden alle sterben?«, murrte Yuriko. »Sehr witzig. Hör mal, du musst vor allem wieder gesund werden. Ich brauche gelegentlich eine neue Reinzeichnung deines Siegels. Meister Gimm lebt seit zehn Jahren hier. Als er ankam, war er sicher noch nicht verwirrt, und vielleicht hat er nicht die ganze Zeit nur Fußbäder genommen und schlechte Gedichte geschrieben.«

Arkadis machte ein fragendes Gesicht.

»Die Siegelmalerei war seine Leidenschaft«, erklärte Yuriko. »Er hat sicher nicht vom einen auf den anderen Tag damit aufgehört. Vielleicht hat er hier noch Schriften verfasst. Irgendwelche Erkenntnisse festgehalten. Er war ein Forscher. Im Vergleich zu ihm bin ich nur ein Anwender.«

Arkadis lächelte und legte ihm die flache Hand an die Wange.

»Danke«, sagte Yuriko leise. »Ich tu, was ich kann. Versprochen.«

Zu seinem eigenen Erstaunen fühlte er sich voller Zuversicht und Tatendrang. Er ging hinauf ins Dorf, suchte nach Kobalt und fand stattdessen Akelei, die Kräutersträuße zum Trocknen auf eine Wäscheleine hängte.

»Habt ihr eine Schreibstube hier?«, fragte er ohne Umschweife. »Eine Bibliothek? Irgendeinen Ort, an dem ihr Wissen festhaltet?«

»Wir halten Wissen in unseren Köpfen fest«, sagte sie verwundert. »Für Bücher haben wir keine Verwendung.«

»Wenn das mal nicht kurzsichtig ist«, sagte Yuriko. »Man sieht ja an Meister Gimm – Faun – wie schnell es mit so einem Kopf vorbei sein kann.«

»Du warst sein Lehrling. All sein Wissen ist jetzt in deinem Kopf, oder nicht?«

»Wenn's nur mal so einfach wäre«, sagte Yuriko ratlos. Akelei schüttelte ein neues Kräuterbündel aus und hängte es auf die Leine.

»Es ist so einfach. Vertrau dir selbst.«

Grübelnd ging Yuriko davon. Er brauchte Tinte und Papier. Es konnte nicht sein, dass die hier völlig ohne Schrift lebten.

Er wanderte hinauf zu Meister Gimms Haus. Der Hausherr machte gerade sein Mittagsschläfchen, aber Indigo war da und ließ Yuriko ein. Er schilderte sein Anliegen, und sie hieß ihn warten und verschwand nach drinnen. Als sie wiederkam, hatte sie eine kleine Kiste unter dem Arm.

»Das ist alles, was wir haben«, sagte sie. »Nimm es ruhig mit.«

»Bist du sicher, dass Meister … also, dass Faun einverstanden ist?«

Indigo hielt ihm die Kiste hin. »Er weiß nicht einmal mehr, dass die Sachen existieren«, sagte sie. »Also ja. Er ist einverstanden.«

Yuriko nahm die Kiste entgegen und öffnete sie einen Spalt. Papier, Schreibfedern. Meister Gimm hatte immer besonders viel Wert auf Schreibwerkzeug gelegt. Er hatte ein ganzes Sortiment von Gänsefedern besessen, eine Feder aus Gold, sogar eine aus Glas. Verschiedene Stärken, und wehe, wenn Yuriko versäumt hatte, sie ordnungsgemäß zu reinigen.

»Danke«, sagte er. »Das hilft mir sehr.«

»Komm später wieder, wenn er wach ist«, sagte Indigo. »Er hat dich gerne um sich.«

Yuriko versprach es und ging davon. Die Kiste war schwer und verheißungsvoll in seinen Händen. Wie von selbst brachten seine Füße ihn zum Teich. Er setzte sich ans Ufer und hob den Deckel.

Papier, stoßweise, das meiste bedeckt mit Gimms schwer leserlicher Handschrift. Immerhin gab es einige freie Rückseiten. Eine Handvoll Gänsekiele in unterschiedlichen Stärken. Ein verkorktes Tintenfass. Yuriko zog den Korken. Die Tinte war zu einer dicken, körnigen Pampe eingetrocknet. Er schöpfte Teichwasser, verdünnte die Tinte und blies vorsichtig eine Flamme darüber, um das Gemisch aufzuwärmen. Vielleicht konnte er sich in der Küche ein Sieb leihen, um die Klumpen aus der Tinte zu bekommen.

Er stellte das Tintenfass zur Seite und nahm sich Gimms Aufzeichnungen vor.

Er hatte über die Jahre nicht verlernt, Meister Gimms Gekrakel zu entziffern. Doch anscheinend hatte Meister Gimm verlernt, Sätze zu formulieren, die Sinn ergaben. Ratlos blätterte Yuriko weiter. Schauerliche Gedichte. Hoffentlich hatte Gimm zumindest beim Verfassen Spaß gehabt. Ein Traktat über den Einfluss von Emotionen auf den arkanen Koeffizienten. Die eine Hälfte davon war wirr, die andere Unsinn. Yuriko legte die Blätter zur Seite. Das Herz war ihm schwer.

Als Nächstes kamen Bögen voller Siegelzeichnungen. Keinem davon konnte Yuriko einen Zweck zuordnen. Er riskierte den Versuch und lud eines davon mit Arkanum auf, doch es verflüchtigte sich wirkungslos.

Er versank in die Betrachtung der Siegel. Er erkannte die schwungvolle Linienführung seines Meisters, die komplizierte Architektur. Arkanum konnte damit so präzise geführt werden, wie Yuriko es nie geschafft hatte. Er schüttelte die Klumpen aus der Tinte, so gut es ging, und begann, die Siegel abzuzeichnen.

Erst als er die Feder führte, fiel ihm auf, dass Gimm in einige der Siegel eine liegende Acht eingefügt hatte, die von einer aufrecht stehenden Acht gekreuzt wurde – wie in Arkadis' Siegel. Die Entdeckung faszinierte ihn, brachte ihn aber kein Stück weiter. Er zeichnete alle Siegel mehrmals ab, um ein Gefühl für den arkanen Fluss zu entwickeln. Dann nahm er sich Gimms Schriften vor. Manche Seiten waren selbst für sein geübtes Auge völlig unleserlich. Er sortierte die Gedichte heraus und schrieb sie ab, eines nach dem anderen.

Als das Tageslicht ihn verließ, war er fertig. Er schüttelte die verkrampfte Hand aus und reinigte den Federkiel sehr sorgfältig erst in einer Handvoll Sand, dann im Teich. Gimms Gedichte steckte er sich in den Gürtel, alles andere verstaute er in der Kiste.

Er fühlte sich fremd und seltsam fern, während er über die Wiese hinauf ging zur Siedlung. Auf dem Dorfplatz traf er Galina. Sie hatte eine hölzerne Schüssel dabei, aus der es dampfte.

»Ich hab dir Abendessen abgezweigt«, sagte sie. »Was ist mit dir, dass du neuerdings Mahlzeiten verpasst? Bist du krank?«

»Nein, nur sehr beschäftigt.«

»Also doch krank.«

Er nahm die Schüssel entgegen. Wieder Eintopf, der kein Stück Fleisch auch nur von ferne gesehen hatte. Das musste System haben.

Galina setzte sich zu ihm auf ein Mäuerchen. Er aß und erzählte von Gimm und verlor sich in Erinnerungen, und als es dunkel war und der Eintopf längst alle, erzählte er immer noch und Galina hörte geduldig zu. Die Sonne war längst untergegangen.

Dann war die letzte Geschichte zu Ende. Stille umspülte das Mäuerchen. Irgendwo entfernt sang ein Nachtvogel sein sehnsuchtsvolles Lied. Yuriko drehte die leere Schüssel in den Händen und mied Galinas Blick.

»Es war schlimm für dich, dass er einfach gegangen ist«, sagte Galina in die Stille.

»Na ja«, sagte Yuriko. »Ich war immerhin schon sechzehn, und ich konnte endlich tun und lassen, was ich wollte. Das hatte was für sich.«

»Sag es einfach. Es war schlimm für dich.«

Yuriko räusperte sich. »Ja. Es war … schlimm.«

Sie nickte, sah vor sich hin, kickte die Fersen gegen das Mäuerchen. Rückte dann näher und lehnte den Kopf gegen seine Schulter. Er legte den Arm um sie und küsste ihren Scheitel.

Die entbehrungsreiche Reise hatte ihr etwas von ihrer Rundlichkeit genommen, dafür spürte er ganz ungewohnte Muskeln an ihren Schultern und Armen.

»Ich bin stolz auf dich«, sagte er. »Auf ein eigenes Kind könnte ich nicht stolzer sein. Mach du deinen Weg, und lass dir von niemandem dreinreden.«

Sie nickte und zog die Nase hoch, setzte sich dann auf und streifte seine Berührung ab.

»Ich will nochmal nach Arkadis sehen«, sagte sie und klang beinahe wie immer. »Schwänz morgen nicht wieder die Meditation, hörst du.«

»Ich habe nicht geschwänzt. Ich hatte meine eigene Meditation.«

»Wenn du dabei schnarchst, ist es keine.«

Er schubste sie sanft von der Mauer. »Grüß Arkadis von mir. Ich komme morgen, um ihr Siegel abzuzeichnen.«

Am nächsten Morgen weckte Kobalt ihn zeitig. Yuriko hatte wenig geschlafen und wirr geträumt. Es hatte sich herausgestellt, dass Opal ein lebhafter Schlafredner war, und so war Yuriko mitten in der Nacht noch an den Teich umgezogen, doch auch dort hatte Kobalt ihn gefunden. Jetzt saß er inmitten der Anderen im Gras, die Beine untergeschlagen, und atmete in den Himmel. Drei Herzschläge ein, drei Herzschläge aus. Währenddessen summte der Hüter eine einschläfernde Melodie, und gelegentlich klöppelte Kobalt gegen eine Klangschale. Yurikos Knie taten weh. Grashalme kitzelten seine nackten Füße. Er solle an seinen inneren friedlichen Ort gehen, hatte Kobalt ihm zuvor geraten. Yuriko fand es blöd, auf einer Wiese zu sitzen und sich vorzustellen, er sei im Teich, während zwei Steinwürfe weiter der zweitschönste Teich der Welt zum Baden einlud. Padda schien seine Haltung zu teilen. Zum wiederholten Mal plumpste er von Yurikos Schulter in seinen Schoß und versuchte die Flucht über sein Knie. Eilig fing Yuriko den Kröter ein und wurde mit lautem Protestquaken belohnt. Köpfe drehten sich in Yurikos Richtung. Er lächelte entschuldigend und atmete. Drei ein, drei aus. Padda strampelte in seiner Hand.

»Ist gut jetzt«, flüsterte Yuriko. »Atme in den verdammten Himmel und gib Ruhe! Ich kann doch auch nichts dafür!«

Kobalt donnerte den Klöppel gegen die Klangschale. Yuriko atmete und rang mit dem Kröter. Seine Gewänder hatten keine Taschen, und so konnte er den Kröter nirgends für den Augenblick verstauen. Padda überstreckte den Kopf nach hinten und ruderte heftig mit allen Vieren, bis Yuriko das Elend nicht mehr mit ansehen konnte. Er nickte entschuldigend in die Runde, stand auf und machte sich davon.

Sobald Yuriko wieder in Bewegung war, schien Padda es zufrieden. Er erkletterte seinen Stammplatz auf Yurikos Schulter und rückte sich zurecht. Also ging Yuriko, um schnell seine tägliche Aufgabe im Steingarten zu erledigen. Der Wind hatte ein paar Blütenblätter darüber geweht, sonst sah alles aus wie gestern. Yuriko klaubte die Blütenblätter auf und entsorgte sie auf der Wiese nebenan.

Da wuchs ein Pflänzchen zwischen den Steinen. Yuriko hatte keine Ahnung, was es mal werden wollte, wenn es groß war. Unkraut vermutlich, nach Kobalts Wertesystem. Yuriko fand es ziemlich bewundernswert, wie es sich seinen Platz zwischen all den Steinen erkämpft hatte. Er hatte keine Lust, es auszureißen, und griff sich stattdessen den Rechen.

Irgendwie war es sehr beruhigend, all diese parallelen Linien in den Kies zu ziehen. Nur die Steine störten, weil sie die Linien unterbrachen. Ohne große Eile brachte Yuriko die Fläche in Ordnung und ging dann nachsehen, ob die Meditation schon zu Ende war.

Auf der Wiese waren nur noch Topas und Galina übrig. Topas stand mit verschränkten Armen und beobachtete, wie Galina ein Holzschwert aus der Scheide zog, einen Schritt nach vorne machte und einen Hieb durch die Luft vollführte. Dann steckte sie es wieder weg und begann den Bewegungsablauf von vorne. Manchmal gab Topas kurze Anweisungen: »Finger schließen«, »Nimm die Ferse mit«, »Gerade bleiben«. Galina war so tief konzentriert, dass sie Yuriko nicht einmal bemerkte. Er sah zu, bis ihm langweilig wurde, dann schlenderte er weiter zur Küche. Vielleicht war dort Turmalin und ließ sich mit ein bisschen Feuer beeindrucken.

Das Feuer brannte schon, und Turmalin hatte den Eintopf des Tages schon aufgesetzt. Yuriko drückte sich ein bisschen an der Kochstelle herum und schäkerte mit Turmalin, war dann nicht schnell genug weg, als Akelei ihn zum Arbeiten holte, und fand sich vor einem Eimer mit Zwiebeln wieder, die es zu schälen galt. Padda floh nach draußen. Immerhin trocknete Turmalin seine Tränen mit ihrem Ärmel und gab ihm für seine Tapferkeit ein zartes Küsschen auf die Wange. Sie roch unfassbar gut und lächelte ihn auf eine Art an, die ihm verriet, dass sie sicher gerne mit ihm spazieren gehen wollte, vielleicht über die Wiesen hinunter Richtung Waldrand, wo nicht so viele Leute waren.

Zum Essen versammelten sich wieder alle im Gemeinschaftshaus. Langsam gewöhnte Yuriko sich an die Stille. Woran er sich nicht gewöhnte, war, dass es außer Grünzeug nicht viel gab. Er hielt sich an Brot und Kräutertee und träumte von Räucherspeck und Würsten.

Die Aufgabe des Geschirrtrocknens war offenbar an ihm kleben geblieben, und als er sich durch ein Gebirge von Schüsseln und Tellern gearbeitet hatte, war Turmalin spurlos verschwunden. Meister Gimm machte bestimmt wieder Mittagsschlaf, den wollte er nicht stören. Die Idee, sich irgendwo ins Gras zu legen und in den Himmel zu schauen, war verlockend, aber da war immer noch das ewige Rätsel um Arkadis′ Siegel zu entschlüsseln.

Er sammelte Padda am Teich ein, wo dieser neuerdings immer zu finden war, wenn man ihn ließ. Der Kröter war immer noch außerordentlich farbenprächtig, und Yuriko war fast sicher, dass da eine dicke Krötendame davonpaddelte, als sein Schatten auf die Wasseroberfläche fiel.

»Lass dir nicht den Verstand vernebeln, hörst du«, schärfte er dem Kröter ein. »Wenn sie durch das Portal auf die andere Seite schwimmt, und du schwimmst hinterher, falle ich hier tot um.«

Er holte sich eine von Gimms Schreibfedern und Papier mit freier Rückseite und ging hinunter in den Hain der Heilung. Zu seiner Freude war Arkadis wach. Neben ihrem Lager lehnte ein Paar Krücken. Sie strahlte Yuriko entgegen, zeigte auf die Krücken und ließ zwei Finger durch die Luft laufen.

»Großartig«, sagte er. »Übertreibe es nur nicht gleich. Hast du Schmerzen?«

Arkadis wiegte den Kopf und führte einen unsichtbaren Becher zum Mund.

»Sie geben dir etwas gegen die Schmerzen? Gut. Sag, kannst du mir eine Weile die Zunge herausstrecken? Ich brauche eine neue Reinzeichnung.«

Arkadis konnte. Yuriko machte es sich mit ihr unter einem Baum bequem und begann zu zeichnen. Ein Schwarm winziger Vögelchen hüpfte durch das weiche Gras rundum. Ein besonders mutiger flatterte sogar auf Arkadis' Knie, und sie saß sehr still und sah ganz glücklich aus.

Die Zeichnung floss ihm sauber und leicht aus der Feder. Jeder Strich war so, wie er sein sollte. Yuriko war so versunken, dass er sich beinahe selbst überraschte, als das Siegel plötzlich fertig war. Arkadis war im Halbschatten eingedöst. Er wollte sie schon wecken, damit sie ihm noch einmal die Zunge herausstreckte, aber dann ließ er sie doch schlafen. Er war sicher, das Siegel richtig abgezeichnet zu haben. Leise packte er seine Sachen und schlich sich davon.

Meister Gimm war wach – soweit Yuriko das beurteilen konnte. Er saß vor seinem Haus auf der Bank, die Hände auf dem Knauf eines knorrigen Stockes verschränkt. Als Yuriko sich näherte, hob er den Kopf und blinzelte.

»Ich bin's, Meister Gimm. Yuri. Also, Zinnober. Erinnerst du dich?«

»Natürlich erinnere ich mich«, sagte Meister Gimm missbilligend. »Ich bin alt, aber nicht so alt. Setz dich, nun setz dich schon, Zinnober. Was bringt dich auf meine Schwelle?«

Yuriko setzte sich wie am Vortag seinem Meister zu Füßen.

»Ich möchte dich zu einem Siegel befragen«, sagte er. »Ich habe den Auftrag, es zu enträtseln, aber ich komme nicht weiter. Vielleicht hast du einmal ein ähnliches gesehen auf deinen Reisen. Es ist näherungsweise rund, umgeben von einer Menge seltsamer Zeichen, völlig unregelmäßig, nur die Mitte ist symmetrisch.«

Einer Eingebung folgend, ergriff er Gimmsteins Hand und malte ihm die verschränkten Schleifen mit dem Finger auf die Handfläche.

»So. Zweimal die Zahl Acht. Die eine über der anderen, und hier ist die Mitte.«

Gimmstein nickte, oder vielleicht war ihm auch nur der Kopf schwer.

»Das ist keine Zahl, Junge. Das ist das doppelte Zeichen für Unendlichkeit. Die nordsüdliche Schleife steht für Alrune, die Göttin des Wachstums. Die westöstliche für Meridia, die Göttin der Vergängnis. Beide zusammen ergeben was?«

»Ich habe keine Ahnung«, sagte Yuriko verwirrt.

»Unendliche Liebe«, sagte Gimmstein. »Das muss man doch wissen. Liebe über den Tod hinaus. Eine untrennbare Verbindung zweier Lebewesen.«

»Aha«, sagte Yuriko. »Das ist mir tatsächlich völlig neu.«

»Vermutlich bist du nicht so weit herumgekommen wie ich«, sagte Gimmstein. »Reisen bildet. Du solltest mehr reisen.«

»Eigentlich wollte ich gerade weniger reisen«, sagte Yuriko. »Meine Verlobte wartet zu Hause auf mich.«

»Kennst du die Geschichte von den Halbmenschen, Zinnober?«

»Äh, nein?«

»In den frühen Tagen der Welt waren die Menschen vollkommene Wesen. Sie waren ganz im Einklang mit sich selbst.

Es gab keinen Unterschied zwischen dem, was der Kopf wollte und dem, was das Herz fühlte. Doch eines Tages wurde es Keldon, dem Kindgott, langweilig, und er riss die Menschen in der Mitte entzwei. Seitdem geistern wir ruhelos umher auf der Suche nach unserer ehemaligen zweiten Hälfte.«

»Weil wir uns erst vollständig fühlen, wenn sie bei uns ist«, sagte Yuriko.

»So ist es«, sagte Gimmstein. »Zwei müssen miteinander verschmelzen, damit sie ein neues Ganzes ergeben.«

»Und wenn meine andere Hälfte nicht mit mir verschmelzen will, weil sie lieber mit einem Idioten verschmilzt, der gar nicht zu ihr passt, dann bleibe ich übrig.«

Meister Gimm tastete nach ihm und strich ihm mit knotigen Fingern übers Haar.

»Das ist die Tragik der menschlichen Existenz. Bist du denn übrig, Zinnober?«

»Jetzt nicht mehr. Aber ich war's lange. Über dreißig Jahre. Also, ich habe mich mit einer Menge sehr netter anderer Hälften getröstet, aber es war immer … ich weiß nicht. Nicht meine Hälfte.«

Meister Gimm nickte.

»Ich hab so viel Zeit verloren«, sagte Yuriko. »Ich will nach Hause. Bei ihr sein. Einfach nur das.«

»Es gibt eine Zeit für alles«, sagte Meister Gimm. »Zumindest hast du deine Hälfte gefunden. Viele suchen ihr Leben lang. Ich hatte meine gefunden, und es waren wunderbare Jahre. Dann ist sie gestorben.«

»Das tut mir so leid«, sagte Yuriko leise.

Meister Gimm hob die Schultern. »Ich sterbe auch bald«, sagte er. »Und wenn die Götter es wollen, sind wir dann wieder ein Ganzes. Hast du Kinder, Zinnober?«

»Keine leiblichen. Aber so etwas wie eine Wahltochter.«

»Ich habe drei. Ich wüsste wirklich gern, was aus dem Ältesten geworden ist.«

»Es geht ihm gut. Er hat seine Hälfte gefunden und noch

ein paar schöne Jahre vor sich, und er hat gute Freunde und eine Aufgabe, auch wenn er sich vor der gerne drückt.«

Meister Gimm nickte und lächelte zahnlos. »Das sieht ihm ähnlich, Zinnober. Das sieht ihm ähnlich.«

Auf dem Rückweg schlug Yuriko einen weiten Bogen ums Dorf. Ihm war nicht nach Gesellschaft; lieber wollte er zuerst die Gedanken ordnen, die ihm wild durch den Kopf schwirrten. Er folgte einem Trampelpfad durch den Wald, der ihn nach einer steilen Rutschpartie in der Nähe des Steingartens ablieferte. Von oben schaute er auf die Fläche hinunter. Die Linien im Kies waren krakelig. Rund um die Steingruppen hörten sie einfach auf und fingen irgendwo wieder an. Es sah schlampig aus.

Er setzte Padda auf einem Stein in der Sonne ab. Der Rechen stand noch, wo er ihn hinterlassen hatte. Yuriko drehte ihn um und zog mit der Rückseite die Fläche glatt. Dann begann er aufs Neue. Diesmal arbeitete er sich spiralförmig von der zentralen Steingruppe aus voran und improvisierte Wellenlinien, wo immer ihm weitere Steine im Weg lagen. Langsam kamen seine Gedanken zur Ruhe.

Ein Siegel, das aus einem harmonischen Inneren und einer unregelmäßigen Umrandung bestand. Das Zeichen für immerwährende Liebe. Verschmelzung zweier Personen zu einer Ganzheit. Und wie hatte Frakis die Zeichen entschlüsselt? Wissen, Auge, Fragezeichen, Tod. Oder so ähnlich. Einige hatte er nicht zuordnen können.

Tod. Liebe über den Tod hinaus? Wenn jemand hier romantische Gefühle in einem Siegel hatte ausdrücken wollen, hatte diese Person sich ziemlich dämlich angestellt. Das Zeichen, das Frakis mit »Tod« übersetzt hatte, saß wütend und bedrohlich mitten im Siegel. Passte nicht zu …

Yuriko hielt inne.

Was, wenn es nicht ein Siegel war, sondern zwei, übereinander angebracht?

Er tastete in seinem Gürtel. Da war das Schreibzeug, und da war auch die Reinzeichnung des Siegels. Er setzte sich auf einen flachen Stein und breitete alles auf seinen Knien aus. Dann begann er zu zeichnen.

Nach dem Abendessen fing er Galina ab.

»Was hältst du davon?«, fragte er und hielt ihr die Zeichnung unter die Nase. Sie blinzelte.

»Das ist Arkadis' Siegel ohne die Mitte« sagte sie. »Was ist denn der Zweck?«

»Es ist nicht ein Siegel, das sie trägt, Galina. Ich bin ziemlich sicher, dass es zwei sind. Eines über dem anderen. Und ich könnte mir vorstellen, dass sie von zwei Zauberern stammen. Sie haben ganz unterschiedliche Signaturen.«

»Aber warum sollte jemand zwei Siegel übereinander tragen?«

Yuriko hob die Schultern. »Ich kann über jedem beliebigen Siegel einen Unterdrücker oder einen Verstärker anbringen. Das sind auch zwei Siegel übereinander. Nur eben auf getrennten Materialien.«

»Hm.« Galina drehte die Siegelzeichnung in den Händen. »Eines davon ist ein Arkanspeicher. Denk an die Katze.«

»Die Doppelschleife ist der Speicher, da bin ich mir sicher. Das Äußere, keine Ahnung, aber ich habe kein gutes Gefühl, wenn ich es ansehe.«

»Die haben hier keine Katzen, wenn du in diese Richtung denkst.«

Yuriko nickte. »Vielleicht können wir mit Zwiebeln oder Gurken anfangen, davon haben sie genug. Ich brauche nur einen Ort, an dem niemand Schaden erleidet, wenn etwas schiefgeht.«

»Da habe ich eine Idee. Schau nicht so überrascht, ich unterhalte mich mit Leuten. Komm mal mit.«

Was so harmlos geklungen hatte, entpuppte sich als längerer Fußmarsch. Während die Sonne sich auf den waldigen Hängen niederlegte, brachte Galina Yuriko aus dem Dorf hinaus, durch das Felsentor und immer weiter bergauf. Der Pfad wurde schmäler und verlor sich dann im Gras. Die Felswand ragte neben ihnen auf, und dann führten unregelmäßige Stufen in einen Felsspalt, so schmal, dass Yuriko sich seitlich drehen und den Bauch einziehen musste. Ein Torbogen öffnete sich zur Linken im Fels. Von oben fiel Licht durch einen Schacht. Der Boden war geglättet, der Sandstein kühl unter Yurikos nackten Füßen. Im Gehen ließ er die Fingerspitzen sachte an der Wand entlang gleiten. Die Wand war ein natürliches Kunstwerk, durchzogen von rostfarbenen, rubinroten und weiß glitzernden Linien, beinahe schien es, als sei der Stein gemächlich in Bewegung. Das Arkanum war fast mit Händen zu greifen.

Zur Linken tat sich eine Öffnung auf, durch die der Blick über das ganze Tal ging. Yuriko versuchte, am Horizont irgendwo das Wasserlabyrinth zu erkennen, aber da war nichts als Wald und Nebelschleier.

Galina rief ihn aus einiger Entfernung, und er beeilte sich aufzuschließen.

Der Berg war an dieser Stelle geradezu ausgehöhlt. Überall öffneten sich Kammern und Räume. Licht fiel durch verborgene Schächte und brachte den Stein zum Leuchten.

»Es ist ein alter Rückzugsort«, erklärte Galina. »Die Leute kommen hierher, wenn sie ungestört meditieren wollen, oder wenn der Trubel im Dorf die Gedanken stört.«

»Was denn für ein Trubel«, sagte Yuriko. »Die haben ja noch nicht mal eine Kneipe.«

»Was sollten sie da auch ausschenken? Kräutertee?«

»Da hast du recht«, sagte Yuriko betroffen, dem gerade erst auffiel, dass er seit seiner Ankunft niemanden mit einem Bierkrug oder gar einem Weinglas gesehen hatte. »Was für ein trauriges Leben.«

»Das hat dir Kobalt nicht erklärt?«, sagte Galina. »Kein Alkohol, kein Fleisch, keine scharfen Gewürze. Keine körperliche Liebe. Nichts, was von der geistigen Reife ablenkt.«

»Ich wusste ja nicht, dass die so arm dran sind«, sagte Yuriko dumpf. »Da muss doch jemand was tun. Das ist doch nicht gesund.«

Galina lachte. »Vielleicht nehmen sie es nicht immer so ernst. Turmalin zumindest hat mir ein bisschen von dir vorgeschwärmt. Sie findet dich sehr anziehend.«

»Tatsächlich?«, sagte Yuriko, plötzlich aufgemuntert. »Ja, ich finde sie auch sehr ausziehend.«

Galina rollte die Augen und setzte zu einem Rippenstoß an. Yuriko wich aus. Seit Galina mit dem Schwert übte, war mit ihren Züchtigungen nicht mehr zu spaßen.

Der Felsengang mündete in einen hohen Raum. Eine Öffnung, groß wie ein Scheunentor, ließ die Abendsonne ein. Yuriko stand still und staunte. Die Wände waren bedeckt mit Malereien – feine, rot schimmernde Linien, die der natürlichen Struktur des Steins folgten und sich zu komplexen Mustern fügten.

Nein, keine Muster. Siegel. Und es bestand kein Zweifel, wer sie erschaffen hatte.

»Natürlich«, flüsterte Yuriko hingerissen. »Wir machen sie nur rund, weil's am einfachsten ist. Aber wenn man sie in den Arkanstrom legt …« Er trat näher an die Wand und betastete die Linien vorsichtig. Sie waren nicht mit Farbe auf den Fels aufgetragen – sie waren Fels. Meister Gimm hatte die Gesteinsschichten gefaltet und geformt wie Brotteig, um den Arkanfluss zu lenken. Vorsichtig ließ Yuriko Arkanum in die Struktur fließen, und rund um ihn erblühte ein Garten aus Siegeln, zum Leben erweckt von zarten Feuerlinien, die aus seinen Fingerspitzen kamen. Neben ihm gab Galina einen Laut des Erstaunens von sich.

Sehr schnell war die Struktur gesättigt. Yuriko drehte sich um. Der ganze Raum leuchtete. Eine Weile standen sie schweigend und staunten.

»Wozu ist es gut?«, fragte Galina schließlich.

»Schutzfeld vermutlich«, sagte Yuriko. »Es hat eine ähnliche

Struktur wie eine Arkanabwehr. Ich könnte Meister Gimm fragen, vielleicht erinnert er sich.«

»Wozu ein Schutzfeld? Hier ist doch nichts Gefährliches.«

»Vielleicht war das nicht immer so. Erinnerst du dich, wie ein paar von ihnen geschaut haben, als sich herumsprach, dass wir durch das Portal im Teich kamen?«

»Was soll denn bitte Bedrohliches aus einem Teich kommen? Eine Riesenkröte, die hier alles plattmacht?«

»Ich weiß es nicht. Ich frage Meister Gimm. Er hat ja nicht alles vergessen.«

Yuriko konnte den Blick nicht losreißen. Sein Feuer atmete noch immer in Gimms Siegelstruktur. Er dachte an die Barriere, die er im Wasserlabyrinth gegen die Untoten errichtet hatte. Arkadis hatte irgendwie geholfen, diese Zauberkraft zu wecken. Hier halfen Meister Gimms Siegel, die feurige Arkanenergie in präzise Bahnen zu lenken. Er hatte keine Ahnung gehabt, was er mit Feuer alles bewerkstelligen konnte. Er hatte immer nur stumpf mit dem Feuerball draufgehauen.

Wie lange es wohl brauchte, bis er sich selbst Feuersiegelzauberei beigebracht hatte? Wie anstrengend das wohl war?

Lange, vermutete er, und sehr. Aber ein Feuersiegel erschaffen zu können – nicht länger auf den Gebrauch von Papier und Tinte angewiesen zu sein – was für eine einzigartige Kunst! Und die Anstrengung würde sich spätestens dann auszahlen, wenn er zusah, wie Kraka seine Sachen packte. Und wenn Kraka dann weg war, würde Florine ihn in seiner neuen alten Schreibstube besuchen kommen, und er würde die Tür feuerversiegeln und Florine auf dem Schreibtisch vögeln.

»Mach nicht so ein Gesicht«, sagte Galina. »Da kriegt man ja Angst.«

»Alles wird gut«, sagte Yuriko. »Keine Sorge. Ich habe einen unfehlbaren Plan.«

Nach einer erholsamen Nacht im Teich war er bereit, sich um die Verwirklichung seiner Pläne zu kümmern. Es dauerte allerdings nur einen halben Tag, um seine Begeisterung zu dämpfen. Meister Gimm konnte zwar alle Gedichte mitsprechen, die Yuriko ihm vorlas – auch wenn er vergessen hatte, dass sie von ihm selbst stammten – aber daran, dass er ein Siegelmeister gewesen war, wie es keinen zweiten gegeben hatte, erinnerte er sich nicht. Also versuchte Yuriko auf eigene Faust, Feuerfäden zu erzeugen, die fein genug waren, damit sie sich zu einem Siegel verweben ließen. Es war, als würde er versuchen, mit einem Besen auf einen Fingernagel zu schreiben. Zum Verzweifeln. Der einzige Lichtblick war Arkadis, die auf Krücken zum Mittagessen erschien und ihm gebärdete, wie schwer es ihr fiele, beim Essen nicht unablässig zu plappern. Die Küchenmannschaft bedachte Yuriko mit strafenden Blicken, vermutlich, weil er vor lauter Zauberei seinen Küchendienst vergessen hatte – und wann war eigentlich aus einem versehentlichen Aufenthalt zur falschen Zeit am falschen Ort eine Dienstverpflichtung geworden? Soweit kam es noch, dass er, Yuriko Mandorak Doragon Frost der Legendäre, Küchenarbeit verrichtete. Er rührte in seinem Eintopf. Padda hatte inzwischen seine Lektion gelernt und wollte nichts mehr abhaben. Vielleicht hatte er sich auch am Teich vollgefressen.

Florine mochte süße Sachen. In Schmalz gebackene Butterkrapfen mit Sirup. Milchsuppe. Warme Mandelkuchen. Diese Leckereien für sie zuzubereiten, war eigentlich ein hübscher Gedanke.

Nach dem Essen nahm er seine Versuche wieder auf und blieb dabei, während die Sonne über die Hügel wanderte. Er hatte sich den Steingarten zum Üben ausgesucht – hier war niemand, den er erschrecken, und praktisch nichts, das er versehentlich in Brand setzen konnte. Dass sich Schritte näherten, nahm er zunächst kaum wahr und sah erst auf, als ein Schatten auf seine Papiere fiel.

»Ich habe dich den ganzen Tag nicht gesehen«, sagte Turmalin. »Woran arbeitest du?«

Yuriko ließ das Feuer in seinen Händen verlöschen. »Ich will eine Verbindung zwischen Feuerzauberei und Siegelkunst herstellen«, sagte er seufzend. »Aber das ist nicht so einfach. Wie hast du mich gefunden?«

»Haushohe Feuerwolken sind kein alltäglicher Anblick.«

»Oh. Äh, ja. Wenn ich dir sage, dass ich versuche, die Präzision einer Schreibfeder zu imitieren, kannst du den Grad meines Scheiterns ermessen.«

Sie rückte neben ihn auf den Stein. Ihre weichen Brüste drückten sich gegen seine Seite.

»Wir scheitern alle, bevor wir etwas Neues lernen.«

Er schob die Papiere zu einem Stapel zusammen. »Das ist ein tröstlicher Gedanke.«

Sie lehnte den Kopf an seine Schulter. »Ich habe dich heute in der Küche vermisst.«

»Tatsächlich? Doch nicht etwa wegen meiner hervorragenden Kochkünste?«

»Das nicht gerade. Aber du hast so eine Art, die Leute fröhlich zu machen.«

»Sag das mal Galina.«

»Viele hier entfernen sich von ihren Gefühlen, wenn sie der Erleuchtung entgegenstreben. Ich möchte nicht so erleuchtet sein.«

Sie sah zu ihm auf, und ehe er sich versah, lagen seine Lippen auf ihren. Sie seufzte und lächelte in seinen Kuss, und er atmete tief ihren wunderbaren Duft, eine Mischung aus Gewürzen und süßen Blumen und ein wenig Schweiß, er küsste sie tiefer, fasste sie um die Mitte und zog sie auf seinen Schoß, spürte, wie ihr Atem schneller ging. Sie grub die Hände in seine Haare und umschloss ihn mit ihren Schenkeln, und er stöhnte in ihren Mund, als sie auf seiner plötzlich sehr wachen, sehr empfindlichen Körpermitte zu sitzen kam. Sie fasste sich ins Haar und löste ihren Zopf, und er betrachtete fasziniert, wie ihre süßen Rundungen unter den weichen Gewändern sich ihm entgegenhoben. Sie schüttelte sich ihr rotes Haar über die Schultern und begann, ihr Gewand abzustreifen, und er wusste gar nicht, wo er sie zuerst küssen sollte, nahm die Hände zu Hilfe, um alles angemessen zu würdigen, was sie ihm anbot. Und dann kam plötzlich ein Gedanke in seinen Kopf und wollte nicht mehr gehen. Das hier war wunderbar, aber es war nicht richtig.

Aber wunderbar.

Aber nicht richtig.

»Warte«, brachte er mühsam über die Lippen. »Ich kann das nicht.«

Sie lachte und berührte ihn durch seine Robe hindurch dort, wo sein Körper ihn Lügen strafte. Er brachte mehr Selbstbeherrschung auf, als er sich je zugetraut hätte, und schob ihre Hand weg.

»Du bist wunderschön«, sagte er atemlos. »Und, gütiger Krötengeist, du bist so verlockend. Aber ich hab eine Frau, die mir versprochen ist, daheim. Und ich sollte versuchen, wenigstens versuchen, nach den Regeln zu spielen.«

Turmalin brachte eine Handbreit Abstand zwischen sie.

»Welche Regeln?«

Yuriko seufzte klaftertief. »Das ist schwer zu erklären für jemanden, der's nicht erlebt hat. Ich komme aus einer Gemeinschaft, in der zwei Leute sich nicht einfach miteinander vergnügen können, wenn's ihnen danach ist. Sie müssen sich erst binden, und dann dürfen sie's auch nur miteinander tun, nicht mit anderen.«

»Aber wer stellt denn solche Regeln auf«, sagte Turmalin stirnrunzelnd.

»Keine Ahnung«, sagte Yuriko. »War schon immer so. Mein Freund Frakis verliebt sich in Männer. Das darf er gar nicht, weil's verboten ist.«

Turmalin schüttelte den Kopf. »Liebe kann doch nicht verboten sein.«

Yuriko nickte und hob hilflos die Schultern.

»Und diese Frau – deine Versprochene – sie besteht darauf, dass du diese unsinnigen Regeln einhältst?«

»Ich sagte doch, es ist schwer zu erklären. Es ist eine Liebesbezeugung, Lust nur mit einer Person zu teilen.«

Turmalin sah verständnislos drein. Yuriko kniff die Augen zusammen, um ihr nicht unablässig auf die schönen weißen Schultern zu starren. Und weiter südlich.

»Egal«, sagte er. »Ich liebe sie. Ich habe mein ganzes Leben lang auf sie gewartet, und ich werde alles tun, was sie glücklich macht, und alles lassen, was sie unglücklich macht, ganz gleich, ob es Sinn ergibt oder nicht. Ich werde genau der Mann sein, den sie sich wünscht.«

»Du glaubst, du bist nicht gut genug für sie«, sagte Turmalin überrascht.

»Was?«, sagte Yuriko. »Nein! Ich halte mich für ziemlich fabelhaft.«

Sie sah ihn an. Er seufzte.

»Vielleicht«, sagte er. »Ein bisschen. Wenn es um sie geht, bin ich irgendwie immer noch der kleine Betteljunge, der im Baum vor ihrem Fenster sitzt und zu ihr reinschaut. Und sie ist so schön und so unerreichbar. Und ich hab Hunger und keine Schuhe.«

Turmalin lächelte. »Wenn sie dich liebt, liebt sie den kleinen Betteljungen genauso wie den Siegelmeister. Liebe ist keine Frage der Größe.«

»Aber Größe schadet nicht.«

Sie schubste ihn spielerisch. »Mach es mir nicht doppelt schwer, ja? Du könntest dann übrigens auch aufhören, meine Brüste zu streicheln.«

»Oh.« Yuriko schielte auf seine Hände. »Aber sie fühlen sich so gut an!«

Turmalin lachte und zog sich ihre Robe über die Schultern hoch. »Vielleicht bist du im Leben deiner Liebsten, damit sie von dir lernt«, sagte sie. »Ich wünsche es ihr.«

»Das ist leichter gesagt als getan«, jammerte er. Turmalin rutschte von seinem Schoß, und er konnte einfach nicht fassen, welche Gelegenheit er ungenutzt verstreichen ließ.

»Genauso wie Feuersiegelzauberei«, sagte Turmalin. »Aber so lange wir lernen, leben wir.«

Das Abendessen verpasste er wieder, und Galina verpasste sträflicherweise, ihm etwas davon beiseite zu stellen. Seine Klage stieß auf taube Ohren, sie klopfte ihm nur auf den Bauch und lachte respektlos. Solchermaßen im Stich gelassen, schlich er sich in die Küche und fand dort immerhin ein altes Fladenbrot und zwei Äpfel. Auf dem Weg nach draußen traf er Kobalt und unterdrückte einen kurzen Impuls, mit seiner Diebesbeute wegzurennen.

»Kobalt«, sagte er stattdessen. »Lange nicht gesehen. Sag, meine Arbeit im Steingarten – entspricht die deinen Vorstellungen?«

Kobalt musterte ihn unbewegt, die Hände in den weiten Ärmeln seiner Robe versteckt. »Entspricht sie denn deinen?«

Yuriko biss in einen Apfel. »Ich hab nicht viel Erfahrung mit Steinen«, sagte er mit vollem Mund.

»Steine sind geduldig«, sagte Kobalt.

»Ja, wie auch immer. Noch eine Frage. Galina … also, Tausendschön. Nein. Tausendstern.«

»Goldstern.«

»Von mir aus. Also, Goldstern hat mir die Höhlen über dem Dorf gezeigt. Sie sagte, es sei ein Rückzugsort für Leute, denen hier unten zu viel Trubel ist.«

»Was ist deine Frage, Zinnober?«

»Warum habe ich das Gefühl, dass du Gespräche mit mir auf ein Mindestmaß beschränken willst?«

»Ich bin kein Mann der Worte. Also. Deine Frage.«

»Dort oben sind eine Menge sehr hoch entwickelter Siegel angebracht. Wenn man die mit Arkanum füllt, entsteht ein mächtiger Schutzraum. Wozu dient der? Und sag jetzt nicht, zum Schutz. Ich will wissen, wovor ihr hier meint, euch schützen zu müssen.«

Kobalts Ausstrahlung wurde noch eine Spur eisiger, falls das überhaupt möglich war.

»Hüter Helios Vorgänger hat uns eine Weissagung hinterlassen«, sagte er. »Er war damals schon ein hochbetagter Mann. Am Ufer des Teichs fand er eine tote Kröte und las in ihren Eingeweiden.«

Unwillkürlich fasste Yuriko sich auf die Schulter, aber Padda war mal wieder am Teich.

»Eines Tages, so seine Weissagung, werde ein Ungeheuer dem Teich entsteigen und alles Leben im Tal bedrohen«, sagte Kobalt. »Daher erbot sich Faun, den Schutzraum zu errichten.«

»Eine Weissagung? Dein Ernst?« Yuriko versuchte vergeblich, sich seine Erheiterung nicht anmerken zu lassen. »Was für eine lahme Geschichte. Ich hatte mindestens mit einem Wasserdrachen gerechnet, der im Teich schläft.«

»Ich bin nicht dafür verantwortlich, dass dir meine Antwort nicht gefällt«, sagte Kobalt.

»Warum habt ihr nicht einfach den Teich zugeschüttet oder den Zugang vermauert, wenn ihr schon an solchen Kokolores glaubt?«

»Es gibt keine Möglichkeit, dem Schicksal zu entgehen«, sagte Kobalt. »Uns allen ist unser Weg vorbestimmt.«

»Glaub, was du willst«, sagte Yuriko und schob sich an Kobalt vorbei ins Freie. »Von mir aus auch an Schicksal. Immerhin hat Meister Gimm aufgrund dieser Geschichte etwas Großartiges erschaffen. Wie er die Linien im Stein genutzt hat, um … Moment. Idee. Muss weg.«

Er ließ den verblüfften Kobalt zurück und rannte davon und blieb nicht stehen, ehe er den Steingarten erreicht hatte.

Padda weckte ihn, indem er ihm eine kühle Krötenhand ins Gesicht drückte.

»Ich hab dich lieb«, murmelte Yuriko im Halbschlaf.

»Ich hab dich auch lieb«, sagte Padda und klang dabei wie

Galina. Yuriko blinzelte. Er lag höchst unbequem auf hartem Stein. Die Hälfte seiner Gliedmaßen spürte er nicht mehr, und die andere Hälfte hätte er lieber nicht gespürt. Mühsam richtete er sich auf. Vor ihm stand Galina, einen Packen Papier in der Hand. Vöglein sangen, die Luft war voll kühlem Morgentau.

»Du schläfst auch jede Nacht woanders«, sagte Galina kopfschüttelnd.

»Ich erinnere mich an Zeiten, da war das was Gutes«, murmelte Yuriko. »Gütiger Krötengeist. Ich komme wirklich auf den Hund.«

»Was ist das hier?«, fragte Galina und zeigte um sich. Yuriko sah sich um. Er saß auf dem größten Stein im Steingarten. Der Rechen lehnte neben ihm, und um ihn herum breitete sich ein komplexes, verschlungenes Muster im Kies aus – nicht rund, sondern dem Arkanfluss an diesem Ort folgend, so schön, dass Yuriko selbst staunte. Ein paar der Linien waren unterbrochen – dort, wo Galina über die Fläche gegangen war.

»Hast du das gemacht?«, fragte Galina. »Wozu? War dir langweilig?«

»Aber ganz im Gegenteil«, sagte Yuriko. »Komm rauf auf den Stein. Warte einen Augenblick.«

Er griff sich den Rechen, verfolgte Galinas Spuren bis zum Ende und reparierte die Störungen im Arkanfluss, rechte sich dann wieder zurück zum Stein und kletterte darauf. Er holte sich Feuer, wie er es in der Nacht getan hatte, füllte die Linien damit, ließ es in jeden Winkel des Musters fließen, dämpfte es dann zu einem kräftigen Glühen, schickte reines Arkanum hinterher und lud das Siegel auf. Kopfschmerzen erwachten hinter seiner Stirn. Ach ja. Er hatte es in der Nacht schon übertrieben. Egal. Er konzentrierte sich am Schmerz vorbei, festigte das Feuersiegel und hob es aus seinem Kiesbett in die Luft, bog es sanft und senkte es wie eine Kuppel aus verschlungenen Feuerfäden über den Steingarten. Ein letzter Arkanschub, und das Feuersiegel erstrahlte hell, bevor es sich mit einem feurigen Fauchen verflüchtigte.

Galina starrte mit offenem Mund in die Luft. »Unglaublich«, murmelte sie. »Wunderschön. Was war das? Schutz?«

»Arkanverstärker«, sagte Yuriko. »Ist einfacher für den Anfang. Aber ich kann sicher auch ein Schutzsiegel machen, und irgendwann brauche ich die Kieslinien nicht mehr, und das, meine Liebe, ist dann die ganz große Zauberkunst.«

»Wir müssen dich von hier wegbringen«, sagte Galina. »Dieser Ort ist nicht gut für dich. Du entwickelst Ehrgeiz.«

»Ich möchte die Kunst so weit beherrschen, dass ich Arkadis ein Feuersiegel auf die Zunge legen kann«, erklärte Yuriko. »Ich möchte den Arkanfluss des äußeren Siegels aufheben, indem ich einen genau entgegengesetzten darüberlege. Dann sehen wir, was das innere Siegel macht. Ich muss das Gegensiegel noch entwickeln, aber das sollte nicht schwierig sein, so gut, wie ich den Arkanfluss hier spüre.«

»Warum nimmst du nicht fürs Erste Tinte?«

»Wasserfeste und ungiftige Tinte ist nicht ganz trivial. Und ich habe hier noch keinen Ausstatter für Zaubereibedarf gesehen.«

»Hm.«

»Hast du mich rechtzeitig zum Frühstück geweckt? Bitte sag, dass es noch Frühstück gibt.«

»Es gibt noch Frühstück.«

Yuriko rutschte vom Stein. »Worauf warten wir dann noch?«

Den Tag verbrachte er im Wesentlichen damit, Gurken zu zerstören. Er hatte sich in weiser Voraussicht von Akelei einen ganzen Korb voll geben lassen und ihn mit hinauf in die Höhlen genommen. Dort hatte er vorsichtshalber Meister Gimms Schutzsiegel aufgeladen, bevor er sich an die Arbeit gemacht hatte.

Eine Gurke nach der anderen versah er mit Arkadis' Siegel und lud sie mit winzigen Mengen Arkanum auf. Wie schon bei der Katze wurde das Arkanum ins Innere gezogen und ließ sich nicht mehr ableiten. Er entwarf Siegel, die die Arkansperre lösen sollten, klebte sie mit Krötenspucke auf die jeweilige Gurke und probierte, ob er die Arkanladung abfließen lassen konnte. Gegen Nachmittag war er sicher, jede erdenkliche Art und Weise gesehen zu haben, in der eine Gurke platzen konnte. Einmal traf ein Gurkenbrocken Padda und warf ihn auf den Rücken. Danach legte Yuriko ein zusätzliches Schutzsiegel auf jede Gurke. Trotzdem war es eine ziemliche Sauerei.

Nach der fünfzehnten Gurke verweigerte Padda den Dienst. Er spitzte sein Maul, zog die Wangen nach innen und zeigte anklagend eine sehr trockene Zungenspitze.

»Eins noch«, verhandelte Yuriko. »Ich bin ganz nah dran. Komm schon. Die Gurken sind sowieso fast alle.«

Er bot Padda einen saftigen Gurkenbrocken an, doch der drehte beleidigt den Kopf weg.

»Eins noch, und dann gehen wir schwimmen im Teich.«

Der Kröter zwinkerte. Yuriko seufzte.

»Schwimmen im Teich, und ich drehe dir Steine um, damit du leichter an die Würmer kommst.«

Padda schien zu überlegen, dann quakte er und streckte gnädig die Zunge raus.

»Danke, Padda, du bist der Beste.«

Yuriko beeilte sich mit dem letzten Siegel. Er war nah dran, er spürte es. Er konnte es nicht erwarten, Arkadis' Stimme zu hören und ihre Geschichte zu erfahren. Falls das Siegel ihre Stummheit löste. Falls er es mit seinen dicken Pfoten jemals fein genug hinbekam. Er verfluchte seine großzügige Schusseligkeit. Jetzt fehlte ihm die Präzision. Wenn er erst seinen Zirkel an der Arkania wieder innehatte, würde er weniger Zeit mit den Füßen auf dem Tisch verbringen und sich mehr reinhängen. Die letzte Wegstrecke auch noch gehen, statt es sich in Sichtweite des Ziels schon bequem zu machen.

Er vollendete das Siegel und legte Gimms Federkiel weg. Die Tinte ging auch schon zur Neige. Zeit, dass er fertig wurde. Er ließ Padda das Siegel ablecken und klebte es auf die Gurke.

So oder so war das die letzte Gurke für heute. Er konnte nicht mehr sitzen auf dem steinernen Boden, die Hand tat ihm weh vom vielen Malen, und seit er mit Padda über den Teich gesprochen hatte, konnte er an kaum etwas anderes mehr denken als an kühles, grünes Wasser.

Er lud das Siegel auf. Die Gurke platzte nicht. Yuriko wagte kaum zu atmen. Die erste Gurke, die nicht platzte! Yuriko zog am Arkanum. Die Gurke gab es her, und Yuriko ließ es in den Stein abfließen. Die Gurke war glatt und grün und unversehrt.

Sehr vorsichtig, falls die Gurke es sich doch noch anders überlegte, ballte Yuriko die Faust und stieß sie triumphierend in die Luft.

»Das ist eine Gurke«, sagte Galina und schielte auf das Gemüse.

»Falsch«, sagte Yuriko. »Das ist der Durchbruch.«

Galina bemaß ihn mit einem Blick, der ganz klar zeigte, dass sie die Bedeutung des Augenblicks nicht erfasste. Er hielt das Siegel hoch, und bei Galina fiel der Eiserne.

»Nein«, hauchte sie.

»Aber doch«, sagte Yuriko stolz. »Hab ich's doch gesagt.«

Galina ließ ihr Holzschwert fallen. Topas, die den Unterricht nur sehr widerwillig unterbrochen hatte, kam neugierig näher. Galina wischte sich mit dem Ärmel Schweiß aus dem Gesicht.

»Das heißt«, sagte sie. »Wir können das bei Arkadis anbringen und …«

»Den Fluch lösen. Ja. Wir müssen nur noch einen Weg finden … huch? Was ist los? Weinst du, sag mal?«

»Nein«, schluchzte Galina und fiel Yuriko um den Hals. Sehr überrascht hielt er sie fest und wechselte über ihren Kopf hinweg einen ratlosen Blick mit Topas.

»Alles wird gut«, sagte er. »Wirklich. Wir müssen das Siegel nur sehr genau übertragen. Sobald wir das Problem mit der Tinte gelöst haben, aber da will ich auch nochmal in Meister

Gimms Haushalt kramen. Was Tinten betrifft, war er ein rechter Sammler. Vielleicht ist noch was da, das Indigo übersehen hat.«

Galina nickte und schniefte. »Hast du's ihr-ihm schon gesagt?«

»Nein. Ich dachte, du wolltest vielleicht dabei sein.«

Galina wechselte einen Blick mit Topas. Die nickte. »Wir machen später weiter.«

Sie kamen bis an den Rand des Hains, als ein Schrei den Frieden zerriss. Eine Frau schrie schrill und in höchster Not, dann versickerte der Schrei in einer Stille, die noch fürchterlicher war.

»War das Akelei«, sagte Yuriko entsetzt.

»Das kam vom Teich«, sagte Galina. »Los.«

Sie rannte davon, und er beeilte sich, hinterherzukommen. Sie nahmen die Abkürzung über die Wiese, querten den Weg, rannten und rutschten einen grasigen Hügel hinunter und fingen sich an den dicken, glatten Stämmen der Einblätter rund um den Teich. Yuriko packte Galina und drückte sie zu Boden, dann kauerte er sich neben sie.

Die Schwertfrau stand am Ufer und schüttelte Blut von ihrer Klinge. Zu ihren Füßen lag Akelei, reglos, ihr Gewand und der Sand um sie herum waren dunkelrot verfärbt. Hinter der Schwertfrau stiegen gerade die Knochenfrau und der Najade ans Ufer, und noch jemand näherte sich schwimmend aus der Teichmitte: zierliche Person, kurze dunkle Haare. Mio.

Yuriko gab sich einen Wimpernschlag, um Akelei zu betrauern, und einen weiteren, um eine Entscheidung zu treffen.

Er nahm Padda von der Schulter und drückte ihm einen Kuss zwischen die Augen. Dann gab er ihn Galina in die Hand. Padda hielt ganz still und fing Yuriko in seinem bernsteinfarbenen Blick.

»Das ist jetzt deiner«, sagte Yuriko. »Bis ich wiederkomme. Pass gut auf ihn auf. Und auf das hier.« Er zog das Siegelpapier aus dem Gürtel und steckte es ihr zwischen die Finger. Galinas Augen füllten sich mit Tränen.

»Hör mir zu«, sagte er. »Wir schaffen das nur gemeinsam. Du sammelst Arkadis und die Dörfler ein und bringst sie nach oben in die Höhlen. Lass dir von Helio helfen. Ich habe heute Morgen die Schutzsiegel aufgeladen. Das hält noch ein Weilchen, aber wirf gelegentlich einen Blick drauf.«

Vom Dorf her näherten sich eilige Schritte und erschrockene Stimmen. Jemand rief Akeleis Namen. Galina rührte sich nicht, umklammerte nur ihr Holzschwert.

»Was ist mit dir«, flüsterte sie.

»Ich bleibe hier und mache meinem Namen alle Ehre«, sagte Yuriko. »Man nennt mich nicht umsonst Yuriko den Legendären.«

»Niemand nennt dich so«, murmelte Galina erstickt.

»Dann wird's Zeit«, sagte Yuriko. »Jetzt geh.«

Er gab Galina einen sachten Schubs, dann richtete er sich auf. Er musste das in Angriff nehmen, bevor die Angst ihn lähmte. Seine Knie waren weich, als er den restlichen halben Steinwurf mit einem wackeligen Krötensprung überbrückte. Er grub die nackten Füße in den warmen Sand und setzte sein breitestes Lächeln auf.

»Na, wen haben wir denn da«, sagte er. »Damenbesuch. Das ist aber nett.«

»Du schon wieder«, sagte die Schwertfrau. »Geh uns aus dem Weg. Wir wollen nur das Wesen, mit dem du unterwegs bist.«

»Padda? Niemals. Das ist mein Kröter.«

»Die gefiederte Schlange«, zischte der Najade. »Arkadis, wie sie sich nennt. Gib sie uns, und niemand kommt zu Schaden.«

»Dafür ist es zu spät«, sagte Yuriko mit einem bedauernden Blick auf Akelei. »Ich mochte sie wirklich gerne, und ihr Tod war völlig unnötig. Gibt dir das nicht zu denken?«

»Beseitigen wir ihn«, sagte die Schwertfrau. »Ich habe genug von seinem Geschwafel.«

»Wenn du meine Gesellschaft nicht zu schätzen weißt, solltest du mir nicht um die halbe Welt folgen, Liebchen«, sagte

Yuriko. Er bemühte sich, alle Gegnerinnen gleichzeitig im Auge zu behalten. Der Najade lauerte. Seine seltsam trüben Augen erinnerten Yuriko daran, dass er blind war – was allerdings auch damals im Stadtgarten kein großes Hindernis gewesen war. So oder so würde er schlecht brennen. Vermutlich schickten sie ihn vor. Die Knochenfrau war zwar da, schien aber gedanklich abwesend und wiegte sich sachte hin und her. Das war nicht gut. Die Schwertfrau tänzelte in sicherer Entfernung und wartete offenbar auf ein Signal. Nur Mio wirkte unentschlossen. Sie hatte sich etwas abseits postiert, die Hand am Griff ihres ulkigen, gebogenen Schwertes. Ein flüchtiger Blick über die Schulter – Galina war verschwunden.

»Wir verfügen alle über Sprachenzauber«, sagte Yuriko. »Also sprecht mit mir. Wir müssen die Feindlichkeit nicht fortsetzen. Es gibt bestimmt eine friedliche Lösung.«

»Nur wenn du uns die gefiederte Schlange aushändigst«, sagte die Schwertfrau.

»Sie gehört mir nicht, und sie hat klar genug gemacht, dass sie nicht mit euch gehen will. Aber wenn ich verstehen könnte, was euch antreibt – warum ihr so verzweifelt hinter ihr her seid – ihr macht das doch nicht aus Spaß. Niemand bringt jemanden um aus Spaß. Ich könnte versuchen, euch zu helfen.«

Die Schwertfrau lachte humorlos. »Du bist eine Plage, seit du dich zum ersten Mal zwischen uns und unser Ziel gestellt hast. Warum solltest ausgerechnet du uns helfen wollen.«

»Warum? Weil Schmerz und Hass zwei sind, die sich bei den Händen halten. Wenn Menschen verletzt werden, fangen sie an zu hassen, und dann gehen sie raus und fügen anderen Menschen Schmerzen zu, und dann fangen die an zu hassen. Und das ist ein Kreislauf, in dem ich nicht leben will.«

»Dann hättest du nicht geboren werden dürfen«, sagte die Schwertfrau. »Schmerz ist ein Teil des Lebens.«

»Richtig«, sagte Yuriko. »Aber Schmerz lässt mich wachsen. Hass nicht.«

Die Schwertfrau hob ihre Waffe. »Zum letzten Mal. Geh aus dem Weg.«

»Ihr könnt sie nicht haben. Wir können nur darüber reden oder uns die Köpfe einschlagen.«

»Wir wählen das Zweite«, zischte der Najade.

»Das finde ich traurig, aber nicht weiter verwunderlich«, sagte Yuriko.

Die Schwertfrau fasste mit der freien Hand in die Tasche, holte aus und warf. Die Arkanfessel segelte durch die Luft. Yuriko duckte sich, gleichzeitig sprang Mio vorwärts und hoch in die Luft. Ihr Schwert beschrieb einen glitzernden Bogen, und die zwei Hälften der Arkanfessel fielen in den Sand.

»Was«, sagte die Schwertfrau verblüfft. Mio landete neben Yuriko, das Schwert zum Schlag erhoben.

»Unsere Vereinbarung. Die gefiederte Schlange für euch, der Doragon für mich. Er ist mein. Niemand legt Hand an ihn außer mir.«

»Jetzt sagst du solche Sachen und bist nicht nackt.« Yuriko zog sich Feuer auf die Hände. »Was für eine Verschwendung.«

»Komm mir nicht so. Ich bin wütend auf dich. Weißt du, welches Risiko ich eingegangen bin, nur um dir diese Fessel zuzuspielen? Als verdammte Warnung? Und du Trottel lässt sie einfach am Teich auf der anderen Seite liegen!«

»Oh. Ich, äh.«

»Stotter du nur. Ich lasse dich später büßen.«

Die Schwertfrau machte einen Ausfall in Yurikos Richtung. Mio sprang ihr in den Weg. Stahl klirrte auf Stahl. Gleichzeitig vollführte der Najade eine ausholende Bewegung, und hinter ihm erhob sich der Teich.

»Oi!«, schrie Yuriko. »Das ist mein Teich! Lass die Finger davon!«

Der Najade öffnete den Schlitz in seinem Gesicht, der sein Mund sein sollte, zu einem hässlichen Grinsen. Wasserarme, dick wie Baumstämme, schnellten auf Yuriko zu. Er zog eine Feuerwand hoch und ließ den Angriff abprallen. Es zischte gewaltig. Dampfwolken stiegen in den Himmel. Solange die Sicht vernebelt war, rannte Yuriko am Ufer entlang. Wenn er ungestört feuern wollte, musste er möglichst viel Abstand zwischen sich und Mio bringen. Er ließ den Feuerschild fallen. Durch den Wasserdampf hindurch sah er schemenhaft den Najaden, der sich suchend nach hier und da wendete. Das Arkanum rund um ihn pulsierte. Vielleicht machte er es ähnlich wie die Fledermäuse. Yuriko warf einen Feuerball. Der Najade dampfte und zerfiel, aber noch im Fallen zielte er einen Wasserstrahl. Der traf Yuriko mit unglaublicher Wucht, schleuderte ihn zu Boden und nagelte ihn auf dem Sand fest. Wasser nahm ihm die Sicht. Der Druck auf seinem Brustkorb war unerträglich. Yuriko brachte die Hände hoch und schob sie in den Wasserstrahl. Es fühlte sich an, als würden all seine Knochen zu Mehl zermahlen. Er setzte Feuer dagegen und war in der Lage, den Wasserstrahl zu unterbrechen – lange genug, um sich zur Seite zu rollen. Keuchend kam er in die Höhe und spuckte ein Gemisch aus Wasser und Sand aus. Er hatte den Najaden unterschätzt. Das hier war etwas ganz Anderes als das, was der Pisser ihm im Stadtgarten gezeigt hatte.

Wo war der nur. Yuriko setzte eine rasche Folge kleiner, kompakter Feuerbälle in den Nebel. Während alle geisterhaft nachleuchteten, wurde einer zischend geschluckt. Aha. Yuriko holte gewaltig Luft und spie eine Feuerlohe, groß wie ein Haus, in den Nebel. Die Sicht klarte ein wenig auf, und da war der Najade, oben auf einer Wassersäule, oder vielleicht hatte er auch nur seine Beine grotesk verlängert, er sammelte Wasser aus der Luft und warf.

Es knisterte. Ein kalter Hauch strich Yuriko übers Gesicht. Er riss eine Flammenwand hoch und ließ die nadelspitzen Eisgeschosse schmelzen, erwiderte den Angriff mit einem Schwarm kleiner, sehr heißer Feuerbälle, die wie Glühwürmchen im Nebel leuchteten. Manche davon fanden zischend ihr Ziel, doch der Najade verlor und gewann seine Form, wie es ihm beliebte. Es war einfach nichts an ihm, das brannte. Es schien, als müsse man ihn auf handliche Größe verdampfen, ehe ihm beizukommen war.

Yuriko holte tief Luft, doch plötzlich war da eine massive Wasserwand vor ihm – ein ganzer Ring aus Wasser, der ihn komplett einschloss, mannshoch und rasch rotierend, offensichtlich Teichwasser, denn Yuriko sah Wasserpflanzen darin und den einen oder anderen überraschten Fisch. Der Wasserstrudel zog sich rasch enger. Yuriko ging in die Knie, spannte sich, so sehr er konnte, und rettete sich mit einem gewaltigen Krötensprung nach oben. Noch während er in der Luft war, stürzte der Wasserwirbel unter ihm donnernd zusammen. Eine der hohen, einblättrigen Pflanzen kam in Sicht. Yuriko warf sich in der Luft nach vorne und landete plump, aber sicher in der Mitte des dicken Blattes. Er federte den Sprung ab, ging in die tiefe Hocke und spähte über den Rand. Der Najade war unter ihm und schlängelte sich suchend umher. Am Ufer hielt Mio immer noch mit tänzerischer Grazie die Schwertkämpferin beschäftigt. Die Schwertfrau blutete am Arm und im Gesicht, schien aber nicht wesentlich beeinträchtigt. Die Knochenfrau stand immer noch wie bestellt und nicht abgeholt, und Yuriko hatte das entschiedene Gefühl, dass, was immer sie da vorbereitete, besser nicht zum Einsatz kam. Er musste mit den anderen aufräumen und sich dann so schnell wie möglich der Knochenfrau widmen.

Er spie einen weiteren gewaltigen Feuerball hinunter auf seinen Gegner. Es zischte und dampfte. Gut. Gleich noch einen. Yuriko holte erneut Luft, da erzitterte das Blatt unter ihm, neigte sich plötzlich, wurde abschüssig. Die Füße wurden Yuriko weggezogen, er landete platschend auf dem Hintern. Ein Wassertentakel hatte die Blattwurzel umfasst und zog nach unten. Der dicke Stängel ächzte. Yuriko kam auf der nassen, glatten Oberfläche ins Rutschen, drehte sich auf den Bauch, schlitterte und versuchte, sich an einer der dicken Blattadern festzuhalten, doch die boten keine Möglichkeit zum Zupacken. Für einen Augenblick hing er mit seinem ganzen Gewicht an den Fingerspitzen, dann verlor er den Halt und rutschte rückwärts, war plötzlich mit den Beinen in der Luft, der Rand des Blattes bog sich unter ihm weg, er glitschte vom Blatt und fiel.

Unter ihm war der Teich. Nebelschwaden waberten über der Oberfläche. Noch im Fallen aktivierte Yuriko sein Siegel, dann tauchte er ein, Füße voran, und ging unter.

Das Wasser war trüb und aufgewühlt. Yuriko sah kaum die Hand vor Augen. Er stieß sich am schlammigen Grund ab und schwamm nach oben. Dort war das Wasser plötzlich sehr kalt. Er streckte die Hände nach oben und stieß gegen eine trübe Eisschicht. Er schlug mit der Faust dagegen, um die Dicke zu prüfen. Sie hielt.

Warum packte der Najade diesen alten Trick aus? Er musste doch im Stadtgarten gelernt haben, dass Yuriko nicht zu ertränken war.

Die Erkenntnis traf ihn unsanft. Der Najade hatte es diesmal nicht auf ihn abgesehen, sondern auf Arkadis. Den Salamander unter einer Eisschicht wegzusperren, sollte ihm vielleicht die nötige Zeit verschaffen, um sich ihrer zu bemächtigen.

Yuriko brachte die Handflächen gegen das Eis und begann, es zu schmelzen.

Ein plötzlicher, stählerner Griff um seinen Knöchel. Ein Gewicht, das ihn in die Tiefe riss. Der Teich löschte das Feuer an seinen Händen. Yuriko strampelte wild und drehte sich, um nach unten sehen zu können. Durch das trübe Wasser war kaum mehr zu erkennen als ein Schemen – nein, zwei – einer, der ihn immer tiefer zog, und einer, der direkt auf ihn zu geschwommen kam.

Die steinernen Jungfern vom Portal, plötzlich so belebt wie die Tierstatuen im Stadtgarten. Nur dass er diesmal nicht an Land kam, um seine gesamte Feuerkraft zu entfalten.

Unter ihm kam der schlammige Grund des Teiches in Sicht, gerade bevor er dagegen prallte. Mulm wölkte um ihn auf. Die Klammer um seine Beine zog sich zu. Die Steinjungfer kam schwer wie ein Pferd auf ihm zu liegen. Die zweite streckte die Hände nach ihm aus.

Der Boden unter ihm war weich, ein wenig nachgiebig, eine Mischung aus dem elastischen Wurzelwerk des Unterwasserfarns, der hier überall wuchs, verrottenden Pflanzenteilen und Sand. Yuriko wand und drehte sich wie eine Kröte, die sich in den Untergrund eingraben wollte, gewann einen Fingerbreit Spielraum, stieß sich vom Kopf der zweiten Jungfer ab, trat mächtig um sich und war frei. Er schwamm ein paar Züge nach oben und wandte sich dann nach unten zu seinen Gegnerinnen. Die Sicht war noch schlechter geworden. Er sah die Hand erst, als sie sich in sein Gewand krallte. Er strampelte heftig, duckte sich und streifte das Gewand ab. Es sank wie eine orangefarbene Blüte nach unten und legte sich über die Jungfer. Yuriko nutzte die Gelegenheit, um nach der zweiten zu schauen. Da stieg sie zu ihm auf, ungeachtet ihrer steinernen Natur. Ihr einst so hübsches Gesicht war verzerrt, die Augen tot, der Mund riesig und bewehrt mit spitzen, vorstehenden Zähnen. Vom Hals abwärts schien sie immerhin noch die Alte. Yurikos Hände fanden den Weg ganz von selbst. Er umfasste ihre steinernen Brüste und ließ Feuer fließen. Die Jungfer zuckte rückwärts, aber Yuriko umschlang sie mit den Beinen und blieb an ihr dran. Sie schnappte nach ihm, und geistesgegenwärtig brachte er eine Hand nach oben. Die messerscharfen Steinzähne schabten über seine Handfläche. Er hielt mit Arkanum dagegen, bündelte den Feuerstrahl aus seinen Handflächen, damit möglichst wenig im Wasser verloren ging, machte ihn heißer und noch heißer, wartete darauf, dass die Statue platzte, aber das tat sie nicht. Stattdessen erblühte Feuerschein in ihrem Inneren. Hitze breitete sich aus. Yuriko schob Arkanum nach. Der Stein unter seinen Händen wurde weich. Für einen Augenblick fühlte die Jungfer sich beinahe an, als sei sie lebendig. Dann begann sie zu leuchten. Ihre Zähne schmolzen, ihr Gesicht wurde unförmig, sie floss wie dicker, glühender Brei aus Yurikos Umarmung. Er nahm die Hände weg und beobachtete fasziniert, wie sich eine dünne steinerne Haut über der glühenden Masse bildete. Dann rutschte die formlose Jungfer zwischen seinen Beinen hindurch, sank auf den Grund, zerbrach in rotglühende Teile und verlosch.

Er hatte Stein geschmolzen. Gütiger Krötengeist. Und das unter Wasser. Wenn er das an der Arkania … hups.

Er duckte sich zu spät. Die steinerne Faust traf ihn am Kinn und ließ seine Zähne im Kiefer knirschen. Er sank im Wasser rückwärts und wurde gleich darauf nach vorne gerissen. Die zweite Jungfer hatte seinen Zopf zu fassen bekommen und zerrte ihn zu sich. Yuriko wollte empört aufschreien, brachte aber natürlich kaum mehr als ein Gurgeln zustande. Er strampelte und wehrte sich gegen ihren Zugriff, doch sie war stärker. Sie holte ihn am Zopf ein wie eine Boje und legte dann die Hände um seinen Hals. Sie hatte scheinbar nicht begriffen, dass es nichts brachte, jemanden zu würgen, der unter Wasser … oh. Sie versuchte nicht, ihn zu würgen. Sie versuchte, ihm den Hals zu brechen.

Im letzten Augenblick stieß er sich vom Grund ab und drehte sich mit. Seine Halswirbel krachten. Er packte blindlings zu und ließ Arkanum strömen, so viel er zu fassen bekam.

Sie fiel in seinen Händen zusammen, tropfte nach unten weg, ein grell leuchtender Strom geschmolzenen Gesteins. Das Wasser wurde unangenehm warm. Yuriko stieß sich ab und schwamm nach oben.

Das warme Wasser hatte das Eis geschwächt. Zwei feuerverstärkte Faustschläge, und es brach über ihm. Er tauchte auf und versuchte, sich aufs Eis zu stemmen, doch es brach sofort unter ihm und schickte ihn zurück in den Teich. Er schluckte Wasser vor Überraschung, tauchte wieder auf und sah sich um. Die Schwertfrau lag reglos am Ufer, unweit von Akelei. Die Knochenfrau stand in der Nähe und tat augenscheinlich immer noch nichts, doch Yuriko spürte einen Strom von Arkanum, der zu ihr hinfloss. Das war nicht gut.

Ein weiterer Versuch, auszusteigen, beförderte ihn direkt zurück in den Teich. Yuriko gab auf, aktivierte erneut sein Siegel und schwamm unter der Eisdecke entlang, bis er Grund unter die Füße bekam. Er brannte das Eis über seinem Kopf weg und sprang ans Ufer.

Der Najade war nicht zu sehen. Das war doppelt ungut. Wo war Mio?

Ein Knurren hinter ihm, das sich bedrohlich steigerte. Yuriko lief es eiskalt den Rücken hinunter. Ein sehr vorsichtiger Blick über die Schulter. Kein Zweifel. Das Vieh war noch genauso riesig, voller Zähne und mutmaßlich hungrig wie beim letzten Mal.

Es duckte sich. Yuriko spannte sich an. Das Vieh sprang. Yuriko sprang. Er landete auf einem halbhohen Einblatt, knapp außerhalb der Reichweite des dämonischen Hundes. Dann begann das Blatt, sich unter seinem Gewicht zu biegen. Yuriko geriet ins Rutschen. Unter ihm bellte der Hund und sprang nach ihm. Seine Kiefer schnappten in die Luft, ein hartes, kaltes Geräusch, das Yurikos Herz zum Aussetzen brachte. Er klammerte sich an den Stiel des Einblattes und zog die Füße hoch, hätte gerne Feuer gespuckt, bekam aber kein freies Angriffsfeld, und wenn er versehentlich sein rettendes Einblatt abbrannte, warf er sich dem Ungeheuer selbst zum Fraß vor. Nein. Er würde einfach hier auf dem Blatt bleiben, bis der Hund das Interesse verlor oder an Altersschwäche starb. Er hatte keine Ahnung, wie alt Hunde wurden. Großer Krötengeist.

Ein plötzliches, hohes Jaulen, das in ein Gurgeln überging und dann verstummte.

»Kannst runterkommen.«

Er lugte vorsichtig über den Rand. Mio stieg von dem Hund und schüttelte Blut von ihrem Schwert. Der Kopf des Hundes lag sauber zur Seite geklappt neben dem Körper. Blut pulsierte aus der offenen Halsschlagader. Yuriko wollte sich übergeben, aber dann rutschte er doch mit Beinen, weich wie Hirsebrei, von seinem Blatt.

»Ich dachte, du wärst tot«, sagte Mio.

»Danke«, murmelte Yuriko mit schwankender Stimme. »Ich auch.«

»Will ich wissen, warum du dich schon wieder ausgezogen hast?«

»Da waren zwei Damen, die mir die Kleider vom Leib gerissen haben.«

Mio verzog das Gesicht. »Immerhin haben sie dir die Hosen angelassen.«

Sie drehte sich um sich selbst, wachsam, Schwert zum Schlag bereit. »Wo ist er?«

»Der Najade?«

»Der Wassermann.«

»Wir müssen zuerst die Knochenfrau aus dem Spiel nehmen. Sie zieht Arkanum, und ich will nicht wissen, wofür.«

»Dann los. Ich halte dir den Rücken frei.«

Yuriko machte sich bereit. Der Arkanfluss in Richtung der Knochenfrau verstärkte sich stetig, und Yuriko musste gegen die Strömung arbeiten. Er verdichtete und entzündete es. Mehr. Heißer. Immerhin hatte die Knochenfrau es aus den brennenden Trümmern seines Hauses geschafft, ohne erkennbar Schaden zu nehmen.

Sein Haus. Seine Zukunft mit Florine. Die Wut fütterte die Flamme. Er holte aus und warf. Das Feuer brüllte und fauchte, raste auf die Knochenfrau zu, teilte sich vor ihr in der Luft und verlosch. Eine glühende Spur blieb im Sand zurück. Schilf brannte. Die Knochenfrau öffnete nicht einmal die Augen. Keuchend zog Yuriko neues Arkanum. Er hatte steinerne Frauenherzen geschmolzen. Er würde doch wohl …

Ein Bersten von Eis. Ein Schrei. Er fuhr herum und stolperte über Mios Schwert, warf sich auf den Boden und bekam sie zu packen, die schon bis zur Hüfte im Teich verschwunden war. Sie klammerte sich an ihn, die Augen weit vor Schreck. Er hielt dagegen, wurde halb mit in den Teich gezogen, griff blindlings ins Schilf und hielt sich fest. Die scharfen Blätter schnitten ihm in die Handfläche. Er gewann eine Handbreit Grund, während Mio im flachen Wasser strampelte und ihm beinahe den Arm auskugelte. Wassertentakel wurden sichtbar, die ihre Beine umschlangen. Sie trat danach und wand sich, wurde aber schrittweise immer tiefer ins Wasser gezogen.

Er sah den Angriff nicht kommen. Ein plötzlicher scharfer Schmerz im Gesicht, eine Kälteempfindung. Seine Sicht färbte sich rot. Instinktiv zuckte er zurück und lockerte den Griff. Mio schrie. Ein Glitzern in der Luft wie von Spinnweben, und etwas traf ihn quer über Schulter und Oberarm und öffnete einen Schnitt. Blut quoll heraus. Ein weiteres Glitzern, ein fadendünner Wassertentakel, Brust, Arme, Hände. Yuriko schrie, dann wurde Mio mit einem gewaltigen Ruck aus seinem Griff gerissen und verschwand unter Wasser. Für einen Wimpernschlag schimmerte ihr helles Gesicht noch zu ihm auf. Er stürzte ihr nach und landete unsanft, Kinn voraus – da war plötzlich Eis, wo soeben noch eine bewegte Wasseroberfläche gewesen war. Sein Oberkörper schmerzte, als hätte er sich in Brennnesseln gewälzt. Blut tropfte ihm aus dem Gesicht. Er schüttelte den Kopf, um klare Sicht zu bekommen.

»Mio!«, schrie er. »Gib sie zurück, du Dreckskerl!«

Er rannte aufs Eis, versuchte verzweifelt, etwas unter sich zu erkennen, doch die Eisschicht war trübe und körnig. Er fiel auf die Knie und hieb die blutige Faust aufs Eis, und dann ging in seinem Geist eine Tür auf.

Wie von selbst fügten sich zarte Feuerfäden auf seiner Handfläche zu einem Verstärkersiegel. Keines kannte er besser. Unendlich oft hatte er es sich auf die Fäuste gemalt, wenn die älteren Jungs sich wieder einmal zusammengerottet hatten, um Frakis zu quälen.

Er holte aus und hieb die flache Hand aufs Eis. Arkanum erzitterte. Risse zickzackten von ihm aus, verbreiteten und verzweigten sich wie Blitze im Sommergewitter. Das Eis stöhnte und brach. Yuriko hielt sich auf allen Vieren und sah sich um. Von Ufer zu Ufer war der Teich in Bewegung, überall tanzten die Eisschollen. Wo war Mio?

Er verdampfte ein paar Eisschollen und sprang ins Wasser. Ignorierte, so gut es ging, den Wundschmerz, der seine Brust umklammerte. Tauchte unter, sah sich um, sah nichts außer zerfetzten Wasserpflanzen, die in der Trübnis schwebten. Zwecklos. Bis er den Teich durchsucht hatte, konnte sie ertrunken sein.

Er tauchte auf, klammerte sich an eine Eisscholle und zog sich mühsam auf den schwankenden Untergrund. Die Eisscholle schwankte und bockte unter ihm und biss ihn in die nackten Füße. Er sah sich um, und da, heftige Bewegung unter der Wasseroberfläche, Eisplatten stießen krachend gegeneinander. Er rannte los, taumelte, rutschte und sprang von Scholle zu Scholle, fiel auf die Knie und steckte aufs Geratewohl den Arm bis zur Schulter ins Wasser. Jemand packte zu, und er warf sich rückwärts, fasste mit der freien Hand zu und zog mit aller Kraft. Mio erschien, ein kurzes Messer zwischen die Zähne geklemmt. Er zerrte sie zu sich auf Eis. Sie spuckte das Messer aus, japste nach Luft und erbrach Wasser, während er noch ihre Füße über den Rand schubste.

»Ich kann ihn nicht verletzen«, keuchte sie. »Ich habe ihm eine Menge Tentakel abgeschlagen, aber die wachsen einfach wieder nach.«

»Wir müssen vom Teich weg«, sagte Yuriko. »Ich kriege ihn sonst nicht in den Griff.«

Sie nickte. Dann donnerte etwas von unten mit brachialer Gewalt gegen das Eis. Yuriko und Mio wurden herumgeschleudert und hielten sich aneinander fest. Ein dunkler Schatten bewegte sich dicht unter der Wasseroberfläche, nur flüchtig sichtbar zwischen den Eisschollen.

»Ufer«, keuchte Yuriko. Sie nickte und nahm seine Hand.

Hinter ihnen zerbarsten die Eisschollen mit dem trockenen Geräusch brechender Knochen. Der ganze Teich war in Aufruhr. Sie schwankten und rutschten und sprangen von Scholle zu Scholle, und dann brach das Eis unter ihren Füßen entzwei. Yuriko riss Mio an sich und warf sich in einen halsbrecherischen Krötensprung, kam schief auf, stürzte und schlitterte, Mio loslassend, über den Rand der nächsten Eisscholle ins Wasser.

Ein steinharter, unerbittlicher Griff um seinen Knöchel. Das konnte doch nicht wahr sein. Er hielt sich am Rand der Eisscholle, lenkte Arkanum in seine Füße und ließ es strömen, angereichert mit all der Wut, die er verspürte.

Unter ihm in der Tiefe leuchtete etwas auf. Ein Schwall heißen Wassers kam von unten. Eis zischte und knackte. Der Griff um seinen Knöchel löste sich, und er warf sich aufs Eis. Mio packte ihn unter den Armen und zerrte, und er kam platschend und schnaubend zu ihr auf die Eisscholle.

Das Ufer war einen Krötensprung entfernt, aber der Untergrund trug nicht mehr zuverlässig. Yuriko kam auf die Knie. Wasser schwappte aufs Eis, und dann tauchte ein formloser dunkler Klumpen am Rand auf, verschmolzener Stein, zwei biegsame Tentakel, wo einmal Arme gewesen waren, ein steinernes Geschwür, wo einmal der Kopf gewesen war.

Yuriko reichte es. Er riss Arkanum an sich, so viel er fassen konnte, kollabierte beinahe, bekam das nur am Rand mit, zimmerte die glühende Faust der ehemaligen Steinjungfer ins ehemalige Gesicht, hielt sie fest, brüllte sie an, schmolz sie zu glühend flüssigem Stein und schleuderte das wabernde Gebilde ans Ufer.

»Wo ist die Nächste!«, schrie er. »Komm ruhig! Ich hab mich gerade aufgewärmt!«

Er sah sich um. Mio war auf die Nachbarscholle ausgewichen und starrte ihn zwischen Schrecken und Bewunderung an. Er gab sich einen Atemzug, um ruhig zu werden, löschte dann seine Hand und hielt sie ihr hin. Sie zögerte einen Wimpernschlag, ehe sie zugriff. Er zog sie zu sich und dann rasch von Scholle zu Scholle bis zum rettenden Ufer. Mio stürzte zu ihrem Schwert und bewaffnete sich. Ein Krötensprung brachte Yuriko die Böschung hinauf, ein zweiter auf ein günstig gewachsenes

Einblatt. Von hier aus hatte er freien Blick zum Dorf. Niemand war dort zu sehen. Er spähte zum Hügel, hinter dem golden die Sonne unterging. Bewegten sich da winzige orangefarbene Flecken den Weg am Hang entlang hinauf zur Zuflucht? Wie viel Zeit war vergangen? Er hatte jegliches Zeitgefühl verloren.

Seine Brust schmerzte bei jedem Atemzug. Aus den Schnitten, die der Najade ihm beigebracht hatte, lief das Blut und vermischte sich mit dem Teichwasser auf seiner Haut zu einer ziemlichen Sauerei. Er fühlte sich ein bisschen schwindelig und leicht im Kopf und hatte das dringende Bedürfnis, sich auf dem Einblatt zusammenzurollen und sich nicht mehr zu bewegen, bis die Schmerzen aufhörten.

Er seufzte schwer. Er hatte ja unbedingt den Helden markieren müssen, und das hatte er nun davon. Zumindest war Mio da, um seine Taten angemessen zu würdigen.

Er sprang vom Blatt und hinunter ans Ufer. Mio stand, Schwert bereit, und hatte nichts zu tun. Der Teich kochte. Ein großer roter Fleck im Sand fing das Abendlicht. Da war Akelei gestorben. Aber wo war sie?

Yuriko sah sich um. Auch der Hund war verschwunden.

Nein, nicht verschwunden. Der Hundekopf ragte wie eine grausige Verwachsung vorne aus der Brust der Knochenfrau. Darüber hatte sie zwei Köpfe – ihren eigenen und, direkt aus der Schulter entsprossen, den von Akelei. Während Yuriko sich noch mühte, zu glauben, was er sah, streckte die Knochenfrau die Arme aus – sechs an der Zahl – gütiger Krötengeist, richtig, die Leiche der Schwertfrau war auch verschwunden – und sammelte Arkanum.

Der plötzliche Sog fühlte sich an, als risse man Yuriko alle Haare zugleich aus. Er duckte sich unwillkürlich und stemmte sich dagegen, schleuderte einen Feuerball, der ziemlich erbärmlich geriet, und richtete damit rein gar nichts aus.

Die Knochenfrau riss sechs Hände nach oben, und Yuriko wollte sich schon wieder übergeben, und eine Woche lang weinen, weil zwei davon so unverkennbar von Akelei stammten, diese Hände hatten ihn berührt, hatten ihm geholfen, den Knoten zu schlingen, hatten Kräuterbündel geglättet und geschnürt. Kleine runde Hände, die all das nun nie wieder tun würden.

Der Teich erhob sich. Auf einen Schlag wurde der Untergrund sichtbar. Fische plätscherten erschrocken in Pfützen. Es roch intensiv nach Teichschlamm und Mulm. Das Wasser schwappte auf die Knochenfrau zu, umkleidete sie, sickerte in sie ein, riss sie auseinander und verschlang ihre Einzelteile in braunen, schlammigen Wirbeln. Für einen Augenblick sah es so aus, als würden Wassermann und Knochenfrau sich gegeneinander richten, dann war der hoffnungsvolle Moment vergangen. Aus dem Wasser formte sich eine Gestalt, haushoch, entfernt menschenähnlich. Schädel und Gebeine wirbelten in ihrem Inneren. Yuriko meinte, einen kurzen Blick auf den Hund erhaschen zu können.

Das Ungeheuer aus dem Teich. Und er, Yuriko, hatte es ins Tal gebracht.

Womöglich machte ihn das zum größten aller Ungeheuer.

Aber dann gab es vielleicht doch noch Hoffnung.

Das Wasserungeheuer beugte sich über Yuriko und riss ein gewaltiges Maul auf.

»Wir vernichten alles Leben im Tal«, dröhnte es vielstimmig.

Hinter Yurikos Kopf formte sich eine Idee. Sie war eigentlich zu simpel, um Erfolg zu haben, aber seine einzige Möglichkeit, das Vieh trockenzulegen.

»Nicht nötig«, sagte er und streckte die Hände zur Seite. »Ich weiß, wann ich verloren habe.«

»Was«, sagte Mio neben ihm fassungslos. Er schüttelte unmerklich den Kopf.

»Ich bringe euch zu eurer gefiederten Schlange«, sagte er. »Versprecht mir nur, dass ihr keinen weiteren Schaden anrichtet.«

»Du bist nicht derjenige, der hier Forderungen stellt«, dröhnte das Wasserungeheuer.

»Auch wieder wahr. Seid trotzdem so freundlich, mir zu folgen, ja?«

Er wandte sich zum Gehen, obwohl es ihn alle Überwindung kostete, dem Ungeheuer den Rücken zuzudrehen. Mio sprang an seine Seite und packte ihn am Arm. »Wie kannst du nur? Was ist denn in dich gefahren?«

Er legte im Gehen den Arm um ihre Schulter und zog sie an sich.

»Vertrau mir«, sagte er leise. »Und, wichtiger noch. Wenn ich dir sage, lauf, dann lauf.«

»Was hast du vor?«

Er räusperte sich und wies unmerklich mit dem Kinn über die Schulter. Das Ungeheuer vom Teich war hinter ihnen, halb gehend, halb fließend, es zog immer noch Arkanum aus der Umgebung.

»Na, was wohl«, sagte er laut. »Ich rette eine Menge unschuldiger Leben. Schau, diese armen Leute haben alle nicht das Geringste mit Arkadis zu tun. Ich mochte die Kleine wirklich gerne, aber ich kann nicht diese vielen Leben gegen ihres setzen.«

»Du hast doch nur selber Angst zu sterben«, sagte Mio verächtlich, aber ihr Gesicht war weich und sie drückte im Gehen seine Hand.

»Das auch«, sagte Yuriko laut. »Ich habe getan, was ich konnte, aber ich kann ja nicht für jeden sterben, der daherkommt.«

Er schlug den Weg hinunter zum Hain der Heilung ein.

»Wo ist die gefiederte Schlange«, rauschte das Ungeheuer hinter ihm. Kalter Nebel legte sich auf seine Haut. »Ich kann sie nicht spüren.«

»Sie ist verletzt«, sagte Yuriko. »Die Heiler haben sie bezaubert. Aber sie ist hier, ich meine, sie konnte ja nicht weglaufen mit ihrer Verletzung.«

Er bemühte sich, locker zu bleiben. Ein bisschen ängstlich, das fiel ihm nicht schwer. Ein bisschen dienstbeflissen.

Der Wald empfing ihn mit atmender Wärme. Trockenes Holz, knisternde Tannennadeln, altes Laub. Er löste sich von Mio und schob sie sachte von sich. Lauf, formten seine Lippen ohne einen Ton. Sie sah ihn an, da waren tatsächlich Tränen in ihren Augen, dann wich sie zur Seite weg.

»Und ihr wollt mir wirklich nicht erzählen, warum ihr so dringend hinter Arkadis her seid?«, sagte Yuriko und drehte sich im Gehen zu dem Wasserungeheuer. Es umspülte die Bäume wie eine Springflut, zog immer noch Arkanum, wirkte größer inzwischen, massiver, hatte sich Steine und Zweige einverleibt. Dort, wo es gegangen war, wirkte der Wald schlapp wie nach einer langen Dürre. Das war besser, als Yuriko zu hoffen gewagt hatte.

»Sie gehört unserer Herrin«, dröhnte das Ungeheuer. »Mehr musst du nicht wissen.«

»Müssen nicht.« Yuriko sah verstohlen nach Mio, aber sie war weg, und glücklicherweise hatte das Ungeheuer an ihr auch kein gesteigertes Interesse. »Aber ich sterbe vor Neugier. Das ist uns Menschen so zu eigen. Ihr erinnert euch vielleicht, ihr wart ja auch mal welche. Menschen, meine ich.«

»Uns egal, woran du stirbst«, rauschte das Ungeheuer. »Gib uns die gefiederte Schlange.«

»Ich frage mich, warum ihr sie euch nicht schon längst geholt habt«, sagte Yuriko. »Meine Vermutung: Ihr müsst sie lebend bringen. Unversehrt. Und ihr habt Angst, sie versehentlich zu erwischen, wenn ihr hier durchs Tal wütet wie der Zorn der Götter.«

Er betrat die Lichtung, auf der die Heiler Arkadis gepflegt hatten. Alles war verlassen.

»Wo ist sie nun«, donnerte das Ungeheuer.

»Sie ist längst weg«, sagte er. »Du glaubst doch nicht, dass wir eine der Unsrigen einfach so hergeben.«

Das Ungeheuer vom Teich brüllte auf und riss Arkanum an sich. Der Strom fegte über Yurikos Haut wie ein glühender Sandsturm. Rund um ihn erhoben sich Wassergestalten aus dem Boden. Holz ächzte. Blätter wurden schlagartig gelb. Zweige verdorrten.

»Reingelegt«, sagte Yuriko und schnipste sich ein Flämmchen vom Finger.

Der Hain der Heilung erblühte in Feuer. Flammen schossen empor. Die Wassergeister verkochten zischend. Yuriko riss am Arkanum, das jetzt allein ihm gehörte, setzte sich in Brand, loderte mit den Flammen zum Himmel, machte es heißer, größer, wilder, hatte binnen Augenblicken einen Scheiterhaufen für das Ungeheuer errichtet, auf dem es sich wand und fürchterlich brüllte. Es versuchte zu entkommen, aber Yuriko fing es mit zwei riesigen Flammenarmen, hielt es, brannte es in den Boden, bekam den abgeschnittenen Kopf des Hundes vor die Faust und zimmerte ihm einen weißglühenden Feuerball in den Rachen, brüllte mit den Flammen, loderte und verkochte und verkohlte und vernichtete.

Rund um ihn brannte der Wald. Hitze und Lärm waren betäubend. Es gab nichts als Feuer, das ihn nährte und kleidete, das er atmete, das sein Blut ersetzte und sein Wesen füllte. Er ließ sich von den Flammen tragen, wiegen, trösten. Sie stillten seinen Schmerz. Langsam wurde er ruhiger. Er sank zu Boden, spürte plötzlich wieder seinen Körper, Schwäche und Erschöpfung und Steine unter den Knien, er war nackt, hatte sich alles vom Körper gebrannt bis hin zu der Schnur, die seinen Zopf gehalten hatte. Er keuchte, sah zu, wie das Feuer mit seinen Fingern spielte.

Es war vorbei.

Es war nicht vorbei.

Vor ihm, in der glühenden Asche, eine Bewegung. Schwarz verkohlte Hölzchen – nein, Fingerknochen – eine ganze Knochenhand wühlte sich aus der Asche. Ein gewölbtes Ding wurde sichtbar – eine Schädelplatte, von der die Asche staubte. Ein Gesicht. Geschmolzenes Fleisch, das Blasen schlug. Milchig weiße Augen wie hartgekochte Eier. Zwei entblößte Zahnreihen, gesprungen und geschwärzt.

Akelei.

Yuriko würgte und kroch rückwärts. Er versuchte, Arkanum zu ziehen, es war so viel davon da, aber er war zu geschwächt. Er entzündete ein paar Flämmchen an den Fingerspitzen. Der Schmerz brachte ihn beinahe um. Zitternd streckte er die brennende Hand aus.

An Akeleis Schädel hingen noch ein paar Halswirbel, von verschmorten Sehnen gehalten. Wie ein monströser Wurm kroch sie durch die knisternde Asche auf ihn zu. Er hielt sich an einem brennenden Baum, versuchte, sich aufzurichten, und rutschte zurück auf die Knie.

Akeleis Schädel kippte auf die Seite. Sie riss den Mund auf. Etwas darin bewegte sich, eine Zunge, dick und grotesk rosafarben in all der Asche. Sie schnellte hervor und verlängerte sich immer weiter, lang wie ein Arm, lang wie ein Fangstrick, Yuriko bewegte sich nicht schnell genug. Sie traf ihn im Gesicht wie ein Faustschlag, zwang ihm die Zähne auseinander und bahnte sich brachial einen Weg in seinen Mund. Er biss reflexhaft zu, doch die Zunge der Knochenfrau fühlte sich an wie dickes, altes Leder. Er kippte vornüber und würgte. Die Zunge stieß seinen Rachen hinab. Er bekam keine Luft. Tränen schossen ihm aus den Augen. Er rang mit der Zunge, die sich unerbittlich tiefer in sein Inneres schob, und dann kam der Sog, der ihm den letzten Rest Arkanum entriss, viel war da nicht mehr zu holen, aber es tat so weh. Der Schmerz löste Yurikos Schockstarre. Er umfasste die Zunge mit beiden Händen und ließ Krötengift fließen.

Die Zunge zuckte. Yuriko erstickte fast am Brechreiz, hielt dagegen, schickte mehr Gift hinterher. Akeleis Schädel klapperte und rollte herum, als wolle sie sich selbst die Zunge abbeißen. Yuriko zerrte sich die Zunge aus dem Hals und erbrach sich direkt hinterher. Die Zunge wand sich vor ihm in der Asche wie eine widerliche Schlange. Er stöhnte, raffte sich auf alle Viere, packte einen Stein und schlug ihn auf Akeleis Schädel.

Wie sie am Ufer gekniet hatte. Sie hatte ihn als Erste willkommen geheißen. Ihr liebliches Lächeln, ihre freundlichen Augen. Wie der Wind ihr sachte die dunklen Haare in die Stirn geweht hatte.

Er schlug auf sie ein, bis ihr Schädel knackend nachgab. Die Zunge erschlaffte. Schluchzend richtete Yuriko sich auf die Knie auf und sah sich um. Überall war brüllendes Inferno, verkohlte Baumstämme wie Pinselstriche vor den Flammen, eine ungeheure, machtvolle Lebendigkeit.

Und Bewegung zwischen den verkohlten Bäumen. Yuriko lachte unter bitteren Tränen. Die Knochenfrau wusste einfach nicht, wann Schluss war. Da kam sie, hatte sich selbst neu zusammengesetzt aus geschwärzten Knochen, unmöglich zu erkennen, ob von ihrer Schwertschwester oder von Akelei. Sie war viel kleiner als zuvor, aber das machte keinen Unterschied mehr.

»Du hast noch nicht genug? Gib mir eine Pause, Liebchen, dass ich wieder zu Kräften komme.«

Seine Beine gehorchten ihm nicht mehr. Er blieb sitzen, den brennenden Baum im Rücken, die Flammen strichen tröstend über seine Wangen. Er hätte der Knochenfrau gerne in die Augen gesehen, aber sie hatte keine mehr.

Drei, vier Schritte von ihm entfernt blieb sie stehen. Er suchte in sich nach einem Rest Arkanum, aber er war völlig ausgebrannt. Die Knochenfrau fasste sich an die Brust, grub ihre Klauenhände in Asche und Reste von Fleisch, riss sich den Brustkorb auf und legte ihre Rippen frei, spröde, braun verfärbte Knochen. Es knackte hässlich, als sie einen davon abbrach. Sie nahm die Rippe in die Faust und kam auf Yuriko zu, die Knochenfüße durch die glühende Asche ziehend, Ruß aufwirbelnd, der sich wie ein gnädiger Schleier um ihre grotesk verformte Gestalt legte. Sie beugte sich zu Yuriko und holte aus. Etwas wie ein triumphierendes Grinsen teilte die wüste Landschaft, die einmal ihr Gesicht gewesen war.

Er starb also tatsächlich. Er hatte damit gerechnet, aber – nein, eigentlich hatte er nicht damit gerechnet.

Mit der Wucht eines Schmiedehammers kam die Faust auf ihn herunter. Ein überwältigender Schmerz, als die Rippe seine Brust durchbohrte. Blut quoll hervor. Sein Herz stolperte. Er schaute hinunter auf den Knochen, der aus seiner Brust ragte. Sah hinauf in den Himmel, rot und golden und atmend.

Galina. Er war nicht der Lehrmeister gewesen, den sie verdient hatte. Er war auch nicht der Mann gewesen, den Florine verdient hatte. Vielleicht, mit etwas Glück, war er der Freund gewesen, den Frakis verdient hatte.

Er hatte so viele Fehler gemacht. So viel Zeit verloren. Gelegenheiten verpasst. Aber seinen letzten Atemzug würde er nicht verschwenden.

Die Knochenfrau beugte sich über ihn, bereit, ihn auszuschlachten. Ihr Brustkorb stand weit offen. Darin pulsierte ein schwarzes Ding. Yuriko streckte die Hand aus, bekam das schwarze Ding zu fassen und ließ das letzte Krötengift fließen.

Florine. Frakis. Galina. Solange sie sich liebevoll an ihn erinnerten, starb er nur ein bisschen.

Sein Herz schlug. Und dann nicht.

Kapitel 9
Drache und Prinzessin

Der Teich lag still im Mondschein. Zart tauchte die Trauerweide ihre Blattspitzen ins Wasser. Padda saß auf seiner Schulter und lehnte sich an seinen Hals. Im Schilf sangen die Kröten. Schwerelos wie kleine Papierboote schwebten die Seerosen auf der glitzernden Wasseroberfläche.

Das Wasser war warm, als Yuriko hineinglitt, und schmiegte sich zärtlich um ihn. Padda kletterte auf seinen Rücken und hielt sich an seinen Haaren fest. Yuriko lächelte und schwamm ein paar ruhige Züge, das Gesicht im Wasser. Es tat so gut, sich all den Reisestaub abzuspülen. Er erreichte das gegenüberliegende Ende des Teichs, dort, wo das Wasser tief und kühl war, hielt sich an der Teichumrandung und schüttelte sich Wasser aus dem Gesicht.

Vor seinem Haus, am Ufer seines Teichs, saß ein Drache. Yuriko blinzelte. Es musste einer sein – so groß wie das Haus selbst, gigantische Pranken, ein Brustkorb, in dem man ein Ochsengespann hätte unterbringen können. Flügel wie die einer Fledermaus, ordentlich an den Seiten angelegt. Riesige, ruhige, bernsteinfarbene Augen in einem Gesicht, das eine beinahe krötenhafte Weisheit ausstrahlte.

Auf der Stirn trug der Drache Yurikos Siegel.

»Komm mit mir«, sagte der Drache.

»Wohin?«, sagte Yuriko. »Ich bin gerade erst angekommen.«

»Deine Reise ist noch nicht zu Ende«, sagte der Drache.

Yuriko tauchte unter.

Es war still. Fische schliefen zwischen den Wasserpflanzen. Padda, von Yurikos Rücken gespült, paddelte um ihn herum.

Yuriko ließ sich auf den Grund sinken und streckte sich aus. Durch das klare Wasser schien der Mond zu ihm hinunter, zarte, silbrige Fäden aus Licht.

Yuriko wollte nichts als hier zu liegen, schwerelos, bis Moos ihm zwischen den Fingern wuchs und Fische ihre Kinderstube in seinen Haaren einrichteten, aber da war Padda, ein kleiner, rundlicher Schatten, der das Mondgespinst zerriss, sich auf Yurikos Nase setzte und ihn anschielte, der ihm die kleinen Füße gegen die Wangen drückte, bis Yuriko nachgab.

Widerstrebend stieß er sich vom Grund ab, tauchte auf und nahm sich den Kröter aus dem Gesicht. Der Drache war immer noch da.

»Ich brauche eine Pause«, sagte Yuriko. »Wirklich. Ich habe so viel hinter mir.«

»Und so viel vor dir«, sagte der Drache. »Du kannst später eine Pause machen. Dein Teich läuft dir nicht weg.«

Yuriko lauschte in sich hinein. Er fühlte sich einigermaßen erfrischt, zumindest frisch genug, um mal einen Blick auf das zu werfen, was da noch kam.

Er schwamm hinüber zu dem Drachen und zog sich auf den Steg.

»Na gut«, sagte er. »Aber wenn ich, wofür auch immer, Hosen tragen soll, muss ich dich enttäuschen. Ich habe keine Ahnung, wo meine Kleider sind.«

Der Drache lächelte. »Hosen sind keine Bedingung«, sagte er. Dann nahm er Yuriko vorsichtig in seine riesige Klaue, breitete die Flügel aus und sprang in den Himmel.

Der Himmel über ihm war rot und voller Funken. Er flog, liebevoll gehalten. Sein Herz schlug nicht. Und dann doch.

Er lag auf hartem Untergrund. Schmerzen, unerträglich, keine Luft zum Schreien. Roter Feuerschein auf besorgten

Gesichtern. Galina, helle Tränenspuren auf rußigen Wangen. Meister Gimm.

»Kopf hoch, kleiner Salamander. Du kommst wieder in Ordnung.«

Sein Herz schlug.

Um ihn waren Leute. Gesichter, die über ihm schwebten. Hände, die etwas mit ihm machten, er war nicht sicher, was. Schmerz überwältigte ihn. Riesenmotten saßen auf seiner Brust und fraßen sein Fleisch. Dann eine Empfindung, kühl und sanft, als würde er in seinen Teich eintauchen, und der Schmerz verebbte.

Er schlief und träumte. Wurde wach vor Schmerzen. Hörte sich stöhnen. Schwitzte und fror, rief nach Florine, aber sie wollte nicht kommen. Jemand setzte ihm einen Becher an die Lippen, und er trank durstig. Er schlief ein. Wachte auf. Jemand hielt seine Hand. Flori. Nein, Mio. Er schlief ein.

Er kam zu sich. Rund um ihn war der Eindruck eines großen Raumes, in dem viele Leute sich bewegten und leise sprachen. Er blinzelte. Es war hell. Über ihm spannte sich eine zart gemaserte Felsendecke, rot und gold, durchzogen von verschlungenen Siegelmustern. Schön. Eine ganze Weile lag er reglos und betrachtete die zarten Kunstwerke. Er wagte kaum, sich zu bewegen, aus Angst vor Schmerzen. Sehr vorsichtig schickte er seine Hand auf die Reise.

Ein straffer Verband über der Brust. Darunter saß der Schmerz und schickte eine Warnung bei jedem Atemzug. Hand, Arm, bedeckt von langen, dünnen, roten Narben. Gesicht. Auch hier war etwas frisch verheilt. Eine lange, empfindliche Narbe zog sich von der Schläfe bis zum Ohr.

Haare. Sie waren mit vertrocknetem Blut verkrustet und rochen nach Rauch und verbranntem Fleisch. Ein Glück. Nicht auszudenken, der Najade hätte ihn mit seinem Wassertentakel rasiert.

Der Najade. Langsam kam die Erinnerung zurück.

Er hatte den Hain der Heilung angezündet. Ach ja. O weh.

Neben ihm war es warm. Jemand atmete. Er drehte den Kopf. Mio schlief, eng an ihn gedrängt, den Kopf an seiner Schulter. Sehr, sehr vorsichtig wandte er sich ihr zu und steckte die Nase in ihr Haar.

Sie riss die Augen auf, hob den Kopf, schaute hinunter auf seine Hand, die so bequem auf ihrer zauberhaften, kleinen runden Brust lag.

»Na, dir geht's ja schon wieder gut«, sagte sie. Yuriko schüttelte schwach den Kopf.

»Durst?«, fragte sie. Er nickte. Sie verschwand von seiner Seite und ließ seine Hand leer und einsam zurück. Kurz darauf kam sie wieder und hatte einen Becher dabei. Hinter ihr erschien Galina, augenscheinlich unversehrt. Sie fiel neben seinem Lager auf die Knie und schlang ihm die Arme um den Hals.

»Aua«, sagte Yuriko schwach.

»Danke, dass du nicht gestorben bist«, flüsterte Galina.

»Gern geschehen«, krächzte Yuriko.

Er trank den Becher leer, den Mio ihm an die Lippen hielt. Die Flüssigkeit darin war kühl und schmeckte nach Gras mit einer fernen Ahnung von Schärfe. Ihm fielen die Augen zu, und er schlief ein.

Als er wieder erwachte, fühlte er sich ein wenig kräftiger. Sehr vorsichtig richtete er sich auf die Ellenbogen auf. Ein kleines Gewicht fiel von seiner Brust und quakte ungnädig.

»Ich hab gut auf ihn aufgepasst, aber ich denke, du kannst das jetzt wieder übernehmen«, sagte Galina. Yuriko nickte, sammelte mit schwachen Fingern Padda von der Bettdecke und drückte ihn an sich.

Sein Lager befand sich neben einigen anderen, die leer waren, im großen Hauptraum der Zuflucht. Taschen, Bündel, Krüge und Körbe waren an den Wänden aufgereiht. Ein paar Leute aus dem Dorf saßen beieinander, andere kamen und gingen, mit täglichen Verrichtungen beschäftigt. Die Stimmung war gelöst. Gesprächsfetzen und gelegentliches Gelächter füllten den Raum. Durch die große Öffnung blinzelte zartblauer Himmel.

Sein Blick fiel auf zwei Fremde, die am Fußende seines Lagers saßen: ein junger Mann und eine Frau, beide in die orangefarbene Dorftracht gekleidet. Sie kamen ihm irritierend vertraut vor, obwohl er sicher war, weder sie noch ihn je zuvor gesehen zu haben. Und beide trugen ein Siegel auf der Stirn.

Yuriko blinzelte. Ja, kein Zweifel. Das Gurkensiegel.

Die junge Frau sah auf. Sie hätte gefällig fürs Auge sein können, wäre ihr Gesicht nicht von Narben entstellt gewesen, die auf eine schwere Krankheit hindeuteten, Pocken vielleicht. Kupferfarbene Zöpfe fielen ihr über die Schultern, und ihr Blick war klug und freundlich.

»Ich habe Fragen«, krächzte Yuriko.

Die junge Frau lächelte. »Das kann ich mir denken«, sagte sie. »Viele Fragen, und es wird ein bisschen dauern, bis du alle Antworten hast.«

Yuriko tippte sich auf die Stirn, dort, wo bei den beiden Fremden das Siegel saß.

»Das war ich«, sagte Galina sehr stolz. »Ich habe das Siegel abgemalt und ganz alleine aufgeladen. Ich habe dir damit das Leben gerettet. Bitte, gern geschehen.«

»Huh«, sagte Yuriko.

»Ich bin Arkyn«, sagte der junge Mann. Seine Stimme holte eine Erinnerung aus dem trüben Teich, der Yurikos Gedächtnis war. »Das hier ist Bertradis vom Lerchenfeld. Ehemalige Kronprinzessin von Abrantes.«

»Du warst bei mir am Teich«, krächzte Yuriko.

»Vielleicht«, sagte Arkyn. »Der menschliche Geist ist komplexer, als es scheint.«

»Nicht sein Geist«, sagte Galina.

»Oi«, sagte Yuriko. »Spricht man so von jemandem, der fast gestorben wäre?«

»Nicht nur fast«, sagte Galina, plötzlich sehr ernst. »Du bist gestorben. Nur kurz, aber …« Sie fuhr sich fahrig übers Gesicht. »Ich dachte, du lässt mich schon wieder im Stich, und diesmal für immer.«

Er griff nach ihrer Hand und hielt sie fest. »Ich habe wohl noch etwas zu erledigen. Jedenfalls hat mir das, wie war noch der Name, am Teich gesagt. Er sah aus wie ein Drache. Verrückt, nicht.«

Galina schüttelte den Kopf. »Er ist einer.«

»Ja, klar, und ich bin eine Kröte.«

»Er hat dich rausgeholt, Yuri. Er ist doch der Einzige, der da unten nicht sofort verglüht wäre.«

»Er hat wirklich keine Ahnung«, sagte Arkyn. »Das ist ganz erstaunlich.«

»Für dich vielleicht, du kennst ihn noch nicht so lange«, sagte Galina.

»Dann sieh zu, Yuriko, und erkenne die Wahrheit«, sagte Arkyn. Dann stand er auf, ging zu dem großen Felsentor hinüber und sprang hinaus.

»Äh«, sagte Yuriko. Er deutete auf das Felsentor, aber niemand schien sich aufzuregen, und so ließ er die Hand sinken.

Ein gewaltiges Rauschen ertönte. Ein Windstoß kam von draußen, ließ die Dorfbewohner aufsehen und warf ein paar Ausrüstungsgegenstände um.

Etwas Gewaltiges erhob sich vor dem Felsentor und schlug mit gigantischen Flügeln. Sein schuppiger Leib schimmerte wie Gold und Silber. Sein riesiger Schädel erinnerte an einen gehörnten Löwen. Mit riesigen Klauen klammerte es sich an den Felsvorsprung, der für den mächtigen Leib eigentlich zu klein war, und schlug weiter mit den Flügeln, um das Gleichgewicht zu halten. Dann steckte der Drache den Kopf am langen Hals ins Innere.

»Wenn dies das Leben nach dem Tod ist, finde ich es recht unterhaltsam«, sagte Yuriko. »Es fehlen nur die leicht bekleideten, liebesbedürftigen Schönheiten. Au!«

»Tat das weh?« Galina zog die Faust ein. »Siehst du. Du bist nicht tot.«

Der Drache veränderte seine Gestalt, erzeugte ein goldenes Flirren und schrumpfte, bis Arkyn auf dem Felsvorsprung stand. Er stieg über die Brocken, die der Drache mit seinen Krallen aus dem Fels gerissen hatte, und kam ins Innere.

»Gebt ihm ruhig die Zeit, die er braucht«, sagte er. »Er hat anscheinend noch viel zu lernen.«

»Tun wir einfach mal so, als hätte ich nicht gerade einen Drachen gesehen«, sagte Yuriko. »Was ist mit den Siegeln?«

»Kannst du dir das nicht denken?«, fragte Galina. »Bertradis und Arkyn waren eine Person. Sind. Arkadis. Unendliche Liebe. Ewige Verschmelzung. Die doppelte Unendlichkeitsschleife in der Mitte. Du erinnerst dich?«

»Huh?«

Bertradis zog Arkyn zu sich heran. Sie legten die Handflächen aufeinander, ihre Lippen berührten sich, und dann gingen sie einfach ineinander hinein und verschmolzen. Und da war Arkadis, die vertrauten Züge, das Lächeln, und kniete sich neben Yurikos Lager.

»Das ist sicher ein bisschen viel«, sagte sie. »Immerhin hattest du gerade deine erste Drachenerfahrung.«

»Sie spricht«, flüsterte Yuriko. Ihre Stimme war wie ihre Erscheinung: auf eine eigenwillige Art lieblich, nicht Mann, nicht Frau, sondern ganz eigen.

»Und das ist dir zu verdanken«, sagte Arkadis. »Du hast den Bann gelöst und uns den Himmel zurückgegeben. Dafür stehen wir ewig in deiner Schuld.«

Yuriko zwinkerte. Er hatte was?

»Seid so freundlich und macht ihn nicht gleich wieder kaputt, ja?«

Das war Mio. Sie baute sich neben Yurikos Lager auf und schob Arkadis beiseite. Sie trug ebenfalls die gelbe und rote Dorftracht, Hosen und eine kurze Wickeljacke, und sah hinreißend aus.

»Ist ja gut«, murrte Galina. »Er wollte es wissen.«

»Und jetzt will er sich ausruhen«, befahl Mio. »Wir müssen auf sein Herz aufpassen, das wisst ihr doch.«

»Sie hat recht, ich muss mich dringend ausruhen«, sagte Yuriko und streckte die Hand nach Mio aus. Er bekam ein Hosenbein zu fassen und zupfte sie zu sich aufs Lager. Arkadis grinste und entfernte sich diskret. Galina gab ein Würgegeräusch von sich und stampfte davon.

Mit sanften Händen strich Mio über Yurikos Stirn und bettete seinen Kopf an ihrer Brust. Er atmete tief ihren Duft und schloss die Augen.

»Wann ist diese Welt eigentlich so seltsam geworden«, murmelte er.

»Das ging ganz schnell«, sagte Mio. »Aber ich hoffe, du weißt, dass ich niemals mit diesen Drei aus den Südlanden gemeinsame Sache gemacht habe. Ich habe mich ihnen angeschlossen, damit sie dich für mich finden.«

»Damit du dich endlich von mir scheiden kannst.«

»Damit ich dich beschützen kann, Trottel.«

Er legte den Arm um sie. Ah, ihr prachtvolles Hinterteil unter seinen Fingerspitzen. Hm.

»Jetzt bin ich doch nicht gestorben und du hast mich immer noch am Hacken.«

Sie seufzte, es klang eher traurig als entnervt.

»Du warst tot, für ein paar Atemzüge. Ich war dabei. Ich weiß nicht, wie du es geschafft hast, dich zurückzukämpfen, aber es reicht, um aus uns geschiedene Leute zu machen. Es sei denn …«

Er hob den Kopf von ihrer Brust. Sie sahen sich an. Plötzlich war alles in der Schwebe.

»Nein«, sagte sie dann entschieden. »Zu alt. Großartiger Liebhaber, aber du fängst ja schon an, fett zu werden.«

»Oi.«

»Komm zu mir, wenn du deine Florine satt hast. Du kannst mein heimliches Vergnügen sein.«

»Ich war zu lange das heimliche Vergnügen von zu vielen Frauen, Mio. Es wird Zeit, dass ich Verantwortung übernehme.«

Sie nickte, sah traurig aus für einen Augenblick, dann lachte sie.

»Du weißt aber, dass das nicht mein Name ist, oder?«

»Huh?«

»Mio ist mein Titel. Ein Anhängsel an meinen Namen, etwa wie Prinzessin. Mein Name ist Momoke. Das bedeutet Mandelblüte.«

»Was? Warum hast du das nicht früher gesagt?«

»Ich fand's niedlich. Ich war gerne deine Prinzessin.«

Er seufzte, schüttelte den Kopf und kehrte mit der Wange zurück an seinen Lieblingsplatz zwischen ihren Brüsten. Mit vorsichtigen Fingerspitzen schob er ihre Jacke ein wenig beiseite und küsste sie da, wo sie so wunderbar weich war.

»Du wirst immer meine Prinzessin bleiben. Momoke-Mio.«

»Und du wirst immer mein Doragon bleiben.«

Am nächsten Tag bestand er darauf, dass man ihm zur Felsöffnung half. Er hatte einen Verdacht, warum die Dorfbewohner sich hier oben so häuslich eingerichtet hatten, und der ließ ihm keine Ruhe. Die einhellige Meinung der Heiler war jedoch, dass er sich nicht vom Lager bewegen sollte, und so stand er auf eigene Faust auf, machte sich auf den Weg und fiel nach zwei Schritten um. Immerhin hatte er damit die allgemeine Aufmerksamkeit und bekam seinen Willen. Zwei Heiler stützten ihn und keuchten dabei ziemlich unschmeichelhaft. Er betrat den Felsvorsprung und sah hinunter. Die Knie gaben unter ihm nach.

Das Tal war schwarz. Vom Hain der Heilung waren nicht mehr als einige anklagende Baumgerippe übrig. Schwarz verkohlte Erde war da, wo liebliche Blumenwiesen sich erstreckt hatten. Weil nichts mehr den Blick einschränkte, konnte Yuriko hinübersehen bis zum Teich. Dessen Ufer waren verwüstet, aber der Teich selbst lag ruhig und grün inmitten all der Zerstörung.

Vorsichtig beugte er sich vor und schaute schräg nach unten. Das Dorf gab es nicht mehr. Schwarze Ruinen überall, aus denen vereinzelt noch Rauchfäden stiegen. Das Gemeinschaftshaus war eingestürzt, Dachsparren ragten wie ausgestreckte Knochenfinger in den Himmel. Der Wind ließ die Asche tanzen und brachte scharfen Brandgeruch nach oben.

»Warum das Dorf«, sagte er mit einer Stimme, die ihm kaum gehorchte. »Wie kann das sein?«

»Die schiere Hitze«, sagte jemand hinter ihm. Helio trat auf den Vorsprung und setzte sich neben Yuriko. »Du hast keine Vorstellung, wie heiß dein Feuer war, oder? Du spürst es nicht. Der Funkenflug tat sein Übriges.«

Stumm starrte Yuriko nach unten.

»Was du siehst, ist nur die zerstörte Hülle«, sagte Helio. »Das eigentliche Dorf, die Gemeinschaft, lebt weiter.«

»Bis auf die, die nicht mehr lebt«, flüsterte Yuriko.

»Ja«, sagte Helio. »Bis auf Akelei.«

Sie schwiegen. Helio saß da, die Hände über dem Bauch verschränkt, unerschütterlich freundlich. Der Schmerz in Yurikos Brust war wiedererwacht und verstärkte sich, je länger er an Akelei dachte.

»Ich bin das Ungeheuer«, sagte er. »Oder? Das Ungeheuer aus dem Teich. Ich habe sie hierher gelockt. Die Schwertkämpferin. Die Knochenfrau. Den Najaden. Wäre ich nicht zu euch gekommen – wäre ich nicht so leichtsinnig gewesen – hätten sie euch nie gefunden, und all das wäre nie passiert.«

»So ist es«, sagte Helio.

»Aber«, begehrte Yuriko auf. »Ich wollte nichts von alldem! Sie haben mich in einen Kampf gezwungen. Ich bin eigentlich überhaupt kein Kämpfer. Aber ich war bereit, für euch zu sterben. Also, nein, ich war nicht bereit, aber ich hätte es getan. Habe es getan. Wie auch immer.«

»Auch das ist richtig«, sagte Helio.

»Und was wiegt nun schwerer?«

Helio nahm den Blick von dem zerstörten Tal und sah Yuriko an.

»Ich weiß es nicht«, sagte er. »Und wüsste ich es, wäre es für dich nicht entscheidend. Wir müssen immer zuerst unserem eigenen Urteil genügen, nicht dem der anderen.«

»Das sagt sich so leicht!«

Helio lächelte und stützte sich auf Yurikos Schulter, um etwas steifbeinig aufzustehen.

»Niemand sagt, dass es leicht ist, Zinnober.«

Er ging hinein. Yuriko ließ sich vorsichtig auf den warmen Stein kippen. Der Blick in den zartblauen Himmel war tröstlich.

Arkadis. Er habe ihr den Himmel zurückgegeben, hatte sie gesagt. Der Drache war also irgendwie in ihr versiegelt gewesen. Aber wer siegelte einen Drachen in ein junges Mädchen? Und warum? Wenn auch nur die Hälfte der Legenden einen halben wahren Kern hatte, waren Drachen die mächtigsten zauberischen Wesen der Welt. Man siegelte die nicht mal eben in ein menschliches Gefäß.

Er wollte wirklich gerne die ganze Geschichte hören. Am liebsten auf seinem weichen Lager, während Mio ihm die schmerzenden Schultern massierte.

Er drehte den Kopf. Niemand war in Reichweite. Alle hatten zu tun, und er konnte nicht laut rufen, weil ihm sonst der Brustkorb zerriss.

»Hilfe«, sagte er müde. »Hallo? Irgendjemand?«

Er sah noch ein Weilchen in den Himmel. Döste ein wenig, aber sein geschundener Körper war auf dem harten Untergrund nicht bequem zu betten. Er rief ein wenig lauter, aber der scharfe Schmerz unter dem Verband belehrte ihn eines Besseren. Er musste sich dringend erleichtern, wälzte sich mühsam auf die Seite und pinkelte über den Rand.

Die Sonne war bereits gewandert, als Galina ihn endlich fand.

»Die haben mich hier draußen einfach vergessen«, sagte er anklagend, aber sie lachte nur fürchterlich und rief ein paar Leute, damit sie mit anpackten. Gemeinsam verfrachteten sie ihn nach drinnen auf sein Lager. Mit einem erleichterten Aufstöhnen ließ Yuriko sich zurücksinken.

»Was wolltest du denn eigentlich da draußen?«, erkundigte sich Galina.

»Nachsehen, wie schlimm es ist«, sagte Yuriko.

»Oh«, sagte Galina. »Ja. Es ist nicht mehr viel übrig. Es war so heiß, wir haben es hier durch das Siegel hindurch gespürt. Der Himmel war ganz schwarz vor lauter Asche. Gruselig.« Sie schüttelte sich.

»Es tut mir leid«, sagte Yuriko. »Ich wollte das nicht.«

»Niemand macht dir einen Vorwurf. Wirklich nicht. Die sind alle erstaunlich entspannt dafür, dass ihnen gerade alles abgebrannt ist.«

»Ich mache mir einen. Vor allem wegen Akelei.«

Sie nickte und drückte seine Hand.

»Erzähl mir, was du gemacht hast«, bat er sie. »Die Geschichte mit dem Siegel.«

»Ich habe nur vollendet, was du auf den Weg gebracht hast«, sagte sie bescheiden, aber er sah ihr an, dass sie schier platzte vor Stolz. »Ich bin rauf ins Dorf und habe alle gewarnt. Helio und Kobalt haben dann angefangen, die Leute in Sicherheit zu bringen, und ich bin zu Arkadis. Ich hatte solche Angst, dass er-sie diesen Leuten in die Hände fällt, und dass sie dann etwas Schlimmes mit ihm-ihr machen.«

»Moment«, sagte Yuriko eingeschnappt. »Du hattest Zweifel, dass ich mit den Dreien fertig werde? Du hast in Betracht gezogen, dass ich diesen Kampf verlieren könnte? Vielen Dank für dein Vertrauen!«

»Beschwer dich nicht, ich habe dir dadurch das Leben gerettet«, sagte Galina. »Jedenfalls dachte ich – wenn dein Siegel, das macht, was du bezweckt hast, dann muss man es ja nur noch anbringen und aufladen.«

»Aber das Problem mit der Tinte …«

»War keines. Es gibt keinen Grund, ein Siegel direkt über dem anderen anzubringen.«

»Aber natürlich. Wenn ich will, dass sie sich gegenseitig beeinflussen …«

»Will ich aber nicht. Nicht in diesem Fall. Ich will nicht, dass die Siegel aufeinander wirken, ich will, dass beide auf Arkadis wirken.«

Yuriko blinzelte. Galina verdrehte die Augen. »Wenn ich Milch und Wasser mischen will, muss ich nicht beides an der gleichen Stelle in den Bottich schütten. Ich muss nur dafür sorgen, dass beides im gleichen Bottich landet.«

»Ich hatte einen Denkfehler«, sagte Yuriko ungläubig. »Ich hatte die ganze Zeit einen Denkfehler. Und du hast ihn korrigiert. Du hast das Siegel einfach in den Bottich geworfen, in dem schon das andere Siegel schwamm, und beide haben sich neutralisiert.«

»So ist es«, sagte Galina stolz.

»Unfassbar«, sagte Yuriko. »Dass ich dir so etwas beibringen konnte, bei all dem Talent, das dir fehlt.«

Sie schlug ihn, aber nicht zu hart.

»Und dann hast du ihr das Siegel auf die Stirn gemalt …«, setzte er die Geschichte fort.

»Und ich habe es aufgeladen«, sagte sie stolz. »Ich ganz allein. Meister Gimm wollte helfen und war ganz aufgeregt, aber er hat nur ein bisschen im Arkanum gerührt. Ich hab's alleine geschafft.«

»Das ist großartig, Galina. Ich bin stolz auf dich.«

»Wirklich?«

»Ja, wirklich. Und dann?«

»Dann … na ja. Es gab großes Erstaunen, als Bertradis und Arkyn sich trennten. Aber wir hatten keine Zeit für Erklärungen.

Du hattest gerade angefangen, den Wald abzubrennen, und das war – von einem Augenblick zum nächsten! Nichts als Feuer! Ich dachte – wirklich, ich dachte wirklich, kein Mensch kann das überleben.«

»Wie lange kennen wir uns? Du weißt, dass ich mich in ein Herdfeuer setzen könnte, wenn's nicht so unbequem wäre.«

»Ich weiß, dass du es gelegentlich tust, um Frauen zu beeindrucken. Aber das war kein Herdfeuer. Das war ein verdammter Waldbrand.«

»Hast du die Schutzsiegel hier aufgeladen?«

»Danke für das Vertrauen, aber nein. Das war Arkyn, kurz bevor er flog, um dich zu retten. Es war schon ziemlich heiß hier oben.«

»Warum war ein Drache in einem Mädchen gesiegelt? Wer macht so etwas?«

Galina lächelte ein wenig traurig. »Das ist eine wilde Geschichte. Arkadis soll sie dir selbst erzählen.«

Yuriko nickte. »Gibt es sie denn noch? Arkadis? Oder bist du jetzt mit einem Mädchen und einem Drachen befreundet? Gütiger Krötengeist. Und ich dachte immer, Frakis hätte seltsame Vorlieben.«

»Ich weiß es nicht«, sagte Galina. »Es gibt entweder Arkadis oder Arkyn und Bertradis. Ich meine – ich kann verstehen, dass sie die Verschmelzung beenden wollten. Aber – wenn sie jetzt getrennt bleiben – es ist ein bisschen, als ließen sie Arkadis sterben.«

»Und beide allein sind nicht wie das zusammengefügte Ganze.«

»Nein.«

Yuriko strich ihr über die Wange, und sie drückte das Gesicht in seine Hand.

»Ich schätze, ich bin nicht der Einzige hier, der auf sein Herz aufpassen muss«, sagte er.

Galina ging, um Arkadis zu suchen – Arkyn – Bertradis – ach, war das kompliziert. Eine Weile beschäftigte Yuriko sich mit

Gedankenspielen, was er denn nun vorgefunden hätte, wenn man ihn unter Arkadis´ Gewänder hätte schauen lassen. Beides? Keines von beidem? Und wie sollte Galina jemals einen anständigen Mann finden, wenn ihre erste Liebe schon so sonderbar war?

Er seufzte und drehte sich vorsichtig. War Liebe nicht immer sonderbar? Ein weißhaariger Stubenhocker. Eine Frau, die dreißig Jahre lang einem Anderen verpflichtet war. Ein Kröter.

Gut, zumindest wusste er sehr genau, unter wessen Gewänder er einen Blick werfen wollte, oder fünf, und was ihn da erwartete.

Gütiger Krötengeist. Er konnte nach Hause gehen, sobald er gesund genug war. Sich zu Florine bekennen. Falls er die Sache mit dem Brautgeld irgendwie in den Griff bekam. Wurden Helden am Ende ihrer Abenteuer nicht immer mit Gold überschüttet? Wo war eigentlich Arkyn? Drachen schliefen auf Schätzen, hieß es doch immer.

Er richtete sich vorsichtig auf und sah sich um. Da war immerhin Turmalin. In der einen Hand hielt sie eine Schüssel, in der ein Löffel steckte, in der anderen Padda.

»Wir waren ein paar Regenwürmer ausgraben«, sagte Turmalin und kniete sich zu ihm. »Er findet ja hier oben nichts zu fressen. Da, wir haben auch für dich etwas mitgebracht.«

»Regenwürmer?«, fragte Yuriko und schielte in die Schüssel. Turmalin lachte.

»Apfelbrei und Nüsse, aber wenn du möchtest, gehe ich noch einen Regenwurm für dich ausgraben.«

»Nein, danke.« Er nahm Schüssel und Kröter entgegen. Der Apfelbrei war noch warm, und Yuriko begann hungrig zu essen. Padda beobachtete jeden Löffel genau.

»Ich bin ja froh, dass es dort unten noch etwas gibt, das lebt«, sagte Yuriko zwischen zwei Löffeln. »Und seien es auch nur Würmer.«

»Es gibt mehr als das«, sagte Turmalin. »Hinter dem Steingarten und bergauf zur Nordseite ist alles unversehrt. Der Steilhang hat viel abgehalten.«

»Ein Glück. Dann werdet ihr das Dorf dort neu aufbauen?«

Sie hob die Schultern, spielte mit dem Saum ihres Gewandes. »Ich weiß es nicht. Viele von uns überlegen, wegzugehen. Viele haben angefangen, nachzudenken. Weshalb sie ursprünglich hergekommen sind. Ob sie vielleicht längst gelernt haben, was sie wollten, und nur aus Bequemlichkeit geblieben sind. Solange wir hier sind, beschäftigen wir uns hauptsächlich mit uns selbst. Vielleicht ist es Zeit, sich zu öffnen.«

»Du hast angefangen, nachzudenken.«

Sie nickte. »Ich war Hutmacherin in Malika. Ich hatte ein Geschäft zusammen mit meiner Schwester.« Sie lächelte unsicher. »Seit dem Feuer träume ich immer wieder von Hüten. Vielleicht ist das ein Zeichen.«

»Hättest du denn Lust, wieder Hüte zu machen?«

»Schon. Aber … es ist ein Schritt. Alles hier hinter mir lassen. Meine Freunde. Meine Aufgaben.«

Er nickte. »Manchmal hilft es, den ersten Schritt nicht alleine gehen zu müssen. Wir reisen ab, sobald ich gesund genug bin, und Malika ist unsere Richtung.«

»Ich denke darüber nach.«

Ein saftiges Platschen, ein begeistertes Quaken.

»Aaah! Padda! Nein!« Yuriko starrte hinunter auf seine Breischüssel, in der Padda sich gerade genießerisch zurechtmuckelte.

»Mein Brei«, jammerte Yuriko. Padda fuhr die Zunge aus.

»Nein! Bei aller Liebe, ich esse nichts, in das du schon deinen Hintern gedrückt hast!«

Turmalin lachte. »Ich hole dir eine neue Schüssel. Und vielleicht einen Eimer Wasser, falls dein klebriger Kröter baden will.«

»Ich fühle mich auch schon ganz klebrig«, sagte Yuriko und machte sein bestes Schäfchengesicht. Turmalin tätschelte seine Schulter.

»Du hattest deine Gelegenheit. Der Einzige, der von mir gebadet wird, ist Padda.«

Padda plätscherte im Apfelbrei und sah höchst zufrieden aus.

»Verräter«, murmelte Yuriko.

Helio löste Turmalin an Yurikos Krankenlager ab. Er kniete sich neben ihn und hieß ihn, sich auf den Rücken zu legen und zu entspannen.

»Das könnte jetzt etwas wehtun«, sagte er.

»Großartig«, sagte Yuriko. »Bin schon sehr entspannt. Was wird das, wenn's fertig ist?«

Helio hielt die flachen Hände über Yurikos Brust. Arkanum wallte auf. Yuriko stöhnte. Es fühlte sich an, als würde sein empfindliches Inneres mit einem Schleifstein bearbeitet.

»Heilung«, sagte Helio. »Aber deine Arkanbahnen sind beschädigt. Dein Körper nimmt meine Gabe nicht gut an.«

Eine unsichtbare Hand fasste nach Yurikos Kehle.

»Das heißt aber nicht, dass ich … also, dass ich …«

»Dass du deine Zauberkräfte verloren hast? Nur vorübergehend. Du musst an Körper und Geist gleichermaßen heilen.«

»Wie lange ist vorübergehend«, krächzte Yuriko. Helio ließ die Hände sinken.

»Ich weiß es nicht. Wochen, Monate. Jahre.«

»Jahre«, wiederholte Yuriko entsetzt.

»Du musst Geduld haben.«

»Ich bin entmannt! Kastriert!«

Helio lächelte gütig. »Versuch ruhig zu bleiben. Aufregung ist nicht gut für dein Herz.«

»Kastration ist nicht gut für mein Herz«, ächzte Yuriko. Er hob die Hand und versuchte, eine Flamme zu erzeugen. Ein Flämmchen. Einen winzigen Funken wenigstens.

Schmerz zog ihm den Arm hinauf bis in die Brust, sonst passierte nichts.

»Lass es gut sein«, sagte Helio. »Du kannst es nicht erzwingen. Es kommt von selbst wieder, oder auch nicht.«

»Oder auch nicht«, jammerte Yuriko. Helio tätschelte ihm beruhigend die Schulter und ging davon.

Padda war im lauwarmen Apfelbrei eingeschlafen. Er war gänzlich von einer dünnen Breischicht überzogen. Die Zungenspitze hatte er in die Köstlichkeit getunkt, und vor seinen Nüstern platzte ein kleines Apfelbreibläschen.

Yuriko hätte alles gegeben, mit ihm tauschen zu können.

Am nächsten Morgen stand er vor allen anderen auf. Draußen streckte gerade die Sonne die ersten Strahlen über den Horizont. Auf schrecklich schwachen Beinen wankte er durch den Raum, bemüht, niemanden zu wecken. Das Letzte, was er für sein Vorhaben brauchte, war Publikum. Galina schlief mit Bertradis im Arm. Interessant.

Das Kochfeuer von gestern Abend war erloschen. Die Nächte waren mild, und so hatte sich niemand die Mühe gemacht, es am Leben zu halten. Immerhin war die Asche noch heiß. Er rührte vorsichtig mit den Fingerspitzen darin herum. Sich zu verbrennen fühlte sich an, wie von winzigen gemeinen Tieren gebissen zu werden, hatte Frakis ihm in Kindertagen erklärt. Beruhigt stellte er fest, dass ihm diese Erfahrung erspart blieb. Er spürte nicht mehr als das vertraute angenehme Kribbeln.

Er sah sich um. Da lag ein Säckchen mit Feuerzeug und Zunder griffbereit. Vielleicht würde eine Flamme sein eigenes inneres Feuer hervorlocken.

Er griff sich das Säckchen und machte sich auf den Weg nach draußen.

Er war erschöpft und schweißüberströmt, als er auf dem Vorsprung ankam. Die paar Dutzend Schritte hatten ihm alles abverlangt. Er streckte sich auf dem Felsvorsprung aus und wartete, bis der Schmerz in seiner Brust verebbte. Die frische Morgenluft ließ ihn frösteln, ein ungewohntes Gefühl, auf das er gerne wieder verzichten wollte.

Er biss die Zähne zusammen und richtete sich auf. Also. Wie machten die Leute das immer. Sie zupften ein bisschen Zunderschwamm auseinander … so … nahmen das dann in die hohle

Hand, legten den Feuerstein dazu und ratschten dann mit dem Eisen an der Kante entlang.

Nein. Nicht so. Nicht alles fallen lassen. Das war aber auch ein Gefummel.

Neuer Versuch. Ein paar Funken, die verloschen, noch während Yuriko ihnen sehnsüchtig nachschaute.

Warum fielen die nicht auf den Zunder? Das musste doch … ach, der Wind. Verdammt. Jetzt brauchte er ein neues Schwämmchen. Zum Glück war noch eines im Beutel.

Nächster Versuch. Vom Feuerstein platzte ein Stück ab und schnickte ihm unangenehm gegen die Wange. Er hätte besser zusehen sollen, wenn Leute Feuer machten. Aber er bekam so selten die Gelegenheit. Wenn er zugegen war, hielt man ihm üblicherweise alles, was brennen sollte, einfach unter die Nase.

Funken. Ja! Das Zunderschwämmchen glomm! Jetzt pusten! Das Zunderschwämmchen erlosch. Nein. Das war doch ein Elend.

Ein plötzlicher Windstoß fuhr ihm in die Haare. Das Rauschen riesiger Schwingen füllte seine Ohren. Ein Schatten schob sich vor den Himmel, dann ein Flirren, ein arkanes Prickeln, und Arkyn hockte vor ihm auf dem Felsvorsprung.

»Brauchst du Hilfe?«

Rasch schob Yuriko das Feuerzeug hinter sich. »Nein. Ich bin, äh, nur. Konnte nicht mehr schlafen.«

»Ich auch nicht. Es ist so schön, den Himmel zurückzuhaben. Ich könnte die ganze Zeit nur fliegen.«

Yuriko nickte. Arkyn ließ sich neben ihm nieder und schlug die Beine unter.

»Du vermisst dein Feuer«, sagte er.

»Was?«, sagte Yuriko. »Nein! Warum sollte ich? Ich bin nur sehr zurückhaltend. Die Leute haben hier genug von meinem Feuer gesehen für eine ganze Weile.«

Arkyn lächelte. »Sehr rücksichtsvoll.«

»So kennt man mich. Sag, Arkyn, mir fehlt immer noch

der Teil der Geschichte, in dem ein Drache in eine junge Frau gesiegelt wurde. Wie ist dir das passiert?«

»Das hat dir noch niemand erzählt?«

»Nein. Galina meinte, einer von euch – also – Arkadis – sollte das tun.«

Arkyn nickte.

»Wie mir das passiert ist«, sagte er. »Aus Liebe ist es mir passiert. Und dann aus Hinterlist. Aber die Liebe war stärker.« Er legte den Kopf in den Nacken und sah hinauf in den Himmel.

»Als Bertradis zu mir kam, war sie krank«, sagte er. »Unheilbar. Sie war mit Freunden unterwegs, eine Schicksalsgemeinschaft, auf der Suche nach einem Heilmittel. Es gab aber keines für sie, und so beschloss sie, bei mir zu bleiben, an einem abgeschiedenen Ort am Ende der Welt, ganz ähnlich wie hier. Ich hatte dort lange gelebt. Viel geschlafen. Wenn wir alt werden, werden wir wie die Erde. Still, und unser Feuer schlummert tief in uns. Bertradis wollte bei mir ihre letzten Tage verbringen und sich von mir mit einem Zauber über die Schwelle helfen lassen, wenn es so weit war.«

»Warum wollte sie nicht zurück nach Hause und dort sterben?«, fragte Yuriko betroffen. »Sie muss doch Familie haben.«

»Ihren Vater hatte man gerade umgebracht«, sagte Arkyn.

»Was«, sagte Yuriko.

»Konrad von Abrantes. Man hat ihn öffentlich enthauptet. Die Menschen sind grausam.«

Yuriko schwieg staunend. Kronprinzessin. Jemand hatte das erwähnt, aber er hatte es gleich wieder vergessen. Bertradis war die zukünftige Königin von Abrantes gewesen. Großer Krötengeist. Man lernte interessante Leute kennen, wenn man reiste.

»Sie wollte nicht riskieren, ihre Krankheit nach Abrantes einzuschleppen«, sagte Arkyn. »Es sollten nicht noch mehr Leute daran sterben. Deshalb blieb sie der Heimat fern. Und dann passierte, womit ich nicht gerechnet hatte.«

»Ihr habt euch verliebt.«

Arkyn nickte. »Ich bin kein Heiler, ich konnte nichts für sie tun, aber ich war vor langer Zeit an einem Ort gewesen, an dem man mächtige Zauberei betrieb. Wir brachen dorthin auf, um Hilfe zu suchen – und fanden Hilfe und Verderben zugleich. Eine Zauberin wollte uns verschmelzen, damit meine Drachennatur die Krankheit austrieb. Nachdem das geschehen wäre, hätten wir uns wieder trennen sollen.«

»Und das ist nicht passiert.«

»Genau. Ein Zauberzirkel – etwas Ähnliches wie euer Arkaner Rat – gewann Kunde von uns und schickte Unterstützung – oder so dachten wir. In Wirklichkeit hatte der Zirkel längst beschlossen, sich meiner zu bemächtigen, solange ich in Bertradis gesiegelt war. Sie töteten unsere Helferin und brachten ein zweites Siegel an, das uns dauerhaft miteinander verband. Wir waren krank und schwach und konnten uns nicht wehren. Als uns klar wurde, was geschehen war, war es zu spät. Wir vermuten, dass sie einen Weg finden wollten, mein Arkanum als Quelle zu benutzen. Du weißt ja, dass wir Drachen eine besondere Möglichkeit haben, Arkanum in uns zu sammeln.«

»Weiß ich das?«, sagte Yuriko. »Du bist der erste Drache, mit dem ich mich unterhalte.«

Arkyn bedachte ihn mit einem rätselhaften Blick. »Wir flohen bei erster Gelegenheit«, fuhr er fort. »Bertradis ist eine findige Frau, und sie weiß, wie man Menschen das sehen lässt, was sie sehen wollen, ganz ohne Zauberei. Man hielt uns noch für krank und schwach, als wir längst wieder gesund waren. Das war unser einziger Vorteil, und wir nutzten ihn zur Flucht. Wir entschieden uns für Zentallo als unser Ziel. Wir hatten gehört, dass es dort einen hervorragenden Siegelkundigen gäbe. Den besten seines Faches.«

»Man tut, was man kann«, sagte Yuriko geschmeichelt.

»Inhaber des sechsten arkanen Gradienten.«

»Des siebten.«

»Ksantho Kraka.«

»Oh.«

Arkyn lächelte fein. »Wir wagten es schließlich nicht, uns an ihn zu wenden. Wir hatten Angst, er würde mit seinem Zauberzirkel das Gleiche versuchen, was uns im Süden widerfahren ist. Wir entwickelten ein tiefes Misstrauen gegen arkane Machtballungen wie diese Arkania. Deshalb beschlossen wir, uns an den andern zu wenden. Der sollte fast so gut sein, hieß es.«

»Oi.«

»Wenn man ihn mal nüchtern erwischte und er nicht gerade damit beschäftigt war, Frauen zu belästigen.«

»Oi! Ich belästige nicht, ich beglücke!«

»Leider war der gerade verreist. Wir waren selbst erschöpft von der langen Reise und beschlossen, auf unser Glück zu vertrauen und zu warten. Wir waren fast vier Wochen unter deiner Treppe. Als du kamst, hatten wir uns schon eine Schiffspassage nach Abrantes besorgt. Am nächsten Tag wären wir weg gewesen.«

»Und ich wäre einfach heimgekommen und hätte Florine zur Frau genommen und hätte mir den ganzen Zirkus erspart«, sagte Yuriko fassungslos. »Ein verdammter Tag!«

»Wir wissen, was du für uns getan hast, und dass wir in deiner Schuld stehen«, sagte Arkyn. »Und wir können uns nicht angemessen erkenntlich zeigen.«

»Es würde helfen, wenn du irgendwo einen Teil deines Drachenschatzes deponiert hättest. Ich brauche dringend Geld, damit ich mich zu dieser Frau bekennen kann.«

Arkyn schüttelte den Kopf. »Du könntest mit ihr nach Abrantes auswandern. Da fragt niemand nach Geld, wenn zwei zusammensein wollen.«

»Zu den Wilden? Die haben da nicht mal gepflasterte Straßen!«

»Du musst noch viel lernen, Yuriko.« Arkyns Stimme klang missbilligend, und Yuriko ließ das Thema lieber fallen. Er musste nicht um jeden Preis vor dem Frühstück einen Drachen verärgern.

Doch ein anderer Gedanke setzte sich in seinem Kopf fest und wollte ausgesprochen werden.

»Kennst du die Geschichte von den Halbmenschen, Arkyn?«

»Keldon, der die Menschen in zwei Hälften teilt und sie über die Welt verstreut, damit sie nicht zu vollkommen sind. Meinst du die?«

»Ja. Es scheint, als hättet ihr – du und Bertradis – die höchste Stufe der Vollkommenheit erreicht. Ich meine, ihr seid buchstäblich verschmolzen.«

Arkyn nickte.

»Wo ist denn da Platz für eine dritte Hälfte«, sagte Yuriko.

»Du meinst Galina.«

»Ich meine Galina.«

Arkyn seufzte. »Arkadis liebt Galina aufrichtig. Arkyn liebt Bertradis. Und auch Galina. Irgendwie. Aber vielleicht ist das auch nur ein Echo von Arkadis′ Gefühlen.«

»Hast du den Himmel vermisst, während du Arkadis warst?«

»Ich war gerne auf dem Meer. Ich mochte die Weite des Horizonts. Und ich fand es in den Höhlen unter den Rauhbergen schwer erträglich.«

»Wer nicht.«

»Warum fragst du?«

Jetzt war es an Yuriko, zu seufzen. »Ich bin nicht sicher, ob ich mit dem Siegel etwas Gutes getan habe. Du warst ganz zufrieden als Arkadis. Abgesehen davon, dass du nicht sprechen konntest. Und diese tollwütige Truppe hinter dir her war, aber das hat sich ja inzwischen erledigt. Und Galina war glücklich. Und wenn du ihr Herz brichst, muss ich dir leider den Hals brechen, und dann schluckst du mich am Stück, und Flori ist Witwe, bevor sie überhaupt meine Frau war, und da siehst du, was ich angerichtet haben werde.«

Arkyn lächelte flüchtig. »Galina kann für sich selbst sorgen. Und wenn ich ihr das Herz breche, wird sie darauf zählen, dass du für sie da bist.«

»Das nimmt kein gutes Ende«, sagte Yuriko düster.

»Was nimmt kein gutes Ende?« Das war Galina, gähnend und mit schlafkleinen Augen.

»Nichts«, sagte Yuriko. »Nichts nimmt kein gutes Ende.« Er streckte den Arm aus, und sie ließ sich neben ihn plumpsen und kuschelte sich an ihn.

»Warum liegt denn da ein Feuereisen«, murmelte sie.

»Keine Ahnung«, sagte Yuriko. »Hat wohl jemand vergessen.«

»Hier draußen?«

»Was weiß ich, wo die Leute Feuer machen wollen?«

Arkyn erhob sich und kniete sich hinter Yuriko. Er legte ihm eine kühle Hand auf die Stirn, und plötzlich öffneten sich Schleusen in Yurikos Innerem. Er stöhnte auf. Galina quiekte und brachte sich in Sicherheit. Feuer rauschte durch ihn, schlug ihm aus Mund, Nase und Handflächen, es fühlte sich so gut an, er hätte heulen mögen.

»Da ist es wieder«, sagte Arkyn und nahm die Hand weg. »Es hat nur geschlafen. Dachtest du wirklich, es hätte dich verlassen? Es kann dich gar nicht verlassen. Du bist doch einer von uns, du Holzkopf. Kein Salamander. Ein Doragon.«

Yuriko starrte auf seine brennenden Hände, als sei es das erste Mal. Er rieb sich übers Gesicht, begrüßte das vertraute Kribbeln, unterdrückte ein Schluchzen der Erleichterung. Er hatte sich so leer gefühlt.

»Und er hat mir solche Angst gemacht«, sagte er. »Helio. Jahre ohne Zauberei! Wie hätte ich das aushalten sollen!«

»Was meint er damit, du bist ein Doragon?«, sagte Galina.

»Keine Ahnung«, sagte Yuriko. »Mio nennt mich immer so. Mein Feuer ist zurück! Ich bin so froh!«

»Arkyn!« Galina sprang auf und lief Arkyn hinterher ins Innere. »Warte! Was meinst du damit, er ist ein Doragon?«

Yuriko ließ die Hände sinken. Ihm war wunderbar warm. Er wollte frühstücken und gesund werden und nach Hause fahren und an Florines Fenster klopfen. Die Kräfte verließen ihn, als er versuchte, aufzustehen. In der großen Zufluchtshalle waren inzwischen alle wach, schürten Feuer, bereiteten Brei, rollten die Schlafmatten zusammen.

»Hallo«, sagte Yuriko. »Hilft mir bitte jemand? Hallo? … Hilfe? … Ach, nicht schon wieder.«

Ein paar Tage später hielten sie eine Gedenkfeier für Akelei ab. Yuriko zögerte, daran teilzunehmen. Er hatte immer noch keine Möglichkeit gefunden, sich von der Schuld freizusprechen, er trauerte um sie und sprach sich gleichzeitig das Recht dazu ab. Also schob er Schwäche und Schmerzen vor – vergeblich, denn Galina drohte, sich nötigenfalls Hilfe zu holen und ihn zu der Feier zu tragen. Und so, bevor sie ihn ein drittes Mal entführte, ging er selbst.

Es wurde gebetet, gesungen, meditiert. Turmalin, Onyx und Helio erzählten aus Akeleis Leben. Meister Gimm saß neben Yuriko, weinte ein bisschen und fragte dann, wer gestorben sei. Dann weinte er wieder ein bisschen und wiederholte seine Frage. Yuriko hatte Schmerzen in der Brust. Er blieb nicht bis zum Schluss.

Als er in die große Halle kam, war Mio beim Packen.

»Was machst du«, sagte er erschrocken.

»Es ist Zeit«, sagte sie. »Schon lange, aber ich wollte sicher sein, dass es dir gut geht.«

»Du reist ab?«

Sie richtete sich von ihrem Gepäck auf und wandte sich ihm zu. »Ich habe doch alles, was ich wollte«, sagte sie. »Die Scheidung. Nebenbei habe ich die halbe Welt gesehen. Jetzt ist es Zeit, dass ich nach Hause komme.«

»Aber du kannst doch nicht ganz allein … den weiten Weg …«

»Du meinst, den gleichen weiten Weg, den ich schon einmal genommen habe? Ganz allein?«

Yuriko seufzte gequält. »Bleib noch ein paar Tage. Wir tun einfach so, als wären da nicht sieben Meere zwischen uns. Und dreißig Jahre. Und … alles.«

»Dir fällt der Abschied wirklich schwer, hm?«

Yuriko nickte unglücklich. Sie nahm seine Hände.

»Mir auch. Aber wir sind nicht füreinander gemacht. Du gehörst zu deiner Florine. Und ich werde sehen, zu wem ich gehöre. Ich bin froh, dass wir ein Paar waren, aber jetzt bin ich auch froh, dass wir geschieden sind.«

»Soll mich das trösten?«

Sie lächelte. »Mich tröstet es.«

»Dann nimm wenigstens ein paar Siegel mit. Ich mache dir welche, die du einfach anwenden kannst.«

»Das werde ich nicht ablehnen. Solange du sie nicht mit erniedrigenden Lösungswörtern verschlüsselst.«

Er setzte sich zum Malen. Nach einiger Zeit kamen die Anderen aus dem Nebenraum, in dem sie die Andacht gehalten hatten. Manche sangen noch, andere plauderten oder wandten sich wieder ihren Pflichten zu. Indigo und Lilie brachten Meister Gimm herein und führten ihn zu seinem Platz. Es entspann sich eine längere Diskussion um ein Fußbad, das hier oben schwer zu organisieren war, und um den Tölpel, der sein Haus abgebrannt hatte. Als die Diskussion sich zum dritten Mal wiederholte, fasste Yuriko sich ein Herz und ging zu ihm hinüber. Er setzte sich ihm zu Füßen und nahm seine gichtigen Hände in seine.

»Ich gehe zurück nach Letis«, sagte er. »Bald. Willst du mich nicht begleiten? Dein Ältester ist dort. Er könnte sich um dich kümmern.«

»Letis?« Gimm legte den Kopf schief. »Was soll ich denn dort?«

»Du hast dort Familie«, sagte Yuriko. »Deinen Ältesten. Seine Frau. Seine Wahltochter.«

Gimm grübelte eine Weile, dann schüttelte er den Kopf.

»Nein. Ich will zurück in mein schönes Haus.«

»Das ist leider abgebrannt«, sagte Indigo.

»Was? Aber warum?«

»Es gab ein großes Feuer«, erklärte Indigo. »Das ganze Dorf ist abgebrannt.«

»Wie schlimm«, sagte Gimm bestürzt. »Wurde jemand verletzt?«

»Ja, aber alles kommt wieder in Ordnung. Wir bauen neue Häuser.«

»Siehst du, Zinnober«, sagte Gimm. »Ich kann hier nicht weg. Ich habe ein Dorf aufzubauen.«

Yuriko nickte. Gimm beugte sich zu ihm und grinste mit zahnlosem Schalk.

»Ich kann doch nicht diese beiden allerliebsten Frauen betrüben«, flüsterte er übertrieben laut. »Was sollen die denn machen ohne mich.«

Indigo lächelte milde. Yuriko drückte Gimms Hände und kam etwas mühsam vom Boden hoch.

»Ich sage deinem Ältesten, dass du deinen Platz gefunden hast. Er wird froh sein, das zu hören.«

»Tu das, Zinnober. Und jetzt lauf schon, Junge, lauf! Wie lange soll ich noch auf mein Fußbad warten?«

»Ich bin schon unterwegs, Meister.«

Yuriko kehrte zu seiner Siegelmalerei zurück. Er fertigte eine Handvoll explosive Runen, die fürchterlich knallten, wenn man sie zerriss, Feuersiegel, die er mit einem Unterdrücker versah, den Mio einfach abziehen konnte, um das Feuer freizulassen, einen Endlosen Raum und ein paar Körperklammern. Er malte, bis sie ihm auf die Schulter tippte.

»Ich will dann mal los.«

»Jetzt schon?«

»Es ist Nachmittag. Wenn ich heute noch eine Wegstrecke schaffen will, darf ich nicht trödeln.«

Er schob die Siegel zusammen. »Wie kommst du denn durch das Wasserlabyrinth?«

»Hör auf, dir Sorgen zu machen. Ich habe mir einen Weg beschreiben lassen, der mich trockenen Fußes bis an den Rand der Rauhberge bringt. Turmalin begleitet mich übrigens, ich bin also nicht mal allein.«

»Jetzt lassen sie mich alle im Stich«, jammerte Yuriko.

»Du wirst auch bald aufbrechen, nehme ich an. Ein paar Tage noch, dann bist du gesund genug.«

Sie hielt ihm die Hand hin und half ihm auf die Füße. Er übergab ihr die Siegel und erklärte deren Anwendung, erklärte dann noch ein bisschen mehr, bis sie ihm einen Finger über die Lippen legte.

»Ich hab's verstanden. Ich bin nicht dämlich.«

»Nein, aber …«

Sie sah ihn an. Er verstummte.

»Alles Gute, mein Doragon«, sagte sie. »Finde deine Hälfte. Sei ganz.«

»Alles Gute, Momoke-Mio.«

Sie lächelte ihn an, Tränen in den Augen.

»Ein kluger Mann hat einmal gesagt, Schmerz lässt uns wachsen«, sagte sie. »So wachse ich an dir und du an mir.«

Sie küsste ihn, dann ging sie davon, nahm Turmalin bei der Hand und verschwand nach draußen. Turmalin winkte ein letztes Mal über die Schulter. Mio nicht. Er verfolgte ihre Schatten an der Wand, lauschte ihren Schritten, bis sie verklungen waren.

Er war bereit, nach Hause zu gehen.

Epilog

Frost«, sagte Yuriko. »Yuriko Mandorak Doragon Zinnober Frost, Freund der Kröten, Kind des Feuers, Meister der Siegel, Bezwinger der Schicksalsschlange und, wie man sieht, Drachenreiter.«

»Der mit der Kröte«, hauchte das Kinnbärtchen.

»Der mit der Kröte«, bestätigte Yuriko geduldig. »Werdet Ihr mich jetzt nach meinen Bürgerpapieren fragen? Ich habe nämlich keine.«

»Was hat er mit der Kröte gemacht?«, fragte der Dünne irritiert und zeigte über Yurikos Schulter. Dort, mitten auf der Straße, war Arkyn gelandet und hatte damit den Verkehr vollständig zum Erliegen gebracht. Diejenigen, die nicht schreiend geflohen waren, standen wie festgewurzelt und starrten den Drachen an.

»Wer kann, der kann«, sagte Yuriko und streichelte mit dem Zeigefinger Padda, der still in seiner Tasche saß.

»Ich wusste, es war keine gute Idee«, sagte Galina und hielt dem Kinnbärtchen ihre Bürgerpapiere unter die Nase. »Zu viel Aufsehen.«

»Du hast deine Papiere noch?«, fragte Yuriko fassungslos. »Wir sind monatelang über Stock und Stein in der Wildnis unterwegs, über Meer und unter Berg, und du hast deine Papiere noch?«

»Was hätte ich damit machen sollen? Sie essen?« Sie schüttelte die Faust, und endlich nahm das Kinnbärtchen ihr den Bürgerschein ab, warf einen flüchtigen Blick darauf und gab ihn ihr zurück.

»Was ist mit dem?«, fragte er und zeigte mit einem zitternden Finger auf Arkyn. »Soll der in die Stadt?«

»Es gibt eine Regelung für die Einfuhr fremder Arten«, sprang ihm sein Kollege bei. »Müsste ich nachlesen.«

»Keine Sorge«, sagte Yuriko. »Er ist nur auf der Durchreise. Hat den Umweg nur gemacht, um uns abzusetzen.«

»Dich«, sagte Galina.

»Uns.«

»Ich hab's dir doch gesagt, Meister Yuri. Ich gehe mit Arkadis nach Abrantes.«

»Du hast es mir gesagt, aber ich hab's dir nicht geglaubt.«

Sie warf ihm einen langen Blick zu.

»Eure Bürgerpapiere«, sagte der Dünne. »Ihr erinnert Euch bestimmt. Einen Goldschwan und …«

»Was?! Ich erinnere mich an sieben Silberfedern, und das ist schon zu viel für einen Helden, dem man den roten Teppich ausrollen sollte!«

»Ist teurer geworden«, sagte der Dünne.

Und dann rief jemand Yurikos Namen, und er schnickte achtlos die beiden Wächter zur Seite und betrat das Torhaus, setzte sich in Trab, rannte die letzten Schritte, öffnete die Arme und riss sie an sich, hob sie hoch, vergrub das Gesicht in ihrer Haube, atmete ihren Duft, tatsächlich, da war sie, lachte und weinte und beschwerte sich gleichzeitig, dass er sie viel zu fest drückte, und sie war da und strahlte ihn an und küsste seinen Mund in aller Öffentlichkeit und wischte sich mit dem Ärmel die Tränen weg.

»Auf dem Markt schrie jemand, es sei ein Drache vor der Stadt gelandet«, sagte sie atemlos. »Und alle dachten, der hätte einen in der Krone. Und ich dachte, mein Yuri muss zurück sein.«

»Ich bin zurück«, sagte er unter Tränen. »Und ich gehe nie wieder weg. Nie wieder.«

»Lässt du mich bitte runter?«

»Oh. Ja, natürlich.«

Er stellte sie behutsam auf die Füße. Er konnte sich nicht sattsehen an ihr, niemals würde er sich sattsehen können an ihr. Ihre Haube saß ein bisschen schief, und er richtete den Schaden mit vorsichtigen Fingern, nur um ihr Haar berühren zu können, und dann saß die Haube gleich wieder schief, weil Galina Florine stürmisch um den Hals fiel.

»Tante Flori!«

»Galina, Mädchen! Meine Güte, hast du dich verändert! Was ist das – ein Schwert? Du hast ein Schwert? Und Hosen! Yuri – sie trägt Hosen!«

»Ich habe Schlimmeres gesehen als Frauen in Hosen«, sagte Yuriko würdevoll. »Warte, bis ich dir alles erzählt habe.«

»Ich brenne darauf.«

»Und ich erst. Und auf … oi!«

»Wirklich niemand will hören, worauf du brennst«, sagte Galina und zog die Faust ein. »Außerdem muss ich wieder los.«

»Was?«, sagte Florine. »Aber wohin? Du bist doch noch gar nicht richtig angekommen!«

»Ich gehe mit Arkadis nach Abrantes«, sagte sie. »Ich werde mich dort zur Schwertkämpferin ausbilden lassen. Und Hosen tragen, soviel es mir beliebt. Und Geschäfte abschließen, wie ich will, und mich bekennen, zu wem ich will. Irgendwann.«

»Das wird nichts mit Arkadis«, sagte Yuriko elend. »Ich hab dir das gesagt. Wir haben Arkadis kaum noch gesehen, seit Arkyn und Bertradis sich getrennt hatten. Du kannst einen Drachen nicht aus dem Himmel holen. Du machst dich nur unglücklich.«

»Und wenn, ist es wenigstens das Unglück, das ich mir aussuche«, sagte sie. »Danke, dass du auf mich aufgepasst hast, Yuri. Und dass du mein Lehrmeister warst. Und bitte komm mich in Abrantes besuchen, ja? Kommt alle beide. Ich schreibe dir, sobald ich eine Adresse habe.«

»Du machst das wirklich«, sagte er bestürzt. »Sie macht das wirklich. Flori, unternimm etwas.«

Florine lächelte.

»Das ist der Lauf der Welt, Yuri. Die Jungen steigen auf einen Drachen und fliegen davon, und die Alten bleiben zurück und lassen sich einen schönen warmen Badezuber ein.«

»Und plötzlich klingt das gar nicht mal so schlecht.«

Galina schlang ihre Arme um Yurikos Hals.

»Pass auf dich auf«, flüsterte sie. »Mach nichts Dummes. Komm mich besuchen.«

»Pass du auf dich auf«, sagte er erstickt. »Und gib Bescheid, wenn diese Abrantiner nicht gut zu dir sind. Dann brenne ich denen eine Schneise in die Landschaft, dass sie in drei Generationen noch dran denken.«

»Ist gut.«

Und als hätte der Abschied ihm nicht schon genug das mühsam geflickte Herz zerrissen, traten nun auch Bertradis und Arkyn in seiner menschlichen Gestalt auf ihn zu.

»Danke für alles«, sagte Arkyn. »Und bitte entschuldige, dass wir dich entführen mussten.«

»Mehrfach«, fügte Galina hinzu.

»Dass das mal einer sagt«, krächzte Yuriko.

»Wir wären niemals so weit gekommen ohne dich«, sagte Bertradis. Sie umarmte ihn, und er drückte sie für einen Moment an sich.

»Passt auf das Siegel auf«, sagte er. »Denkt dran. Galina muss es regelmäßig aufladen, damit ihr zu Arkadis wechseln könnt.«

»Ich weiß«, sagte Bertradis geduldig.

»Und wenn das Siegel seine Kraft verliert, und ihr seid gerade getrennt …«

»… können wir nicht mehr verschmelzen. Das hast du schon erklärt. Mehrfach.«

»Und jedes Mal bekomme ich den Eindruck, dass die Vorstellung nicht sonderlich schlimm für euch ist«, sagte Yuriko unglücklich.

Bertradis löste sich von ihm und sah hinüber zu Galina, die letzte Dinge mit Florine besprach. »Wir beide haben die meiste

Zeit unseres Lebens als Bertradis und Arkyn gelebt«, sagte sie leise. »Er um ein Hundertfaches länger als ich. Arkadis zu sein, war verwirrend. Und anstrengend. Und nie wirklich freiwillig. Ich hatte Angst um mich – dass ich vergesse, wer ich eigentlich bin. Galina hat uns sehr geholfen. Und wir sind gerne Arkadis. Für sie. Aber …«

»Ihr werdet das nicht ewig machen«, sagte Yuriko.

»Ja«, sagte Bertradis. Yuriko seufzte tief.

»Alles Gute, Doragon«, sagte Arkyn. »Mach dich daran, dein Erbe zu enträtseln. Es gibt nicht viele von deiner Art. Wirf das nicht weg.«

»Ja, mal sehen, vielleicht«, sagte Yuriko und fing sich einen strafenden Blick von Arkyn ein. Er seufzte. »Von mir aus.«

Arkyn nickte, und dann sagten alle noch einmal »Auf Wiedersehen«, und dann gingen sie, Galina mit diesem selbstsicheren Schritt einer Frau, der die Welt gehörte, und dann sprang Arkyn in die Drachengestalt und Galina half Bertradis nach oben, bevor sie selbst an Arkyns Flügel hinaufkletterte und sich zwischen seine Hörner schwang, und die Bürger von Letis hingen an den Fenstern und lehnten sich über die Mauern und verrenkten sich die Hälse, als der Drache in den Himmel aufstieg und mit mächtigen Flügelschlägen am Horizont verschwand.

»Wie war das noch mit dem Badezuber«, sagte Yuriko.

Am nächsten Morgen wachte er noch vor der Sonne auf. Er legte Florine ein Briefchen aufs Kissen, damit sie nicht dachte, er sei ihr schon wieder abhandengekommen, sammelte seine Kleider ein und stahl sich davon. Aus alter Gewohnheit nahm er den Weg übers Dach und ging dann den vertrauten Weg durch die leeren Straßen. Es war kalt. Die dunkle Jahreszeit kündigte sich an. Er nahm Padda in beide Hände und wärmte ihn, und der Kröter wurde wach und lebendig.

Die schwarz verkohlte Ruine seines Hauses war immer noch ein schmerzlicher Anblick. Immerhin hatte er Post bekommen.

Jemand hatte die Briefe mit Nägeln in die Reste seiner Haustür geschlagen: Beschwerden der Nachbarn, die Ruine würde die Straße verschandeln, und ein Schrieb mit einem amtlichen Siegel daran, Baubehörde, das Grundstück sei aus Sicherheitsgründen bis zu den Winterstürmen von den Gebäuderesten zu befreien. Wie lieb, dass sich alle solche Gedanken machten. Yuriko steckte die Briefe ein und ging um die Ruine herum zum Teich.

Die ersten Sonnenstrahlen tasteten sich zwischen den Häusern hindurch. Drunten in der Stadt schlug eine Glocke. Die Trauerweide, sein liebster von allen Bäumen, war von Gold übergossen. Manchmal löste sich ein Blatt, ganz von selbst, schwebte nach unten und ließ sich auf dem Wasser nieder, so zart, dass nicht einmal der Nebel über der Wasseroberfläche sich daran störte.

Yuriko ging in die Hocke und tauchte die Hand ins Wasser. Kalt. Es würde ein wenig dauern, bis er hier wieder mit Florine baden würde.

Das Schilf raschelte trocken, als er um den Teich herumging, auf der Suche nach der richtigen Stelle. Er fand eine zwischen Lilien und Korkenzieherbinsen, geschützt im Winter, sonnig im Sommer, überschattet von den Zweigen der Trauerweide. Er zog den Endlosen Raum aus dem Gürtel und holte vorsichtig die Akelei heraus, die er darin den ganzen Weg vom Garten der Erleuchtung behütet hatte. Er hatte auch eine Handschaufel mitgebracht. Er kniete sich hin und grub ein Loch für die Akelei, bettete sie mit ihrem Wurzelwerk vorsichtig darin und schob mit den Händen das Loch zu. Drücke die Erde etwas an, er war kein geübter Gärtner, es war zu hoffen, dass die Pflanze klarkam an ihrem neuen Wohnort. Er schöpfte mit den hohlen Händen etwas Teichwasser und benetzte die Erde, kniete dann lange und betrachtete die zarte Pflanze, das lilafarbene Gesichtchen, den langen, biegsamen Stängel, das zarte, fedrige Grün.

Er wusste immer noch nicht, ob er nun das Ungeheuer oder der Retter vom Teich war. Vielleicht beides. Vermutlich hatte

Akelei recht gehabt. Ein Mann mit so vielen Namen war mehr als eines.

Er wusch sich die Hände im Teich und machte sich auf den Weg. Er wollte mit Schmalzgebäck und Brötchen zurück sein, wenn Florine aufwachte, aber einer in dieser Stadt stand immer mit den frühen Vögeln auf, und so würde er ihn jedenfalls abpassen, bevor er zur Arkania aufbrach. Augen würde er machen, wenn Yuriko ihm erzählte, dass er mutmaßlich einen Drachen im Stammbaum hatte. Oder vielleicht behielt er das zunächst für sich. Frakis würde sonst nur wieder darauf dringen, dass er seine Familiengeschichte erforschte, und das klang nach einem Projekt, auf das er keine Lust hatte.

Überhaupt. Drachen. Feuersiegelzauberei. Arkadis. Frakis würde aus dem Staunen gar nicht mehr herauskommen.

Sein Haus war dunkel. Seltsam. Schlief er neuerdings länger, so wie jeder normale Mensch?

Yuriko ließ sich selbst durchs Gartentor rein, eilte den Weg entlang zur Haustür und klopfte. Keine Antwort. War Frakis etwa verreist?

»Frakis? Bist du da?«

Ein Siegel an der Tür. Holla.

Krakas Handschrift. Sollte das etwa Eindringlinge fernhalten? Lächerlich.

Yuriko brannte das Siegel von der Tür. Abgeschlossen, aber der Ersatzschlüssel lag noch auf dem Rosenspalier. Yuriko sperrte auf und trat ein.

»Frakis? Ich bin zurück!«

Er zog sich Feuer auf die Hand und sah sich um. Reste einer Mahlzeit auf dem Küchentisch, ein umgestürztes Weinglas, Rotwein, der auf dem sorgfältig gescheuerten Tisch getrocknet war. Nicht gut.

Sein Fuß stieß gegen etwas Leichtes. Es klapperte kaum hörbar. Er bückte sich – Frakis' Augengläser, ohne die er praktisch nichts sah, ein Bügel verbogen, ein Sprung im rechten Glas.

Er drehte die Augengläser zwischen den Fingern und bekämpfte Panik. Dann fasste er einen Entschluss.

Das Frühstück musste warten. Er hatte ein Wörtchen mit Kraka zu reden.